中國 唐宋詩話 解題 〔1〕

제1편 唐·五代 詩話 解題
제2편 北宋 詩話 解題

柳晟俊 著

明文堂

창밖으로 겨울 하늘을 바라보니, 구름 한 점 없이 맑고 푸르다. 아무 잡념 하나 없이 心平한 자세로 다년간의 긴 寫作 과정을 거치고서 이제 본서를 마무리하는 글을 쓴다. 비록 책의 내용에 만족하지 않지만, 그간 나름대로 수고한 보람을 느낀다. 아직까지 흐릿하지 않은 정신과 그런대로 버틸 수 있는 육신을 허락하신 하나님 은혜를 깊이 감사드린다.

微力하나마 평생 중국 고전시와 벗하여 同苦同樂하며 살아왔다. 그 삶이 주로 서재에서의 시간들이기 때문에 단조롭고 획일적인 이미지를 줄 수 있지만, 의식세계로서는 그 속에서 다양하고 기복이 심한 波瀾萬丈의 苦海를 헤쳐 왔다고 말하고 싶다. 평소 연구 분야는 唐詩를 중심으로 한 고전시 고찰과 韓國漢詩와의 비교, 그리고 시론적인 안목을 高揚하기 위한 시화 정리 및 분석 등 세 방면에 주력해왔다. 그중에 시화 연구는 비교적 늦은 시기에 시작하였으니, 1991년 하버드(Harvard)대학에 방문학자(Visiting Scholar)로 1년간 체류하는 기간에 시화 연구의 필요성을 새삼 인식했기 때문이다. 시를 연구하면서 전래의 시 감상법만으로는 시 이해와 분석에 한계를 느껴오던 차에, 英美 시 연구의 방대하고도 심층 있는 연구 자료를 참고하면서, 중국시의 이론을 중국 시화에서 구명해야겠다는 절실한 각오가 있었다. 그 후에 시 연구의 객관적 근거 자료를 각종 시화에서 강구하게 되고 동시에 시화 자체의 정리분석도 병행하게 되었다.

그리하여 저서로 ≪淸詩話硏究≫(國學資料院 1999년), ≪中國詩話의 詩論≫(푸른사상 2003년), ≪중국시화의 이해≫(현학사 2006

년), ≪淸詩話와 朝鮮詩話의 唐詩論≫(푸른사상 2008년), 그리고 역서로는 ≪懷麓堂詩話≫(명대 李東陽 著, 푸른사상 2012년) 등을 출간하고, 시화 관련논문으로는 〈詩學纂聞의 論唐詩考〉(≪中國硏究≫ 제15집 1994년), 〈黃培芳과 그 詩話 三種의 唐詩觀考〉(≪中國學報≫ 제37집 1997년), 〈趙執信의 談龍錄은 神韻說을 어떻게 보고 있는가〉(≪中國文學理論≫ 창간호 2002년) 등 20여 편을 발표하였다. 그와 관련하여 韓中日 등 10여 국가 학자들이 중심으로 창립한 國際東方詩話學會의 회장직(2005-2009년)을 맡아서 학술활동에 참여하기도 하였다. 이와 같이 시화를 늘 가까이하면서 이번에 唐代와 五代, 그리고 北宋과 南宋 시화를 살펴보는 중에 시화 해제의 필요성을 절감하게 되었다. 그 이유는 시 연구의 기본적인 시평 자료인 시화를 이해하고 분별하려면 각 시화의 내용을 파악할 필요가 있고, 아울러 필요한 시화의 선별과 그 소재 파악 즉 版本을 알아야 하기 때문이다.

본서 구성에 있어서 상당한 시간을 통하여 고민하면서 시화 선별에 시행착오를 거듭하였다. 그리하여 당대와 오대 시화 19종, 북송 시화 35종과 남송 시화 26종 총 80종을 엄선하여 ≪中國 唐宋詩話 解題≫라는 서명으로 설정하였다.

唐·五代 시화는 수량이 적고 皎然의 ≪詩式≫이나 孟棨의 ≪本事詩≫, 그리고 司空圖의 ≪二十四詩品≫등 후세 시론에 지대한 영향을 준 시화 외에는 시론적 격조가 그리 높지 않은 반면에, 북송과 남송 시화는 양적으로 수량이 많고 질적으로 고차원의 시론을 전개한 시화가 다수 있다.

북송 시화는 '詩話'란 명칭을 처음 채택한 歐陽修의 ≪六一詩話≫를 위시하여, ≪全唐詩≫에 단 한 수의 시도 수록되지 않고 청대 말 敦煌文 자료에서 시집이 처음 발견된 詩僧 王梵志를 皎然의 ≪詩式≫과 함께 시를 인용하여 서술한 范攄의 ≪雲溪友議≫, 엄격한 詩格과 典故를 중시한 江西詩派 宗主인 黃庭堅의 ≪黃山谷詩話≫와 陳師道

의 ≪後山詩話≫, '學詩詩'를 지어서 시론의 종교사상을 강조한 吳可의 ≪藏海詩話≫ 등을 들 수 있다.

남송 시화는 1,150여 시인의 시와 軼事를 수록한 計有功의 ≪唐詩紀事≫, 杜甫 시를 집중적으로 고증하고 분석한 張戒의 ≪歲寒堂詩話≫, 방대한 분량으로 고금의 시 전반을 품평한 葛立方의 ≪韻語陽秋≫, ≪詩經≫의 詩敎的 논리를 주장한 朱熹의 ≪淸邃閣論詩≫, 江西詩派의 논조에서 독자적인 시론을 주창한 姜夔의 ≪白石道人詩說≫과 劉克莊의 ≪後村詩話≫, '以禪入詩'의 悟得과 興趣를 내세운 嚴羽의 ≪滄浪詩話≫ 등을 들 수 있다. 이들 擧名한 각 시대의 시화류는 그 시론적 가치가 至高한 시화로서 중국시학 연구에 있어서 '淸詩話'와 함께 중요한 참고자료이다.

당송 시화에 대해서 이미 전인의 서술이 있으니, 명대 胡應麟은 唐人의 시화를 평하여,

> 당인의 시화로 지금 전해지는 것은 매우 적다. 맹계의 ≪본사시≫는 소설가류이다. 다만 은번과 고중무의 글은 자못 분명한 논리가 있다. 장위의 ≪시인주객도≫는 뜻과 예어가 편벽되어 있어서 진실로 웃음을 참을 수 없다. 그러나 그 서술하고 있는 것이 또한 스스로 동감하는 점이 있으니 특히 주객설을 창안한 것이다.
> 唐人詩話今傳者絶少. 孟棨本事詩, 小說家流也. 惟殷璠高仲武頗有論斷. 張爲主客圖, 義例迂僻, 良堪噴飯. 然其所詮, 亦自有感, 特創爲主客之說.(≪詩藪≫〈外編〉 권3)

라 하였고 명대 許學夷는 宋人의 시화를 평하여,

> 송인의 시화는 하나하나 다 서술할 수 없으나 대개 사실을 기록한 것이 많고, 간혹 다른 의논이 섞여 있으니 시의 법도에는 별 도움이 안 된다.
> 宋人詩話, 種種不能殫述, 然率多紀事, 間雜他議論, 無益詩道.(≪詩

라고 하였으며, 청대 梁章鉅는 보다 구체적으로 송인 시화를 다음과
같이 논평하였다.

> 시화는 송대보다 더 성행한 적이 없었으니 지금 ≪사고전서≫에 수
> 록된 것이 ≪육일시화≫부터 20여 家나 되는데, 실지로 시를 짓는
> 데 보탬이 되는 말을 찾는다면 얻을 게 많지 않다.
> 詩話莫盛于宋, 今四庫所錄, 自六一詩話以下二十餘家, 求其實係教人
> 作詩之言, 則不可多得.(≪退庵隨筆≫)

  예나 지금이나 당송 시화에 대한 시론적 가치 평가가 다양한 것
은 그만큼 시화로서의 중요성을 지니고 있다는 증거이기도 하다. 본
서의 80종 당송 시화는 原典을 수집하여 정독하면서 시학적 가치와
稀少性, 그리고 深度 등을 나름의 각도에서 감안하고 분석하여 選輯
하였기에 누락된 더 중요한 시화류가 不少한 점도 인정한다. 예를 들
면 魏慶之의 ≪詩人玉屑≫이나 蔡正孫의 ≪詩林廣記≫처럼 기존 시
화에서 부분별로 초록한바 독자적인 논조가 부족한 시화류, 그리고
沈括의 ≪夢溪筆談≫이나 王應麟의 ≪困學紀聞≫처럼 문예 부분이 있
기는 하지만 시론서로서 온전하다고 보기 어려운 시화류 등은 비록
중요한 자료이기는 하지만 본서 선집 기준에서 제외하였다.

  본서의 서술 과정에서 시론의 특성, 시인의 비중과 위상 등 중
요하다고 평가되는 경우에는 편향적이라고 볼만큼 장문으로 加筆하
기도 하였으니, 杜甫의 다양한 풍격이나 李白(李太白)의 詩語 특성,
王梵志 시의 현실비판적 의식, 蕭穎士, 錢起, 盧綸, 戴叔倫, 張祜, 皮
日休 등 唐詩史的으로 중시되어야 할 작가 등, 그리고 韓中詩 비교
부분에서 王維와 申緯 시의 繪畵美, 羅隱과 崔致遠 시의 비교, ≪全
唐詩≫ 所載 新羅人 시와 渤海人 시 등을 들 수 있다.

  '解題'라는 命題 下에 나름의 주관이 깊이 개입되어 객관성이 결

여된 점이 있다면 諸賢의 깊은 諒知를 바란다. 본서 寫作 과정에서 각
종 시화에 기술된 字句의 誤謬와 시화서 시문의 誤記, 그리고 이해하
기 어려운 方言이나 隱語 사용 등이 적지 않아서 정확한 고증과 해
석이 쉽지 않았으며, 인용 시문에 대한 번역상의 誤譯도 적지 않을
것이란 점에서 제현의 叱正과 指敎를 바라 마지않는다.

　　본서를 펴내면서, 창립 백 년의 역사를 통하여 출판문화의 전통
을 具現해 온 明文堂 金東求 사장님의 厚意에 깊이 감사드린다. 좋은
의견을 보태준 조규백 박사와 류신 박사의 指敎에 감사하고, 편집
교열에 수고한 이은주 선생의 勞苦에 감사한다.

2021년 정월
東軒에서 柳晟俊 삼가 씀

〔目次〕

[凡 例]

1. 본서 서명 ≪中國 唐宋詩話 解題≫의 '解題'는 각 시화 서에 대한 비교적 구체적인 분석 고찰의 성격을 지닌다.

2. 본서 서명의 唐宋詩話에서 '唐'은 '唐代'과 '五代'의 시화, '宋'은 '北宋'과 '南宋'의 시화를 포함한다.

3. 본서에 選錄된 시화는 300여 종의 唐代와 五代 시화, 그리고 北宋과 南宋 시화 중에서 시론적 가치와 위상을 감안하여 何文煥 編 ≪歷代詩話≫, 丁福保 編 ≪續歷代詩話≫, 臺灣 廣文書局 編 ≪古今詩話叢編≫, 上同 ≪古今詩話叢續編≫, 郭紹虞 編 ≪宋詩話輯佚≫, 郭紹虞 著 ≪宋詩話考≫, 蔣祖怡等 編 ≪中國詩話辭典≫, 張伯偉 編撰 ≪全唐五代詩格校考≫ 등 자료를 근거로 하여, 필자가 시화 원문을 직접 정독하여 선정한다.

4. 본서 수록 시화의 해독은 原典 版本에 의거하되, 校勘이나 注釋이 있는 시화는 참고하고 인용한다.

5. 본서 시화의 해제 서술은 대체로 시화 작자, 시화 成書와 전래, 그리고 시화의 주된 내용과 시론적 특성, 판본 등의 순서로 진행한다.

6. 본서 시화 해제에서 작자의 시와 시론을 長短 間에 소개하고, 시화의 시론 분석에 있어서는 가능한 한 시화 원문을 인용하고, 그에 적합한 시문을 例示하여 시화의 특성을 밝힌다.

7. 본서 시화의 원문과 인용 시문의 韓譯은 원문에 충실하게 直譯을 원칙으로 하고 意譯을 최소화하며, 人名, 書名, 作品名, 地名 등은 원문대로 쓴다.

8. 본서 해제에서 僻字에 대해서는 한글 音을 부기하고, 난해한 용어나 成語는 본문 또는 각주에서 보충 설명한다.

9. 본서 내용의 이해를 돕기 위해서, 〈序說 ― 중국 詩話와 그 詩學的 位相〉에서 '시화의 의미', '시화의 淵源說', '시화의 論詩 實例' 등을 簡述하는 동시에, '唐代 이전 주요 시화 例擧'에서 시화 4종을 간략히 해제하고, 각 조대별 시화 해제에 導言을 둔다.

10. 독자의 이해를 돕기 위해서, 본서 해제 내용 서술에서 인용된 700여 수 시 목록을 〈시화별 인용시의 詩題 목록〉 명칭으로 부기한다.

11. 본서에 選輯된 唐代 이전 4종 시화와 唐·五代와 北宋, 南宋代 시화 80종은 각각 해제 내용의 판본 부분에서 기술하였기에 참고서 목에서 제외하고, 본서 작성 과정에서 비교적 중요하게 참고한 각 부문 도서 목록을 〈주요 참고문헌 목록〉 명칭으로 부기한다.

12. 본서의 기호 표기에 있어서 서명은 ≪≫, 詩題는 〈〉, 본문의 인용문은 「」, 『』, 용어나 술어 등은 ' ' 등으로 구분하여 표기한다.

序說 - 중국 詩話와 그 詩學的 位相

시는 인간의 性情을 문자로, 韻律的으로 조리 있게 함축해서 표현한 일종의 문장이다. 원대의 楊載는 시의 의미를 설명하기를,

> 시에는 안팎의 뜻이 담겨 있으니, 안의 뜻은 그 이치를 담고자 하고, 밖의 뜻은 그 모습을 담고자 한다. 안팎의 뜻이 함축됨이 실로 오묘하다.
> 詩有內外意, 內意欲盡其理, 外意欲盡其象. 內外意含蓄方妙.(≪詩法家數≫)

라고 하여 시가 지닌 나름의 개념을 적절히 서술하고 있다. 중국문학은 原初的으로 시에서 시작되었고, 시에서 각종 장르가 파생되었다. 그래서 중국문학사의 첫 단원이 ≪詩經≫과 ≪楚辭≫로 구성되어 있으니, 長江(揚子江)을 기준으로 해서 북방문학은 ≪詩經≫, 남방문학은 ≪楚辭≫로부터 발전되었기 때문이다. 그러므로 중국문학에서 시는 문학의 뿌리이며 줄기요 가지이다. 시를 알아야 문학을 알고 그 내용을 이해하게 된다. 그 시를 알려면 시를 논리적이든 수필적이든 적어놓은 '詩話'라는 또 하나의 장르로 들어가야 가능하다.

1. 시화의 의미

'詩話'는 문자 그대로 '시에 관한 이야기'라는 뜻이며, '詩話'라는 명칭은 北宋代 歐陽修의 ≪六一詩話≫에서 시작되었다. 그 이전에는 '詩學'이란 개념에 주안점을 두었다기보다는, 문학이론이라는 포괄적 개념의 이론서가 있었으니, 그 대표적인 저술로 魏文帝 曹丕의 ≪典論論文≫, 劉勰의 ≪文心雕龍≫, 陸機의 ≪文賦≫ 등과 시인의 시를 品評한 鍾嶸의 ≪詩品≫, 그리고 시 풍격을 槪念化한 司空圖의 ≪二

十四詩品≫ 등을 들 수 있다. '詩話'란 무엇이며, 어떤 특성을 지녔는
지에 대해서 비교적 설득력 있게 서술한 다음 문장을 보기로 한다.

(A) 시화란 시의 구법을 가려주고, 옛것과 지금 것을 갖추어주고, 좋
은 덕을 기록하고, 기이한 일을 적고, 틀리고 잘못된 것을 바르게 한
다.
詩話者, 辨句法, 備古今, 記盛德, 錄異事, 正訛誤也.(宋代 許顗의 ≪許
彦周詩話≫)

(B) 시화란 어사로 표현하여 시 속에 담긴 내용을 설명하는 것이므
로, 그 입론이 공평하고 그 뜻을 취함이 정밀하다.
詩話者, 以局外身作局內說者也, 故其立論平而取義精.(清 吳琇의 ≪龍
性堂詩話≫ 序)

(C) 시화의 체재는 시의 명분을 돌아보고 시의 내용을 생각하는 것
이니, 당연히 일종의 시와 관련된 이론적인 저작이다.
詩話之體, 顧名思義, 應當是一種有關詩的理論的著作.(近代 郭紹虞의
≪清詩話≫ 前言)

위에서 (A)는 시 창작, 원류, 관념, 그리고 시의 장단점을 기술한
것이 시화라고 하였고, (B)는 시화 작자는 객관적 입장에서 시가의
내용을 공평하고 정밀하게 평가해야 한다는 것이며, (C)는 시화 자
체가 시와 관련된 典故와 考證, 그리고 이론을 서술하는 내용을 담
아야 함을 지적하고 있다. 위의 글에서 시화의 의미를 충분히 표현
하고 있다고 하겠는데, 다만 시화가 비논리적인 수필 형식으로 기술
되어 있어서 흔히 '以資閑談'(한가한 담론을 보태줌)의 記事隨筆이라
는 공통점을 지닌다.
이러한 시화가 중국시학에 중요한 비중을 차지하며, 중국어문학
전 분야에 관한 이론과 역사적인 사실, 그리고 사회풍습과 문화양상
까지 이해할 수 있는 자료라는 점과, 그 서술이 주관적이면서 객관적

인 내용을 수필처럼 자연스럽게 기술한다는 점에서, 그 二重性을 유지하기가 쉽지 않다. 그래서 청대 章學誠은 ≪文史通義≫〈詩話編〉에서 시화에서 시를 다루는 평가가 嚴正해야 한다고 강조하면서,

> 문예를 논구하면서 연원과 유별을 알기란 쉽지 않다. 명분을 좋아하는 습성을 가지고, 시화를 쓰는 데에 동질적인 것을 합리화하고 이질적인 논리를 비판하는 일은 누구나 다 할 수 있다.
> 論文考藝, 淵源流別不易知也; 好名之習, 作詩話以黨同伐異, 則盡人可能也.

라고 하여 논평의 편견에 대한 문제점을 지적하기도 하였다. 역대 시화를 총괄적으로 살펴보면, 시화 서술의 내용이 대개 시와 연관된 故事, 作家論, 詩評, 그리고 詩語의 考證과 註釋 등으로 구성되어 있어서, 시화는 시와 시인에 관한 종합서라고 할 수 있다. 시화라는 명칭과 부합된 내용 서술이라면 최소한 세 가지 요건을 담고 있어야 하니, 첫째는 시에 관한 專論書이든지, 둘째는 시와 관련된 論詩를 기술하고 있든지, 셋째는 身邊雜談이나 閑談이라 할지라도 시와 연관되어 있어야 한다. 이런 기본 기준을 갖춘 저술이라면 詩話의 범주에 넣을 수 있으니, 시화의 범위는 비교적 분명해지고 詩話 與否의 구분도 비교적 쉽게 분별될 수 있다. 따라서 그 서술내용만 시와 관련된다면 歐陽修의 ≪六一詩話≫에서 붙여진 '詩話'란 명칭과 상관없이 그 저술된 시대와 체제가 어떻든 모두 시화의 장르에 포함시킬 수 있다. 그러므로 淸近代까지의 시화 수량은 천 여 종이 넘어서, 각 조대별로 아직까지 수집정리가 미진한 상태이며 계속해서 새로운 시화서가 발굴되고 있는 처지이다.

현존하는 대표적인 시화집으로는 北宋 阮閱의 ≪詩話總龜≫(98권), 淸代 何文煥의 ≪歷代詩話≫, 近人 丁福保의 ≪歷代詩話續編≫과 ≪淸詩話≫, 郭紹虞의 ≪淸詩話續編≫과 ≪宋詩話輯佚≫, ≪嶺南詩話匯編≫, 그리고 臺灣 廣文書局의 ≪古今詩話叢編≫과 그 續編,

杜松柏의 ≪淸詩話仿佚初編≫, 吳宏一의 ≪淸代詩話知見錄≫, 張寅彭의 ≪新訂淸人詩學書目≫ 등을 들 수 있다. 이러한 시화라는 학문 영역을 체계적이고 집중적인 수집과 연구를 위해서 1997년 韓中 학자들이 중심이 되어 '國際東方詩話學會'를 결성하여 부단한 연구활동을 전개하고 있다.

2. 시화의 淵源說

시화의 연원에 대해서 여러 설이 있는데, 蔡鎭楚는 ≪中國詩話史≫[1]에서 4종 설법을 거론하고 있으니 그 논리에 의거하여 서술하려 한다. 먼저 '三代說'로서 何文煥은 ≪歷代詩話≫ 序에서 기술하기를,

시화는 어떻게 시작되었는가? 〈갱가〉는 ≪우서≫에 기술되고, 육의는 옛 서문에 상세히 쓰여 있다. 공자와 맹자는 언어를 논하여 따로 원대한 뜻을 폈고, ≪춘추≫의 부답은 모두 단장에 속한다. 삼대에 그러했고, 한위대에는 작가가 점차 많아져서 마침내 일가의 언사를 이루었다. 시화는 진실로 시인의 이로운 그릇이며 문예의 바퀴이다. 詩話于何昉乎? 賡歌紀于虞書, 六義詳于古序. 孔孟論言, 別申遠旨, 春秋賦答, 都屬斷章. 三代尙已, 漢魏而降, 作者漸夥, 遂成一家言. 洵是騷人之利器, 藝苑之輪扁也.

라고 하였다. 삼대란 중국 초기 역사시대인 夏, 商, 周 朝代로서 이 시기에 ≪詩經≫이 탄생하였고, ≪書經≫ 〈虞書〉에 기재된 〈賡歌〉와 〈詩大序〉의 '六義', 그리고 孔子와 孟子의 ≪詩經≫에 대한 입론 등에서 시를 논설한 문장에 근거하여 시화의 연원으로 삼을 만하다. 시화가 시론을 담론한 것인 만큼, 멀리 소급하여 그 연원의 소재로 제시한 것이다. 이 설법을 뒷받침할 자료로 姜曾의 〈三家詩話序〉 일단

---

1) 蔡鎭楚 ≪中國詩話史≫ p.7-16, 湖南文藝出版社 1988.

을 보면,

> 어떤 이는 말하기를 종영의 ≪시품≫ 이후부터 시화가 너무 많아져서 대개 헛되이 자구의 첨삭만 하니 시교에 보탬이 안 된다고 한다. 그러나 오찰의 〈관악〉을 보면 아름다운 비평이 없지 않고, 자하의 〈서시〉는 아울러 애락을 논하고 있으니 시화의 기원이다.
> 或謂自鍾嶸詩品以後, 詩話充棟, 大都妄下雌黃, 無裨詩敎. 然觀吳札觀樂, 不廢美譏; 子夏序詩, 幷論哀樂, 卽詩話之濫觴也(≪淸詩話續編≫ 제4책)

라고 하니, 何文煥의 序言과 같지 않으나 '吳札觀樂', '子夏序詩'를 시화의 기원으로 서술한 것으로 역시 '三代說'과 상통한다.

다음은 鍾嶸의 ≪詩品≫에 의거한 '詩品說'로서, 청대 章學誠은 시화의 기원을 다음과 같이 서술하였다.

> 시화의 기원은 종영의 ≪시품≫에 바탕을 둔다. 그러나 경전을 살펴보면 예컨대 「이 시를 지은 자는 그 도리를 아는가?」 또 말하기를, 「미처 생각하지 못했으니 얼마나 원대한가?」라 하였는데, 이것은 시를 논하면서 시에 담긴 고사를 언급한 것이다. 또 예컨대 「윤길보가 지어 읊으니 맑은 바람처럼 심사와 언행이 온화하여, 그 시가 위대하고 그 풍격이 너무 좋으니 이것은 시를 논하면서 시의 어사를 언급한 것이다. 고사에는 옳고 그름이 있고, 어사에는 공교함과 졸렬함이 있으며, 사물을 접촉하여 두루 통하고 밝히 드러남이 실로 많다. 강물이 술잔 뜨는 작은 연못에서 시작되니, 후세의 시화를 논하는 자들이 말하기를 "종영에서 근원하였다"고 하지만, 그 유별이 너무 번다하거늘 한 마디로 다 말할 수는 없다.
> 詩話之源, 本于鍾嶸詩品. 然考之經傳, 如云:「爲此詩者, 其知道乎?」又云:「未之思也, 何遠之有?」此論詩而及事也. 又如吉甫作誦, 穆如淸風, 其詩孔碩, 其風肆好, 此論詩而及辭也. 事有是非, 辭有工拙, 觸類旁通, 啓發實多. 江河始于濫觴, 後世詩話家言, 雖曰本于鍾嶸, 要其流別滋繁, 不可一端盡矣.(≪文史通義≫ 〈詩話〉)

장학성의 주장은 하문환의 三代說을 허구적이라고 보고, 가능한 객관적인 논리를 펴려 하였다는 점에서 실질적인 논조를 제시하고 있다. 그리고 羅根澤은 시화 연원을 당대 孟棨의 ≪本事詩≫에 근거하면서, 다음에 시화를 언급하여 서술하기를,

> 시화가 흥행하기 전에는 종영의 ≪시품≫과 사공도의 ≪시품≫을 제외하고 세 가지의 시를 논하는 책이 있었으니 곧 ≪시격≫, ≪시구도≫와 ≪본사시≫이다. ≪본사시≫는 시화의 전신이다.
> 詩話沒有興起以前, 除了鍾嶸詩品和司空圖詩品, 還有三種論詩的書, 就是詩格·詩句圖和本事詩. 本事詩是詩話的前身.(≪中國文學批評史≫ 제3책)

라 하고 이어서 ≪本事詩≫에 대해서 기술하기를,

> 우리는 시화가 ≪본사시≫에서 나오고, ≪본사시≫는 필기소설에서 나온 것으로 알고 있으니, 시화가 시의 근본 사실을 탐구하는 데에 편중되어 있는 것은 조금도 이상한 일이 아니다.
> 我們知道了詩話出于本事詩, 本事詩出于筆記小說, 則詩話的偏于探究詩本事, 毫不奇怪了.(上同 제2책)

라 하니, 나근택의 '本事詩說'은 시화가 '詩本事'의 근원과 영향에만 편중된 점을 완화하면서 앞 두 설의 편견을 보완한 調和說的 주장이라 본다. 마지막으로 시화의 기원을 詩律의 '細說'에 두는 학설로서, 청대 吳琇의 ≪龍性堂詩話≫ 序에서,

> 점차로 시율을 자세히 따지면서, 자세히 살펴서 뜻을 알아내는 것을 시화에서 본래 다루게 된 것이다. 시화냐 아니냐를 가려내고 시의 고하를 등급 매기면서, 시를 이렇게 선별하게 된다. 그리고 시의 풍아를 공평히 품평하고 시의 자구를 다듬어 고치니 시를 시화에서 이렇게 언급하게 된다. 시화란 시를 선별하는 공신이다.
> 漸于詩律細, 細之爲義, 詩話所從來也. 予奪可否, 次第高下, 詩于是乎有選; 平章風雅, 推稿字句, 詩于是乎有話. 話者, 詩選之功臣也.(≪淸

詩話續編≫ 제2책, p.931)

라고 한 것은, 시율을 정리하고 분석하는 과정에서 시화가 발전하였다는 원론적인 설법인데 역시 실질적인 이론이다. 이상의 4종 학설은 시론의 근원을 추구하는 논리와 상통하니 어느 것 하나도 허황되지 않으나, 견지가 애매하거나 객관성이 부족한 점이 있다. 그런 면에서 어느 것 하나도 부정적이지도 않고 절대적으로 긍정적이지도 않다. 다만 연원 학설상 추론할 수 있는 중요한 설법들이라고 평가할 수 있다. 蔡鎭楚는 ≪中國詩話史≫에서 이상의 기원설을 근거로 시화의 발전단계를 다음과 같이 도표화하고 있다.

발전과정	시대	고전시론의 영향	시화 기원설
胚胎期	先秦시대	虞書의 詩言志와 孔孟의 論詩 －고전시론의 濫觴	三代說(何文煥)
發育期	漢魏六朝	〈詩大序〉, 劉勰의 ≪文心雕龍≫, 鍾嶸의 ≪詩品≫, 陸機의 ≪文賦≫의 詩緣情－문학 自覺 시대와 문학비평의 발전	시화 起源의 詩品說(章學誠)
成型期	隋唐五代	唐代 시인의 출현, 唐人 詩格의 흥기, 孟棨의 ≪本事詩≫ 저작－시화에서 詩格에 대한 개혁(羅根澤)	詩律의 細說(吳琇) 本事詩說(羅根澤)
分娩期	北宋시대	宋人의 시의 風氣에 대한 논리, 唐宋說話의 성행, 歐陽修의 시화 명칭과 시화의 정착(郭紹虞)	

3. 시화의 論詩 實例

중국 시화는 시에 대한 이야기이다. 그것이 어떻게 서술되어 있든 간에 직간접적으로 시와 연관된 이야기라면 '詩話'로 분류된다. 고대부터 淸近代까지 수다한 詩話類가 현존하지만, 그것들이 '詩話'로 불리는 이유는 오직 그 속에 시를 거론하고 있기 때문이다. 그 속에는 갖가지 이야기를 갖가지 형식의 문장으로, 갖가지 수준으로, 갖가지 정서로 서술하고 있어도, 시와 관련된 이야기라면 '詩話'로 분류되니, 그만큼 시화가 될 수 있는 범위가 넓고 용이하다. 따라서 시화는 시에 관한 풍부한 자료를 담고 있기 때문에 여러 면으로 그 공용성을 내포하고 있으니, 淸代 章學誠은 서술하기를,

> 당대 사람의 시화에서 처음 본격적으로 시를 논하였다. 맹계의 ≪본사시≫가 나오고부터 곧 사람들로 나라 역사를 알게 하고 시의 뜻을 서술하게 하였다. 그래서 시를 논하기를 좋아하는 사람들이 발맞추어 시화를 넓혀나가게 되어, 시화가 역사서의 전기와 통하게 되었고, 간혹 명물을 주석하게도 되니 시화가 경전의 소학과 통하게 된 것이다. 때로는 견문을 널리 서술하게 되니 시화가 문집의 여러 작가와 통하게 된 것이다.
> 唐人詩話, 初本論詩. 自孟棨本事詩出, 乃使人知國史敍詩之意. 而好事者踵而廣之, 則詩話而通于史部之傳記矣; 間或詮釋名物, 則詩話而通于經部之小學矣; 或泛述聞見, 則詩話而通于子部之雜家矣.(≪文史通義≫ 〈詩話〉)

라고 하여 시화 내용의 포용성과 광범성, 그리고 활용성을 지적하고 있다. 따라서 '시화'는 그 시학적 면으로 볼 때, 그 시론적 가치를 다양하게 구분하여 설명할 수 있으니, 시의 풍격, 작가, 詩體, 그리고 종교적 立論 면으로 구분해서 그 예증을 통하여 살펴보기로 한다.

(1) 風格

시에서 풍격은 시가 지닌 시적인 성향을 말한다. 시의 풍격을 논한 것은 이미 ≪論語≫에서 ≪詩經≫을 평하여 「시 3백 수는 한 마디로 말해서 그 담긴 뜻이 도리에 어긋남이 없다.(詩三百, 一言以蔽之, 思無邪.)」라고 한 데서 그 중요성을 알 수 있다. 시화라는 장르에서 鍾嶸의 ≪詩品≫에서 시인의 시를 품평하면서 풍격을 논하였고, 唐代에 이르러선 司空圖가 시의 풍격을 분류하여 본격적인 풍격의 의미 규명을 試圖하기도 하였다. 사공도의 예를 들면, 그는 풍격을 구분하여 '雄渾', '沖澹', '纖穠', '沈著', '高古', '典雅', '洗煉', '勁健', '綺麗', '自然', '含蓄', '豪放', '精神', '縝密', '疏野', '淸奇', '委曲', '實境', '悲慨', '形容', '超詣', '飄逸', '曠達', '流動' 등 24개로 나누었고, 매 풍격마다 12구 4언의 운문 형식으로 서술하고 있는데, 그중에 '典雅'와 '淸奇'에 대한 풍격 풀이를 본다.

> (典雅) 옥 항아리에 술을 사서 담고, 초가집에서 비를 감상한다. 자리에는 멋진 선비들 앉고, 좌우 주변에는 대나무 숲 우거지다. 흰 구름 자욱이 막 날이 개이고, 깊은 산속 새들이 서로 날아 좇는다. 푸르른 나무 그늘 아래 거문고 베고 자니, 위에선 휘날리는 폭포수가 있다. 꽃은 아무 말 없이 지고, 사람의 마음은 국화처럼 산뜻하다. 이 가는 계절 경치를 글로 쓰니, 그 정말 읽을 만하다.
> 玉壺賣春, 賞雨茅屋. 坐中佳士, 左右修竹. 白雲初晴, 幽鳥相逐. 眠琴綠蔭, 上有飛瀑. 落花無言, 人澹如菊. 書之歲華, 其曰可讀.
>
> (淸奇) 아름다운 솔숲에 그 아래에 맑은 물 흐른다. 하얀 눈이 대나무에 가득하고 냇물 건너에는 물고기 배 있다. 고운 사람 옥 같은데 나막신 신고 깊은 곳 찾는다. 쳐다보며 서기도 하니 푸른 하늘 아득하다. 정신이 예스럽고 기특하여 담백한 느낌 거두어 담을 수 없다. 새벽의 달 같고 가을의 공기 같다.

涓涓群松, 下有漪流. 晴雪滿竹, 隔溪魚舟. 可人如玉, 步屧尋幽. 載瞻載止, 空碧悠悠. 神出古異, 淡不可收. 如月之曙, 如氣之秋.

여기서 '典雅'는 시의 典麗하고 高雅한 풍격을 지칭하고, '淸奇'는 시의 古淡하고 상징적 意趣를 강조한 다분히 은일낭만적이며 탈속적 풍격을 지적한다. 중국시의 풍격은 구체적이며 사실적인 표현보다는 주관적이며 관념적으로 규정하는 경향을 지닌다.

다음에 明代 李東陽의 ≪懷麓堂詩話≫에서 杜甫 시를 다양하게 풍격적으로 거론한 비교적 장문의 예문을 보기로 한다. 이동양의 시화 제133칙은 시의 集大成者로서의 杜甫의 시풍을 20종으로 세분하여 거론하였는데 이런 구체적인 논평은 전무후무하다고 본다.

두보 시는 매우 맑으니(淸絶),「오랑캐 기마는 한밤에 북으로 달리니, 무릉 한 곡은 남쪽 원정을 생각케 하네.」구 같은 것이다. 부귀하니(富貴),「날 따뜻한데 깃발이 용뱀처럼 펄럭이고, 궁전에 산들바람 이니 제비 참새가 높이 나네.」구 같은 것이다. 고고하니(高古),「이윤과 여상과 맞먹을 만하고, 지휘력은 소하와 조참보다 낫도다.」구와 같은 것이다. 화려하니(華麗),「꽃 지고 아지랑이 자욱한데, 밝은 해는 고요하고, 비둘기와 어린 제비 우는데 푸른 봄이 깊구나.」구와 같은 것이다. 벤 듯 산뜻하니(斬絶),「되비치어 강에 들어 돌벽에 날리고, 돌아가는 구름이 나무를 안고 산마을에 드네.」구와 같은 것이다. 기괴하니(奇怪),「돌이 솟은 곳에 단풍잎이 지는 소리 들리고, 배 노가 등을 흔드는데 국화가 피누나.」구와 같은 것이다. 맑고 밝으니(瀏亮),「초 땅 하늘에 끊임없이 사계절 비 내리고, 무협에는 길게 만 리 바람이 부네.」구와 같은 것이다. 섬세하니(委曲),「다시 뒤에 만남에 어디인지 알지니, 문득 만남이 이별 자리로다.」구와 같은 것이다. 준일하니(俊逸),「짧은 복사꽃이 강 언덕에 서 있고, 가벼운 버들솜은 옷을 건드리네.」구와 같은 것이다. 온화하고 윤택하니(溫潤),「봄물에 배는 하늘 위에 앉은 것 같고, 노년에 꽃을 안개 속에 보는 것 같네.」구와 같은 것이다. 감개하니(感慨),「왕후의 집에는 모두 새 주인이요, 문무의 의관은 옛날과 다르네.」구와 같은 것이다.
격렬하니(激烈), 「오경의 북과 피리 소리 비장한데, 삼협의 은하수
그림자는 흔들거리네.」구와 같은 것이다. 쓸쓸하니(蕭散), 「멋대로
자는 어부는 둥둥 떠 있고, 맑은 가을의 제비는 빙빙 나네.」구와 같
은 것이다. 침착하니(沈著), 「어렵게 고생하여 짙게 서리 긴 귀밑털
을 원망하니, 늙어 느리게 막걸리 잔을 드네.」구와 같은 것이다. 자
세하게 다듬어지니(精鍊), 「나그네 문에 드니 달이 밝은데, 누구 집
비단 다듬이 소리에 바람이 쓸쓸하네.」구와 같은 것이다. 비참하니
(慘戚), 「3년 피리 속에 관산에 달이 뜨고, 온 나라 병사 앞 초목에
바람 부네.」구와 같은 것이다. 충실하고 중후하니(忠厚), 「주의 선
왕과 한의 무왕은 지금의 왕의 지침이며, 효자와 충신은 후대에 본보
기라네.」구와 같은 것이다. 신묘하니(神妙), 「직녀의 베틀 실은 달
밤에 텅 비고, 돌고래의 비늘은 추풍에 움직이네.」구와 같은 것이
다. 웅장하니(雄壯), 「몸을 부추기니 절로 신명이 나니, 마침 조화옹
의 공 때문이네.」구와 같은 것이다. 노련하니(老辣), 「어찌해야 신
선의 구절 지팡이를 얻어서, 부추겨 옥녀의 머리 감는 동이에 이를
건가?」구와 같은 것이다. 이런 것들로 논하자면, 두보는 진정 시가
의 집대성이라고 말할 수 있다.

杜詩淸絶如「胡騎中宵堪北走, 武陵一曲想南征.」富貴如「旌旗日煖龍
蛇動, 宮殿風微燕雀高.」高古如「伯仲之間見伊呂, 指揮若定失蕭曹.」
華麗如「落花遊絲白日靜, 鳴鳩乳燕靑春深.」斬絶如「返照入江翻石壁,
歸雲擁樹失山村.」奇怪如「石出倒聽楓葉下, 櫓搖背指菊花開.」瀏亮
如「楚天不斷四時雨, 巫峽長吹萬里風.」委曲如「更爲後會知何地, 忽
漫相逢是別筵.」俊逸如「短短桃花臨水岸, 輕輕柳絮點人衣.」溫潤如
「春水船如天上坐, 老年花似霧中看.」感慨如「王侯第宅皆新主, 文武衣
冠異昔時.」激烈如「五更鼓角聲悲壯, 三峽星河影動搖.」蕭散如「信
宿漁人還汎汎, 淸秋燕子故飛飛.」沈著如「艱難苦恨繁霜鬢, 潦倒眞停
濁酒杯.」精鍊如「客子入門月皎皎, 誰家擣練風凄凄.」慘戚如「三年
笛裏關山月, 萬國兵前草木風.」忠厚如「周宣漢武今王是, 孝子忠臣後
代看.」神妙如「織女機絲虛夜月, 石鯨鱗甲動秋風.」雄壯如「扶持自

是神明力, 正直元因造化功.」老辣如「安得仙人九節杖, 拄到玉女洗頭盆.」執此以論, 杜眞可謂集詩家之大成者矣.

두보를 詩家의 집대성자라고 평가하는 근거는 다양한 격식과 풍격을 포괄하는 詩聖다운 詩格을 지니고 있기 때문이다. 中唐代의 元稹은 두보를 존숭하여 〈唐故工部員外郎杜君墓係銘並序〉(≪元稹集≫ 卷56)에서 논하기를,

두보에 이르러서, 무릇 소위 위로는 〈국풍〉과 〈이소〉를 가까이하고 아래로는 심전기와 송지문을 두루 갖추었으며, 예로 소무와 이릉을 옆에 두고, 기풍은 조식과 유정을 머금고, 안연지와 사령운의 고고함을 덮었으며, 서릉과 유신의 유려함을 섞어서 고금의 체세를 다 얻고 지금 사람의 독창적인 것을 겸비하였다.
至於子美, 蓋所謂上薄風騷, 下該沈宋, 古傍蘇李, 氣呑曹劉, 掩顏謝之孤高, 雜徐庾之流麗, 盡得古今之體勢, 而兼今人之所獨專矣.

라고 하여 두보 시를 시대를 아우르는 詩史的 위상에 놓았고, 嚴羽는 두보 시를 직접 시의 집대성자라고 평가하여 ≪滄浪詩話≫ 〈詩評〉에서 논하기를,

두보의 시는 한위대를 본받고 육조에서 제재를 얻어 그 자신만이 터득한 오묘한 경지에 이르러서 전대 사람들의 것을 소위 집대성한 사람인 것이다.
少陵詩, 憲章漢魏, 而取材於六朝, 至其自得之妙, 則前輩所謂集大成者也.

라고 하였다. 그리고 명대의 張宇初도 「집대성한 사람은 반드시 소릉 두보라고 말할 것이다.(集大成者, 必曰少陵杜氏.)」(≪峴泉集≫ 卷2 雲溪詩集序)라고 다시 강조하고 있다. 두보 시는 집대성자로서의 위대한 풍격을 지녔기에 중국문학의 詩聖으로 평가받고, 고금동서의 詩家 中 詩家로 추앙된다.

(2) 작가 — 품평과 優劣論

어느 시인의 시를 품평하는 것은 시화가 필수적으로 논술해야 할 대상이다. 따라서 모든 시화는 시인과 시의 품평을 모두 다루고 있으니 여기서는 시인 간의 시 우열론을 살펴본다. 李白(李太白)과 杜甫의 시를 비교하여 평한 예문으로 이동양의 시화 제109칙을 보면,

> 이백은 타고난 재능이 특출하니, 진정 「가을 물에 연꽃이 솟아나서, 자연스럽게 다듬어 꾸며 있네.」라고 말한 대로이다. 이제 돌에 새겨서 전해지는 것으로 〈세상에 사는 것이 큰 꿈과 같네〉라는 시의 서문에는 「크게 술에 취하여 지으니, 하생이 나를 위해 읽는다.」라고 적고 있다. 이런 시는 모두 손 가는 대로 붓을 휘둘러 지은 것이며 다른 작품도 미루어 알 수 있다. 전대에 전해지는 두보의 「복사꽃이 잔잔히 날리고 버들 꽃은 지네.」라는 손수 쓴 시에는 고친 글자가 있다. 이 두 분의 명성이 함께 높아서 우열을 가릴 수 없다. 좀 이의가 있는 것으로 한유에게 문득 「세상의 뭇 아이들 어리석은데, 어찌하여 이유를 들어 헐뜯어 아프게 하는가?」 구가 있다. 그러니 시를 어찌 반드시 작시에 있어서의 느리고 빠른 것으로 논하겠는가?
> 太白天才絶出, 眞所謂 「秋水出芙蓉, 天然去雕飾.」 今所傳石刻〈處世若大夢〉一詩, 序稱 : 「大醉中作, 賀生爲我讀之.」 此等詩, 皆信手縱筆而就, 他可知已. 前代傳子美 「桃花細逐楊花落」, 手稿有改定字. 而二公齊名並價, 莫可軒輊. 稍有異議者, 退之輒有 「世間羣兒愚, 安用故謗傷.」 之句. 然則詩豈必以遲速論哉?(≪懷麓堂詩話≫)

라 한 바, 李白과 杜甫 시의 우열 논리는 천여 년을 두고 끊임없이 제기되고 있지만, 그 결론은 상호존중의 칭찬으로 매듭지어 왔으니 어쩌면 당연한 귀결이라 할 것이다. 위의 이동양의 문장도 그 맥락에서 거론하고 있는데, 작시의 태도상 즉흥시인가 아니면 장시간 刻苦의 시인가에 따라서 시의 가치를 논하는 일각의 논리를 다소 부정

하고 있다. 그리하여 그 예로 李白(이태백) 시에서는 古詩〈經亂離後天恩流夜郞憶舊遊懷贈江夏韋太守良宰〉에서 「秋水」 구와 〈春日醉起言志〉에서 「處世」 구를 각각 인용하였고, 杜甫 시에서는 〈曲江對酒〉에서 「桃花」 구를 인용하여 비교하고 있다. 본래 李杜優劣論을 처음 제기한 시인은 중당대 白居易와 元稹이라 할 것이니, 백거이는 〈與元九書〉에서 이백과 두보 시의 장점을 서술하기를,

> 뛰어난 시인으로 세상에서 이백과 두보를 칭한다. 이백의 시는 재기있고 기특하여 사람이 따라가지 못한다. 그 풍아와 비흥의 면을 찾아보면 열에서 하나도 없다. 두보 시는 가장 많아서 전해지는 것이 천여 수나 된다. 고금을 다 꿰뚫어 포괄하여서 격률을 자세히 다듬고 공교하고 잘 지은 점에서 또한 이백보다 뛰어나다.
> 詩之豪者, 世稱李杜. 李之作, 才矣奇矣, 人不逮矣. 索其風雅比興, 十無一焉. 杜詩最多, 可傳者千餘首. 至於貫穿今古, 覼縷格律, 盡工盡善, 又過於李.(≪白居易集≫ 권28)

라고 하여 두보를 이백(이태백)보다 다소 우위에 놓으려 하였다. 그리고 韓愈는 〈調張籍〉(≪韓昌黎集≫ 권5)에서,

> 이백과 두보의 문장이 있는 곳에는
> 찬란한 빛이 매우 높고 길도다.
> 여러 아이들이 어리석은 줄 모르고
> 어찌 구실 삼아 헐뜯고 아프게 하나?
> 하루살이가 큰 나무를 흔들고 있으니
> 가소롭게도 스스로를 헤아리지 못하도다.
> 李杜文章在, 光焰萬丈長.
> 不知群兒愚, 那用故謗傷.
> 蚍蜉撼大木, 可笑不自量.

라고 하여 李杜優劣을 논하기를 자제하려 하였다. 그리고 송대 蘇轍은 두보우위론(≪欒城集≫ 권8)을, 송대 劉攽은 이백우위론(≪中山

詩話≫)을, 그리고 黃庭堅은 두보우위론(≪豫章黃先生文集≫ 권26)을 각각 주장하였으며, 嚴羽는 「이백(이태백)과 두보 두 사람은 정말 우열을 따지지 못한다. 이백에게는 한둘의 오묘한 곳이 있어 두보가 말 할 수 없으며, 두보에게도 한둘의 오묘한 곳이 있어 이백이 지어낼 수 없다.(李杜二公, 正不當優劣. 太白有一二妙處, 子美不能道. 子美有一二妙處, 太白不能作.)」(≪滄浪詩話≫ 〈詩評〉)라고 하여 李杜衡平論을 제기하였다.

(3) 詩體 - 律格과 聲調

시에서 형식은 기본적인 시의 요건이다. 시가 일정한 운율과 平仄 등 격식과 字句의 제한이 있어야 시로서의 특성을 갖춘다고 할 것이다. 따라서 시화에서 詩體는 필수적인 논점 대상이다. 명대 李東陽의 ≪懷麓堂詩話≫에서 율시 작시상의 구성에 대해서 제30칙에 다음과 같이 서술하고 있다.

율시의 기승전합은 구법이 없는 것은 아니지만, 얽매어서는 안 된다. 구법에 얽매어 짓게 되면, 곧 버팀목처럼 굳어져서, 사방팔방으로 원활한 생동감이 없게 된다. 그러나 반드시 법도에 정한 대로 해서, 조용하며 한가로운 기풍으로 하여 혹은 흘러넘쳐서 물결이 일고, 혹은 변화하여 기이하게 되면 곧 '자연의 오묘함'을 지니게 되니 이것은 억지로 이루어질 수 없는 것이다.
律詩起承轉合, 不爲無法. 但不可泥, 泥於法而爲之, 則撑拄對待, 四方八角, 無圓活生動之意. 然必待法度旣定, 從容閑習之餘, 或溢而爲波, 或變而爲奇, 乃有自然之妙, 是不可以强致也.

율시에서 起承轉合(일명 首頷頸尾, 起承轉結)의 구법은 매 2구마다 단계적으로 시구의 묘사와 내용을 규칙적으로 전개해 나가는 절차로서 발단은 원대 楊載와 范德機에서 시작하였는데, 양재의 ≪詩法

家數≫〈律詩要法〉에는 그 단계별 作法을 상세하게 제시하고 있다.

　시의 기승전합. 시의 첫 연인 수련:「혹은 경물에 대해서 감흥이 일어나거나, 혹은 비유하거나, 혹은 사물을 인용하거나, 혹은 시의 요지를 제시한다. 우뚝 높고 원대하여 마치 광풍이 물결을 말아 올리고 기세가 하늘에 넘치려는 것 같다.」함련:「혹은 뜻을 묘사하거나, 혹은 경물을 묘사하거나, 혹은 사실을 쓰거나 고사를 인용하고 증거를 댄다. 이 연은 시의 내용을 설명하는 것이 마치 검은 용의 구슬이 매어 있어 벗어나지 않는 것 같다.」경련:「혹은 뜻을 묘사하거나, 경물을 묘사하거나, 사실을 쓰고 고사를 인용하고 증거를 댄다. 앞 연의 뜻과 서로 어울리면서 서로 피한다. 변화를 주는데 마치 빠른 번개가 산을 부수면, 보는 자가 매우 놀라는 것 같다.」
起承轉合. 破題: 或對景興起, 或比起, 或引事起, 或就題起. 要突兀高遠, 如狂風捲浪, 勢欲滔天. 頷聯: 或寫意, 或寫景, 或書事, 用事引證. 此聯要詠破題, 要如驪龍之珠, 拘而不脫. 頸聯: 或寫意, 寫景, 書事, 用事引證, 與前聯之意相應相避. 要變化, 如疾雷破山, 觀者驚愕.

　매 연(두 개의 시구를 ‘一聯’이라 함)마다 나름의 표현해야 할 대상과 내용이 있어야 하며 멋대로 시를 짓는 것이 아님을 명시하고 있다. 이 같은 엄격한 규율에 너무 얽매이면 시의 생명력이 반감되는 난점이 있으므로 이동양은 그 조화를 강조한 것이다. 여기서 ‘조화’란 송대 劉克莊이 제시한 시의 ‘活法’과 상통한다. 구법을 지키되 ‘융통성’ 즉 변화를 발휘하여야 한다는 것이다. 청대에 와서 馮班이 「장시에는 순서를 배치하는 것이 있는데, 기승전합을 알지 않으면 안 되나, 오히려 거기에 얽매이지 않고, 모름지기 변화시켜 날아 움직이듯 해야 좋은 것이다.(長詩有敍置次第, 起承轉合不可不知, 却拘不得, 須變化飛動爲佳.)」(≪鈍音雜錄≫)라고 한 것은 句法의 중요성을 강조한 이론일 수 있다. 그리고 작시상의 聲調法인 平仄에 대해서 이동양의 시화 제64칙에서 논하기를,

시에는 순수하게 평측(平仄)자를 써서 서로 조화하는 것이 있다. 예컨대 「가벼운 옷자락이 바람 따라 휘돌다」 구는 다섯 자가 모두 평성이고, 「복사꽃과 배꽃이 들쭉날쭉 피었네」 구는 일곱 자가 모두 평성이며, 「달이 낭떠러지 가에 나오네」 구는 다섯 자가 모두 측성이다. 오직 두보만이 측성자를 잘 썼으니, 예컨대 「나그네가 있는데 나그네의 자는 자미라네」 구는 일곱 자가 모두 측성자이고, 「한밤에 일어나 앉으니 만감이 일어나네」 구는 여섯 자가 측성인 것이 더욱 많다.

詩有純用平仄字而自相諧協者. 如「輕裾隨風還」, 五字皆平 ;「桃花梨花參差開」, 七字皆平 ;「月出斷岸口」 一章, 五字皆仄. 惟杜子美好用仄字, 如「有客有客字子美」, 七字皆仄, 「中夜起坐萬感集」, 六字仄者尤多.(상동)

시에서 平仄法은 시의 운율상 성조의 高低長短을 조화하여 시의 음악미를 풍부하게 하는 작법이다. 平聲은 四聲에서 平聲(上平, 下平)을 지칭하고, 仄聲은 上聲, 去聲, 入聲을 지칭한다. 현재 國語(普通話)에서는 入聲이 다른 성조에 흡수되어 없으니, '國(guo), 入(ru)' 등과 같은 경우이다. 시의 平仄은 조화 있게 배열되어 전개되는 것이 정도인데, 위의 글은 5언시에서 平聲으로만 배열된 五平式, 仄聲으로만 배열한 五仄式, 7언시도 七平式, 七仄式 등의 변칙적 방법을 강구한 시구의 예를 들면서 나름의 시적 가치와 풍격을 유지한 특수한 경우를 거론하고 있다. 三平式이나 三仄式 같은 방식은 흔히 볼 수 있어서, 전자의 경우는 杜甫의 〈月下獨酌〉 시 「對影成三人(그림자 대하니 세 사람 되네)」 구(밑줄 친 3자 전부 평성), 후자의 경우는 蘇軾의 〈石鼓〉 「竟使秦人有九有(드디어 진이 천하를 다스리게 되었네)」 구(밑줄 친 3자 전부 측성)를 들 수 있다. 그런데 五平式이니 七仄式 같은 방식은 극히 드물고 대단한 변칙이므로 상용되지 않으나 시인이라면 작시활용의 준비는 되어 있고 그 필요성을 인식해야 할 것이다. 曹植의 〈美女篇〉 시구 「輕裾隨風還(살랑대는 치

마는 바람 따라 나부끼네)」은 'qing ju sui feng huan'라고 발음
되어 5자 성조가 전부 平聲이고, 두보의 〈乾元中寓居同谷縣作歌〉시
구 「有客有客字子美(나그네가 있는데 나그네의 자는 자미라네)」는 'you
ke you ke zi zi mei'라고 발음되어 7자 성조가 전부 仄聲이다. 고
시의 성조와 절주에 대해서도 이동양의 시화 제32칙을 보면,

> 고시가의 성조와 절주는 전해지지 않은 지 오래되었다. 일찍이 사람
> 들이 〈관저〉와 〈녹명〉 등 여러 시를 노래하는 것을 들으니, 단지 넉
> 자의 평성으로 긴 소리를 끌어내는데 그리 높고 낮거나 느리거나 급
> 한 절주가 없다. 옛사람을 생각하면 그저 그렇지 않을 것이다. 오늘
> 날의 시는 오직 오월 지방에만 노래가 있다. 오가는 맑고 아름다우
> 며 월가는 길면서 격렬한데, 그러나 사대부도 다 능히 하지 못한다.
> 내가 들은 바로는, 오가는 장형보, 월가는 왕고직 인보를 명가라고
> 칭할 수 있다.
>
> 古詩歌之聲調節奏, 不傳久矣. 比嘗聽人歌〈關雎〉〈鹿鳴〉諸詩, 不過以
> 四字平引爲長聲, 無甚高下緩急之節. 意古之人, 不徒爾也. 今之詩, 惟
> 吳越有歌, 吳歌淸而婉, 越歌長而激, 然士大夫亦不皆能. 予所聞者, 吳
> 則張亨父, 越則王古直仁輔, 可稱名家.(상동)

라고 하였는데, 고시가라면 ≪詩經≫의 작품을 지칭한다. 이들 ≪詩
經≫의 詩篇이 지닌 성조와 절주는 실지로는 ≪樂經≫이다. 곡조가
있는 가사가 ≪시경≫의 작품이란 말이다. 이들 작품의 곡조가 원형
대로 전해지지 않고 秦始皇의 '焚書坑儒'로 대부분 일실되었으니 梁
代 沈約의 ≪宋書≫에는 「진대에 이르러 전적을 태워서 ≪악경≫이
망실되었다.(及秦焚典籍, 樂經用亡.)」(권19 〈志樂〉)라고 하였고, 唐
代 徐堅의 ≪初學記≫에서는 「옛날에는 ≪주역≫, ≪서경≫, ≪시경≫,
≪예기≫, ≪악경≫, ≪춘추≫를 육경으로 삼았는데 진대에 와서 책
을 태워서 ≪악경≫이 없어졌다.(古者以易書詩禮樂春秋爲六經, 至秦
焚書, 樂經亡.)」(권21)라고 하였다. 이처럼 ≪시경≫의 노랫가락은
보전되지 못하고, 南北朝시대에 성행한 江南의 民歌인 吳歌와 浙江

일대의 민가인 越歌가 전래되어 왔으니, 이것은 樂府의 淸商曲辭의 하나이다. 송대 郭茂倩의 ≪樂府詩集≫(권44)에서 淸商曲辭에 대한 기록에 의하면, 「오가의 잡곡은 함께 강남에서 나왔다. 동진 이래로, 조금 증가되었다. 그 처음은 모두 속된 노래인데 이미 관현을 입혔다. 대개 영가의 도강 이후에 양대와 진대까지 모두 건업에 도읍을 정하여 오성가곡이 여기에서 일어난 것이다.(吳歌雜曲, 並出江南. 東晋以來, 稍有增廣. 其始皆徒歌, 旣而被之管絃. 蓋自永嘉渡江之後, 下及梁陳, 咸都建業, 吳聲歌曲起於此也.)」라고 하여 오가가 江南의 建業을 발원지로 하였음을 밝혔다.

(4) 종교적 立論

儒佛道 三敎는 중국문화 형성과 발달에 크게 영향을 주었다. 儒家는 詩敎的 사조를 근간으로 시를 통한 백성의 윤리도덕 문제의 敎化的 역할을 중시하였고, 道敎는 소위 神仙 사상을 통한 탈속 의식을 시에서 발양토록 하였다면, 외래종교인 불교는 參禪이론으로 시 창작의 집중력을 제고하는 시론에 도입하였다. 이 중에 南宋代 嚴羽의 ≪滄浪詩話≫〈詩辨〉에서 시창작의 정신을 參禪 정신으로 시를 「시창작과 참선의 정신이 같음(詩禪一致)」에 연관시켜서 논리를 편 예를 보기로 한다.

선가류에는 소승과 대승이 있고, 남종과 북종이 있으며, 사도와 정도가 있으니, 학습자는 모름지기 최상의 승을 따라 바른 법안을 갖추어 제일의를 깨달아야 한다.2) 소승선이라면 성문승과 벽지승 따위인데 모두 바르지 않다. 시를 논함은 선을 논함과 같으니 한위진과

---

2) 제일의는 불법의 第一義諦로서 ≪傳燈錄≫ 권9에 「心卽是法, 法卽是心, 不可將心更求於心, 歷千萬劫無得日, 不如當下無心, 便是本法. …故佛言, 我於阿耨菩提實無所得, 恐人不信, 故引五眼所見, 五語所言, 眞實不虛, 詩第一義諦.」라고 하였다.

성당의 시가 즉 제일의이다. 대력 이후의 시는 즉 소승선이어서 이미 제이의로 떨어져 있다.3) 만당의 시는 즉 성문과 벽지승류이다. 한위진과 성당의 시를 배운 자는 임제종 무리와 같고 대력 이후의 시를 배운 자는 조동종 무리와 같다. 대개 선도는 묘오에 있으니 시도 또한 묘오에 있는 것이다. 또한 맹양양(孟浩然)의 학력이 한퇴지(韓愈)보다 매우 떨어지지만, 그 시만은 퇴지 위에 빼어난 것은 오직 묘오를 맛보기 때문이다. 오직 悟(깨달음)는 곧 마땅히 갈 길이요 본색이 되는 것이다. 그러나 오는 얕고 깊음이 있고 한계가 있음에 따라 투철한 오와 단지 알아서 반쯤 깨우쳐지는 오가 있다.4) 한위는 존귀하니 오득을 가식하지 않으며, 사령운에서 성당 여러 문인에 이르기까지는 투철한 오이다. 나머지는 오를 지녔다 해도 모두 제일의가 못된다. 내가 그를 비평해서 거짓되지 않고 변언해도 망령되지 않는다. 세상에는 버릴 사람과 버릴 수 없는 말이 있으니 시도란 이와 같은 것이다.

禪家者流, 乘有小大, 宗有南北, 道有邪正, 學者須從最上乘, 具正法眼, 悟第一義也. 若小乘禪, 聲聞辟支果, 皆非正也. 論詩如論禪, 漢魏晋與盛唐之詩, 則第一義也. 大歷以還之詩, 則小乘禪也, 已落第二義也. 晚唐之詩, 則聲辟支果也. 學漢魏晋與盛唐詩者, 臨濟下也. 學大歷以還之詩者曹洞下也. 大抵禪道惟在妙悟, 詩道亦在妙悟. 且孟襄陽學力下韓退之遠甚, 而其詩獨出退之之上者, 一味妙悟而已. 惟悟乃爲當行, 乃爲本色. 然悟有淺深, 有分限, 有透徹之悟, 有但得一知半解之悟. 漢魏尙矣. 不假悟也. 謝靈運至盛唐諸公, 透徹之悟也, 他雖有悟者, 皆非第一義也. 吾評之非僭也, 辯之非妄也. 天下有可廢之人, 無

---

3) 제이의란 불법의 第一義諦에서 따온 제일의와 대칭하여 쓴 말인데, 여기서는 대력 이후의 묘오하지 못한 시, 즉 소위 一知半解之悟를 지칭하는 용어이다.

4) 엄우의 透徹之悟는 皎然의 ≪詩式≫에서 근원하니 ≪詩式≫의 「兩重意以上皆文外之旨, 若遇高手如康樂公, 覽而察之, 但見情性, 不覩文字, 皆詣道之極也.」에서 문자를 떠난 정성의 극을 파악하는 것을 엄우는 透徹之悟라 표현한 것 같다. 許學夷는 透徹之悟의 의미를 다음과 같이 밝혔다. 「初唐沈宋律詩, 造詣雖鈍, 而化機尙淺, 亦非透徹之悟. 惟盛唐諸公領會神情, 不倣形迹, 渾然而就, 如僚之於丸, 秋之於奕, 孔孫之於劍舞, 此方是透徹之悟也.」(≪詩源辯體≫)

可廢之言, 詩道如是也.

　위의 밑줄 친 「시를 논함은 선을 논함과 같음(論詩如論禪)」과 「시도 또한 묘오에 있음(詩道亦在妙悟)」 부분을 보면, 엄우가 시의 정신세계를 禪의 경지에 비유하여 만당의 司空圖를 추숭하고 강서파 시인에게서 영향 받아서 이론으로 정립시켰다. 禪家의 上下類 구별과 禪理의 정점을 추구할 것을 밝히고, 詩와 禪의 동일논리를 강조하고 있다. 선이 철학적·종교적 신비성을 지녔다면, 시는 문학영역으로 性情의 표출에 근거하여 서로 속성이 다르지만 감각의 직관을 중시한다는 면에서는 상통한다. 시는 心地에 연유하여 성정을 표현할 때, 그 詩道는 바로 心得의 妙悟에 있는 것이며, 이는 佛道가 道得의 묘오에 있는 것과 같다. 엄우가 '第一義'를 悟得하기 위해서는 最上乘을 따라야만 가능하다 하고 漢魏晋과 盛唐 시풍을 그 예로 들었는데, 여기에서 감성이 도달할 수 있는 정신의 승화가 시와 선의 상통점으로 해명될 수 있다.

　엄우는 孟浩然을 韓愈보다 시의 묘오란 면에서 시의 가치를 높게 본다는 例擧까지 하면서 이 점을 부각하였다. 그의 〈詩辨〉에 妙悟와 관련된 부분은 「들 여우의 외도이니, 그 참된 지식을 가려 버리면 약을 구할 수 없어서 끝내 깨닫지 못한다.(野狐外道, 蒙蔽其眞識, 不可救藥, 終不悟也.)」구, 「가슴속에 뜸 들여, 오래되면 자연히 깨달아 든다.(醞釀胸中, 久之自然悟入.)」구, 그리고 「그 묘한 곳은 꿰뚫어 영롱하여, 모아 놓을 수 없다.(其妙處透徹玲瓏, 不可湊泊.)」구 등이 있다. 그리고 「묘오에는 얕고 깊음이 있음(悟有淺深)」라고 하여, 妙悟의 얕고 깊음의 등급을 표현하였는데 이것은 시 경지의 차별을 뜻한다. 〈시변〉에서 제시한 '悟(깨달음)'의 분류는 (a)오로지 묘오를 맛봄(一味妙悟), (b)투철한 오(透徹之悟), (c)완전치 않으나 반은 아는 오(一知半解之悟), 그리고 (d)오를 가식하지 않음(不假悟) 등인데, (a)와 (b), (d)는 소위 최상승인 第一義이며, (c)는 '第二義'

가 되겠다. 엄우는 「한위는 존귀하니 오를 가식하지 않는다(漢魏尙矣, 不假悟也.)」라 하고, 「사령운에서 성당 여러 문인에 이르기까지는 투철한 오이다.(謝靈運至盛唐諸公, 透徹之悟也.)」라 한 데서 한위와 사령운 및 성당 여러 문인(孟浩然을 '一味妙悟'라 함)이 第一義, 大歷 이후 및 晚唐을 第二義로 차등을 두었다.

4.唐代 이전 주요 시화 例擧

(1) ≪典論論文≫ - 曹丕

　　魏文帝 曹丕(조비, 187-226). 字가 子桓으로, 沛國 譙(지금의 安徽 亳縣) 人이다. 曹操의 둘째 아들이며, 曹植의 친형이다. 8세에 屬文하고 騎射에 능하였고, 經史諸子百家를 관통하고 검술과 바둑에 능하였다. 漢獻帝 建安 2년(197)에 張綉를 종사하였으나 兵敗하여 말 타고 탈출하였으며, 건안 9년에는 조조 군대가 鄴城을 격파하니 조비는 袁紹府에 진입하였다. 그 이듬해 吳質, 劉楨 등 文士와 南皮에서 經史文章을 高談하였다. 건안 13년 조조를 수종하여 劉表와 孫權을 정벌하고 업성으로 돌아와서 五官中郎將, 副丞相이 되었다. 조비는 王粲, 劉楨, 陳琳, 阮瑀, 徐幹, 應瑒 兄弟, 楊修, 吳質 등과 왕래하며 문학활동하고, 건안 22년 10월에 魏國의 太子로 옹립된다. 이어서 延康 원년(220) 정월, 魏王을 계위하고 동년 10월 한 헌제가 조비에게 禪位하니 黃初로 改元하였다. 재위 7년간 여러 형제를 핍박하여 曹彰을 독살하고, 曹植에게 수차례 죄벌을 가하였으며, 吳나라를 세 번이나 정벌하였으나 모두 실패하였고 황초 7년(226)에 병졸하였다. 조비는 建安文壇의 영수로서, 〈燕歌行〉을 비롯하여 시와 산문, 辭賦에 이르기까지 다재다능한 문재를 발휘하였으니, ≪魏志≫

〈文帝紀〉에 「박학하고 문장이 우수하며 재능과 예능이 다 뛰어나다. (博文强識, 才藝兼該.)」라고 하였다. 그의 〈燕歌行〉 제1수를 보기로 한다.

추풍이 쓸쓸히 불어 날씨 차니
초목 시들고 이슬은 서리가 되네.
제비 돌아가고 고니는 남으로 나니
님 그리워 나그네살이 애를 끊네.
근심 속에 고향 그리워할진대
님은 오래도록 타향에 머물러 있나.
이 몸 외로이 빈 방을 지키면서
수심에 님 그리는 맘 잊지 못하여
어느새 흐르는 눈물 옷을 적시네.
거문고 잡아 현을 울려 청상곡 타니
단가를 여리게 읊조리며 길게 못내네.
명월은 밝게 내 침상에 비추고
은하수 서쪽에 흘러가고 밤 아직 깊네.
견우직녀 멀리서 서로 바라보며
그대 어찌 홀로 강 다리에 떨어져 있나.
秋風蕭瑟天氣凉, 草木搖落露爲霜.
群燕辭歸鵠南翔, 念君客游多思腸.
慊慊思歸戀故鄕, 君爲淹留寄他方.
賤妾煢煢守空房, 憂來思君不敢忘,
不覺淚下霑衣裳.
援琴鳴弦發淸商, 短歌微吟不能長.
明月皎皎照我床, 星漢西流夜未央.
牽牛織女遙相望, 爾獨何辜限河梁.(≪全漢三國晉南北朝詩≫ 全三國詩 권1)

이 시는 두 수 중 첫 시로서 현존 칠언시 중에서 가장 오랜 시이다. 젊은 여인이 홀로 깊은 가을 달밤에 원정 나간 남편을 그리워하며 상심에 젖은 정경을 묘사하고 있다. 건안 말년에 ≪典論≫ 5권을 지었고, ≪隋書≫ 子部儒家類에 열입하였으나, 지금은 망실되고 〈自序〉와 〈論文〉만 남아 있어서 중국문학비평사의 효시가 되며, 문학가치, 작가개성, 작품풍격, 체재 등 독자적인 견해를 담고 있다. 이 자료는 裴松之의 ≪三國志≫〈王粲傳注〉에 처음 보이며, 蕭統의 ≪文選≫과 唐初 輯本인 ≪藝文類聚≫에 수록되어 있다. 明代 張溥가 遺文을 輯錄하여 ≪魏文帝集≫으로 편찬하고 ≪漢魏六朝百三家集≫에 담았고, 淸代 嚴可均이 ≪全上古三代秦韓三國六朝文≫에 曹조의 문장을 집록하여 5권으로 꾸미고 그 속에 ≪典論≫을 포함시켰다.

본 시화는 중국문학비평사상 첫 번째 文學專論書文으로서 그 내용에는 〈文體論〉, 〈文氣論〉, 〈批評論〉, 〈文學價値〉 등을 담고 있다. 〈문체론〉에 대해서는, 본문에 「무릇 문은 근본은 같고 말단은 다르다.(夫文本同而末異.)」라 하니 '本'은 기본적인 규칙으로 모든 문장의 공통적인 것이며, '末'은 각종 다른 문체의 특점을 말한다. 문장을 4개 科로 분류하여 「주의문은 우아해야 하고, 서론문은 논리가 있어야 하고, 명뢰문은 실질을 귀히 높이고, 시부류는 미려한 것이다.(奏議宜雅, 書論宜理, 銘誄尙實, 詩賦欲麗.)」라고 하니, '주의'와 '서론'은 晉 이후의 無韻의 筆, '명뢰'와 '시부'는 有韻의 文이 되며 각 문체의 특성을 각각 "雅, 理, 實, 麗"로 구분한 것은 후세 문학작품의 기준이 되었다.

〈문기론〉에 대해서는, 조비는 역사적 관찰과 짧은 인생을 통하여 얻은 소회를 문장의 영원한 가치로 승화시키고자 하였다. 그래서 이 시화에서 문장의 가치를 두고 「뛰어난 역사가의 말을 빌리지 않고, 하늘을 찌르는 권세에 의지하지 않아도, 명성이 절로 후세에 전해진다.(不假良史之辭, 不托飛馳之勢, 而聲名自傳于後.)」라는 명언을 남기고 있다. 그리하여 작가의 영원한 생명이 담겨 있는 글 즉 '文氣'를 중시하여, 「문장은 기상을 바탕으로 하는 것으로, 기상에는 맑고 흐린 형체가 있어서 힘써 억지로 해서 되는 것이 아니다.(文以氣

爲主, 氣之淸濁有體, 不可力强而致.)」라고 기술하고 있다. 여기서 '淸'은 '才知'의 '淸'이고, '濁'은 '才知'의 '濁'으로서, '淸'이라면 俊超한 '陽剛'의 기상이며, '濁'이라면 침울한 '陰柔'의 기상이 된다. 이런 문기설은 후대 청대 桐城派 古文家가 '양강'과 '음유'의 美로 문장을 분석한 논리의 근거가 된다.

〈비평론〉에서는 두 가지 문제점을 지적하고 있는데, 「먼 것을 귀히 여기고 가까운 것을 천하게 여김(貴遠賤近)」이라 하여, '尊古卑今' 즉 옛것은 존중하고 지금 것은 낮게 여기는 의식인데 비평론에서 이러한 관점이 청대까지 이어져서 진정한 비평이라기보다는 일종의 前代 문장에 대한 감상이라 해야 할 것이다. 또 하나는 「문인이 서로 업신여기니 예부터 그러하다. 스스로 보는 데는 어두우면서 자신이 현명하다고 말한다.(文人相輕, 自古而然. 闇於自見, 謂己爲賢.)」라 하여 작가의 각기 다른 '文氣'와 '文體'에 대한 인식에 의거하여 각자 작품의 장단점을 거론하는 것은 객관적이지 않다는 관점으로 주관적인 편견으로는 정확한 문학비평이 불가능하다는 점을 지적하였다.

〈문학가치〉에 대해서는, 일종의 '文以致用'의 정신을 말한 것으로 문학과 정치의 관계를 지적하였다. 본문에서 「무릇 문장은 나라를 다스리는 큰 경영이며, 썩지 않는 대단한 사업이다.(蓋文章, 經國之大業, 不朽之盛事.)」라 하여 문장의 至高至純한 가치를 강조하여, 문학을 국가운영의 위치에 놓고 있어서, 문학활동의 가치는 그 무엇보다 중요하고 소중함을 강조하였다. 그래서 조비는 「수명은 때가 되면 다하고, 영화와 쾌락은 자신의 몸에서 그치는데, 이 두 가지는 반드시 그 정해진 시기로 끝나서 문장의 무궁함만 못하다.(年壽有時而盡, 榮樂止乎其身, 二者必至之常期, 未若文章之無窮.)」라고 하였다. 다음에 建安七子에 대한 조비의 글을 본다.

왕찬은 사부에 뛰어나고 서간은 때론 제나라 완만한 기풍이 있으나 왕찬의 짝이 된다. 예컨대 왕찬의 〈초정〉, 〈등루〉, 〈괴부〉, 〈정사〉와 서간의 〈현원〉, 〈누치〉, 〈원선〉, 〈귤부〉 등은 장형과 채옹이라도 따라가지 못한다. 그러나 다른 글까지 그렇다고 할 수 없다. 진림과 완우의 장표와 서기는 오늘날 빼어난 글이다. 응창의 글은 화해하되 장대하지 못하고, 유정은 장대하되 세밀하지 못하다. 공융의 기풍은 고아하면서 오묘하여 남보다 뛰어난 점이 있으나 논지를 지키지 못하여, 글 내용보다 수식어가 지나쳐서 조롱과 유희식의 어구가 섞여 있는데, 그 좋은 점에 있어서는 양웅과 반고에 짝할 만하다.

王粲長於辭賦, 徐幹時有齊氣, 然粲之匹也. 如粲之初征登樓槐賦征思, 幹之玄猿漏卮圓扇橘賦, 雖張蔡不過也. 然於他文, 未能稱是. 琳瑀之章表書記, 今之雋也. 應瑒和而不壯, 劉楨壯而不密. 孔融體氣高妙, 有過人者, 然不能持論, 理不勝辭, 以至乎雜以嘲戲. 及其所善, 揚班儔也.

후대 문학에 절대적 영향을 준 건안칠자의 문풍을 적절하게 품평한 글로서 정제되고 정확한 비평문이라 할 것이다. 위의 말구에서 孔融의 嘲戲文이 한나라 揚雄과 班固에 짝할 만하다고 한 것은 공융의 〈聖人優劣論〉(≪後漢書≫)이 양웅의 〈解嘲篇〉이나 반고의 〈答賓戲〉(두 글 모두 ≪文選≫에 수록)에 못지않다는 의미이고, 陳琳과 阮瑀의 장표와 서기가 빼어난 글이란 평가는 진림의 〈爲曹洪與魏文帝書〉·〈答東阿王牋〉이나 완우의 〈爲曹公作書與孫權〉(嚴可均의 ≪全後漢文≫ 권92에 수록)을 두고 말한 것이다.

(2)≪文賦≫ - 陸機

晋代 陸機(육기, 261-303). 자가 士衡으로, 吳郡 華亭(지금의 上海 松江)人이다. 조부 陸遜이 吳 丞相을 지내고 부친 抗은 오나라 大司馬를 지냈다. 오나라 鳳凰 3년(274)에 抗이 죽으니 육기와 형제가 부친의 병사를 나누어 다스리면서 牙門將이 되었다. 晋 武帝 太康 元年(280)에 오나라가 멸망하니 육기는 폐문하고 10년을 학문에

전념하다가, 太康 말년에 동생 陸雲과 洛陽으로 가서 文名을 날리게 된다. 太熙 원년(290)에 太子洗馬(태자세마)에 발탁되고, 晉 惠帝 元康 2년(292)에는 著作郎, 동 3년에는 다시 태자세마가 된다. 원강 4년에 郎中令을 제수 받아서 吳王 晏을 수종하여 淮南鎭에 순행가고 동 6년 尙書中兵郎으로 입궐한 후, 殿中郎에 전직한다. 永寧 원년(301)에 中書郎, 이듬해에 趙王 倫이 被誅되니, 육기도 죄를 받아 변방에 유배되었다가 사면되고, 成都王 穎이 平原內史로 추천한다. 太安 2년(303) 성도왕 영이 長沙王을 토벌하니 後將軍과 河北大都督이 되어 참전하였다가 대패하여 군중에서 해를 당한다.

그의 시는 四言詩, 樂府詩, 그리고 擬古詩가 많으며 洛陽 이전의 시는 모방이 많고 創新하지 않으며, 망국의 비통을 토로하여 凄淸한 면을 보이고, 낙양 이후에는 위난의 신세 속에 인생비환과 仕官의 고통을 묘사하고 있다. 鍾嶸은 ≪詩品≫(卷上)에서 「그 시는 진사왕(조식)에게서 연원하니, 재주가 높고 어사가 아름답고 모든 문체가 화미하다.(其源出於陳思, 才高詞瞻, 擧體華美.)」라고 품평하였고, 劉勰은 ≪文心雕龍≫〈才略篇〉에서는 「표현된 시상이 공교롭고 번화함이 다 드러난다.(思能人巧, 而不制繁.)」, 그리고 「표현된 성정이 번다하고 어사가 은밀하다.(情繁而辭隱.)」(상동〈體性篇〉)라고 기술하였다. 육기의 대표작〈赴洛道中作〉(제1수)을 본다.

말고삐 잡고 먼 길에 오르며
울면서 가까운 이들과 작별하네.
그대에게 묻노니 어디로 가는가?
세상 그물이 내 몸을 감싸네.
길게 탄식하며 북녘 물가 따라가니
그리운 마음 남녘 나루에 맺히네.
가고 가서 벌써 멀리 있으니
들판 길 넓은데 아무도 없네.
산과 연못 고불고불 꼬여 있고

숲은 깊어 아득히 무성하네.
호랑이 깊은 골짜기에서 우짖고
닭은 높은 나무 끝에서 우네.
슬픈 바람 한밤에 불어오고
외론 짐승 내 앞을 지나가네.
슬픈 맘 경치 보니 일어나서
깊은 시름이 끊임없이 맺혀오네.
우두커니 서서 고향 바라보니
드리운 그림자에 절로 처량하네.

總轡登長路, 嗚咽辭密親.
借問子何之, 世網嬰我身.
永嘆遵北渚, 遺思結南津.
行行遂已遠, 野途曠無人.
山澤紛紆餘, 林薄杳阡眠.
虎嘯深谷底, 鷄鳴高樹巔.
哀風中夜流, 孤獸更我前.
悲情觸物感, 沈思鬱纏綿.
佇立望故鄉, 顧影凄自憐.(≪全漢三國晋南北朝詩≫ 全晉詩 권3)

이 시는 吳國 멸망 후, 동생 陸雲과 고향을 떠나 洛陽으로 가는 길
에 지었다. 여정에 보이는 경물과 그로 인한 감흥을 노래한 것으로
'景中有情'의 묘사가 섬세하면서도 高雅하다.

본 시화는 문학비평사상 첫 번째 완정하고도 계통적인 문학이론
작품이다. 辭賦 형식의 글이지만, 문학창작과정을 자세하게 분석하
고 이론상의 문제점도 제기하여 이후에 劉勰의 ≪文心雕龍≫ 저술에
도 큰 영향을 주었다. 그는 문학창작의 기점은 만물을 관찰하여 지
식을 풍부히 하고, 고적을 연찬하여 간접적인 경험을 얻고, 先人의
훌륭한 작품을 배우고, 才士의 用心을 터득함으로써 자신의 창작기
교를 제고할 수 있다고 하였다. ≪문부≫ 첫 단을 보기로 한다.

우주 속에 우두커니 서서 깊이 살피고 삼황의 삼분과 오제의 오전 책에서 뜻을 기른다. 사계절을 따르니 가는 세월 탄식하며 만물을 바라보며 생각이 복잡하다. 찬 가을에 낙엽을 슬퍼하고 꽃다운 봄에 여린 가지를 기뻐한다. 마음은 추워 떨며 서리를 품고, 뜻은 높이 구름에 다가간다. 대대로 조상의 빼어난 공덕을 읊고 선현의 맑은 향기 외운다. 문장의 숲속을 노닐고 빛나는 화려한 문장을 즐긴다. 감개하여 책을 잡고 붓을 들고서 애오라지 이 글에 써서 널리 알린다. 佇中區以玄覽, 頤情志於典墳. 遵四時以嘆逝, 瞻萬物而思紛; 悲落葉於勁秋, 喜柔條於芳春. 心懍懍以懷霜, 志眇眇而臨雲; 詠世德之駿烈, 誦先人之清芬; 游文章之林府, 嘉麗藻之彬彬. 慨投篇而援筆, 聊宣之乎斯文.

이 글은 창작의 연유는 곧 두 길에서 벗어나지 않으니, 하나는 사물에 감흥하고 다른 하나는 학문에 근본을 두고 연마하면 文思가 일어나고 창작이 가능해진다는 고금 불변의 진리인 지극히 상식적인 논조를 전개하고 있다. 이 시화는 그 외에 창작상의 構思와 謀篇, 문장의 行文上의 意趣와 語辭 관계, 文辭의 體式, 문장의 병폐, 감흥 등 작문상의 제반 항목을 거론하고 있다. 이는 시문을 포함한 모든 형식의 문장에 대한 지침이라고 평가된다.

본 시화는 蕭統의 ≪文選≫(卷67)에 수록되고, 후대에 수다한 주석본이 나왔으며, 郭紹虞의 ≪中國歷代文論選≫(中華書局, 1962)에 수록과 함께 주석과 해설이 있고, 張少康의 ≪文賦集釋≫(上海古籍出版社, 1984)은 그 편집이 매우 상세하다.

(3) ≪詩品≫ - 鍾嶸

梁代 鍾嶸(종영, 466?-518?). 자가 偉長으로, 潁川 長社(지금의 河南 許昌)人이다. 齊나라 武帝 永明 3년(485)에 國子生이 되고, 建武 연간(494-498)에 南康王侍郎이 되었다가 上書로 좌천되어 撫

軍行參軍으로 있다가 安國令으로 나갔다. 제나라 東昏侯 永元 연간 (499-501)에 司徒行參軍을 제수하고 梁武帝 天監(502-519) 초에 臨川王行參軍에 임명되니, 혁신정치를 주장하였다. 천감 17년(518), 西中郞晉安王記室이 된 후 곧 졸하였으니 세칭 '鍾記室'이라 한다. 강직한 성품으로 諫言을 하다가 황제의 노여움을 사기도 하였다. 그의 ≪시품≫은 중국 고대 문예사상사에 중요한 위치에 있으니, 청대 章學誠은 ≪文史通義≫에서 「시화의 근원은 종영의 시품에 바탕을 둔다. (詩話之源, 本于鍾嶸詩品.)」라고 평가하였다.

≪詩品≫은 중국문예사에 가장 초기의 시가이론서로서 梁武帝 天監 12년(513) 이후에 지어진 것으로 본다. 上中下 3권과 각 小序로 이루어져 있다. 종영은 五言詩는 시문의 요체라고 한 바, 오언시가 시가발전에 있어서 흥성하는 시체라고 보았고, 當代의 것은 채택하지 않는 원칙에 의거하여 漢魏代부터 齊梁代의 五言詩人 120여 명을 상중하 三品으로 분류하여 평가하였다. 上品에는 曹植, 阮籍, 陸機, 謝靈運 등 11명을 수록하고, 中品에는 嵇康(혜강), 郭璞(곽박), 謝朓(사조) 등 39명을, 下品에는 班固, 徐幹, 王融 등 72명을 각각 수록하고 있다. 종영은 序文에서,

> 기운은 사물을 움직이게 하고 사물은 사람들에게 감동을 준다. 작가의 성정을 흔들고 춤과 노래로 나타난다 …예컨대 봄바람과 봄새, 가을 달과 가을 매미, 여름 구름과 여름 비, 겨울 달과 매서운 추위 같은 이 사계절의 현상이 시인에게 감동을 준다.
> 氣之動物, 物之感人, 故搖蕩性情, 形諸舞詠 … 若乃春風春鳥, 秋月秋蟬, 夏雲暑雨, 冬月祁寒, 斯乃四候之感諸詩者也.

라고 하여 시가의 성정을 표현한다는 관념에서 출발하여 외부환경이 작가의 감정에 미치는 작용을 강조하였다. 종영은 시의 리듬에 자연적인 조화가 필요한 것이며, 성률에 얽매인 기교주의에 빠지는 것은 시의 진정한 아름다움을 해치는 것으로 보았다. 이것은 그 당

시에 유행하던 화려한 형식주의 詩體를 비판한 것이며, 개성적인 발상과 자연스런 표현을 해치지 말아야 한다는 것이다. 그래서 시가의 '滋味'를 중시하여 시가의 심미 효과의 근본이 된다고 본다. 그리고 종영은 시가의 '質文'을 동시에 비중 있게 보았으니, ≪論語≫의 '文質彬彬' 곧 바탕과 외모가 모두 빛난다는 논리로서, '質'은 시가의 내용이며 '文'은 시가의 형식과 묘사인데, '質'로는 시가의 '風力'이 있어야 하고 '文'으로는 시가의 '丹采'를 요구하고 있다. 이 두 요소가 합일되면, '詩之至' 즉 시의 지극한 경지에 이르고 시의 '味' 즉 시의 운치를 지니게 된다는 것이다.

시인을 상중하 三品으로 분류하는 기준도 이 風力과 丹采의 결합된 詩情에 있음을 알 수 있다. 이러한 평가기준의 연원은 종영이 고시에 대해서 「표현된 글은 온화하면서 아름다우며, 담긴 뜻은 슬프면서 심원하다.(文溫以麗, 意悲而遠.)」라 평하고, 曹植에 대해서는 「담긴 의취가 기이하고 높으며, 표현된 어구는 화려하면서 풍성하다.(骨氣奇高, 詞采華而茂.)」, 그리고 劉楨에 대해서는 「담긴 기세가 표현된 어사보다 뛰어나고, 묘사된 표현이 윤택하면서 담긴 원한은 적다.(氣過其文, 雕潤恨少.)」라 하고, 王粲에 대해서는 「어사는 빼어나고 내용은 빈약하다.(文秀而質羸)」라고 한 평문에서 확인할 수 있다. 구체적인 시 평가의 예로 上品의 漢都尉 李陵에 대한 부분을 본다.

그 연원은 ≪초사≫에서 나왔다. 문장이 다분히 처량하여 한 맺힌 자의 부류이다. 이릉은 명문 집안 자제로 빼어난 재주가 있는데 삶이 원만치 않아서 명성이 쇠퇴하고 몸을 상했다. 이릉이 고난을 당하지 않았다면, 그 문장 또한 어찌 이런 경지에 이를 수 있었겠는가.
其源出於楚辭. 文多悽愴, 怨者之流. 陵, 名家子, 有殊才, 生命不諧, 聲頹身喪. 使陵不遭辛苦, 其文亦何能至此.

종영은 품평상 시인의 풍격 연원을 밝히고 그 풍격을 간명하게 서술하는 형식을 보여준다. 한편 종영이 최고의 전원시인 陶潛(陶淵明)

을 中品에 열입한 것은 후대의 평가와 상충되는데, 그 품평을 더 보기로 한다.

그 연원은 응거에서 나오고 또 좌사의 풍격도 곁들어 있다. 문체가 간결하고 정갈하여 긴 어사가 거의 없다. 정성어린 뜻이 진실하고 고담스러우며 어사의 흥취가 아름답고 풍부하다. 매양 그 글을 보면 그의 덕스런 인품이 생각난다. 사람들이 그의 질박하고 곧은 인품에 감탄한다. 「기쁘게 봄 술에 취하고, 해 저무니 하늘에는 구름이 없네.」 같은 시구는 풍격이 맑고 고우니 어찌 농촌의 말이라고만 하겠는가? 고금에 은일시인의 조종이다.

其源出於應璩. 又協左思風力. 文體省淨, 殆無長語. 篤意眞古, 辭興婉愜. 每觀其文, 想其人德. 世歎其質直. 至如「懽言醉春酒, 日暮天無雲.」, 風華淸靡, 豈直爲田家語邪? 古今隱逸詩人之宗也.

이 품평은 도잠(도연명)에 대한 평가로는 매우 합당한 표현이다. 그럼에도 六朝시대 騈儷文(변려문)이 주류를 이룬 시기에 도잠 같은 文風을 上品에 넣기에는 종영 자신도 주저되었을 것이라고 본다. 본 시화의 후대에 대한 영향은 매우 커서, 명대 毛晉은 「시화의 처음(詩話之伐山)」(≪詩品≫ 跋), ≪四庫全書總目≫에서는 「문장의 이치가 매우 오묘하여 ≪문심조룡≫과 함께 병칭할 만하다.(妙過文理, 可與 文心雕龍竝稱.)」라 추숭하고 있다.

원대 圓沙書院에서 간행한 송대 章如愚의 ≪山堂先生群書考索≫ 본이 있으며, ≪津逮秘書≫, ≪學津討源≫, ≪歷代詩話≫본 등이 있다. 주석본으로는 陳延傑의 ≪詩品注≫, 許文雨의 ≪詩品釋≫, 蕭華榮의 ≪詩品注釋≫, 呂德申의 ≪鍾嶸詩品校釋≫, 向長淸의 ≪詩品注釋≫ 등이 있고, 우리나라에서는 車柱環의 ≪詩品增補≫가 ≪시품≫ 고증 본으로 중시된다.

(4) ≪顔氏家訓≫ - 顔之推

　隋代 顔之推(안지추, 531-591?). 자가 介로, 祖籍이 琅琊(낭야) 臨沂(지금의 山東)인데, 후에 丹陽(江蘇에 속함)으로 이거하였고, 梁·齊·周·隋 네 왕조에 걸쳐 관직생활을 하였다. 조기에 家學으로 ≪周禮≫와 ≪左傳≫을 습득하고 많은 서적을 읽었으며, 시는 典麗하다. 北齊 文宣帝 天保 말년(550-559)에 中書舍人, 武成帝 河淸 말년(562-565)에 趙州工曹參軍, 齊가 망한 후에는 周國으로 들어가 御史上士를 지냈다. 隋文帝 開皇(581-600) 중에 廢太子 勇이 學士로 초치하니 자제 교훈을 위해서 ≪顔氏家訓≫ 20편을 저술하였다. ≪北齊書≫ 文苑 本傳에 「문집 30권이 있고 가훈 20편을 지어서 세간에 퍼졌다.(有文三十卷, 撰家訓二十篇, 幷行于世.)」라고 하나, 家訓만 지금 전하고 그 문집은 ≪隋書≫〈經籍志〉·≪舊唐書≫〈經籍志〉·≪新唐書≫〈藝文志〉에 모두 저록되지 않아서 唐代에 이미 일실되지 않았나 한다. 嚴可均의 ≪全上古三代秦漢三國六朝文≫에 그의 문장 두 편을 편집하니, 하나는 ≪顔氏家訓≫이며 또 하나는 ≪北齊書≫ 本傳에 소재된 〈觀我生賦〉이다. 후자는 문체가 庾信의 〈哀江南賦〉만 못하지만, 내용이 사실적이며 自注를 부기하여서 梁末 및 北齊의 중요한 사료가 된다.

　본서는 저작 목적이 先王의 도리에 힘쓰고, 가세의 공업을 알리는 데 있다고 하였다. 총 20편에서 그 내용은 "修身, 治家, 經世, 涉務" 등으로 구분되는데 문학사상을 거론한 부분은 〈文章篇〉(卷9)이다. 劉勰의 영향을 받아서, 문장의 기원을 五經에 두고 기술하기를,

　무릇 문장은 오경에서 기원한다. 조서와 격문은 ≪서경≫에서 나온 것이다. 서문과 의논문은 ≪역경≫에서 나온 것이다. 가사와 부송문은 ≪시경≫에서 나온 것이다. 제문과 애뢰문은 ≪예기≫에서 나온

것이다. 상주문과 잠명문은 ≪춘추≫에서 나온 것이다.

夫文章者, 源出五經: 詔命策檄, 生於書者也; 序述論議, 生於易者也; 歌詠賦頌, 生於詩者也; 祭祀哀誄, 生於禮者也; 書奏箴銘, 生於春者也.(≪顔氏家訓≫ 〈文章篇〉)

라고 하여 그 문학기원에 대해서 엄격한 儒家經典的 견해를 지니고 있다. 〈문장편〉에서 거론한 중요한 문학사상은 南北朝 시기에 형성된 서로 다른 文風을 융합하여 절충적인 관점을 제시하고자 하였으니 그 몇 가지 관점을 〈문장편〉에서 확인할 수 있다. 첫째는 문학 내용과 형식, 그리고 사상과 예술의 관계에 있어서 그는 「문장은 마땅히 이치를 심장으로 삼아서, 기세와 격조는 근골이 되며, 사실의 뜻은 피부가 되고, 아름다운 표현은 머리의 관이 된다.(文章當以理致爲心胸, 氣調爲筋骨, 事義爲皮膚, 華麗爲冠冕.)」라는 인식으로, '趨末棄本'(말단을 따르고 근본을 버림)과 '辭勝而理伏'(어사가 이기고 이치가 굽힘) 즉 문장의 근본을 망각하고 문장의 내용보다 묘사에 치중하는 것에 반대한다. 이치를 숭상하기에 일체의 문장체제가 五經에서 기원함을 주장하고, 작자의 인격수양을 중시하며, 봉건적인 도덕기준으로 고금의 문장 경시의식을 비판하였다.

둘째는 창작론 면에서 각 체 문장은 「인의를 잘 드러내고 공덕을 밝혀나간다.(敷顯仁義, 發明功德.)」라는 사회적 교화의 공용이 있어야 함을 내세우면서도, 「성정을 도야하고 조용히 풍간한다.(陶冶性靈, 從容諷諫.)」라는 문학창작의 정감과 근면성을 강조하고 있다. 그는 창작에는 천부적 재능을 요구하되 학문은 공력에 의지한다고 인식하고 있다.

셋째는 문풍에 대해서 그는 「나의 가문은 대대로 문장이 매우 전아하고 곧아서 속된 풍류와는 같지 않다.(吾家世文章, 甚爲典正, 不同流俗.)」라고 하여 당시의 '浮艶'한 문풍에 대해서 부정적인 인식을 표출한다. 그래서 그 자신이 '淸空自然'의 의경을 추구하였다. 이 〈문장

편〉에서 특기할 점은 王籍과 蕭愨(소각), 그리고 何遜의 시를 상당
히 논리적으로 품평한 부분이니, 다음에 그들에 대한 논설을 인용
한다.

1) 王籍: 字는 文海, 琅琊 臨沂人. ≪梁書≫(권52)에 列傳이 있
고 丁福保 ≪全梁詩≫(권10)에 시 수록.

왕적의 〈입약야계〉 시에 이르기를, 「매미 우는데 숲은 더욱 고요하
고, 새가 우는데 산은 더욱 그윽하네.」 하였다. 양자강 이남에서는
빼어난 절창이라는 데 이의가 없다. 간문제는 읊어대며 잊지를 못하
였고, 梁元帝 蕭繹은 이 시의 맛을 다시는 얻을 수 없는 것이라 하였
다. 소역이 지은 ≪회구지≫의 왕적 열전에 수록되어 있다. 범양 노
순조는 업하의 재자인데 이것은 말이 안 되는데 어째서 뛰어나다고
하는가라고 말하였고, 위수도 그 의논에 동의하였다. ≪시경≫에 이르
기를, 「쓸쓸히 말이 울고 유유히 깃발 나부끼네.」 ≪모전≫에 이르기
를, 「말이 어수선하지 않다.」라 하였다. 나는 늘 이런 해석이 운치가
있다고 감탄하니 왕적의 시는 이런 의취에서 나온 것일 따름이라.
王籍〈入若耶溪〉詩云:「蟬噪林逾靜, 鳥鳴山更幽.」江南以爲文外斷絶,
物無異議. 簡文吟詠不能忘之, 孝元諷味以爲不可復得, 至≪懷舊志≫
載於籍傳. 范陽盧詢祖, 鄴下才俊, 乃言此不成語, 何事於能? 魏收亦
然其論. ≪詩≫云:「蕭蕭馬鳴, 悠悠旆旌.」≪毛傳≫曰:「言不諠譁也.」
吾每歎此解有情致, 籍詩生於此意耳.

2) 蕭愨: 字는 仁祖, 梁上黃侯 蕭曄의 아들. ≪北齊書≫(권45)
〈文苑傳〉에 열전이 있음.

난릉 소각은 양 실상황후 소엽의 아들로서 시에 공교하다. 일찍이 〈추
시〉에 이르기를, 「연꽃은 이슬 아래 지고, 버들은 달 속에 성그네.」
하였다. 그때 사람들이 미처 감상하지 못하였다. 나는 그 시의 쓸쓸
함이 뚜렷이 눈에 어리는 것이 좋다. 영천 구중거와 낭야 제갈한도
그렇게 여겼다. 그런데 노사도 등은 평소에 만족히 여기지 않았다.

蘭陵蕭愨, 梁室上黃侯之子, 工於篇什. 嘗有〈秋詩〉云:「芙蓉露下落,
楊柳月中疎.」時人未之賞也. 吾愛其蕭散宛然在目. 穎川荀仲舉, 琅琊
諸葛漢, 亦以爲爾. 而盧思道之徒, 雅所不愜.

3) 何遜: 字는 仲言, 東海 剡(섬)人. ≪全梁詩≫(권9)에 시 수록.
≪梁書≫(권49)〈何遜傳〉:「초년에 하손의 문장이 유효작과 함께 세
상에 중하게 여겨져서 '하유'라고 일컬었다.(初, 遜文章與劉孝綽並見
重於世, 世謂何劉.)」

하손의 시는 진실로 청아하고 공교하니 사물대로의 말을 많이 쓴다.
양도(지금의 南京)의 논하는 자들은 매양 고담하고 빈한한 기운이 많
아서 유효작의 온화한 풍모만 못한 것을 안타까워한다. 그러나 유효
작은 그걸 매우 꺼려하여 평생 하손 시를 읊어 말하기를, 「거백옥의
수레 소리 북쪽 대궐에 울리니, 삐걱거리며 수레가 기우네.」하였다.
또 ≪시원≫을 지어서 하손의 두 편만을 담으니, 사람들이 그 좁은
생각을 비웃었다. 유효작은 그 당시에 이미 높은 명성이 있어서 누
구에게도 지지 않으나 오직 사조에게만은 감복하여 항상 사조 시를
책상에 놓고 언제든 그 시를 음미하였다. 간문제는 도연명 글을 좋
아하여 또한 이와 같이 하였다. 강남 사람들이 일러 말하기를, 「양나
라에는 세 하씨가 있으니 자랑이 가장 낫다.」라 하니 세 하씨란 하손
과 하사징, 하자랑이다. 자랑은 정말 청아하고 공교함이 풍부하고
사징은 여산을 노닐어 늘 아름다운 시를 지으니 으뜸이 된다.
何遜詩實爲淸巧, 多形似之言. 揚都論者, 恨其每病苦辛, 饒貧寒氣, 不
及劉孝綽之雍容也. 雖然, 劉甚忌之, 平生誦何詩云:「蘧居響北闕, 懂懂
不道車.」又撰 ≪詩苑≫, 止取何兩篇. 時人譏其不廣. 劉孝綽當時旣有
重名, 無所與讓, 唯服謝朓, 常以謝詩置几案間, 動靜輒諷味. 簡文愛
陶淵明文, 亦復如此. 江南語曰:「梁有三何, 子朗最多.」三何者, 遜及
思澄·子朗也. 子朗信饒淸巧, 思澄遊廬山, 每有佳篇, 並爲冠絶.

판본은 ≪四部叢刊≫ 影明本과 청대 趙曦明, 盧文弨 作注 ≪抱經
堂叢書≫에 ≪家訓≫으로 수록되었다.

제1편 唐·五代 詩話 解題

導言

導言

　　'시화'란 명칭이 北宋 歐陽修의 ≪六一詩話≫에서 시작되었지만,
실질적으로 시화의 성격을 지닌 시화는 이미 隋唐代에 출현되었고
그 시론적 내용과 가치가 상당한 수준에 있었다. 따라서 蔡鎭楚의
≪中國詩話史≫(湖南文藝出版社, 1988)에서 北宋 이전 시기는 史的
으로 거론조차 하지 않은 것은 詩話史를 논하는 점에서 합당하다고
볼 수 없다. 시학적 의미의 온전한 시화사라면 ≪논어≫ 전후 시기까
지 소급해야 한다. 그리하여 본서는 최소한 시화적 체제를 갖춘 시
기의 시론서를 시화 범주에 열입한다는 관점에서, 唐代를 중심으로
한 전후 시기인 隋代와 五代의 시화 자료를 이 시기의 시화류에 포함
시켜서 당대 14종, 오대 5종 등 모두 19종을 선정하였다.
　　이 시기의 시화는 시학적 가치로 보아, 그 분량이 비교적 적고, 그
내용이 논리적으로나 체계적으로 완비하지는 않다. 그러나 시론적 방
향을 제시하고 있다는 점에서 이 시기의 시화류는 중국시의 이론 정
립과 그 이후의 시화 발전에 초석과 같은 존재라고 할 수 있다. 당
대 이전 隋代 顏之推의 ≪顏氏家訓≫에서 문학을 논한 부분은 〈文章
篇〉(권9)에 국한되지만, 그 논조가 문장의 기원을 五經에 둔 것은
전통적인 문장론을 강조한 부분이며, 시론에 있어서 세심하고 객관적
이어서 唐代 시론에 母本이 되었으니, 王籍 시를 「≪시경≫에 이르기
를, 『쓸쓸히 말이 울고 의연히 깃발 나부끼네.』 ≪모전≫에 이르기를,
『말이 어수선하지 않다.』 라 하였다. 나는 늘 이런 해석이 운치가 있
다고 감탄하니 왕적의 시는 이런 의취에서 나온 것일 따름이다.(≪詩≫
云: 「蕭蕭馬鳴, 悠悠旆旌..」 ≪毛傳≫曰: 「言不誼譁也.」 吾每歎此解有情
致, 籍詩生於此意耳.)」 라 하고, 蕭愨의 시에 대해서 「난릉 소각은 양

대 실상황후의 아들로서 시에 공교하다.(蘭陵蕭愨, 梁室上黃侯之子, 工於篇什.)」, 그리고 何遜 시를 「하손의 시는 진실로 청아하고 공교하니 사물대로의 말을 많이 쓴다.(何遜詩實爲淸巧, 多形似之言.)」라고 품평한 점을 예로 들 수 있다.

이런 과정을 거쳐서 唐代 시화에서는 이미 시화로서 자리매김이 이루어져서 孟棨의 ≪本事詩≫는 시화의 연원설의 한 軸으로 평가되며, 司空圖의 ≪二十四詩品≫은 송대 이후의 시학이론의 기틀이 되어 南宋 嚴羽의 '興趣說'과 명대 李東陽의 '盛唐詩說', 그리고 청대 王士禎과 袁枚의 '神韻說'과 '性靈說'의 근간이 되었다. 구체적인 예를 보면, 李嶠의 ≪評詩格≫은 두 절로 이루어져 있는데, 먼저 '詩有九對'에서는 '切對', '切側對', '字對', '字側對', '聲對', '雙聲對', '側雙聲對', '疊韻對', '疊韻側對'가 있고, 그리고 '詩有十體'에서는 '形似', '質氣', '情理', '直置', '雕藻', '影帶', '婉轉', '飛動', '情切', '精華'가 있다. 이것은 시가 창작의 구상과 예술적 표현방법에 대해서 의미 있게 언급한 것으로서, '切對'를 보면, 「물상이 절대 바르므로 치우치고 마르지 않음(物象切正不偏枯)」이라 하여 대우에 대한 의미를 밝혔다.

皎然의 ≪詩式≫은 논시에 있어서 '自然'을 중시하여 「매우 난삽한 것 같지만 편벽되지 않고, 매우 기이한 것 같지만 어긋나지 않고, 매우 화려한 것 같지만 자연스럽고, 매우 애쓴 것 같지만, 자취는 없다.(至險而不僻, 至奇而不差, 至麗而自然, 至苦而無迹.)」라고 하여 '自然'과 '苦思'의 통합 작용을 설명하고, '詩有四深'(시의 네 가지 깊이)에서는 「기상이 확 트인 것은 체격과 기세가 깊기 때문이다. 의취가 넓게 드리운 것은 시 짓는 자세가 깊기 때문이다. 운율 사용이 원활히 운용되는 것은 성운의 대응이 깊기 때문이다. 고사 활용이 경직하지 않은 것은 어사 구사 능력이 깊기 때문이다.(氣象氤氳, 由深於體勢. 意度盤礡, 由深於作用. 用律不滯, 由深於聲對. 用事不直, 由深於義類.)」라고 하여 시의 네 가지 원칙을 서술하였다.

司空圖의 ≪二十四詩品≫은 풍격을 '雄渾', '沖澹', '纖穠', '沈著',

'高古' 등 24항목으로 나누었고, 매 풍격마다 12구 4언의 운문 형식으로 묘사하였으니, '含蓄' 항목을 보면, 「글자 하나 쓰지 않아도 풍류를 다 얻는다. 말이 자신과 어울리지 않아도 근심을 이기지 못하는 듯하다. 이에 참된 주재가 있어 가라앉고 뜨는 것을 같이한다. 녹주 술이 가득 넘치는 듯하고 꽃 피는 시절 오히려 가을을 맞는 듯하다. 아득히 하늘의 먼지 흩날리고 홀연히 바닷물 거품 일어난다. 얕고 깊으며 모이고 흩어져서 만 가지를 하나로 거둔다.(不著一字, 盡得風流. 語不涉己, 若不堪憂. 是有眞宰, 與之沈浮. 如滿綠酒, 花時反秋. 悠悠空塵, 忽忽海漚. 淺深聚散, 萬取一收.)」라고 하였다.

五代에는 당대의 시론이 이어진 시기로서 북송의 성리학 성행과 함께 시론의 논리화 과정의 과도기라 할 것이다. 徐寅의 ≪雅道機要≫를 보면 시화의 내용이 비교적 복잡하여 전반부는 기본적으로 齊己의 ≪風騷旨格≫을 답습하고 있어서 별다른 새로운 견해가 없지만, 시를 논하면서 '勢'에 대하여 「기세란 시에 있어서 힘을 가리킨다. 이것은 마치 사물에 힘이 있는 것과 같아서 언제나 극복하지 않는 것이 없다. 이 이치가 그들 사이에 숨어도 작가는 확연히 볼 줄 안다.(勢者詩之力也. 如物有勢, 卽無往不克. 此道隱其間, 作者朗然加見.)」라 기술한 것은 매우 독특한 견해라 할 수 있다.

그리고 徐衍의 ≪風騷要式≫은 유가를 본받아서 ≪論語≫의 「칭송하고 풍자하며 가까이는 부모를 섬기고 멀리는 임금을 섬긴다.(可以頌, 可以諷, 邇之事父, 遠之事君.)」라는 시론 주장을 주지로 삼았고, 시가 창작에 있어서 문자의 '格率(격률)技法' 같은 것을 논한 것이 아니라 시가의 공용성을 강조하였다. 그 내용은 '君臣', '物象', '興題', '創意', '琢磨' 등 5개 부문으로 나누어서 '君臣門'은 시구를 인용하여 군주가 나쁜 것을 물리치고 선한 데로 나아갈 것이며, 신하는 덕을 찬미하고 失政을 비판해야 할 직무를 밝힌다고 했고, '興題門'에서는 시가의 제재가 나타내는 찬미와 풍자의 속뜻을 설명하였다. 이 시기의 시화가 北宋代로 계승되어 시풍이 이지적이며 이론적인 방향으로 이어지면서 시화도 시론서로서의 면모를 갖추게 된다.

唐代와 五代 시화는 완전한 저서로서의 규모를 지닌 작품이 극소
수이고 대개 문집 부록이나 書簡文 형식으로 전래되는 글로 남아
있는 경우가 많다. 그리하여 당대와 오대의 시화를 고찰한 단독 서
적도 없고 단지 蔣祖怡 主編 ≪中國詩話辭典≫(北京出版社 1996)의
〈詩話內容評析〉 부분에 20종의 시화류를 열거하고 있다. 그리고 張
伯偉의 ≪全唐五代詩格校考≫(陝西人民出版社 1996)에는 28종을 수
록하고 있다. 본서는 그중에서 王昌齡의 ≪詩中密旨≫, 皎然의 ≪詩
議≫, 李洪宣의 ≪緣情手鑒詩格≫ 등을 제외하고 별도로 元兢의 ≪古
今詩人秀句≫와 范攄의 ≪雲溪友議≫를 選別하였다.

≪評詩格≫ - 李嶠

李嶠(이교, 644-713). 字는 巨山으로, 趙州 贊皇(지금의 河北省) 人이다. 벼슬은 監察御使을 지냈으며, 同鄕人 蘇味道와 함께 '蘇李'라고 불렸고, 崔融, 杜審言과 함께 '文章四友'라고 불렸다. 그의 생평에 대해서 ≪新唐書≫(권123 列傳)에 다음과 같이 기술하고 있다.

> 이교는 자가 거산이며 조주의 찬황인으로서, 일찍이 아버지를 여의고 어머니를 효성으로 섬겼다. 이에 문재가 있어, 15세에 오경을 통달하여 설원초가 그를 칭찬하였고 20세에 진사에 급제하여 안정위가 되고 제책갑과에 급제하여 장안으로 옮겨갔다.
> 李嶠, 字巨山, 趙州贊皇人, 早孤, 事母孝. 自是有文辭, 十五通五經, 薛元超稱之, 二十進士第, 時調安定尉, 擧制策甲科, 遷長安.

그의 시는 대개 寫境, 應制, 奉和詩와 120수의 詠物詩가 있는데 이 중에 그의 방대한 영물시는 중국시 사상 그 전후의 맥락을 잇는 중요한 가치를 지니고 그 내용 또한 전형적인 영물시의 묘사법을 강구하여 사물을 통한 시인 성정의 興托이 탁월하다. 영물시는 '寄情寓風'(정감을 기탁하여 풍자함)을 바탕으로 하는 바, ≪四庫全書總目提要≫ 集部5 〈詠物詩提要〉를 보면,

> 옛날 굴원은 〈귤송〉을 짓고 순자는 〈잠부〉를 지었는데, 영물의 작품은 여기에서 싹텄다. …당대는 사물의 모양을 숭상하고 송대는 의론을 내세워서, 정감을 기탁하고 풍자를 담았다.
> 昔者屈原頌橘, 荀況賦蠶, 詠物之作, 萌芽于是. …唐尙形容, 宋參議論, 而寄情寓諷.

라고 하여 영물 작품의 근본적인 착상의식을 피력하였으며, 영물시를 짓는 의도는 시를 통하여 比興的으로 풍유하는 데 있음을 청대 李重華는 다음과 같이 기술하였다.

영물이라는 체재는 제재로 말하면 부요, 시를 짓는 까닭으로 말하면 흥이요, 비이다.
詠物一體, 就題言之, 則賦也, 就所以作詩言之, 卽興也, 比也. (≪貞一齋詩說≫)

한편 영물시의 작법에 대해서 구체적으로 어떻게 표현해야 할 것인가에 대해서 원대의 楊載는 다음과 같이 기술하였는데, 이는 전대의 작품에서 보이는 공통점과 후대의 작법의 기준을 제시한 것으로 본다.

영물시는 사물에 기탁하여 뜻을 드러내고, 두 구에 맞춰 사물의 형상을 노래하고 물상을 그대로 그려야 하나, 지나친 조탁과 기교는 피해야 한다. 제1연은 제목을 직접 말하고 사물의 출처를 명백히 하여야 옳은 것이다. 제2연은 영물의 실체와 합치하고, 제3연은 사물의 사용을 말하는 것인데, 뜻을 말하기도 하고, 의론하기도 하고, 인사를 말하기도 하고, 고사를 사용하기도 하며, 외물을 실증하기도 한다. 제4연은 제목 외의 생각을 가져다가 본래의 뜻에 결부시키기도 한다.
詠物之詩, 要托物以伸意, 要二句詠狀寫生, 忌極雕巧. 第一聯須合直說題目, 明白物之出處方是. 第二聯合詠物之體, 第三聯合說物之用, 或說意, 或議論, 或說人事, 或用事, 或將外物體證. 第四聯取題外生意, 或就本意結之. (≪詩法家數≫ 권1)

이 작법은 매우 세밀하게 묘사되어 있어서 시의 독창과 주관을 제약할 수 있지만, 그 본의는 순수한 영물시란 사물을 순수하게 묘사하되, '寓懷'를 담아야 함을 알 수 있다. 그리고 영물시의 특성에 대해서 청대 李瑛은 '寄託'의 중요성을 다음과 같이 강조하고 있다.

영물시는 진실로 사물을 확실하고 적절하게 비유해야 하며, 외양을 버리고 흥취를 얻는 것이 더욱 소중하지만, 반드시 뜻을 기탁할 곳이 있어야 비로소 시인의 의취를 얻을 수 있다.
詠物詩固須確切比物, 尤貴遺貌得神, 然必有命意寄託之處, 方得詩人風旨.(≪詩法易簡錄≫ 권12)

이같이 영물은 비유법을 중시하는데 이교의 영물시는 자연현상, 草木, 鳥類, 獸類는 물론이고 戰器, 樂器, 寶玉類, 布織 등 다양한 소재를 시로 묘사하고 있다. 다음에 〈煙〉와 〈菊〉을 본다.

상서로운 기운 푸른 누각에 넘나들어
공허히 뿌옇게 푸른 산에 아롱대네.
휘돌아 쌍궐로에 떠돌고
아득히 구선의를 떨치네.
뽕과 산뽕나무는 찬 빛을 맞고
솔과 대나무에는 저녁 햇빛 가물대네.
그리고 보랏빛 하늘 위에서
때마침 빛나는 봉황새 날아가네.
瑞氣凌靑閣, 空濛上翠微.
廻浮雙闕路, 遙拂九仙衣.
桑柘迎寒色, 松篁暗晚暉.
還當紫霄上, 時接彩鸞飛.(〈煙〉≪全唐詩≫ 권58)

이 시에서 안개를 생명이 있는 물체로 보고 仙衣를 입고 鳳凰과 더불어 날아가는 초탈의 상징으로 美化한 것은 물론, 안개를 통하여 瑞氣 어린 희망과 이상의 대상으로 묘사하였으니, 이것은 '工巧'와 '奧妙'의 극치이며, 기탁에 의한 시인의 살아있는 기백을 담고 있다.

계절 따라 가을이 저무는데
노란 국화는 중양절에 피네.
꽃은 낙수 여인 물가에 피고

국화주 향기는 야인의 잔에 넘치네.
찬 연못가에 한들거리며
새벽 언덕 가에 드러낸 고운 자태.
노란 꽃 핀 오늘 저녁에
흰 옷 입은 이 돌아오지 않네.
玉律三秋暮, 金精九日開.
榮舒洛媛浦, 香泛野人杯.
霏靡寒潭側, 丰茸曉岸隈.
黃花今日晚, 無復白衣來.(〈菊〉상동)

이 시에서 제1연은 국화의 貴態를, 제2연은 국화의 俗氣 없는 像, 제3연은 淸純, 제4연은 절개와 탈속을 각각 묘사하고 있으니, 工巧的 작법을 강구하고 있지만, 국화가 주는 의취인 仙緣과 屈原 및 陶潛(도연명)의 작품에서와 같은 堅貞과 자존심을 기탁하고 있다. 영물시에 비중을 둔 이교의 시에는 초당의 정치사회의 불안정적 상황 하에서 강렬한 민족의식을 담은 主戰的인 종군시가 있으니, 忠君愛國의 기상과 승전을 독려하는 영웅적 기개, 그리고 승리에서 오는 공명심의 발로 등을 묘사하고 있다. 충군애국의 경우에 〈奉使築朔方六州城率爾而作〉의 앞 6구를 보자.

조서 받들어 변방에서 복무하며
늘 오로지 삭방을 축성하리라.
저 개나 양 같은 족속 몰아내어
이 우리 중국의 경계를 바로하리라.
그 님이 와서 기뻐하고 즐거워한다면
나랏일을 어이 태만하리오.
奉詔受邊服, 總徒築朔方.
驅彼犬羊族, 正此我夏疆.
子來收悅豫, 王事寧怠遑.(상동 권57)

여기에서 奉詔를 받아 朔方에서 축성하는 일에 참여하매, 그것은 국왕을 위하는 일이요, 국방을 위함이니, 마음이 기쁘다는 의향을 표출하고 있다. 그리고 〈寶劍篇〉의 말 4구는 전쟁의 일을 그치기 위해서 文武를 겸비해야 하며 災患이 군왕에게 미치는 일이 있어서는 안되며 오래도록 태평할 것을 기원하고 있다.

　　평화를 지키어 오랫동안 전쟁이 그치니
　　요행히도 문무를 넉넉히 갖추고 있음이라.
　　재앙을 막고 환란을 피함은 의당 군왕의 공이려니
　　천수 누리시어 나라 길이 이어지리라.
　　承平久息干戈事, 僥倖得充文武備.
　　除災辟患宜君王, 益壽延齡後天地.(상동 권57)

　다음으로 승전을 독려하는 경우로 〈安輯嶺表事平罷歸〉 앞 8구를 본다.

　　구름 저 끝을 보며 서울 생각하니
　　서울이 보일 듯도 하구나.
　　하늘 끝에서 월대를 바라보니
　　바닷길이 얼마나 아득한가.
　　반년 만에 붕새 날아가고
　　3년 만에 길조의 꿩이 날아오네.
　　경계 멀리에 구리기둥 드러나 있고
　　산은 험한데 돌문이 열리네.
　　雲端想京縣, 帝鄕如可見.
　　天涯望越臺, 海路幾悠哉.
　　六月飛鵬去, 三年瑞雉來.
　　境遙銅柱出, 山險石門開.(상동 권57)

　여기서 제1연은 思君의 충성심을 그리면서 성취의 기상을 나타내었고, 제3연은 희망의 승전을 비유하였다. 아울러 승리의 공명심 발로의 경우는 〈餞薛大夫護邊〉이 무공의 성취를 격려하는 대표적인 작품이라 하겠다.

> 황폐한 곳이 늘 통하지 못하나
> 그래도 오랑캐의 경계에 임하리라.
> 군율 가하니 꼬리별 움직이고
> 병사 나누니 달무리 비는도다.
> 소가죽으로 푸른 자루 싸고
> 상아로 활을 다듬어 내네.
> 결연히 삼하를 이길 용기를 내어
> 길게 여섯 군의 무리를 몰아내리라.
> 산에 올라 대산 북쪽을 살피고
> 손가락 꼽으며 요동을 칠 계략을 세우네.
> 우두커니 연연산 위를 바라보며
> 결단코 무공을 칭송하리라.
> 荒隅時未通, 副相下臨戎.
> 援律星芒動, 分兵月暈空.
> 犀皮擁靑橐, 象齒飾雕弓.
> 決勝三河勇, 長驅六郡雄.
> 登山窺代北, 屈指計遼東.
> 佇見燕然上, 抽毫頌武功.(상동 권59)

여기서 말 6구는 雄渾하고 장엄한 기풍과 무공의 祝頌을 노래하여 薛大夫의 변방 출정을 환송하는 동시에 무공까지도 축송하게 되기를 희망하고 있다. 邊塞詩가 대개 현실적이며 세속적인 경향이 있어서 활달한 면을 보인다.[1] 종군시와 함께 거론해야 할 주제는 이교의 應制詩에 나타나는 충성심으로, 應制 및 奉和는 43수에 달하여

---

[1] 《詩人玉屑》에 「七言難於氣象雄渾, 句中有力, 而紆餘, 不失言外之意.」라 하고, 「相國新兼五等崇, 非不壯也, 然意亦盡於此矣.」(卷12)라고 하여 從軍詩가 갖추어야 할 장점을 밝혔는데, 이교 시는 바로 이에 상응되어 있다.

상당한 비중을 지닌다. 응제시라면 현실적이며 忠愛와 忠厚를 높인 것인데, 청대 吳雷發은 ≪說詩菅蒯(설시간괴)≫에서,

> 시는 산림의 기세를 으뜸으로 하는데 대각의 기세 같은 것은 청신하며 속기를 벗어나려 힘쓰지만, 그렇지 않으니 격조가 낮아서 전인의 조정에서의 응제시들은 그 속기를 벗어난 것이 열에서 한둘에 지나지 않다.
> 詩以山林氣爲上, 若臺閣氣者, 務使淸新拔俗, 不然則格便低, 前人早朝應制諸詩, 其拔俗者不過十之一二.

라고 하였다. 이교의 응제시는 모두 충후한 崇敬으로 채워져 있어서 이런 시의 표현은 화려하면서 수사적인 것이 특징이라 하겠다. 그 예시로 〈侍宴長寧公主東莊應制〉를 보기로 한다.

> 별장이 푸른 교외에 서 있는데
> 임금의 수레 궁궐에서 내려오네.
> 긴 연회에 원추새와 백로 같은 신하들 모였고
> 선관 피리는 봉황 같은 공주에 어울리네.
> 나무 남산에 가까이 있고
> 안개는 북쪽 물가에 멀리 있네.
> 은총을 받아 다 이미 취하여서
> 감상에 젖어 말 재갈 돌릴 줄 모르네.
> 別業臨靑甸, 鳳轡降紫霄.
> 長筵鵷鷺集, 仙管鳳凰調.
> 樹接南山近, 煙含北渚遙.
> 承恩咸已醉, 戀賞未還鑣.(상동 권59)

이 시는 ≪新唐書≫(本紀)에 長寧公主의 집에 왕이 臨幸했다는 서술로 보아서, 中宗 景靜 4년 5월 丁卯(710)에 지은 것이다. 장녕공주는 韋庶人에게서 난 중종의 여식으로서, 楊愼에게 출가하여 長安에 집을 짓는데 三層樓를 지어 중종이 임석하고 신하들이 배석하

여 侍宴하니, 여기서 李嶠, 崔融, 李適, 徐元伯 등이 축시를 지었으며, 이 시는 그때의 것이다.2) 전반 4구의 매 구는 한 가지씩의 사실을 묘사하고 후연에서 別業의 위치를 서술하여 東莊을 부각시키고 있다. 말연의 侍宴으로 이 시의 內外結法이 완비되면서 절정에 달하게 되니 그 묘사와 내용의 배치가 주밀하고 화려하면서 충절이 넘친다.

제1구는 공주의 별업을, 제2구는 제왕의 임행을, 제3구는 시연의 臣僚를, 제4구는 석상의 음악을 각각 묘사하여 상호간에 자연스레 연관되면서 虛字를 차용하지 않았고 氣格이 雄渾하니 비범한 묘법이라고 하겠다. '靑甸'에서 '靑'은 동방의 色이며 '甸'은 '郊'이니, 즉 '東莊'의 의미를 분명히 하고 있고, '鳳鑾'은 천자의 수레이며 '紫霄'는 帝闕이니 수레가 궁궐로부터 내려온다 함은 천자가 동장에 임행한다는 것이다. 그리고 '長筵'을 마련하여 군신이 시연하는 좌석을 삼고 '원추새와 백로', 즉 鵷鷺가 날아드는 데도 서열이 있게 시어를 배려하여 官爵의 서차를 밝혔다. 또 '仙管'과 '鳳凰'은 秦公의 딸이 퉁소(簫)를 불어 봉황을 끌어 신선이 되었다는 고사를 비유한 것으로 공주 자신에 대한 극진한 배려에서 나온 묘사로 보인다. '北渚'는 ≪楚辭≫(九章)의 「왕자가 북녘 물가에 내리네(帝子降兮北渚)」 구에서 나온 것이니, 帝子(皇女)에 근거하여 공주를 역시 추숭하여 응용한 묘사이다. 그 시어 선택의 妙는 이교의 응제시가 지니는 比興法과 풍자하면서도 은유적인 묘법이라 하겠다. 이교의 응제시에서 시어 구사상의 특색이라면 색채미와 보물 명칭의 활용, 경어의 이용, 辭賦처럼 동

---

2) ≪唐詩紀事≫ 卷1 中宗條: 「長寧公主, 韋庶人所坐, 下嫁楊愼交, 制曰; 駙馬都尉楊愼交, 分榮戚里, 藉寵公門, 恭肅著於立身, 恪勤效於從政, 鳳凰樓上, 宛符琴瑟之歡, 烏鵲橋前, 載協松蘿之契, 宜分覃茅土, 式廣山河, 造第東郡, 府財庶竭, 又取西京高士廉第, 左金吾衛廢營, 合爲宅, 作三層樓, 築山浚池. 帝及后數臨幸, 置酒賦詩, 群臣屬和, 故李嶠長寧公主東莊侍宴詩, 其末云; 承恩咸已醉, 戀賞未還鑣. 崔湜云; 席臨天女貴, 杯接近臣歡. 李適云; 願奉瑤池駕, 千春侍德音. 徐元伯云; 鳳房憐簫曲, 鸞閨念掌珠.」

식물의 擬人化, 仙語의 移入 등을 들 수 있다.

본 시화의 眞僞에 대해서 일본 승려 空海(弘法大師)의 ≪文鏡秘府論≫〈禮記〉를 보면,

> 최융의 ≪신정시체≫ 한 권이 일찍 일실되고 후인도 저자의 성명과 서명을 모르고서 단지 그 남긴 글을 이교의 이름에 기탁하여 그 책의 제목을 ≪평시격≫이라 한 것이다. 아니면 이교와 최융이 같이 주영학사이므로 ≪신정시체≫ 역시 ≪평시격≫의 '십체구대설'에서 취하기도 했을 것이다. 그러므로 ≪신정시체≫가 망실되고 ≪평시격≫에서 인용하여 홀로 전해진 것인가?
> 崔融新定詩體一書早失, 後人竝昧撰者姓名及書名, 但將其遺文托名李嶠而題其書評詩格. 不然, 則因李嶠崔融同爲珠英學士, 新定詩體亦有取於評詩格十體九對之說, 故新定詩體亡佚而引用之評詩格獨流傳乎?

라고 하여 그 출처의 애매성을 설명하고 있다. 이교의 ≪평시격≫은 흔히 崔融의 ≪新定詩體≫와 같이 다루면서, 崔融의 작품이 망실되어 ≪평시격≫의 이름으로 전해졌다는 것을 말하고 있는데, ≪평시격≫이 北宋과 南宋까지도 書志 명목에 없었다가 陳振孫의 ≪直齋書錄解題≫(卷22)에 비로소 「≪평시격≫ 한 권은 당의 이교가 지은 것이다. 이교는 왕창령보다 앞서 있었으니 왕창령의 ≪시격≫ 팔병을 인용했다는 것은 그렇지 않다.(評詩格一卷, 唐李嶠撰. 嶠在昌齡之前, 而引昌齡詩格八病, 亦未然也.)」라고 기록되어 위의 일본인 설을 뒷받침한다. 그 출처에 異說이 있으나, 이교의 이름으로 ≪평시격≫을 내세우는 바, 그 내용을 近人 王夢鷗의 ≪初唐詩學著述考≫〈崔融詩學著述〉장과 張伯偉의 ≪全唐五代詩格校考≫를 참고하여 개관하고자 한다.

본 시화는 두 절로 이루어져 있는데, 먼저 '詩有九對'에서는 '切對', '切側對', '字對', '字側對', '聲對', '雙聲對', '雙聲側對', '疊韻對', '疊韻側對'가 있고, 그리고 '詩有十體'에서는 '形似', '質氣', '情理', '直置',

'雕藻', '影帶', '婉轉', '飛動', '淸切',' 精華'가 있다고 하였으니, 이것은 시가 창작의 구상과 예술적 표현 방법에 대해서 의미 있게 언급한 것이니, '九對'의 의미를 다음 시구를 통해서 구체적으로 살펴본다.

1) 切對; 「물상이 절대 바르므로 치우치고 마르지 않음(物象切正不 偏枯)」을 의미한다고 하는데, '對'에 대한 命名이 사람에 따라 달라서 上官儀는 '正名對'라 하고, 元兢은 '正對'라 하여 이교와는 다른 데가 있다.

2) 切側對; 「물고기 노니 새 연꽃 출렁이고, 새 흩어져 나니 남은 꽃 지네.(魚戲新荷動, 鳥散餘花落.)」(謝朓의 〈遊東田〉) '절대'와 달리 정의 풀이가 없으며 시구 인용도 별다른 의의가 없다. ≪文鏡秘府論≫에 「절측대라는 것은 다른 것을 정세하게 묘사하고 같은 것을 성글게 조화시키는 것을 말하니, 이것이 시이다.(切側對者, 謂精異粗同, 是詩.)」라 하니 實物과 借喩物의 다름을 말한다.

3) 字對; 「산 버들가지에 찬 이슬이 맺히고, 연못가에는 찬바람이 울린다.(山柳架寒露, 池條韻凉飈.)」도 定義가 역시 빠져 있으며 인용시에서 '山柳'는 '山椒'(山頂의 뜻)라 함이 옳다.

4) 字側對; 「옥 시내 맑게 오락에 흐르고, 서설은 삼진에 비치네.(玉溪淸五洛, 瑞雪映三秦.)」, 자의가 모두 다르니 형체는 반이 같다.

5) 聲對; 「뜸한 매미 소리 높은 버들에서 울고, 많은 새는 깊은 솔에 걸려 있네.(疎蟬韻高柳, 密鳥掛深松.)」, 자의가 다르니 성조와 명칭이 대를 이룬다.

6) 雙聲對; 「물 섬 가에 둥글게 빛이 드리우고, 나무와 돌이 서로 어우러져 있네.(洲渚近環映, 樹石相因依.)」 인용시에서 '環映'과 '因依'가 兩雙聲字對가 된다.

7) 雙聲側對; 「꽃이 금곡의 나무에 밝은데, 수양산의 고사리를 딴다.(花明金谷樹, 荣映首山薇.)」에서 '金谷'과 '首山'이 對가 된다.

8) 疊韻對; 「새벽에 수놓은 옷 걸치고, 곱게 화원을 걷는다.(平明被繡帳, 窈窕步花庭.)」에서 '平明'과 '窈窕'가 雙韻語이지만 뜻이 正對가 아니므로 疊韻對가 된다.

9) 疊韻側對; 원래의 정의와 시구의 예가 일실되었는데, ≪文鏡秘府論≫에 「첩운측대란 자의가 달라 성명첩운대라 하니 이것이다.(疊韻側對者, 謂字義別, 聲名疊韻對, 是.)」라고 하였다.

위의 韻母가 서로 같은 辭語로 對를 이루는 '疊韻對'에 대해 ≪文鏡秘府論≫에서 서술하기를,

> ≪필기≫에 말하기를, 배회(배회하다), 요조(아름답다), 권련(그리워하다), 방황(방황하다), 방창(넓다), 심금(속마음), 소요(거닐다), 의기(의기), 우유(놀다), 능승(오르다), 방광(확 트이다), 허무(허무하다), 사유(생각하다), 수유(짧은 시간) 등 이런 것들이니 이름하여 첩운대라 한다.
> 筆記云: 徘徊, 窈窕, 眷戀, 彷徨, 放暢, 心襟, 逍遙, 意氣, 優游, 陵勝, 放曠, 虛無, 思維, 須臾, 如此之類, 名曰疊韻對.(二十九種對)

라 하고 청대 冒榮春은 ≪葚原詩說≫(권1)에서 더 상세히 분류하여 서술하고 있다.

> 또 첩운대라는 것이 있으니 예컨대 「배회하며 사방을 둘러보니, 슬퍼지며 홀로 마음에 수심 차네. 새벽에 수놓은 장막을 거두고, 곱게 꽃 뜰을 걷네.」 이것은 두첩운이다. 「성근 구름에 빗방울 뿌리는데, 엷은 안개에 나무가 아련하네. 향초 맺힌 아슬한 돌길 오르고, 이끼 낀 미끄런 돌을 밟네.」 이것은 미첩운이다. 또 고시 「그대 연연산에 수자리 나가니, 소첩은 소요루에 앉아 있네.」 이것은 복첩운이다.
> 又有疊韻對者, 如「徘徊四顧望, 愴快獨心愁, 平明披繡帳, 窈窕步花庭.」 此頭疊韻也. 「疏雲雨滴瀝, 薄霧樹朦朧, 磴危攀薜荔, 石滑踐莓苔.」 此尾疊韻也. 又古詩「君赴燕然戍, 妾坐逍遙樓.」 此腹疊韻也.

여기서 '徘徊'와 '愴快', '平明'과 '窈窕'가 句頭에서 對를 이루니 頭疊韻이며, '滴瀝'과 '朦朧', '薜荔'와 '莓苔'가 句尾에 對를 이루니 尾疊韻이며, '燕然'과 '逍遙'가 句腹에서 對를 이루니 腹疊韻이 된다. 다음으로 '詩有十體'는 '形似', '質氣', '情理', '直置', '雕藻', '影帶', '婉轉', '飛

動', '淸切', '精華' 등으로, 다음에 시구를 인용하면서 구체적으로 그 내용을 살펴본다.

1) 形似;「그 형상을 본떠서 비슷하게 됨을 말한다.(謂貌其形而得似也.)」시에 이르기를,「바람 타는 꽃은 정해진 그림자가 없고, 이슬 맺힌 대나무에는 남은 정이 서려 있네.(風花無定影, 露竹有餘情.)」

2) 質氣;「바탕의 골격이 있음으로 해서 그 기운을 실림을 말한다.(謂有質骨而依其氣也.)」시에 이르기를,「서리 내린 봉우리는 어두워 빛이 없고, 눈이 덮힌 길은 하얗구나.(霜峯暗無色, 雪覆登道白.)」

3) 情理;「성정을 펴서 이치를 얻음을 말한다.(謂敍情以入理致也.)」시에 이르기를,「노닐던 새는 저녁에 돌아올 줄 아는데, 길 가는 나그네는 홀로 돌아가지 못하네.(遊禽暮知返, 行客獨未歸.)」시정의 감흥은 인과관계에 따라서 묘사되니 이를 情理體라 한다.

4) 直置;「사물을 직설로 서술하여 시구에 담는 것을 말한다.(謂直書可置於句也.)」시에 이르기를,「아련히 산은 대지를 나누어 있고, 푸른 바다는 하늘에 닿아 있네.(隱隱山分地, 蒼蒼海接天.)」≪文鏡秘府論≫에서「직치체란 그 사실을 직설로 기술하여 시구에 매어놓는 것을 말한다.(直置體者, 謂直書其事, 置之於句者是.)」라 함.

5) 雕藻;「대개 눈앞의 일을 다듬어 꾸미는 것을 말한다.(謂以凡目前事而雕硏之也.)」시에 이르기를,「언덕이 푸르니 강가의 버들이 싹 트고, 연못이 붉으니 바다 석류에 물들었네.(岸綠開河柳, 池紅照海榴.)」(江總의〈山庭春日〉)≪文鏡秘府論≫에「조조체란 사리를 다듬어 꾸미어서 아름답게 하는 것으로, 마치 채색 실이 얽히고 쇠붙이가 단련되는 것과 같음을 말한다.(雕藻體者, 謂以凡事理而雕藻之, 成於硏麗, 如絲彩之錯綜, 金鐵之砥鍊者是.)」라고 하여 자세히 풀이함.

6) 影帶;「일의 뜻이 서로 맞아서 쓰임을 말한다.(謂以事意相愜而用之也.)」시에 이르기를,「이슬진 꽃이 갓 씻은 비단 같고, 샘의 달은 가라앉은 갈고리 같네.(露花如濯錦, 泉月似沈鉤.)」≪문경비부론≫에「영대체란 사의가 서로 맞아서 다시 쓰이는 것을 말한다.(影帶體者, 謂以事意相愜, 複而用之者是.)」라 밝힘.

7) 婉轉;「시의 어사를 둘러서 표현하여 곱게 구를 이룸을 말한다.(謂

屈曲其詞, 婉轉成句也.)」시에 이르기를, 「흐르는 물결 달을 거느리고 가고, 호수 물은 별을 대하며 오도다.(流波將月去, 湖水對星來.)」

8) 飛動; 정의가 빠져 있다. 시에 이르기를, 「텅 빈 줄사철에 이슬 빛이 맺혀 있고, 낙엽은 가을 소리를 내네.(空薜凝露色, 落葉動秋聲.)」≪文鏡秘府論≫에는 「비동체란 어사가 마치 날아올라 움직이는 것 같음을 말한다.(飛動體者, 謂詞若飛騰而動者是.)」라 함.

9) 淸切; 정의가 빠져 있다. 시에 이르기를, 「원숭이 소리 깎아지른 계곡에서 나고, 달그림자는 찬 강에 지네.(猿聲出峽斷, 月影落江寒.)」≪문경비부론≫에 「청절체란 어사가 맑으며 간절한 것을 말한다.(淸切體者, 謂詞淸而切者是.)」라 함.

10) 精華; 역시 정의가 빠져 있다. 시에 이르기를, 「푸른 밭에 학을 타고, 단혈에서 봉황을 타려 하도다.(靑田凝駕鶴, 丹穴欲乘鳳.)」≪문경비부론≫에 「정화체란 그 정수를 얻어서 그 찌꺼기를 잊는 것을 말한다.(精華體者, 謂得其精而忘其塵者是).」라 함.

이 중에서 '形似'에 대해서 더 살펴보면, '형사'는 鍾嶸이 처음 사용한 묘사상의 용어로서 ≪詩品≫ 張協 시에서 「그 기원은 왕찬에서 나온다. 문체가 화려하고 청정하여 결점이 적다. 또 세밀하고 비유적인 시어를 교묘히 꾸며낸다.(其源出於王粲. 文體華淨, 少病累. 又巧構形似之言.)」라 하고 謝靈運 시에서는 「그 기원은 진사왕에서 나오고 경양체가 섞여 있다. 그러므로 기교 어린 묘사를 기린다.(其源出於陳思, 雜有景陽之體. 故尙巧似.)」라고 하였는데, 여기서 '巧似'는 즉 '形似'인 것이다. 그러므로 '形似'는 경물을 묘사하는 용어가 되어 경물에 대한 직설적인 묘사가 아니라 섬세하고 비유적으로 표현하니 先秦 道家에서 기원하여 魏晉代 玄學의 영향이 크며, 육조와 당대에는 일종의 畵論의 용어로 쓰이기도 하였다.

본 시화의 판본은 ≪吟唱雜錄≫, ≪格致叢書≫, ≪詩學指南≫본이 있다.

≪古今詩人秀句≫ - 元兢

元兢(원긍). 자는 思敬, 龍朔 원년(661)에 周王府 參軍, 總章 중 (668-670)에 協律郞을 지냈다. ≪舊唐書≫〈文苑傳〉에 「≪방림요람≫을 편수하고 또 ≪시인수구≫ 두 권을 저작하니 세상에 전한다.(預修 芳林要覽, 又撰詩人秀句兩卷, 傳于世.)」라고 기록되어 있다. 그의 시〈蓬州野望〉이 ≪全唐詩逸≫(卷中)에 한 수 전해진다.

세찬 바람 도랑 둘린 성에 불어대는데
널리 촉문 구비를 바라보네.
강물은 삼파를 끼고 멀리 흐르고
산은 팔진을 따라서 트여 있네.
다리가 한수에 이어진가 하고
돌에는 안개가 자욱이 감도는 듯하네.
타향살이에 눈물 흘리니
원숭이 소리 어느 곳에서 재촉하는가.
飄颻宕渠城, 曠望蜀門隈.
水共三巴遠, 山隨八陣開.
橋形疑漢接, 石勢似煙迴.
欲下他鄕淚, 猿聲幾處催.

이 책은 오래 전에 일실되고, 단지 서문만이 ≪文鏡秘府論≫ 南卷 集論에 보이니 그 서문의 첫 부분을 보기로 한다.

만년에 문장을 다듬는 자가 많다. 양대 소명태자 소통과 유효작 등이 편찬한 ≪문선≫은 천지간에 해와 달에 걸어놓을 만큼 뛰어나다 말하나, 거두고 버리는 점에 있어서 부족하고 잘못된 것이 없지 않다.

마침 ≪수구≫를 통해서 오언을 논하게 되었다. 예컨대 왕중서의 「서리 기운이 맹진에 내리네」와 「노니는 새 저녁에 돌아올 줄 아네」에서 전편은 기세가 날아 움직이게 하고, 후편은 정감이 조밀하니, 오언시의 요점이며, 시경 육의를 지닌 으뜸이라 말할 수 있다. 버리고 기록하지 않아 그 내용을 볼 수 없다. 서릉의 ≪옥대신영≫은 편벽되고 우아하지 않으며, 구지의 ≪초집≫은 소략하여 온당하지 않다. 이것은 전문을 상세히 골라서 책 하나로 만든 것이니 ≪수구≫에 비하여 뜻을 담음이 다르다. ≪수구≫ 같은 것은 또한 그 예가 된다.

晚代銓文者多矣. 至梁代昭明太子蕭統劉孝綽等撰集文選, 自謂畢乎天地, 懸諸日月. 然於取於捨, 非無舛謬. 方因秀句, 且以五言論之. 至如王中書「霜氣下孟津」, 及「遊禽暮知返」, 前篇則使氣飛動, 後篇則緣情宛密, 可謂五言之警策, 六義之眉首. 棄而不紀, 未見其得. 及乎徐陵玉臺, 僻而不雅; 丘遲抄集, 略而無當. 此乃詳擇全文, 勒成一部者, 比夫秀句, 措意異焉. 似秀句者, 抑有其例.

위에서 원긍의 이 시화가 쓰여진 동기와 그에 담긴 특성, 그리고 다른 자료와의 차별성을 기술하고 있다. 이 자료는 원긍이 周王府 參軍 시절에 劉褘之, 范履氷 등의 도움으로 편찬한 것인데, 그 수록 범위는 10대에 걸쳐서 고시부터 초당 上官儀까지이며 그 수록 기준을 다음과 같이 기술하고 있다.

정감을 우선으로 하고 바르고 곧은 묘사를 근본으로 한다. 물색은 뒤에 놓고 미려함은 말단이 된다. 질박으로써 보조하고 화려함으로써 연원한다. 형사로써 다하고 떨쳐 뛰어남으로써 열어 나간다. 때로는 사리가 다 맞고 어사와 격조가 두루 갖추어 여기에서 하나로 되면 빠짐이 없을 것이다.

以情緖爲先, 直置爲本; 以物色留後, 綺錯爲末. 助之以質氣, 淵之以流華, 窮之以形似, 開之以振躍. 或事理俱愜, 詞調雙擧, 有一于此, 罔或子遺.

여기서 품평상의 등급기준을 '性情爲主', 묘사의 진술, 내용의 진실성, 시의 격조 등 매우 치밀하고 다양한 방법을 품평에 강구하고 있다. 그리고 논점이나 술어, 造句 등 면에서 劉勰과 鍾嶸의 영향을 받았고 품평방법은 일종의 '摘句褒貶' 즉 시구를 골라서 장단점을 지적하는 형식을 취하고 있다. 이런 방법은 육조의 품평과 만당의 소위 '摘句爲圖' 즉 시구를 골라서 도표화해서 품평하는 과도기적 방법이라고 하겠다. 그러면 원긍의 서문에서 謝朓(464-499)의 시구에 대해서 직접 품평한 구절을 본다.

늘 여러 학사들과 사조의 시를 읽는데, 〈화송기실성중〉 시를 보면서 좋은 시구를 고르다가 여럿이 모두 「줄 선 나무는 맑게 먼 그늘 드리고, 구름과 노을은 고운 빛 이루네.」 구가 가장 빼어나다고 하였다. 나는 「여러분의 의견이 그르다.」고 말하였다. 왜냐하면, 「줄 선 나무는 맑게 먼 그늘 드리고, 구름과 노을은 고운 빛 이루네.」 구는 정말 득의한 시구이며 또한 절창이긴 하다. 무릇 저녁에 경치를 바라보는 자는 안개와 노을을 생각하지 않을 수 없고 수풀 동굴에 마음을 두지 않을 수 없다. 그런 후에 그 맑은 격조를 밝히 드러내어 아름다운 시어로 표현한다. 줄지어 선 나무의 먼 그늘을 내려다보고, 구름과 노을의 고운 빛을 쳐다보는 것은 평민이라도 느낄 수 있다. 그러나 「지는 해 새 날아 돌아오니, 밀려오는 근심 그지없구나.」 구의 오묘한 것만 못하다. 「지는 해 새 날아 돌아오니, 밀려오는 근심 그지없구나.」 구를 보면 「마음을 달래려니 기댈 데 없고, 눈을 드니 근심만 더하며 마음 다져 그대를 생각하면서 그리운 마음 새에 부친다. 지는 해가 낮게 비추니 곧 보이는 게 끊기고, 저녁 새가 돌아와 모이니 근심도 날아온다.」라고 말하게 된다. 아름답도다 사조여! 어찌 생각이 이와 같으신가.

常與諸學士覽小謝詩, 見〈和宋記室省中〉, 銓其秀句, 諸人咸以謝「行樹澄遠陰, 雲霞成異色」爲最. 余曰:「諸君之議非也.」何則.「行樹澄遠陰, 雲霞成異色」, 誠爲得矣, 抑絶唱也. 夫夕望者莫不銘想煙霞, 鍊情林岫, 然後暢其淸調, 發以綺詞, 俯行樹之遠陰, 瞰雲霞之異色, 中人以下, 偶可得之; 但未若「落日飛鳥還, 憂來不可極」之妙者也. 觀夫「落日飛鳥還,

憂來不可極」, 謂「捫心罕屬, 而擧目增思, 結意惟人, 而緣情寄鳥. 落日低照, 卽隨望斷, 暮禽還集, 則憂共飛來.」美哉玄暉, 何思之若是也.

윗글에서 원긍이 시구를 품평하는 관점이 내용상 정감의 진솔성과 묘사상 사리의 충실성 여부를 중시하고 있음을 알 수 있다. 당대 문인으로서 謝朓 시를 논한 것은 본문이 가장 초기의 본격적인 시평이라 할 것이다. 사조 시의 풍격을 淸調를 드러내고 綺詞를 구사했다고 하였고, 시구 분석에서는 「마음을 달래려니 기댈 데 없고 눈을 드니 근심만 더하며 마음 다져 그대를 생각하면서 그리운 마음 새에 부친다. 지는 해가 낮게 비추니 곧 보이는 게 끊기고, 저녁 새가 돌아와 모이니 근심도 날아온다.(捫心罕屬, 而擧目增思, 結意惟人, 而緣情寄鳥. 落日低照, 卽隨望斷, 暮禽還集, 則憂共飛來.)」라고 구체적으로 해설하였고, 그러면서 「아름답도다 사조여! 어찌 생각이 이와 같으신가!(美哉玄暉, 何思之若是也.)」라고 극찬하고 있다. 당대 문인이 사조를 호평한 이유를 李白의 시 연원과 연관되는 면도 있다.

謝朓(464-499)는 字가 玄暉이며, 六朝시대 齊梁 시기에 시명을 떨친 시인으로서 오언시에 뛰어나며 聲律과 騈偶를 강구하고 시풍이 淸麗하였다. 그의 시에 대해서 沈約은 「2백 년 이래에 이런 시는 없다.(二百年來無此詩.)」(≪南齊書≫ 謝朓傳)라고 극찬하였고, 孟棨는 「양 무제는 사흘 동안 사조 시를 읽지 않으면 곧 입냄새가 난다.(梁武帝謂三日不讀謝詩, 便覺口臭.)」(≪本事詩≫)라고 기술하고 있다. 산수시인 謝靈運(385-433)의 一族이어서 일명 '小謝'라고 부른다. 사조의 시는 내용적으로 영물의 寄興과 閨情의 이별, 그리고 망향의 정과 산수의 은일 등으로 구분할 수 있다. 사조의 영물시는 초기에는 사실적 묘사와 감정의 直敍를 보이다가 중년에는 정치적 불우와 좌절을 기탁의 수법으로 표출하고 있다. 閨情詩는 농후한 서정성을 바탕으로 차분한 어조로 여인의 심리를 애절하고 완곡하게 그려내었다. 산수시에서는 현실 초탈과 은일을 주제로 하여 정치적 파란에 의한 懷才不遇의 정서에서 비롯한 것으로 은일을 인생의 궁극 목표로 삼지 않으면서 出仕에의 열망을 지니고 있다. 흔히 은일의 유형에는 '朝隱'이라 하여 몸은 조정에 두고 있으면서 마음은 산수에 노니는 경우가 있는데, 사조는 오히려 '假隱'인 몸은 산수에 있는데 마음이 조정에 있는 경우라 할 것이다. 그러나 사조의 다음 〈觀朝雨〉(≪全漢三國晉南北朝詩≫ 全齊詩 권3) 시에는 조정의 조회를 앞두고 비를 보면서 자신의 착잡한 심정으로 은거의 뜻을 토로하는 '眞隱'을 보여준다.

> 북풍이 흩날리는 비를 불어와
> 쓸쓸히 강가로 오네.
> 이미 백상관에 비 뿌리고
> 다시 구성대에 모이네.
> 공허히 부슬대는 것이 엷은 안개 같더니
> 흩어지니 가벼운 먼지 같네.
> 새벽에 옷을 털고 앉으니
> 궁궐 중문이 아직 열리지 않네.
> 귀와 눈에 잠시 시끄런 소리 없어
> 회고하노니 진실로 아련하구나.
> 날개를 움츠려서 머리 들고 싶어지나
> 강물 타려니 아가미 볕에 쬘까 두렵네.
> 벼슬살이와 은거를 겸할 수 없어서
> 갈림길에서 많이도 배회하네.
> 마치 전승한 사람처럼
> 돌아가서 북산의 명아주나 자르리라.
> 朔風吹飛雨, 蕭條江上來.
> 旣灑百常觀, 復集九成臺.
> 空濛如薄霧, 散漫似輕埃.
> 平明振衣坐, 重門猶未開.

耳目暫無擾, 懷古信悠哉.
戢翼希驤首, 乘流畏曝鰓.
動息無兼遂, 岐路多徘徊.
方同戰勝者, 去翳北山萊.

시의 기교적 면에서 南齊 시기에 성률을 중시한 풍조에 의해서 典故와 대구를 많이 사용하고 청각적 운율미를 강구한 唯美主義的 묘사법이 보인다. 이런 성률론에 입각한 작품을 武帝의 연호를 따서 '永明體'라 한다. 사조 시는 대개 궁정체의 騈儷風이 보이지만, 운율의 조화와 대구의 조탁으로 인한 美文의 조성이 뛰어나고 탈속적 심정에 의한 청신한 의취로 '情景合一'을 추구하여 원굉이 말한 '淸調'와 '綺詞'가 당대 李白(이태백)을 비롯한 뭇 시인에게 새로운 시의 경지를 열었다는 평가를 받는다. 사조의 영물시 〈詠竹〉(상동)을 보기로 한다.

앞 창문에 한 무리 대나무
푸른빛이 홀로 기이하다 하네.
남쪽 가지가 북쪽 잎과 얽어 있고
새로운 죽순은 묵은 가지에 섞여 있네.
달빛에 성글다가 촘촘히 보이고
바람이 부니 일어났다가 드리우네.
콩새가 날아도 거슬리지 않고
어린 참새도 엿보고 있다네.
다만 한스런 건 바람에 대껍질이
뿌리와 그루터기에서 떨어져나가네.
前窓一叢竹, 靑翠獨言奇.
南條交北葉, 新筍雜故枝.
月光疏已密, 風來起復垂.
靑扈飛不碍, 黃口得相窺.
但恨從風籜, 根株長別離.

靑竹의 자태를 섬세하게 묘사하여 영물시의 전형적인 특징을 보여준다. 말연에서 바람에 떨어져나가는 대껍질(從風籜)을 통하여 늘 푸른 대나무도 영고성쇠가 있음을 토로하면서 유한한 인간으로서의 인생의 무상함을 간접적으로 홍탁하고 있다.

판본은 일본 講談社 간본 ≪文鏡秘府論≫ 南卷에 의거한다.

≪詩格≫ – 王昌齡

　　王昌齡(왕창령, 698?-756?). 字는 少伯이며, 京兆(지금의 陝西省
西安)人으로 성당시인이다. 출신이 寒微하여 소년 시절에 淸苦한
생활을 하였다. 開封 15년(727)에 진사에 합격하여 秘書省 敎書郞
이 되었다. 개봉 22년에는 博學宏詞科에 급제하여 氾水(지금의 河南
省 鞏縣 부근)의 縣尉가 되었다. 개봉 27년에는 嶺南으로 폄적을
갔고, 다음해에 長安으로 돌아왔다가 江寧(지금의 江蘇省 南京)의
縣丞이 되었다. 安史의 亂 이후에는 참소를 당해 강녕으로 가고자
하였으나, 도중에 濠州자사 閭丘曉에게 살해당했다. 그가 지은 시는
매우 탁월하여 '詩家天子'라고 불렸고, 세칭 '王江寧', '王龍標'라 한다.
≪王昌齡詩集≫이 있고 180여 수의 시가 현존한다. 왕창령 시풍으
로는 변새지방의 苦寒, 전쟁의 激烈, 그리고 報國熱情을 소재로 한
邊塞詩와 부녀생활을 노래한 宮怨과 閨怨詩가 많고, 성당시인으로서
낭만은일적인 서정시도 人口에 膾炙한다. 시 중에 五古體가 비교적
많고 조예가 있으나 역시 절구가 가장 뛰어나 반을 차지하고, 그중
에서도 칠언절구가 대다수다. 명대 王世貞은 「칠언절구에 있어 왕창
령과 이백(이태백)이 겨룬다면 비슷한데, 그러나 모두 절세의 작품들
이다.(七言絶句, 王江寧與李太白爭勝毫厘, 但是神品.)」(≪藝苑卮言≫ 권
4)라고 평하였고, 명대 胡應麟은 李白과 왕창령의 絶句를 비교하여
평하기를,

　　이백의 절구들은 말 나오는 대로 지어지는데 이른바 기교에 마음을
　　두지 않아도 기교롭지 않은 것이 없다. 왕창령은 심후하여 여운이 있
　　으며 유연하면서도 각박하지 않고 원망하면서도 노하지 않으며 화려

하면서도 지나치지 않다. 나는 일찍이 고시와 악부 이후에 오직 이
백의 절구만이 그에 가까우며, 〈국풍〉과 〈이소〉 이후에 오직 왕창령
의 절구만이 그에 가깝다고 말한 적 있다.

太白諸絶句, 信口而成, 所謂無意于工而無不工者. 少伯深厚有餘, 優
柔不迫, 怨而不怒, 麗而不淫. 余嘗謂古詩樂府後, 唯太白諸絶近之, 國
風離騷後, 唯少伯諸絶近之.(≪詩藪≫ 內編)

라고 매우 적절하고 객관적인 시평을 하고 있다. 왕창령의 절구시는
興寄가 함축적이며 어사가 미묘하고 주지가 심원하면서 그 담긴 의
취가 무궁하다는 면에서 國風과 屈原의 離騷의 영향이 아닌가 한다.
그의 시 중에서 유명한 칠언절구 두 수를 다음에 본다.

찬비에 강 따라 밤에 오나라 땅에 드니
새벽에 나그네 보내고 나 있는 초산 외롭네.
낙양의 친구가 묻는다면
한 조각 얼음같이 맑은 마음 옥 항아리에 있네.

寒雨連江夜入吳, 平明送客楚山孤.
洛陽親友如相問, 一片氷心在玉壺.(〈芙蓉樓送辛漸〉≪全唐詩≫ 권141)

송별시로서 시인이 芙蓉樓(지금의 江蘇 鎭江 서쪽)에서 친구인 辛
漸(생평 불명)을 洛陽으로 송별하며 지은 시이다. 시의 말구에서 한
조각 얼음 같이 맑은 마음 옥 항아리에 있다는 우정의 표현은 청렴
과 정의를 보여준다.

규방에서 젊은 아낙 근심을 모르고
봄날 예쁘게 단장하고 화려한 누대에 오르네.
문득 길가 버들 색을 보고는
낭군에게 봉후 직 찾게 한 걸 후회하네.

閨中少婦不知愁, 春日凝妝上翠樓.
忽見陌頭楊柳色, 悔敎夫婿覓封侯.(〈閨怨〉 상동)

봄날 여인의 恨을 담은 시로서 제1구의 '不知愁'로써 시 전체를 엮어놓고 있다. 청대 李鍈은 「규방의 애교 어린 자태를 묘사한 것이 마치 한 폭의 그림 같다.(寫閨中嬌憨之態如畵.)」라고 평하였다.

본 시화에서 당대 시가이론 가운데 '詩歌意趣'를 중시해서 거론하고 있으니, 三境이라 하여 物境, 情境, 意境으로 분류하였다. 먼저 '物境'에 대해서 기술하기를,

> 산수시를 지으려면, 샘, 돌, 구름, 봉우리 같은 경계를 살피고 매우 아름답고 빼어난 경치를 본 것을 마음에 품어, 경계에 몸을 두고, 마음속으로 경계를 보면서, 환하게 손바닥 안에 들어온 연후에 구상하여 의경이 확연해지므로 잘 묘사할 수 있게 된다.
> 欲爲山水詩, 則張泉石雲峰之境, 極麗絶秀者之於心, 處身於境, 視境於心, 塋然掌中, 然後用思, 了然境象, 故得形似.

라고 하니 이는 외부의 경물과 시인의 주관적인 심신이 서로 상통하여 시로 표현되는 일종의 '情景交融(시인의 감정과 자연의 경치가 서로 융화)'의 시가예술경계로서 그 의미는 의경에 접근한다. 다음으로 '情境'에 대해서는,

> 즐겁고 슬프고 원망스러울 때, 마음에 두고 몸으로 겪은 다음에 구상을 하면, 마음에 그 정서를 얻게 된다.
> 娛樂愁怨, 皆張於意而處於身, 則然後馳思, 心得其情.

라고 하니, 진지하고도 강렬한 정감을 직접 표현하는 일종의 '以情動人' 즉 정감으로 사람을 감동시키는 시가예술경계이며, 그리고 '意境'에 대해서는,

> 역시 그것을 생각에 펴고, 마음으로 구상하면 그 진실 됨을 깨닫게 된다.
> 亦張之於意, 而思之於心, 則得其眞矣.

라고 하여 집중적이며 진실하게 어떤 의식이나 사리를 표현하는 시

가예술경계이다. 여기서 '物境'에 대한 해석은 '情景交融'과 '心境合一
(시인의 마음과 자연의 경계가 하나 되는 상태)'을 강조한 점을 유의
할 만하다. 情景交融은 시심과 경물의 조화로 시를 창작하는 일종의
事物對法으로서 시 창작의 가장 기본의식이기도 하다. 시인이 時空의
경물을 자기 마음속에 쌓인 心氣에 연계하게 되면, 경물 속에 시인
의 정서를 담게 할 수 있고, 정감 속에 경물을 이입할 수 있게 되니,
소위 '託物起興' 즉 경물에 의탁하여 흥취를 불러일으켜서 경물에 시
인의 정감을 담아서 써놓는 것이 시이다. 청대 李重華는 이 점을 가
리켜서,

> 시에는 정감과 경물이 있으니, 율시로 간략하게 말하면 네 구의 두
> 연은 반드시 정감과 경물이 서로 바뀌되 되짚어서는 안 되니 경물
> 속의 정감과 정감 속의 경물 두 개가 순환되어 상생하면 곧 변화가
> 그지없음을 알게 된다.
> 詩有情有景, 且以律詩淺言之, 四句兩聯, 必須情景互換, 方不復沓, 更
> 要識景中情, 情中景, 二者循環相生, 卽變化不窮.(≪貞一齋詩說≫)

라고 하여 '情景分寫(정감과 경물을 나누어 묘사)'의 좋은 점을 설명
하면서, 오히려 '情景交融'의 어려움을 지적하고 있다. '정경교융'을 다
음과 같이 삼분하고 있으니, 청대 施補華는 ≪峴傭說詩≫에서,

> 경물 속에 정감이 있으니, 예컨대 「버들 연못에 봄물이 넘치고, 꽃
> 언덕에 석양이 느리구나.」 정감 속에 경물이 있으니, 예컨대 「공훈
> 을 자주 거울에 비춰보니, 세상에 나갔다 물러나 숨어서 홀로 누대
> 에 기대네.」 정감과 경물이 같이 조화되니, 예컨대 「흐르는 강물에
> 마음 다투지 않고, 구름은 멋대로 느긋하네.」이다.
> 景中有情, 如柳塘春水漫, 花塢夕陽遲. 情中有景, 如勳業頻看鏡, 行
> 藏獨倚樓. 情景兼到, 如水流心不競, 雲在意俱遲.

라고 하여 情과 景의 구절을 함께 묘사하여 字面에서 경물을 주체
로 삼고 경물 묘사에 편중하는 경우를 '景中有情(경물 속에 정감이

있음)류', 자면에서 정감을 주체로 삼아서 정감 묘사에 편중하는 것을 '情中有景(정감 속에 경물이 있음)류', 그리고 자면에서 정감과 경물을 다 중시하여 교융이 분별되지 않는 경우를 '情景俱到(정감과 경물이 함께 조화함)류'로 구분하고 있다. 아울러 '詩有三格(시에 세 가지 품격이 있음)'이라 하여, 詩家 의경의 구상과 생성에 대해서 말하면서 '生思(시의 정서를 일으킴)', '感思(시의 정서를 느낌)', '取思(시의 정서를 얻음)'를 가지고 시인이 창작할 때의 복잡한 심리활동을 설명하였다. 왕창령은 '生思'에 대해서,

> 오래도록 정밀하게 생각을 하였지만, 의상에 들어맞지 않고, 기력은 피곤하고 정신은 고갈되거늘, 정신을 편안히 하여 마음에 우연히 경치가 밝게 비추어 들어오면 자연스레 시상이 생겨나게 된다.
> 久用精思, 未契意象, 力疲智碣, 放安神思, 心偶照境, 率然而生.

라 하니, 시인이 깊은 사색이 이루어지지 않고 시상이 단절되어 있는 상황에서 心神이 촉발되어서, 우연히 영감을 얻는 경우이다. ≪文鏡秘府論≫에서 왕창령의 말을 인용하기를,

> 만일 시상이 떠오르지 않으면 곧바로 마음을 내려놓고 오히려 느긋이 하여 심경이 일어나게 한 후에, 그 심경으로 관조하면 시상이 곧 떠오르고, 떠오르면 곧 글을 짓는다.
> 思若不來, 卽須放情却寬之, 令境生, 然後以境照之, 思則便來, 來卽作文.

라 하였다. '感思'에 대해서는,

> 전에 한 말을 깊이 맛보고, 옛 제도를 음미하여 풍간하면 느끼면서 생각이 난다.
> 尋味前言, 吟諷古制, 感而生思.

라 하니 일종의 '溫故知新'으로서 시인이 전인의 작품을 통하여 새로운 思緒가 일어나는 경우이다. 그리고 '取思'에 대해서는,

사물을 깊이 탐구하여, 마음이 그 경계에 들면 정신이 사물에 들어맞아, 마음으로 깨닫게 된다.

搜求於象, 心入於境, 神會於物, 因心而得.

라 한 바, 시인의 심경과 외적 물상과의 조화관계성을 중점적으로 논술하고 있다. 그리고 본 시화는 시가의 체식과 기법을 논하여 '起首入興體十四', '常用體十四', '落句體七', '詩有六式', '詩有六貴例' 등 법칙을 제시하고 있는데, 이것은 시가창작상의 최고 경계를 추구하고자 하는 시인의 用神을 극대화한 부분이 되니, 다음에 體式에 대한 논리를 보기로 한다.

시에는 다섯 가지 취향이 있다. 첫째는 '높은 격조', 둘째는 '예스럽고 우아함', 셋째는 '한가하고 안일함', 넷째는 '그윽하고 깊음', 다섯째는 '신선함'이다. '높은 격조'로 조식의 시구 「그대 따라서 함곡관을 지나서, 말을 달려 서경을 지나네.」 '예스럽고 우아함'에는 응창의 시구 「먼 길 가며 눈서리 맞으니 털옷이 날로 해져서 떨어지네.」 '한가하고 안일함'으로는 도잠의 시구 「뭇 새 기뻐 깃드니, 나도 내 초가집 사랑하네.」 '그윽하고 깊음'으로는 사령운의 시구 「조석으로 날씨 변하고 산수는 맑은 빛 머금네.」 '신선함'으로는 곽박의 시구 「느긋한 마음 하늘 밖에 넘나들고, 꽃떨기 씹으며 솟는 샘물 마시네.」 등이다.

詩有五趣向: 一曰高格, 二曰古雅, 三曰閑逸, 四曰幽深, 五曰神仙. 高格一, 曹子建詩: 從君過函谷, 馳馬過西京. 古雅二, 應休連詩: 遠行蒙霜雪, 毛羽日摧頹. 閑逸三, 陶淵明詩: 衆鳥欣有托, 吾亦愛吾廬. 幽深四, 謝靈運詩: 昏旦變氣候, 山水含淸輝. 神仙五, 郭景純詩: 放情凌宵外, 嚼蕊挹飛泉.

위에서 시의 취향, 즉 격식과 풍격을 포함한 시의 격조를 다섯 가지로 분류하여 시구를 예로 들면서 서술하고 있다. 다소 관념적이고 추상적인 개념이지만 후세 시론에 적지 않은 논거를 제시한다.

위의 시 다섯 취향에 예시한 시인과 그 시구를 정리하면 다음과 같다.

　* 高格: 曹植〈贈丁儀王粲〉제1연「從君過函谷, 馳馬過西京.」(丁福保編 ≪全漢三國晉南北朝詩≫ 全三國詩 권2)
　* 古雅: 應瑒〈侍五官中郎將建章臺集詩〉제9연「遠行蒙霜雪, 毛羽日摧頹.」(上同 全魏詩 권3)
　* 閑逸: 陶潛(도연명)〈讀山海經十三首〉(其一) 제2연「衆鳥欣有託, 吾亦愛吾廬.」(上同 권6)
　* 幽深: 謝靈運〈石壁精舍還湖中作〉제1연「昏旦變氣候, 山水含淸輝.」(上同 全宋詩 권2)
　* 神仙: 郭璞〈遊仙詩十四首〉(其三) 제4연「放情凌宵外, 嚼蕊挹飛泉.」(上同 全晉詩 권5)

　그러면 위의 시들을 하나씩 보면서 王昌齡의 논시 안목을 살펴보기로 한다.

　1) 高格: 曹植〈贈丁儀王粲〉

　그대를 따라서 함곡관을 지나서
　말을 달려 서경을 지나네.
　산봉우리 높아 그지없고
　경수와 위수는 탁하고 맑네.
　웅장하도다 제왕이 계신 곳
　아름다움이 온 성과 다르네.
　궁궐에는 뜬구름 솟고
　승로반에는 아주 맑은 이슬 담네.
　황제 도우사 하늘의 은혜 드러내어
　사방에 전쟁이 없다네.
　권세가는 이기기 좋아하나
　온 나라에 아름다운 이름 되어야지.

군자가 말단 자리에 있어서
덕 있는 소리 노래할 수 없네.
정의는 조정에 있음을 원망하고
왕찬은 스스로 지내길 기뻐하였네.
기쁨과 원망은 도리가 아니니
진실로 중용을 지켜야 하리라.

從君過函谷, 馳馬過西京.
山岑高無極, 涇渭揚濁淸.
壯哉帝王居, 佳麗殊百城.
員闕出浮雲, 承露槪泰淸.
皇佐揚天惠, 四海無交兵.
權家雖愛勝, 全國爲令名.
君子在末位, 不能歌德聲.
丁生怨在朝, 王子歡自營.
歡怨非貞利, 中和誠可經.

曹操의 아들로 형 曹丕(魏文帝)와 함께 '三曹'로서 중국문학상 큰 위상을 차지하는 曹植이 建安七子 王粲과 野人 丁儀에게 보낸 贈酬 詩이다.

2) 古雅: 應瑒 〈侍五官中郎將建章臺集詩〉의 일단

아침 기러기 구름 속에 울고 있어
그 울음소리 어찌도 슬픈지.
그대에게 묻노니 어느 고을에서 놀려고
날개를 접고 마침 그리 배회하는가.
답하기를 나는 변새 관문에 와서
장차 형양에 가서 머물겠다고.
지난 봄 북녘 땅에 갔다가
금년 겨울에는 남쪽 회수에 나그네 된다고.
먼 길 가며 눈서리 맞으니

털옷이 날로 해져서 떨어지네.
늘 두렵기는 살과 뼈 상하고
몸이 떨어져 누런 진흙에 빠질까 하네.
책과 진주가 모래 돌에 떨어지면
어찌 스스로 어울릴 수 있으리.
비구름 속에 만나려면
날개 씻고 높은 사다리 넘어야지.

朝鴈鳴雲中, 音響一何哀.
問子遊何鄕, 戢翼正徘徊.
言我塞門來, 將就衡陽棲.
往春上北土, 今冬客南淮.
遠行蒙霜雪, 毛羽日摧頹.
常恐傷肌骨, 身隕沈黃泥.
簡珠墮沙石, 何能中自諧.
欲因雲雨會, 濯翼陵高梯.

　　建安七子의 한 사람인 응창이 출사하는 친구를 먼 길 날아가는 기러기에 비유하여 古雅하게 우려와 격려의 심회를 표현하고 있다.

　3) 閑逸: 陶潛(도연명) 〈讀山海經十三首〉(其一)

초여름 초목이 길게 자라서
집을 둘러싸고 나뭇가지 무성하네.
뭇 새 기뻐 기대니
나도 내 초가집 사랑하네.
이미 밭 갈고 또 씨 뿌렸으니
때론 다시 내 책을 읽는다네.
궁벽한 골목 번화한 길과 떨어져 있어
자못 옛 친구 수레 돌려보낸다네.
기쁘게 봄 술 마시며
나의 뜰 나물을 딴다네.

보슬비 동쪽에서 내리니
상쾌한 바람도 함께 불어오네.
주나라 ≪목천자전≫ 두루 읽고
≪산해경≫ 그림도 놀며 보네.
짧은 시간에 우주를 다 거쳤으니
즐겁지 아니하고 어떠하겠는가.

孟夏草木長, 遶屋樹扶疏.
<u>衆鳥欣有托, 吾亦愛吾廬.</u>
旣耕亦已種, 時還讀我書.
窮巷隔深轍, 頗迴故人車.
歡然酌春酒, 摘我園中蔬.
微雨從東來, 好風與之俱.
汎覽周王傳, 流觀山海圖.
俯仰終宇宙, 不樂復何如.

　≪山海經≫은 중국 最古의 신화집으로서 漢代 劉歆이 중국과 그 밖의 지역의 산천과 인물, 그리고 진귀한 고사를 편찬한 책으로서 夏나라 禹王의 治水와 周遊天下를 伯益이 기술하고 晉代 郭璞(곽박)이 注를 달아 圖讚(그림 설명)하였다. 이런 신화집을 노년에 한가로이 전원생활 속에서 초탈하여 자연과 벗하면서 독서하는 도잠(도연명)의 심회는 '閑逸' 그 외의 표현이 또 무엇이 필요하겠는가.

　4) 幽深: 謝靈運〈石壁精舍還湖中作〉

조석으로 날씨 변하고
산수는 맑은 빛 머금네.
밝은 노을 즐겁게 하니
나그네는 편하여 돌아갈 맘 잊네.
골짜기 나오니 날이 아직 밝더니
배에 드니 햇빛이 벌써 희미하네.
숲진 계곡 어두운 빛 드리우고

구름과 노을 저녁 빛 물들었네.
마름과 연꽃에는 희미한 빛 번갈아 들고
부들과 피는 서로 기대어 있네.
손으로 헤쳐 남쪽 오솔길로 나가서
기쁜 마음으로 동쪽 사랑채에 눕네.
마음 평담하고 경치 절로 경쾌하니
마음 만족하여 도리에 어긋나지 않네.
말하노니 양생의 도리 알고픈 이여
이 이치를 따라 하는 게 어떠하리.

<u>昏旦變氣候, 山水含淸輝.</u>
淸暉能娛人, 遊子澹忘歸.
出谷日尙早, 入舟陽已微.
林壑斂暝色, 雲霞收夕霏.
芰荷迭映蔚, 蒲稗相因依.
披拂趨南徑, 愉悅偃東扉.
慮澹物自輕, 意愜理無違.
寄言攝生客, 試用此道推.

사령운이 景平 원년(423) 永嘉太守에서 물러난 후, 고향인 會稽 (회계)의 始寧으로 귀향하였다. 고향은 증조부 謝安의 高臥之處이며 조부 謝玄의 莊園이 있는 곳으로, 사령운은 그 북쪽에 石壁精舍를 짓고 서재 겸 수행처로 지내면서 巫湖를 대하고 산수를 벗 삼는 여생을 보냈다. 이 시 첫 연은 단순히 경색을 대하여 계절 감각을 토로하였지만, 그 담긴 시심은 깊고도 幽玄하다.

5) 神仙: 郭璞 〈遊仙詩十四首〉(其三)

비취새가 난초와 능소화에서 노니
자태가 더욱 아름답네.
푸른 담쟁이 높은 숲에 얽혀 있어
무성히 자라서 온 산을 덮었네.

그 속에 조용히 지내는 선비 있어
고요히 휘파람 불며 맑은 현 타네.
느긋한 마음 하늘 밖에 넘나들고
꽃떨기 씹으며 솟는 샘물 마시네.
적송자가 위에서 노닐며
큰 기러기 몰고서 보라 안개 타네.
왼쪽에 부구생의 소매를 잡고
오른쪽에는 홍애의 어깨를 치네.
하루살이에게 묻노니
거북과 학의 나이를 어찌 알겠는가.
翡翠戲蘭苕, 容色更相鮮.
綠蘿結高林, 蒙籠蓋一山.
中有冥寂士, 靜嘯撫淸弦.
<u>放情凌宵外, 嚼蕊挹飛泉.</u>
赤松臨上遊, 駕鴻乘紫煙.
左挹浮丘袖, 右拍洪崖肩.
借問蜉蝣輩, 寗知龜鶴年.

곽박(276-324)은 자가 景純이며, 河東 聞喜(지금의 山西 聞喜)
人이며 晋代 武帝 咸寧 2년에 출생하였다. 그는 언론에는 눌변이었
으나 경술을 좋아하고 재능이 뛰어났는데 ≪晋書≫ 〈郭璞傳〉에 보면,

곽박의 자는 경순이고 하동 문희인이다. 박학하여 재능이 뛰어나지
만 언론에 눌변하고 사부는 중흥의 으뜸이다. 지은 시, 부, 뇌, 송은
수만 자이니 왕돈이 곽박을 기실참군에 세워서 장차 병사를 일으키
려 하여 곽박에게 점을 치게 하니 곽박이 말하였다. 「성공 못합니다.」
왕돈이 노하여 곽박을 참수하였다. 왕돈이 평정하고서 굉업태수를 추
증하였다.
郭璞字景純, 河東聞喜人也. 博學有高才, 而訥於言論, 詞賦爲中興之
冠. 所作詩賦誄頌數萬言, 王敦起璞記室參軍, 敦將擧兵, 使璞巫, 璞
曰:「無成.」 敦怒收斬之. 敦平, 追贈宏業太守.

라고 한 바와 같이 그는 東晋의 中興之冠이었다. 五行, 天文, 卜筮(복서)術을 잘하여 佐郞과 尙書郞을 거쳤으나, 王敦에게 참수 당하여 晉 明帝 太寧 2년(324)에 49세로 卒하였다. 그는 ≪爾雅≫, ≪山海經≫, ≪穆天子傳≫, ≪楚辭≫, ≪方言≫, 〈子虛賦〉, 〈士林賦〉 등을 주석하여 ≪隋志≫에 集17卷이 있고 ≪郭弘農集輯本≫ 2권이 전하며 지금 전하는 시는 22수이다. 그 당시 문인들의 사상은 유가의 入世的 공용주의에 부합하지 않고, 도가의 出世的 낭만주의에 편향되어, 시단에 활발한 자유분방한 현상을 야기시켰다. 이것은 「시가 신선적인 마음과 어울림(詩雜仙心)」(≪文心雕龍≫ 明詩篇)의 평어와 합당한 이치로서 소위 '仙心'이 의미하는 老莊의 구체적 경지의 표현이라 할 수 있는데, 이러한 의식을 표현한 시가 사실적 의미의 遊仙詩이다. 이런 유선시가 곽박에 이르러서 그 발달의 극치를 이루니 곽박 시집에 仙語와 道語를 많이 사용한 시가 14수에 달하고 그 내용도 충실하고 생동한 점이 전에는 없던 특징이다. 다음에 시 몇 수를 더 살펴본다.(이하 인용시들은 (≪全漢三國晋南北朝詩≫ 全晋詩에 의거함)

잡현이란 새가 노나라의 동문에 깃드니
바람이 더워서 재난이 나려나 보다.
배를 삼킨 물고기가 바다 밑에서 솟아오르고
높은 물결이 봉래산을 넘는다.
신선이 구름 차고 나오는데
보이는 건 금은대뿐이라네.
능양자명은 단액을 떠서 마시고
용성공은 옥 술잔을 잡고 기울도다.
항아는 오묘한 음악을 타고
홍애는 그 가락에 맞춰 턱을 끄덕이네.
오르내리며 긴 안개를 따라 타고
가벼이 날아서 하늘 밖에서 노닐도다.

진기한 수명(긴 수명) 오룡 신선들을 능가하고
나이 천 살이라도 어린아이 같도다.
연나라의 소왕은 신선의 영기가 없고
한나라 무제는 신선 될 재주가 없도다.

雜縣寓魯門, 風暖將爲災.
吞舟涌海底, 高浪駕蓬萊.
神仙排雲出, 但見金銀臺.
陵陽挹丹溜, 容成揮玉杯.
姮娥揚妙音, 洪崖頷其頤.
升降隨長煙, 飄颻戲九垓.
奇齡邁五龍, 千歲方嬰孩.
燕昭無靈氣, 漢武非仙才.(其六)

선대는 곤륜산에 높이 있는데
서해의 물가에서 거닌다.
옥 수풀 덮은 무늬는 곱게 빛나고
푸른 나무의 성근 꽃은 돋아 있다.
단천에는 붉은 단액이 맑게 솟고
흑수에서는 검은 물결친다.
신선 찾아 만 여 일에
이제야 왕자교를 만난다.
머리 씻고 비취빛 노을에 말리고
붉은 베옷에 진홍빛 명주실 입히네.
고삐 잡고 소광으로 나아가니
빙빙 도는 규룡이 구름수레에 넘실대네.
길이 이상향의 짝이 되어
천년 두고 함께 노닐고져.

璇臺冠崑崙, 西海濱招搖.
瓊林籠藻映, 碧樹疏英翹.
丹泉漂朱沫, 黑水鼓玄濤.
尋仙萬餘日, 今乃見子喬.

振髮晞翠霞, 鮮褐披絳綃.
總轡臨少廣, 盤虯舞雲軺.
永偕帝鄉侶, 千齡共逍遙. (其十)

　이상의 시는 두 가지 특색을 지니고 있다. 첫째는 仙氣가 농후하
다는 점이고, 둘째는 산수를 바탕으로 하는 模山範水(산수를 가까
이하여 어울림)의 성분이 증가되어 있다는 점이다.

　첫째 특색을 살펴보면, 위 시에 나오는 洪崖, 陵陽, 容成, 姮娥,
子喬 등은 모두 전설적인 不老長生의 仙人들이다. 작자는 자신을
仙境에 융합시키고 있음을 알 수 있다. 그러한 虛幻的인 경계 중에
서 작자는 자기설정의 夢幻 속에서 眞僞의 분별을 잊고 있다. 莊周
는 나비를 꿈꾸면서, 「장주가 나비 꿈꾸는 것인지, 나비가 장주 꿈
꾸는 것인지를 모른다.(不知周之夢爲胡蝶與. 胡蝶之夢爲莊周與.)」(≪莊
子≫〈齊物論〉)라고 하였는데, 곽박의 유선시를 보면, 「곽박이 유선
에 머문 것인지, 선인이 범속으로 내려오는 것인지 모른다.(不知郭
璞止遊仙乎, 仙人之下凡乎.)」라는 착각을 불러일으킨다. 逍遙하는 仙
界라 함은 黃老에 심취되어 현실을 초탈하고 고민을 벗어나 선계의
쾌락에 젖어 自我安慰의 목적에 도달하는 데 있다고 할 수 있을 것
이다. 曹植, 嵆康을 포함하여 屈原까지도 선경을 묘사하고 仙語를
구사하였지만 곽박의 표현에 비하면 세속에 분개하거나 그 마음을
文思에 기탁하여 곽박의 참(眞)을 따르지는 못하고 있다.

　둘째 특색을 살펴보면, 其六은 풍부한 채색을 넣어 율동하는 빛
과 그림자를 조각하고 아름다운 소리를 그려서, 대자연의 입체적 美
와 다양한 변화를 포착하고 있다. 그 수사상의 성숙함과 조탁에 있
어서의 근엄함은 仙意와 신비감을 조장하고 있으니, 劉勰이 ≪文心
雕龍≫〈才略篇〉에서 「곽박의 작품은 화려하고 준일하여 중흥의 으
뜸이니, 郊祀의 사부는 온화하여 크게 보이고, 선시는 역시 표연히
구름을 넘나든다.(景純艷逸, 足冠中興, 郊賦旣穆穆以大觀, 仙詩亦飄

飄而凌雲矣.)」라고 한 평어는 절실한 것이다. 곽박 유선시의 이 산수를 소재로 한 시구는 仙語로 배열되어 있는데, 이것은 곽박의 艶麗한 시구가 오로지 逍遙遊仙의 즐거움에 기탁한 것일 뿐이지, 대자연 자체를 노래하는 데 목적을 둔 것은 아니다. 따라서 묘사한 산수자연은 인간 세상을 대상으로 한 듯하지만 사실은 선경에 의미를 둔 것이다. 이와 같이 곽박이 그 전대 유선시인들과 다른 점은 그 묘사 배경이 순수한 환상선계가 아니라 오히려 이상 중의 神仙異人을 인간의 육안으로 볼 수 있는 원시자연 속에 두고 있다고 하겠다.

조식의 휘황함이나 혜강의 조탁미, 곽박의 회화적 기법 등에서부터 유선시의 선계가 허무하고 飄渺(표묘 : 정처 없이 아득함)한 순수 이상에서 인간의 대자연으로 옮겨가고 있으며, 빈곤하며 단조로움에서 풍부하고 다채로움으로 변화하고 있음을 알 수 있다. 여기서 곽박의 선계가 울창한 林木, 무성한 잡초, 솟아나는 泉水, 그리고 물결치는 파도로 이루어져 있으며, 光影이 이동하고 색채가 明暗하며 소리가 流麗한 것 등의 千變萬化를 시 속에 구현하고 있음을 알 수 있다. 곽박은 憤世疾俗(분세질속 : 세속을 개탄하고 미워함)하여 탈속하는 유선이 아니라 참된 眞의 세계를 추구하고 묘사하는 유선의 경지를 개척하였다는 점에서 그를 유선시의 宗으로 평가한다. 유선시는 발전 초기에 문사들이 현실사회를 염오하는 환상적 선경에서 神遊함을 가상하고 정신적으로 잠시 경쾌함을 희구하기 위한 데에서 발단되었다.

이후에 정치적 압박에서 산림으로 은거하는 경향과 함께 黃老道術이 성행하게 되자, 시 속에 仙氣가 농후하게 되었다. 이런 풍조 속에 곽박이 순수한 道仙的 시를 발표하면서 유선시의 극치에 달하게 된 것이다. 그런 중에 문사들은 산림에 거처하면서 대자연의 美妙를 추구하고 이것이 자연 감상으로 현실화됨에 따라 은둔적 실용목적에서 감탄적 흔상과 찬송으로 전환되었다. 이같이 현실을 도피하여 산림에 은둔하고 산림에 도피함이 대자연의 아름다움을 발견하게 하였으니 산수의 애호가와 숭배자의 출현을 낳았다.

이러한 중에 은둔생활과 산수에 대한 애호가 불가분의 관계를 가지게 되었고, 결국 산수에 접근하는 것은 일종의 풍류적인 雅事로 인식하게 되었다. 산림은 정치적 실의자만이 벗하는 것이 아니라, 문벌귀족들도 자연에 의거하는 생활을 추구하여 지성인의 필수적인 의식생활의 터전이 되었다. 순수한 인생의 진의를 위한 은둔이 아니라 취미로서의 산림을 가까이하는 추세로 인하여, 산림의 본래의 목적은 가치를 잃고 부유한 귀족층 생활에 대한 妙趣로서의 대상이 됨에 따라 결국 산림은 단순한 유락 장소가 되었다. 순수한 유선시가 이런 풍조로 인하여 쇠락하고 謝靈運의 등장과 동시에 산수시가 발달하기 시작하였다. 필자의 의견으로는, 곽박의 유선시와 사령운의 산수시는 동질의 근원이지만 시어와 흥취라는 관점에서 구별되어야 하고, 왕창령이 시의 취향 면에서 곽박을 神仙類, 사령운을 幽深類로 분별한 이유도 여기에서 찾아야 할 것이다.[1]

전해지는 ≪詩格≫의 판본이 ≪吟窓雜錄≫, ≪格致叢書≫, ≪詩學指南≫ 등의 총서에 들어 있다.

---

1) 졸저 ≪中國詩歌硏究≫ p.7-31 참조.(新雅社, 1997)

≪樂府古題要解≫ - 吳兢

吳兢(오긍, 670-749). 汴州 浚儀(지금의 河南省 開封)人으로 성당시대의 유명한 역사가이다. 어려서부터 經史에 뛰어나 魏元忠의 천거로 直史官이 되어서 國史를 편수하였다. 이후 左拾遺, 右補闕, 起居郎, 諫儀大夫, 荊州司馬 및 洪州와 舒州의 刺史를 지냈다. 일찍이 劉知幾와 ≪武后實錄≫을 편찬하였고, ≪唐書≫, ≪唐春秋≫ 등을 편수하고, ≪貞觀政要≫ 10권이 전해진다. 그의 史書 편수 자세는 敍事에 간결하며 정확하고, 집필은 직설적이며 권세를 두려워하지 않으며 사사로운 정을 따르지 않아서 '良史'라는 칭호를 얻었다. 오긍의 시 〈永泰公主挽歌二首〉 중에서 제1수를 본다.

꽃처럼 아름다이 부녀의 도리 따르시어
다소곳이 제후에게 시집가셨네.
은하수에서 천손과 화합하시고
소수 상수에서 제자랑 노니셨네.
〈관저편〉으로 교훈 삼으시고
우는 봉황처럼 스스로 배필 찾으셨네.
탄식하노니 넘치는 물결 자취가
동쪽 강으로 마침내 흘러가지 않았네.
穠華從婦道, 釐降適諸侯.
河漢天孫合, 瀟湘帝子遊.
關雎方作訓, 鳴鳳自相求.
可歎凌波迹, 東川遂不流.(其一, ≪全唐詩≫ 권101)

중당대 元稹은 시화 序에서 본 시화의 취지와 내용에 대해 다음과 같이 서술하고 있다.

≪시경≫은 주나라에서 나고, 〈이소〉는 초나라에서 났다. 이후에 시는 24개 명칭으로 나뉘니, 부, 송, 명, 찬, 문, 뇌, 잠, 시, 행, 영, 음, 제, 원, 탄, 장, 편, 조, 인, 요, 구, 가, 곡, 사, 조로서 모두 시인의 육의에서 나온 것으로 시인의 주지가 된다. '조' 이하 여덟 명칭은 모두 교제, 군빈, 길흉, 고락에서 나온 것이다. 음성에 있어서 성조로 '사'를 헤아리고 '조'를 살펴서 '창'을 조절하고 시구는 장단의 수가 있고 성운은 평상의 차이가 있으니 그 기준이 아닌 것이 없다. 그리고 또 그 금슬을 구별하여 '조'와 '인'을 만들고, 백성의 것을 채집하여 '구'와 '요'를 만들고, 악곡을 헤아려서 된 것을 다 '가' '곡' '사' '조'라 한다. 이 모두가 음악으로 어사를 정하는 것이니, '조'를 골라서 음악을 맞추는 것이 아니다. 시에서 나온 아홉 명칭은 모두 사실에 따라서 만들어진 것이니 명칭이 같지 않아도 다 시라고 일컬어도 된다. 후에 음악을 살핀 자가 늘 그 어사를 채취하여 가곡이라 하였다. 대개 어사를 골라서 음악에 맞추지, 음악으로 어사를 정하지 않는다.

詩訖於周, 離騷訖於楚. 是後詩之流爲二十四名, 賦, 頌, 銘, 贊, 文, 誄, 箴, 詩, 行, 詠, 吟, 題, 怨, 歎, 章, 篇, 操, 引, 謠, 謳, 歌, 曲, 詞, 調, 皆詩人六義之餘, 而作者之旨. 由操而下八名, 皆起於郊祭軍賓吉凶苦樂之際. 在音聲者, 因聲以度詞, 審操以節唱, 句度長短之數, 聲韻平上之差, 莫不由之準度. 而又別其在琴瑟者爲操引, 采民甿者爲謳謠, 備曲度者總得謂之歌曲詞調. 斯皆由樂以定詞, 非選調以配樂也. 由詩而下九名, 皆屬事而作, 雖題號不同, 而悉謂之爲詩可也. 後之審樂者, 往往採取其詞, 度爲歌曲. 蓋選詞以配樂, 非由樂以定詞也.

이같이 악부의 형성과 분류 과정을 나름의 논리로 서술하고 있다. 중국문학은 揚子江을 중심으로 해서 남북으로 문학사조가 양분되어 발달하여, 북방에는 ≪詩經≫, 남방에는 ≪楚辭≫가 각각 문학의 두 기둥이 되었다. 중국문학은 시에서 모든 장르가 발달되어서, 북방에서는 ≪시경≫에서 시, 산문, 사부가 파생되고 남방에서는 ≪초사≫에서 소설, 희곡이 파생되었다. 따라서 중국시는 중국문학의 근원이니 위의 글 첫 문장에서 중국시의 원류를 밝혔다고 할 것이다. 시는 有韻文이며, 문은 無韻文으로 구분한다. 산문체이면서 韻이 있는 辭賦나 碑銘文 등을 지금은 장르 개념상 시에 분류하지 않지만 유운문이기 때문에 廣義의 시이다. 蕭統이 편찬한 ≪文選≫에는 楚辭, 漢賦 등을 시로 구분하고 근래에도 陸侃如의 ≪中國詩史≫에 楚辭를 시에 열입하고 있다. 그러나 엄격히 말해서 辭賦類는 장르 개념상 산문으로 분류하든지 별도로 중국문학의 특성상 '辭賦'라는 장르를 설정하여 분류해도 가능하다.

본 시화는 모두 두 권으로 앞에는 小序가 있어서 작자가 이 책을 찬술한 목적을 밝혔는데, 樂府詩 창작에 있어서, 「본 내용은 살피지 않고, 마음대로 제목만 취하고 해석하여 쓴다.(不睹於本章, 便斷題取義.)」라는 폐단을 일소하고 뒷날 사람들에게 '바른 것을 취하도록(取正)'하는 근거를 마련해 주고자 한다고 하였다. 책에는 漢魏六朝의 樂府古題 100여 개를 나열하고 주지와 含意로 나누어 밝히고, 어떤 것은 옛 가사를 인용하여 출전을 고증하고, 流變을 서술하여 내용을 비교적 자세히 쓰고 있다. 예컨대 〈江南曲〉을 해석하기를,

옛 시에 이르기를, 「강남에서 연꽃을 따니 연잎이 어찌도 많이 떠 있는지.」 또 이르기를, 「물고기 연잎 동쪽에 놀고, 연잎 서쪽에 놀고, 연잎 남쪽에 놀며, 연잎 북쪽에 노네.」라고 하였는데, 대개 그 향긋한 새벽의 아름다운 경치 속에 노닐며 때를 만난 것을 찬미한다.
古詞云: 「江南可采蓮, 蓮葉何田田.」又云: 「魚戲蓮葉東, 魚戲蓮葉西. 魚戲蓮葉南, 魚戲蓮葉北.」蓋美其芳晨麗景, 戲遊得時.

라고 하였는데, 연꽃 잎에서 노니는 물고기의 활기 넘치는 묘사를 통하여 연꽃 따는 여인의 자태를 隱喩하고 있다. 每句에 '蓮'자를 連用하여 발음상으로 '憐'자와 諧音하게 하여 명대 胡應麟은 이 시를 평하여 「질박하면서 속되지 않고, 얕으면서 깊을 수 있다.(質而不俚, 淺而能深.)」(≪詩藪≫)라 하니 청신하면서 명랑한 풍격을 보여준다. 또

梁簡文의 시구에 대해서는 「『계수나무 노를 저녁에 돌려 저으니』 구는 단지 즐겨 노님을 노래한 것이다.(桂楫晩應旋, 唯歌遊戲也.)」라고 한 것 등을 들 수 있다. 〈江南曲〉과 연관하여 南北朝시대에 성행한 강남의 민가인 吳歌와 浙江 일대의 민가인 越歌를 살펴보면, 이것은 악부 淸商曲辭의 하나이다. 송대 郭茂倩(곽무천)의 ≪樂府詩集≫(권44) 〈淸商曲辭〉에 대한 기록에 의하면,

> 오가의 잡곡은 함께 강남에서 나왔다. 동진 이래로, 조금 증가되었다. 그 처음은 모두 속된 노래인데 이미 관현을 입혔다. 대개 영가의 도강 이후에 양대와 진대까지 모두 건업에 도읍을 정하여 오성가곡이 여기에서 일어난 것이다.
> 吳歌雜曲, 並出江南. 東晋以來, 稍有增廣. 其始皆徒歌, 旣而被之管絃. 蓋自永嘉渡江之後, 下及梁陳, 咸都建業, 吳聲歌曲起於此也.

라고 하여 오가가 江南의 建業을 발원지로 하였음을 밝혔고, 오가의 풍격에 대해서는 송대 范成大의 ≪吳郡志≫(권2 風俗)에서 「정관 연간에 조사라는 사람이 거문고 타기가 독보적이어서 일찍이 말하기를, 『오성은 맑고 아름다워서 마치 장강이 넓게 흘러 이어서 서서히 흘러가는 것 같으니 국사의 풍모이다.』」(貞觀中, 有趙師者, 善琴獨步, 嘗云: 吳聲淸婉, 若長江廣流, 綿綿徐游, 國士之風.)」라고 하였다. 여기서 吳歌에 대해서 더 살펴보면, 현재 326수가 전래되고 蕭滌非(소척비)에 의하면 오가의 가장 큰 특점은 隱字諧聲(감추인 글자와 조화어린 소리)의 雙關語라는 것이다.(≪漢魏六朝樂府文學史≫ p.193) 예를 들면, '蓮'을 '憐', '絲'를 '思'로 표현하는 경우이다. 이런 쌍관어의 응용은 본래 ≪論語≫ 〈八佾〉에 보이는데 同聲異字(같은 소리에 다른 글자)로 뜻을 표현하는 경우(A)와 同聲同字(같은 소리에 같은 글자)로 표현하는 경우(B)가 있다. (A)의 예로 '芙蓉 - 夫容, 碑 - 悲, 梧 - 吾, 箭 - 見, 博 - 薄' 등이고, B의 예로는 '關門'의 '關 - 關念의 關', '道路'의 '道 - 說道의 道', '藥名'의 '散 - 聚散의 散', '曲名'의 '嘆 -

歎息의 嘆, '結實'의 '實 – 誠實의 實' 등이다. 그 예로 〈子夜歌〉의 일
단을 보면, 「금동으로 연꽃을 만드니 연실이 얼마나 알찬지.(金銅作
芙蓉, 蓮子何能實.)」 구에서 '蓮子'는 (A)류에 속하고, '子'자와 '實'
자는 (B)류에 속한다. 이런 쌍관어는 南朝의 艷曲에서 매우 중요한
표현법이다. 吳聲歌曲으로 다음에 〈子夜四時歌〉의 〈春歌〉를 본다.

봄꽃과 달을 보고 싶어서
웃음을 머금고 큰 길에 나가네.
나를 만나면 누구나 꽃 따듯 보고파 하련만
가련하구나 잘난 체한 내 모습이.
思見春花月, 含笑當道路.
逢儂多欲摘, 可憐持自誤.

이 가곡은 자신의 지나친 자부심으로 인해서 연분을 만나지 못하
는 심정을 노래하고 있다. 전 2구는 자연의 풍경과 여인의 미모를 비
교하는 정감을 표현하고, 후 2구는 후회 어린 내심의 갈등과 고뇌
를 묘사하고 있다. 그리고 본 시화 卷下에서 〈公無渡河〉를 해석하기
를,

옛날 말에 「조선 나루지기 곽리자고의 처 여옥이 지은 것이다. 자고
가 새벽에 일어나 배를 묶는데 한 백발의 미친 사내가 머리카락을
드리우고 항아리를 들고서 어지러이 흐르는 강을 건너는데 그 처가
따라가며 멈추라고 외치거늘 미치지 못하여 마침내 물에 빠져 죽었
다. 이에 그 처는 공후를 잡고 두드리며 노래하여 말하기를, 『님은
강을 건너면 안 되거늘 님은 끝내 강을 건너다가 강에 빠져 죽었으
니 님을 어찌할거나.』라고 하니 소리가 너무 처량한데, 노래를 마치
고서 또한 강에 몸을 던져 죽었다. 자고가 돌아와서 그 소리대로 여
옥에게 말하니 여옥이 마음 아파하여 이에 공후를 끌어다가 그 소리
를 표현해내었다. 듣는 사람들이 눈물 흘리고 흐느끼지 않은 이가
없었다. 여옥이 그 소리를 이웃 여인 여용에게 전하고 〈공후인〉이라
이름 지었다.」 하였다.

舊說: 「朝鮮津卒霍里子高妻麗玉所作也. 子高晨起刺船, 有一白首狂夫,
被髮携壺, 亂流而渡, 其妻隨呼止之, 不及, 遂溺死. 于是其妻援箜篌而
鼓之, 作歌曰: 公無渡河, 公竟渡河, 墮河而死, 將奈公何. 聲甚凄愴,
曲終, 亦投河而死. 子高還, 以其聲語麗玉. 麗玉傷之, 乃引箜篌寫其聲.
聞者莫不墮淚飮泣. 麗玉以聲傳隣女麗容, 名曰箜篌引.」

라고 기술하고 있다. 위와 같은 내용이 晋代 崔豹의 ≪古今注≫ (卷
中 音樂 第3)에도 문자 하나 다르지 않게 기록되어 있다. 일명 〈箜
篌引〉이라는 〈公無渡河〉는 중요한 漢代 樂府(琴操)로 평가하지만,
한국한문학에서는 고대 초기 작품으로 매우 중시되는 시가이니 오
히려 중국보다는 한국인의 작품이라는 관점에서 객관성을 부여할 수
있다. 따라서 朝鮮朝 車天輅(차천로, 1556-1615)는 ≪五山說林≫
에서 '朝鮮津'을 '大同江'으로 고증하고, 韓致奫(한치윤, 1765-?)은
≪海東繹史≫에서 箕子의 朝鮮으로 추정하기도 하였다. 朱嘉徵은 ≪樂
府廣≫ 序에서 「〈공무도하〉는 지난 일을 삼가는 것이다. 세상 근심
이 무상하니 군자는 가벼이 발을 딛지 않는다.(公無渡河, 愼所往也.
世患無常, 君子不輕蹈之.)」라고 하여 세상사가 험난하니 근신할 것
을 은유한 것으로 평하였다. 이 시에 의거하여 李白(李太白)은 〈公
無渡河〉를 지어서 그의 이름을 높이기도 하였다.

　　황하가 서쪽에서 흘러 곤륜산에 넘치고
　　만 리에 크게 외치며 용문에 부딪히네.
　　물결이 하늘을 덮으니 요임금이 탄식하네.
　　우임금이 뭇 강을 다스리니
　　아이가 울어도 집을 엿보질 않았네.
　　여울물 줄이고 홍수를 막아서
　　온 땅은 비로소 누에 치고 삼을 심네.
　　그 피해 이에 사라지니
　　아득히 바람에 모래 날아가듯 하네.
　　머리 풀어헤친 노인 미치고 망령 들어

맑은 새벽 물가에 서서 무얼 하려나.
남은 상관 안해도 아내는 그를 말리네.
님아 강 건너지 말지니 애써 건너려 하네.
호랑이 때려잡을 수 있으나
강을 걸어서 건너기 어렵네.
님아, 과연 물에 빠져 바닷가로 흘러가네.
큰 고래 흰 이빨이 설산 같으니
님아, 님아, 그 이빨 사이에 그물 걸렸다네.
공후의 노래 슬프니 끝내 돌아오지 못하네.
黃河西來決崑崙, 咆哮萬里觸龍門.
波滔天, 堯咨嗟.
大禹理百川, 兒啼不窺家.
殺湍堙洪水, 九州始蠶麻.
其害乃去, 茫然風沙.
被髮之叟狂而癡, 淸晨臨流欲奚爲.
旁人不惜妻止之, 公無渡河苦渡之.
虎可搏, 河難憑, 公果溺死流海湄.
有長鯨白齒若雪山, 公乎公乎掛罥於其間.
箜篌所悲竟不還.(≪全唐詩≫ 권162)

본서는 악부시의 생성과 발전에 관련된 여러 참고 자료가 담겨
있어서 매우 중요한 가치를 가지고 있다.
　　판본으로는 ≪津逮秘書≫와 ≪歷代詩話續編≫本이 있다.

≪詩式≫ - 皎然

皎然(교연, 생졸년 불명). 中唐의 詩僧으로, 俗姓은 '謝'이고, 자는 淸晝로서 吳興(지금의 浙江省 吳興) 人이다. 南朝 謝靈運의 후손이며 天寶(742-756)에서 貞元(785-805) 사이에 주로 활동한 것으로 추정된다. 杭州 靈隱寺에서 受戒를 받았고, 나중에는 吳興의 杼山(저산) 妙喜寺에서 지냈다. 성품이 吟詠을 좋아하여 시명이 높았다. 福琳의 ≪皎然傳≫에 보면, 교연이 出遊하면, 「서울에선 공상들이 돈중히 여기고, 여러 지방에서는 방백들이 흠모하였다.(京師則公相敦重, 諸郡則方伯所欽.)」라고 하였다. 顔眞卿, 韋應物, 顧況, 陸羽 및 名僧 靈澈 등과 교류하였다. 교연의 시는 ≪杼山集≫(또는 ≪皎然集≫이라고도 함) 10권이 있다. 그의 시는 옛것과 근대의 것을 두루 갖추고 있고, 시풍이 '淸秀淡遠'(맑고 빼어나며 담백함)한 것으로 유명하다. 송대 嚴羽는 ≪滄浪詩話≫에서 「석교연의 시는 당나라 모든 시승 중의 으뜸이다.(釋皎然之詩, 在唐諸詩僧之上.)」라 칭송하고 于頔(우적)은 ≪釋皎然杼山集≫ 序에서 서술하기를,

> 당대 오흥의 고승 석교연은 자가 청주이며 사령운의 10세손으로서 시인의 오묘한 뜻을 터득하여 조상의 정화를 전하니 강남의 시인들이 모범으로 삼는다. 정에 어린 기려한 묘사에 뛰어나서 어사가 많이 향기롭고 윤택하다. 옛것을 본받아 체제를 세우니 율격이 청아하고 장대함을 높인다.
>
> 有唐吳興開士釋皎然, 字淸晝, 卽康樂之十世孫, 得詩人之奧旨, 傳乃祖之菁華, 江南詞人, 莫不楷範. 極于緣情綺靡, 故辭多芳澤; 師古興制, 故律尙淸壯.

라고 그의 시를 적절히 평하고 있다. 다음에 〈尋陸鴻漸不遇〉(≪全唐詩≫ 권816)를 본다.

이사 가서 성곽에 지내지만
들 오솔길이 뽕나무 삼밭에 드네.
가까이 울타리에 국화 심었는데
가을인데 아직 꽃이 안 맺혔네.
문 두드려도 개 짖지 않아서
가려다가 서쪽 집에 묻네.
답하기를 산에 갔는데
매일 해 질 때에 돌아온다 하네.
移家雖帶郭, 野徑入桑麻.
近種籬邊菊, 秋來未著花.
扣門無犬吠, 欲去問西家.
報道山中去, 歸時每日斜.

이 시에 대해서 ≪唐詩摘鈔≫에서 다음과 같이 평하였다.

너무 담백하고 너무 진실하여 꼭 맹호연(맹양양)의 필치 같다. 이 시 전체가 대구를 이루지 않는 격식이니, 이백(이태백)과 맹호연 시집에 많이 있다. 두 시인은 모두 고시의 대가로서 율격에 얽매이길 싫어하였으나 단지 고시의 음절을 바꾸어서 이런 시체를 창안하였다. 極淡極眞, 絶似孟襄陽筆意. 此全首不對格, 太白浩然集中多有之. 二公皆古詩手, 不喜爲律所縛, 故但變古詩之音節而創爲此體也.

본 시화는 唐代 德宗 貞元 5년(789)에 편찬되었다. 권1의 앞, 권1 중간, 권5의 앞에 小序가 있다. 권1의 전반부에는 시가이론에 관한 주장과 구체적인 격법을 제시했고, 권1 후반부와 하권의 각 권은 '不用事', '作用事', '直用事', '有事無事', '有事無事情格俱下' 등 5격으로 나누어져 있으며, 옛 시 500여 수를 예로 들면서 간간이 평론을 끼워 넣기도 했고, 앞 두 권에 예로 든 시는 역시 '辯體有一十

九字'에 의거하여 관련된 체제를 설명하였다. 이 시화에 대한 명대 許學夷의 총평을 보면 다음과 같다.

> 교연의 ≪시식≫은 잎이 무성한 연꽃을 지니고 있다. 꽃봉오리에는 물빛이 드리어 용과 범이 걷는 듯하다. 기상이 빼어나고 정감이 높아서 찬 솔에 병든 가지 같다. 바람에 반쯤 꺾이어 모두 깊이 파고들어 붙어 있는 것 같다. … 인용 시구에는 오류가 많다. 대개 시구를 논하고 시체는 논하지 않으니 그래서 제량시를 칭찬하고 대력시는 낮추고 있다.
> 皎然詩式有百葉芙蓉. 菡萏照水色, 龍行虎步. 氣逸情高例, 寒松病枝. 風擺半折例, 率皆穿鑿附會. …其所引詩句, 亦多謬妄. 大抵皆論句, 不論體, 故多稱齊梁而抑大歷耳.(≪詩源辯體≫ 권35)

위의 총평에서처럼 ≪시식≫은 논시에 있어서 '自然'을 중시한다. 교연은 시가는 「매우 난삽한 것 같지만 편벽되지 않고, 매우 기이한 것 같지만 어긋나지 않고, 매우 화려한 것 같지만 자연스럽고, 매우 애쓴 것 같지만 자취가 없다.(至險而不僻, 至奇而不差, 至麗而自然, 至苦而無迹.)」라고 하여 '自然'과 '苦思'의 통합 작용을 담고 있다. 시가 意境의 결합과 창조를 의미하는 '取境'과, 좋은 시는 여러 가지 含意를 담아야 한다는 '文外之旨'를 중시했으며, 시가의 풍격을 '高', '逸', '貞', '忠', '節,' '志', '氣', '情', '思', '德', '誠', '閑', '達', '悲', '怨', '意', '力', '靜', '遠' 등 19개로 나누었다. 교연이 이들 풍격을 분류하여 해석한 부분을 보기로 한다.

> 高: 풍운이 밝게 드러나는 것을 '고'라 한다(風韻切暢曰高)
> 逸: 체제의 격조가 한가로이 놓여난 것을 '일'이라 한다(體格閑放曰逸)
> 貞: 시어의 구사가 바르고 곧은 것을 '정'이라 한다(放詞正直曰貞)
> 忠: 위기에 임하여 변하지 않는 것을 '충'이라 한다(臨危不變曰忠)
> 節: 지조를 지켜서 변치 않는 것을 '절'이라 한다(持節不改曰節)

志: 뜻을 세워서 변치 않는 것을 '지'라 한다(立志不改曰志)

氣: 기풍과 정취가 넘치는 것을 '기'라 한다(風情耿耿曰氣)

情: 경계를 따라서 끝이 없는 것을 '정'이라 한다(緣境不盡曰情)

思: 기풍에 함축이 많은 것을 '사'라 한다(氣多含蓄曰思)

德: 시어가 온화하고 바른 것을 '덕'이라 한다(溫而正曰德)

誡: 단속하여 막는 것을 '계'라 한다(檢束防閑曰誡)

閑: 성정이 소탈하고 자연스런 것을 '한'이라 한다(情性疏野曰閑)

達: 마음이 널리 트인 것을 '달'이라 한다(心跡曠誕曰達)

悲: 마음이 매우 아픈 것을 '비'라 한다(傷甚曰悲)

怨: 시어의 내용이 매우 서글픈 것을 '원'이라 한다(詞理凄切曰怨)

意: 말을 만듦이 넓고 큰 것을 '의'라 한다(立言盤泊曰意)

力: 체재가 굳건한 것을 '력'이라 한다(體裁勁健曰力)

靜: 솔바람이 일지 않고 숲에 원숭이가 울지 않는 것 같은 것이 아니라, 마음속의 고요함을 말한다(非如松風不動, 林狖未鳴, 乃謂意中之靜.)

遠: 아득히 강물을 바라보고 멀리 산을 보는 것을 말하는 것이 아니라, 마음속의 심원함을 말한다(非謂渺渺望水, 杳杳看山, 乃謂意中之遠.)

이 중에 '情'을 해석하기를 「경계를 따라서 끝이 없음(緣境不盡)」이라고 하여 시가 중의 「성정의 심오함(蘊藉幽深)」의 정서적 경계를 강조하니 소위 '性情爲主'의 작시상의 의식세계를 강조하고 있다. 그리고 '遠'을 해석하기를 「아득히 강물을 바라보고 멀리 산을 보는 것을 말하는 것이 아니라, 마음속의 심원함을 말하는 것이다.(非謂渺渺望水, 杳杳看山, 乃謂意中之遠.)」라고 하여 시가가 物色 형적에 구속되지 않고 전체의 意境을 추구해야 함을 주장하고 있다. 풍격 '遠'은 흔히 말하는 '簡遠'과 연관되고 '簡遠'은 '簡古深遠'을 줄인 말이다. '簡遠'은 唐代 元稹의 〈杜甫墓銘文〉의 서문 일단을 보면, 「소무와 이릉은 더욱 오언시에 공교하다. 비록 글의 격률이 각각 다르고 아악과 정악의 음이 또한 섞여 있지만, 어사의 뜻이 간결하고 심원하며 사실을 가리키고 성정을 표현한 것이 절로 자연스러우니 글을 함부로 지은 것이 아니다.(蘇子卿李少卿之徒, 尤工爲五言. 雖句讀文律各異, 雅鄭之音 亦雜, 而辭意簡遠, 指事言情, 自非有爲而爲, 則文不妄作.)」(≪元氏長慶 集≫ 권56 唐故工部員外郎杜君墓係銘並序)라고 하여 漢代 蘇武와 李陵 의 시를 평한 부분이다. 고대부터 詩와 書畵를 품평하는 용어로 사 용한 '簡古'를 다시 풀어보면 '簡約古朴'이다.

歐陽修가 梅堯臣(梅聖兪)의 문장을 평하기를, 「그 문장 지은 것 이 간결하고 고원하며 순수하여 세상에 구차하게 맞추기를 바라지 않 았다.(其爲文章簡古純粹, 不求苟悅於世.)」(≪梅聖兪詩集≫ 序)라고 표 현하였다. '簡古'는 시의 형식을 중시하고 내용이 공허하고 綺麗한 풍 격과 대칭적인 의미를 지닌다. 그러므로 '簡古'는 枯淡하고 건조하며 천박하고 平庸한 풍격이 아니라, 질박하고 천연하며, 眞氣가 넘치는 풍격이다. '深遠'은 시의 표현과 내용이 중후하고 흥취가 깊이 있는 풍격이다. 이런 풍격을 지닌 고시로서 劉邦의 〈大風歌〉와 戰國시대 燕太子 丹의 〈易水歌〉, 그리고 전국시대 齊나라 馮諼(풍훤)의 〈彈 鋏歌(탄협가)〉 등은 짧은 시이지만 내용이 비장하고 심원하다. 교연 의 풍격론은 비예술적인 문장을 포함시키지 않고 예술 형상의 풍모 나 神態에 중시하였다.

교연의 풍격 19종은 劉勰이 제시한 '典雅, 遠奧, 精約, 顯附, 繁 縟, 壯麗, 新奇, 輕靡' 등 8종에서 연원하였으니, 유협이 시뿐만 아 니라 廣義의 문체를 논한 것이어서 교연과는 차별되지만, 교연의 풍 격론 착상에 근거가 되었다. 교연의 이 풍격론은 후에 만당 司空圖 의 ≪二十四詩品≫에서 24종의 시 풍격론에 영향을 주었으니, 사공 도의 시품론은 추후 해제에서 상세히 살펴보기로 한다. 교연의 풍격 론이 사공도를 거쳐서 남송의 嚴羽는 비교적 개괄적이지만 현실적 관점에서 이해하고 채용하기 편리한 풍격 개념을 제시하여 다시 9 종류로 분류하였다.

시의 품등은 아홉이 있다. 첫째 고아(高雅), 둘째 고담(古淡), 셋째 심오(深奧), 넷째 광원(曠遠), 다섯째 장대(長大), 여섯째 웅혼, 일곱째 표일, 여덟째 비장, 아홉째 처완이다.

詩之品有九: 曰高, 曰古, 曰深, 曰遠, 曰長, 曰雄渾, 曰飄逸, 曰悲壯, 曰凄婉.(≪滄浪詩話≫〈詩體〉)

이러한 시품 분류가 역대별로 이어지면서 명대에 李東陽은 마침내 詩聖 杜甫 시의 시구를 인용하여 예시하면서 20종류로 구분하는 단계로 발전해 나갔다. 그의 분류와 인용 杜甫의 시제, 그리고 각종 시화에서의 품평을 다음에 引述하여 비교하기로 한다.(이하 20분류는 李東陽 ≪懷麓堂詩話≫ 제133조에 의거함)

1) 淸絶:〈吹笛〉. 元代 方回 ≪瀛奎律髓≫(권12):「의분에 흥분하고 비애하고 원망하니 이것은 일종의 풍격이다.(慷慨悲怨, 是一種風味.)」 청대 仇兆鰲(구조오) ≪杜詩詳注≫(권17):「이 시는 매 구마다 처량하고 원대하여 사물을 읊은 것이 빼어난 작품이다.(此詩句句凄遠, 詠物絶調.)」

2) 富貴:〈奉和賈舍人早朝大明宮〉. 명대 陸時雍 ≪唐詩鏡≫(권26):「경물이 조화를 이루고 궁궐이 엄숙하고 온화한 것이 여기에 비추어 드러난다.(景色融和, 宮宇肅穆, 於此照出.)」

3) 高古:〈詠懷古跡〉五首의 제5수. 명대 唐元竑 ≪杜詩攟(군)≫(권3):「논리가 이미 탁월하고 시의 격조가 빼어나서 절로 명구로서, 세상에서 같이 풍자한 것이다. 나는 말하노니 이 시는 논단으로서 단순한 시가 아니라 할 것이다.(議論旣卓, 格力矯然, 自是名句, 世所同諷. 吾謂此詩論斷, 非詩也.)」

4) 華麗:〈題省中壁〉. 송대 陸時雍 ≪唐詩鏡≫(권26):「3, 4구는 필체가 노련하고 고매하고 또 절경을 맑게 비추어 주니, 이것은 황금말 타고 옥 집에 사는 귀한 사람의 말인 것이다.(三四筆老而高, 且淸映絶色, 是金馬玉堂人語.)」

5) 斬截:〈返照〉. 송대 孫奕(손혁) ≪示兒編≫(권10):「모두 칠언 전체 구가 잘 다듬어져 있다.(皆練得七言全句好也.)」

6) 奇怪: 〈送李八秘書赴杜相公幕〉≪杜詩詳注≫(권19): 「첫 구의 시어가 경쾌하고 수려하며 이어지는 시구는 용맹하고 웅건하며, 3, 4구는 더욱 기험하다.(起語輕秀, 接句猛健, 三四更奇險.)」

7) 瀏亮: 〈暮春〉. ≪杜詩詳注≫(권18): 「초 땅의 하늘, 무협에서 손바닥을 모으는 마음이 절로 우러난다.(楚天, 巫峽, 不免合掌.)」

8) 委曲: 〈送路六侍御入朝〉. ≪御選唐宋詩醇≫(권16): 「교묘하게 도치법을 사용하여 앞의 4구가 참으로 대단히 섬세하고 다양한 변화를 지니고 있다.(妙用倒敍法, 前四句藏多少曲折.)」

9) 俊逸: 〈十二月一日〉三首의 제3수. ≪御選唐宋詩醇≫(권16): 「겨울에 지은 시인데 제비, 꾀꼬리, 복숭아, 버드나무 등의 어구가 있으니 대개 그 사실을 뒤바꾸어서 말하고 있다.(詩作於冬, 而有燕子, 黃鸝, 桃, 柳之句, 蓋逆道其事.)」

10) 溫潤: 〈小寒食舟中作〉. 명대 楊愼 ≪丹鉛餘錄≫(권19): 「비록 두 구의 글자를 사용하였지만, 웅장미려함이 배나 되니 환골탈태의 오묘함을 얻었다고 말할 수 있다.(雖用二句之字, 而壯麗倍之, 可謂得奪胎之妙矣.)」

11) 感慨: 〈秋興八首〉의 제4수. ≪杜詩詳注≫(권17): 「제4장은 장안을 회상하며 그 떠돌며 난리에 상심한 것을 탄식한다. 위 4구는 조정의 변화를 가슴 아파하고, 아래 구들은 변방의 침략을 근심하고 있다.(四章回憶長安, 歎其洊經喪亂也. 上四傷朝局之變遷, 下是憂邊境之侵逼.)」

12) 激烈: 〈閣夜〉. 송대 胡仔 ≪苕溪漁隱叢話≫(권10): 「이후에 적막하여 들리는 것이 없다.(爾後寂廖無聞焉.)」송대 葉少蘊 ≪石林詩話≫(卷下): 「칠언시는 기상이 웅혼하기가 어려운데, 시구 중에 힘이 있고 서서히 표현된 어사 밖의 의취를 잃지 않고 있다.(七言難於氣象雄渾, 句中有力, 而紆徐不失言外之意..)」

13) 蕭散: 〈秋興八首〉의 제3수. 청대 吳景旭 ≪歷代詩話≫(권40): 「이것은 모두 기련의 두 구의 뜻에 맞고, 또 무료한 감흥을 기탁하고 있다.(此皆應起聯二句之意, 而亦託興於無聊.)」

14) 沈著: 〈登高〉. 명대 胡應麟 ≪詩藪≫(권5): 「두보의 바람이 세고

하늘이 높다는 이 시 56자는 마치 바다 밑의 산호처럼 가늘면서 굳어 이름하기 어렵고 너무 깊어서 헤아릴 수 없으니, 밝은 빛이 만 길이요, 강대한 힘이 만 근이나 되는 것 같다.(杜風急天高一章五十六字, 如海底珊瑚, 瘦勁難名, 沈深莫測, 而精光萬丈, 力量萬鈞.)」

15) 精鍊: 〈暮歸〉. 원대 方回 ≪瀛奎律髓≫(권15):「절로 일종의 골격이 있는 풍조이며 또 일종의 비장하며 애처로운 풍격이 있다.(自是一種骨格風調, 又是一種悲壯哀慘.)」≪唐詩鏡≫(권26):「3, 4구는 어사가 ≪초사≫〈이소〉의 의취가 들어 있다.(三四語入騷意..)」

16) 慘戚: 〈洗兵馬〉. 명대 王嗣奭 ≪杜臆≫(권3):「안록산의 반란이 3년이 지나고 피난하여 고향을 떠난 지 또한 3년이어서 그러므로 3년의 피리 속에 관산에 달이 뜨고라고 말하였으니, 슬퍼진다.(祿山反經三年矣, 避亂離鄉者亦三年, 故云三年笛裏關山月, 悲之也.)」≪杜詩詳注≫(補注 卷下):「『3년의 피리 속에 관산에 달이 뜨고, 온 나라 병사 앞 초목에 바람 부네.』구는 웅대하면서 비장하다.(三年笛裏關山月, 萬國兵前草木風, 雄亮悲壯.)」

17) 忠厚: 〈承聞河北諸道節度入朝歡喜口號絶句〉 十二首의 제2수. 송대 郭知達 ≪九家集注杜詩≫(권28):「이 시에서 여러 절도사의 충성심을 본다.(此篇望諸節度之忠孝也.)」, ≪集千家注杜工部詩集≫(권16):「감동하여 읊는 마음이 충성되고 아름답다.(感諷忠婉.)」

18) 神妙: 〈秋興八首〉의 제7수. 명대 楊愼 ≪升菴集≫(권57):「이 시를 읽으면 황량한 안개 긴 들판의 풀의 비애감이 표현된 어사 밖에 드러난다.(讀之則荒煙野草之悲見於言外矣.)」

19) 雄壯: 〈古柏行〉. ≪集千家注杜工部詩集≫(권14):「시의 원기가 여기에 있는 것이다.(詩之元氣在此.)」

20) 老辣: 〈望嶽〉. ≪杜詩詳注≫(권6):「능히 속된 것을 아름답게 할 수 있으며 구법이 더욱 높이 빼어나서 진정으로 척미단사, 즉 아름답고 가치있는 어사를 구사하는 기교를 지니고 있다.(能化俗爲姸, 而句法更覺森挺, 眞有擲米丹砂之巧.)」

이같이 두보 시는 집대성자로서의 위대한 풍격을 지녔기에 중국문학의 시성으로 평가받고 고금동서의 시인 중 시인으로 추앙된다. 명

대 胡應麟은 ≪詩藪≫(內編 권4)에서 집약된 결론을 내리고 있으니,

성당시의 맛은 수려하고 웅혼하다. 두보 시는 정련한가 하면 거칠기
도 하며, 큰가 하면 세밀하기도 하며, 기교로운가 하면 졸렬하기도
하며, 신선한가 하면 진부하기도 하며, 기험한가 하면 평이하기도
하며, 옅은가 하면 깊기도 하며, 짙은가 하면 담백하기도 하며, 살진
가 하면 메마르기도 하여, 다 갖추지 않은 것이 없으니, 그 격조에
다 맞아서 진실로 성당의 다른 시인들과 크게 구별된다. 그 능히 전
의 사람들의 시 풍격을 여기에 다 모을 수 있고, 처음으로 후세의 시
인들의 풍격도 여기에 다 들어 있을 것이다. 또한 언사의 이치가 경
서에 가깝고 사실을 서술함이 역사에 맞으니, 더욱 시인이 우러러 바
라보는 것이다.
盛唐一昧秀麗雄渾. 杜則精粗, 鉅細, 巧拙, 新陳, 險易, 淺深, 濃淡,
肥瘦, 靡不畢具, 參其格調, 實與盛唐大別. 其能會萃前人在此, 濫觴
後世亦在此. 且言理近經, 敍事兼史, 尤詩家絶覯.

라고 하여 두보만이 시를 통하여 인간과 자연의 진면목을 입체적으
로 투사하고 있다는 점을 지적하고 있다.

한편, 교연은 시가발전에 있어서 '復'과 '變'의 의미를 놓고, '復'은
反古 즉 옛것을 되새김으로써 고인을 계승하는 것이고, '變'은 不滯
즉 옛것에 머물러 있지 않고 혁신창조를 중시하여 시의 崇古와 독
창성을 강조하였다. 그 외에 본 시화는 작시상의 요체인 시의 형식
인 體勢, 운율인 성률, 시의 묘사표현인 比興, 전고의 활용인 用事,
그리고 詩想인 構思 등의 작법을 논급하고 있다. 교연의 시론은 후
세 司空圖 등에 영향을 주었으니 元代 辛文房은 ≪唐才子傳≫에서
교연 시론을 평하여 「논조가 정밀하고 합당하며 논조의 선택이 공평
하고 논리의 정리가 거침없으며, 그 기준의 특성이 ≪시경≫과 ≪초
사≫에 근거한다.(論議精當, 取捨從公, 整頓狂瀾, 出色騷雅.)」라고 극
찬하였고, 明代 胡震亨은 ≪唐音癸籤≫에서 「때때로 오묘한 해석이
담겨 있다.(時有妙解.)」라고 평하였다. 본 시화의 결여된 점이라면 시

가 창작에 있어서 시인의 天機, 즉 심성을 너무 주장하다보니 現實 外物의 感發작용을 가벼이 본 것과 작시상의 시어 구사 등 묘사법을 경시한 점을 들 수 있다. 본 시화의 내용에서 '詩有四深'(시의 네 가지 깊이)과 用事, 즉 시의 고사와 전고 인용 부분에 대한 교연의 논리를 본다.

기상이 확 트인 것은 체격과 기세가 깊기 때문이다. 의취가 넓게 드리운 것은 시 짓는 자세가 깊기 때문이다. 운율 사용이 원활히 운용되는 것은 성운의 대응이 깊기 때문이다. 고사 활용이 경직하지 않은 것은 전고에 담긴 뜻의 구사 능력이 깊기 때문이다.
氣象氤氳, 由深於體勢. 意度盤礴, 由深於作用. 用律不滯, 由深於聲對. 用事不直, 由深於義類.

여기서 시에서 중시되어야 할 관점을 시의 기상과 의도, 그리고 시 운율과 전고 사용에 두고서 '氣象—體勢, 意度—作用, 用律—聲對, 用事—義類' 등의 등식으로 구분하고 있다. 그중에 '用事'에 대해 심도 있게 부연 서술하였다.

시인은 모두 옛것을 증명하는 것을 용사로 삼으나 반드시 다 그렇지 않다. 이제 육의에서 比와 興을 간략히 논하자면, 사물을 취함을 '비'라 하고 의미를 취함을 '흥'이라 한다. 의미는 곧 사물 아래의 뜻이 된다. 새와 물고기, 초목, 인물 등 모든 사물 같은 것은 다 '비'와 '흥'에 넣으니, 〈관저〉가 곧 그 뜻이다. 예컨대, 도잠(도연명)이 외로운 눈을 가난한 선비에 비유하고, 포조는 곧음을 붉은 실에 비유하고, 맑음을 옥 항아리에 비유하였다. 오랫동안 '비'를 '용사'라 부르고 '용사'를 '비'라 불렀다. 예컨대, 육기의 〈제구행〉에서 「비루하네 제나라 경공의 우수산에서의 탄식, 달인의 경지에 이르지 못하였네. 밝은 비둘기가 진실로 이미 떠났으니, 우리 님은 어찌 머물 수 있을까.」라고 하였는데 이는 간언의 충성으로서 이것은 '용사'이지 '비'는 아니다. 예컨대, 사령운의 〈환구원작〉에서 「우연히 장량과 병한과 함께, 오래 동산으로 돌아가려 하네.」라고 하였는데 이것은 의지의 충성으로서 이것은 '比'이지 '용사'가 아니다. 자세히 음미하면 알 수 있다. 詩人皆以徵古爲用事, 不必盡然也. 今且於六義之中, 略論比興, 取象 曰比, 取義曰興. 義卽象下之意. 凡禽魚草木人物名數, 萬象之中義類 同者, 盡入比興, 關雎卽其義也. 如陶公以孤雪比貧士, 鮑照以直比朱 絲, 以淸比玉壺. 時久呼比爲用事, 呼用事爲比. 如陸機齊謳行:「鄙哉 牛山歎, 未及至人情. 爽鳩苟已徂, 吾子安得停.」此規諫之忠, 是用事 非比也. 如康樂公還舊園作:「偶與張邴合, 久欲歸東山.」此敍志之忠, 是比非用事也. 詳味可知.

　'用事' 즉 고사를 인용하여 간접적인 비유로 사용하는 작시법이므 로 흔히 시경의 작법인 '比'와 '興'의 작법과 연관시켜서 설명하고 있 다. 시의 六義는 ≪시경≫의 작법인 '比賦興'과 체재인 '風雅頌'을 지 칭하므로, 이중에 三義[1]를 比賦興이라고 하면, 이것은 ≪시경≫의 작 법이며, 나아가서 시의 전통적인 작법이라고 할 것이다. 三義論을 시 론에 연관시킨 梁代 鍾嶸의 ≪詩品≫ 序를 보면,

　시에는 세 가지 뜻이 있으니 하나는 흥이며, 둘은 비이며, 셋은 부이 다. 글이 이미 다 표현되었는데 뜻이 여운이 있으면, 흥이다. 사물로 뜻을 비유하니, 비이다. 직접 그 사실을 쓰고 말로 사물을 묘사하니 부이다. 이 세 가지 뜻을 펴서 헤아려 쓰는데 바람의 힘으로 말리고, 붉은 채색으로 윤색하여 읊는 자로 그지없게 하고, 듣는 자로 마음 을 움직이게 하면, 이것이 시의 극치인 것이다. 오로지 비흥만을 쓰 면 뜻이 깊은 데 단점이 있으니 뜻이 깊으면 사실이 어긋난다. 다만 부체만을 쓰면 뜻이 부허한 데 단점이 있으니, 뜻이 부허하면 글이 산만해져서 흩어져 흐르게 되어 글이 굳게 자리매김함이 없으니 거 칠고 산만한 허물이 있게 된다.
　詩有三義焉: 一曰興, 二曰比, 三曰賦. 文已盡而意有餘, 興也: 因物 喩志, 比也: 直書其事, 寓言寫物, 賦也. 弘斯三義, 酌而用之, 幹之以

---

1) 三義: ≪시경≫의 작법인 比賦興. 比賦興은 ≪周禮≫ 〈春伯 大師〉의 「敎六詩, 曰風, 曰賦, 曰比, 曰興, 曰雅, 曰頌.」에서 처음 나온다. 六詩는 六義이다. 比 는 比喩, 興은 隱喩, 賦는 直說을 의미한다.

風力, 潤之以丹彩, 使詠之者無極, 聞之者動心, 是詩之至也. 若專用
比興, 患在意深, 意深則事躓. 若但用賦體, 患在意浮, 意浮則文散, 嬉
成流移, 文無止泊, 有蕪漫之累矣.

라고 하여 시문의 표현수법에 대한 구체적인 특성을 서술하고 있다.
比興 관점에 대해서 명대 이동양도 그의 시화 제22조에서 다음과 같
이 서술하고 있다.

> 시(≪시경≫)는 세 가지 뜻(三義)이 있는데, 賦는 단지 그 하나에 해
> 당하고 比와 興은 그 둘에 해당한다. 이른바 비와 흥은 모두 사물에
> 기탁하여 性情을 실어 만든 것이다. 대개 바르게 말하고 직설적으로
> 서술하면 곧 시의 뜻을 다 표현하기는 쉬우나, 감흥을 드러내기에는
> 어려운 것이다. 오직 기탁함이 있어서, 표현하여 본받아 쓰고, 반복
> 하여 읊으며, 사람이 스스로 터득하기를 기다려서, 말은 다하였으나
> 흥취가 그지없는 경지에 이르면, 곧 정신이 날 듯이 상쾌하여, 손과
> 발이 절로 움직이면서도 자각하지 못하는 것이다. 이것이 시에서 성
> 정을 귀히 여기고 사실을 가벼이 여기는 이유이다.
> 詩有三義, 賦止居一, 而比興居其二. 所謂比與興者, 皆託物寓情而爲
> 之者也. 蓋正言直述, 則易于窮盡, 而難於感發. 惟有所寓託, 形容摹寫,
> 反復諷詠, 以俟人之自得, 言有盡而意無窮, 則神爽飛動, 手舞足蹈而不
> 自覺, 此詩之所以貴情思而輕事實也. (≪懷麓堂詩話≫)

이동양이 성정을 귀히 여기고 사실을 가벼이 여기는 작시상의 관
점을 지니고 있으므로 「말은 다하였으나 흥취가 그지없는 경지(言有
盡而意無窮)」의 논리를 주창하게 되고 자연히 賦보다는 比興을 강
조한 것이다. 이 이론이 청대 神韻說을 비롯한 시론의 요체로 이어진
것이다. 그 예를 들면, 청대 金聖嘆의 다음 논설에서 比興 중심의식
을 확인할 수 있다.

> 영물시는 순수하게 '興'을 쓰는 것이 가장 좋고 순수하게 '比'를 쓰는
> 것도 매우 좋으나, 단지 순수하게 '賦'만을 쓰는 것은 오히려 좋지 않

으니 왜 그런가? 시가 언사로 표현되는데 생각이 있는 것이다. 그 표현은 반드시 사람의 생각에서 나온다. 그 시에 감정을 이입함은 반드시 사람의 생각에서 나온다. 그 사람의 생각에서 들고 나므로 따라서 그것을 시라 말하는 것이다. 만약 '비'나 '흥'으로 하지 않고 단지 하나의 사물을 직설한다면, 이것은 화공이 고운 색채의 병풍을 그리는데 사람이 그것을 보고 문득 슬프거나 기쁜 느낌을 어떻게 가지겠는가와 같은 것이다. 무릇 특별히 시를 짓는데 슬프거나 기쁜 느낌을 시에 이입시키지 못하면 짓지 않음만 못한 것이다. 이것은 모두 '비'와 '흥'을 쓰지 않고, 단지 '부'의 형식만을 쓰기 때문이다. 詠物詩純用興最好, 純用比亦最好, 獨有純用賦却不好, 何則? 詩之爲言, 思也. 其出也, 必於人之思: 其入也, 必於人之思. 以其出入於人之思, 夫是故謂之詩焉. 若使不比不興而徒賦一物, 則是畫工金碧屛障, 人其何故睹之而忽悲忽喜? 夫特地作詩, 而入不悲不喜, 然則不如無作. 此皆不比不興, 純用賦體之故也.(≪貫華堂選批唐才子詩≫ 권9)

이런 논리는 ≪시경≫의 比賦興 작법에서 연원하여 소위 詩敎에 근거를 둔 것으로, 후에 시가창작의 함축미와 서정미를 중시하게 되었다. 그리고 '運思' 즉 시상을 시에 어떻게 담을 것인지에 대해서도 서술하고 있으니,

시인이 시의 의취를 지니고 있으면 성률이 있다 해도 시 창작에 방해 받지 않으니, 예컨대 신선 호공의 표주박에 절로 천지와 일월이 있어서 때때로 실과 바늘을 던져서 끊어질 듯 이어지니 이것이 시에서의 신선인 것이다. 성률에 얽매여 꺼리는 자들은 따라갈 수 없다. 作者措意, 雖有聲律, 不妨作用, 如壺公瓢中自有天地日月, 時時抛針擲線, 似斷而復續, 此爲詩中之仙. 拘忌之徒, 非可企及矣.

라고 하였다. 위의 글은 시인의 창작에 시율을 의식하기 마련인데 이 의식에 지나치게 매이면 시의 의취를 충분히 시에 담을 수 없다는 것으로, 시 창작에서의 시의를 표현하여 전달하는 것이 중요한 점을 강조한다. 그리고 '聲律'에 관한 교연의 논리를 보면,

악장에는 궁상 등 오음설이 있는데 사성은 듣지 못했다. 근래 주옹과 유회가 나오면서부터 궁상이 시체에 적용되고 경중과 고저의 절주가 나오고, 운율이 부합하고 시의 정감이 고상하니 이것은 문장의 격조를 손상하지 않는다. 심약이 팔병을 지나치게 따지고 사성을 심히 사용하면서 풍아는 거의 사라졌다. 후세 시인들은 타고난 영감이 높지 않아서 심약의 피폐한 시법에 미혹되어 어리석게 따라가서 깊이 빠져 돌아오지 못하게 되었다.

樂章有宮商五音之說, 不聞四聲. 近自周顒劉繪流出, 宮商暢于詩體, 輕重低昂之節, 韻合情高, 此未損文格. 沈休文酷裁八病, 碎用四聲, 故風雅殆盡. 後之才子, 天機不高, 爲沈生弊法所媚, 懵然隨流, 溺而不返.

그의 성률관은 五音에 의한 시 운율의 음악적 운용을 높이 평가하면서 四聲 적용에 의한 가혹한 율격의 제약으로 인해서, 시의 의취와 정감이 충분히 표현되지 못하는 단점을 지니게 되니 특히 沈約의 八病說의 영향을 지적하고 있다. '八病'은 작시에서 성률상 피해야 할 여덟 가지 폐단을 말하니, '平頭, 上尾, 蜂腰, 鶴膝, 大韻, 小韻, 旁紐, 正紐'이다. 南朝 永明 연간에 沈約 등이 제기한 성운 변화의 규율을 검토하자는 목적으로 나온 작시법이어서 당대 율시 형성에 영향을 주었지만, 그로 인해서 시 형식에 치우치고 시어 조탁과 수사에 편중하면서 시 내용의 표달에 소홀해져 오히려 작시상의 문제점이 되었다. 그리고 시의 '對句' 면에 대해서 논하기를,

대칭이란 예컨대 天尊과 地卑, 君臣과 父子의 경우로서, 대개 천지자연의 숫자이다. 만일 도끼 흔적이 남아서 자연에 부합되지 않으면 작가의 본뜻이 아니다. 또 시어 두 구절이 서로 맞아야 하니 마치 새에 날개가 있는 것과 같다. 만일 한 구절만 뛰어나면 비록 기묘하고 미려하다 해도 오색 원앙새가 홀로 날개 치며 날아가는 것과 다르게 있겠는가.

夫對者, 如天尊地卑・君臣父子, 蓋天地自然之數. 若斤斧迹存, 不合自然, 則非作者之意. 又詩語二句相須, 如鳥有翅, 若惟擅工一句, 雖

奇且麗, 異異于鴛鴦五色, 只翼而飛者哉?

라고 하여 시의 대구를 시의의 조화와 시체의 균형적 묘사에 필수적인 작시법으로 제시하고 있다. 이런 작시 표현법은 시의 운율 운용에도 깊은 상호적 연관성을 지닌다. 한편 시의 묘사면에서 '婉曲'에 대해서 서술하고 있다.

의미가 두 겹 이상으로 겹친 것은 모두 문장 외의 뜻이 있는 것이다. 높은 경지에 이른 시인으로서, 사령운의 경우에, 살펴보아서 단지 시의 성정만 보이고 시어가 보이지 않으면 시의 표현에서 극치에 이른 것이다. 이런 표현이 유가적으로 존중 받으면 육경의 첫머리에 자리할 것이며, 도가에서 귀히 여기면 뭇 오묘한 경지에 머물 것이며, 불가에서 정진한다면 부처의 심오함을 꿰뚫을 것이다.
兩重意已上, 皆文外之旨, 若遇高手, 如康樂公, 覽而察之, 但見情性, 不睹文字, 蓋詣道之極也. 向使此道, 尊之於儒, 則冠六經之首; 貴之於道, 則居衆妙之門, 精之于釋, 則徹空王之奧.

시에서 완곡한 표현이란 깊은 함축미를 의미한다. 그 담긴 含意가 심원할수록 儒佛道 三敎의 종교적 심경까지 도달하여 情景交融의 시정을 극대화시킨다. 詩僧인 교연으로서는 시의 '駭俗'(매우 해괴한 풍속)에서 시의 道釋的 의식을 강조하여 다음과 같이 서술하였다.

그 품도는 초나라의 접여와 노나라의 원양이 겉으로는 세속을 놀라게 하는 모습을 보이지만, 안으로는 통달한 사람의 도량을 감추고 있는 것과 같다. 곽박의 〈유선시〉에 「항아가 오묘한 음악을 내니, 홍애가 턱을 끄덕이네.」 왕범지의 〈도정시〉에 「내 옛날 태어나기 전에는, 어두워 아는 바가 없었다. 하느님 억지로 나를 낳았으니 나를 낳은 것은 또 무엇 때문인가? 옷 없으면 나를 춥게 하고, 음식 없으면 나를 굶주리게 한다. 나를 그대 하느님께 돌려보내주오, 나를 태어나기 전으로 돌려보내주오.」 하지장의 〈방달시〉에 「낙화는 참으로 좋아서, 취하자마자 넘어지네.」 하였다.

其道如楚有接輿, 魯有原壤, 外示驚俗之貌, 內藏達人之度. 郭景純遊仙
詩:「姮娥揚妙音, 洪崖頷其頤.」 王梵志道情詩:「我昔未生時, 冥冥無
所知. 天公强生我, 生我復何爲. 無衣使我寒, 無食使我饑. 還你天公我,
還我未生時.」 賀知章放達詩:「落花眞好些, 一醉一回頭.」

이것은 작시에 있어서 시의 탈속성을 중시하여 거론한 부분이다.
교연은 그 예시로 晋代 遊仙詩人 郭璞의 〈遊仙詩〉 제6수(≪全晋詩≫
권5), 唐代 詩僧 王梵志의 〈我昔未生時〉(≪王梵志詩校註≫ 권6), 初
唐 賀知章의 聯句(≪全唐詩≫ 권112) 등을 인용하여 그 시의 초탈
의식을 제시하고 있다. 왕범지 시는 전부 無題詩이며 본래 제1구를
시제로 택하는데, 교연이 '道情詩'라 한 것은 임의로 題한 것으로 본
다. 그리고 교연이 하지장 단 2구의 연구를 '放達'이라 題한 것은 편
의상의 서술로서 사실과는 다르다. 이 인용 시구 중에서 청대 康熙 御
命으로 편찬한 ≪全唐詩≫에 시구가 하나도 수록되어 있지 않다가, 敦
煌石窟에서 발굴된(1899년) 이후에 확인된 王梵志 시를 교연이 본
문에서 본래 거론하였다는 점을 중시한다. 왕범지는 唐詩史에 있어
敦煌詩歌의 최대시인이므로 여기서 그의 시에 대한 학술적 가치를
필자가 별도로 다음에 장문으로 서술하고자 한다.

敦煌寫本에서 발견된 왕범지 시를 수집하여 정리한 자료들에서 비
교적 주석이 상세한 것으로 대개 다음의 세 가지를 들 수 있다.

≪王梵志詩集校釋≫ 張錫厚 中華書局, 1983
≪王梵志詩研究≫(上 · 下) 朱鳳玉 臺灣學生書局, 1986
≪王梵志詩校注≫ 項楚 上海古籍出版社, 1992

왕범지의 생평에 대해서는 추정할만한 사료는 없고 다만 당대 馮
翊(풍익)의 ≪桂苑叢談≫(〈王梵志條〉)과 范攄(범터)의 ≪雲溪友議≫(〈蜀
僧喩〉), 그리고 송대 초 ≪太平廣記≫(권82)에 간단하게 史遺처럼
그에 관한 기록이 있을 뿐이다. 다음에 풍익의 원문에 附注한 ≪太平
廣記≫의 기록을 보기로 한다.

왕범지는 위주의 여양 사람이다. 여양성 동쪽 15리 밖에 왕덕조란
사람이 있는데 수나라 문제 때에(풍씨본에는 「수나라 때에」라 함),
집에 능금나무가 있는데, 큰 혹이 나서 자루만 하였다. 3년이 지나
서 (그 혹이) (풍씨본에는 이 두 자가 있음), 썩어 문드러지자 덕조가
보고서 곧 그 껍질을 가르니(풍씨본은 「긁어내다」로 함), 마침내 한
아이가 태를 안고 (나오매) (풍씨본은 이 자가 있다) 덕조가 주워다
가 키웠다. 7세가 되어서야 말을 하게 되자 (물어)말하기를, 「누가
나를 키웠나요? 또 이름이 무엇인가요?」라고 하기에 덕조가 자세히
사실대로 일러주었다. 이름하여 수풀 림, 나무 목하니 범천(풍씨본
은 수풀에서 나왔다 하여 범천이라고 함)이라 하였는데, 후에 梵志
라고 고쳤다.(풍씨본은 범자가 없음) 말하기를 왕씨 집이 나를 키웠
으니(풍씨본은 우리 집에서 자라나다라고 했는데 틀린 듯함) 성을
왕이라 한다. 梵志는 시를 지어 남에게 보이니 심히 그 뜻이 깊도다.
(풍씨본에는 '梵志乃' 세 자가 없고 시를 풍이라 함)

王梵志, 衛州黎陽人也. 黎陽城東十五里有王德祖, 當隋文帝時(馮本作
當隋之時), 家有林檎樹, 生瘿大如斗. 經三年(馮本有此二字)朽爛, 德
祖見之, 乃剖(馮作撤)其皮, 遂見一孩兒抱胎而(出)(馮本有此字)德祖收
養之. 至七歲, 能語(問)曰, 誰人育我? 復何姓名. 德祖具以實語之. 因
名曰林木梵天(馮作因林木生曰梵天), 後改曰梵志(馮無梵字). 曰: 王家
育我(馮作我家長育, 似誤)可姓王也. 梵志乃作詩示人, 甚有義旨.(馮無梵
志乃三字, 示作風)

여기서 왕범지의 고향이 衛州의 黎陽(지금의 河南 濬縣)이라는 것
과 隋文帝(581-604) 때 생존, 그리고 성명인 王梵志의 의미 등을
파악할 수 있다. 이 자료로는 六朝末에서 당대 초에 생존했음을 확
인할 수 있으며 ≪敦煌寫本歷代法寶記≫ 長卷 중에 無住和尙(774년
졸)이 왕범지의 〈慧眼近空心〉 시를 인용하고 있는 점을 들어 8세기
에는 이미 왕범지의 시가 유행하였다는 확증 하에 왕범지를 초당시
인에 포함하고 있다. 왕범지의 생졸 연대에 관한 자료를 살펴보면, 胡
適의 ≪白話文學史≫(1928년)에서는 그 생졸 연대를 590-660년 사

이로 추정하였고, 金啓華는 胡適의 학설을 수용하여,

무주 스님이 성당 시기에 사천에서 활동하다가 대력 9년에 죽었다.
왕범지의 시가 이 시기에 유행하였으며 대개 7세기 중엽에 사망하였
음을 알 수 있다. 따라서 우리는 잠정적으로 왕범지의 생졸년이 590
에서 660년경으로 추측하는데 믿을 만하다고 본다.
而無住活動於盛唐時期的四川, 死於大歷九年(774). 可見王梵志的詩
在這時期是很流行的, 他大約死於七世紀中期. 因此, 我們姑且推測王
梵志的生卒年爲公元590左右~660左右, 或者是可靠的.(≪名作欣賞≫
1982년 제6期)

라고 하였다. 원전 자료를 통하여 왕범지의 생존 시기를 추정해 볼
때, 敦煌寫本〈王道祭楊筠文〉(P.4978)을 보면,

당대 개원 27년 계축 2월에 동삭방 여양 고통현학사 왕범지의 직손
왕도는 삼가 흰 막걸리를 제수로 올리어서 경건히 방랑객 풍광자,
주사양치아, 홍농 양균의 영전에 제사드린다.
維大唐開元二十七年歲在癸丑二月, 東朔方黎陽故通玄學士王梵志直下
孫王道, 謹請酌白醪之尊; 敬祭沒逗留風狂子朱沙梁癡兒弘農楊筠之靈

라고 하여 開元 27년(739)에 이미 왕범지는 在世하지 않았음을 알
수 있다. 초당의 사회정황을 서술한 사실을 왕범지의 시의 일단에서
반영하고 있는 것을 보면,

집마다 호역과 요역이 부과되니
우리 부부를 끌어가누나.
아내는 걸칠 베옷조차 없고
남편은 몸에 잠방이도 없구나.
戶役差科來, 牽挽我夫婦.
妻卽無褐被, 夫體無褌衿.(〈夫婦生五男〉≪王梵志詩校注≫ 권5)

라고 하여 史實과 시가 내용적으로 상통하고 그의〈奉使親監鑄〉(상동

권2)는 화폐 이름을 통하여 초당 시기인 것을 입증케 한다.

전감을 친히 다스려 화폐를 주조케 하여
옛 돈을 바꾸어 새 돈을 만드네.
개통이 만리에 달하고
원보는 청황색을 내도다.
본 왕조에 전해지게 하여
억조의 세월에 끊임없이 이어지리라.
가난한 일 생각에 무심하니
(5자 缺)
때때로 보면서 기뻐하며
귀중히 여기는 것 부모보다 더하네.
모름지기 집안이 넉넉해야 하리니
늘상 양홍의 현처 맹광 같은 사람을 대하리라.
奉使親監鑄, 改故造新光.
開通萬里達, 元寶出靑黃.
本姓使流傳, 涓涓億兆陽.
無心念貧事, (缺句)
有時見卽喜, 貴重劇耶娘.
唯須家中足, 時時對孟光.

제3, 4구의 '開通'과 '元寶'는 당대 초기 武德 4년(621)에 설치된 錢監에서 주조한 '開元通寶'를 지칭한다. 제2구는 隋代의 돈을 새돈으로 바꾼다는 뜻이니 ≪舊唐書≫의 다음 기록에서 확인하게 된다.

고조가 즉위하여 여전히 수대의 오수전을 사용하였다. 무덕 4년 7월에 오수전을 폐지하고 개원통보전을 시행하게 되었다.
高祖卽位, 仍用隋之五銖錢. 武德四年七月, 廢五銖錢, 行開元通寶錢.
(권48 食貨上)

왕범지의 작품이 筆寫되어 유전된 내력은 분명치 않으나, 발굴된 29종의 敦煌寫本 가운데 8종은 抄寫 연대가 기록되어 있는데 다음과 같다.

(1) L.1456：大歷六年(771)五月(缺一字)日沙門法忍寫本
(2) S.2710：淸泰四年(937)丁酉歲十二月舍書吳儒賢寫本
(3) P.2842：己酉年(949)高文(缺一字)寫本
(4) P.4094：乾祐二年己酉(949)樊文昇寫本
(5) P.2914：大漢天福三年庚戌(970)金光明寺僧寫本
(6) P.2718：宋開寶三年壬申歲(972)閻海眞寫本
(7) S.5441：太平興國三年(978)戊寅歲四月十日氾禮目陰奴兒自手寫秀布一卷
(8) P.3833：丙申年(936)二月拾九日蓮台寺學仕郎王和通寫本
(영문자는 발굴자 명칭: L은 Leningrad, S는 Stein, P는 Pelliot)

이상에서 (3), (4), (5), (6)은 胡適의 ≪白話文學史≫에서 소개하였으며(「唐初的白話詩」), (1), (2), (7), (8)은 張錫厚가 추가한 것으로 사본 연대가 명기된 사본에서 (1)인 레닌그라드(L) 1456호본의 原卷題記에 「대력 6년 5월 왕범지 시 110수를 적음. 사문법인이 적어 기록함(大歷六年五月日抄王梵志詩一百一十首沙門法忍寫之記)」이라고 기재되어 있어서 왕범지 시가 대력 연간에 서부 변방까지 널리 유전되었음을 보여준다. 송 이후에 점차 산실되어갔고 청대에는 ≪全唐詩≫에 한 수도 실리지 않았음은 매우 불가사의한 일이라 하겠다.[2]

---

2) 皎然 ≪詩式≫: 王梵志〈我昔未生時〉, 范攄≪雲谿友議≫:〈天公未生我〉・〈我肉衆生肉〉・〈多置莊田廣修宅〉・〈造作莊田猶未已〉・〈粗行出家兒〉・〈不願大大富〉・〈良田收百頃〉・〈本是尿屎袋〉・〈生時不供作榮華〉・〈衆生頭兀兀〉・〈世無百年人〉・〈家有梵志詩〉・〈勸君莫殺命〉・〈照面不用鏡〉・〈大皮裹大樹〉・〈我身雖孤獨〉・〈世間何物貴〉 등 17首의 시구, 惠洪≪林間錄≫(卷下):〈梵志翻着襪〉, 惠洪≪冷齋夜話≫(卷10)에는〈城外土饅頭〉, 阮閱≪詩話總龜≫(前集卷41):〈城外土饅頭〉, 上同書後集(卷47):〈梵志翻着襪〉, 曉瑩≪感山雲臥紀譚≫(卷上):〈城外土饅頭〉, 費袞≪梁谿漫志≫(卷10):〈欺誑得錢君莫羨〉・〈多量莊田廣修宅〉・〈造作莊田猶未已〉・〈衆生頭兀兀〉・〈世無百年人〉・〈勸君休殺命〉・〈他人騎大馬〉・〈家有梵志詩〉 등 8首, 計有功≪唐詩紀事≫(卷73):〈我昔未生時〉, 胡仔≪苕溪

왕범지 시는 현존 390수로서 그의 시집 〈原序〉에서 그의 작시 의
도와 소재, 그리고 체례와 시어에 대한 성격을 볼 수 있다.

  오로지 불교의 교리로서 나 자신을 버리고 무아의 무상세계를 추구
할 것이다. 전생의 박한 복으로 인하여 후생의 보람이 보잘것없음을
아노라. 몸을 수신하여 선한 일을 권면하고 죄를 경계하여 어긋나지
아니할 것이다. 왕범지 시집의 목록이 몇 종류 되지만 담긴 시가
300여 수가 된다. 현세의 일들을 직설적으로 표현하여 헛된 말을 멋
대로 하지 않았다. 왕범지가 남긴 글은 정란과 곽거 같은 효도의 참
뜻을 다지고 있다. 경전의 문구에 얽매이지 아니하고 속된 말을 쓰
고 있다. 이 시들을 보면, 지혜로운 선비가 마음을 돌리게 되고 어리
석은 지아비도 쉽게 몸가짐을 고칠 것이다. 먼 곳과 가까운 곳 모두
널리 전하여져서 권선징악이 되도록 할 것이다. 탐욕스러운 관리는
백성을 약탈하는 짓을 그만두게 될 것이며, 무위도식하는 관리는 스
스로 청렴하고 삼가게 될 것이다. 각 사람이 비록 어리석다 할지라
도 이 시를 읽으면 마음이 매우 쓸쓸해질 것이다. 이 시를 한 번 두
루 읽어보고 그 내용을 두 번 세 번 깊이 생각하여 잊지 말아야 할
것이다. 비록 높은 스님이 강론을 한다 할지라도 이 좋은 글을 읽는
이만 못하니라. 부모의 뜻을 어기는 자식이 반성하여 효도하게 될
것이며, 게으른 며느리가 아침저녁으로 시부모를 모시게 될 것이다.
불량배와 탕자가 부끄러워하게 될 것이며 온 나라의 떠돌이가 고향
을 그리워하게 될 것이다. 게으른 지아비가 밤에 잠에서 깨어나고
(원문 탈자) 게으른 지어미가 밤새도록 베틀을 대하고 있게 될 것이
다. 모두 다 함께 죄와 복(인과응보)을 알게 되니 부지런히 밭갈고
정성으로 노력하여 먹을 양식을 넉넉히 하게 될 것이다. 마음을 한
결같이 하고 다섯 가지 감정을 쉽게 바꾸지 아니하면 동쪽의 주와 서
쪽의 군에서 모두 받들어서 칭찬하게 될 것이다. 오로지 이 시를 읽
어서 익히게 되면, 어리석고 미련한 사람들이 모두 어질고 착하게

漁隱叢話》(前集卷56):〈城外土饅頭〉, 陳巖肖〈庚溪詩話〉(卷下):〈俘門如鼠穴〉・
〈茅屋松窓小隱家〉, 陶宗儀≪說郛≫:〈我肉衆生肉〉, 楊愼≪禪林鉤玄≫(卷4):〈皇
天未生我〉,〈梵志翻着襪〉가 각각 수록되어 있다.

될 것이다.

但以佛教道法, 無我若空. 知先薄之福緣, 悉後微之因果. 撰修勸善, 誡勗非違. 目錄雖則數條, 制詩三百餘數. 具言時事, 不浪虛談. 王梵志之遺文, 習丁郭之要義. 不守經典, 皆陳俗語. 非但智士迴意, 實亦愚夫改容. 遠近傳聞, 勸懲令善. 貪婪之史, 稍息侵漁; 尸祿之官, 自當廉謹. 各雖愚昧, 情極愴然. 一遍略尋, 三思無忘. 縱使大德講說, 不及讀此善文. 逆子定省翻成孝, 嬾婦晨夕事姑嫜. 查郎蕩子生慚愧, 諸州遊客憶家鄉. 慵夫夜起□□□, 嬾婦徹明對緝筐. 悉皆咸臻知罪福, 懃耕懇苦足糇粮. 一志五情不改易, 東州西郡并稱揚. 但令讀此篇章熟, 頑愚暗憃悉賢良.(項楚 ≪王梵志詩校注≫ 輯序)

서문의 전단은 四言體의 간결한 문장으로 근엄한 불교의 교법으로 훈계적인 시 300여 수를 시사에 따라 통속적인 시어를 구사하여 직언한다고 밝혔으며, 후단은 칠언 古體의 시로 표현하여 이들 시를 통하여 여러 계층의 사람들이 개과천선하는 동기를 찾을 것을 권고하고 있다. 불교 교법으로 「시사를 구체적으로 말함(具言時事)」(시의 내용)하고, 「경전을 따르지 않고 모두 속어로 진술함(不守經典, 皆陳俗語)」(詩語의 구사)하는데 그 목적은 '勸善懲惡'에 있는 것이다. 序에서 왕범지 시에 대한 일반특성을 다음과 같이 정리할 수 있다.

첫째는 초당시인으로서는 다작이라는 것이다. 序에서 목록이 몇 종류 되지만 담긴 시가 300여 수가 된다고 하여 초당시인으로 이만한 시작을 남긴 시인이 없으며, 더구나 早失되어 ≪全唐詩≫에 열입되지 않은 상황에서는 놀랄 만한 일이다. 그리고 일관되게 教誡的이면서 諷人的이어서 ≪太平廣記≫에서 「왕범지는 시를 잘 지어서 의취가 자못 깃들어 있다.(梵志善作詩, 甚有旨趣.)」(권82)라 하였다.

둘째는 시가 儒佛의 규범에 바탕을 두고 있다는 것이다. 序의 '佛教教法'과 '무아하여 빈 것과 같음(無我若空)' 구는 佛理에 근원을 둔 시라는 것을 강조했다고 보며, '三思無忘', '省翻成孝', '事姑嫜' 구(위에 번역함)는 불가에 근거를 두고 표현된 관점이다. 范攄가 「그 어사는 비루하나 그 이치는 참되다.(其言雖鄙, 其理歸眞.)」(≪雲谿友議≫〈蜀僧喩〉下)라고 한 것이나, 馮翊(풍익)이 「시를 써서 세인을 풍자하였으니 바른 뜻이 깊이 들어 있어 보살의 교화라 하겠다.(作詩諷人, 甚有義旨. 蓋菩薩示化也.)」(≪桂苑叢談≫)라고 한 것은 모두 종교시적 특성을 의미한다. 예컨대, 〈非相非非相〉(상동 권3)을 보자.

> 형상이 아니라고 해서 형상 아닌 것이 아니고
> 지혜가 없다고 해서 지혜가 없는 것이 아니네.
> 속된 것을 좇느라 망령된 마음 나오니
> 지혜가 어둠에서 나오네.
> 지혜가 어둠을 뚫고 나오면
> 망령된 마음 사라지고 맑아지네.
> 열반의 열락을 알 수 있다면
> 자연히 속세의 감정일랑 없어지네.
> 非相非非相, 無明無無明.
> 相逐妄中出, 明從暗裏生.
> 明通暗卽盡, 妄絶相還淸.
> 能知寂滅樂, 自然無色聲.

이 시는 불교의 空義를 밝히는 것으로 佛理를 시로 극대화시키고 있으니 이것이 곧 菩薩示化적인 戒詩인 것이다. 그리고 유가 정신을 담은 시로 〈孔懷須敬重〉을 보면,

> 형제를 깊이 생각하여 존중해야 하니
> 동기간은 연리지처럼 굳게 맺어야 하네.
> 항산의 의좋은 새를 보지 않으면
> 공자도 이별의 소리 듣는 걸 싫어하리라.
> 孔懷須敬重, 同氣幷連枝.
> 不見恒山鳥, 孔子惡聞離.(상동 권4)

라고 하여, 형제 우애를 孔子와 顔回의 고사를 사용하여 표현하였다.

셋째는 시를 통한 사회현실의 묘사인데, 이것은 바로 모순 비판과 상통한다. 왕범지가 原序에서 현세의 일들을 직설적으로 표현하여 헛된 말을 멋대로 하지 않았다고 한 것은 주어진 唐初의 현실을 직설했다는 費袞(비곤)의 「표현된 시어가 소박하면서도 내용이 이치에 맞음 (詞樸而理)」(≪梁谿漫志≫)(권10)이라는 논리와 상통한다. 묘사 대상이 다양하여 府兵制의 모순을 지적한 〈父母生兒身〉(상동 권5)을 보자.

> 부모님 아이 몸 낳으시고
> 의식으로 아이의 덕을 길렀네.
> 잠시 의탁하여 세상에 나왔으니
> 빌린 것과 같음이로다.
> 아이가 커서 병사가 되어
> 서쪽으로 토번의 적을 정벌 갔네.
> 간 후에 온 집안이 죽어서
> 돌아와도 찾을 수 없다네.
> 아이는 얼굴을 남쪽으로 향해 있고
> 죽은 자는 머리를 북쪽으로 향해 있네.
> 父母生兒身, 衣食養兒德.
> 暫託寄出來, 欲以便相貸.
> 兒大作兵夫, 西征吐藩賊.
> 行後渾家死, 回來覓不得.
> 兒身面向南, 死者頭向北.

여기서는 병역이 백성에게 주는 고통을 제시하고 있다. 아울러 관직을 이용한 부정축재를 매도한 〈官職莫貪財〉(상동 권3)를 본다.

> 관직으로 재물을 탐내지 말지니
> 재물을 탐내면 죽음에 가까이 가리.
> 있으면 온 집안이 쓰나
> 법에 걸리는 것은 오직 그대 한 몸이라.

법률과 형벌이 무거우니
망령되이 남을 따르지 말지라.
하루아침에 감옥에 갇히고서
비로소 청빈함을 되새기게 되리라.
官職莫貪財, 貪財向死親.
有卽渾家用, 遭羅唯一身.
法律刑名重, 不許浪推人.
一朝圄圄裏, 方始憶淸貧.

관직으로 재물을 탐내면 패가망신한다는 경종의 의취를 보여주고
있다.

넷째로는 口語를 많이 사용하고 있는 것이다. 그 특성의 하나로 유
희적이고 풍자적인 수법을 들 수 있는데, 간결하면서 소박한 표현으
로 언외의 뜻을 표달한다. 이것은 소위 '버선을 뒤집어 신듯 본의는
뒤집어 놓아 보이지 않으나 그 뜻이 은유적으로 드러나는 표현법(翻
着襪法)'으로서 〈城外土饅頭〉(상동 권6)를 보면,

성 밖에는 흙 만두(무덤) 있고
성안에는 소가 풀을 뜯는다.
한 사람이 하나를 먹어 보고서
맛이 없다고 말하지 마시오.
城外土饅頭, 餡草在城裏.
一人吃一個, 莫言沒滋味.

라고 하여 平俗하지만 인생의 종말을 言外的으로 戲謔하고 있다.

그리고 다섯째 특징으로는 직설법을 많이 사용하는 것이다. 원서에
서 '具言'이라 함은 곧 白描로서 그 표현과 의미는 范攄가 말한 바
「그 말은 낮지만, 그 이치는 참되다.(其言雖鄙, 其理歸眞.)」와 상통
한다. 〈好事須相讓〉(상동 권4)을 보자.

좋은 일은 서로 양보해야 하고
나쁜 일은 서로 미루지 마오.
오직 이 뜻을 분별할 수 있으면
재앙이 떠나가고 행복이 찾아오리라.
好事須相讓, 惡事莫相推.
但能辨此意, 禍去福招來.

이 시는 童詩처럼 간결하고 평이하다. 뜻이 평범하고 절실하며 표현이 사실적이다. 이런 일반 특성을 지닌 왕범지 시에서 구체적인 시 내용의 다면성을 살펴보고자 한다.

1. 시의 종교에 대한 비판의식

왕범지는 승려이면서 사회개혁과 종교계의 이질분자라 할 것이다. 이질분자는 비판론자이며, 俗僧들과는 별개의 禪僧이며, 독설가로서의 자질을 발휘한 고발자였다. 여기서는 왕범지 시의 儒佛道 三敎에 대한 비판과 고발을 주제로 삼는 것으로 한정하려 한다. 그의 390수의 시(項楚本에 의거함)는 다양한 소재와 내용을 담고 있지만, 詩集序에서 기술한 바, 「몸을 수신하여 선한 일을 권면하고 죄를 경계하여 어긋나지 않을 것이다.(撰修勸善, 誡勗非違.)」라고 한 표현처럼 시종일관 시가 지닌 교훈적 가치를 잃지 않고 있다. 청대 徐增이 ≪而庵詩話≫에서,

시는 곧 그 사람의 내력이 된다. 사람됨이 고아하면 시 또한 고아하고, 사람됨이 저속하면 시 또한 저속하니, 글자 하나라도 가식해서는 안 되는 것이다. 그 시를 보면 곧 그 사람을 보는 것 같다.
詩乃人之行略, 人高則詩亦高, 人俗則詩亦俗, 一字不可掩飾, 見其詩如見其人.(21條)

라고 하였는데, 곧 왕범지 시를 두고 한 말이다. 왕범지는 종교 비판

에서 먼저 유가의 인륜 타락을 비판하고 있다. 서문에서 효행의 기본규범과 경전의 중요성을 강조하였듯이 시에서 불효를 강하게 비판하니, 〈父母生男女〉(상동 권2)(A)와 〈孝是前身緣〉(상동 권2)(B) 두 작품에서 인륜의 어긋남을 통렬하게 지적하고 있다.

부모는 아들과 딸을 낳고
귀엽다고 사랑 베푸네.
좋은 음식을 보면
종이에 싸서 가져다준다.
마음으로 항상 새기어 잊지 못하여
집에 들어서자 아들딸을 찾는구나.
장성하여 어른이 되면
눈을 치켜떠서 더불어 말하기 어렵구나.
불효하여 부모의 뜻 거슬리는 일 예나 지금이나 있으니
내가 죽게 되면 곧이어 너희들 차례 되리라.
父母生男女, 沒娑可憐許.
逢着好飲食, 紙裹將來與.
心恒憶不忘, 入家覓男女.
養大長成人, 角睛難共語.
五逆前後事, 我孔卽到汝.(A)

효도는 전생의 인연인 것이니
본받아 배워서 되는 것이 아니네.
아들은 밖에 나가 어머니 생각 않고
어머니 항상 서나 앉으나 눈물 흘리네.
아들이 원정가면 어머니 또한 따라가니
목의 혹이 죽도록 붙어있는 듯하네.
적이 나타났단 말 들으면
어머니 근심하여 공연히 뼈에 사무치네.
아들이 돌아와 어머니 얼굴 보니
안색에 살이 홀쭉하다네.

孝是前身緣, 不由相放習.
兒行不憶母, 母恒行坐泣.
兒行母亦征, 項腿連腦急.
聞道賊出來, 母愁空有骨.
兒廻見母面, 顔色肥沒忽.(B)

(A) 시에서 제5연은 '五逆' 즉 불효의 일들이 예부터 현재까지 끊임없이 이어지는 것이 인간의 삶에서 나타나는 현상이니 인간이 존재하는 한, 근절할 수 없는 패륜적 행위임을 강조한다. 따라서 효도를 제창하고 逆子를 견책하고자 한 주제에 따라서 지어졌다. 이것은 돈황본 〈佛說父母恩重經〉과 깊은 연관성을 지닌 것으로 그 일단을 본다.

어머니는 아들 보고 기뻐하며, 아들은 어머니를 보고 기뻐하니, 두 사람의 사랑이 자못 깊어서 이보다 더한 것 없도다. … 나이 들어 노쇠하니 서캐가 들끓어서 주야로 눕지 못하고 길게 탄식하니 무슨 깊은 죄 허물 있다고 이런 불효자식 낳았는가! 어쩌다 불러 보면 눈을 치켜뜨고 화를 낸다. 며느리는 욕을 하며 머리 숙여 비웃도다.
母見兒歡, 兒見母喜, 二情恩愛慈重, 莫復過此. … 年老色衰, 多饒蟣虱, 夙夜不臥, 長呼歎息, 何罪宿愆, 生此不孝之子. 或時喚呼, 瞋目驚怒. 婦兒罵詈, 低頭含笑.

(A) 시는 이 經文의 주제를 인용한 시가의 하나라고 본다. 그리고 (B) 시는 대표적인 효심의 중요성을 강조한 작품으로서, 제1연은 효도는 인간이 지닌 天生의 도리이니 배워서 되는 것이 아니라 필연적인 正道라는 것이다. 당대에 민간에 유행하던 〈父母恩重經講經文〉과 〈敦煌曲校錄十恩德〉 등에서 연유하여 이와 같은 간절한 교훈시를 써낼 수 있었다. 시가 시의 기능을 하려면 시의 계시적인 의취가 내포되어야 하는데 왕범지 시는 모두가 긍정과 부정의 대립, 그리고 적극적 묘사와 소극적인 비유 등이 조화를 이룬 가운데

에서 독자의 심금을 울리게 한다. 왕범지 시에서는 유가풍의 다른 면으로 敬愼을 소홀히 하는 풍조를 경계함도 간과할 수 없으니, 처세의 자세로 恭敬을 강조한 〈敬他還自敬〉을 보자.

> 남을 공경하면 스스로 존경받으며
> 남을 멸시하면 스스로 경시한다네.
> 남을 한두 마디 욕하면
> 남은 몇 천 마디 욕한다네.
> 남의 부모 존함 범하면
> 남은 조상 존함을 범한다네.
> 성내어 보복 없이 하려면
> 말을 적게 함이 가장 좋으리라.
> 敬他還自敬, 輕他還自輕.
> 罵他一兩口, 他罵幾千聲.
> 觸他父母諱, 他觸祖公名.
> 欲覓無嗔根, 少語最爲精.(상동 권3)

이 시는 항상 겸손하여 자중함을 강조하고 솔선하여 남을 공경하며 처신을 신중히 하라는 것이다. 언행에 근신하며 은혜를 반드시 갚아야 함을 묘사한 예시로 〈知恩須報恩〉을 보면,

> 은혜를 알면 보은을 해야 하니
> 은혜 받아 갚지 않으면 안 되네.
> 물 마른 우물에 빠져 있어도
> 누가 다시 구하러 올 건가!
> 知恩須報恩, 有恩莫不報.
> 更在枯井中, 誰能重來救.(상동 권4)

라고 하여, 보은의 여부가 사람을 좌우한다는 의미로서 魏代 華歆의 고사로3) 은혜를 잊은 자가 다시 재난을 당할 때 구제될 수 없음

---

3) ≪三國志≫〈魏志華歆傳〉:「歆少以高行顯名. 比丈夫中道墮井, 皆欲棄之.」

을 보은의 당위성과 상관시켰다. 종교 비판에서 다음으로 거론한 것은 道釋의 속된 심기이다. 어느 시대나 종교의 타락상을 문제 삼지 않음이 없지만 왕범지는 자신이 승려이기에 다른 승려들의 단점을 더욱 직설적으로 고발하였다. 이 점은 도교자에게도 적용하였으니, 〈道士頭側方〉(상동 권2)을 보자.

도사가 머리를 비스듬히 하고
온몸에는 황색 도포를 걸쳤네.
예불하고픈 마음은 전혀 없으면서
항상 천존 신의 사당을 소중히 하네.
불교 도교 모두 하나같이
부질없이 잘난 체 뽐내네.
하나로 성현의 물 먹었으니
약하지도 강하지도 않는도다.
차별하여 생각하지 말아야 하는데
스님들 스스로 잘났다고 떠들도다.
불교와 도교를 함께 받들어서
세상 사람들 옷가지 마련하여 보내도다.
양식이며 약품도 보내오니
죽어가면서 탕약을 끊이지 않네.
바르게 평생을 한결같이 산다면
응당히 보답되어 천당에 오르리라.
道士頭側方, 渾身惣著黃.
無心禮拜佛, 恒貴天尊堂.
二敎同一體, 徒自浪褒揚.
一種霑賢聖, 無弱亦無强.
莫爲分別想, 師僧自說長.
同尊佛道敎, 凡俗送衣裳.
糧食逢醫藥, 垂死續命湯.
敕取一生活, 應報上天堂.

왕범지는 당초에 국교로 받든 도교의 도사들이 득세하며 수도에 힘쓰지 않음을 승려와 다를 바 없는 통속화된 타락의 상징으로 매도하였다. 이러한 현상은 당초에 도사를 佛僧보다 우위에 놓아서 받든 풍조 때문으로 왕범지도 예외일 수 없었다. ≪僧史略≫(卷中)에,

> 당대 정관 11년에 낙양을 순행하였는데, 도사로 먼저 스님과 논하는 자가 있거늘 태종께 알렸더니, 조서를 내려 여도사는 여승 위에 둘 만 하다 하더라.
> 唐貞觀十一年, 駕幸洛陽, 道士先有與僧論者, 聞之於太宗, 乃下詔曰: 道士女冠可在僧尼之上.

라고 기록된 데에서 그 당시의 의식을 알 수 있는데 이러한 의식이 건국 초기를 넘기고 사회가 안정되면서 '道釋一宗'의 관념으로 변화하면서 이들 수도자들의 부조리 현상은 극심해졌다고 하겠다. 도사가 예불에 뜻을 두지 않고 중생 앞에서 잘난 체 하며 약탈과 기만을 일삼는 것이다. 두 종교가 상호 훼방하니 민심이 불안하여 安史의 난을 위시한 사회혼란이 이미 예기되었다 할 것이다. 제2연의 禮佛하려는 마음은 없지만 도사의 행세를 위해서는 형식적으로나마 天尊을 모시는 자세를 취하는 모습이며, 제6연에서 민생들이 수도자라고 존중하여 옷가지를 보내오는 순진성, 그리고 제5연에서 도교와 불교의 불화와 승려가 도교를 배척하는 풍조를 엿보게 한다.

왕범지는 불승의 탈선에 대해 더욱 날카로운 매를 들고 있으니, 가면 쓴 승려들의 속성을 고발한 〈道人頭兀雷〉(상동 권2)를 본다.

> 스님의 머리 매끈하고
> 으레 살찐 수소의 배로다.
> 본래 속세의 인간인데
> 출가하여 높은 지위에 섰도다.
> 음식은 대접에 먹고
> 의복은 깃대에 걸어두네.

매일 시주 집에 가서
일곱 부처에 불공드리네.
포식하여 돈을 꿰차고는
머리 숙이고 문을 나서네.
손에는 두세 염주 들고 가나
배를 가르면 본래 아무것도 없으리라.
평생을 끝내 깨닫지 못하고
단지 살만 잔뜩 찌누나.
벌레나 뱀도 은혜를 갚거늘
사람의 자식이 어디에서 나왔는가.
道人頭兀雷, 例頭肥特肚.
本是俗家人, 出身勝地立.
飮食哺盂中, 衣裳架上出.
每日趁齋家, 卽禮七拜佛.
飽喫更色錢, 低頭著門出.
手把數珠行, 開肚元無物.
生平未必識, 獨養肥沒忽.
虫蛇能報恩, 人子何處出.

　　기름기 넘치는 중들의 머리와 살찐 풍모, 돈을 중시하는 행태, 허황
된 겉모습의 꼴불견 등 모든 것이 어느 것 하나 불심과는 상관없다.
의식은 '禮七' 즉 七佛을 외우면서 마음은 佛僧錢에 두었으니 당시의 타
락한 승려의 보편화된 현상임을 알 수 있다. 승려가 타락하니 백성들
의 초상집에 염불소리가 들릴 리 없다. 시세의 조류가 혼탁하지만,
자신은 타락을 비판할 수 있는 엄숙한 신앙심을 유지하고 있음을 다
음 시 〈梵志死去來〉에서 확인할 수 있다.

　　나 왕범지가 죽어서
　　혼백이 염라대왕을 알현하겠지.
　　역대 제왕의 속된 전적을 다 읽어본들
　　채찍 당하는 일 면치 못하리라.

오로지 나무아미타불을 따라 행하면
모두 불도를 터득하리라.
梵志死去來, 魂魄見閻老.
讀盡百王書, 不免被捶拷.
一稱南無佛, 皆已成佛道.(상동 권6)

위 시는 종교적 색채가 가장 짙게 표현되었다. 왕범지의 시에는 종
교인의 모순을 지적하는 것 외에, 초탈적 의식의 발로를 작시화한
것이 적지 않다. 禪境을 추구하여 육신을 꿈같이 허무한 의식세계로
승화시킨 시세계 또한 매우 중요한 특성이다. 〈觀影元非有〉(상동 권
3)에서,

그림자 보노라면 본래 있지 않고
육신을 보아도 또한 텅 비어 있네.
그것은 물 밑의 달을 따는 것 같고
그것은 나무 끝의 바람을 잡는 것 같네.
따려 하면 보이지 않고
잡으려 하면 끝 간 데가 없구나.
중생의 전생의 업보를 따라 돌거늘
그것은 마치 꿈속에서 잠자는 듯하네.
觀影元非有, 觀身亦是空.
如採水底月, 似捉樹頭風.
攬之不可見, 尋之不可窮.
衆生隨業轉, 恰似寐夢中.

라고 한 의취는 단순한 삶의 초탈을 희구하는 허무의식이 아니라 속
세의 현실을 보고 종교의 신앙적이지 않은 양상을 직시하면서 현실
망각의 바람이 담겨져 있다고 본다.

2. 시의 사회 부조리에 대한 질책

수도하는 처지의 왕범지이지만 그 시대의 사회상을 직시하고 민감하게 반응하는 안목을 지니고 있었다. 그가 남긴 시에서 높이 평가될 수 있는 부분은 시의 묘사와 격조의 우수성보다는, 통속적인 시어로 사실들을 白描 수법으로 비웃고 화내며 풍자하면서 사회의 폐단과 백성의 질고를 직설적으로 그려낸 점이라 할 수 있다. 초당대의 사회계급의 분화와 빈부의 불균형 현상이 극심해졌을 때에 沸騰(비등)해진 백성의 애증심리를 다각적으로 대변하였다.

왕범지가 먼저 질책한 시회부조리는 신분계급의 차별이다. 어느 사회이든 통치와 종속관계가 성립됨은 필연적인 이치일 것이다. 통치자는 피지배계급에 대하여 절대 군림하였음은 正史인 ≪新唐書≫(本紀) 후미에 '贊'이 부연된 것만으로도 유추할 수 있으니, 그 일단을 보기로 한다.

> 찬사하노니 당이 천하를 얻은 지 20대에 이르렀는데, 칭송할 만한 분 세 임금이니 현종과 헌종은 그 유종의 미를 거두지 못했지만, 위대하도다, 태종의 공적이여! 수나라의 난을 잡았으니, 그 자취는 탕과 무왕에 비기겠다.
> 贊曰: 唐有天下, 傳世二十, 其可稱者三君, 玄宗·憲宗皆不克其終, 盛哉, 太宗之烈也, 其除隋之亂, 比迹湯武.(권2 本紀第二太宗)

初唐의 절대중앙집권체제로 인한 사회계급이 양극화되어 빈부의 불균등 현상이 심화되고 士族門閥制度가 악화되면서 신분이나 직업의 귀천의식이 노골화되었다. 왕범지는 이러한 사회구조를 사실적으로 묘사하고 애증의 도를 분명히 헤아렸다. 그의 〈工匠莫學巧〉(상동 권2)는 농공상들의 세습적인 신분차별과 역경을 대변하는 실례라 할 것이다.

기공들은 기술을 배우지 말지니
기술 있으면 남에게 부림을 받네.
신분이 본래 노예이니
아내 또한 관리의 여종이네.
남편이 잠시 없으면
끌고 가서 모욕을 당한다네.
일하기 전에는 돈을 준다고 말하고서
일하고 나면 눈을 부릅뜬다네.
호인이 술과 음식 내려주면서
은혜로운 말에서 아름다운 정이 솟네.
무뢰한이 돈은 주지 않고
시키면 속셈으로 등을 친다네.
빈궁하면서 참으로 불쌍하니
굶주리고 추운 모습 드러나네.
부역이 하나같이 내려오니
나가지 않으면 맞아 죽도다.
차라리 도망가다 잡힐지언정
뉘라서 매 맞고 모욕당하겠는가?
어째서 집을 버리고 도망가는가?
진실로 학대를 중지하지 않기 때문이네.
工匠莫學巧, 巧卽他人使.
身是自來奴, 妻亦官人婢
夫婿暫時無, 曳將伇被恥.
未作道與錢, 作了擘眼你.
奴人賜酒食, 恩言出美氣.
無賴不與錢, 蛆心打脊使.
貧窮實可憐, 飢寒肚露地.
戶役一槪差, 不辦棒下死.
寧可出頭坐, 誰肯被鞭恥.
何爲抛宅走, 良由不得止.

이 시는 기능공의 구속생활과 그 가족까지 모욕을 감수해야 하는 노예 신분임을 통렬하게 고발하고 있다. ≪唐六典≫(권7)에 「기공으로 일하는 사람들이 일단 기공으로 들어가면 각자의 능력에 직분을 얻지 못하게 된다. 주물기공으로 주물에 뛰어난 자는 정공에 임명된다.(工匠作業之子弟, 一入工匠後, 不得別人諸色. 其和頤鑄匠有名解鑄者, 則補正工.)」라 하니, 短工 다음에 正工에 보임되는데 세습적이어서 마음대로 직업변경이 불가했음을 알 수 있다. 그리고 그 처자식도 관노비의 신세가 되니 그들의 궁극적인 행로는 도주이며 유랑으로 귀착된다. 다음에 기세등등한 관리들의 자부심을 갖게 해 준 관리 선발을 빗대어서 허울 좋은 외식적 규범을 비판하는 〈第一須景行〉(상동 권3)을 본다.

첫째는 고상한 품행이 있어야 하며
둘째는 유능하고 총명해야 하네.
법령에 물결같이 뛰어나고
문필은 화초같이 피어나네.
정신은 빠른 화살같이 곧으며
회포는 깨끗한 모래처럼 맑네.
살펴 본 바 모두 이와 같으니
어찌 근심하며 불안해하나.
第一須景行, 第二須强明.
律令波濤涌, 文詞花草生.
心神激箭直, 懷抱徹沙淸.
觀察惚如此, 何愁不太平.

이처럼 재기발랄한 관리들이 하급계층에 대한 학대와 능욕을 일삼은 이유는 무엇이며, 결국은 유랑으로 몰고 갔는지에 대한 해답은 단 한마디 '德行'을 경시한 선발기준에 있으니, ≪新唐書≫(選擧志下)에 보면,

무릇 사람을 고르는 방법은 네 가지가 있다. 첫째는 몸이니 외모가 넉넉하고 커야 한다. 둘째는 언사이니, 언사가 바라야 한다. 셋째는 글씨이니 서법이 고와야 한다. 넷째는 판별이니, 문리가 뛰어나야 한다.

凡擇人之法有四: 一曰身, 體貌豊偉, 二曰言, 言辭辯正, 三曰書, 楷法遵美, 四曰判, 文理優長.

라고 하였듯이 네 가지 조건에서 덕행은 제외되어 인품 결여가 있음을 보게 된다. 이런 제도로 인해 관리의 전횡은 심해지고 계급간의 괴리가 커져서 서민과는 주종관계가 강화되는 모순현상이 더욱 뚜렷해졌다. 이것을 왕범지는 다음 〈代天理百姓〉(상동 권3)에서 직설하고 있다.

천자를 대신하여 백성을 다스리며
법령 또한 준수해야 하네.
관리가 기뻐하면 법도 기쁘고
관리가 성내면 법도 성내네.
모두 관리에 의해 법을 시행하니
어찌 법으로 사람을 다스리겠는가.
순식간에 목을 처단하니
이유가 있어도 어찌 호소하리오.
代天理百姓, 格式亦須遵.
官喜律卽喜, 官嗔律卽嗔.
惣由官斷法, 何須法斷人.
一時截却項, 有理若爲申.

관리가 천자를 대신하여 백성을 다스리는 데의 기본대상은 상벌관계로서 이 권한은 官民의 차별의식을 심화시켰고, 백성은 관리의 언행에 따라 희비가 엇갈리는 운명에 놓이곤 하였다.4) 따라서 관리

4) ≪新唐書≫〈刑法志〉:「賞罰所以代天行法.」, ≪舊唐書≫〈代宗紀〉:「至于國朝, 實執其政, 當左輔右弼之寄, 總代天理物之名, 典領百療, 陶鎔景化.」

가 곧 법이 되어 희비에 따라 백성에 대한 범법의 한계가 달라지는 괴현상을 2연과 3연에서 직언하고 있다. 司法이 문란해지고 酷吏의 橫行이 가능하며 후안무치의 관료의식이 만연될 수 있었다.

다음으로 왕범지가 질책한 것은 미풍양속의 저해이다. 전통적인 유가사상에 의한 예법과 관습이 변질되는 상황에 대해서 시를 통하여 풍유하고 있다. 그의 풍자 대상은 불효, 연장자에 대한 불경, 태만한 생활태도, 그리고 음주 등 퇴폐적인 습관이다. 부모에 대한 예의를 읊은 시로서 〈尊人相逐出〉(상동 권4)을 본다.

부모님을 따라서 나갈 때에
자녀는 앞서서 가지 말지라.
사리를 아는 것은 만나봐야 하나니
예의를 모르는 자는 익히 알게 되네.
尊人相逐出, 子莫向前行.
識事須相逢, 情知乏禮生.

'尊人'은 부모와 같은 연장자를 말하며, 말구의 '乏禮生'은 예의를 모르는 사람이니, 철저한 순종 자세를 강조하고 있다. 그리고 〈長幼同欽敬〉(상동 권4)을 보면,

어른과 젊은이 함께 공경하면
어른을 알아보고 순종하지 않는 자 없네.
다만 예악을 행할 수 있다면
마을 사람들은 스스로 어질다고 할 것이네.
長幼同欽敬, 知尊莫不遵.
但能行禮樂, 鄉里自稱仁.

라 하여 長幼有序의 예교가 仁의 근본임을 기술하였다.[5] 그는 태만

---

5) ≪禮記≫〈樂記〉:「在族長鄉里之中, 長幼同聽之, 則莫不和順, 在閨門之內, 父子兄弟同聽之, 則莫不和親.」

한 생활태도에 대해 〈家中漸漸貧〉(상동 권2)에서 섬세한 관찰력으로 여인의 온당치 않은 언행을 個條式으로 지적하고 있다.

> 집안이 점점 가난해지니
> 진실로 게으른 아내 때문이네.
> 하루 종일 침상에 앉기를 좋아하고
> 배불리 먹으며 배를 어루만지네.
> 해마다 아이를 낳으면서
> 집안 가구는 들이려 않누나.
> 술을 마시매 다섯 남자와 대할 만하고
> 적삼과 바지는 꿰매려 않는구나.
> 으레 옷 입기를 좋아하며
> 틈만 나면 밖으로 나가네.
> 남자를 찾아 짝하지 않으나
> 마음속에는 항상 그리워하네.
> 동쪽 집과 입씨름 잘하고
> 서쪽 집과는 싸우기도 잘하네.
> 두 집이 서로 화합하지 않고
> 눈을 부릅뜨고 질투만 하도다.
> 따로 좋은 짝을 찾게 되면
> 내쫓고는 오래 머물지 못하게 하네.
> 家中漸漸貧, 良由慵懶婦.
> 長頭愛床坐, 飽喫沒姿肚.
> 頻年艱生兒, 不肯收家具.
> 飮酒五夫敵, 不解縫衫袴.
> 事當好衣裳, 得便走出去.
> 不要男爲伴, 心裏恒攀慕.
> 東家能涅舌, 西家好合鬪.
> 兩家旣不合, 角眼相蛆妒.
> 別覓好時對, 趁却莫交住.

여기서 지적된 여인의 게으른 생활태도를 보면 ① 침상에 있어 포식을 추구, ② 아이는 낳되 집안 가구를 들이지 않음, ③ 술 좋아하고 옷을 꿰매지 않음, ④ 외출만을 좋아함, ⑤ 외간남자에 관심 있음, ⑥ 말을 옮기며 다툼, ⑦ 남자를 자주 바꿈 등 그 당시에 타락한 하나의 여인상을 묘사해 놓았다. 왕범지의 안중에 보이는 탈선행위에 대해 '시로써 경계함'(以詩戒之)의 붓끝을 멈추지 않았기에 '세상을 바로 구하는(救時)' 참된 師徒라고 칭할 만하다.

3. 시의 民生疾苦에 대한 통분

왕범지의 시는 민심의 대언자와 같은 역할을 하였다. 빈부의 차별에서는 갈등과 각종 부역에 시달리는 고통의 고발자로서의 왕범지 시는 당시의 중요한 가치를 지닌다고 하겠다. 두보의 시를 '詩史'라 한다면 왕범지의 시는 '詩民'이라고 해야 할 것이다. 그 표현이 정제되지 않았을 뿐, 열정과 강개가 있고 기개와 용기가 발양되어 있기에 더욱 값지다. 시인은 백성의 당면 문제인 府兵과 徭役, 그리고 각종 조세에 생활의 기반과 안정을 잃었으며, 유랑과 도주의 처지를 겪었으며, 신분계급의 차이에서 오는 빈부 차의 극단적인 괴리는 더욱 사회구조를 악화시켰다고 본다. 그는 시에서 府兵의 고통에 분개하고 있다. 영토 확장과 전쟁으로 초당에 병역법이 실시되면서 국가경제 악화와 민심 이탈이 가중되었으니, 다음 尙鉞의 ≪中國歷史鋼要≫에서 唐初 府兵制에 대한 기술은 참고할 만하다.

정관 연간에 서북방의 수자리 부역이 이미 매우 과중하였으니 … 대군은 만 명, 소군은 천 명으로 봉화 수자리 꾼과 나졸이 만 리 길에 이어져 있었다. 고종 때에는 변방 군사비가 더욱 늘어나고 수자리의 연한도 길어지니, 농민들은 병역을 면하기 위해 혹은 지체를 자해하기도, 혹은 도망가기도 하였다.

貞觀中, 西北屯戌之役已甚繁重, … 大軍萬人, 小軍千人, 烽戌邏卒, 萬里相繼. 高宗時邊防軍額更增, 屯戌年限亦久, 農民避免兵役, 或自殘肢體, 或被迫逃亡.

다음에 〈天下惡官職〉(상동 권2)을 본다.

> 천하에 아무리 나쁜 관직이라도
> 부병만은 못하리라.
> 사방에서 도적이 난동하면
> 당일로 즉시 출동해야 하네.
> 연분이 있으면 다시 만나겠지만
> 업보가 박하면 곧 생을 달리하네.
> 도적을 만나면 맞아 죽게 되니
> 전공 세워 받는 오품 벼슬을 다투려 않네.
> 天下惡官職, 不過是府兵.
> 四面有賊動, 當日卽須行.
> 有緣重相見, 業薄卽隔生.
> 逢賊被打煞, 五品無人爭.

절망 중에 府兵에 임하는 농민의 심경을 代言하고 있다. 이로 인해 貧苦의 상황은 더해 가며 지주의 자제는 물질로 대체하는 부조리가 나타났다. 농민의 부병으로 인해 농가에는 여러 현상이 발생하게 되었으니, 丈夫가 府兵을 피하여 도주하게 되자, 아들 대신 노모가, 그리고 남편 대신 부인이 徭役 나가는 문제가 제기되었으니, 다음 〈差著卽須行〉(상동 권3)에서 독백하고 있다.

> 임무가 부여되면 나가야 하니
> 파견되어 떠나감에 머물길 바라지 말라.
> 이름은 돌 상자 속에 있고
> 관직은 하늘의 관아에서 정해진다네.
> 재산은 귀신이 따져보고
> 옷과 음식은 명백히 부여되도다.

나가고 물러남은 내 뜻 아니니
어찌 공연히 근심하고 두려워할 필요 있겠는가.
差著卽須行, 遣去莫求住.
名字石函裏, 官職天曹注.
錢財鬼料量, 衣食明分付.
進退不由我, 何須滿憂懼.

당나라 초기 府兵과 徭役은 가정과 농촌의 피폐를 조장하였고, 이의 부작용은 민심의 동요와 이탈을 가져오고 국가의 기강이 이완되었다.

다음으로 시인이 통분한 것은 가혹한 租庸調였다. 당대는 均田制를 채용하였는데 ≪唐六典≫에 보면,

무릇 부역제도는 네 가지가 있는데, 첫째는 세금, 둘째는 공물로 내는 조세, 셋째는 수자리, 넷째는 노동하는 요역이다.
凡賦役之制有四: 一曰租, 二曰調, 三曰役, 四曰雜徭.(권3)

라고 있는데, 여기서는 착취와 같은 세금과다로 인해 빈부 격차가 심화되어 사회번영의 방해가 되었던 세금에 관한 왕범지의 질책을 보고자 한다. 다음에 〈貧窮田舍漢〉(상권 권5)을 본다.

가난한 시골뜨기 초가집이
너무도 외롭고 쓸쓸하도다.
두 사람이 모두 전생의 업으로 인해
현세에 와서 부부가 되었도다.
아내는 품 팔아 나락을 찧으며
남편은 품 팔아 쟁기로 밭가네.
저녁에 집으로 돌아오면
쌀도 땔감도 모두 없도다.
부부가 공연히 굶주린 배를 가누려니
그 형상이 마치 하루 한 끼의 재계 같네.

이정은 용세와 조세를 재촉하고
촌장은 그와 함께 다그치네.
머리에 맨 두건이 해져서 드러났고
홑적삼은 해져서 뱃가죽이 드러났네.
몸에는 잠방이가 없고
발에는 짚신조차 없도다.
못생긴 아내 화나서 욕을 하고
시끄럽게 떠들며 머리 두건을 잡아채네.
이정에게 다리를 채이며
촌장에게는 주먹으로 얻어맞도다.
뛰어가서 현령을 만나 보려면
등을 때리면서 돌려보내네.
세금일랑 낼만한 방도가 없으니
당연히 이정이 배상해야 하겠네.

貧窮田舍漢, 菴子極孤恓.
兩共前生種, 今世作夫妻.
婦卽客春擣, 夫卽客扶犁.
黃昏到家裏, 無米復無柴.
男女空餓肚, 狀似一食齋.
里正追庸調, 村頭共相催.
幞頭巾子露, 衫破肚皮開.
體上無褌袴, 足下復無鞋.
醜婦來惡罵, 啾唧搦頭灰.
里正被脚蹴, 村頭被拳搓.
駈將見明府, 打脊趁迴來.
租調無處出, 還須里正倍.

　이 시에서는 과다한 徵稅로 신음하는 가난한 백성의 현실과 세리
의 독촉이 사실적으로 묘사되어 있다. 里正과 村頭가 주동이 되어 酷
吏役을 자행하였으니, ≪唐律≫의 〈里正授田課農桑條〉에 그 수법이

기록되어 있다.

> 여러 이정들은 법령에 의하여 사람과 밭에 농사와 양잠의 세를 매기
> 는데, …이와 같은 일에 있어 법령을 어기는 자는 사건 하나에 태장
> 40대를 부과하였다.
> 諸里正依令授人田課農桑, …如此類事, 違法者, 失一事笞四十.

수탈 대상인 농민과 서민은 삶에 자포자기하고 희망과 의욕도 상
실하였다. 과중한 각종 세제로 인해 농민은 족쇄를 걸치고 고통에
시달리며, 지주와 관료는 면세특권을 누렸으니 租庸調의 잔혹함을
비판한 왕범지의 시를 두보가 庾信을 평한 소위 '청신하고 준일함
(清新俊逸)'하게까지는 높여서 평가할 수는 없겠지만, '시로써 감흥
을 기탁함(詩以寄興)'의6) 경지에는 도달하였음은 인정해야 할 것이
다. 왕범지의 사회현실에 대한 냉엄한 지적은 시심을 무용한 소재
에7) 두는 폐단을 극복한 생명력 넘치는 수신가의 정신에서 나온 것
이기에 더욱 가능했다고 본다. 왕범지의 시는 寸鐵殺人的인 예리하
고 아픈 맛을 주기 때문에 比興보다는 賦의 직설에 가까워서, 그것
이 寒山, 拾得에 비해 문학적인 가치 면에서 볼 때 덜 중시될 수도
있다고 본다. 그러나 가식과 냉담을 배제하고 진솔하고 열정어린
독설적인 양심의 호소를 윤리와 종교적 차원에서 토로한 고발의식
을 문학 이상의 사회개혁적 입장에서 인식할 수 있다.

본 시화의 현재 전하는 판본으로는 ≪讀百川學海≫, ≪唐宋叢書≫,
≪歷代詩話≫, ≪學海類編≫ 등에 ≪詩式≫ 1권이 있는데, 陸心源의
≪十萬卷樓叢書≫에 수록된 ≪詩式≫이 5권으로 된 완정본이다. 근
래에 나온 주석본으로는 李壯鷹의 ≪詩式校注≫(齊魯書社, 1986년)
가 있다.

---

6) 宋大樽 ≪茗香詩論≫ 七條:「詩以寄興也.」
7) 李沂 ≪秋星閣詩話≫:「由邪徑, 費精神於無用之地.」

≪二南密旨≫ - 賈島

賈島(가도, 779-843). 자가 浪仙이며, 范陽(지금의 北京 부근)人으로 여러 번 과거에 낙방하고 빈곤하여 출가해서 和尙이 되니 法名은 無本이다. 후에 韓愈가 還俗을 권유하여 한유에게 시문을 배웠다. 文宗 開成 연간(837)에 長江(지금의 四川 蓬溪 蓬萊鎭) 主簿에 임명되니 세칭 '賈長江'이라 하고, 3년 후 普州司戶로 좌천되어 가던 중 去世하였다. 일생이 청빈하여 사후에 남은 것은 병든 노새와 낡은 거문고 하나뿐이었으니, 孟郊와 함께 '郊寒島瘦'란 고사성어가 나왔다. 문집으로 ≪長江集≫ 10권이 있다. 韓愈 외에 王建, 盧仝, 姚合, 李益, 李餘, 柳宗元, 元稹, 馬戴, 令狐楚, 翁陶, 朱慶餘 등과 교유하였고 孟郊와는 가장 측근에 있었다.

승려와 빈곤의 삶이었던 관계로 그의 시풍은 淸苦하니, ≪批點唐音≫에서 「가도의 시는 청신하고 진실하여 절로 일가를 이루었는데 다만 온유하고 돈후한 면이 적을 뿐이다.(浪仙詩淸新沈實, 自足爲一家, 但少從容敦厚耳.)」라고 평하였다. 그러나 歐陽修는 가도의 시를 다소 낮게 평가하는 입장을 보이기도 하였으니, 그의 ≪六一詩話≫에서 「시인이 좋은 시구를 자못 찾는데 이치가 통하지 않으면 어구상의 문제이다. …예컨대 가도의 〈哭僧〉에 말하기를, 『도를 행한 그림자를 남겨놓고, 참선하는 몸을 불태우네.』라는 시구에 대해서 요즘 『살아 있는 스님을 불태우네.』라고 말하는데 이 더욱 가소롭다.(詩人貪求好句, 而理有不通, 亦語病也. … 如賈島哭僧云:「寫留行道影, 焚却坐禪身.」 時謂「燒殺活和尙」, 此尤可笑也.)」라고 하였는데 이것은 단지 주관적인 단평으로 보아야 할 것이다. 그의 명시 〈尋隱者不遇〉절구를 본다.

> 소나무 아래에서 아이에게 물으니
> 말하길 약초 캐러 가셨어요.
> 단지 이 산속에 계실 텐데
> 구름이 깊어서 계신 곳을 모른다 하네.
> 松下問童子, 言師採藥去.
> 只在此山中, 雲深不知處.(《唐詩三百首》)

이 시는 친구를 방문한 시로서 문답체인데, 초탈적이면서 淸雅한 풍격을 보여준다. 이 시에 대해서 明游潛은「시는 반드시 깊은 경지에 이른 후에야 공교로워진다.(詩必窮者而後工耳.)」(《夢蕉詩話》)라고 평하였다.

본 시화를 陳振孫의 《直齋書錄解題》에 가도가 지은 것에 대해「아마도 의탁한 것인가 한다(恐亦依托)」라 하고 《四庫全書總目》에는 이 책을 '詩文評類存目'에 넣고「바탕이 번잡하고 강목이 혼란하며 의론이 허황되고 사의가 저속되다.(端緒紛繁, 綱目混淆, 議論荒謬, 詞意拙俚.)」라고 하면서 僞本으로 단정하고 있다. 내용으로 보아 만당 五代 문인의 詩格과 유사하여 그 시대에 가도의 명의로 假託하여 지은 것이 아닌가 한다. 내용은 '論六義(《시경》 육의), '論風之所以'(《시경》 〈國風〉의 근원), '論風騷之所由'(〈국풍〉과 《楚辭》 〈離騷〉에서의 유래), '論二雅大小正旨'(《시경》 〈小雅〉와 〈大雅〉의 바른 主旨), '論變大小'(〈소아〉와 〈대아〉의 변격), '論南北二宗例古今正體'(남북종에 의거한 고금의 올바른 체재), '論立格淵奧'(격조의 담긴 뜻), '論古今道理一貫'(고금의 일관된 도리), '論題目所由'(제목의 유래), '論篇目正理用'(편목의 올바른 이치와 사용), '論物象是詩家之作用'(시인의 물상 활용), '論引古證用物象'(고증에서의 물상 인용), '論總例物象'(물상의 예), '論總顯大意'(시의 대의 밝힘), '論裁体昇降'(체재의 고하) 등 15절로 구분하여 논술하고 있다. 논조는 유가 전통 주장을 따르고 시가의 교화 작용과 '아름답게 풍자함(美刺)'의 宗旨 및 그 구체적인 방법을 기술하고 있다. '論篇目正理用' 부분을 보면, 29 개 제재를 열거하여 그 美刺와의 연관을 제시하고 있다.

夢游仙 ― 君臣의 도리
夜坐 ― 賢人이 때를 기다림
早春, 仲春 ― 正風의 明盛

그리고 '論總例物象' 부분을 보면, 46개 物象을 나열하여 그 美刺 寓意를 설명하고 있다.

九衢道路 ― 皇帝의 道理
山影, 山色, 山光 ― 君子의 德
烟浪, 野燒, 重霧 ― 戰爭

이런 논리는 번잡하여 취할 점이 별로 없지만 '美刺'와 '頌諷'의 例 라는 점에서 유의할 만하다. 이런 직설적이 아닌 은유적인 풍자로 시 심을 표현하는 방법을 劉勰은 ≪文心雕龍≫ 〈隱秀篇〉에서 서술하기를,

심술의 움직임은 멀고 문정의 변화는 깊다. 근원이 깊어야 흐름도 일어나고 뿌리가 무성해야 이삭이 뻗어난다. 따라서 문의 꽃은 빼어 남도 있고 숨음도 있다.
夫心術之動遠矣. 文情之變深矣. 源奧而派生, 根盛而穎峻, 是以文之 英蕤, 有秀有隱.

라고 하여 '隱秀'라는 용어로 풀이하고 있는데, 본 시화에서도 같은 의미로 다음과 같이 서술하였다.

밖의 뜻은 편목을 따라서 절로 드러나고, 담긴 뜻은 들어가는 데 따 라서 풍자하니 임금과 신하의 교화의 일을 노래한다.
外意隨篇目自彰, 內意隨入諷刺, 歌君臣風化之事.

그리고 '論六義'은 ≪시경≫의 '六義'(風雅頌, 比賦興)를 해석한 부

분인데 '興'을 해석한 부분을 보면, 「사물에 느낌을 흥이라 한다(感物 曰興)」라고 정의를 내리고서 「흥이란 정감이다. 밖으로 사물에 느껴서 안으로 정감이 일어나는데 정감을 막을 수 없으니, 그러므로 흥이라 한다.(興者情也. 謂外感于物, 內動于情, 情不可遏, 故曰興.)」라고 풀이하여 '興'이 체현하는 '情'과 '物'의 관계를 개괄하고 있다. '論立格淵奧' 부분에서는 시가를 '情格', '意格', '事格'으로 三分하고 '情格'을 가장 중시하고 있는데, 시가에서 '借景抒情'(경물을 빌려서 정감을 표현)을 근본으로 삼을 것을 주장하고 있다. 그리고 '論引古證用物象'에서는 「사계절 사물과 절기는 시인의 혈맥이다.(四時物象節候者, 詩家之血脈也.)」라 하여 물상이 시가에서 중요한 의미를 지님을 강조하고 있다. 시화에서 예문을 보기로 한다. 먼저 시의 '對仗'에 대해서 논하기를,

> 남종에서는 시 한 구에 이치를 담고 있고, 북종에서는 시 두 구에 뜻을 같이 담는다. 남종은 예컨대 ≪시경≫의 「숲속에 작은 나무떨기 있고, 들에는 죽은 사슴이 있네.」 구는 곧 지금 사람이 대장을 삼으니 글자마다 정확하고 위아래가 각각 그 뜻을 드러낸다. 북종은 예컨대 ≪시경≫의 「내 마음 돌이 아니니, 굴러갈 수 없네.」 구이다. 지금 사람들은 열 자의 시구에서 대장을 쓰기도 하고 안하기도 한다.
> 南宗一句含理, 北宗二句幷意. 南宗例如毛詩「林有樸樕, 野有死鹿.」卽今人爲對, 字字的確, 上下各司其意. 北宗例如毛詩「我心匪石, 不可轉也.」 今人宗爲十字句, 對或不對.

라고 하여 시의 대구 문제의 중요성을 강조하였다. 남종에서 인용한 ≪시경≫ 시구는 〈召南 野有死麕〉의 제2장이다.

> 숲속에 작은 나무떨기 있고
> 들에는 죽은 사슴이 있네.
> 흰 띠풀로 잘 감싸니
> 옥 같은 여인이 있네.

林有樸樕, 野有死鹿.
白茅純束, 有女如玉.

이 시의 작법은 '興'으로서 멋진 남자가 옥 같은 여인의 마음에
들어 결혼하려는 뜻을 묘사하고 있다. 朱熹는 ≪詩集傳≫ 주석에서
「위의 세 구는 興이며 아래 한 구는 賦라고도 한다. 작은 나무떨기
로 죽은 사슴을 깔고, 흰 띠풀로 감싸서 이 옥 같은 여인의 마음에
들게 한다.(上三句興下一句也, 或曰賦也. 言以樸樕藉死鹿, 束以白茅,
而誘此如玉之女也.)」라 하니 당시의 결혼 예법에 鹿皮를 싸는 것은
최고의 예의였다. 다음에 〈野有死麕〉 제1장과 제3장을 참고로 본다.

들에 죽은 사슴 있어서
흰 띠풀로 그것을 감싸네.
여인이 춘정을 품고 있어서
멋진 남자가 그녀를 마음에 들게 하네.
野有死麕, 白茅包之.
有女懷春, 吉士誘之.(제1장)興

이 시는 작법이 興이며 朱熹의 주석에 이르기를, 「남쪽 제후국이
周나라 文王의 교화를 입어서 여자가 정결하여 본분을 스스로 지켜
서 강포한 무리에 더럽혀지지 않으니, 그러므로 시인이 본 바대로
그 사실을 일러서 찬미한 것이다. 혹자는 작법이 賦라고 한다. 멋진
남자가 흰 띠풀로 죽은 사슴을 감싸서 춘정을 품은 여인의 마음에
들게 함을 말한다.(南國被文王之化, 女子有貞潔自守, 不爲强暴所汚者.
故詩人因所見以興其事而美之. 或曰賦也. 言美士以白茅包死麕, 而誘懷
春之女也.)」라고 하였다.

천천히 조심스레 와서
나의 수건을 건드리지 말고
삽살개가 짖지 않도록 해요.
舒而脫脫兮,

無感我帨兮,
無使尨吠.(제3장)賦

이 시는 작법이 賦로서 주희의 주석에 이르기를, 「이 장은 곧 여
자가 거절하는 것을 서술하는 말이다. 시어머니가 천천히 와서 나
의 수건을 움직이지 말고 나의 개를 놀라게 하지 말라고 함으로써
가까이 할 수 없음을 더 강하게 말한 것이다. 그 의연하여 범할 수
없는 뜻을 무릇 알 수 있다.(此章乃述女子拒之之辭. 言姑徐徐而來,
毋動我之帨, 毋驚我之犬, 以甚言其不能相及也. 其凜然不可犯之意, 蓋
可見矣.)」라고 하였다. 한편 北宗에서 인용한 ≪시경≫ 시구는 〈邶風
柏舟〉 제3장이다.

나의 마음은 돌이 아니니
굴러갈 수 없네.
나의 마음은 자리가 아니니
걷어 올릴 수 없네.
위엄 있는 자태 의젓하니
굽힐 수 없네.
<u>我心匪石, 不可轉也.</u>
我心匪席, 不可卷也.
威儀棣棣, 不可選也.

〈柏舟〉는 남편의 정을 얻지 못한 부인의 한을 노래한 시로서 이
제3장의 작법은 '賦'로서, 주희는 ≪詩集傳≫ 주석에 이르기를, 「돌
은 굴러갈 수 있어도 나의 마음은 굴러갈 수 없고, 자리는 걷어 올
릴 수 있어도 나의 마음은 걷어 올릴 수 없다. 위엄 있는 자태가 하
나도 선하지 않은 것이 없다. …(石可轉而我心不可轉, 席可卷而我心不
可卷. 威儀無一不善. …)」라고 하였다. 그리고 본 시화는 시의 '제목'
에 대한 의미를 서술하기를,

'제'란 시인의 주견이고 '목'이란 명목이니 사람의 눈과 같다. 눈이 다

밝으면, 그 사람 속의 모습을 온전히 하니, 앉아서 만상을 엿보기에 족하다.

題者, 詩家之主也; 目者, 名目也, 如人之眼目. 眼目俱明, 則全其人中之相, 足以坐窺萬象.

라고 하였다. 그러므로 시제를 통해서 그 시인의 의취와 시의 표현을 개괄할 수 있다는 점에서 시에서 시제의 선택은 시의 풍격을 좌우할 만큼 중요하다는 것이다. 그리고 시의 '體式'을 매우 중시하여 다음에 시구를 인용하면서 구체적인 논리로 서술하고 있다.

시에는 세 가지 격조가 있으니 하나는 '정격'이요, 둘은 '의격'이요, 셋은 '사격'이다. '정격'에서 '정'은 굳은 지조를 말하니, 겉으로 마음에 느껴서 말로 표현하여 천지를 진동하고 귀신을 감화시키니 세 격조 중에서 '정격'이 가장 절실한 것이다. 예컨대 사령운 시에서, 「연못에 봄풀이 돋고, 뜰 버들에는 새소리 다르네.」 예컨대 전기 시에서 「대나무에는 흩날리는 샘물 차고, 꽃 사이로 조각달 깊네.」이다. 이것은 다 정격이다. 이같이 쓰면 일월과도 우열을 다툴 만하다. '의격'은 시 속의 뜻을 취하되 사물에 표현하지 않는 것이다. 예컨대 고시에 이르기를, 「가고 또 가서, 그대와 생이별하네.」 예컨대 주공부의 〈파산야원송객〉에서, 「어느 해에 이런 길 있었나, 몇 나그네가 옷깃을 적셨는가.」이다. '사격'은 모름지기 맘에 흥이 나서 사념이 일어나서 은근히 맞아야 하는 것이다. 만약 옛일을 지금 일과 비교해서 은근히 맞는 뜻이 없으면 어찌 시교에 보탬이 되겠는가? 예컨대 사령운 시에서, 「우연히 장량과 병한과 함께, 오래 두고 동산으로 돌아가려 하네.」 예컨대 육기의 〈제구행〉 시에서, 「비루하네 제나라 경공의 우수산에서의 탄식, 달인의 경지에 이르지 못하였네.」 고시에 이르기를, 「게으르게 푸른 구름 쳐다보는 나그네, 홀로 황학시를 읊네.」이다. 이상 세 격조가 서로 어울려져야, 맘에 드는 좋은 시를 지어낼 수 있다고 할 것이다.

詩有三格: 一曰情, 二曰意, 三曰事. 情格一: 耿介曰情, 外感于中而形于言, 動天地, 感鬼神, 三格中情最切也. 如謝靈運詩:「池塘生春草, 園

柳變鳴禽.」如錢起詩:「帶竹飛泉冷, 穿花片月深.」此皆情也. 如此之
用, 與日月爭衡也. 意格二: 取詩中之意, 不形于物象. 如古詩云:「行
行重行行, 與君生別離.」如晝公賦〈巴山夜猿送客〉:「何年有此路, 幾客
共霑襟.」事格三: 須興懷屬思, 有所冥合. 若將古事比今事, 無冥合之
意, 何益于詩敎? 如謝靈運詩:「偶與張陃合, 久欲歸東山.」如陸士衡齊
謳行:「鄙哉牛山嘆, 未及至人情.」如古詩云:「懶向碧雲客, 獨吟黃鶴
詩.」以上三格, 可謂握手造化也.

시 창작에 있어서 정감과 의취, 그리고 사실 이 세 가지 요소를
조화롭게 배열하여 묘사하느냐 여부에 따라서 시의 격조에 好不好
가 가름된다는 작시기준을 소상하게 예시를 들면서 기술하고 있다.
여기서 '情, '意, '事' 三格 분류에 따른 예시를 한 수씩 보기로 한다.
먼저 '情格'에서 謝靈運의 〈登池上樓〉(≪全漢三國晋六朝詩≫ 全宋詩
권3)를 본다.

물에 잠긴 규룡은 그윽한 자태 뽐내고
날아가는 기러기 소리 멀리 울리네.
하늘 가까이 하려니 구름에 부끄럽고
냇물에 머물려니 규룡에 부끄럽네.
덕망을 펴려니 지혜가 부족하고
물러나 밭가려니 힘이 부치네.
봉록을 좇다가 도리어 바닷가에 나와서
병들어 누워 빈 숲을 대하네.
이부자리에서 계절을 모르다가
걷어 올리고 잠시 바깥을 엿보네.
귀를 기울여 물결 소리 듣고
눈을 들어 높고 험한 산줄기 보네.
초봄 햇살 남은 찬바람 식히고
새로운 해는 오랜 음지 따뜻이 바꾸네.
연못에 봄풀이 돋고
뜰 버들에는 새소리 다르네.

빈풍 노래 부르며 많이 상심하고
초사 시 읊으며 깊은 감상에 젖네.
홀로 지내니 세월 긴 것 쉬이 느끼고
무리 떠나니 마음 두기 어려워라.
지조 지킴이 어찌 옛사람이겠는가
번민 없이 사는 증거 여기에도 있네.
潛虯媚幽姿, 飛鴻響遠音.
薄宵愧雲浮, 棲川怍淵沈.
進德智所拙, 退耕力不任.
徇祿反窮海, 臥痾對空林.
衾枕昧節候, 褰開暫窺臨.
傾耳聆波瀾, 擧目眺嶇嶔.
初景革緖風, 新陽改故陰.
<u>池塘生春草, 園柳變鳴禽.</u>
祈祈傷豳歌, 萋萋感楚吟.
索居易永久, 離群難處心.
持操豈獨古, 无悶徵在今.

다음으로 '意格'에서 〈古詩十九首〉 중 제1수를 보자.

가고 또 가서
그대와 생이별하네.
서로 헤어져서 만 여리
각각 하늘 한 끝에 있네.
길은 험하고 멀어서
만날 일을 어찌 알 수 있을가.
오랑캐 말은 북풍에 기대고
월 지방 새는 남쪽 가지에 둥지 치네.
서로 떠나가서 날로 이미 멀어지니
허리띠는 날로 이미 느슨하네.
뜬구름은 밝은 해를 가리고

길 떠난 이는 돌아올 생각 않네.
그대 생각하며 이 몸 늙노라니
세월은 문득 벌써 한 해가 저무네.
버림 받은 것 다시 말하지 않을지니
힘써서 더욱 식사 잘하시오.
<u>行行重行行, 與君生別離.</u>
相去萬餘里, 各在天一涯.
道路阻且長, 會面安可知.
胡馬依北風, 越鳥巢南枝.
相去日已遠, 衣帶日已緩.
浮雲蔽白日, 遊子不顧返.
思君令人老, 歲月忽已晚.
棄捐勿復道, 努力加餐飯.

그리고 '事格'에서 陸機의 〈齊謳行〉을 보기로 한다.

영구는 바닷가를 등지고 있고
비옥한 평야는 시원하고 평탄하네.
넓은 냇물은 황하와 제수를 끌어들이고
높은 산은 높고 아늑하네.
동쪽으로 고수와 우수 옆에 있고
남쪽으론 요성과 섭성이 경계하네.
해산물은 만 가지 되고
육지 산물은 이름이 천 가지라네.
맹저호는 초 땅 雲夢湖를 삼킬 듯하고
군사 백분의 이로 지킬 지세는 咸陽에 견줄 만하네.
강태공은 동쪽 오랑캐 평정하고
제나라 환공은 기우는 주나라 바로잡았네.
천도는 계절이 바뀌는데
인도는 오래 머물 수 없다네.
비루하네 제나라 景公의 우수산에서의 탄식

달인의 경지에 이르지 못하였네.
상구씨도 진실로 이미 떠나갔거늘
나인들 어찌 머물 수 있겠는가.
(인생길) 가다가 다시 돌아갈 것이니
오래 산다는 것 다스려서 될 바 아니네.
營丘負海曲, 沃野爽且平.
洪川控河濟, 崇山入高冥.
東被姑尤側, 南界聊攝城.
海物錯萬類, 陸産尙千名.
孟諸呑楚夢, 百二俘秦京.
惟師恢東表, 桓后定周傾.
天道有迭代, 人道無久盈.
<u>鄙哉牛山嘆, 未及至人情.</u>
爽鳩苟已徂, 吾子安得停.
行行將復去, 長存非所營.(상동 全晉詩 권3)

　　營丘는 齊나라의 舊名으로 ≪爾雅≫에 「제나라를 영주라 말한다(齊
曰營州)」라 하였다. 육기가 제나라의 아름다움을 기술하여 제나라 사
람들에게 자부심을 지니고서 바르게 살기 바라면서 지은 시이다.
　　본 시화는 ≪格致叢書≫, ≪詩學指南≫, ≪學海類編≫, ≪叢書集成
初編≫ 등 本이 있다.

≪本事詩≫ - 孟棨

孟棨(맹계, 생졸년 불명). 자는 初中으로, 만당의 시인이다. 다만 文宗 開成 연간(836-840)에 梧州에서 관리를 지냈는데, ≪唐摭言(당척언)≫에 의하면, 「맹계는 장중에 30여년 간 출입하였다.(棨出入場中三十餘年.)」라 하였고 僖宗 乾符 2년(875)에 진사 급제하고 司勳郎中을 지냈다. 사적은 ≪唐摭言≫(권4)과 ≪登科記考≫(권22)에 의거하였다.

본 시화는 光啓 2년(886)에 지은 것으로 그의 만년작이다. 毛晉의 〈汲古閣書跋〉에 다음의 기록이 있다.

> 본사시에는 초당에서 중당 시기의 정감에 연유하고 사실에 관한 일곱 부류가 보이는데 모두 시구에 관한 고사를 서술하고 있어서, 책을 두루 살펴보면, 일곱 성정을 곱게 일게 하며 부염한 데로 흐르지 않고 있으니 진정 소위 호색하면서도 지나치지 않는 것이다.
> 本事詩比覽初中緣情感事七類, 皆敍事夾詩句, 令人展卷掩卷, 美動七情, 又不流于靡艶一派, 眞所謂好色而不淫者歟.

이 책은 '情感', '事感', '高逸', '怨憤', '徵異', '徵啓', '嘲戱' 등 7류로 구분하고 모두 41칙인데, 주로 시가의 출전에 대하여 다루고 있다. 自序에 기술하기를,

> 시란 감정이 마음에서 움직여 말로 표현되는 것이다. 그러므로 원망하는 생각과 슬픈 근심이 늘 많이 일어난다. 좋은 작품을 가슴에 품고, 우아한 말로 풍자를 하는데, 비록 많은 책에 실려 있고, 주방과 누각에 넘쳐난다 하더라도 일이 있을 때마다 감흥을 읊을 때는 더욱이 감정이 담겨 있는 것인데, 그것을 드러내지 않으면 누가 그 뜻을

분명히 알 수 있겠는가? 그래서 이 책을 편찬한다.

詩者, 情動于中而形於言. 故怨思悲愁, 常多感慨. 抒懷佳作, 諷刺雅言, 雖著于群書, 盈廚溢閣, 其間觸事興詠, 尤所鍾情, 不有發揮, 孰明厥叉? 因采爲本事詩.

라고 한 것처럼, 이 책을 편찬한 목적은 시를 짓게 된 동기와 배경에 대한 자료의 보전을 위한 것이다. 맹계는 시가의 출전과 시와 작가 사이의 특정한 경력의 연관성을 매우 중시하였으니, 班固의 「슬프고 즐거운 감정을 그 일에 따라서 표현한다.(感于哀樂, 緣事而發.)」(≪漢書≫〈藝文志〉)라는 전통시론의 영향을 받은 것이다. 이 시화에는 唐代 시인들의 사적 가운데 陳代 樂昌公主의 '파경하였다가 재결합하는(破鏡重圓)' 것이나 宋代 武帝와 顔延之, 謝莊의 대화 같은 것이 비교적 광범위하게 실려 있는데, ≪四庫全書總目≫에 「당대 시인의 알려지지 않은 일들이 자못 이 본사시에 의해 남아있다.(唐代詩人軼事頗賴以存.)」라고 하였으니, 李白(이태백)의 〈蜀道難〉을 賀知章이 칭찬한 고사, 杜甫를 '詩史'라 칭한 명칭, 韓翃(한굉)의 「봄날 성내에 꽃이 날리지 않는 곳이 없네.(春城無處不飛花.)」 절구시를 德宗이 흔상한 고사, 그리고 顧況의 〈得宮女梧葉〉, 劉禹錫의 〈西遊玄都官觀桃花〉 등 시의 발굴 등이 모두 이 시화의 載錄으로 전래될 수 있었다. 다음에 '事感'류의 초당 李嶠와 '嘲戲'류의 蘇味道 부분의 원문을 인용하여 살펴보기로 한다.

(사감) 천보 말년에 현종이 일찍이 달뜨는 때를 틈타서 근정루에 올라서, 이원의 제자들에게 노래 몇 곡을 부르게 하였다. 그중에 이교의 시를 노래하는 자가 있어 부르기를, 「부귀영화가 얼마나 되나, 산천이 눈에 차니 눈물이 옷을 적시네. 이젠 분수 강가 안 보이고 다만 해마다 가을 기러기만 날아가네.」 하였다. 이 시는 누구 것이냐고 물으니, 누가 대답해 말하기를, 「이교」라 하니, 슬퍼 흐느끼며 노래가 끝나기 전에 일어나 말하기를, 「이교는 진정 재자로다.」라고 하였다. 또 다음해 촉 지방에 순행 가서 백위령에 오르고 오랫동안 바라

보다가 또 이 시를 노래하며 다시 「이교는 진정 재자로다.」라고 하며 감탄을 이기지 못하거늘 마침 고력사가 옆에 있어 역시 오래 눈물을 닦았다.

(事感) 天寶末, 玄宗嘗乘月登勤政樓, 命梨園弟子歌數闋. 有唱李嶠詩者云:「富貴榮華能幾時, 山川滿目淚霑衣. 不見秪今汾水上, 惟有年年秋雁飛.」問是誰詩, 或對曰:「李嶠.」因凄然泣下不終曲而起曰:「李嶠眞才子也..」 又明年幸蜀, 登白衛嶺, 覽眺久之, 又歌是詞, 復言「李嶠眞才子.」, 不勝感歎, 時高力士在側, 亦揮涕久之.

위에 인용된 시구는 이교의 〈汾陰行〉(≪全唐詩≫ 권58)의 말연으로 玄宗의 은총을 입은 중요한 작품의 하나이다. 〈汾陰行〉을 본다.

그대는 보지 못했는가 옛날 서한의 전성기에
분음의 후토제를 친히 제사하던 일을.
재궁에서 머물며 제물 마련하고
종치고 북 울려 깃발을 세웠네.
한나라의 다섯 왕들은 재주 있고 씩씩하여서
수많은 사람을 끌고 아홉 오랑캐 조공케 하였네.
백량대에서 시 지어 고아한 연회 끝내고
조서를 내려 하동으로 순행 떠났네.
하동태수가 몸소 제단을 소제하여
지존의 왕 받들어 맞아 어가를 인도하네.
다섯 군영의 군사들이 길을 끼고서 의례 행하고 호위하는데
삼하(하동·하서·하내) 사람들 모두 보느라 마을이 비어 있네.
정문으로 돌아와 발길을 멈추고 신령한 제단에 내리어
분향하며 좋은 술 올리며 온갖 복을 기원하도다.
황금 솥이 빛나며 마침 휘황하니
신령한 신께서 환하게 광채 드러내네.
옥 파묻고 제물 늘어놓아 신께 예절 마치고
휘장 들어 말에 올라서 가마 타고 떠나네.
저 분수의 물굽이 아름다워 놀 만하니

목란으로 노를, 계수로 배를 만들도다.
뱃노래를 읊으니 채색의 익새 무늬 뱃머리 뜨고
퉁소와 북 울리니 흰 구름은 두둥실 가을이라네.
즐거운 연회 여러 제후에 내리시니
집집마다 부역을 면케 하고 쇠고기와 술 하사하시네.
명성이 천지를 움직여 즐거움이 그지없으니
천추 만세 누리사 남산처럼 오래하리라.

君不見
昔日西京全盛時, 汾陰后土親帝祠.
齋宮宿寢設儲供, 撞鐘鳴鼓樹羽旗.
漢家吾葉才且雄, 賓延萬靈朝九戎.
柏梁賦詩高宴罷, 詔書法駕幸河東.
河東太守親掃除, 奉迎至尊導鑾輿.
五營夾道列容衛, 三河縱觀空里閭.
回旌駐蹕降靈場, 焚香奠醑邀百祥.
金鼎發色正焜煌, 靈祇燁煿攄景光.
埋玉陳牲禮神畢, 舉麾上馬乘輿出.
彼汾之曲嘉可遊, 木蘭爲楫桂爲舟.
櫂歌微吟綵鷁浮, 簫鼓哀鳴白雲秋.
歡娛宴洽賜群后, 家家復除戶牛酒.
聲明動天樂無有, 千秋萬歲南山壽.

　　이 시와 연관된 고사에 대해 송대 計有功도 ≪唐詩紀事≫(권10 李嶠)에서 본 시화의 원문을 재인용하여(본문 생략함) 시와 연관된 史實을 고증하고 있다. 이교의 우국심이 담긴 이 장편시에서 현종은 현실의 각박과 安史亂으로 인한 국운의 혼미, 그리고 인생의 무상을 절실히 통감하고 있다.

　　이교의 시는 초당시인으로서는 다양한 작품을 남기고 있는데, 그의 戰歌詩로서 〈送駱奉禮從軍〉(상동 권59)은 종군하는 우인의 개선을 격려하여 영웅이 되어 돌아오라는 용기를 불어넣는 내용이다.

변방에서 봉화 올리고
단묘에서는 전략을 펼치네.
격문(羽書)은 싸움을 북돋아주고
융막에는 영명한 자 끌어들이네.
칼에는 삼군의 기상 넘치고
옷에는 만 리의 티끌 날리네.
거문고와 술잔은 이별의 정 남아 있고
경물은 이별의 아침을 아쉬워하네.
매화에는 저녁 피리 소리 머금었고
군영의 버들은 남은 봄빛 띠고 있네.
그대여 돌에 승리를 새기고 돌아와
노래하고 춤추며 성문에 들게 되기를.
玉塞邊烽擧, 金壇廟略申.
羽書資銃筆, 戎幕引英賓.
劍動三軍氣, 衣瓢萬里塵.
琴尊留別賞, 風景惜離晨.
笛梅含晚吹, 營柳帶餘春.
希君勒石返, 歌舞入城闉.

　여기서 제2, 3연은 사기가 진작되고 용기가 충만한 구절이며, 제
5, 6연은 심적인 여유와 성취의 개선을 희원하는 낭만적이며 회화
적인 감흥을 고취하기까지 한다. 그리고 應制詩에 나타난 충성심을
묘사한 〈侍宴長寧公主東莊應制〉(상동 권57)를 보기로 한다.

　별장은 푸른 교외에 서 있는데
임금의 수레 궁궐에서 내려오네.
긴 연회에 원추새와 백로 같은 신하들 모였고
선관 피린 봉황 같은 공주에 어울려 나네.
나무 남산에 가까이 있고
안개 북쪽 물가에 멀리 있네.
은총을 받아 다 이미 취하여서

감상에 젖어 말 재갈 돌릴 줄 모르네.
別業臨青甸, 鳳轡降紫霄.
長筵鵁鷟集, 仙管鳳凰調.
樹接南山近, 煙含北渚遙.
承恩咸已醉, 戀賞未還鑣.

이 시는 ≪新唐書≫(本紀)에 長寧公主의 집에 왕이 臨幸했다는 기록으로 보아서 中宗 景靜 4년 5월 丁卯(710)의 것으로 본다. 장녕공주는 韋庶人에게서 난 중종의 여식으로서, 楊愼에게 출가하여 長安에 三層樓를 지어 중종이 임석하고 여러 신하들이 배석하여 侍宴하니, 李嶠, 崔融, 李適, 徐元伯 등이 축시를 지었으며, 이 시는 그때의 것이다.1) 전반 4구의 매구는 한 가지씩의 사실을 묘사하고 후연에서 別業의 위치를 서술하여 東莊을 부각시키고 있다. 제7, 8구의 侍宴으로 이 시의 內外結法이 완비되면서 절정에 달하니 그 묘사와 내용의 배치가 周密하고 화려하면서 충절이 넘친다. 전반 4구의 首句는 공주의 별업을, 다음 구는 帝后의 임행을, 3구는 시연의 臣僚를, 4구는 석상의 음악을 각각 묘사하여 상호간에 자연스레 연관되면서 虛字를 차용하지 않았고 기격이 웅혼하니 이것은 비범한 描法이라고 하겠다.

'青甸'에서 '青'은 동방의 色이며 '甸'은 '郊'이니, 즉 '東莊'의 의미를 분명히 하고 있고, '鳳轡'은 천자의 수레이며 '紫霄'는 '帝闕'이니 수레가 궁궐로부터 내려온다 함은 천자가 동장에 임행한다는 것이다. 그리고 '長筵'을 마련하여 군신이 시연하는 좌석을 삼고 원추새와 백

---

1) ≪唐詩紀事≫ 卷1 中宗條:「長寧公主, 韋庶人所坐, 下嫁楊愼交, 制曰: 駙馬都尉楊愼交, 分榮戚里, 藉寵公門, 恭肅著於立身, 恪勤效於從政, 鳳凰樓上, 宛符琴瑟之歡, 烏鵲橋前, 載協松蘿之契, 宜分罩茅土, 式廣山河, 造東郡, 府財庶竭, 又取西京高士廉第, 左金吾衛廢營, 合爲宅, 作三層樓, 築山浚池. 帝及后數臨幸, 置酒賦詩, 群臣屬和, 故李嶠長寧公主東莊侍宴詩, 其末云: 承恩咸已醉, 戀賞未還鑣. 崔湜云: 席臨天女貴, 杯接近臣歡. 李適云: 願奉瑤池駕, 千春侍德音. 徐元伯云: 鳳房憐簫曲, 鶯閨念掌珠.」

로 즉 '鶺鴒'가 날아드는 데도 서열이 있게 시어를 배려하여 관작의 序次를 밝혔다. 또 '仙管'과 '鳳凰'은 秦公의 딸이 퉁소(簫)를 불어 봉황을 끌어 신선이 되었다는(仙去) 고사를 비유한 것으로 공주 자신에 대해 극진한 배려에서 나온 묘사로 보인다. 후연의 '北渚'는 ≪楚辭≫(九章)의 「왕자가 북녘 물가에 내리네.(帝子降兮北渚.)」구에서 나온 것이니, 帝子(皇女)에 근거하여 공주를 역시 추숭하여 응용한 묘사이다. 그 시어 선택의 妙는 이교의 응제시가 갖는 '比興法'과 '諷而不刺(풍자하면서도 자극을 주지 않음)'법의 극치라 하겠다.

(조희) 개원 연간에 재상 소미도와 장창령이 함께 이름이 있었다. 한가한 날 만나서 서로 추켜세웠다. 장창령이 말하기를, 「누구 시가 상공을 따라가지 못하는 이유가 '은화합'이란 구가 없기 때문이라.」 하였다. 소미도에 관등시가 있어 이르기를, 「등불 밝은 나무와 은빛 나는 꽃이 어울리고, 은하수 다리에는 쇠고리가 열렸네. 어두운 먼지는 말 따라 일어나고, 밝은 달은 사람 쫓아서 오네.」 소미도가 말하기를, 「그대 시는 은화합이 없지만, 금동정이 있네.」 하였다. 장창령이 장창종에게 준 시에 이르기를, 「옛날 부구백은, 지금 정령위와 같네.」라 하니 서로 손바닥 치며 크게 웃었다.
(嘲戲) 開元中, 宰相蘇味道與張昌齡俱有名. 暇日相遇, 互相詩誚. 昌齡曰:「某詩所以不及相公者, 爲無銀花合故也.」 蘇有觀燈詩曰:「火樹銀花合, 星橋鐵鎖開. 暗塵隨馬去, 明月逐人來.」 味道云:「子詩雖無銀花合, 還有金銅釘.」 昌齡贈張昌宗詩曰:「昔日浮丘伯, 今同丁令威.」 遂相與拊掌大笑.

蘇味道(650-707)는 李嶠와 함께 초당 '文章四友'의 한 사람이다. ≪全唐詩≫(권65)에 수록된 그의 시는 16수로서, 그 시풍이 齊梁風을 벗지 못하고 궁정파의 풍격을 보여준다. 위의 시구는 〈觀燈詩〉라 하지만 원 시제는 〈正月十五夜〉로 그의 대표작으로 평가되니, 다음에 본다.

등불 밝은 나무와 은빛 나는 꽃이 어울리고
은하수 다리에는 쇠고리가 열렸네.
어두운 먼지는 말 따라 일어나고
밝은 달은 사람 쫓아서 오네.
노니는 여인 다 고운 오얏꽃
지나며 노래하니 매화는 다 지네.
금오군이 야간 통금 안하니
옥 물시계야 시간 독촉 말아라.
<u>火樹銀花合, 星橋鐵鎖開.</u>
<u>暗塵隨馬去, 明月逐人來.</u>
遊伎皆穠李, 行歌盡落梅.
金吾不禁夜, 玉漏莫相催.

이 시에 대해서 명대 楊愼은 ≪升庵詩話≫(권6)에서 시구의 연원
을 기술하기를,

소미도의 시 「은하수 다리에는 쇠고리가 열렸네.」구는 본래 진대의
장정견의 시 「하늘 길이 가을 물에 가로 걸려 있고, 은하수 다리는 밤
따라 흘러가네.」구이다.
蘇味道詩 : 「星橋鐵鎖開.」本陳張正見詩, 「天路橫秋水, 星橋轉夜流」之
句.

라 하여 張正見 시에서 모의하였음을 밝혔는데, 위의 이 시화에서 소
미도 시가 널리 애송되었음을 알 수 있다. 시에서 '火樹', '銀花', '星橋'
등은 색채의상을 가미하여 화려하고 찬란한 정월대보름의 상황을 묘
사하고, 낭만적인 정조로써 시에 환락의 분위기를 조성하였다. 이것은
명대 唐汝詢이 평한 바, 「처음에는 야경의 아름다움을 말하고 중간에
는 놀이의 성대함을, 끝에는 즐거워서 집에 돌아감을 잊는다.(首言夜
景之佳, 中述遊人之盛, 末見樂而忘歸.)」(≪唐詩解≫)라고 하여 풍속적
인 명절을 심미적 의식으로 흥취를 더하고 있다. 본 시화는 이처럼

시인의 '遺聞軼事' 즉 일실되어 기록되어 있지 않은 고사들을 상세하게 기록하는 형식으로 구성되어 있어서, 송대 '論詩及事' 즉 시를 논하고 그와 관련된 사실을 기술하는 그런 유형의 시화의 첫걸음을 열었다는 점에서 문학비평사상에 매우 중요한 위치에 있다.

본 시화에서 관심을 두어야 할 점은 杜甫를 '詩史'라 한 점인데, 두보에 대한 이 칭호는 孟棨가 본 시화에서 처음 사용하였으니,

> 두보는 안록산의 난을 만나 농촉을 떠돌면서 모두 시로 기록하면서 지극히 은밀함을 드러내기는 했으면서도 빼놓은 것은 없었다. 따라서 당시 그를 '시사'라고 불렀다.
> 杜(甫)逢祿山之難, 流離隴蜀, 畢陳於詩, 推見至隱, 殆無遺事, 故當時號爲詩史.

라고 하였고, 宋祁(송기)의 ≪新唐書≫ 〈杜甫贊〉에도,

> 두보는 당시의 사건을 매우 잘 써냈는데 운율이 맞으면서도 깊은 정신이 깃들어 있다. 그는 수많은 시구를 써내면서도 조금도 쇠미하지 않았기에 세상에서 '시사'라고 불렀다.
> 甫又善陳時事, 律切精深. 至千言不少衰, 世號詩史.

라고 한 바, 이후에는 두보를 '詩史'라 한 데에 아무런 이론이 없어 왔다. 그러나 명대 楊愼은 ≪升庵詩話≫에서 詩史에 대해서 부정적인 견해를 서술하기를,

> 송대 사람들은 두보가 운문으로 시사를 기록할 수 있었다 하여 '시사'라고 일컬었다. 그런데 이처럼 천박한 송대 사람의 견해를 가지고는 시를 논할 수 없다. 무릇 육경에는 각각 그 본체가 있으니, ≪주역≫은 음양을 말했고, ≪서경≫은 정사를 말했으며, ≪시경≫은 성정을 말했으며, ≪춘추≫는 명분을 말했다. 후세의 이른바 '史'라는 것은, 좌사는 언사를 기록하고 우사는 일을 기록하여 만들어진 고대의 ≪서경≫과 ≪춘추≫를 가리킨다. 그러나 '시'는 본질상 ≪주역≫, ≪서경≫, ≪춘추≫와는 판연히 다르다. 시 3백 편은 모두 성정에 부합하고 최

종적으로 도덕에 귀착된 것인데 일찍이 그 가운데는 도덕이 들어 있지 않았고 성정의 시구뿐이었다. … 두보의 시는 함축적이고 상징적인 것이 많은데 송대인은 그를 배울 수 없어 직설적으로 시대적 사건을 써내고 비방하는 데 치우쳐 하급의 수준을 보여주고 있다. 그리고 송대인은 이를 가져다가 자신의 보물로 삼아서는 '시사'라는 그럴듯한 이름을 붙여 후인들에게 전하고 있다. 만약 시가 역사를 겸비할 수 있었다면 ≪서경≫과 ≪춘추≫는 둘 다 없어도 되었을 것이며, 또 요즘 세상의 〈괘기가〉와 〈납갑가〉가 음양을 아울러 이야기했다 하여 그를 '시역'이라고 말해도 되겠는가?

宋人以杜子美能以韻語紀時事, 謂之詩史. 鄙哉, 宋人之見, 不足以論詩也. 夫六經各有體, 易以道陰陽, 書以道政事, 詩以道性情, 春秋以道名分. 後世之所謂史者, 左記言, 右記事, 古之尙書, 春秋也. 若詩者, 其體與易, 書, 春秋判然矣. 三百篇皆約情合性而歸之道德也, 然未嘗有道德, 性情句也. … 杜詩之含蓄蘊藉者亦多矣, 宋人不能學之, 至於直陳時事, 類於訕訐, 乃其下乘. 而宋人拾以爲己寶, 又撰出詩史二字以後人. 如詩可兼史, 則尙書, 春秋可以倂省, 又如今俗卦氣歌, 納甲歌, 兼陰陽而道之, 謂之詩易可乎?(卷4)

라고 하여 송인의 견지를 무시하면서, '詩史'라는 말로 후인들을 오도하며 그런 식의 칭호라면 〈卦氣歌〉와 〈納甲歌〉는 '詩易(시로 쓴 역경)'이라 해도 가하겠느냐고 자문한다. 그러나 명대 王世貞은 ≪藝苑巵言≫에서 양신의 주장에 대해서 논박하기를,

양신은 송인의 '시사'설을 반박하면서 두보를 비판하여 말하기를 … 그의 언사는 논설조의 어투로 심히 따지고 든다. 그러나 그가 읊은 것이 모두 '비흥'을 지향하고 있는지 모르겠다. 시는 본시 성정을 술회하기 위하여 짓고 사실과 부합함이 좋은 것이지 전부 함축적일 필요는 없다.

楊用修駁宋人詩史之說, 而譏少陵云 … 其言甚辯而覈. 然不知嚮所稱皆興比耳. 詩固有賦以述情, 切事爲快, 不盡含蓄也.

라고 하여 핵심 있는 주장이지만 모순이 있다고 비평하였다. 한편 청대 王夫之는 위의 양신과 왕세정의 주장에 대해서 양인의 서로 다른 설을 결론적으로 논하여 다음과 같이 그의 시화 제12조에서 서술하고 있다.

> 두보는 '시사'라는 명예를 얻었다. 무릇 시를 역사로 삼을 수 없는 것은 마치 입과 눈이 서로의 역할을 대신할 수 없는 것과 같으니, 이는 오래 전부터 그러했다.
> 而子美以得詩史之譽. 夫詩之不可以史爲, 若口與目之不相爲代也, 久矣.(≪薑齋詩話≫)

이는 '詩'와 '史'가 근본적으로 상합하기 어려운 요소를 지녔다고 보는 것이다. 왕부지가 보는 관점이란 史書는 봉건정치에 관한 실용산문이며 시는 '獨喩之微(오직 그 미묘함을 묘사)'의 서정 운문이라는 점이다. 왕부지는 性情爲主의 관념에서 논시하려고 할 때, 詩史의 개념에도 이론이 있게 되고 편향을 면치 못한다고 볼 것이다. 이런 후세의 이견을 낳게 한 '詩史'로 두보를 추숭하면서, 맹계는 시의 낭만성을 강조하여 鮑照, 李白(이태백), 曹鄴[2]을 인정하려 하였으니, 포조의 악부시인 〈白紵歌〉 6수, 이백의 同題詩 3수, 조업의 憂愁不滿의 악부체시를 긍정적으로 보았다.

이 중에서 鮑照(405-466)의 악부시 〈代白紵舞歌詞四首〉와 〈代白紵曲二首〉를 살펴보기로 한다. 형식과 성률, 그리고 文藻에 대한 치중은 유미문학의 대표적인 인물인 梁代 簡文帝 蕭綱이 고전의 모의를 극구 반대하고 文의 자연미와 예술미를 주장하였다. 이러한 변화양상 속에서 晉문학은 점차 수사주의로 흘러 東晉에 와서는 남방의 기풍과 불교의 감화로 독특한 경지를 개척하여 元嘉 시단에 이르러서 宋代 文帝 元嘉 30년간 태평세월은 이 같은 문학발달의 好

---

2) 曹鄴 : 字는 鄴之이며 陽朔人이다. 唐 大中 연간에 진사에 올랐으며, 太常博士, 祠部郎中, 洋州刺史를 역임하였다. 저서로 ≪曹祠部集≫ 2권이 있다.

機가 되었다. 포조는 바로 騈儷(변려)문학의 대성기인 이때에 謝靈運, 顔延之 등과 같이 공존한 시인으로서 老莊의 영향에 의한 ≪楚辭≫의 사조로부터 연원하여 李陵, 王粲 그리고 張華, 張協의 직접적인 명맥을 이었다. 포조는 종군시도 중요한 부분이지만, 頌賀와 浪漫을 노래하는 분야에 보다 미려한 시를 남기고 있으니, 그 대표적인 것이 白紵歌 계통이다. '흰 모시'라는 의미의 백저곡은 ≪樂府解題≫에 「고가사는 춤추는 자의 아름다움을 매우 칭송하니 마땅히 좋은 시절을 즐겨야 한다.(古辭盛稱舞者之美, 宜及芳時爲樂.)」라고 하였듯이 聖旨의 찬양 등으로 詩題化하였다. 그래서 포조의 백저가는 始興王의 공로와 업적을 찬양한 작품들이다. 먼저 〈代白紵舞歌詞四首〉(≪鮑參軍集≫) 중에 제1, 2수를 본다.

오나라 칼은 초나라 제품으로 장식이 많고
섬세한 비단의 고운 깁은 털깃 드리우네.
피리 불고 종 치며 노래하니 이슬이 마르고
구슬 신 거두니 비단 소매 날리네.
쓸쓸한 바람 부는 여름에 흰 구름 감돌고
수레 말 피곤한데 손객은 돌아가길 잊네.
난초 기름 밝은 촛불은 밤빛을 돋구네.
吳刀楚製爲佩褲, 纖羅霧縠垂羽衣.
含商咀徵歌露稀, 珠履颯沓紈袖飛.
凄風夏起素雲回, 車怠馬煩客忘歸.
蘭膏明燭承夜輝.(其一)

계궁의 측백나무 침상은 하늘에 있고
주작 무늬 창문은 비단 창틀 가렸네.
상아 책상 구슬 방석에는 뿔갑이 놓이고
무늬 진 병풍 굴러 수막이 펼쳐 있네.
진나라 쟁과 조나라 가야금에 생황 장대를 끼어 넣고
드리운 옥고리와 찬란한 패물은 옥 계단에 가득하네.

술잔 멈추어 드리지 않으니 누구를 기다리는가.
桂宮栢寢擬天居, 朱雀文窓韜綺疏.
象牀瑤席鎭犀渠, 雕屛匝匝組帷舒.
秦箏趙瑟挾笙竽, 垂瑠散佩盈玉除.
停觴不御欲誰須.(其二)

舞에는 羽舞, 皇舞, 旌舞, 干舞, 人舞 등이 있는데 소맷자락으로 威儀를 삼는 법으로, 白紵舞는 人舞 계통이다. 제2수의 앞 42자는 平行한 표현력이지만 끝 7자는 처연한 중에 아득히 감정을 드러내면서 '雅中愁'(우아함 속의 수심)의 자태를 발휘한 점은 탁월하다. 다음에 〈代白紵曲二首〉(상동)를 보기로 한다.

붉은 입술 움직이고 흰 소매 거두니
낙양의 젊은 한단녀라네.
옛날 녹수를 지금은 백저라 하니
현과 피리를 빨리 치며 그대 위해 춤추네.
한 가을 구월에 연꽃잎 누렇고
북풍은 기러기 몰고 하늘에는 비서리 내리네.
밤 깊어 술 많아 즐거움 그지없네
朱脣動, 素腕擧, 洛陽年少邯鄲女.
古稱淥水今白紵, 催弦急管爲君舞.
窮秋九月荷葉黃, 北風驅雁天雨霜.
夜長酒多樂未央.(其一)

봄바람 담백하니 협객의 생각 많고
하늘 빛 맑으니 기운이 곱고 온화하네.
복사꽃은 붉은 떨기, 난초는 보랏빛 싹이 돋고
아침 햇빛 빛나고 뜰 꽃 피네.
휘말려 올린 장막에 옥 자리 펴고
제나라 노래하고, 진나라 퉁소 불며
여산 여인은 거문고 타네.

천금으로 웃음을 품삯 내고 청춘을 사네.
春風澹蕩俠思多, 天色淨渌氣研和.
含桃紅萼蘭紫芽, 朝日灼爍發園華.
卷幌結幃羅玉筵, 齊謳秦吹盧女弦.
千金雇笑買芳年.(其二)

　판본으로는 ≪古今逸事≫, ≪顧氏四十家小說≫, ≪津體秘書≫, ≪歷
代詩話續編≫ 등 본이 있다.

≪詩人主客圖≫ - 張爲

張爲(장위, 생졸년 불명). 閩中(지금의 福建)人이다. 진사 급제에 관심이 없이 초탈하게 살아서, 大中 12년에 長沙까지 유력하며 詩酒로 自得하면서 세상 물정에 급급하지 않았다. 만당 말세에 살았는데 성품이 고독하고 편벽되어 교유가 적었다. 시는 공교하여 周朴과 명성을 얻고 貫休의 칭송을 받았다. ≪全唐詩≫(권727)에 〈秋醉歌〉, 〈謝別毛仙翁〉, 〈漁陽將軍〉 등 3수와 연구가 전해진다. 그의 시 〈謝別毛仙翁〉(≪全唐詩≫ 권727)을 보기로 한다.

　　마른 몸이 신기한 약에 느끼어서
　　깎인 뼈에 살이 오르네.
　　난초 불사르니 신령한 연기가 흩어 오르고
　　요괴가 곧 죽어서 평안하네.
　　해와 달빛을 거듭 바라보며
　　어찌 부모 같은 자애를 보답하리오.
　　황하가 탁하게 출렁이고
　　이별의 눈물은 흘러 다하네.
　　황하 강물 맑을 때가 있어도
　　이별의 눈물은 그칠 때가 없네.
　　羸形感神藥, 削骨生豊肌.
　　蘭炷飄靈煙, 妖怪立誅夷.
　　重覩日月光, 何報父母慈.
　　黃河濁袞袞, 別淚流潺潺.
　　黃河淸有時, 別淚無收期.

이 시의 自注에 이르기를,

宣宗 대중 무인년(858)에 장사에서 가벼이 유람하다가 악록 아래에서 여인을 만나니 그녀에 미혹되었다. 1년이 지나며 여위는 질병에 걸렸거늘 우연히 신선을 만나고서야 요괴에 꼬인 것을 알게 되어 약한 알로 불태우니 향기가 강렬하게 백 보 멀리에 나거늘 요괴녀가 소리 지르며 죽으니 이에 나무 인형이었다. 또 기장만한 단사 세 알을 삼키니 질병이 마침내 고쳐져서 시를 지어 신선과 작별하였다.
大中戊寅歲, 爲薄遊長沙, 獲女於岳麓下, 惑之. 歲餘, 成贏疾, 偶遇仙翁, 知其爲妖所祟, 以藥一粒授爲焚之, 氣郁烈聞百步, 魅妾一號而斃, 乃木偶人也. 又吞以丹砂如黍者三, 疾遂瘳, 爲作詩別之.

라 하여 시의 내력을 자술하고 있다. 다음에 〈漁陽將軍〉(상동)을 보면,

서리 낀 코밑수염 턱에 덥수룩 늦가을 대하니
하얀 담비 갓옷 입고서 홀로 누각에 오르네.
북쪽 향해 별을 보며 칼 잡고 서서
한평생 길이 국가 위해 근심하네.
霜髭擁頷對窮秋, 著白貂裘獨上樓.
向北望星提劍立, 一生長爲國家憂.

라고 하였다.

　　陳振孫의 ≪直齋書錄解題≫에서는 본 시화 제목의 '主客'에 대하여,

소위 주된 사람은 백거이, 맹운경, 이익, 포용, 무원형 등으로서 각각 표목이 있다. 나머지 승당이 있고 입실 등이 있는데, 모두 소위 객이다. 근세 시파설은 대개 여기서 나온 것이라 하는데 다 그런 것은 아니다.
所謂主者, 白居易, 孟雲卿, 李益, 鮑溶, 武元衡, 各有標目. 餘有升堂, 及入室之殊, 皆所謂客也. 近世詩派之說, 殆出于此, 要皆有未然者.

라 하고, 청대 李調元은 시화 序文(丁福保 ≪續歷代詩話≫)에서 이르기를,

당나라 장위가 지은 ≪시인주객도≫ 한 권에서 소위 主가 되는 사람은 백거이, 맹운경, 이익, 포용, 맹교, 무원형으로 모두 표목이 있고 나머지로 승당, 입실, 급문의 차별이 있으니 모두 소위 客이다. 송대 사람의 시파설은 사실 여기에 근본을 둔다. 전대의 것을 찾아보면 예컨대 양대 참군 종영이 고금의 작자를 삼품으로 구분해서 이름하여 ≪시품≫이라 하고 상품에 11인, 중품에 39인, 하품에 69인의 예를 들었는데도 그 모아서 정리한 것이 풍부하니, 논하는 자들은 그 정세하고 적당하여 빠진 것이 없다고 칭찬한다. 여기에는(본 시화) 적어서 겨우 몇 사람뿐이니, 당대 시인 중에 열의 서너 명도 언급하지 못하였고 인용된 시인들의 시도 그 시집 중에 걸출한 것이 아니다. 唐張爲撰詩人主客圖一卷, 所謂主者, 白居易·孟雲卿·李益·鮑溶·孟郊·武元衡, 皆有標目, 餘有升堂入室及門之殊, 皆所謂客也. 宋人詩派之說, 實本於此. 求之前代, 亦如梁參軍鍾嶸分古今作者爲三品, 名曰詩品, 上品十一人, 中品三十九人, 下品六十九人之例, 然彼攟拾閎富, 論者稱有其精當無遺. 玆則落落僅此數人, 於唐代詩人中未及十分之三四, 卽所引諸人之詩, 亦非其集中之傑出者.

라고 하여 시화의 명칭을 풀이하고 主客의 분류방식은 종영의 ≪시품≫에 근거하였으며 내용상 누락된 부분이 많은 점도 지적하고 있다. 본 시화의 주요 논지는 중당과 만당대의 시가 창작의 門派를 규정하고 있다. '廣大敎化'파에 白居易를, '高古奧逸'파에는 孟雲卿을, '淸奇雅正'파에는 李益을, '博解宏拔'파에는 鮑溶을, '淸奇僻苦'파에는 孟郊를, '瓌奇美麗'파에는 武元衡을 각각 우두머리 즉 '主'로 하는 6개의 門派를 정하고, 각 종파 별로 약간의 시인을 나열하여 '上入室', '入室', '升堂', '及門' 등 4등급을 다시 나누어 '客'이 되게 하여 그들 주객 여러 시인들 아래에 약간의 시나 시구를 예로 들었다. 각 파의 시인 명단을 보면 다음과 같다.

A: 廣大敎化主: 白居易/ 上入室一人: 楊乘/ 入室三人: 張祜, 羊士諤, 元稹/ 升堂三人: 盧仝, 顧況, 沈亞之/ 及門十人: 費冠卿, 皇甫松, 殷

堯藩,施肩吾,周光範,祝天膺,徐凝,朱可名,陳標,童翰卿

B: 高古奧逸主: 孟雲卿/ 上入室一人: 韋應物/ 入室六人: 李賀,杜牧,李餘,劉猛,李涉,胡幽貞/ 升堂六人: 李觀,賈馳,李宣古,曹鄴,劉駕,孟遲/ 及門二人: 陳潤,韋楚老

C: 清奇雅正主: 李益/ 上入室一人: 蘇郁/ 入室十人: 劉畋,僧清塞,盧休,十鵠,楊洵美,張籍,楊巨源,楊敬之,僧無可,姚合/ 升堂七人: 方干,馬戴,任蕃,賈島,厲元,項斯,薛壽/ 及門八人: 僧良乂,潘誠,于武陵,詹雄,衛準,僧志定,俞鳧,朱慶餘

D: 清奇僻苦主: 孟郊/ 上入室二人: 陳陶,周朴/ 及門二人: 劉得仁,李溟

E: 博解宏拔主: 鮑溶/ 上入室一人: 李群玉/ 入室二人: 司馬退之,張爲

F: 瓌奇美麗主: 武元衡/ 上入室一人: 劉禹錫/ 入室三人: 趙嘏,長孫佐輔,曹唐/ 升堂四人: 盧頻,陳羽,許渾,張蕭遠/ 及門十人: 張陵,章孝標,雍陶,周祚,袁不約(10인이라 하고 5인만 擧名)

위에서 A는 白話詩의 대표시인인 白居易를 내세워서 사회현실 문제를 지적하고 교화하는 詩教的 입장으로 구분한 것이며, B은 은일 낭만적이면서 일탈적 의식을 시로 표현한 경우이며, C와 D는 苦淡하면서 청아한 시풍을, E는 시풍이 웅대하고 돌출적인 면을, F는 낭만적이면서 미려한 풍격을 보인 시인들을 중심으로 구분하였다. 위의 각 문파 시인 부분에는 그들의 시구를 인용 소개하는 형식을 취하고 있어서 작자의 전문적인 시평을 기술하고 있지 않은 점이 ≪詩品≫과는 크게 차별되니, 그 분류된 시인과 그 시구를 본다.

* 廣大教化 — (主)白居易:「오래 살면 사는 이치가 없는 것 같으니, 푸른 산에 쉬면서 연단을 배우네.(長生不似無生理, 休向靑山學鍊丹.)」(詩題 不明)

(上入室) 楊乘:「아이는 버들잎을 노래하고, 아내는 석류꽃을 건드리네.(兒歌楊柳葉, 妻拂石榴花.)」(詩題 不明)

* 高古奧逸 — (主)孟雲卿:「어찌 뜬구름 밖에, 일월이 운행하지 않는
걸 알리오.(安知浮雲外, 日月不運行.)」(〈苦雨〉)
(上入室)韋應物:「산 깊어 솔 열매 떨어지니, 은둔한 사람 응당 잠 못
이루네.(山深松子落, 幽人應未眠.)」(〈秋夜寄邱二十二員外〉)

* 淸奇雅正 — (主)李益:「뜰 안 풀빛에 말 세우고, 길가 버들솜은 사
람 피하지 않네.(間庭草色能留馬, 當路楊花不避人.)」(詩題 不明)
(上入室)蘇郁:「비 내린 나무에 의지해 읊으니, 달이 산 아랫마을로
지누나.(吟倚雨殘樹, 月收山下村.)」(詩題 不明)

* 淸奇僻苦 — (主)孟郊:「푸른 산 맷돌에서 먼지 이니, 대낮에 한가
로운 이 없네.(靑山碾爲塵, 白日無閑人.)」(〈大梁送柳淳先入關〉)
(上入室)周朴:「옛 언덕에 찬 비 그치니, 높이 나는 새에 석양이 밝구
나.(古陵寒雨絶, 高鳥夕陽明.)」(〈絶〉)

* 博解宏拔 — (主)鮑溶:「만리 갈림길 많은데, 이 한 몸 천지가 좁구
나.(萬里岐路多, 一身天地窄.)」(〈秋懷〉)
(上入室)李群玉 詩闕(시가 빠져 있음)

* 瓌奇美麗 — (主)武元衡 詩闕(시가 빠져 있음)
(入室)曹唐:「피리 소리에 달빛이 괴로운 듯, 예대로 한대 궁궐 나무
에는 가을빛 어리네.(簫聲欲盡月色苦, 依舊漢家宮樹秋.)」(〈遊仙〉)
(升堂)許渾:「낚시 드리우며 깊은 생각하고, 먼 산 바라보며 원대한
마음 많네.(垂釣有深意, 望山多遠情.)」(〈贈高處士詩〉)

門派의 구분에서 '廣大敎化' 이외에는 대체로 시가의 풍격 특색에
따랐는데, 정확성과 총체성은 결여되어 있다는 것이 일반적인 평이다.
그리고 시인의 인용시구가 빠진 것인즉 '詩闕'로 되어 있는 경우도
적지 않아서, 盧仝(노동), 沈亞之, 李觀, 薛壽, 李群玉, 司馬退之, 張
爲, 武元衡, 陳羽, 張陵, 翁陶 등이 그러하며, 본 시화 작자 張爲 본
인도 博解宏拔 문파의 入室에 열입하였다. 시화에 대한 결점이 지

적되는 이유로는, 첫째 초당 시인은 제외되어 있고, 당시 문단의 최고봉인 杜甫, 李白(이태백), 王維, 韓愈, 柳宗元, 李商隱 등이 빠져 있으며, 둘째 종파별로 시인들의 분류가 애매하여 韋應物, 李賀, 杜牧 같은 이들이 같은 문파에 있으며, 셋째 같은 종파에서의 4등급도 타당하지 못한 예가 많으며, 넷째 시인들 이름 아래에 든 예시들도 그들의 대표성이 의심되는 것이 많다.

객관적인 면에서 이런 장단점을 지니면서도 본 시화가 시화사적으로 중요한 위치에 있는 이유는 작자 나름의 기준에 의거하여 唐人으로서 本朝의 시인 수십 명을 풍격별로 품평하여 분류하였다는 점은 과소평가할 수 없다. 지금까지 당시의 규모를 아직 완전 수집 정리하지 못한 상황에서 ≪全唐詩≫에 2,300여 명의 48,900여 수와 ≪全唐詩逸≫ 및 ≪全唐詩補編≫ 등에 약 7천여 수 도합 약 5만 6천여 수가 수록되어 있다. 그중에서 각종 당시 연구는 단지 지명도가 높은 시인들에 국한하여 진행되어왔다. 따라서 필자는 반세기 이상 당시 연구에 종사한 입장에서 ≪全唐詩≫에 수록된 시수와 시평적 가치 등을 고찰하여 나름대로 향후 필수적으로 주석하고 분석해야 할 시인들을 선별하여 다음과 같이 도표로 제시한다.

≪全唐詩≫에 한 권 이상의 작품을 남기고 있으면서 시의 가치가 상당하다고 평가되는 시에 대한 고찰이 미진한 작가들을 다음에 도표로 열거한다. 이 도표에서 □표 한 것은 당시의 시론적이며, 詩史的인 개관을 위해서 시급한 연구대상임을 밝혀두며, 괄호 안 숫자는 시의 卷數이다.

魏徵 (1),	褚亮 (1),	楊師道 (1),	虞世南 (1),	上官儀 (1),	李百藥 (1),
郭震 (1),	李適 (1),	劉憲 (1),	蘇頲 (1),	徐彦伯 (1),	劉希夷 (1),
張說 (5),	武平 (1),	趙彦昭 (1),	鄭愔 (1),	張子容 (1),	孫逖 (1),

崔國輔 (1), 盧象 (1), 盧鴻一 (1), 祖詠 (1), 常建 (1), 陶翰 (1),

顏眞卿 (1), 李華 (1), 蕭穎士 (1), 崔曙 (1), 王翰 (1), 孟雲卿 (1),

張謂 (1), 包佶 (1), 李嘉祐 (2), 包何 (1), 皇甫曾 (1), 賈至 (1),

獨孤及 (2), 郎士元 (1), 皇甫冉 (2), 秦系 (1), 嚴維 (1), 戴叔倫 (2),

盧綸 (5), 李端 (3), 楊憑 (1), 楊凝 (1), 楊凌 (1), 司空曙 (2),

崔峒 (1), 劉商 (2), 朱灣 (1), 于鵠 (1), 朱放 (1), 武元衡 (2),

羊士諤 (1), 楊巨源 (1), 裴度 (1), 令狐楚 (1), 王涯 (1), 陳羽 (1),

張仲素 (1), 皇甫湜 (2), 呂溫 (2), 盧仝 (3), 楊衡 (1), 牟融 (1),

劉言史 (1), 李德裕 (1), 熊孺登 (1), 李涉 (1), 陸暢 (1), 鮑溶 (3),

舒元輿 (1), 殷堯藩 (1), 施肩吾 (1), 周賀 (1), 鄭巢 (1), 章孝標 (1),

顧非熊 (1), 裴夷直 (1), 朱慶餘 (2), 雍陶 (1), 李遠 (1), 喩鳧 (1),

劉得仁 (2), 薛逢 (1), 趙嘏 (2), 盧肇 (1), 姚鵠 (1), 項斯 (1),

馬戴 (2), 韓琮 (1), 李群玉 (3), 段成式 (1), 劉駕 (1), 劉滄 (1),

李頻 (1), 李郢 (1), 崔珏 (1), 曹鄴 (2), 儲嗣宗 (1), 司馬札 (1),

于武陵 (1), 高駢 (1), 于濆 (1), 李昌符 (1), 汪遵 (1), 許常 (1),

邵謁 (1), 林寬 (1), 周繇 (1), 聶夷中 (1), 顧雲 (1), 張喬 (2),

曹唐 (2), 來鵠 (1), 李山甫 (1), 李咸用 (3), 胡曾 (1), 方干 (6),

羅鄴 (1), 羅虯 (1), 高蟾 (1), 章碣 (1), 秦韜玉 (1), 唐彥謙 (2),

周朴 (1), 鄭谷 (4), 許彬 (1), 崔塗 (1), 韓偓 (4), 吳融 (4),

杜荀鶴 (4), 王貞白 (1), 張蠙 (1), 翁承贊 (1), 黃滔 (3), 殷文圭 (1),

徐夤 (4), 錢羽 (1), 喻坦之 (1), 崔道融 (1), 曹松 (2), 蘇拯 (1),

裴說 (1), 李洞 (3), 唐求 (1), 于鄴 (1), 周曇 (2), 李九齡 (1), 和凝 (1),

王仁裕 (1), 李建勳 (1), 張泌 (1), 伍喬 (1), 陳陶 (2), 李中 (4),

徐鉉 (6), 孟貫 (1), 成彥雄 (1), 譚用之 (1), 王周 (1), 劉兼 (1),

花蘂夫人 (1), 靈一 (1), 淸江 (1), 無可 (2), 廣宣 (1), 子蘭 (1),

貫休 (12), 齊己 (10), 杜光庭 (1), 呂巖 (4),

이상은 온당하고 형평한 '唐詩史'를 정리하는 데 필요한 최소한의 연구대상으로서 그동안 다양하게 연구된 자료들과 연계되어 정리하면 차후에 ≪全唐詩史≫ 하나만은 거의 객관적인 틀을 갖추리라고 믿으며, 위의 □ 안의 대상은 나름대로 중요한 가치를 지녔다고 볼 수 있다.

본 시화 판본은 ≪函海≫, ≪榕園叢書≫, ≪歷代詩話續編≫, ≪叢書集成初編≫ 등 본이 있으며, ≪全唐文≫ 권817에 〈詩人主客圖〉自序 1편이 있다.

　　司空圖(사공도, 837-909). 자는 表聖이고 만년에 스스로 '知非子', '耐辱居士'라고 불렀다. 河中 虞鄕(지금의 山西省 永濟) 人이다. 唐 懿宗(의종) 咸通 8년(869)에 진사에 급제하여 東都光祿寺主簿, 禮部員外郞, 禮部郞中, 知制誥, 中書舍人 등을 지냈다. 黃巢亂 이후에 말세적 사회혼란으로 中條山 王官谷에 은거하였고 昭宗 때에 諫議大夫, 戶部侍郞, 兵部侍郞 등을 임명받았으나 사양하고 평생 은둔 생활하였다. 儒佛道 三家에 널리 통하여 그의 시가이론 정립에 근거가 된다. 시인으로서의 명성은 특출하지 못하여 음주하면서 작시하는 여가를 가지고 절구시를 즐겨 지었다. 시풍은 한가롭고 고요하며 맑고 심원한(閒靜淡遠) 격조를 보여준다. ≪司空表聖文集≫ 10권과 ≪司空表聖詩集≫ 5권과 ≪詩品≫이 있다. 사공도의 시 자체에 대한 各家의 평을 보면 다음과 같다.

　　* 당대 말 사공도는 험난한 전쟁 속에도 시문이 고아하여 평정의 유풍을 지니고 있다.
　　唐末司空圖, 崎嶇兵亂之間, 而詩文高雅, 猶有承平之遺風.(蘇軾〈書黃子思詩集後〉)

　　* 사공도의 좋은 시구는 크게 고아한 운치가 있고 또 매우 섬세하고 정밀하다.
　　司空圖佳句, 大有高致, 又甚細密.(≪圍爐詩話≫)

　　* 사공도 시는 격운이 청묘하여 수부에 신골이 있는 것 같다. 예컨대 「마을에 한식날 달뜨고, 꽃 그림자 드린 한낮에 하늘 맑네.」「바둑 소리 꽃 핀 뜰에 고요한데, 깃발 그림자 석단에 높네.」구는 모두 청신

하면서 기이하다.

表聖詩, 格韻淸妙, 與水部有神骨之肯. …如人家寒食月, 花影午時天, 棋聲花院靜, 幡影石壇高等句, 俱淸新奇警.(≪中晚唐詩主客圖≫)

*사공도 시 품격은 높으니 오언율시는 신선하고 준일하며 한가롭고 담백하여, 새겨서 그어놓아도 자취가 없으니 칠언절구는 원대한 운치가 있다.

司空表聖品高, 五律新雋閑澹, 雖刻劃而無迹, 七絶有遠致.(≪東目館詩見≫)

*그 시의 연원은 원진과 백거이에서 나와서 더욱 속진을 한번 털어내었다.

其源出于元白, 而更落一塵.(≪三唐詩品≫)

*시는 장경시대 풍격을 본받아서 평담하여 조탁을 받들지 않았다. 절구는 전아하고 청려하여 대력 풍격을 지닌다.

詩效長慶, 平淡不尙雕琢; 絶句典雅淸麗, 有大歷風.(≪詩學淵源≫)

위의 시평에서 사공도의 시는 그의 논시 성격과 상관하지 않고서도, 일반적으로 고아하고 청신하며 평담한 풍격을 지녔다고 할 수 있다. 만당 문인이지만 李商隱과 溫庭筠의 유미파라기보다는 오히려 중당 大歷才子의 유풍과 白居易, 元稹의 시풍에 근접되어 있다고 본다. 사공도 시품의 논조와 비교하는 입장에서라도 그의 시를 살펴볼 필요가 있다는 점에서, 다음에 시 몇 수를 보기로 한다.

푸른 나무가 마을에 늘어서 가물대니
황국은 보리 철이라 드물구나.
먼 언덕에 봄풀이 푸르고
또 물새도 날고 있네.
綠樹連村暗, 黃花入麥稀.
遠陂春草綠, 猶有水禽飛.(〈獨望〉≪全唐詩≫ 권632)

虞鄕 南門 밖의 景色 解池로 가는 官路에 綠樹가 무성하다. 연못은 남문 밖의 田野와 촌락의 姚遏渠(요알거)를 가로 통하여 동변의 五姓湖로 흘러 들어간다. 호수와 도랑이 있으니 자연히 물새가 있다. 음력 3, 4월의 春景이 淸新하고 寧靜하여 한 폭의 虞鄕春景圖이다.

몸이 병들고 때도 위태로우니
가을이 되어 울어야 할 일이 많네.
풍파가 한바탕 요동치니
천지가 얼마나 뒤집어졌나.
홑 반딧불이 황폐한 연못에 날고
낙엽은 부서진 지붕 뚫고 지네.
세상 권세와 이익에 늘 바쁜데
누가 이 깊고 외진 데 찾겠나.
身病時亦危, 逢秋多慟哭.
風波一搖蕩, 天地幾翻覆.
孤螢出荒池, 落葉穿破屋.
勢利長草草, 何人訪幽獨.(〈秋思〉 상동)

본 시화는 ≪詩品≫이라고도 불린다. 이 책은 시가의 풍격을 '雄渾', '沖澹', '纖穠', '沈著', '高古', '典雅', '洗煉', '勁健', '綺麗', '自然', '含蓄', '豪放', '精神', '縝密', '疏野', '淸奇', '委曲', '實境', '悲慨', '形容', '超詣', '飄逸', '曠達', '流動' 등 24개로 나누었고, 매 풍격마다 12구 4언의 운문 형식으로 묘사하였다. 본 시화가 지닌 특성은 첫째 四言詩로서 詩理에 밝은 시인이 아니면 이런 玄味가 있고 형상화된 시편을 지을 수 없다. 둘째는 시품 속에 '畸人'과 '幽人'의 생활풍모를 묘사하고 있는데 은일생활의 체험이 있어야 가능하다. 셋째는 禪味가 가득하니, 작자의 禪宗에 대한 종교적 심오한 신앙에서 가능하다. 넷째는 만당 시단의 번성한 시문학 창작 풍토에 시 풍격이 다양한 중에 시론적 정립의 필요성이 절실한 상황에서 중당대 皎然의 ≪詩式≫의 여덟 항목의 풍격론의 영향을 받았다. 이제 이 24개 시품을 전부

인술하고 그 시론적 의미를 살펴보기로 한다.

1. 雄渾(웅혼) : 詩思가 넓고 크고 기백이 雄偉하다

크게 쓰임은 밖에 피해 있고, 참된 몸은 안에 가득하다. 텅 빈 곳으로 돌아와서 온전함에 들어오고, 굳셈이 쌓여서 웅장함이 된다. 만물을 잘 갖추어서, 하늘을 가로지른다. 뭉게구름이 어둡게 드리우고, 거센 바람이 고요히 불어온다. 사물 저 밖으로 벗어나서, 그 공허한 속에서 오묘한 이치를 얻는다. 가지는 데 억지가 없으면, 다가옴이 그지없다.

大用外腓, 眞體內充. 反虛入渾, 積健爲雄. 備具萬物, 橫絶太空. 荒荒油雲, 寥寥長風. 超以象外, 得其環中. 持之匪强, 來之無窮.

'웅혼'은 詩想이 넓고 크고 기백이 雄偉하여 창작 역량이 진동하는 詩篇이다. 본문에서 중요한 부분을 보면,

1) 大用外腓, 眞體內充: 眞體는 우주의 本體로서 만물은 '無'를 본체로 삼고 '有'를 大用으로 삼으니, 시인은 안으로 웅혼한 氣를 채워서 겉으로 大用 즉 창작능력을 펴나가는 것이다.

2) 備具萬物, 橫絶太空: 웅혼의 기상을 중하게 묘사한 것으로, 시인이 보고 듣는 萬象을 통하여 자신의 性情과 用途를 구비하여 시적 감각을 극대화한다.

3) 超以象外, 得其環中: '環中'의 어원은 ≪莊子≫ 〈齊物論〉의 「공허한 세계를 얻어서 무궁함에 응한다.(樞始得其環中, 以應無窮.)」 구로서 郭象은 注에서 「시비를 반복하면서 무궁을 추구함을 '環'이라 한다. '環'은 허공이다.(夫是非反復相尋無窮, 故謂之環. 環, 中空矣.)」라고 하여 웅혼한 기상이란 상상의 날개를 무궁한 세계로 펴나가는 것이다. 老莊사상을 바탕으로 시인의 정신수양을 강조한다. 이러한 작품으로 項羽의 〈垓下歌〉, 劉邦의 〈大風歌〉, 그리고 北朝 民歌 〈敕勒歌(칙륵가)〉와 李白(이태백)의 〈蜀道難〉이 그 예로 〈大風歌〉를 본다.

큰 바람이 일어나고 구름은 날아가네.
위세가 온 나라에 더해지니 고향으로 돌아가네.
어떻게 하면 용맹한 군사를 얻어서 사방을 지킬 것인가.
大風起兮雲飛揚,
威加海內兮歸故鄉.
安得猛士兮守四方.(≪全漢三國晋六朝詩≫ 全漢詩 권1)

劉邦이 기원전 195년 淮南王 英布 叛軍을 격파하고 고향인 沛縣
(패현)을 지나면서 연회를 열어 지은 시이다. 불과 3구의 시이지만
천하를 통일하고 국가를 공고히 하고자 하는 의지를 담고 있다. 唐代
李善은 ≪文選注≫에서 「바람이 일고 구름이 날리도다는 뭇 영웅이
각축하여 천하가 어지러움을 비유한다. 위세가 나라에 가해진다 함
은 이미 안정되었음을 말한다. 무릇 평안하여도 위기를 잊지 않으니
그러므로 용맹한 무사로 진정시키려 한 것이다.(風起雲飛, 以喩群雄
競逐, 而天下亂也. 威加海內, 言已靜也. 夫安不忘危, 故思猛士以鎭之.)」
라고 주석하였고, 송대 葛立方은 「고조의 〈대풍가〉는 23자에 지나
지 않지만, 의지와 기개가 의분에 차고 포부가 크고 원대하니 늠름
하여 이미 4백 년 기업의 기상을 지니고 있다.(高祖大風之歌, 雖止
二十三字, 而志氣慷慨, 規模宏遠, 凜凜乎已有四百年基業之氣.)」(≪韻
語陽秋≫ 卷19)라고 평하였고, 송대 陳巖肖는 「한 고조의 〈대풍가〉
는 화려한 어조를 일삼지 않고 기개가 원대하니 진정 영민한 군주이
다.(漢高祖大風歌, 不事華藻, 而氣槪遠大, 眞英主也.)」(≪庚溪詩話≫ 卷
上)라고 하였다.

2. 沖澹(충담) : 詩想이 조용하고 깨끗하다

말없이 조용히 지내면 오묘한 기틀이 미묘해진다. 만물의 원기를 마
시며 홀로 학과 함께 날아간다. 마치 봄바람 같아서 부드럽게 옷에
닿는다. 대숲 소리(퉁소) 들으며 아름답게 돌아가리라 한다. 만나보

면 깊지 않으나 다가가면 더욱 아스라하다(희미하다). 외형에 매인
것이 있으면 손대자마자 이미 어긋난다.

素處以默, 妙機其微. 飮之太和, 獨鶴與飛. 猶之惠風, 荏苒在衣. 閱音
修篁, 美曰載歸. 遇之匪深, 卽之愈希. 脫有形似, 握手已違.

시인의 心胸이 淡白하고 平靜하여 自安하면 시어가 素朴하고 자
연스러우며 속세를 초탈하는 한적한 의식을 지닌다. 중요한 부분을
보면 다음과 같다.

1) 素處以默, 妙機其微: 이 문구는 詩境의 사상적 바탕이 된다. ≪老
子≫에 「허무에 이름이 지극하고 정적을 지킴이 도탑다. 만물이 함께
일어나니 나는 반복을 본다.(致虛極, 守靜篤. 萬物幷作, 吾以觀復.)」
라 하니 '虛'는 '無'로서 만물의 본원이며 '靜'은 만물의 본성이다. ≪莊
子≫〈在宥篇〉에 「도의 이름이 지극하니 어둡고 고요하다.(至道之
極, 昏昏默默.)」라 하니 '默默'과 '守靜篤'은 표현은 다르나 실지로는
하나이다. 이것은 入道者의 인생태도를 말한다. 시인은 靜觀하고 默
察하는 가운데 만물자연의 변화의 오묘한 기틀을 깨달아 안다.

2) 飮之太和, 獨鶴與飛: 이 문구는 시인의 心境을 묘사한다. '太和'
는 '陰陽' 조화의 기운으로서 ≪老子≫에서의 「만물은 음을 지고 양
을 껴안으니 조화된 기운을 화로 삼는다.(萬物負陰而抱陽, 沖氣以爲
和.)」라고 한 '沖和'의 기운이다. 이것은 득도자가 지닐 수 있는 정
신 경계로서 학을 타고 승천할 수 있다는 것이다.

3) 脫有形似, 握手已違: '脫有'와 '握手'는 '無心相遇'(아무 생각 없이
만남)와 '刻意追求'(마음에 두고서 추구함)의 차별이 있다. 송대 張戒는
≪歲寒堂詩話≫에서 「도잠(도연명)의 『개는 깊은 골목에서 짖고, 닭
은 뽕나무 가지에서 우네.』구나 『동쪽 울타리 아래에서 국화를 따
며, 아득히 남산을 바라보네.』구, 이들 경치는 눈앞에 있어도 한가
롭고 조용한 중에 이르지 않으면 표현해 낼 수 없으니 이런 맛을 따
라갈 수 없다.(淵明, 「狗吠深巷中, 鷄鳴桑樹顚.」「采菊東籬下, 悠然見

南山.」此景物雖在目前, 而非至閑靜之中, 則不能到, 此味不可及也.)」라고
하니 이 경지를 말한다. 이런 시로는 陶淵明의 전원시, 王維의 산수
시가 그 예가 되니, 도잠의 〈歸園田居〉(제1수)를 본다.

젊어서는 속된 것이 없어서
천성이 본래 산언덕을 좋아했네.
먼지그물에 잘못 떨어져서
어느덧 30년이 지났네.
갇힌 새가 옛 숲을 그리워하고
연못의 물고기는 옛 못을 생각하네.
남녘 들에서 황무지를 개간하여
옹졸한 마음으로 전원으로 돌아가네.
네모난 땅 10여 이랑에
8, 9칸 초가집이라.
느릅나무 버드나무 뒤 처마에 그늘지고
복사와 오얏나무 마루 앞에 서있네.
아득히 멀리 마을이 있고
아련히 집 마을에 연기 오르네.
개는 깊은 골목에서 짖고
닭은 뽕나무 가지에서 우네.
집 뜰에 먼지티끌 없고
텅 빈 방에는 한가로움이 넘치네.
오래 새장에 갇혔다가
다시 자연으로 돌아왔네.
少無適俗韻, 性本愛丘山.
誤落塵網中, 一去三十年.
羈鳥戀舊林, 池魚思故淵.
開荒南野際, 守拙歸園田.
方宅十餘畝, 草屋八九間.
楡柳蔭後簷, 桃李羅堂前.

暧暧遠人村, 依依墟里煙.
狗吠深巷中, 鷄鳴桑樹巓.
戶庭無塵雜, 虛室有餘閒.
久在樊籠裏, 復得返自然.(≪陶淵明詩箋注≫ 권2)

오랫동안 벼슬 등 세상살이에 매여 살다가 자연으로 돌아가며 허
무한 욕망을 깊이 반성하며 전원생활을 만족하게 여겨서 지은 시이
다. 이 시는 元代 陳繹曾이 말한 「마음에 정성된 뜻이 있고 몸은 한
가하고 안일한 중에 있으니 정감이 참되고 경치가 참되며, 일이 참
되고 뜻이 참되다.(心存忠義, 身處閑逸, 情眞景眞, 事眞意眞.)」(≪詩
譜≫)라고 심적 경지를 적절히 표현하고 있다.

3. 纖穠(섬농): 시의 날씬함과 통통함의 조화된 美

찰랑대는 물에서 물풀 따니 아롱대며 봄날이 피어난다. 아름다운 깊
은 골짜기에서 때마침 미인을 본다. 푸른 복숭아는 나무에 가득 열
리고 바람과 햇살은 물가에 따사롭다. 버들 그늘이 길가에 드리우고
꾀꼬리는 이웃에서 지저귄다. 올라타면 더욱 멀리 가고 알게 되면
더욱 참되게 느낀다. 다하지 않는 뜻을 지니면 옛사람과 견주며 새
로워진다.
采采流水, 蓬蓬遠春. 窈窕深谷, 時見美人. 碧桃滿樹, 風日水濱. 柳陰
路曲, 流鶯比都. 乘之愈往, 識之愈眞. 如將不盡, 與古爲新.

詩學에서 詩思가 청신하고 細膩(세니 : 섬세하고 기름짐)하며 辭
語가 雅潔하고 明麗한 시편을 말한다. 본문의 앞 8구는 심산유곡과
봄과 경치를 통하여 속세와 단절된 仙境을 묘사한다. ≪莊子≫〈大
宗師〉에 「그 마음이 초탈하여 세상일 다 잊고 그 얼굴이 고요하고 이
마가 드러나서, 쓸쓸하기 가을 같고 따뜻하기 봄 같으니, 기쁨과 노
함이 사계절에 통하고, 만물과 조화를 이루어 그 지극함을 알지 못한
다.((眞人)其心忘, 其容寂, 其顙頯, 凄然似秋, 暖然似春, 喜怒通四時,

與物有宜, 而莫知其極.)」라 하니 眞人이 생기를 느끼듯이 시인의 詩想이 생동하다. 王維, 劉禹錫, 杜牧의 경물을 대하고 묘사하는 서정적인 절구는 纖穠(섬농)한 아름다움을 지니고 있으니, 유우석의 〈烏衣巷〉을 보기로 한다.

> 주작교 옆에 들풀 꽃 피고
> 오의항 입구에는 석양이 기우네.
> 옛날 귀족 왕도와 사안의 집이건만
> 이젠 제비가 날아드는 평범한 백성 집.
> 朱雀橋邊野草花, 烏衣巷口夕陽斜.
> 舊時王謝堂前燕, 飛入尋常百姓家.(≪唐詩三百首≫)

東晉시대 권력가 王導와 謝安을 시어로 묘사하면서 삶의 무상함을 비유적으로 암시한다.

4. 沈著(침착): 詩想이 들뜨지 않고 차분하다

푸른 삼나무의 시골집에 해지는 저녁 공기가 맑다. 두건을 벗고 홀로 걸으며 때때로 새 우는 소리 듣는다. 기러기는 오지 않고 그 님은 멀리 길 떠났다. 그리운 님 멀리 있지 않으니 평생을 같이 할 듯하다. 바닷바람에 푸른 구름 피어나고 한밤 물가에 달이 밝다. 좋은 말 있을 듯하거늘 큰 강물만 앞에 가로질러 흐른다.
綠森野屋, 落日氣淸. 脫巾獨步, 時聞鳥聲. 鴻雁不來, 之子遠行. 所思不遠, 若爲平生. 海風碧雲, 夜渚月明. 如有佳語, 大河前橫.

시의 풍격으로 보면, 시의 착상이 깊고 언어가 穩健하면서 서정이 심원해진다. 청대 趙翼이 ≪甌北詩話≫에서 杜甫 시를 평하여 「그 시상의 기력이 가라앉고 두텁다.(其思力沈厚.)」라고 한 것과 상통한다. 본문 전체가 자연 경관을 묘사하지만 그 담긴 의미는 시인의 심리상태가 '靜中動'의 沈潛을 추구하면서 깊은 悟得에 드니, 다음에

王維의 〈酬張少府〉를 본다.

> 늙어가며 오로지 고요히 지내려니
> 세상만사에 관심이 없네.
> 스스로 돌볼 좋은 방책도 없으니
> 공허히 옛 숲속으로 돌아갈 줄 알겠네.
> 솔 사이로 부는 바람에 허리띠 풀어주고
> 산에 걸린 달은 거문고 타는 이 비춘다.
> 그대 삶의 이치 아는지 물어보는데
> 어부의 노랫소리가 포구 깊숙이 들려온다.
> 晩年唯好靜, 萬事不關心.
> 自顧無長策, 空知返舊林.
> 松風吹解帶, 山月照彈琴.
> 君問窮通理, 漁歌入浦深.(≪王右丞集箋注≫ 권3)

　시 속에 禪理가 스며 있어서 응답을 정면으로 하지 않고 단지 산수의 경물을 묘사하면서, 어부의 노랫소리가 포구에서 들려온다는 말로 탈속의 흥취를 보여준다. 「글자 하나 드러내지 않으면서 풍류를 다 표현한다.(不著一字, 書得風流.)」는 기법이 발휘되어 있다.

5. 高古(고고): 시상이 속세를 초월하여 고상하고 고풍스럽다

　기이한 사람이 참된 기운 타고서 손에는 연꽃을 잡는다. 저 무한한 영겁 시간에 떠서 아련히 빈 자취를 남겼다. 달이 동쪽 하늘 북두성에 떠있고, 산들바람이 뒤따라 분다. 화산에 밤은 푸르고, 사람은 맑은 종소리 듣는다. 텅 빈 마음으로 우두커니 서고 정신을 소박하게 하면 세속의 경지를 벗어난다. 황제와 요임금의 경지를 홀로 지니니 오롯이 현묘한 최고 경지에 서있다.
　畸人乘眞, 手把芙蓉. 泛彼浩劫, 窅然空縱. 月出東斗, 好風相從. 太華夜碧, 人聞淸鐘. 虛佇神素, 脫然畦封. 黃唐在獨, 落落玄宗.

시에서 詩思가 심원하고 語辭가 온후하며 典故를 사용하지 않고 雕琢(조탁)하지 않으면서 자연스럽게 우러나오는 美를 지닌 풍격을 '高古'라고 한다. '畸人'은 '奇人'으로 ≪莊子≫ 〈大宗師〉에 「기인이란 사람에게는 동떨어지고 하늘과는 가지런하다.(畸人者, 畸于人而侔于天.)」라 하니 기인은 수행하여 형체를 초탈하며 속된 것에 있지 않은 사람이다. 그러므로 畸人은 道가 있는 眞人이다. 다음에 중요한 문구를 보자.

1) 畸人乘眞, 手把芙蓉: 唐人의 心目 중에 仙人이 하늘을 나는 형상을 그렸다. ≪說文≫에 「'진'이란 선인이 道氣를 타고 형상을 변화하여 하늘에 올라가는 것이다.(眞, 仙人變形而登天.)」라 하였다. 이것은 李白(이태백)의 〈古風〉에서 「서쪽으로 연화산에 올라, 멀리 샛별을 본다. 흰 손에 연꽃을 잡고, 빈 걸음으로 태청을 밟는다.(西上蓮花山, 迢迢見明星. 素手把芙蓉, 虛步躡太淸.)」와 의미가 상통한다.

2) 虛佇神素, 脫然畦封: ≪莊子≫ 〈人間世〉에 「오직 도만이 허를 모은다.(惟道集虛.)」라 하고 郭象은 注에서 「그 마음을 비우면 지극한 도가 마음에 모인다.(虛其心則至道集于懷也.)」라 하였다. 명대 謝榛은 ≪四溟詩話≫에 이르기를, 「〈고시십구수〉는 격조가 예스럽고 고상하며 시구가 평이하면서 그 담긴 뜻은 심원하고 어려운 글자를 쓰지 않으면서 자연스레 뛰어나다.(古詩十九首格古調高, 句平意遠, 不尙難字, 而自然過人矣.)」라 하여 〈고시십구수〉를 '高古'의 대표적인 격조를 지닌 시로 평하였다. 그중 제1수를 다음에 본다.

가고 또 가서
그대와 생이별하네.
서로 헤어져서 만 여리
각각 하늘 한 끝에 있네.
길은 험하고 멀어서
만날 일을 어찌 알 수 있을가.
오랑캐 말은 북풍에 기대고

월 지방 새는 남쪽 가지에 둥지 치네.
서로 떠나가서 날로 이미 멀어지니
허리띠는 날로 이미 느슨하네.
뜬구름은 밝은 해를 가리고
길 떠난 이는 돌아올 생각 않네.
그대 생각하며 이 몸 늙노라니
세월은 문득 벌써 한 해가 저무네.
버림 받은 것 다시 말하지 않을지니
힘써서 더욱 식사 잘하시오.
行行重行行, 與君生別離.
相去萬餘里, 各在天一涯.
道路阻且長, 會面安可知.
胡馬依北風, 越鳥巢南枝.
相去日已遠, 衣帶日已緩.
浮雲蔽白日, 遊子不顧返.
思君令人老, 歲月忽已晚.
棄捐勿復道, 努力加餐飯.(≪全漢三國晉南北朝詩≫ 全漢詩 권3)

6. 典雅(전아): 시가 법도에 맞아서 아담하다

옥 항아리에 술을 사서 담고, 초가집에서 비를 감상한다. 자리에는
멋진 선비들 앉고, 좌우 주변에는 대나무 숲 우거지다. 흰 구름 자욱
이 막 날이 개이고, 깊은 산속 새들이 서로 날아 좇는다. 푸르른 나
무 그늘 아래 거문고 베고 자니, 위에서는 폭포수가 날 듯 떨어진다.
꽃은 아무 말 없이 지고, 사람의 맘은 국화처럼 산뜻하다. 이 가는
계절 경치를 글로 쓰니, 그 정말 읽을 만하다고 하리라.
玉壺賣春, 賞雨茅屋. 坐中佳士, 左右修竹. 白雲初晴, 幽鳥相逐. 眠琴
綠蔭, 上有飛瀑. 落花無言. 人澹如菊. 書之歲華, 其曰可讀.

시에서 어사가 典正하고 高雅해도 탈속한 경지의 '典雅'로서, '佳士'

는 玄靜하고 淡泊한 高節之士이다. 사공도가 말하는 '典雅'는 타인의 '淡而雅'(담백하고 우아함)나, 劉勰의 '密而兼雅'(조밀하면서 우아함을 겸함)(《文心雕龍》 雜文) 그리고 '明絢而雅瞻'(밝고 무늬가 있으며 우아하고 넉넉함)(上同 詮賦)과는 크게 다르다. 중요한 문구를 본다.

1) 坐中佳士, 左右修竹: 고대 雅士는 술과 結緣하고 대나무(竹)와 情分을 같이한다. 그래서 '竹林七賢'이니 '竹溪六逸' 등이 등장하니, 佳士의 淸高하고 節操 있는 점을 비유한다.

2) 落花無言, 人澹如菊: 소리 없이 지는 꽃과 국화처럼 사람의 담백한 심성이란 계절과 자연의 현상처럼 시심이 '自然而然'한 상태를 비유한다. 어원은 李白(이태백)의 〈漂陽瀨水貞義女碑銘〉에서 「봄바람 30년에, 소리 없이 꽃이 지네.(春風三十, 花落無言.)」에서 나왔다. 高節之士로서 王維, 韋應物, 孟浩然의 많은 시들을 들 수 있으니, 다음에 孟浩然(689-740)의 오언절구 〈宿建德江〉을 본다.

> 쪽배 저어 안개 낀 물가에 닿으니
> 해 저무니 나그네 시름이 새롭네.
> 들판 넓으니 하늘이 나무에 낮게 내리고
> 강 맑으니 달이 사람(나) 가까이 있네.
> 移舟泊煙渚, 日暮客愁新.
> 野曠天低樹, 江淸月近人.(《全唐詩》 권159)

맹호연은 40세 전에는 은거하다가, 40세 이후에 長安에 와서 張九齡, 王維 등과 교유하면서 벼슬은 못하였다. 전원과 은일낭만 생활을 묘사하여 당나라 전원파 시인으로 분류한다. 이 시는 여행 중에 錢塘江의 지류로서 건덕현을 흘러가는 건덕강 가에 배를 정박하고 나그네 시름을 저녁 풍경에 곁들여서 읊었다. 앞 2구는 저녁에 강가에 배를 세우고 밀려드는 시인의 객고를 노래하고, 뒤 2구는 강가 야경을 묘사하고 있다. 뒤 2구는 서로 대구를 이루고 있어서 시의 음률적 기법이 더욱 돋보인다. 杜甫는 맹호연을 추숭하여 〈遣興〉

제5수에서 맹호연의 시풍을 다음과 같이 노래하였다.

나는 맹호연을 사랑하니
홑적삼으로 긴 밤을 지새네.
지은 시가 어찌 많이 필요 있겠나
늘 포조와 사령운을 능가하네.
맑은 강에는 공연히 옛 물고기 놀고
봄비는 사탕수수를 적시네.
매양 동남쪽 구름을 바라보니
내 마음 어찌도 슬프게 하는지.
吾憐孟浩然, 短褐卽長夜.
賦詩何必多, 往往凌鮑謝.
淸江空舊魚, 春雨餘甘蔗.
每望東南雲, 令人幾悲咤.(≪全唐詩≫ 권220)

7. 洗煉(세련): 시의 묘사에 어색하지 않고 정련하게 다듬어지다

광석에서 금이 나오듯하고 납에서 은이 나오듯하다. 초탈한 마음으로 녹이고 달구어서 (때가 묻어 검게 되고 닳아서 얇게 되듯이) 절실한 애착으로 굳게 단련해야 한다. 텅 빈 연못에 봄기운 뿌려내고 옛 거울에 마음을 비추어본다. 몸을 소박하게 하고 정결함을 쌓아서, 달을 타고 진리의 세계로 돌아온다. 별들을 바라보고 숨어사는 이를 노래한다. 흐르는 물은 오늘의 모습이고 밝은 달은 전생의 모습이다.
如礦出金, 如鉛出銀. 超心鍊冶, 絶愛緇磷. 空潭瀉春, 古鏡照神. 體素儲潔, 乘月反眞. 載瞻星辰, 載歌幽人. 流水今日, 明月前身.

사공도는 작시의 세련은 문학창작의 예술적 기교의 하나로 보았다. 시 창작에 군더더기 없이 깔끔한 묘사를 어떻게 할 것인가는 시인의 당면 문제이다. 劉勰은 「어사가 덧붙여지고 겹치면 지나치고 더

러워져서 넉넉하지 않다.(辭敷而言重, 則蕪穢而非瞻.)」(≪文心雕龍≫
〈熔裁〉)라 하고 顔之推는 「다만 너무 크고 심한 것을 없앨 따름이다.
(但務去泰去甚.)」(≪顔氏家訓≫〈文章〉)라고 하여 작문의 洗鍊味을 강
조하고 있다. 다음에 중요 문구를 본다.

1) 超心鍊冶, 絶愛緇磷: 광석에서 금과 은을 제련하는 작업을 비유
하여 작시와 작문에 세련과정을 거쳐야 한다. 屈原의 〈卜居〉에 「초연
하여 고상하게 처신하여 진리를 지킨다.(超然高擧以保眞.)」라 하였듯
이 이런 심리상태로 불필요한 자구를 제거하여야 좋은 시가 된다.
때가 묻어 검게 되고 닳아서 얇게 되는(緇磷 : 치린) 부단한 작품 정
련작업이 있어야 시가 세련된다. '超心'은 得道한 眞人이며 그래야만
'反眞'할 수 있다.

2) 體素儲潔, 乘月反眞: '體素', '儲潔', '反眞'은 모두 動賓구조의 어
사로서 道家의 玄虛味를 지니고 있다. '體素'의 어원은 「소박이란 잡된
것이 없는 것을 말한다. 순수란 그 정신을 헐지 않는 것을 말한다. 순
수와 소박을 체험할 수 있으면 진인이라 한다.(素也者, 謂其無所與
雜也: 純也者, 謂其不虧其神也. 能體純素, 謂之眞人.)」(≪莊子≫〈刻意〉)
구에서, '儲潔'은 賈誼의 「뜻을 두터이 하고 행실을 감추는 것을 정결
이라 한다.(厚志隱行, 謂之潔.)」(≪新書≫〈道術〉) 구에서, '反眞'은 「삼
가 지켜서 잃지 않으니, 이것을 진리로 돌아옴이라 한다.(謹守而勿失,
是謂反其眞.)」(≪莊子≫〈秋水〉) 구에서 각각 나온다. 사공도는 이 세
단계를 추구하는 것이 작시의 세련미 달성의 최고 요구조건으로 본
것이다.

8. 勁健(경건): 시의 묘사가 굳세고 기력이 넘치다

마음 갖기를 허공같이 하고 기운 내기를 무지개같이 한다. 무협은 천
길인데 구름이 물러가고 바람이 이어서 분다. 진리를 마시며 강건함
을 먹고 소박함을 쌓아 중심을 지킨다. 저 운행의 굳건함을 일컬어

서 웅장함을 지닌다고 한다. 천지와 더불어 서고 신령의 조화와 같
이한다. 성실함을 기약하고 끝까지 지니고 나아간다.

行神如空, 行氣如虹. 巫峽千尋, 走雲連風. 飮眞茹强, 蓄素守中. 喻彼
行健, 是謂存雄. 天地與立, 神化攸同. 期之以實, 御之以終.

시에서의 美는 힘도 중요하다. 이치가 곧고 기세가 장대하며 언어
가 凝重하면서 성조가 우렁찬(鏗鏘 : 갱장) 시이다. 중요 문구를 본다.

1) 飮眞茹强, 蓄素守中 : '眞'은 自然無爲의 道이며, 儒家의 '禮'와 대
립관념이다. ≪莊子≫〈漁父〉에 이르기를,

공자가 근심하여 말하였다. 「묻건대 무엇을 眞이라 하는가?」객이 말
하였다. 「진이란, 정성이 지극한 것이다. 정성스럽지 않으면, 사람을
감동시킬 수 없다. 그러므로 억지로 우는 자는 슬퍼도 애달프지 않
고, 억지로 노하는 자는 엄격해도 위엄이 없으며, 억지로 친하는 자
는 웃어도 화평하지 않다. … 眞이 안에 있으면 정신이 밖에서 움직
이니 이것이 眞을 귀히 여기는 이유이다.」
孔子愀然曰 : 「請問何謂眞?」客曰 : 「眞者, 精誠之至也. 不精不誠, 不
能動人. 故强哭者雖悲不哀, 强怒者雖嚴不威, 强親者雖笑不和. … 眞
在內者, 神動于外, 是所以貴眞也.」

라 하여 儒家的 '眞'의 개념을 설명하고 있다. '强'은 ≪禮記≫〈曲禮〉
에 「40세는 강하여서 벼슬에 나간다.(四十曰强而仕.)」라 하고 疏에
「强은 두 가지 뜻이 있으니 첫째는 40세는 불혹이니 지혜와 생각이
강하고, 둘째는 기력이 강하다.(强有二義, 一則四十不惑是智慮强, 二
則氣力强也.)」라 하니, '茹强'은 道敎의 丹田呼吸인 '吐故納新'(묵은 것
은 토해내고 새것을 받아들임)과 상통한다.

2) 天地與立, 神化攸同 : 천지는 장구하게 존재하니 사람의 勁健한
힘을 自强不息하여 천지조화와 병존해야 한다. '神化'는 ≪淮南子≫〈原
道訓〉의 「정신이 천지조화와 노닌다.(神與化游.)」에서 어원하며, '勁
健'의 美는 陰陽剛柔의 분류상, 陽剛의 美에 속한다. 이런 유의 시로

는 韓愈를 들 수 있으니, 명대 李東陽이 한유의 '雪詩'를 평하여,

한유의 눈에 관한 시는 고금에 으뜸이다. 예를 들어 말하면, 「바람 따라서 흰 명주 허리띠를 날리고, 말을 달리며 은 술잔을 흩으네.」구는 기특하지 않다. 모방하여 말하기를, 「잘게 부수어져 때때로 짝지어 날리고, 아슬하게 문득 반쪽으로 꺾이네.」구는 의상이 초탈하여 곧 남이 표현할 수 없는 점에 도달했다.
韓退之雪詩1), 冠絶今古. 其取譬曰:「隨風翻縞帶, 逐馬散銀盃.」未爲奇特. 其模寫曰:「穿細時雙透, 乘危忽半摧.」則意象超脫, 直到人不能道處耳.(≪懷麓堂詩話≫ 제70조)

라고 하였는데, 인용 시구는 한유가 남긴 4편의 雪詩 중에 〈詠雪贈張籍〉 시에 대해 평하고 있다. 이 시에 대해서 송대 劉攽(유반)은 ≪中山詩話≫에서 「구양수가 장강 가에서 몇 번 한유의 雪詩를 논하여 『바람 따라서 흰 명주 허리띠를 날리고, 말을 달리며 은 술잔을 흩으네.』구를 공교하지 않다고 하여 말하기를 『오목 파인 곳에 처음 바닥을 덮고, 볼록 나온 곳은 마침내 흙더미가 되네.』구가 더 좋다고 하였는데 진정 한유의 뜻을 이해했는지 모르겠다.(歐陽永叔, 江隣幾論韓雪詩, 以「隨風翻縞帶, 逐馬散銀杯」爲不工, 謂「坳中初蓋底, 凸處遂成堆.」爲勝, 未知眞得韓意否也.)」라고 평하기도 하였다.

曹操의 시는 氣力이 雄堅하니 그의 〈步出夏門行〉의 〈土不同〉을 다음에 본다.

고장의 풍토 달라서
황하 이북에 한겨울 오네.
얼음덩이 강에 떠돌아서
배는 다니기 어려워라.
송곳은 땅에 안 들어가고
순무와 쑥은 땅속 깊이 있네.

---

1) 雪詩: 〈詠雪贈張籍〉로 隨風句, 穿細句 모두 上記 詩句임.

물이 말라서 흐르지 않고
얼음은 단단해서 밟을 수 있네.
숨은 선비 가난하고
용맹한 무사는 잘못을 가벼이 여기네.
마음이 항상 탄식하고 원망하니
근심하여 슬픔이 많네.
너무 다행하고 다행하니
뜻한 것을 노래할 수 있네.
鄕土不同, 河朔隆冬.
流澌浮漂, 舟船行難.
錐不入地, 蘴蓬深奧.
水竭不流, 氷堅可蹈.
士隱者貧, 勇俠輕非.
心常歎怨, 戚戚多悲.
幸甚幸甚, 可以詠志.(≪全漢三國晉南北朝詩≫ 全魏詩 권1)

9. 綺麗(기려): 시의 표현력이 아름답고 비단 같다

마음에 부귀함을 지니면 비로소 황금을 가벼이 여긴다. 짙은 것이
다하면 반드시 메마르나 담백한 것은 더욱 깊어진다. 안개 자욱하게
물가에 펼치고 붉은 살구는 숲에 있다. 달 밝은 화려한 집에, 그림
무늬 다리에는 푸른 그늘이 진다. 황금 술잔에 술이 가득하고 손님이
거문고 탄다. 이것을 가져서 스스로 만족하니 진실로 아름다운 회포
펼 수 있다.
神存富貴, 始輕黃金. 濃盡必枯, 淡者屢深. 霧餘水畔, 紅杏在林. 月明
華屋, 畫橋碧陰. 金樽酒滿, 伴客彈琴. 取之自足, 良殫美襟.

사공도가 말하는 綺麗는 수사적 표현에 있지 않고 시인의 정신적
미감에 그 논점이 있다. 그래서 본문 첫 구부터 '濃盡'과 '淡者'를 대
비시켜서 부정과 긍정의 대구를 이루게 서술하고 있다. 鍾嶸은 ≪詩

品≫(卷中)에서 陶潛(도연명) 시를 평하기를,

> 문체가 간결하고 깨끗하여 거의 장황한 말이 없다. 진실한 뜻이 참
> 으로 예스럽고, 어사가 아름답고 상쾌하다. 늘 그의 글을 보면, 그
> 사람의 덕성을 생각한다. 세상에서 그 질박하고 곧은 것을 탄복한
> 다. 「기뻐 말하며 봄 술을 마시네.」구나, 「해가 저무는데 하늘에는
> 구름이 없네.」구에 이르러서는 풍격이 맑고 고와서 어찌 전원 농가
> 의 말이라고만 할 것인가?
> 文體省淨, 殆無長語; 篤意眞古, 辭典婉惬. 每觀其文, 想其人德. 世嘆
> 其質直. 至如「歡言酌春酒.」,「日暮天無雲.」, 風華淸靡, 豈直爲田家語
> 邪?

라 하니 시의 어사가 典正하고 婉曲하여 시의 표현이 淸淨秀美하다
는 풀이가 된다. 이런 풀이를 뒷받침해주는 문장으로 蘇軾의 ≪東坡
詩話≫에서 「메마르면서 담백한 것을 귀히 여긴다 함은 그 겉은 메
마르지만 속은 기름져서, 담백한 듯하면서 사실은 아름다운 것을 말
하는 것이니 도잠과 유종원 같은 유파가 이런 것이다.(所貴乎枯淡者,
謂其外枯而中膏, 似澹而實美, 淵明子厚之流是也.)」라고 평한 것과 蘇
軾의 〈與蘇轍書〉의 일단에서, 「도잠이 지은 시가 많지 않으나 그 시
가 질박하면서 실지로 아름다우며 메마르면서도 실지로는 살지다.
(淵明作詩不多, 然其詩質而實綺, 癯而實腴.)」라고 평한 것으로 알 수
있다.

  그리고 청대 黃子雲은 ≪野鴻詩的≫에서 謝朓 시를 평하기를, 「사
조의 시구는 매우 맑고 아름답고 운율도 그윽히 올라오니 성정에서
얻음이 홀로 깊어서, 비록 옛것을 버리고 점차 심원하지만 전인의 관
례를 벗어났다.(玄暉句多淸麗, 韻亦悠揚, 得于性情獨深, 雖去古漸遠,
而擺脫前人習弊.)」라고 한 것은 곧 시의 풍격을 '綺麗'라고 논할 수
있는 대표적인 예문이라 할 것이다.

10. 自然(자연) : 시가 조화롭게 나오고 일체가 순리에 맞다

굽혀서 줍는 것이 곧 옳으니 이웃에서 취하지 않는다. 길 잡아서 함께 나아가니 손을 대면 봄이 된다. 마치 꽃 피는 것 대하고, 해가 새로워짐을 보는 듯하다. 참됨은 잃지 않고 억지로 얻은 것은 빈약하기 쉽다. 숨어 지내는 사람이 텅 빈 산에서, 비 온 후에 (물에 들러서) 마름 풀을 딴다. 마음에 깨달아지니 아득히 자연의 법칙이다. 俯拾卽是, 不取諸隣. 與道適往, 著手成春. 如逢花開, 如瞻歲新. 眞與不奪, 强得易貧. 幽人空山, 過雨(水)采蘋. 薄言情悟, 悠悠天鈞.

'自然'이 풍격용어가 되는가라는 의문이 있을 수 있다. 답은 엄연한 풍격용어이다. 도가의 수도에서 초탈을 추구하고 사람의 사회성을 淡化하는데, 강조되는 점은 인간의 자연본질이므로 사람이 '自然'으로 회귀하려 한다. 따라서 ≪老子≫(제25장)에서 「사람은 땅을 본받고, 땅은 하늘을 본받고, 하늘은 도를 본받으며, 도는 자연을 본받는다.(人法地, 地法天, 天法道, 道法自然.)」라고 하여 極點에 '自然'을 놓고 있다. 말구의 '天鈞'은 ≪莊子≫〈齊物論〉의 「자연의 균형에서 쉰다(休乎天鈞)」에서 나왔는데, 馮友蘭은 「자연의 균형에서 쉬면 곧 만물의 자연스러움을 듣는다.(休乎天鈞, 卽聽萬物之自然也.)」(≪中國哲學史≫ p.291)라고 풀이하였다.

11. 含蓄(함축) : 담겨 있는 언어의 뜻이 言外之意를 느끼게 한다

글자 하나 쓰지 않아도 풍류를 다 얻는다. 말이 자신과 관련되지 않아도 근심을 이기지 못하는 듯하다. 이에 참된 주재자가 있어 가라앉고 뜨는 것을 같이한다. 녹주 술이 가득 넘치는 듯하고 꽃 피는 시절 오히려 가을을 맞는 듯하다. 아득히 하늘의 먼지 흩날리고 홀연

히 바닷물 거품이 일어난다. 얕고 깊으며 모이고 흩어져서 만 가지
를 하나로 거둔다.
不著一字, 盡得風流. 語不涉己, 若不堪憂. 是有眞宰, 與之沈浮. 如滿
綠酒, 花時反秋. 悠悠空塵, 忽忽海漚. 淺深聚散, 萬取一收.

다 표현되지 않은 뜻이 言外에서 나타나는 시의 경지를 '含蓄'이라
할 것이다. 함축을 추구하려면 오직 자연의 도리에 따라서 변화하면
서 이루어 나가는 과정을 眞宰가 있어서 함께 부침한다고 표현하고 있
다. '眞宰'의 어원은 「감정이 없으면 내가 있을 수 없고, 내가 없으면
감정이 나타날 데가 없다. 이것이야말로 진실에 가깝다고 하겠으나, 무
엇이 갖가지 감정을 생기게 하는지는 알 수가 없다. 참된 주재자가
있는 모양이지만, 그 모습은 볼 수 없다.(非彼非我, 非我無所取, 是亦
近矣, 而不知其所爲使. 若有眞宰, 而不得其朕.)」(≪莊子≫〈齊物論〉)
에서 나왔으니, '眞宰'란 찾을 수 없는 자취의 어두운 속에서 우러나
오는 자연의 도리이다. 말 4구는 함축의 방법을 제시하니, 하늘의 먼
지와 바닷물 거품 같은 단순하고 중요하지 않은 작은 어사와 어의
가 다양하게 어울려서 응축되었다가 言外의 총체적인 함의를 만들어
내는 창작의 묘법에서 '함축'의 성과가 나타난다.

12. 豪放(호방): 意氣가 장대하여 작은 것에 매이지 않는다

저 궁궐에서 꽃구경하며 먼 하늘의 기운을 마시고 토해낸다. 도리에
따라 원기로 돌아가고, (만물이) 미친 듯이 멋대로 생장한다. 하늘에서
바람 솔솔 불고, 바다와 산은 푸르다. 참된 힘이 가득하고, 만상이
옆에 있다. 앞에서 해와 달, 별을 만지고, 뒤에선 봉황새를 이끈다.
새벽에 여섯 거북을 채찍질하여 부상에서 발을 씻는다.
觀花匪禁, 呑吐大荒. 由道反氣, 處得以狂. 天風浪浪, 海山蒼蒼. 眞力
彌滿, 萬象在旁. 前招三辰, 後引鳳凰. 曉策六鼇, 濯足扶桑.

위에서 첫 구 외에는 '豪放'이란 기품과 연관하여 해석하고 이해하

는 데 어려움이 없다. 「觀花匪禁」 구에서 '觀花'냐 '觀化'냐를 놓고 注解上 의견이 분분하지만, '호방'이란 기본 관점에서 본다면 보다 쉽게 결론을 낼 수 있을 것이다. 일설에 의하면 '觀'은 명사로서 도교의 '道觀'으로 당대 長安의 '玄都觀', '花'는 현도관 도사가 심은 '仙桃花'라 하여 '현도관 꽃을 묘사한 시는 금할 수 없다'라는 해석을 하기도 한다.[2] 그러나 豪放이 陽剛의 美에 속하므로 그 호방한 기상을 감안하면, '觀花'는 '꽃을 본다'로 풀이하고 '匪'는 '彼'와 同義이며 '禁'은 宮禁, 禁中의 簡稱이므로 「저 궁궐에서 꽃구경한다」라고 풀이한다. 당대 神龍 이후에 進士 급제하면 長安 성내를 말 달리며 꽃구경하는 풍속이 있었으니, 새 進士의 호방한 기운과 연결된다. 張籍의 〈喜王起侍郎放榜〉 시의 일단을 다음에 본다.

> 동풍이 부는 절기가 청명이 가까우니
> 말 달려 다투어 와서 궁성을 채우네.
> 28인이 처음 서판에 오르니
> 천리만리 먼 곳에 다 이름 전하네.
> 누가 화원에서 꽃을 보지 않으리오
> 곳곳에서 술잔을 돌리네.
> 東風節氣近淸明, 走馬爭來滿禁城.
> 二十八人初上牒, 百千萬里盡傳名.
> 誰家不借花園看, 在處多將酒器行.(≪全唐詩≫ 권382)

따라서 '觀化'와 '豪放'의 陽剛之美와 실질적인 상관성은 희박하니, '觀化'의 어원에 대해서 ≪莊子≫ 〈至樂篇〉을 보면,

> 지리숙과 골개숙이 명백의 언덕, 곤륜의 터, 황제의 쉬던 곳을 구경하였다. 문득 왼쪽 팔꿈치에 혹이 생겼다. 그는 마음으로 놀라며 싫어하였다. 지리숙이 말하였다. 「그대는 혹이 싫은가?」 골개숙이 말하였

---

2) 이런 해석을 祖保泉의 ≪司空圖詩文硏究≫(安徽敎育出版社 1998, p.192)에서 王潤華의 ≪司空圖新論≫(臺北東大圖書)에서 거론하였다고 한 것을 재인용.

다. 「아니다. 내가 어찌 싫어하겠는가. 산다는 것은 (천지의 기를) 빌
리는 것이다. 혹도 빌려서 생긴 것이다. 산다는 것은 먼지나 티끌과
같다. 죽고 사는 건 낮과 밤과 같다. 또 내가 그대와 만물의 변화를
보는데 그 변화가 나에게 미친 것이니 내가 또 어찌 싫어하겠는가.」
支離叔與滑介叔, 觀于冥伯之丘, 崑崙之虛, 黃帝之所休. 俄而柳生其
左肘. 其意蹶蹶然惡之. 支離叔曰: 子惡之乎. 滑介叔曰: 亡, 予何惡. 生
者, 假借也. 假之而生. 生者, 塵垢也. 死生爲晝夜. 且吾與子觀化, 而
化及我, 我又何惡焉.

라 하니, '觀化'는 곧 만물의 변화에 대해서 관조하며 자신의 감정과
판단을 喚起하지 않은 상태이므로 호방 기품과는 상관성이 희박하다.
'觀化'를 시에서 묘사한 李白(이태백)의 다음 〈贈僧崖公〉을 보면 더욱
분명하다.

    빈 배는 물건이 없으니
    만물의 변화를 보며 강가를 노니네.
    강가에서 동지를 만나니
    도애 스님은 곧 스님의 꽃이로다.
    설법하며 바다와 산을 다니면서
    사방을 노닐며 공경들을 교화하네.
    虛舟不系物, 觀化游江濱.
    江濱遇同聲, 道崖乃僧英.
    說法動海岳, 游方化公卿.(≪全唐詩≫ 권165)

    말 4구는 득도자의 호방한 행적을 묘사한다. 광활한 천지에서 천
상에는 해와 달, 별을 만지고, 神鳥인 鳳凰이 수행한다. 이것은 ≪莊
子≫〈天地篇〉의 「홀로 천지와 정신이 왕래한다.(獨與天地精神往來.)」
이다. 여섯 거북을 채찍질해서 바다도 유람하고 동해의 扶桑에서는
발도 씻는 豪放氣를 드러낸다.

13. 精神: 육신과 사물이 조화되어 성정의 승화된 의식을 지니다

돌아가려 하나 끝이 없어서 서로 함께 오기로 기약한다. 맑은 물결은 밑까지 보이고 기묘한 꽃은 마침 봉오리 맺힌다. 향긋한 봄의 앵무새이며 버들 늘어진 누대이다. 푸른 산에 사람이 찾아오니 맑은 술이 술잔에 가득하다. 생기가 멀리 솟아나고 식은 재는 붙어 있지 않다. 자연의 오묘한 이치를 이룬 것이니 누가 상관하겠는가.

欲反不盡, 相期與來. 明漪絶底, 奇花初胎. 青春鸚鵡, 楊柳樓臺. 碧山人來, 清酒深杯. 生氣遠出, 不著死灰. 妙造自然, 伊誰與裁.

첫 4구는 시인이 시를 창작하면서 정신생활의 특점인 '生氣'의 顯示를 서술하고 있다. ≪莊子≫〈人間世〉에서 「참된 도는 오직 공허 속에 모인다. 공허는 곧 마음의 재계이다.(唯道集虛, 虛也者, 心齋也.)」라 하니 '心齋'(마음의 재계)란 일절의 사려와 욕구를 배제하고 의식적으로 '坐忘'·'喪我'의 清淨純一한 우주 자연과 하나 된 순수한 경지(虛)에 들어가는 정신 상태를 말한다. 이런 세계는 ≪장자≫〈養生主〉의 「백정의 소잡이(庖丁解牛)」, ≪장자≫〈達生篇〉의 「곱사의 매미잡이(佝僂者承蜩)」와 「목수 재경의 나무 깎기(梓慶削木)」 등 故事와 같은 정신수련을 요구한다. 다음에 '梓慶削木' 부분을 보자.

(노나라 목수) 재경은 나무를 깎아서 거라는 악기를 만들었다. 거를 만드니 보는 사람들이 놀라면서 귀신같다고 하였다. 노나라 제후가 보고 물어 말하였다. 「그대는 어떤 기술로 만드는가?」 대답하여 말하였다. 「신은 목수로서 무슨 기술이 있겠습니까? 그러나 한 가지 있습니다. 신이 거를 만들려면 감히 심기를 소모하지 않고 반드시 재계하여 마음을 깨끗이 합니다. 3일을 재계하면 경사스런 상과 벼슬을 생각하지 않게 되고, 5일을 재계하면 비난과 명예, 기교와 졸렬 등을 마음에 품지 않고, 7일을 재계하면 문득 몸 사지의 지닌 것

을 잊어버립니다. 이때에야 조정의 권세는 없어지고 그 기술에 전념
하여 밖의 교활한 마음이 사라집니다. 그런 후에 산림에 들어가서
나무 본래의 성질과 모양이 좋은 것을 보고, 그런 후에 거를 그려보
고, 그런 후에 손을 댑니다. 그렇지 않으면 그만둡니다. 그러면 나무
의 본래 본성과 저의 본래의 능력이 하나가 됩니다. 악기 기물이 귀
신이 만든 건가 의심하는 까닭은 이 때문입니다.」

梓慶削木爲鐻, 鐻成, 見者驚猶鬼神. 魯侯見而問焉, 曰:「子何術以爲
焉?」對曰:「臣工人, 何術之有. 雖然, 有一焉, 臣將爲鐻, 未嘗敢以耗
氣也. <u>必齋以靜心</u>. 齋三日, 而不敢懷慶賞爵祿; 齋五日, 不敢懷非譽巧
拙; 齋七日, 輒然忘吾有四肢形體也. 當是時也, 無公朝, 其巧專而外滑
消, 然後入山林, 觀天性; 形軀至矣. 然後成見鐻, 然後加手焉; 不然,
則已. 則以天合天, 器之所以疑神者, 其由是歟.」

위에서 밑줄 친 부분은 바로 정신의 고도집중의 근거가 된다.

14. 縝密(진밀) : 詩想이 섬세하고 신중하여 세밀하다

여기에 참된 자취 있으니, 알 수 없을 것 같다. 형상이 살아 나오려
하니 조화는 이미 기묘하다. 물 흐르고 꽃이 피며 맑은 이슬 마르지
않는다. 가는 길 아득히 멀고 그윽이 가는 길 더디기만 하다. 말은 어
기고 싶지 않고 생각은 막히고 싶지 않다. 봄은 푸르름에 있고 밝은
달은 눈에 더 빛난다.

是有眞跡, 如不可知. 意象欲生, 造化已奇. 水流花開, 淸露未晞. 要路
愈遠, 幽行爲遲. 語不欲犯, 思不欲癡. 猶春於綠, 明月雪時.

첫 구의 眞跡은 자연의 道의 자취이니, ≪莊子≫〈漁父〉에서「참
된 본성이란 하늘에서 받으며(人爲에 의하지 않은) 자연스러운 것
이므로 바꿀 수가 없기 때문에, 성인은 하늘에 따르고 참된 본성을
존중하며 세속에 매이지 않는다.(眞者, 所以受于天也, 自然不可易也,
故聖人法天貴眞, 不拘於俗.)」라고 하였다. 시의 周密한 構思는 시의

의상이 뇌리에 떠오르고 조화처럼 생명의 참된 자취를 보여주어야 가능하다. 중간 4구는 縝密의 景象을 비유적으로 보여주니, 꽃에 물이 있어야 그 생명력을 보여줄 수 있으니 꽃과 물은 불가분의 周密한 관계이다. 말 4구는 시문의 구사에 있어서 막히지 않는 생생하고도 원활한 기법과 그로 인한 시문의 표현을 자연현상과 비유하여 서술한다. 鍾嶸의 ≪詩品≫에서 謝朓의 시를 '微傷細密'(상심 어리면서 세심함)이라고 품평한 바, 謝朓(464-499)는 世稱 '小謝'라 하여 그 시풍이 '淸新俊美'(청신하고 아름다움)하고 '寄興遠深'(흥취를 부침이 멀고도 깊음)하여 사령운의 기풍을 닮았다. 사조의 〈和王中丞聞琴〉을 본다.

> 서늘한 바람 달빛 이슬에 불고
> 둥근 빛이 맑은 그늘에 움직이네.
> 난초 향기 가슴에 스며드는데
> 그대 이 밤의 거문고 소리 듣네.
> 쓸쓸하게 숲 가득 울리는데
> 가벼운 곡조 냇물 소리에 어울려 나네.
> 하는 일 없이 담백하게 편안한데
> 강과 바다에 기댄 마음 때를 잃었구나.
> 凉風吹月露, 圓景動淸陰.
> 蕙氣入懷抱, 聞君此夜琴.
> 蕭瑟滿林聽, 輕鳴響澗音.
> 無爲澹容與, 蹉跎江海心.(≪全漢三國晋南北朝詩≫ 全齊詩 권3)

고요한 숲속에서 바람소리와 어울려 나는 거문고 소리 들으며 지내는 은자의 회한 어린 심경이 섬세하고도 미묘하게 묘사되어 있다.

15. 疏野(소야) : 시의 내용이 활달하고 예법에 매이지 않는다

오직 본성이 머무는 대로 하여 천진스레 세속에 매이지 않는다. 사물을 주워서 절로 넉넉해지니 진솔함을 기약한다. 소나무 아래에 집을 지어 모자를 벗고 시를 읽는다. 오직 아침과 저녁만 알 뿐 어느 때인지 가리지 않는다. 마음에 맞는다 해도 어찌 반드시 일부러 그리 했겠는가. 그것이 자연의 방임이라면 이렇게 해야 할 것이다.

惟性所宅, 直取弗羈, 控物自富, 與率爲期. 築室松下, 脫帽看詩. 但知旦暮, 不辨何時. 倘然敵意, 豈必有爲. 若其天放, 如是得之.

'疏野'(성글고 거칠다)라는 의미는 세속적으로 낮추는 뜻이겠지만, 道家에서는 褒義(포의 : 칭찬하는 뜻)이다. 道家者는 疏野한 성정을 칭송하고 疏野의 미를 혼상한다. 그들은 몸소 밭 갈고 고사리 캐며 낚시질하는 생활방식을 탈속하는 지름길로 인식하니 '自富' 즉 자연의 부여에 만족한다. 본문 중간 4구는 高士의 疏野한 의태를 묘사한다. 집이 松林 山野에 있고 멋대로의 자태로 道家書를 가까이한다. 絶俗한 高士 입장에서 속세의 상황이 무슨 상관이 있겠는가. 그래서 말 4구는 高士의 자연에 순응하는 樂趣가 그려져 있다. '天放'에 대해서 ≪莊子≫ 〈馬蹄〉에서 이르기를,

나는 생각하기를, 천하를 잘 다스리는 자는 그렇지 않다. 저 백성은 공통된 성격이 있으니, 옷을 짜서 입고 밭을 갈아서 먹으니 이것을 누구나 지닌 덕이라 한다. 하나씩 떨어져 있으며 무리를 이루지 않으니 이름하여 하늘(자연)의 방임, 즉 아무 구속도 없는 것이라 한다.

吾意善治天下者不然. 彼民有常性, 織而衣, 耕而食, 是謂同德. 一而不黨, 命曰天放.

라고 하였다. '天放'은 자연의 방임으로 모든 사물의 생활을 각자에 맡겨 하늘(자연)은 간섭하지 않는다. 天放을 통하여 自適하게 되고 그리하여 疏野의 樂趣를 얻을 수 있다. 眞率은 疏野의 생명이다. ≪宋書≫ 〈隱逸傳〉에 기록하기를,

도잠(도연명)은 음률을 이해하지 못하지만 거문고 하나를 지니고 있어 줄이 없었다. 늘 술자리에 나가면 문득 어루만지면서 그 마음을

기탁하였다. 귀천을 가리지 않고 술이 있으면 자리를 마련하였다.
도잠이 먼저 취하면 손님에게 말하기를, 「나는 취하여 자려 하니, 그
대는 가게나.」라고 하니 그 진솔함이 이와 같았다.

潛不解音聲, 而畜素琴一張, 無弦. 每有酒適, 輒撫弄以寄其意. 貴賤造
之者, 有酒輒設. 潛若先醉, 使語客, 我醉欲眠卿且去. 其眞率如此.

라 하니 李白(이태백)이 이 자료에 의거하여 〈山中與幽人對酌〉 시를
지었다.

두 사람이 마주하여 술 마시니 산꽃이 피니
한 잔 한 잔 또 한 잔 하네.
나는 취하여 자려 하니 그대는 가게나
내일 아침 생각나면 거문고 안고 오게나.

兩人對酌山花開, 一杯一杯復一杯.
我醉欲眠卿且去, 明朝有意抱琴來.(≪全唐詩≫ 권168)

이 시와 연관하여 飮酒의 정취를 읊은 이백의 〈春日醉起言志〉를
보기로 한다.

세상살이 일장춘몽 같으니
어찌 그 삶을 힘들다 하겠나.
그래서 종일 취하여서
늘어져 앞 기둥에 누워 있네.
술 깨어 뜰 앞을 바라보니
새 한 마리가 꽃 사이에 지저귀네.
묻노니 지금 어느 때인가
봄바람이 꾀꼬리에 대답한다.
느껴서 탄식 소리 나려 하니
술을 대하여 다시 술잔 기울이네.
크게 노래하며 밝은 달 기다리니
노래 끝나니 벌써 정취도 잊었네.

處世若大夢, 胡爲勞其生.

所以終日醉, 頹然臥前楹.
覺來盼庭前, 一鳥花間鳴.
借問此何時, 春風語流鶯.
感之欲歎息, 對酒還自傾.
浩歌待明月, 曲盡已忘情.(상동)

시에서 인생은 꿈과 같으니 종일 취한 상태에 있다고 한다. 술이
깬 후에도 눈앞의 경치에 번뇌를 망각하고 계속 술잔을 기울여 취
한다. 이백(이태백)이 45세(745년)에 東魯의 石門에서 지었으니 그
의 나이 불혹을 넘어서 인생의 疏野한 삶의 흥취를 터득한 시기이다.

16. 淸奇(청기) : 시의 정결한 소재와 기묘한 사조

아름다운 솔숲 그 아래에 맑은 물 흐른다. 하얀 눈이 대나무(물가)
에 가득하고 냇물 건너에는 고깃배 있다. 고운 사람 옥 같은데, 나막
신 신고 깊은 곳 찾는다. 쳐다보며 서기도 하니 푸른 하늘 아득하다.
정신이 예스럽고 기특하여 담백한 느낌 거두어 담을 수 없다. 새벽
의 달 같고 가을의 공기 같다.
娟娟群松, 下有漪流. 晴雪滿竹(汀), 隔溪魚舟. 可人如玉, 步屧尋幽.
載瞻載止, 空碧悠悠. 神出古異, 淡不可收. 如月之曙, 如氣之秋.

淸奇 풍격의 기본 內涵(내함 : 담긴 뜻)은 平庸하고 陳腐한 시풍과
대립적인 개념으로서, 시가 淸新하다는 평과 상통한다. 杜甫의 「시
가 맑으니 담긴 뜻이 새롭다(詩淸立意新)」(〈奉和嚴中丞西城晚眺十韻〉)
구가 淸新 정신을 표현한다. 淸奇는 '意與境會'(시인의 마음과 경지
가 만남)하고 '思與境諧'(시인의 생각과 경지가 어우러짐)한 풍격미
의 하나이다. 중당대 韓愈가 古文運動을 전개하면서 「오직 진부한 말
을 힘써 없애다(惟陳言之務去)」(〈答李翊書〉)라 한 것도 시단의 創
新性을 주장한 말이다. '淸奇'란 용어를 통하여 시풍을 분류한 만당의
張爲는 《詩人主客圖》에서 '淸奇' 풍격의 당대 시인 명단을 다음과

같이 제시하고 있다.

清奇雅正主: 李益/ 上入室一人: 蘇郁/ 入室十人: 劉畋,僧清塞,盧休,
十鵠,楊洵美,張籍,楊巨源,楊敬之,僧無可,姚合/ 升堂七人: 方干,馬戴,
任蕃,賈島,厲元,項斯,薛壽/ 及門八人: 僧良乂,潘誠,于武陵,詹雄,衛
準,僧志定,兪鳧,朱慶餘

清奇僻苦主: 孟郊/ 上入室二人: 陳陶,周朴/ 及門二人: 劉得仁,李溟

이 중에 '淸奇雅正'의 풍격으로 李益을, '淸奇僻苦'의 풍격으로는
孟郊를 主人으로 분류했는데 나름의 일리가 있다고 본다. 다음에 李
益의 악부시 〈遊子吟〉(《李尙書詩集》 권1)을 보기로 한다.

　　여인은 지아비의 박덕을 부끄러워하고
　　객은 주인의 천대를 부끄러워하네.
　　만나 같이 어울리련만
　　머뭇거리며 만나기를 부끄러워한다.
　　그대 청동거울 아니려니
　　어인 일로 공연히 얼굴만 비추오.
　　옷 위 티끌만으로
　　마음 비단같이 고움에 비기지 마오.
　　인생은 영화로운데
　　님 기다리기 힘들도다.
　　그대가 대낮 말 달리는 걸 보면
　　어찌 활시위에 먹인 화살과 다르다 하리오.
　　女羞夫壻薄, 客恥主人賤.
　　遭遇同衆流, 低徊愧相見.
　　君非靑銅鏡, 何事空照面.
　　莫以衣上塵, 不謂心如練.
　　人生當榮盛, 待士句言倦.
　　君看白日馳, 何異弦上箭.

이익의 악부시는 古樂府에 속한다. 그의 악부시를 李賀와 同格에 놓고 淸麗하다고 평한다.3) 명대 陸時雍은 《詩鏡總論》에서 이익 시를 다음과 같이 평하였다.

이익의 오언고시는 이백의 심오함을 얻었으니 따라갈 수 없는 것은 호탕함뿐이다. 이백은 힘이 남음이 있어서 유유자득한데, 이익은 고생해서 지어내는 것이다.
李益五古, 得太白之深, 所不能者澹蕩耳. 太白力有餘閒, 故游衍自得, 益將矻矻以爲之.

이익이 이백(이태백)의 청신한 풍격을 터득하고 있음을 알 수 있고, 王建도 이익을 「천상계의 시선(上界詩仙)」(〈上李益庶子詩〉)이라 하였다.

17. 委曲(위곡): 시 내용이 진실하고 상세하다

저 태행산에 오르니 푸른빛이 굽은 산길 감싼다. 아득한 안개에는 옥빛 흐르고 꽃향기는 그윽하게 풍겨온다. 제때에 힘을 주어 불어대니 호드기 소리가 일어난다. 떠나간 듯하니 이미 돌아오고 그윽한 듯하나 감춰지지 않는다. 물결은 무늬 져서 흐르고 붕새는 바람 일구어 날아오른다. 도는 스스로 그릇이 되지 않고 더불어서 둥글기도 모나기도 한다.
登彼太行, 翠繞羊腸. 杳靄流玉, 悠悠花香. 力之於時, 聲之於羌. 似往已迴, 如幽匪藏. 水理漩洑, 鵬風翺翔. 道不自器, 與之圓方.

일본인 空海의 《文鏡秘府論》 地卷의 十體 중에 '婉轉體'가 있는데 그 풀이를 「우아하게 변화하는 문체란 그 어사를 곱게 굽혀서 아름답게 변화시켜 문구를 만드는 것을 말한다.(婉轉體者, 謂屈曲其詞,

---

3) 《李尙書詩集》 序: 「其他章句, 亦淸麗絶倫, 宜與長吉齊名.」 《李氏事蹟晁公武讀書志》: 「益少負詞藻長於歌詩, 與宗人賀齊名.」

婉轉成句是也.)」라 하니 본문의 '委曲'이라 할 것이다. '委曲'에 대한 이해를 돕기 위해서 청대 施補華의 ≪峴傭說詩≫ 일단을 본다.

　　시는 문처럼 '곧은 것을 꺼리고 굽은 것을 귀히 여긴다'. 두보의 「오늘 밤 부주의 달을, 규방에서 홀로 보겠지.」 이것은 몸이 장안에 있으면서 그 아내가 부주에서 달을 보는 것을 생각한다. 아래에 이르기를, 「멀리 어린 아들딸 그립고 사랑하나니, 장안에서 떠도는 나를 생각할 수 없겠지.」라 하였다. 이것은 옆의 츤탁하는 필법을 쓴 것으로 자녀가 이해할 수 없고 알 수 있는 사람은 오직 그 아내이다. 향기로운 안개 구름 같은 머리와 맑은 달빛에 옥 같은 팔은 또한 대구로 쓴 것이니 (두보가) 장안에서 멀리 부주에서 달을 보는 아내의 모습을 생각한다. 마지막 구에서 기대하는 어사를 써서, 마침 두 줄기 달빛 어린 눈물과 홀로 보는 것이 대를 이루게 하였으니 필봉이 '곡절'하지 않은 것이 없다고 말할 수 있다.
　　詩猶文也, 忌直貴曲. 少陵「今夜鄜州月, 閨中只獨看.」是身在長安, 憶其妻在鄜州看月也. 下云:「遙憐小兒女, 未解憶長安.」是用旁襯之筆, 兒女不解憶, 則解憶者獨其妻矣. 香霧雲鬟, 淸輝玉臂, 又從對面寫, 由長安遙想其妻在鄜州看月光景. 收處作期望之詞, 恰好去路雙照緊對獨看, 可謂無筆不曲.

　　여기서 '忌直貴曲'(곧은 것을 꺼리고 굽은 것을 귀히 여김)이 委曲의 묘사법이다. 시보화가 인용하여 풀이한 杜甫의 〈月夜〉시를 보기로 한다.

　　오늘 밤 부주의 달을
　　(아내가) 규방에서 홀로 보겠지.
　　멀리 어린 아들딸 그립고 사랑하나니
　　장안에서 떠도는 나를 생각할 수 없겠지.
　　향기로운 안개는 구름 같은 머리 적시고
　　맑은 달빛에 옥 같은 팔 차가워라.
　　언제나 텅 빈 장막에 기대어서

달빛 어린 두 줄기 눈물 자국 닦을 건가.
今夜鄜州月, 閨中只獨看.
遙憐小兒女, 未解憶長安.
香霧雲鬟濕, 淸輝玉臂寒.
何時倚虛幌, 雙照淚痕乾.(≪全唐詩≫ 권220)

위 시는 두보가 처자식을 그리워하며 읊은 애절한 시이다. 天寶
15년(756) 여름, 그의 나이 44세에 가족을 부주에 두고서, 肅宗이
靈武에서 즉위하였다는 말을 듣고 영무로 가다가 安祿山 군대에 포
로가 되어 長安으로 끌려가서 연명하던 시기에 쓴 시이다. 시의 묘
사가 진실하고 감동적이니 이것이 시의 委曲的인 풍격이다.

18. 實境: 시인의 생각과 심정에 소재가 되는 실질적인 대상

말을 선택하는 데는 매우 정직하고 생각이 깊지 않다. 갑자기 숨어사
는 사람을 만나니, 道心을 보는 것 같다. 맑은 시냇물 굽이쳐 흐르고
푸른 솔은 그늘이 진다. 한 나그네는 나무를 지고 가고, 한 나그네는
거문고 소리 듣는다. 性情이 가는 곳은 오묘하여 스스로 찾지 않는
다. 자연에서 얻은 것은 조용히 들리는 미묘한 소리이다.
取語甚直, 計思匪深. 忽逢幽人, 如見道心. 淸澗之曲, 碧松之陰. 一客
荷樵, 一客聽琴. 情性所至, 妙不自尋. 遇之自天, 泠然希音.

'實境'에 대한 문학비평사적 설법을 거론하면, 먼저 鍾嶸 ≪詩品≫
序의 「고금의 뛰어난 어사를 보면 수식하지 않은 것이 많으니 모두
직접 찾기 때문이다.(觀古今勝語, 多非補假, 皆由直尋.)」 구를 보면 '直
尋' 즉 '卽目所見'(보는 것을 그대로 씀)의 景象이 실경과 연관된다.
다음으로 ≪文鏡祕府論≫ 地卷의 十體에서 '直置體'를 보면, 「직치체
란 직접 그 사실을 써서 문구에 놓는 것을 말한다.(直置體者, 謂直書
其事置之于句者是.)」라 하니 '直置'가 실경과 상관된다. 그리고 司空

圖의 〈與極浦書〉에서의 「제기시는 눈으로 직접 보고 묘사하는 것이다.(題紀之作, 目擊可圖.)」 구에서 題紀詩의 성격을 설명한 부분이 實境과 관계된다. 본문의 묘사는 전부 실지로 직접 보고 듣는 경계를 나열한다. 그 대표적인 시로 李白(이태백)의 〈秋浦歌十七首〉(≪全唐詩≫ 권166) 중에 몇 수를 보기로 한다.

추포에 흰 원숭이 많으니
뛰어 노는 것이 날리는 눈 같네.
나뭇가지 위 새끼 끌어안고서
물속의 달과 놀고 있네.
秋浦多白猿, 超騰若飛雪.
牽引條上兒, 飮弄水中月.(其五)

추포 일대의 진기한 동물인 흰 원숭이의 활동을 比喩法과 擬人法으로 생동감 있게 묘사하고 있다.

강조의 한 조각 돌은
푸른 하늘을 쓸어 담은 그림 병풍이네.
시 제목이 만고에 전해지고
푸른 글자에는 비단 이끼 돋았네.
江祖一片石, 靑天掃畫屛.
題詩有萬古, 綠字錦苔生.(其九)

유명한 江祖石에 새겨진 비단 이끼가 가득한 오랜 시구, 그 묘사가 직설적이며 실질적이다. 이백도 자신의 시를 새겨서 오늘날에 전해진다.

대장간 화롯불 천지를 비추니
붉은 불꽃이 자줏빛 연기에 어지럽네.
얼굴 빨간 대장장이 밝은 달밤에
부른 노래가 차가운 냇가에 흘러가네.

爐火照天地, 紅星亂紫烟.
赧郎明月夜, 歌曲動寒川.(其十四)

　　추포 겨울 달밤에 일하는 대장장이의 노동을 묘사한 시이다. 추포
는 은과 구리의 광산지이니, 밤새 일하는 대장장이의 실상을 加減없
이 그렸다.

　　도피산은 한 걸음 가까운 곳
　　또렷이 말소리가 들리네.
　　조용히 산 스님과 이별하고
　　고개 숙여 흰 구름에 절을 하네.
　　桃陂一步地, 了了語聲聞.
　　暗與山僧別, 低頭禮白雲.(其十七)

　　安徽省에 있는 桃陂山의 白雲寺에서 스님과 헤어지는 정경을 읊었
다. 제4구는 梁나라 陶弘景(456-536)이 지은 「산속에 무엇이 있는
가, 산봉우리에 흰 구름 자욱하네. 단지 절로 즐길 뿐이니, 그대에게
보낼 수 없네.(山中何所有, 嶺上多白雲. 只可自怡悅, 不堪持寄君.)」
(〈詔問山中何所有賦詩以答〉) 시구를 스님과 읊으면서 속세의 속박을
탈피하고픈 심정을 표출하였을 것이다.

19. 悲慨(비개) : 시의 내용과 풍격이 悲憤慷慨(비분강개)하다

　　광풍이 물결 휘감아 올리고 숲의 나무는 바람에 꺾인다. 마음이 괴로
워서 죽을 것 같고 쉬려고 해도 쉴 수 없다. 인생 백년 물 흐르듯 가
고 부귀영화는 차가운 재가 된다. 大道는 날마다 쇠퇴해가니, 웅대한
인재는 어찌 하겠는가. 장사는 칼을 털어버리고 눈물 흘리며 슬픔이
가득하다. 쓸쓸히 낙엽이 지고 빗물이 새어서 푸른 이끼 생긴다.
大風捲水, 林木爲摧. 意苦欲死, 招憩不來. 百歲如流, 富貴冷灰. 大道
日喪, 若爲雄才. 壯士拂劍, 浩然彌哀. 蕭蕭落葉, 漏雨蒼苔.

사공도의 ≪詩品≫은 高士 隱者의 구두로 서술하였는데 본문만은 유일하게 壯志를 이루지 못한 國士의 입으로 서술하고 있다. 그래서 초탈적이며 은둔적이 아닌 실질적인 우국심을 토로한다. 본문은 시종 자연현상의 狂風과 세월의 무상과 부귀의 허무를, 그리고 계절의 변화 등으로 묘사되어 있다. 비분과 강개가 혼합되어 시 풍격으로 표현된다. 첫 4구는 悲慨의 預兆를 묘사한다. 당대 말 쇠국의 현실을 목도한다. 그리고 중간 4구에서는 '대도가 상실되다'는 국가의 멸망을 의미한다. 그러니 그 國亡의 현실을 회복할 수 없으니 雄才인들 어찌할 수 없다. 그래서 悲憤하여 시로 읊고, 강개하여 시 속에서 통곡한다. 말 4구에서는 壯士의 悲慨를 묘사한다. 壯士가 칼을 잡고 분개해도 대세는 이미 기울어져서 회복 불가능하다. 江淹의 〈恨賦〉에서 李陵을 노래한 부분에 「이릉이 북쪽 오랑캐에 항복하게 되니 이름이 욕되고 몸이 원통하여, 칼을 뽑아 기둥을 치니 외로워 의지할 곳 없고 마음이 부끄럽다.(至如李君降北, 名辱身冤, 拔劍擊柱, 弔影慚魂.)」라는 격분의 어사가 나온 것이다. 애국지사인 사공도는 梁 開平 2년 나이 72세(908)에 王官谷에 은거하고 있었는데, 그해 2월 21일 朱全忠이 濟陰王(李柷 : 이축)을 조주에서 살해하니 그 소식을 듣고 단식하다가 졸하였다.

20. 形容: 시 창작에 있어서 어사의 활용과 표현

서성대며 정신을 모으면 머지않아 맑은 모습으로 돌아온다. 물의 그림자 찾는 듯하고 따뜻한 봄을 묘사하는 듯하다. 바람과 구름이 여러 가지로 변하고 꽃과 풀은 생기가 돋는다. 바다의 물결이며 산의 높은 봉우리이다. 모두 큰 도와 같고 오묘하게 속세와 같아진다. 외형을 떠나서 유사함을 얻으면 이 사람과 거의 가까워진다.

絶佇靈素, 少廻淸眞. 如覓水影, 如寫陽春. 風雲變態, 花草精神. 海之波瀾, 山之嶙峋. 俱似大道, 妙契同塵. 離形得似, 庶幾斯人.

'形容'은 원래 사람의 몸과 그 자태를 가리키니, 屈原의 〈漁父〉에서 「굴원이 이미 추방되어 강가에서 노닐며 연못가에서 읊조리니 안색이 초췌하고 몸이 메말랐다.(屈原既放, 游于江潭, 行吟澤畔, 顏色憔悴, 形容枯槁.)」라고 한 '形容'은 사람 자체의 몸이며, 〈毛詩序〉에서 「頌이란 성덕을 찬미하는 자태로서 공을 이루어 신명께 고하는 것이다.(頌者, 美盛德之形容, 以其成功告于神明者也.)」라고 한 '形容'은 춤추는 자가 先哲로 분장하여 연기하는 자태인데, 본문에서의 '形容'은 예술형상을 의미한다. 첫 연에서 '靈素'는 사람의 神氣와 본질이며, '淸眞'은 청초한 眞相이니, 시 창작 초기에 뇌리에 청초한 의상을 지니고서 어떻게 어사를 표출해 낼 것인지를 추구한다. 王弼의 ≪周易略例≫(卷10 明象)에 이르기를,

무릇 '형상'이란 '의상'을 드러내는 것이다. '語言'이란 '형상'을 밝히는 것이다. '의상'을 다 드러내는 데 '형상'만한 것이 없고, '형상'을 다 밝히는 데 '어언'만한 것이 없다.
夫象者, 出意者也; 言者, 明象者也; 盡意莫若象, 盡象莫若言.

라 하니 창작 思維 과정에 의상과 어언, 그리고 형상 세 가지가 상호 연관된다. 본문 중간 6구는 만물의 다양한 형상의 변화를 관찰하여 詩想으로 표현하는 것이다. 그러나 그 형용의 경계를 포착하기가 쉽지 않으니, 사공도는 〈與極浦書〉에서,

대숙륜이 말하였다. 「시인의 경치는 마치 푸른 밭에 해가 따뜻하고, 좋은 옥에 안개 끼는 것처럼 바라볼 수 있으나 눈앞에 잡아놓을 수 없다.」
戴容州云: 詩家之景, 如藍田日暖, 良玉生煙, 可望而不可置于眉睫之前也.

라고 서술한 것은 곧 이를 두고 한 말이다. 그 예시로 王維의 〈山居秋暝〉(≪王右丞集箋注≫ 권7)을 보자.

빈산에 비가 갓 온 후
날씨가 저녁 되니 가을이네.
밝은 달 솔 사이로 비추고
맑은 샘은 돌 위로 흐른다.
대숲이 부스럭 빨래하고 가는 여인
연꽃 출렁이니 고깃배 지나가네.
어느새 봄 향기 다 시들었지만
귀한 님 더 머물러 있으면.
空山新雨後, 天氣晩來秋.
明月松間照, 淸泉石上流.
竹喧歸浣女, 蓮動下漁舟.
隨意春芳歇, 王孫自可留.

輞川莊에서 속세에 대한 미련을 떨치고 산수를 벗하며 지내는 한적한 생활을 가을밤의 정경을 통해 묘사한다. 청대 吳喬는 ≪圍爐詩話≫에서 이 시의 제2연에 대해 너무도 天眞하고 優雅하여 어린아이의 맑은 소리를 듣는 것 같다고 하였다.

21. 超詣(초예): 시의 탁월성과 초탈성

정신의 영민함이 아니고 심기의 미묘함도 아니다. 흰 구름을 거느리고 맑은 바람과 함께 돌아가는 것과 같다. 멀리 당겨서 이른 것 같지만, 가까이 가면 이미 아니다. 어려서 도와 부합되어서 끝내 세속과 뜻이 맞지 않는다. 어지러이 많은 산의 큰 나무이며 푸른 이끼에 향기로운 봄빛이다. 외우고 생각하니 그 소리 더욱 미묘하다.
匪神之靈, 匪機之微. 如將白雲, 淸風與歸. 遠引若至, 臨之已非. 少有道契, 終與俗違. 亂山喬木, 碧苔芳暉. 誦之思之, 其聲愈希.

인간의 사상적 수양이 俗塵을 초탈한 경지를 '超詣'라 한다. ≪老子≫에 「텅 빈 無念에 이르름이 지극하고 정적을 지킴이 진실하다.(至

虛極, 守靜篤.)」의 경지이다. 高士는 白雲을 거느리고 淸風과 함께 초탈한 경지로 자유자재로 왕래한다. 李白(이태백)이 읊은 「흰 손으로 연꽃을 잡고, 헛걸음으로 맑고 신선한 세계를 밟는다.(素手把芙蓉, 虛步躡太淸.)」(〈古風〉제19수)의 경지를 추구하는 것이 超詣의 詩心이다. 본문 중간 4구는 高士의 사상경계와 그 근거를 묘사한다. '遠引'은 초예적인 사상경계가 끊임없이 멀리 뻗어나가는 것을 가리키니 이것이 소위 '至虛極'의 의식이다. 그리하여 말 4구에서 고사는 靜默하는 중에 자연의 경물을 관찰하고 깊은 領悟를 느끼면서 忘我의 경계로 들어간다. '喬木'이며 '碧苔'는 자연의 경물로서 高士(시인)의 그 세심한 관찰과 흥취를 통해서 養生의 도리를 얻는다. 그 도리가 '弦外音'(악기의 현에서 나오는 소리 그 속의 더 깊은 소리)이 담긴 시로 그려져 나온다.

그러면 진정으로 초예한 시는 어떤 것인가. 먼저 塵俗을 초월한 생활 속의 의식으로 '致虛守靜'(虛한 것에 이르고 靜한 것을 지킴)의 사상적 수양을 지닌다. 다음으로 기이한 것에 빠지지 않으면서(不炫奇), 인간적 기세를 부리지 않으면서(不作勢), 시의 어구와 묘사를 수식하지 않으면서(不藻飾), 그리고 과장되고 허황한 묘사를 하지 않으면서(不張揚), 虛靜하고 閒遠한 심태를 유지하고 담백하고 自安하는 감정을 시에 담을 때, 시의 초예성을 구현한다고 할 것이다. 王維의 〈輞川詩〉(상동 권7) 두 수를 그 예로 든다.

홀로 그윽한 대숲에 앉아서
거문고 타고 또 긴 휘파람 부네.
깊은 수풀에 아무도 모르는데
밝은 달이 찾아와서 비쳐주네.
獨坐幽篁裏, 彈琴復長嘯.
深林人不知, 明月來相照.(〈竹里館〉)

죽리관은 초당 宋之問이 지은 長安 밖 曲江 가의 별장 輞川莊 부

근 대숲에 있는 집으로 시인이 홀로 앉아있는 정경과 내면의 고독
감을 묘사하고 있다.

　　가벼운 쪽배에 객을 태우고
　　한가로이 호수 위를 건너오네.
　　난간에 기대어 술잔 대하노라니
　　사방에 연꽃이 피어 있구나.
　　輕舸迎上客, 悠悠湖上來.
　　當軒對樽酒, 四面芙蓉開.(〈臨湖亭〉)

　쪽배와 술, 그리고 연꽃의 조화 어린 구성은 미술의 選材와 構圖
를 시에 도입한 기법으로서, 蘇軾이 말한 '詩中有畵'(시 속의 그림)
이니 호수를 바탕 삼아 한 폭의 그림을 그려놓고 있다.

22. 飄逸(표일) : 시가 淸新하고 高遠하다

　멀리 떠나려 하니 우뚝 무리와 아울리지 않는다. 구산의 학이며 화산
봉우리의 구름이다. 고상한 사람은 그림 속에 있고 아름다운 빛은
원기가 넘친다. 바람을 타고 쑥잎은 멀리 끝없이 노닌다. 잡을 수 없
을 것 같고 장차 들을 것 같기도 하다. 아는 자는 이미 알아들으니
기대할수록 더욱 갈라진다.
　落落欲往, 矯矯不羣. 緱山之鶴, 華頂之雲. 高人畫中, 令色氤氳. 御風
蓬葉, 泛彼無垠. 如不可執, 如將有聞. 識者已領, 期之愈分.

　본문에서 高人은 隱逸者이니 高人의 神情 動態를 묘사하는 데 관
점을 두고 있다. 그 고인의 신정은 신선 王子喬처럼 緱山(구산)의 학
이 되고, 華頂의 구름이 되어 멀리 날아가고 높이 홀로 솟구쳐 오
른다. 시인의 정신이 高人 같아야 시의 표일성을 발양할 수 있다. 이
런 정신이 적절하게 표현된 시로 杜甫의 〈春日憶李白〉(《全唐詩》 권
168)에서 李白(이태백) 시를 표일한 풍격의 母本으로 칭송하고 있다.

이백의 시는 상대할 사람 없으니
홀연히 생각하니 가장 으뜸이로다.
청신한 풍격은 유신 같고
준일한 풍격은 포조 같도다.
白也詩無敵, 飄然思不群.
淸新庾開府, 俊逸鮑參軍.

실지로 사공도는 이백 시의 표일성을 칭송하여 다음과 같이 〈李翰林寫眞贊〉을 짓기도 하였다.

물이 흘러 얼음처럼 몽우리 지니 그 속이 더할 수 없이 밝다. 기운이 기쁘고 그윽하니 만물의 모습이 하나의 거울이다. 빼어나 날아가니 느긋이 뜬구름 엿본다. 공의 품격을 우러르고 공의 문장을 칭송한다.
水渾而氷, 其中莫瑩. 氣湛而幽, 萬象一鏡. 擢然翊然, 傲睨浮雲. 仰公之格, 稱公之文.

이백의 逸氣가 넘치는 神情을 추앙하는 글이다. 그래서 청대 趙翼은 《甌北詩話》에서 이백의 飄逸한 시풍을 품평하였다.

시에서 따라갈 수 없는 점은 신령한 의식이 초연하게 나아가는 데 있으니, 홀가분하게 왔다가 문득 떠나가서 자질구레하게 문구를 수식하지 않고, 또한 애써서 마음과 몸을 상하지 않으면서 스스로 천마가 하늘에 날아가듯 고삐를 맬 수 없는 기세를 지니고 있다.
詩之不可及處, 在乎神識超邁, 飄然而來, 忽然而去, 不屑屑于雕章琢句, 亦不勞勞于鏤心刻骨, 自有天馬行空, 不可羈勒之勢.

23. 曠達(광달): 시의 내용에 度量이 크고 넓다

살아도 백 년인데 달라야 얼마나 되겠는가. 환락은 애써도 짧고 근심은 진실로 많다. 한 동이 술이 어떠한가. 날마다 안개 낀 담쟁이를 찾는다. 꽃은 초가의 처마를 덮고 성긴 비가 오며 지나간다. 술잔 기울여 다 마시고 지팡이 짚고 노래하며 걷는다. 누가 옛것을 지니지 않겠는가, 남산은 높고 높다.

生者百歲, 相去幾何. 歡樂苦短, 憂愁實多. 何如尊酒, 日往煙蘿. 花覆茅簷, 疏雨相過. 倒酒旣盡, 杖黎行歌. 孰不有古, 南山峨峨.

인생은 무상하다. 태어나면 반드시 죽는다. 이 '광달' 부분은 삶의 始終을 바탕으로 하여 '超脫' 개념으로 서술하고 있다. 이 인생무상에 대해서, 중국의 '儒佛道' 三家에서는 나름의 의논이 있으니, 유가에서는 「무릇 효는 덕의 근본이다.(夫孝爲德之本也.)」(≪孝經≫〈開宗明義章〉), 「사람의 행실에 효보다 더 큰 것은 없다.(人之行莫大于孝.)」(≪효경≫〈聖治章〉), 「부모 돌아가심을 삼가고 먼 조상을 추념하면 백성의 덕이 두터이 돌아간다.(愼終追遠, 民德歸厚矣.)」(≪論語≫〈學而〉)라 하고, 道家에서는 「화가 오는 곳에 복을 의지하게 되고, 복이 오는 곳에 화가 숨어있다.(禍兮福之所倚, 福兮禍之所伏.)」(≪老子≫제58장), 그리고 ≪莊子≫〈秋水〉에는 「사물이 생겨나 마치 말이 달리듯 재빨라서 움직여 변하지 않는 것이 없고 시간에 따라 옮기지 않는 것이 없다. 무엇을 할까, 무엇을 하지 않을까라고 하는데 무릇 본래 스스로 변화하는 것이다.(物之生也, 若驟若馳, 無動而不變, 無時而不移. 何爲乎. 何不爲乎. 夫固將自化.)」라고 하여 만물의 변화는 전적으로 자연에서 나온다고 강조한다.

≪장자≫〈至樂篇〉에서 '莊子妻死(장자의 아내가 죽음)'와 연관하여 인간 생사의 문제를 다음과 같이 自述하고 있다.

그 시작을 살펴보면 본래 삶은 없었던 것인데 삶이 없었을 뿐 아니라 본래 형체도 없었고 형체도 없었을 뿐 아니라 본래 기도 없었다. 흐릿한 속에 섞여서 변하여서 기가 생기고, 기가 변하여 형체가 있게 되고, 형체가 변하여 삶이 있게 되며, 이제 또 변하여 죽게 되니 이것은 춘하추동 사계절과 같이 운행된다. 사람이 편안히 큰 방에 누워 있는데 내가 소리 지르며 따라 울면 스스로 하늘의 운명을 모르는 것으로 생각하므로 그쳤다.

察其始而本無生, 非徒無生也而本無形, 非徒無形也而本無氣. 雜乎芒
芴之間, 變而有氣, 氣變而有形, 形變而有生, 今又變而之死, 是相與
春秋冬夏四時行也. 人且偃然寢于巨室, 而我噭噭然隨而哭之, 自以爲
不通乎命, 故止也.

莊子는 인간의 生死를 하나로 보고 '自化'(저절로 변화하다)라 하
여 四時의 변화처럼 보고, 자연스럽게 살아서 기쁘고 죽으니 슬프
다고 말한 것이다. 佛家에서는 정상적인 인생의 관점에서 '苦'라는 개
념에 집중하여 生老病死의 '苦', 심지어 '十苦'(生苦, 老苦, 病苦, 死
苦, 愁苦, 怨苦, 苦受苦, 憂苦, 病惱苦, 流轉大苦)라 하여 오직 '空門'
에 歸依하여 '解脫'을 求得해야 한다고 주장한다. '해탈'의 길은 '布
施, 持戒, 忍辱, 精進, 禪定, 智慧'의 심신수행을 거쳐서 온전히 속박
없는 안락의 경지에 들어간다는 것이다. 당대 승려 善導(613-681)
는 〈臨終正念訣〉에서 다음과 같이 기술하고 있다.

> 항상 스스로 나의 현재 몸을 생각하니 많은 고뇌가 있는데 악업을
> 정화하지 못하여 여러 가지로 서로 얽혀 있는데, 만일 이 더러운 몸
> 을 버리면 곧 왕생 정토를 얻어서 한없는 쾌락을 받고 부처님을 만
> 나고 불법을 들어서 고뇌를 떠나 해탈하니 이것은 자기의 뜻에 맞는
> 일이다.
> 常自思念我現在之身, 多有衆苦, 不淨惡業, 種種交纏, 若乃舍此穢身,
> 卽得往生淨土, 受無量快樂, 見佛聞法, 離苦解脫, 乃是稱意之事.4)

이처럼 해탈을 찾아서 忍辱(인욕)을 수행하여 般若(반야)의 경지
를 추구한다. 본문 전 4구는 해탈의 사상배경을, 중간 4구는 고뇌
로부터의 해탈하여 俗塵을 떠나서 술잔에 自樂하는 심적 과정을, 그리
고 말 4구는 行歌하며 自樂하는 것을 묘사한다.

---

4) ≪中國佛敎思想資料選編≫ 第1卷, p.291.

24. 流動: 시 창작에 있어서 물 흐르듯이 막히지 않고 묘사되는 모양

물 바퀴통 끝 휘갑쇠를 움직이니 둥근 구슬 굴러가는 것 같다. 어찌 말로 할 수 있겠는가, 몸을 빌려 우매한 자에게 남긴다. 넓은 땅의 축이며 아득한 하늘의 요추이다. 그 단서를 찾아 지니면 그 본질에 부합할 것이다. 신명은 초연하여서 무의 세계로 돌아간다. 오고 가길 천년에 이것을 말하는 것이다.

若納水輨, 如轉丸珠. 夫其可道, 假體如愚. 荒荒坤軸, 悠悠天樞. 載要其端, 載同其符. 超超明神, 返返冥無. 來往千載, 是之謂乎.

이 품격의 명칭이 흘러서 움직이다라는 '流動'이니 첫 구부터 '水輨(수관)'으로 시작한다. 이것은 '轆轤'(녹로) 즉 도르래로서 물 긷는 汲水 기계이다. '轆轤'를 시어로 사용한 예를 보면, 王維의 〈早朝〉의 「성위의 새는 새벽을 엿보고, 궁궐 우물에는 도르래 소리 나네.(城鳥睥睨曉, 宮井轆轤聲.)」, 盧仝의 〈同王維過崔處士林亭〉의 「대숲에 햇빛 비칠 때 도르래 도는 소리 들리고, 창가에는 거미줄만 보이네.(映竹時聞轉轆轤, 當窓只見網蜘蛛.)」 등을 들 수 있다. 본문에서 '坤軸(곤축)'과 '天樞(천추)'는 大道의 운전을 표현한 것이며 말 4구는 大道의 운전이 玄虛性을 지녀야 함을 강조한다. 시 창작에서 「좋은 시가 둥글고 아름답게 돌아가는 것이 탄환 같다(好詩圓美轉如彈丸)」(≪南史≫〈王筠傳〉)라는 효력을 추구하기 위한 실질적인 원리를 제시하고 있다.

본 시화의 특성은 먼저 자연의 意趣를 숭상하여서 '自然'을 한 개의 시품으로 독립시켰을 뿐만 아니라, '雄渾'에서도 「가짐에 억지가 없으니, 다가옴이 그지없다.(持之匪强, 來之無窮.)」라고 하였고, '精神'에서는 「묘하게도 자연스러움을 이루었는데, 누가 갈라놓겠는가(妙造自然, 伊誰與裁.)」라고 한 것처럼, 자연을 근본으로 하는 미학 관념이 농후하니 도가사상의 영향이랄 수 있다. 그리고 '淡遠超逸' 즉

담백하고 심원하면서 초탈적인 심미 풍격을 각 시품에 담고 있다. 그
래서 '沖澹', '高古', '含蓄', '疏野', '超詣', '飄逸', '曠達' 같은 시품이 있는
가 하면, '綺麗'에서조차도 「짙은 것 다하면 반드시 메마르고, 담담한
것은 한층 깊어진다.(濃盡必枯, 澹者屢深.)」라 하였고, '實境'에서도
「문득 깊은 곳에 묻혀 사는 사람을 만나니, 마치 도를 보는 것 같
다.(忽逢幽人, 如見道心.)」라고 하였다. 사공도의 이런 풍격적인 의
취는 산수를 가까이하는 도가적 초탈의식에서 나온 것이니 당대 도
교를 국교로 하여 鍊丹을 추구한 종교적 관습과 安史亂 등 사회혼란
으로부터 일탈을 통해 杜甫, 李白, 王維, 劉長卿 등 나름의 시경을
읊은 성당 시풍의 영향권 아래에서 사공도는 만당 말세적 혼돈 속에
서 性情爲主의 시론을 정립한 것으로 본다.

본 시화의 후대 영향은 송대 이후의 시학이론의 기틀이 되어 南
宋 嚴羽의 '興趣說'과 명대 李東陽의 '盛唐詩說', 그리고 청대 王士禎
과 袁枚의 '神韻說'과 '性靈說'의 근간이 되었다. 특히 청대에 이 시화
의 형식을 모방한 작품들이 많이 나왔으니, 袁枚의 ≪續詩品≫, 顧
閑의 ≪補詩品≫, 楊夔生의 ≪續詩品≫, 馬榮祖의 ≪頌≫, 魏謙升의
≪二十四賦品≫ 등이 그 예가 된다. 참고로 본 시화 외에 사공도의
論詩短文 5편이 있으니, 〈與李生論詩書〉, 〈與王駕評詩書〉, 〈與極浦書〉,
〈題柳柳州集後〉, 〈詩賦〉 등이다. 이들 단문 또한 시론적 가치가 적
지 않으니, 그 예로 〈與李生論詩書〉의 일단을 본다.

문은 어려운데 시는 더 어렵다. 고금의 논리가 많은데 나는 생각하
기를 시의 맛을 분별한 후에야 시를 말할 수 있다. 강남에 무릇 입맛
을 잘 아는 사람이 있어서, 예컨대 식초는 시지 않은 게 아니나 신
것으로만 그친다. 소금은 짜지 않은 게 아니나 짠 것으로만 그친다.
사람이 배고픔을 채우면 곧 그만 먹는데 그 짜고 신맛만 알고 참된
맛의 아름다움은 잘 모른다. 그 강남 사람은 습관이 되어서 분별하
지 못하는 것은 당연하다. … 아! 가까이하여 겉으로 뜨지 않고 멀리
하여 그지없는 것을 안 이후에야 운치 이상의 오묘한 것을 말할 수

있다. … 이제 귀하의 시에 사람들이 진실로 난색을 지니고 있다. 혹시 다시 온전한 미감으로 공교하게 다듬으면 곧 단순한 맛 이상의 참된 맛을 알게 된다.

文之難, 而詩之難尤難. 古今之喩多矣, 而愚以爲辨于味而後可以言詩也. 江嶺之南, 凡足資于適口者, 若醢, 非不酸也, 止于酸而已; 若醝, 非不鹹也, 止于鹹而已. 華之人以充饑而遽輟者, 知其鹹酸之外, 醇美者有所乏耳. 彼江嶺之人, 習之而不辨也, 宜哉. … 噫, 近而不浮, 遠而不盡, 然後可以言韻外之致耳. … 今足下之詩, 時輩固有難色; 儻復以全美爲工, 卽知味外之旨矣.

'味外之旨'는 比擬說法으로서 사공도는 음식의 맛을 비유하여 직접적인 맛 이상의 감흥적인 '醇美'를 시의 '情思'와 '意趣'에 比擬하여 설명하고 있다. '韻外之致'와 '象外之象'도 그런 논리로 해석한다. '近而不浮'는 藝術形象의 구체성을 말하는 것으로 '近'은 시인의 시각적인 감정이요 '不浮'는 그 보이지 않는 意象을 지칭하고, '遠而不盡'은 예술 意境의 함축성을 말하는 것으로, 意境의 함축이 심원하여(遠), 의경이 사람의 상상을 한없이(不盡) 불러일으킨다. 시 창작에 형상과 의경은 서로 분리될 수 없는 연관성을 지닌다.

판본은 ≪說郛≫, ≪津體秘書≫, ≪續百川學海≫, ≪學津討源≫, ≪歷代詩話≫, ≪談藝珠叢≫, ≪叢書集成≫ 등 여러 본이 있으며, ≪全唐詩≫에도 수록되어 있다.

齊己(제기, 864-937?). 俗姓은 胡이고, 이름은 得生으로 長沙(지금의 湖南省 長沙)人이며 ≪宋高僧傳≫에 열전이 전한다. 어려서 苦貧하고 성품은 穎悟(영오 : 뛰어나게 총명함)하여 7세에 시를 지었다. 佛家에 입문해서 衡岳의 東林寺에서 지내고, 스스로 '衡岳沙門'이라고 불렀으며, 長安에도 수년 간 살았다. 만년에는 江陵 龍興寺에 거주하고 시와 음악에 능하여 만당오대의 저명한 詩僧이다. 오언시가 많고 풍격은 遒勁(주경 : 文勢가 굳셈)하며 書法에 능하였다. ≪白蓮集≫ 10권이 있고 ≪全唐詩≫에 시 10권이 수록되고 ≪全唐詩補編≫에 시 3수와 4구가 있다.

제기는 新羅人과 교류가 적지 않고 袁州 지방에서 鄭谷과 詩友가 되어[1] 시풍 또한 그와 상통하다. 정곡의 시에 대해 여러 시평들이 있어 歐陽修는 ≪六一詩話≫에서 서술하기를,

> 그 시가 매우 뜻이 있고 아름다운 구가 많지만, 그 격조가 그리 높지 않다. 알기 쉬워서 사람들이 많이 아이들에게 가르쳐 주고, 나 또한 어릴 때 외우곤 하였다.
> 其詩極有意思, 亦多佳句, 但其格不甚高. 以其易曉, 人家多以敎小兒, 余爲兒時猶誦之.

라고 하여, 정곡의 시가 격조는 높지 않으나 이해하기 쉬우므로 小兒의 교육용으로 적당하다고 하였다. 그 근거는 송대 童宗說이 정곡

---

1) ≪詩話總龜≫:「僧齊己往袁州謁鄭谷, 獻詩曰; 高名喧省闥, 雅頌出吾唐. …谷覽之云; 請改一字, 方得相見. 經數日再謁, 稱已改得詩, 云; 別掃着僧床. 谷嘉賞, 結爲詩友.」

의 시를 평하여 심오하지는 않으나 도리에 합당한 뜻을 담고 있다고 한 데에서 확인할 수 있다.2) 그리고 宋代 周紫芝는 ≪竹坡詩話≫에서 평하기를,

정곡의 〈雲詩〉에서 「강가에 저녁이 되니 그림이 드리운 듯한데, 어부가 도롱이 걸치고 돌아가네.」 구 같은 것은 누구나 모두 기려하고 절묘하다고 여기나, 그 기상의 천속한 것을 모른다.
鄭谷雲詩如江上晚來堪畵處. 漁人披得一蓑歸之句, 人皆以爲奇絶, 而不知其氣象之淺俗也.

라고 하여 奇絶하지만 淺俗한 면이 있다 하니 중당 白居易 風의 白話的 俗味가 있다 하겠다. 한편 정곡의 시가 俗되지 않고 淸明하다는 평도 있으니 辛文房의 ≪唐才子傳≫(권9)을 보면,

정곡의 시는 맑고 곱고 밝으며 속되지 않고 절실하여 설능과 이빈에게 상찬 받았다.
谷詩淸婉明白, 不俚而切, 爲薛能, 李頻所賞.

라고 하였으며, 명대 嚴嵩의 ≪雲臺編≫ 序文을 보면,

무릇 시를 짓는 원칙은 말하기가 어려우니 자연의 경치가 빼어나지 않으면 영험한 지혜를 드러낼 수 없고, 공부가 깊이 이르지 않으면 미묘한 이치를 지어낼 수 없는 것이다. 내가 도관(정곡)의 작품을 읽으면 정밀하게 새긴 것이 세련되어서 때때로 달이 안개구름 속에 드러나는 듯한 상념이 들어서 긴 밤에 조용히 읊곤 한다.
夫詩之道難言矣, 非天景勝奇, 無以發靈智, 非功夫深到, 無以造微賾. 余讀都官之作, 精刻洗鍊, 時有月露烟雲之思, 永夜靜吟.

라고 하여 시의 淸麗한 면을 강조하고 있다. 齊己의 시풍도 이에 比肩할 만하니 ≪五朝詩善鳴集≫의 評에 「제기의 정신과 역량은 작고 큰 것 다 있어서 지니지 않은 것이 없다.(己公精神力量, 細大不捐, 無

---

2) ≪雲臺編≫ 序:「論其格, 雖若不甚高, 要其煅煉句意, 鮮有不合于道.」.

所不有.)」라고 하여 그 시인으로서의 재능을 평가하였고, 孫光憲의
≪白蓮集≫ 序에는 「제기 선사의 취향은 고독하고 정결함을 취하여
서 사운이 맑고 윤택하고 평담하면서 뜻이 원대하고 차고 높다.(師
趣尙孤潔, 詞韻淸潤, 平淡而意遠, 冷峭而.)」라 하고 ≪唐音癸籤≫에서
도 「제기의 시는 맑고 윤택하고 평담하며 또 고원하고 냉초하다.(齊
己詩淸潤平淡, 亦復高遠冷峭.)」라고 하여 정곡의 풍격과 같이한 면
을 확인할 수 있다. 齊己의 시는 이처럼 속되지 않고 청명한 禪風을
추구하여 신라 승에게 준 다음 시들은 그 풍격을 강하게 제시한다.
〈送僧歸日本〉(≪全唐詩≫ 권826)을 본다.

> 해는 동쪽에서 나와 서쪽에서 노니는데
> 한 탁발로 한가로이 구주를 편력했네.
> 오히려 계림의 본사사 그리워서
> 돌아가려니 바닷바람이 가을이 되길 기다리네.
> 日東來向日西遊, 一鉢閑尋徧九州.
> 却憶桂林本師寺, 欲歸還待海風秋.

여기서 제1연은 승려의 求法旅程을, 제2연에서 고향을 잊지 못해
여름 장마와 태풍이 지나 바다가 잠잠할 가을 시기를 기다리는 상
황을 사실적으로 각각 묘사하였는데 이것이야말로 시가 평담하면서
意遠한 깊은 우정을 알게 한다. 그래서 이 시는 ≪唐詩評選≫에서
「정감을 가까이 느끼면서 표현된 시어는 절로 멀다.(近情語自遠.)」
라는 평에 근접하고 있다. 다음에 〈送高麗二僧南遊〉(상동)를 본다.

> 동쪽 고향에서 떠나온 지 오래인데
> 중국의 영험한 불교 고적을 두루 찾으려 하네.
> 푸른 산 어디에서 님을 만날 건가
> 분명히 대사의 마음을 알겠노라.
> 日邊鄕井別年深, 中國靈蹤欲徧尋.
> 何處碧山逢長老, 分明認取祖師心.

이 시는 직설적인 표현과 간설적인 의취가 전후 聯句로 묘사되어 시의 초탈의식이 더욱 돋보인다. 그래서 ≪唐詩矩≫에서 「시 전체 가 직접적인 서술을 한 격식이다. 시를 처음 시작하는 기법이 전부 준엄하게 울려나서, 만당에서 많이 얻을 수 없다. …마침 처사의 인 품이 말하지 않아도 절로 드러나서 시의 뜻이 남보다 열 배는 높다. (全篇直敍格. 起法渾峭而響, 在晚唐亦不多得 …方處士之人品不言而自 見, 筆意高人十倍.)라고 한 평구와 의미 상통하니 시의 묘사가 평범 한 듯하나 담긴 뜻은 言外的이다.

본 시화는 시가의 체식과 격법을 매우 상세하게 나열하고 있어서 만당과 오대의 여러 시격 가운데 돋보이는 것 가운데 하나이다. 전 체 8절이며, 각 절마다 약간의 세목을 달고 명칭을 붙였지만, 구체 적인 해설과 설명은 달지 않았고, 단지 2구 또는 4구의 시를 붙여 서 예증만 하고 있다. '六詩' 절에서는 '大雅', '小雅', '正風', '變風', '變大雅', '變小雅'를 들었는데 이것은 ≪시경≫의 風雅頌을 세분한 것이다. '詩有六義' 절에서는 '風', '賦', '比', '興', '雅', '頌' 등을 들었 는데, 모두 ≪시경≫의 六義說을 따랐지만, 인용한 시는 대개 晚唐 의 작품을 들었다. '詩有十體' 절에서는 '高古', '淸奇', '遠近', '雙分' 등을 들었는데, 어떤 것은 격조를 표방하고, 어떤 것은 구법을 표방 하는 등 통일되지 않은 면이 있기도 하다. 시의 體式 열 가지를 보 면 다음과 같다.

시에는 열 가지 체식이 있다. 하나는 고고, 둘은 청기, 셋은 원근, 넷 은 쌍분, 다섯은 배비, 여섯은 허무, 일곱은 시비, 여덟은 청결, 아 홉은 복장, 열은 합문이다.
詩有十體: 一曰高古, 二曰淸奇, 三曰遠近, 四曰雙分, 五曰背非, 六曰 虛無, 七曰是非, 八曰淸潔, 九曰覆妝, 十曰闔門.

위에서 高古, 淸奇, 虛無, 淸潔, 是非 등은 시의 격조에 해당하 고, 遠近, 雙分, 背非, 覆妝, 闔門 등은 句法에 해당한다. 그리고 시

의 기세를 분류한 '詩有十勢'에서는 시구의 결구에 대해서 논하였는데, '獅子返擲', '猛虎踞林', '丹鳳含珠' 등과 같은 세목으로 이루어져 있으니 다음에 본다.

시에는 열 가지 기세가 있다: '사자가 되돌려 던지는' 기세, '맹호가 숲에 웅크린' 기세, '붉은 봉황이 구슬을 머금은' 기세, '독룡이 꼬리를 돌아보는' 기세, '외로운 기러기가 무리를 잃은' 기세, '넓은 강가에서 손뼉 치는' 기세, '용과 봉황이 서로 우는' 기세, '맹호가 시내를 건너는' 기세, '용이 물속에 깊이 잠기는' 기세, '고래가 큰 바다를 삼키는' 기세 등이다.
詩有十勢 : 獅子返擲勢, 猛虎踞林勢, 丹鳳含珠勢, 毒龍顧尾勢, 孤雁失群勢, 洪河側掌勢, 龍鳳交吟勢, 猛虎投澗勢, 龍潛巨浸勢, 鯨呑巨海勢.

그리고 '詩有二十式'과 '詩有四十門' 절에서는 시가의 제재와 내용에 착안하여 서술하여 번다한 점이 있으니, '詩有二十式'의 분류를 다음에 본다.

시에는 20가지 제제가 있으니 1은 출입, 2는 고일, 3은 출진, 4는 회피, 5는 병행, 6은 간난, 7은 달시, 8은 도량, 9는 실시, 10은 정흥, 11은 지시, 12는 암회, 13은 직의, 14는 반본, 15는 공훈, 16은 포척, 17은 배비, 18은 진퇴, 19는 예의, 20은 올좌이다.
詩有二十式 : 一曰出入, 二曰高逸, 三曰出塵, 四曰回避, 五曰幷行, 六曰艱難, 七曰達時, 八曰度量, 九曰失時, 十曰靜興, 十一曰知時, 十二曰暗會, 十三曰直擬, 十四曰返本, 十五曰功勳, 十六曰抛擲, 十七曰背非, 十八曰進退, 十九曰禮義, 二十曰兀坐.

'詩有六斷' 절에서는 시가의 '合題'와 '背題' 구상법에 대해 서술하였고, '詩有三格' 절에서는 '用意'를 우선하고 '用事'를 저급한 것으로 여겼다.

제기는 본 시화에서 중당시인 盧綸(748-799)을 거론하고 그의 시 〈夜中得循州趙司馬侍郞書因寄回使〉를 평하였다.

> 시에는 40개의 문이 있다. …셋째는 희비이니, 시에 이르기를, 「두 줄기 눈물이 등불 아래에 흐르는데, 한 장의 영남에서 온 서신.」이라 하였다.
> 詩有四十門 : …三曰悲喜, 詩云 : 「兩行燈下淚, 一紙嶺南書.」

다음에 시 전체를 본다.

> 장기 어린 바다에서 편지 부쳐서
> 한밤에 나에게 전해왔네.
> 두 줄기 눈물이 등불 아래에 흐르는데
> 한 장의 영남에서 온 서신.
> 땅에서는 뜨거운 열기 일어
> 사람들은 늙고 병들었다 하네.
> 정성스레 가의 태부에게 알리나니
> 술잔 함께 할 이 드물다고 마오.
> 瘴海寄雙魚, 中宵達我居.
> <u>兩行燈下淚, 一紙嶺南書.</u>
> 地說炎蒸極, 人稱老病餘.
> 殷勤報賈傅, 莫共酒杯疏. (≪全唐詩≫ 권280)

노륜은 중당 大歷十才子 중의 한 사람으로 그의 생평에 대한 ≪唐才子傳≫(권4)에서의 기록을 보기로 한다.

> 노륜의 자는 윤언이며, 하중인이다. 천보 연간의 난리를 피하여 파양에서 나그네 생활을 하였다. 검교호부낭중과 감찰어사를 거쳐서 질병을 핑계로 관직을 떠났다. 처음에 외삼촌 위거모가 덕종의 총애를 얻으니, 그로 인해 그의 재능을 드러내었다. 노륜의 글은 매우 뛰어나서 시단의 왕성한 때의 풍격에 뒤지지 않아서 마치 삼하 소년인 조식에 비길 만하니 그 풍류는 절로 칭찬할 만하였다.
> 綸字允言, 河中人. 避天寶亂, 來客鄱陽. 累遷檢校戶部郎中, 監察御使,

稱疾去. 初, 舅韋渠牟3)得幸德宗, 因表其才. 綸所作特勝, 不減盛時, 如三河少年, 風流自賞.

위에서 노륜의 출신지와 그 당시의 사회배경과 역경, 그리고 관직생활과 그 동기, 시평 등을 알 수 있다. 본 시화에서 본조의 중당 시인인 노륜을 비중 있게 평가한 점을 중시하면서 다음에 노륜 시를 집중적으로 분석한다. 노륜 시에는 산수풍경이 적은 반면, 인사묘사가 매우 많으니 이것은 노륜의 원만한 성격과 사회성이 풍부함을 확인케 한다. 送別, 寄贈, 詠懷, 奉和 등에 관한 시가 전체의 3분의 2가 넘는 250여 수인 것만 보아도 그 비중이 큰 것이다. 특히 송별과 기증은 주된 인간관계를 묘사한 작품이어서, 시의 사실성을 강조하는 데 중요한 요건이 되니, 그의 송별과 기증에 관한 부분에서 그 특성을 찾아보고자 한다.

1. 송별의 풍자

노륜의 송별시는 108수에 달하는데, 송별시에서 우정과 함께 사회혼란에 대한 悲傷 심리의 묘사를 들 수 있으니, 〈李端公〉(《全唐詩》 권280)을 다음에 본다.

옛 함곡관은 낡아서 풀만 무성한데
이별이라니 정말 슬픔 어이 견디랴.
길에 나서니 찬 구름 저 밖에 떠가고
사람 돌아가니 저녁 눈이 내릴 때로다.
어려서 외로이 나그네 되어서
많은 고난 겪으며 그대를 늦게 알았도다.
눈물 닦으며 멍하니 서로 대하니

---

3) 《唐才子傳校箋》 p.160云: 「據權德興所作墓誌, 韋渠牟於貞元十二年(796)因講論三教得德宗信用, 歲中歷右補闕, 左諫議大夫, 間一歲, 遷太府卿, 錫以命服, 又間一歲, 遷太常卿, 則是貞元十三年爲太府卿, 十四年爲太常卿, 十七年卒.」

어지러운 세상에 어디에서 만날 건가.

故關衰草遍, 離別自堪悲.

路出寒雲外, 人歸暮雪時.

少孤爲客早, 多難識君遲.

掩淚空相向, 風塵何處期.

여기서 노륜은 李端에 대한 深厚한 우의를 표현하면서 동시에 난리의 사회현실을 그려내었다. 시인의 心意는 이별의 비애가 감돌고 있으니, 焦文彬은 이 시의 주에서[4],

「길에 나서니 찬 구름 저 밖에 떠가고, 사람 돌아가니 저녁 눈이 내릴 때로다.」구는 짙은 겨울의 구름으로 이별의 정경을 묘사하였으니 괴로움이 열 배나 더한다. 떠나는 사람 멀리 가니 「길에 나서니 찬 구름 저 밖에 떠가고」라 하였고, 보내는 자 오래 서 있으니, 「사람이 돌아가니 저녁 눈이 내릴 때로다」라 하니 그리운 정을 묘사함에 그 여운이 그지없다.

「路出寒雲外, 人歸暮雪時」, 以濃冬密雲, 狀離別景, 苦增十培. 離人遠去, 「路出寒雲外」, 送者久立才 「人歸暮雪時」, 寫依戀之情, 餘味無窮.

라고 하여 景中有情(경물 속에 정감이 있음)의 극치를 보여준다. 이 시가 주는 묘미는 송대 劉克莊의 ≪後村詩話≫에서 「노륜, 이익은 오언절구를 잘 지었고, 의취는 언외에 있다.(盧綸, 李益善爲五言絶句, 意在言外.)」라고 한 의취의 여운과 어울려 있다고 하겠다. 한편 〈送韓都護還邊〉(상동 권276)은 용맹한 병사가 변경에 원정 가서 늙도록 투지가 쇠하지 않는 영웅의 형상을 묘사하고 있어서, 송별시를 통한 승전의 면려를 강렬하게 제시한다.

훌륭한 용기로 일찍 명성이 알려져

장군 간에 자웅을 다투었다네.

---

4) 焦文彬 等, ≪大歷十才子詩選≫ p.330, 陝西人民出版社.

전쟁이 많아 봄에 변새에 들어서
사냥하면서 밤에 산에 오르네.
군대 진영이 합하니 용뱀이 움직이는 듯하고
군대가 이동하니 초목이 한산한 듯하네.
지금 부하는 다 흩어지고
백발로 소관을 지나는구나.
好勇知名早, 爭雄上將間.
戰多春入塞, 獵慣夜登山.
陳合龍蛇動, 軍移草木閒.
今來部曲盡, 白首過蕭關.

詩題의 한도호는 미상인데, 그의 노년의 기상과 용맹함에 감탄하고 있다. 蕭關은 지금의 寧夏回族自治區로서 ≪平涼府志≫에 「소관은 서량에 있고 신령한 무사가 울부짖는 북쪽의 매우 험한 지역이다.(蕭關襟帶西涼, 咽喉靈武, 北面之險也.)」라 할만큼 궁벽한 변방인데도 제3연의 군대지휘법까지 시에 구체화시키면서 구체적인 戰意를 묘사해 놓았다. 그러면서 인생의 허무함과 작자 자신의 동참 불능한 처지를 의식하였으니 말 2구의 고독감 표출은 ≪瀛奎律髓滙評≫에서,

뜻이 말 2구에 있어 앞 6구는 홍탁법을 써서 한 번에 쓸어내니, 쓸쓸함이 더할 뿐이다.
意注末二句, 前六句反面烘托, 便回身一掉, 倍爲凄婉耳.

라고 한 촌평과 상통한다. 아울러 〈送劉判官赴豊州〉(상동 권276)는 친구가 부임하는 것을 전송하면서 제6구와 같은 투철한 애국사상을 표현하였다.

술잔 물고 피리를 급히 부니
눈 가득히 모래바람이 일도다.
대막산에 눈이 깊이 쌓이고
장성의 풀은 꽃이 피네.

군사 전략에 모름지기 용맹히 전투하리니
포로가 막언가에 있도다.
나는 또한 공훈을 기원하는 자이니,
어찌 한대의 이좌거와 다르겠는가.
衙杯吹急管, 滿眼起風砂.
大漠山沈雪, 長城草發花.
策行須恥戰, 虜在莫言家.
余亦祈勳者, 如何別左車.

제1구는 음악 속에 축하 술과 송별을 담았고, 제3구의 '大漠'은 지금의 興安嶺에 있는 天山으로 이어지는 長城 밖 지구이니 임지인 豊州(지금의 內蒙古 河套西部) 도독부로 가는 중도로, 그 험난함이 대단하지만 강인한 우국애족의 마음에서 능히 극복할 수 있다는 것이다. 그래서 焦文彬은 주본에서[5],

「대막산에 눈이 깊이 쌓이고, 장성의 풀은 꽃이 피네.」구는 변방의 경치와 의경이 웅장하고 광활함을 묘사한 것이니, 이미 벗이 여기 처소를 떠남을 밝혀주면서 벗을 군대에 보내는 기분을 담아서 정조가 대단히 화합하고 있다.
「大漠山沈雪, 長成草發花」, 寫塞外風光, 意境雄闊, 旣點明友人此去處所, 又以此点染送友參軍的氣氛, 情調十分協和.

라고 분석한 것은 매우 적절하고 분명하다고 본다. 말구의 左車는 漢代 初의 李左車로서 韓信이 사사한 장군으로, 劉判官의 공적이 좌거와 같기를 기원한 것이다. 다음에 〈送元贊府重任龍門縣〉(상동 권 276)을 본다.

두 번이나 부임하여 도잠(도연명)에 버금가니
돌아가는 여정 꿈과 같도다.
버들가지 드리운 평평한 연못에 비 내리고

5) 焦文彬 等, 上同書, p.329.

물고기 뛰노는 강에는 바람이 부네.
혼잡한 자취 속에 빼어난 위업 오래 남고
고고하고 청빈한 의지 절로 우뚝하네.
응당 웃으며 외로이 모퉁이 길 가는 자가
공허히 먼지 긴 속세 길에서 부치노라.
二職亞陶公, 歸程與夢同.
柳垂平澤雨, 魚躍大河風.
混跡威長在, 孤淸志自雄.
應嗤向隅者, 空寄路塵輝.

이 시는 우인 元贊府(찬부는 縣丞의 존칭)가 龍門縣(지금의 山西
河津縣)에 중임해 가는 것을 전송하였다. 시에서 우인이 혼잡한 사
회풍토 속에서도 高淸한 품덕을 지킬 것을 면려하면서 시인 자신의
得志하지 못하는 애상을 기탁하고 있다. 제2연은 시경이 광대하면
서 웅건하여서 우인의 호방한 기상을 높였으며, 제3연은 우인의 고
고함과 청빈함을 숭앙하고 있다. 말연은 우인에 비교해 볼 때 시인
자신의 고독하고 절망 어린 신세를 조소하지 않을 수 없음을 고백
하였다. 송별시에서 이와 같이 비유나 기탁, 그리고 풍자를 담은 경
우들을 거론하였는데, 노륜에게서 순수한 우정의 성정을 白描한 예
를 배제할 수 없을 것이다. 다음에 〈送寧國夏侯丞〉(상동 권280)을
보자.

초 땅에 푸른 잡초 무성한데
가을 구름이 흰 물결 같구나.
오호의 긴 길은 적고
구파 일대는 가파른 산 많다.
사조 같은 벗과 시회를 베풀고
도잠 같은 벗과 맘껏 취한다.
쓸쓸히 이별하여 헤어지니
귀밑 털 흰 이 몸 안타깝다.

楚國靑蕪上, 秋雲似白波.

五湖長路少, 九派亂山多.

謝守通詩宴, 陶公許醉過.

憮然餞離阻, 年鬢兩蹉跎.

詩題의 하후는 夏侯審[6]으로 寧國(지금의 安徽省 宣城縣) 동남 지방 사람이다. 이 시는 단순한 송별시가 아니라, 하후심의 문학세계를 높이 추숭한 論詩詩의 성격을 지닌다고 하겠다. 우인이 임지에서 산수와 함께 평안하겠지만, 단지 그에 그치지 않고 시문의 경지도 謝朓와 陶潛(도연명)에 이르기를 격려하는 심후한 우정을 담았다. 하후심은 다만 〈詠被中繡綱鞾〉(≪全唐詩≫ 권295) 1수만이 전해지는데, 그 七絶을 본다.

구름 속에 달무리 봉황 둥지에 지는데
옥랑이 깊이 취하여 어루만진다.
진사왕이 당시에 놀던 곳인데
단지 물결 사이로 비단 버선만 보이네.
雲裏蟾鉤落鳳窩, 玉郎沈醉也摩挲.
陳王當日風流域, 只向波間見襪羅.

하후심의 시에 대해서 ≪唐才子傳≫ 권4에 보면, 「지금 점차 사라지고 가끔 한둘 보이는데, 모두 아름다운 작품이다.(今稍零落, 時見一二, 皆錦製也.)」라고 하였는데, 지금은 상기의 시 이외에 더 이상 발견되지 않고 있다.

---

6) 周勛初 編 ≪唐詩大辭典≫ p.371:「夏侯審, 生卒年不詳. 德宗建中元年(780) 中軍謀越衆科, 授校書郎. 累任參軍, 寧國縣丞, 侍御史, 祠部郎中等職. 事迹見 ≪新唐書≫〈盧綸傳〉, ≪唐會要≫ 卷67, ≪唐才子傳≫ 卷4, ≪郎官石柱題名考≫ 卷21. 李嘉祐稱其袖中多麗句(〈送夏侯審參軍游江東〉), 其詩多佚, ≪全唐詩≫存 詩1首.」

2. 贈酬의 이중성

　　노륜의 기증류 시는 75수로 알려져 있는데 그 내용에 따라서 과거에 낙제하여 出仕하지 못하고 실의한 심정을 묘사한 것과, 빈곤생활 중에도 지조를 지키는 淸白, 그리고 우정의 표시 속에 愁心을 토로하는 것 등으로 나누어 볼 수 있다. 먼저 낙제의 失意 심정을 토로한 경우로 古詩 〈冬日登城樓有懷因贈程騰〉(상동 권279)을 본다.

　　　한평생 무슨 일로 얽매는 것 많은가
　　　여기에 올라 마음을 밝게 하리라.
　　　성 남북에 무수한 산이 있고
　　　온갖 우물은 굽이져 흐르는 물 사이에 있다.
　　　거문고 타며 술을 대하니 해지는 것 모르고
　　　언덕에 기댄 이 몸 시를 지으며 한가롭다.
　　　바람소리 쉭쉭 기러기도 끊기고
　　　구름 빛 아득하여 눈이 내릴 듯하다.
　　　멀리 나그네 신세 생각하니 돌아갈 곳은 하늘 저 끝
　　　앉아서 원정 가는 사람 그리워하니 헤어져 있음이라.
　　　세상의 인정이 전쟁으로 막혀 있으니
　　　흐느끼며 까닭 없이 치국의 계획 그린다.
　　　창가의 백발 선비를 뉘 알리오
　　　붉은 대문 권세가에 가까이 못한 나그네로다.
　　　천하다고 한탄할 것이 아니고
　　　귀하다고 뻐길 것이 아니라네.
　　　사마상여는 양주의 읍소를 배우지 않았으니
　　　채택같이 올곧고 원헌같이 청빈을 따르리라.
　　　지금 만승의 왕이 무기를 쓰는데
　　　하늘의 위용이 비호 같은 용맹을 빌린다.
　　　그대는 모르는가, 한나라의 변방 장수가 변방 뜰에서

흰 깃발 3천을 날리며 정경관을 나선 것을.

生涯何事多羈束, 賴此登臨暢心目.
郭南郭北無數山, 萬井逶迤流水間.
彈琴對酒不知暮, 岸幘題詩身自閒.
風聲蕭蕭雁飛絶, 雲色茫茫欲成雪.
遙思海客天外歸, 坐想征人兩頭別.
世情多以風塵隔, 泣盡無因書籌策.
誰知白首窗下人, 不接朱門坐中客.
賤亦不足歎, 貴亦不足陳.
長卿未遇楊朱泣, 蔡澤無媒原憲貧.
如今萬乘方用武, 國命天威借貔虎.
君不見漢家邊將在邊庭, 白羽三千出井陘.

이 시는 시인이 대력 초에 진사에 낙제하고 쓴 것이다. 시에서 제 5연은 사회의 난리 정황을 반영하면서 치국의 대열에 참여 못하는 悲傷을 토로하였으며, 제10연의 「萬乘方用武」 구는 출정해야 할 현실에 자신의 文을 버리고 武로 나감(棄文就武)의 의취를 제시하면서 현실세파에 대한 지대한 관심도를 보여준다. 그래서 제9연에서 司馬相如에 비유하여 楊朱처럼 이기주의적인 심정을 배격하려 하였고, 魯나라 공자의 제자인 原憲처럼 청빈한 중에 낙도를 추구하는 정치풍토를 희구하고, 연나라의 蔡澤처럼 배경이나 추천에 의해 정당하지 못한 출사를 모멸하는 정당한 인사정책을 제시하고자 하였다. 비록 낙방한 야인이지만 정치부패상을 직시하면서 강렬한 사회정화를 외친 것이다. 따라서 관리 중에 탁월한 치적이 있는 자에게는 아낌없는 찬사와 안거의 心思를 전달하는 데 주저하지 않았으니, 〈晚次新豊北野老家韋事贈韓質明府〉(상동 권278)를 보자.

베틀 소리 절구질 소리에 해는 빛나는데
닭과 개소리 한나라 옛 마을에 어울리네.
몇 가닥의 맑은 샘물은 노란 국화를 감싸 돌고

한 마을의 찬이슬이 보랏빛 배꽃에 쌓였도다.
노쇠한 노인이 자리를 바로하고 새 사당에 경배하고
아이들은 옷깃 여미고 고서를 읽는다.
한 해 단지 별 탈 없기를 서로 인사하는데
무엇이 임금의 은혜인지를 알지 못하네.
機鳴春響日暾暾, 雞犬相和漢古村.
數派清泉黃菊盛, 一村寒露紫梨繁.
衰翁正席矜新社, 稚子齊襟讀古論.
共說年來但無事, 不知何者是君恩.

이 시는 韓質 현령의 治政을 찬양한 기증시이다. 제2연의 '菊盛'과
'梨繁'은 농촌의 평화로운 정경을 의미한다. 과장한 면이 있지만 농
촌의 수수한 생활을 묘사하여 향토미가 흘러넘친다. 노륜이 생존하
던 시기는 安史亂, 吐蕃의 침입(763), 朱泚(주체)의 난7) 등이 일어
나면서 민심이 이산되고 사회가 매우 혼란하였다. 때문에 이 시기의
문인들은 연속되는 질고를 민생과 같이하게 되었고, 非戰 의식과 현
실도피 등의 謀生을 위한 소극적인 처세가 팽배하면서 錢起, 劉長
卿 같은 낭만추구자가 나오기도 하였지만, 노륜, 耿湋(경위) 같은 현
실 상황을 직시하는 시인이 나오기도 하였다. 특히 노륜은 이 점을
직설하고 아울러 우국애민의 심정을 평화와 안정이라는 소망의식으
로 승화시키려 하였다. 〈長安春望〉(상동 권279)은 노륜의 대표작으로
서 두보의 〈春望〉과 비교되는데, 고난 중에 봄을 그리듯 태평시대를
희구함을 토로하였다.

동풍에 비바람이 푸른 산을 스쳐가니
오히려 풀빛 사이로 천문이 보인다.
집이 꿈속에서 보이니 언제나 돌아가리?
봄이 와도 강가에 몇이나 돌아갈 건가?

---

7) 朱泚의 亂은 ≪新唐書≫ 권225 列傳 제150 「朱泚」 부분 참조.

저 뜬구름 밖에 산천이 감돌아들고,
지는 해 사이로 궁궐이 얼기설기 서 있네.
누가 선비 되어 어려운 세상 만날 줄 생각했으랴?
홀로 늙은 이 몸 진관의 나그네 되었구나.
東風吹雨過靑山, 卻望千門草色間.
家在夢中何日到, 春來江上幾人還.
川原繚繞浮雲外, 宮闕參差落照間.
誰念爲儒逢世亂, 獨將衰鬢客秦關.

첫 두 구에서 東風과 靑山은 春望이며, 千門과 草色은 長安을 의미
한다. 소망 중의 청산은 고향 생각의 의취이다. 제2연은 무료한 듯
하지만 몽매간에 그리운 집 생각뿐 실현되지 못하고, 제3연에서 진
정한 春望(평화의 도래)의 활기를 부각시킨다. 그러면서 현실을 직
시하는 자신의 모습을 묘사하고 있다.8) 이 시에 대해서 후인의 평
가가 많은데, 중요한 평어를 다음에 정리한다.

① 전란의 상심을 담은 뜻이 표현된 어구 이상으로 흘러넘친다.
  ≪唐詩訓解≫ :「傷亂之意, 溢於言外.」
② 주정이 말하기를,「기교를 부릴 뜻이 없이 절로 고아함을 다 드러
낼 수 있었음은 성당 시인들도 이에 미치지 못한다.」라고 하였다.
  ≪唐詩選脈會通評林≫ :「周珽曰: 無意求工, 自能追雅, 盛唐人不過此.」
③ 첫 구절은 온화하고 완만하며, 다음 연은 짜임새 있고 밝으며, 제
5, 6구는 비장하고, 결구는 성정이 밝히 드러나서 처원한 성조를 머
금고 있다.
  ≪唐詩摘鈔≫ :「起調和緩, 接聯警亮, 五六悲壯, 結處點明情事, 終含
淒怨之聲.」
④ 시구가 비록 숙달되어 있지만, 담긴 성정이 진지하며 가다듬어져
있다.

---

8) ≪唐詩選評釋≫ 권5에서 森大來는 평하기를「此七字中有無數之鄕愁, 在下句
是近望之所見. 此七字中僅有夕陽一人之影.」이라 하였다.

≪唐詩成法≫:「句雖熟滑, 情眞摯可耐.」

⑤ 섬세하고 공교함이 부족하지만, 전란의 상심을 담는 뜻이 표현된 어구 이상으로 흘러넘친다.

≪歷代詩發≫:「不以纖巧取勝, 傷亂之意溢於言外.」

⑥ 기윤; 시가 대력십재자에 이르러 온후한 기품이 점차 쇠하였는데, 그 풍격은 후인을 능가한다. 이 시의 격조가 높지 않으나 정감 있는 운율이 특히 곱다.

≪瀛奎律髓滙評≫:「紀昀; 詩之大歷十才, 渾厚之氣漸盡, 惟風調勝後人耳. 此詩格雖不高, 而情韻特佳.」

⑦ 말구에 정말 봄을 기다리는 감회의 뜻이 돋보인다.

≪唐詩選勝直解≫:「末句情見春望感懷之意..」

⑧ 대력 간의 10여 재자에 이르러서 대우에 활구를 이용하게 되고 변화착종의 묘미를 다 드러내었으니, 예를 들면 노륜의 「집이 꿈속에 보이니 언제나 돌아가리오?」 같은 것이다.

≪北江詩話≫:「至大歷十數子, 對偶始參以活句, 盡變化錯綜之妙, 如盧綸家在夢中何日到.」

위 8개 항목의 평을 종합하면, ①은 「시의가 어사 밖에 있음(意在言外)」 또는 「어사는 다 드러났으나 시의는 그지없음(言有盡而意無盡)」의 승화된 묘오를 평가하는 최상의 수준에 도달했음을 강조하였고, ②기교를 의식하지 않고 고아미를 발휘하여 성당시의 경지에 뒤지지 않음을, ③은 매 연의 좋은 점이 시의와 부합함을, ④는 시정의 진지성(즉 사실성)을, ⑤는 형식상의 화미보다는 내용상의 言外之味 (어사로 표현된 것 이상의 보이지 않는 깊은 맛), ⑥은 시의 격조보다는 시의 성정에 대한 우의, ⑦은 전쟁의 혐오와 평화추구의 기대감을 두보의 〈春望〉에 비유함, ⑧은 시의 묘사상의 기법이 특출함 등으로 집약 설명할 수 있다. 이 모든 것이 시인의 詩趣가 번민 중에서 정화되어 토로된 '평화 갈구'라는 지상목표와 조화되어 있다는 점으로 귀결할 수 있다.

판본은 비교적 많아서 ≪格致叢書≫, ≪津體秘書≫, ≪詩學指南≫ 본이 있고, ≪歷代詩話續編≫, ≪叢書集成≫ 등 본도 齊己의 ≪白蓮集≫ 뒤에 붙어 있다.

≪流類手鑑≫ - 虛中

詩僧 虛中(허중, 869?-929?). 袁州 宜春(지금의 江西省)人이다. 주로 瀟湘(지금의 湖南省 일대) 지방에서 유람하고, 齊己, 尙顔, 司空圖, 鄭谷 등과 詩友가 되었다. 天祐 연간에 中條山에서 사공도를 만나서 시를 기증하니, 사공도가 「10년 동안 화악봉 앞에서 머물며 오직 얻은 건 허중의 두 수 시이다.(十年華岳峰前住, 只得虛中兩首詩.)」라고 하였다. ≪十國春秋≫(권76)에 열전이 있고, 少年에 出家하여 玉笥山에 20년간 거주하였다. 시는 寄贈과 送悼에 관한 것이 많고 五律에 뛰어났다. ≪碧雲集≫ 1권을 지었다고 전하는데 지금은 전하지 않고, ≪全唐詩≫에 시 14수와 ≪全唐詩補編≫에 1수 3연이 수록되어 있다. 그의 시에서 〈芳草〉(≪全唐詩≫ 권848)와 〈寄華山司空圖〉 其二(상동)를 다음에 보기로 한다.

자욱이 깔린 향기로운 풀 푸른데
어디에서 깊은 생각이 나네.
금곡 사람 죽은 후에
모래톱에 날이 따뜻한 때네.
용 비늘에 상서로움 깃들어 있고
비바람에 씻기어 사사로움 없네.
난초며 혜초를 캐려 하니
맑은 향기 누구에게 드릴가.
綿綿芳草綠, 何處動深思.
金谷人亡後, 沙場日暖時.
龍鱗藏有瑞, 風雨灑無私.
欲採蘭兼蕙, 清香可贈誰.(〈芳草〉)

한가로이 거닐며 홑옷 걸치니
단칼에 정기가 움직이네.
대낮에 선도를 꿈꾸고
맑은 새벽에 도경을 받드네.
기장 싹은 들길을 덮었고
뽕나무 오디는 한가한 뜰 더럽히네.
이웃하고 싶은 사람 있는 곳
서남쪽 태화산이 푸르네.
逍遙短褐成, 一劍動精靈.
白晝夢仙道, 淸晨禮道經.
黍苗侵野徑, 桑椹汚閒庭.
肯要爲隣者, 西南太華靑.(〈寄華山司空圖〉其二)

본 시화의 편찬 목적을 그 小序에 이르기를,

대개 시도는 깊고도 먼 것으로 이치가 오묘한 데까지 미친다. 속세에
서는 그것을 몰라 하찮은 것으로 여긴다. 시를 잘 짓는 이는 마음으
로 잘 조화시키고 언어로 만물의 형상을 잘 그려서, 하늘과 땅, 해와
달, 초목과 연기, 구름들이 나를 따라 쓰여서, 나와 하나가 되어 어
둡기도 하고 밝기도 한 것이다. 이러한 것이 시인의 말이 만물의 형상
에 들어맞는다고 하는 것이니, 어찌 쉽게 다다를 수 있겠는가!
夫詩道幽遠, 理入玄微, 凡俗罔知, 以爲淺近. 善詩之人, 心合造化, 言
合萬象, 且天地日月, 草木煙雲, 皆隨我用, 合我晦明. 此則詩人之言應
於萬象, 豈可易哉.

라고 작시의 의식과 어려움을 밝히고 있다. 본 시화의 요지는 比興
수법으로 비유와 은유를 표현하는 규범을 서술하고 있다. 그 내용은
'詩有二宗'에서 '南宗'과 '北宗'이 있다고 한 것 이외에 주로 '物象流
類'와 '擧詩類例'의 두 부분으로 되어 있다. '詩有二宗'은 만당 시가 종
파로 구분되어서, 본 시화에 「시에 두 종이 있다. 제4구에 제목이 보
이면 남종이고 제8구에 제목이 보이면 북종이다.(詩有二宗. 第四句見

題是南宗, 第八句見題是北宗.)」라고 서술하고 있다. 南北宗의 구분은 본래 불교 禪宗에 근원을 두어 후에 문학평론에 영향을 주었는데, ≪文鏡祕府論≫ 南卷의 '論文意'에서 王昌齡의 ≪詩格≫에 서술된 「사마천은 북종이고 가의는 남종이다.(司馬遷爲北宗, 賈生爲南宗.)」구를 인용하였고, 만당 오대에 이르러서 南北宗 분류법으로 시가창작을 논설하게 되었다. 본 시화 외에 賈島의 ≪二南密旨≫에서 「남종의 한 구는 이치를 품고, 북종의 두 구는 뜻을 드러낸다.(南宗一句含理, 北宗二句顯意.)」라든가 徐寅의 ≪雅道機要≫에서는 「남종은 두 구에서 뜻을 보고, 북종은 한 구에서 뜻을 본다.(南宗則二句見意, 北宗則一句見意.)」라 하여 논리의 불일치를 보이고 있다. 이후에 송대 嚴羽가 南北宗을 시론에 인용하여 기술하기를,

> 선가류에는 대소의 승이 있고 남북의 종이 있으며 어긋남과 올바름의 도가 있으니, 학습자는 모름지기 최상의 승을 따라 바른 법안을 갖추어 제일의를 깨달아야 한다. 소승선이라면 성문승과 벽지승 따위인데 모두 바르지 않다. 시를 논함은 선을 논함과 같으니 한위진과 성당의 시가 즉 제일의이다. 대력 이후의 시는 즉 소승선이어서 이미 제이의로 떨어져 있다. 만당의 시는 즉 성문과 벽지승류이다. 한위진과 성당의 시를 배운 자는 임제종 무리와 같고 대력 이후의 시를 배운 자는 조동종 무리와 같다.
> 禪家者流, 乘有小大, 宗有南北, 道有邪正, 學者須從最上乘, 具正法眼, 悟第一義也. 若小乘禪, 聲聞辟支果, 皆非正也. 論詩如論禪, 漢魏晋與盛唐之詩, 則第一義也. 大歷以還之詩, 則小乘禪也, 已落第二義也. 晚唐之詩, 則聲辟支果也. 學漢魏晋與盛唐之詩者, 臨濟下也. 學大歷以還之詩者曹洞下也.

라고 하여 원래의 구분법에서 논리적으로 변화된 詩品의 기준으로 삼고 있다. '物象流類'는 물상을 모두 55부류로 나누고, 각 유의 물상과 관계되는 시대 정치의 美刺와 比興에 담긴 뜻을 밝히고 있다. 예를 들면 다음과 같다.

'日午'・'春日' ― 君主 비유

'殘陽'・'落日' ― 亂國 비유

'春風'・'和風'・'雨露' ― 君恩 비유

'朔風'・'霜霰' ― 임금의 失德 비유

'梧桐' ― 높은 地位 비유

'野花' ― 때를 얻지 못한 君子 비유

'蛇鼠'・'燕雀'・'荊榛' ― 小人 비유

그리고 '擧詩類例'는 모두 17류인데, 구체적인 시구와 연계시켜서 그 물상에 숨어 있으면서 풍유하는 속뜻을 나타내고 있다. 馬戴의 〈楚江懷古〉(其一)를 본다.

이슬에 찬 햇빛이 모여 있고
석양이 초 땅 언덕에 지네.
원숭이 동정호 나무에서 울고
사람은 목란 쪽배에 있네.
넓은 연못에 밝은 달이 뜨고
푸른 산은 거센 강물에 끼어 있네.
구름 신 운중군 아니 내리는데
밤새도록 절로 가을이 쓸쓸하네.
露氣寒光集, 微陽下楚丘.
猿啼洞庭樹, 人在木蘭舟.
廣澤生明月, 蒼山夾亂流.
雲中君不降, 竟夕自悲秋.(≪全唐詩≫ 권555)

馬戴의 字는 虞臣으로 寶曆 연간에 入京하여 姚合, 賈島, 無可 등과 교유하고 會昌 5년(845) 진사 급제한 후, 太學博士까지 지냈다. 張爲는 ≪詩人主客圖≫에서 마대를 淸奇雅正의 升堂 시인에 열거하였고, ≪唐才子傳≫에서는 「마대의 시는 웅장하면서 미려하여 만당 여러 시인의 위에 있으니, 한가로워 느긋하며 침착하게 통쾌하여 두 가지 면이 서로 조화되니 좋은 시이다.(戴詩壯麗, 居晩唐諸公之上,

優遊不迫, 沈着痛快, 兩不相傷, 佳作也.)」라고 평하고 있다. 위 시에 대해서 ≪詩境淺說≫에서 평하기를,

> 당인의 오언율시는 고아하고 화려하며 웅혼한 시가 많다. 이 시는 매우 맑고 아름다운 것으로 빼어나니 마치 선인이 연잎 쪽배를 타고 파도를 넘어서 내려가는 것 같다.
> 唐人五律, 多高華雄厚之作. 此詩以淸徹婉約出之, 如仙人乘蓮葉輕舟, 凌波而下也.

라고 하여 시인 자신이 超世的 탈속의식 속에서 현실적 仕官 기회를 얻지 못하는 신세를 비유적으로 풍유하였다. 江淹 시에서,

> 날이 저무니 푸른 구름이 뭉게 지는데
> 고운 님은 아직 오지 않네.
> 日暮碧雲合, 佳人殊未來.(≪全漢三國晋南北朝詩≫ 全梁詩 권5)

라고 하였는데, 이 시구는 군왕이 僭濫(참람)하니 어진 사람이 벼슬에 나가지 않음을 비유한다. 다음에 無可의 〈秋寄從兄賈島〉를 보자.

> 밤벌레 저녁 빛에 시끄러운데
> 묵묵히 생각하며 서쪽 숲에 앉네.
> 빗소리 들으니 찬 기운 더한데
> 문을 여니 낙엽이 깊이 쌓이네.
> 예전에 서울에서 병이 나니
> 이어서 동정호에의 마음이 일어나네.
> 또한 내 형의 일 생각하며
> 머뭇대면서 함께 지금 이러하네.
> 暝虫喧暮色, 默思坐西林.
> 聽雨寒更盡, 開門落葉深.
> 昔因京邑病, 并起洞庭心.
> 亦是吾兄事, 遲徊共至今.(≪全唐詩≫ 권813)

이 시는 어진 선비를 등용하지 않음을 비유한다. 무가는 俗姓이 賈로 賈島의 從弟이다. 元和 연간에 長安 靑龍寺에 거주하고 그 후에 吳越과 嶺南 지방을 유람하였고, 姚合, 朱慶餘, 賈島, 殷堯藩, 章孝標, 馬戴, 段成式 등과 詩友로 唱和하였다. 이 시에 대해서 ≪詩史≫에서 논평하기를,

> 당나라 스님은 좋은 시구가 많고 그 시구를 다듬는 법이 사물을 뜻으로 비유하여 사물을 직접 말하지 않는 것이니, 이것을 형상 밖의 시구라 한다. 예컨대 무가 상인의 시에 이르기를, 「빗소리 들으니 찬 기운 더한데, 문을 여니 낙엽 소리 들리네.」 이것은 낙엽을 빗소리에 비유한다. …고사 사용과 시구 조탁은 오묘함이 그 쓰임을 말하는 데에 있는 것이지 그 이름을 말하는 데 있지 않을 뿐이다.
> 唐僧多佳句, 其琢句法, 有比物以意而不言物, 謂之象外句. 如無可上人詩曰: 聽雨寒更盡, 開門落葉聲. 是落葉比雨聲也. …用事琢句, 妙在言其用, 而不言其名耳.

라고 하여 물상을 통하여 내심을 풍유하는 대표적인 시라 하겠다. 아울러 賈島의 시에서,

> 옛 언덕 다 지나가는데
> 모래톱은 길어서 아직 쉴 수 없네.
> 古岸崗將盡, 平沙長未休.

라고 하였는데, 이 시구는 좋은 일은 사라지고 나쁜 일만 늘어남을 비유하고 있다. 이 시화는 어디까지나 物象을 중시한 당대 시가발전의 특색을 적절히 논리화한 것으로 본다. 그러나 물상을 時政에 대한 頌諷에 착안하고 있고, 부회하는 어사를 많이 사용하고 있어서 유가 전통시론의 지류라 할 것이다.

판본은 ≪吟唱雜錄≫, ≪格致叢書≫, ≪詩學指南≫본 등이 있다.

范攄(범터, 생졸년 불명). 吳(지금의 江蘇 蘇州)人으로 越州 五雲溪에 거주하여 自號를 五雲溪人, 또는 雲溪子라 하였다. 方干과 교유하며 처사로서 산수를 방랑하면서 종신 出仕하지 않았다. 卒後에 지은 李咸用의 〈悼范攄處士詩〉가 있어 범터의 인품을 이해하는 데 도움이 된다.

집이 오운계 가에 있어 지내다가
몸이 무협에 노닐며 한가한 사람 되었네.
편안한 수레 사립문 밖에 이르지 않았는데
옥 조각은 벌써 무덤 흙에 묻혀 새롭네.
비록 공경이 이름 들어도
아쉽기는 아는 이 없이 세상을 벗어난 것.
결국 적선하여 무슨 일 이루었나
천지는 아득히 가을이고 또 봄이구나.
家在五雲溪畔住, 身遊巫峽作閒人.
安車未至柴間外, 片玉已藏墳土新.
雖有公卿聞姓字, 惜無知己脫風塵.
到頭積善成何事, 天地茫茫秋又春.(≪全唐詩≫ 권645)

범터가 지은 ≪雲溪友議≫ 3권은 당대 開元 이후의 逸失된 고사를 기록한 것으로, 그중에 시인 사적과 시가 本事를 많이 담고 있는데, 부정확한 史實이나 神鬼한 고사도 기재되어 있다. 3卷本 65則이며 체제는 每則에 세 字로 標題하고 있다. 본 시화에서 거론된 당대 시인은 王建, 白居易, 張祜(장호), 杜牧, 李涉, 顏眞卿, 李群玉, 章孝標,

李紳, 朱慶餘, 薛濤(설도) 등 비교적 詩名과 그 문집이 보존된 작가 외에 당대 문단에서 거의 거명되지 않은 희소한 문인들의 사적이 기록되어 있어서 나름대로 자료적 가치를 지닌다고 본다. 그 희소한 시인들을 보면, 陸暢, 韋丹, 崔涯, 雍陶(옹도), 陸巖夢, 滕倪(등예), 王軒, 李褒(이포), 盧渥(노악), 廖有方, 韋皐(위고), 李回, 平曾 등을 들 수 있다. 따라서 본고에서는 시풍적 가치의 고하를 떠나서 당시의 자료적 확보를 위해서 그 희소한 작가의 고사를 중심으로 하여 본 시화 원문과 그와 연관된 시를 살펴보기로 한다.

1. 陸暢

육창은 운양공주가 도위 유씨에게 시집가니 조정 관리들이 그를 천거하여 접객인으로 삼았는데, 궁인이 육창의 오 지방 소리를 내며 재주가 민첩하여 무릇 희롱을 잘하고 응대하는 것이 물 흐르듯 한데, 다시 시로 희롱하니 육창도 응수하여 궁녀들이 크게 기뻐하였다. 무릇 10여 편을 궁녀들이 다 외워서 읊었다. …

陸暢者, 雲陽公主降都尉劉氏, 朝士擧爲儐相, 內人以陸吳音. 才思敏捷. 凡所調戲, 應對如流, 復以詩嘲之, 陸亦酬和, 六宮大喜, 凡十餘篇, 嬪娥皆諷誦之. …

육창의 자는 達夫이며, 吳郡(지금의 江蘇 蘇州)人으로, 일찍이 西川節度使 韋皐에게 인정받아서 〈蜀道易〉를 헌시하여 찬미하였다. 위고가 졸한 후 兵器에 '定秦'이란 두 글자를 새긴 것을 음모란 죄명으로 고발당하니, 육창은 상서하여 「신이 전에 촉에 있었는데 정진이라 것은 匠人의 이름으로 안다.(臣向在蜀, 知定秦者匠名也.)」라고 하여 죄를 면하였다. 元和 원년에 진사 급제하여 太子率府參軍, 殿中侍御史, 金部員外郎 등을 역임하였다. 才思가 민첩하여 시로 戲謔하여 當世에 聞名하였고, 韓愈, 孟郊, 張籍, 姚合, 費冠卿, 竇鞏(두공) 등과 교우하였다. 육창 시는 33題 34首 2聯句(≪全唐詩≫ 권478))

로 구성되어 있고 주제별로는 詠物 4수, 送別 6수, 贈酬 7수, 山水 12
수, 奉制 2수, 詠懷 3수 등으로 구분된다. 육창의 〈雲安公主下降奉
詔作催妝詩〉를 보기로 한다.

> 운안공주 귀하시니
> 오후 가문에 시집을 가네.
> 후비인 모친이 친히 화장을 해주시고
> 오빠는 사랑스레 꽃을 하사하시네.
> 서둘러 제자 병풍 펴고
> 병풍 옆에는 칠향 수레를 대기하네.
> 묻노니 화장 다 하셨나요
> 동쪽에 새벽노을이 지려 하네.
> 雲安公主貴, 出嫁五侯家.
> 天母親調粉, 日兄憐賜花.
> 催鋪百子障, 待障七香車.
> 借問妝成未, 東方欲曉霞.

詩注에 「순종 딸이 유사경에게 시집가니 백관이 육창을 천거하여
접객인으로 삼았다.(順宗女嫁劉士涇, 百僚擧暢爲儐相.)」라 하니, 육
창이 운안공주 혼례를 주제로 지은 시라 할 것이다. 그리고 內人이
육창의 吳音으로 희롱한 시에, 육창이 응수한 시로서 다음 〈解內人
嘲〉(一作酬宮人)(상동)를 본다.

> 화장한 얼굴의 선녀가 성명하신 임금에 선발되어
> 우연히 진 여인을 만나서 통소 불기를 배웠네.
> 모름지기 비취새로 서왕모에게 배우게 하여
> 까마귀 솔개처럼 오작교를 시끄럽게 하지 말지라.
> 粉面仙郎選聖朝, 偶逢秦女學吹簫.
> 須敎翡翠聞王母, 不奈烏鳶噪鵲橋.

2. 平曾

평증은 재능을 믿고 오만하여 꺼리는 것이 많았다. 복야 설평이 절서 지방을 다스렸는데 만나서 예우가 좀 박하다고 여겨서 시를 남겨 풍자하여 말하였다. 「산 넘고 바다 건너오는 길이 어찌나 험한지, 찾아와 금릉 설대부를 뵈었네. 코밑수염과 머리카락이 굳건하여 마치 칼과 창을 대하듯 하고, 의관이 엄연하여 얼음 병에 절하듯 하네. 진실로 두 두루마리가 주옥이 아닌 줄 알지니, 세 겹 비단 받는 여행길이 매우 부끄럽네. 오늘 초강의 경치 정말 좋으니, 고개 돌려 구오를 바라보지 않아도 되네.」 설평이 이것을 듣고 사신을 보내어 돌아오도록 하였다. …

平曾恃才傲物, 多犯忌諱. 僕射薛平出鎭浙西, 投謁禮遇稍薄, 乃留詩以諷曰:「梯山航海幾崎嶇, 來謁金陵薛大夫. 髭髮堅時趨劍戟, 衣冠儼處拜氷壺. 誠知兩軸非珠玉, 深媿三縑卹旅途. 今日楚江風正好, 不須廻首望勾吳.」 薛聞之, 遣使追還. …

평증의 爲人이 '恃才傲物'(재주를 믿고 오만함)하여 세상 물정에 초탈하고 대인관계에 원만치 못한 점이 많았다. 위의 시제는 〈留別薛僕射〉(《全唐詩》 권508)로서 《全唐詩》에 수록된 시에는 '髭髮堅'이 '毛髮豎'로, 그리고 말연은 「밝은 날 강을 건너니 경치가 좋아, 고개 돌려 구오를 돌아보지 않는다네.(明日過江風景好, 不堪回首望勾吳.)」라 하여 다소 차이가 있다. 《唐詩紀事》(권65)에 의하면 평증이 설평 집에 며칠 더 머문 후에 다시 〈繫白馬詩上薛僕射〉(상동) 시를 지어서 헌시했다고 하니 다음에 본다.

백마에 갈기 한 다발 걸친 데
오늘 아침 말발 줄 입히니 길 가기 어렵네.
눈 속에 가노라니 공연히 자국 남고
달 아래 끌어대니 안장만 보이네.

북녘에 말 우는 소리 저 하늘 멀리 울리고
바람 맞아 비스듬히 당기니 귓가가 차네.
모골이 이상한 거 절로 아나니
다시 손양에게 자세히 봐 달라 청하리.

白馬披鬃練一團, 今朝被絆欲行難.
雪中放去空留跡, 月下牽來只見鞍.
向北長鳴天外遠, 臨風斜控耳邊寒.
自知毛骨還應異, 更請孫陽仔細看.

3. 韋丹

강서대부 위단이 동림의 스님 영철과 절친한 사이로 시로 창화하기
를 매월 네다섯 차례 하였다. 서문에 이르기를, 「영철이 근래 〈광려
칠영〉 시를 보내오니, 그걸 읊으매, 모두 문단에서 극히 아름답다.」
하였다.

江西帥韋丹, 與東林僧靈澈忘形之契, 篇什唱和, 月四五焉. 序曰: 徹
公近以匡廬七詠見寄, 及吟詠之, 皆麗絶於文圃也.

위단(753-810)의 자는 文明으로, 京兆 萬年(지금의 陝西 西安)
人이다. 어려서 고아가 되어 외조부 顔眞卿에게서 배워서, 明經科에
급제하여 校書郎과 咸陽尉를 지냈다. 貞元 4년에 邠寧節度使 張獻
甫의 從事가 되고, 동 12년 起居郎, 그리고 동 16년에는 駕部員外
郎이 되었고 신라의 國君이 사망하니 司封郎中 겸 御史中丞으로 조
문도 하였다. 동 17년에 容州刺史를 거쳐서 永貞 원년에는 諫議大
夫를, 元和 2년에는 洪州刺史와 江南西道觀察使로 政績이 탁월하였
고, 靈澈과는 酬唱이 매우 친밀하였으니, 영철에게 보낸 다음 〈思歸
寄東林澈上人〉 시를 본다.

나랏일 어지러워 한가한 날 없어
뜬 인생 살아가는 게 오직 구름 같네.

이미 돌아가 쉴 마음이러니
오로암 앞에서 반드시 같이 들어야지.
王事紛紛無暇日, 浮生冉冉只如雲.
已爲平子歸休計, 五老巖前必共聞.(≪全唐詩≫ 권158)

이 시의 다음 并序의 일단에는 시의 주제를 상세하게 서술하고
靈澈 上人과의 절친한 우의와 존경심을 담고 있다.

영철 스님이 근래 〈광려칠영〉 시를 보내오니, 그걸 읊으니, 모두 문
단에서 아름답다. 이 〈칠영시〉는 더욱 돌아가려는 흥취를 일으킨다.
또한 젊은 시절 좋은 벗으로 두세 도인과 노닐며 반드시 천 길 높은
산봉우리에 올라가서 구강의 물결을 구경하였다. …
澈公近以匡廬七詠見寄, 及吟詠之, 皆麗絶於文囿也, 此七詠者, 俾予
益發歸歟之興. 且芳時勝侶, 卜遊于三二道人, 必當攀躋千仞之峰, 觀
九江之波. …

영철 상인을 기리며 그리워하는 심회를 담은 〈答澈公〉 시를 본다.

텅 빈 산에 샘물이 떨어지고 솔창은 고요한데
한가론 땅에 풀이 나고 봄날은 느리구나.
백발이 더 많아지나 몸이 쇠하지 않으면
의연히 늘 영철 선사 곁에 있겠네.
空山泉落松窗靜, 開地草生春日遲.
白髮漸多身未退, 依依常在靈禪師.(상동)

4. 崔涯

최애는 오, 초 땅의 기이한 선비이다. 장호와 이름을 나란히 하여 늘
창기의 집에 시를 지어서 거리에 읊지 않는 이가 없으니 칭찬하면 수
레 말이 문에 가득 차고, 헐뜯으면 술잔과 접시를 들지 않았다. 일찍
이 한 기녀를 조롱하여 말하였다. 「소방본을 얻었으나 오히려 대모

가죽 탐하네. 태아 품은 지 열 달에 곤륜아를 낳았네.」 …
崔涯, 吳楚狂士也. 與張祜齊名, 每題詩於娼肆, 無不誦之於衢路, 譽
之則車馬盈門, 毁之則盃盤失措. 嘗嘲一妓曰: 雖得蘇方本, 猶貪玳瑁
皮. 懷胎十個月, 生下崑崙兒. …

최애는 성격이 방랑과 음주를 즐기며 俠士로서도 알려졌고 유랑
생활을 즐긴 문인이다. 그는 만당의 문호 張祜와 친근하여 ≪唐詩紀
事≫(권52)를 보면,

「태행산에 세 자의 눈이 쌓이고 최애 소매에는 세 자의 쇠칼이 있네.
하루아침에 마음에 드는 사람 만나면 문을 나서 처자식과 이별하네.」
시는 최애의 의협시이다. 최애는 장호와 실의에 차서 강회에서 노닐
었으니 이 시는 자주 사람 입에 전해진다.
太行嶺上三尺雪, 崔涯袖中三尺鐵. 一朝若遇有心人, 出門便與妻兒別.
涯俠士詩也. 涯與張祜失意游俠江淮, 此詩往往傳于人口.

라고 하여 장호와의 관계를 알 수 있다. 다음에 최애의 〈詠春風〉을 보
기로 한다.

온 천지에 사물은 상하지 않은데
고고한 마음 빼어난 운치 어디에 있나.
앉았던 제비 참새는 하늘로 날아가고
떠도는 버들솜은 종일 미쳐 날리네.
계수나무 감도는 달 밝히 온 마을 지나는데
돛대 놀리는 맑은 바람 저녁에 삼상을 건너가네.
외로운 구름 무심한 사물이라지만
잠시 빌려서 유토피아로 불어 가다오.
動地經天物不傷, 高情逸韻住何方.
扶持燕雀連天去, 斷送楊花盡日狂.
遠桂月明過萬戶, 弄帆晴晚渡三湘.
孤雲雖是無心物, 借便吹教到帝鄉.(≪全唐詩≫ 권505)

최애가 교류한 張祜는 대문호로서, 독특한 시사적 위치를 차지한 바, 본문에서 필지의 고찰에 의거하여 그의 시를 심도 있게 서술하려 한다. 장호의 생애에 대해서 新·舊唐書에는 자료가 없고 《唐才子傳》〈張祜傳〉(권6)에 그 일단을 보면,

(장호) 자가 승길, 남양 사람으로 고소에서 우거하였다. 고상한 것을 좋아했고, 처사라 불렸다. 운치 있는 풍정에다 사고가 우아하였으며 무릇 지기는 모두 당시의 영걸들이었다. 그러나 과거에 쓰이는 일정한 법식의 문장은 일삼지 않았다. 원화·장경 연간에 영호초로부터 재능을 크게 인정받았고, 천평군 절도사로 갈 때 손수 추천장을 써서 시 3백 수를 조정에 올리게 하였는데, 추천장의 개요는 이러하였다. 「무릇 5언시를 제작할 때는 육의를 담아야 하는데, 근자에는 방탄한 시가 많아, 본받을 데가 없습니다. 장호는 오랫동안 강호에서 지내고 있는데, 일찍부터 시문에 뛰어나고 각고연마하여 물상에 조예가 깊으며, 동료들로부터 추숭되고 풍격은 타의 추종을 불허합니다. 삼가 시를 엮어 광순문에 가서 진헌케 하나니, 중서문하에 왕명을 베풀어 주시길 바라나이다.」…

字承吉, 南陽人, 來寓姑蘇, 樂高尙, 稱處士, 騷情雅思, 凡知己者悉當時英傑, 然不業程文. 元和長慶間, 深爲令狐文公器許, 鎭天平日, 自草表薦, 以詩三百首獻於朝, 辭略曰, 凡制五言, 苞含六義, 近多放誕, 靡有宗師, 祜久在江湖, 早工篇什, 硏幾甚苦, 搜象頗深, 輩流所推, 風格罕及, 謹令繕錄, 詣光順門進獻, 望宜付中書門下. …

라 하여 비교적 그 숨은 일화를 상세히 기술하고 있다. 장호가 교유한 문인은 최애 이외에 杜牧, 令狐楚, 沈亞之, 許渾, 李涉, 溫庭筠 등 대시인들과 契衡, 貞固, 志凝, 靈澈 등 승려들과도 교우를 유지하였다. 장호의 시(≪全唐詩≫ 권510-511)는 총 353수에 달하는데, 그의 시를 주제별로 세분하면 다음과 같다.

주제 시수	산 사	도 관	송 별	증 수	영 물	행 려	만 가	영 고	감 흥	변 새	사 경	교 우	기 타	합 계
시 수	44	4	25	30	30	28	5	45	55	4	39	18	26	353

이상과 같은 분류에서 그의 시가 은일낭만적인 면이 적지 않으니
이 점은 佛道와 경물에 관한 내용에서 짙게 표출되어 있고 이것이 그
의 시를 盛唐風에 근접하다는 평가를 받는 근거이기도 하다. 명대 李
攀龍은 장호의 〈題松汀驛〉 시를,

> 이 시의 「遠含空」 3자는 창망한 뜻을 불러일으키고 있다. 한 연은 모
> 두 이 가운데서 나오고 있으니, 역시 왕유와 맹호연 일파의 구법이다.
> 此詩 「遠含空」 三字, 起得有蒼茫之意. 一聯皆從此中出, 亦王孟一流
> 之章法也.(≪唐詩選≫ 권8)

라고 평한 것은 일리가 있다. 이 중에서 장호 시의 산사의 은일탈속
면을 보면, 장호 시에 寺僧의 주제가 많은데, 송대 阮一閱은 이 점을
葛常之의 말을 빌려 다음과 같이 말하였다.

> 장호는 산행을 즐겼고 고음이 많다. 무릇 그가 다닌 불사에서 왕왕
> 시를 지어 노래하였는데, 예컨대 〈제승벽〉에서는 「객지에서 술을 많
> 이 대하다가 승방에 드니 오히려 꽃이 싫구나.」라 하였다. 실로 승방
> 과 불사가 그의 시를 통해 표방되는 경우가 많음을 알겠다.
> 張祜喜遊山而多苦吟, 凡所歷僧寺往往題詠如題僧壁云: 「客地多逢酒, 僧
> 房卻厭花.」, 信知僧房佛寺賴其詩標榜者多矣.(≪詩話總龜≫ 卷之二十一)

그리고 송대 蔡正孫은 ≪詩林廣記≫(권9)에서 金山寺를 놓고 평하
기를,

> ≪남당서≫에 금산사는 빼어난 경치라 하였다. 장호가 읊은 시에는
> 「스님이 돌아가니 밤배에 달이 뜨고, 용이 나니 새벽 마루에 구름이
> 인다.」의 구절이 있는데, 그 후로 시인들은 붓을 놓았다. 손방이 다

시 읊은 한 수의 시가 절창이라 불렸을 뿐이다.

南唐書云: 金山寺號爲勝景, 張祜吟詩有僧歸夜船月, 龍出曉堂雲之句, 自後詩人閣筆. 孫魴乃復吟一詩, 特號絶唱.

라고 하니 장호 시의 소재에 있어 '寺僧'의 중요성을 강조한 근거라 할 것이다. 장호가 山寺를 시제로 한 시가 총 44수인 것만 봐도 그의 소재의 중점이 되는 대상으로서의 사원이 지닌 의미가 적지 않다. 이것은 시정이 천속을 면하는 근거가 되기도 하지만, 장호의 시 전체가 지닌 '避俗'의 특징이라는 데까지 확대하여 말할 수 있다. 작시상 경계해야 할 점 즉, 「시는 진부한 데 매이는 것을 경계할 것이며, 경박하고 헤매는 것을 경계할 것이다. 무릇 어사의 기세를 드러내는데 응당 비속함을 멀리하여야만 시다움을 알 수 있다.(詩一戒滯累塵腐, 一戒輕浮放浪, 凡出辭氣, 當遠鄙倍, 詩可知矣.)」(≪詩槪≫)라는 표현과 대조해 볼 때 장호의 시에서 소재 선택의 신선함을 강조하지 않을 수 없고, 그의 이런 시는 자연 경물에의 심취라는 관점에 초점이 맞추어져 있고, 불교에의 信心이 깃든 의식상의 탈속미를 지닌다.

王國維가 말한 바 같이 「유아의 경지가 있고 무아의 경지가 있다.(有有我之境, 有無我之境.)」(≪人間詞話≫)라는 의미는 '我'로써 사물을 보는 것을 '有我'의 것이라면 '物'로써 사물을 보는 것을 '無我'의 것이 되겠으니, 장호의 경물을 묘회하는 詩情에서부터 은일과 속탈을 추구한 면은 '有我'의 경우로 볼 수 있다. 이것은 '我'의 '情'을 위주로 하고 '物'의 '景'을 추종으로 했다고 보기 때문이다. '境' 속에 반드시 '我'가 있으며 그 주체는 '我'이므로 '我相'이 '澹遠'의 (虛無가 아닌) 의식흐름이다. 그래서 소위 「경물이 성정에 기탁한다(景寄於情)」(張德瀛 ≪詞徵≫)라는 말이 가능하다. 장호의 〈涓川寺路〉(≪全唐詩≫ 권510)를 보자.

해가 져서 서쪽 시내가 으슥하니
먼 데서 쫓겨 온 이 몸 시름이 솟구친다.
안개 낀 이끼는 축축이 땅에 엉켜 있고
대나무에는 달빛 어린 이슬방울 맺혀 있다.
때마다 스님이 오는 걸 보니
다리 곁에 구름이 솟아오른다.
日沈西澗陰, 遠驅愁突兀.
煙苔濕凝地, 露竹光滴月.
時見一僧來, 脚邊雲勃勃.

이 시에서 전체 구가 경물의 자태와 작자 자신의 그 속에서의 위치를 진솔하게 그려 놓았다. 제3, 4구의 세밀함, 제5, 6구의 경계 묘사는 스님의 天界 유람을 연상케 하여 초탈의 묘법을 강구하고 있다. 시에서 「沈, 陰, 遠, 突兀, 煙, 凝, 滴, 僧」 등의 글자는 말구의 제5자로 귀결시키는 '動中靜'의 묘법이라 하겠다. 그리고 〈峰頂寺〉(상동 권511)를 보면,

물처럼 밝은 달 산머리의 절에서
얼굴 들어 바라보니 천석 위를 거니네.
행랑에 밤 깊어 사람 소리 그쳤는데
솔가지 하나 움직이니 학이 오는 소리로다.
月明如水山頭寺, 仰面看天石上行.
夜半深廊人語定, 一枝松動鶴來聲.

라고 하였다. 이 시도 야반에 감흥되는 시정에 경물이 수종하는 담백한 표현이다. 깊고 높은 산사를 찾아서 읊은 칠절인데, 제1연의 표현은 마치 天界를 거니는 심회를 그렸고, 제2연은 시에 있어 청대 劉熙載의 ≪詩槪≫에서 말했듯이 기상이 있는 곳에 정신이 있다는 증거가 되는 표현이다.[1] 이러한 경지는 '避俗'의 의미이니 정적이 깃

---

1) ≪詩槪≫云:「山之精神寫不出, 以煙霞寫之; 春之精神寫不出, 以草樹寫之, 故詩

든 속에 한 가지의 솔잎 스치며 학이 오는 소리로 묘사한 경물의 精緻함은 단순한 시심의 발로 이상의 묘취가 승화되어 나타나 있다. 이것은 바로 시의 다음과 같은 단계에 들어선 장호의 작품수준이라 하겠다.

> 시의 경계는 그윽함을 귀히 여기고, 뜻은 한랭을 귀히 여기며, 말은 조탁을 귀히 여긴다. 한랭하면 준영해지고, 조탁하면 고초해진다. 이와 같은 것은 모두 속된 것을 잘 피하고 진부한 것을 잘 피하는 것들이다. 또한 속되고 진부한 것을 피하는 것뿐만이 아니니, 최고의 경지에 이른다 하여도 어찌 여기에 덧보탤 것이 있겠는가?
> 詩境貴幽, 意貴閒冷, 辭貴刻削. 閒冷便雋永, 刻削便古峭. 若此者皆善於避俗, 善於避熟者也. 且不但避俗與熟而已, 卽登峰造極, 豈有加於此乎. (吳雷發 ≪說詩管蒯≫)

이런 기준에서 嚴羽가 말한 第一義的인 '以禪入詩'의 시세계에 장호를 동참시킬 수 있을 것이다.2) 장호의 위 시 제2연은 곧 「유현을 귀히 여김(貴幽)」과 「저속을 고침(醫俗)」이라는 시의 탁월성을 표출하고 있다. 이런 단순한 경물에의 심취에서 탈속경지로 몰입된 성향을 장호의 시에서 찾아볼 수 있으니, 〈題徑山大覺禪師影堂〉(상동)을 보자.

> 초연한 저 언덕의 사람
> 곧장 속세를 하직했다네.
> 상을 보면 곧 상이 아니며
> 몸을 보면 어찌 몸이겠는가.
> 공문의 성은 사라지지 않고
> 옛 마을은 변하여 새롭도다.
> 불당 안의 그림자 가리켜서

無氣象, 則精神亦無所寓矣.」
2) 嚴羽의 ≪滄浪詩話≫ 〈詩辨〉 참조.

누가 그림자가 진상 같다 말하는가.

超然彼岸人, 一徑謝微塵.

見相卽非相, 觀身豈是身.

空門性未滅, 舊里化猶新.

謾指堂中影, 誰言影似眞.

이 시는 첫 구부터 人間界를 벗어나 있으니 이른바 청대 袁枚의 「마음은 사람의 소리이니 속마음을 진실히 하면 겉으로 드러난다.(心爲人籟, 誠中形外.)」(≪續詩品≫ 齋心)와 상통하는 작자의 심태를 묘회하였고, 제2연에 들어서는 '忘我'에의 의취를 보여서 이 시가 주는 초탈의식은 '神悟'에 든 경지로 인도한다. 그리고 〈題丘山寺〉(상동)를 보면,

몇 대 유가를 업 삼아왔는데

어느 해에 불사에 마음 두었던가.

땅이 평평하고 주위가 바다인 곳에서

이따금 강에서 나와 산에 올랐다네.

고향 사람은 길이 떠나가니

공문의 일을 알 만하도다.

쓸쓸히 선객에게 물으니

몸 밖이 곧 무위라 하네.

幾代儒家業, 何年佛寺碑.

地平邊海處, 江出上山時.

故國人長往, 空門事可知.

凄凉問禪客, 身外卽無爲.

라고 하였다. 이 시에서 말연은 해탈이요 涅槃(열반)이 아닐 수 없다. 청대 王士禎이 謝靈運, 王維, 孟浩然 등을 추숭하면서 이 같은 시세계를 達性의 경지, 곧 淸遠의 맛을 지닌 '神韻' 두 자로 비유한 것은 적절한 평이다.3) 장호의 詩想은 이에서 더 바랄 것이 없고 그의 시는 무리 없이 순진하나, 그러나 '奧義'가 있다. 禪理는 없으나

禪趣가 넘친다. 禪趣가 시에서 지닌 가치로 보아 더 높은 것은 이
미 논증한 바와 같다.4) 장호 시에서 山寺를 주제로 한 면은 자연을
정감과 조화하여 그 '情景交融'의 묘를 극대화시키는 移化의 기교를
발휘하였다고 보여진다.

5. 雍陶

옹도는 촉인이다. 진사 급제하여 친척을 좀 박대하였다. 그 외삼촌
운안 유경지가 삼기로 돌아갈 수 있게 되니, 시를 지었는데, 옹도가
서신 부치지 않은 걸 나무라서 이르기를, 「산은 형양에 가까운데 기
러기 적어도, 물이 파촉에 이어졌는데 어찌 물고기 없겠는가.」라 하
고 옹도가 시를 얻어 보고서 부끄러워 얼굴 붉히면서 마침 고향 그
리는 마음이 들었다. 후에 간주목사가 되어 스스로 사조와 유오흥에
비교하였다. …도명이 말하기를, 「원외의 시를 읊고 원외의 덕을 우
러러보며, 시집 속에서 매일 보는데 어찌 평생을 멀리 있겠는가.」라
하였다. 옹도가 마침내 읊어 이르기를, 「푸른 풀 앞에 서니 사람은
먼저 아는데, 흰 연꽃 가까이 다가가도 물고기는 모르네.」 하였다. …
雍陶, 蜀人也. 以進士登第, 稍薄於親黨. 其舅雲安劉敬之能舉歸三岐,
素事篇章, 讓陶不寄書云: 「山近衡陽雖少雁, 水連巴蜀豈無魚.」 陶得
詩愧板, 方有狐首之思. 後爲簡州牧自比之謝宣城柳吳興也. …道明曰:
「誦員外詩, 仰員外德, 詩集中日得見, 何乃隔平生也.」 遂吟曰: 「立當
靑草人先見, 行近白蓮魚未知.」 …

옹도는 자가 國鈞으로, 成都人이다. 大和 8년에 진사 급제하여 대
중 8년에 簡州목사가 되었다. 간주 城外에 '情盡橋'가 있는데, 橋名을

---

3) 王士禎 ≪漁洋詩話≫: 「汾陽孔文谷云; 詩以達性, 然須淸遠爲上. 薛西原論詩,
   獨取謝康樂王摩詰孟浩然韋應物. 言『白雲抱幽石, 綠篠媚淸漣.』, 淸也; 『表靈物
   莫賞, 蘊眞誰與傳.』, 遠也; 『何必絲與竹, 山水有淸音.』, 『景則鳴禽集, 水木湛
   淸華.』, 淸遠兼之也. 總其妙在神韻矣. 神韻二字, 向者論詩, 首爲學人拈出, 不
   知已見於此.」
4) 졸저 ≪王維詩比較研究≫ 제5장 참조.(北京 京華出版社, 1999)

바꾸어 '折柳橋'라 하고 〈題情盡橋〉로 題詩하기를,

> 본래 정이란 다 잊기 어려울 뿐인데
> 어쩐 일로 정진교라 부르는가.
> 이제부터 이름 바꾸어 절류교라 하리니
> 그의 이별의 원한 한 가닥씩 맺힘이러라.
> 從來只有情難盡, 何事呼爲情盡橋.
> 自此改名爲折柳, 任他離恨一條條.(≪全唐詩≫ 권518)

라 하였다는 고사가 있다. 옹도는 詩賦에 능하여 스스로 謝朓에 비
교하여 自評하기도 하였으며, 시우로는 姚合, 賈島, 殷堯藩, 無可, 徐
凝, 章孝標 등과 교유하였다. 당대 張爲는 ≪詩人主客圖≫에서 옹도
를 '瑰奇美麗主'의 '及門者'로 분류하였고 명대 胡震亨은 ≪唐音癸簽≫
에서 「좋은 시구를 자랑으로 여긴다.(矜負好句.)」라고 평하였다. 본
시화 인용문에 나오는 시구는 다음 〈詠雙白鷺〉 시에 나온다.

> 한 쌍의 백로는 물 넘치는 연못을 사랑할 거고
> 바람 불어도 머리의 드리운 수실은 움직이지 않네.
> 푸른 풀 앞에 서니 사람은 먼저 아는데
> 흰 연꽃 가까이 다가가도 물고기는 모르네.
> 찬 비 속에 발 하나 홀로 들어서
> 몇 마디 서로 외치는 소리에 때는 초가을.
> 숲 연못에 그대들이 있어서 더 값지니
> 하물며 시인과 함께하니 경치가 더 어울리네.
> 雙鷺應憐水滿池, 風飄不動頂絲垂.
> <u>立當靑草人先見, 行近白蓮魚未知.</u>
> 一足獨拳寒雨裏, 數聲相叫早秋時.
> 林塘得爾須增價, 況與詩家物色宜.(≪全唐詩≫ 권518)

한 편의 영물시이지만 시인의 순수하고 청아한 시심이 밝고 맑게
표현되어 있다. 옹도의 교유시로는 徐凝과의 〈送徐使君赴岳州〉, 賈島

와 無可 간의 〈同賈島宿無可上人院〉,〈懷無可上人〉, 殷堯藩과의 〈永樂
殷堯藩明府縣池嘉蓮詠〉,〈寄永樂殷堯藩明府〉, 章孝標와의 〈寄襄陽章
孝標〉 등이 있는데 다음에 〈懷無加上人〉을 본다.

산 절간에 가을이 가고 난 후
스님 집에는 여름이 가득한 때네.
청량한 속에 옛 자취 많으니
어느 곳에 새로운 시가 있는 건가.
山寺秋時後, 僧家夏滿時.
清涼多古跡, 幾處有新詩.(상동)

6. 陸巖夢

육암몽의 〈계주연상증호여녀시〉:「내 말하노니 그대 멋진 모습 따라
갈 수 없나니, 나의 주름진 콧마루에 노쇠한 얼굴로 어찌 감당하리
오. 깊은 눈동자 상강 물 같고, 쫑긋한 코는 화악산보다 더하네. 춤
추는 자태 진실로 손바닥 위에 놓기 아깝고, 노래하는 소리 들보를
감돌아 넘치네. 맹양이 죽은 지 천 년인데, 또한 가인이 되어 찾아서
왔다가 가네.」
陸巖夢桂州筵上贈胡予女詩:「自道風流不可攀, 那堪蹙頞更頹顔. 眼睛
深似湘江水, 鼻孔高於華嶽山. 舞態固難居掌上, 歌聲應不遶梁間. 孟陽
死後欲千載, 猶有佳人覓往還.」

육암몽은 福州(지금의 湖北 沔陽) 人으로 중만당인이다. 본 시화의
인용시는 ≪全唐詩≫(권870)에 있다.

7. 滕倪

등예는 고심해서 시를 짓는데 멀리 길주에 가서 종친인 등매를 찾아
뵈니, 등매는 가문의 빈한한 선비이고 이 동생 등예는 재능 있는 어

린 사람이다. 등매가 그의 시를 읊었다. 「백발 늙어 재상이 될 수 없으니, 또한 한가한 나그네와 함께 지내리.」 다시 백로병풍을 시제로 이르기를, 「물에 비추니 깊은 뜻이 있고, 사람을 보고 두려운 마음 없네.」라 하였다. …등매가 시를 보고 슬퍼하며 말하였다. 「나는 등예를 다시는 만날 수 없겠구나.」 이에 큰 언덕의 누각에서 송별연을 베풀어서 평소의 정분을 각별히 하였다. 등예는 깊은 가을에 상오의 집에서 서거하니 듣는 자마다 상심하여 애도하지 않는 사람이 없었다. 등예의 시에 이르기를, 「가을 초입에 강가에서 태수와 헤어지니, 고향 집 그리워 눈물 흘리네. 천리 멀리에 잠시 머물 곳 모르니, 앞길 가면서 원숭이 소리 듣노라. 그릇되이 글공부한다고(출세) 몸이 헛되이 늙었고, 오히려 나무하고 고기 잡는 일로 돌아오자니(전원) 그 계획도 이미 늦었구나. 날개는 시들어 떨어져 날 수 없으니, 붉게 노을 진 하늘에 요지에 갈 길이 없구나.」라 하였다.

滕倪苦心爲詩, 遠之吉州, 謁宗人邁, 邁以吾家鮮士, 此弟則千里駒也. 邁吟其詩曰:「白髮不能容相國, 也同閒客滿頭生.」又題鷺鷥障子云:「映水有深意, 見人無懼心.」…滕君得之悵然曰: 此生必不能與此子再相見矣. 乃祖於大皐之閣, 別異常情. 倪至秋深, 逝於商於之館, 聞者莫不傷悼焉. 倪詩曰:「秋初江上別旌旗, 故國有家淚欲垂. 千里未知投足處, 前程便是聽猿時. 誤攻文字身空老, 却返樵漁計已遲. 羽翼凋零飛不得, 丹霄無路接瑤池.」

등예(?-842?)는 婺州 東陽(지금의 浙江에 속함)人으로 太守郎中 滕邁(등매)와 同宗이다. 그는 고심하여 시를 짓는 성품으로 명성이 일찍이 알려졌다. 유랑을 즐겨서 科場에 등제 실패하고 돌아갈 집도 없이 살았으며 吉州刺史 滕邁를 찾아갔다가 후에 吉州에서 객사하였다. 위의 등예의 시제는 〈留別吉州太守宗人邁〉(≪全唐詩≫ 권491)이고, 두 연구는 〈句〉란 명칭으로 기재되어 있다.

8. 王軒

왕헌이 어려서 시를 짓는데 자못 재사가 있었고 서소강에서 노닐다
가 저라천에 배를 머물고 〈제서시석〉에 이르기를, 「산 위에 수많은
봉우리 솟고, 강가에는 풀들이 봄이라네. 오늘 완사석을 대하니, 빨
래하는 여인 안 보이네.」라 하였다. 문득 보니 한 여인이 옥을 떨치
고 돌순을 들고서 머뭇거리다가 인사하며 말하였다. 「첩은 오궁에서
월국으로 돌아와서, 소복하고 천년 동안 아는 이 없었네. 그동안 마
음 금석처럼 굳었었는데, 오늘은 님과는 마음 단단하지 못하네.」이
미 기뻐 만났다가 다시 이별을 한스러워 하는 말을 남기고 떠났다.
후에 소산의 곽응소가 왕헌의 만난 얘기를 듣고 늘 완사계를 지나며
조석으로 길게 읊으며 누차 돌에 시를 지어놓았으나 고요히 아무것
도 없어서 이에 울적하게 돌아오곤 하였다. 진사 주택이 그걸 조롱
하니 듣는 자마다 비웃지 않는 이 없었다. 곽응소는 내심으로 부끄
러워하여 다시는 거기서 노닐지 않았다. 시에 이르기를, 「봄날 복사
와 오얏나무 본래 말이 없는데, 괴로이 석양을 받으며 까마귀 참새
소리만 시끄럽네. 묻노니 동쪽 이웃이 서시를 만났는데, 어떻게 하
면 나 응소가 왕헌을 배울 수 있을가.」라 하였다.

王軒少爲詩, 頗有才思, 遊西小江, 泊舟苧蘿川, 題西施石曰:「嶺上千
峯秀, 江邊細草春. 今逢浣紗石, 不見浣紗人.」俄見一女子振瑀瑠, 扶
石筍, 低徊而謝曰:「妾自吳宮還越國, 素衣千載無人識. 當時心比金石
堅, 今日與君堅不得.」旣歡會, 復有恨別之辭. 後蕭山郭凝素聞王軒之
遇, 每過浣紗溪, 日夕長吟, 屢題詩於石, 寂爾無之, 乃鬱快而返. 進士
朱澤嘲之, 聞者莫不嗤笑. 凝素內恥無復斯遊. 詩云:「三春桃李本無言,
苦被殘陽烏雀喧. 借問東鄰效西子, 何如凝素學王軒.」

왕헌의 자는 公過로, 大和 연간에 진사 급제하고 幕府從事를 지
냈으며, 才思가 넘치고 題詠을 잘하였다. 위 왕헌의 인용시는 〈附王
軒題西施石〉이고, 여인의 시는 〈謝王軒〉으로 각각 ≪全唐詩≫ 권866

西施 부분에 수록되어 있고, 더하여서 〈題西施石〉에 〈附軒詩〉를, 그리고 〈西施詩〉에 〈附軒詩〉를 각각 기재하고 있는데, 이 중에 서시의 〈西施詩〉와 왕헌의 〈附軒詩〉를 보기로 한다.

> 높이 핀 꽃이 바위 밖 새벽에 곱고
> 깊이 숨은 새는 빗속에 그치지 않고 우네.
> 붉게 물든 구름 날아서 큰 강 서쪽으로 가는데
> 여기서 사람들이 풍월을 원망하네.
> 高花巖外曉相鮮, 幽鳥雨中啼不歇.
> 紅雲飛過大江西, 從此人間怨風月. (〈西施詩〉)

> 당시에는 생각이 졸렬하여 장군을 비웃더니
> 무슨 일로 나라 평안한데 미인에 의지하나.
> 꽃다운 선녀 몸으로 오국에 들어갔거늘
> 이제부터 월국에는 다시 봄날이 없으리.
> 當時計拙笑將軍, 何事安邦賴美人.
> 一自仙葩入吳國, 從玆越國更無春. (〈附軒詩〉)

9. 李褒

절동관찰사 이포가 무녀 지방의 누천보와 여원방 두 사람이 남다른 술수가 있다는 말을 듣고 불러오게 하니 이미 이르렀거늘, 이포가 곧 종사청에 머물게 하니 종사가 물어 말하기를, 「관찰사는 육상서와 복야 중에 다시 어느 관직을 맡겠는가?」 하니 원방이 대답하여 말하였다. 「마침 상서를 뵈니 단지 전에 절동관찰사이신데 별다른 인사는 없는 듯합니다.」 천보의 진술도 이러하였다. 종사가 조용히 질문을 마치고 다시 이포를 만났다. 이포가 말하였다. 「나에 관해 그들이 어떻다고 말하는가?」 두 술사가 말하기를, 「헤아려보니 산이 우뚝하고 푸르며, 호수의 버들이 그늘을 드리우니, 상서께선 익새 머리를 그린 배 백 척으로 마침 노닐고 있습니다.」 하였다. …

浙東李褒, 聞婺女婁千寶呂元芳二人有異術, 發使召之, 既到, 李公便令
止從事廳, 從事問曰:「府主八座, 更作何官.」 元芳對曰:「適見尙書但
前浙東觀察使, 恐無別拜.」 千寶所述亦爾. 從事默然罷問, 及再見李公.
公曰:「僕他日何如.」 二術士曰:「稽山聳翠, 湖柳垂陰, 尙書畵鷁百艘
正塨遊觀.」 …

이포는 京兆人으로 元和 14년, 대시인 沈亞之와 白馬津에서 同宿
하기도 하였다. 開成 원년에 起居舍人에 임명되었으나 질병으로 사
임하고 동 5년 이후에 연속으로 考功員外郎, 集賢院直學士, 翰林學
士, 庫部郎中, 知制誥 등을 역임하였고, 會昌 원년에는 中書舍人과
絳州刺史를, 동 4년에는 鄭州刺史, 大中 3년에 禮部侍郎知貢擧, 禮
部尙書 등을 거쳐서 마침내 浙東觀察使로 복무하는 기간에 위의 고
사가 있었던 듯하다. 회창 6년에 黔南(검남)觀察使를 마지막으로
만년에는 宜興川 石山에서 수도하였다. 그의 관직을 볼 때, 두 술사
의 예언대로 尙書나 僕射(복야) 지위에는 오르지 못한 듯하다. ≪全唐
詩≫에 그의 시가 없고 단지 越州에서 지은 시 〈宿雲門香閣院〉(≪全
唐詩續拾≫ 권29)이 전해진다.

> 향기로운 누각에 먼지 없이 눈 온 후 하늘이 맑고
> 돌 물동이는 달 같아 찬 샘물이 넘치네.
> 고승이 남쪽 마루에서 발을 씻고
> 다시 부들방석 베개 삼아 낮잠에 드네.
> 香閣無塵雪後天, 石盆如月貯寒泉.
> 高僧洗足南軒罷, 還枕蒲團就日眠.

10. 李回

무종 때 재상 이회의 옛 이름은 '전'으로 과거시험에 급제하지 못하
면 늘 낙교로 가곤 했는데, 두 술사가 있어 하나는 점대에 능하고 다
른 하나는 거북점에 능하거늘, 이에 먼저 점대 술사를 찾아가서 말

하기를, 「이름을 바꾸어 과거에 응하려 하는데 어떠한가?」하니, 점대 술사가 말하였다. 「이름을 바꾸는 것이 매우 좋으니, 바꾸지 않으면 결국 일을 이루지 못합니다.」또 거북점 술사 추생을 찾아가니 추생이 말하였다. 「군자의 이런 행위는 삼가 이름을 바꾸지 마실지니 명성이 장차 멀리 퍼질 것입니다. 그러니 성취하시고 20년 후에 이름을 바꾸십시오. 지금은 이미 원상에 응하시고 다른 시기에 나의 말을 헤아려서 실행하십시오.」또 경계하여 말하였다. 「낭군은 반드시 영화로운 명성을 잡으셔서 후에 중임될 것이니 장래를 이으셔서 무관 시절에 흠되지 않게 하십시오. 나중에 깊은 결점이 됩니다.」장경 2년에 이회는 급제하여 무종 때 재상에 오르니 본래 '이전'이란 이름을 비로소 '이회'라고 바꾸었다. 이에 말하기를, 「점대는 부족하고 거북점이 좋으니, 추생의 말이 맞았다.」하였다.

武宗朝宰相李回, 舊名躔, 累擧未捷, 常之洛橋, 有二術士, 一能筮, 一能龜, 乃先訪筮者曰:「某欲改名赴擧, 如之何.」筮者曰:「改名甚善, 不改終不成事也.」又訪龜者鄒生, 生曰:「君子此行, 愼勿易名, 名將遠布矣. 然則成遂之後二十年終當改名, 今則已應元象, 異時方測余言, 將行.」又戒之曰:「郎君必策榮名, 後當重任, 接誘後來, 勿以白衣爲隙, 他年爲深釁矣.」長慶二年李及第, 至武宗登極, 與上同名, 始改爲回. 乃曰: 筮短龜長, 鄒生之言中矣.

이회의 자는 昭度로, 본명은 躔(전)이며 長慶 연간에 進士 급제하여 揚州掌書記, 監察御史를 지내고, 會昌 연간에 刑部侍郎 겸 御史中丞, 이어서 中書侍郎, 中書門下平章事, 劍南西川節度使 등을 역임하였고, 노년에는 撫州長史로 폄적되기도 하였다. 李德裕와 교유하였다. 다음에〈享太廟樂章〉을 본다.

천명 받들어 천자가 되시어
천하 봉토를 더욱 많이 도우셨네.
검소함으로 시대를 교화하시고
무용으로 문물을 지키셨네.
기세는 오랑캐를 평정하셨고

풍속은 옛것을 회복하셨네.
억만 세세토록
법도 밝히 드러내시리.
受天明命, 敷祐下土.
化時以儉, 衛文以武.
氛消夷夏, 俗臻往古.
億萬斯年, 形于律呂.(≪全唐詩≫ 권508)

11. 廖有方

요유방은 원화 을미년에 낙제하고 촉 지방을 유력하다가, 보계 서쪽
에 이르러 공관으로 가니, 문득 신음 소리가 들리거늘, 몰래 들으니
고통스러워하고 있었다. 이에 조용한 실내에서 굶주리고 병든 아이
를 보고 그 질고의 행상을 물으니 억지로 대답하여 말하기를,「고생
하며 부지런히 여러 번 과거에 응시했으나 능력을 알아주는 이를 만
나지 못했습니다.」라 하며 엿보면서 머리를 조아려 같은 말만 오래
되뇌이는데, 다만 잔해를 부탁한다고만 하면서 더 말을 하지 못하거
늘 치료하여 살리려 했는데 이 사람이 갑자기 죽었다. 마침내 마을
부자에게 타고 온 안장한 말을 싸게 팔아서 관을 준비하여 묻었다.
그 이름을 모르는 걸 한하여 금문동인이라고 이름을 붙이고 갈림길
에서 너무 슬퍼하여 다시 명문을 지어 이르기를,「아아 그대 세상 떠
나 빈 주머니에 의탁하니, 과거 시험에서 얼마나 마음 고생하였는
가. 알지도 못하는 사이지만 그대 위해 한바탕 통곡하노니, 모르지
만 그대 고향은 어디인가.」라 하였다.

廖有方, 元和乙未歲下第遊蜀, 至寶鷄西, 適公館忽聞呻吟之聲, 潛聽
而微惙也. 乃於闃室之內, 見一貧病兒郎, 問其疾苦行止, 彊而對曰:「辛
勤數擧, 未偶知音.」眄睞叩頭, 久而復語, 唯以殘骸相託, 餘不能言,
擬求療救, 是人俄忽而逝. 遂賤鬻所乘鞍馬於村豪, 備棺瘞之. 恨不知其
姓字, 題爲金門同人, 臨岐悽斷, 復爲銘曰:「嗟君歿世委空囊, 幾度勞
心翰墨場. 半面爲君申一慟, 不知何處是家鄉.」

요유방은 交州(지금의 越南 河內)人으로 진사 급제 후 遊卿이라고
개명하였다. '元和乙未歲'란 憲宗 元和 10년(815)으로 요유방이 落
第하여 蜀 지방에 유람하다가 있었던 일로써, 본래 州에서 表奏하여
조정에서 '皇唐義士'라고 호칭된 義士이다. 원화 11년 진사 등제하
여 校書郎와 使府가 되고 永州에서 柳宗元에게 詩集 序를 부탁하니,
序에「시가 강건하고 중후하여, 속으로 질박하면서 겉으로는 文飾이
있다.(剛健重厚, 質乎中而文乎外.)」라고 칭찬하였다. 위의 銘文은 요
유방의 유일한 銘詩〈題旅櫬〉((≪全唐詩≫ 권490)으로서 본문과 같
은 내용의〈幷記〉와 함께 기재되어 있고, 이 명시의 本題는〈題作葬寶
雞逆旅士人銘詩〉이다.

12. 韋皐

서천절도사 위고가 젊어서 강하에서 노닐다가 강사군의 집에 머물렀
는데 강씨 아들이 말하기를,「형보는 이미 두 경서를 익혔는데 위고
님께 형이라 부르더라도 공경하는 예의는 부모처럼 모시겠습니다.
형보는 옥소라 하는 어린 하녀가 있는데 나이 겨우 열 살이니 늘 위
형을 존대하여 모시게 하겠습니다.」라 하였다. 옥소도 근실하게 받
들어 응대하였다. 2년 후에 강사군이 관문에 들어 관직을 찾았다.
가세가 여의치 않아서 위고는 두타사에 머물고 있었다. 형보는 또
그때 옥소에게 거기 가서 모시게 하였는데 옥소가 나이 좀 장성하여
그로 인해 정을 맺었다. …

西川節度使韋皐, 少遊江夏, 止於姜使君之館, 姜氏孺子曰:「荊寶已習
二經, 雖兄呼於韋, 而恭事之禮如父也. 荊寶有小靑衣曰玉簫, 年纔十
歲, 常令祗事韋兄.」玉簫亦勤於奉應. 後二載, 姜使入關求官. 家累不
行, 韋乃易居止頭陀寺. 荊寶亦時遣玉簫往彼應奉, 玉簫年稍長大, 因
而有情, …

위고(745-805)는 자가 城武이며, 京兆 萬年人이다. 貞元 원년에

劍南西川節度使를 지내고, 吐蕃을 연이어 패배시킨 공로로 中書令을 거쳐서 南康郡王에 封하니 世稱 韋南康이라 하였고 시호는 忠武이다. 위고는 선비들을 옹호하여 劍南 幕中에 문인들을 從事로 임직했으니, 司空曙, 符載, 錢徵, 陸暢 등이다. 옥소와의 연분은 아름다운 실화로 인구에 회자하고 있다. 다음에 위고가 옥소를 추억하며 지은 시 〈憶玉簫〉를 보기로 한다.

> 참새가 물고 온 지 벌써 몇 년인지
> 이별 할 때 가인에게 남겨 준 것들.
> 장강 따라 편지 온 건 보이지 않아
> 그리운 맘에 꿈속에서 진 땅에 드네.
> 黃雀銜來已數春, 別時留解贈佳人.
> 長江不見魚書至, 爲遣想思夢入秦. (≪全唐詩≫ 권314)

이 시의 注에 작시하게 된 동기에 대해서 다음과 같이 적었다.

> 옥소는 강하의 강사군 댁 하녀이다. 위고가 벼슬하기 전에 강사군의 객이 되었다가 그녀와 정분을 맺어서 옥 반지와 시 한 수를 주었다. 후일의 약속을 맺고 오랜 세월 지나서 옥소는 울적한 상념에 병들어 죽었다. 강사군은 반지를 중지에 끼워서 장례를 치렀다. 후에 위고가 촉을 진압하고 생일에 동천이 가희를 바치니 또한 이름이 옥소이며 외모가 정말 같았고 중지에 낀 것이 똑같은 옥 반지거늘 위고 생각에 옥소가 다시 살아온 것이라 하였다.
> 玉簫者, 江夏姜使君家靑衣也. 皐微時, 客于姜, 與之有情, 以玉指環及一詩遺之. 訂後約, 久之, 玉簫鬱念成疾死. 姜以環著中指葬焉. 後皐鎭蜀, 生日, 東川獻歌姬, 亦名玉簫, 而貌正同, 中指肉隱起如所著玉環, 時以爲感皐意再生云.

본 시화의 판본은 ≪稗海≫本과 ≪四部叢刊≫ 影印明刊本(1957)이 있으며 필자가 참고한 자료는 臺灣 廣文書局 印行 ≪古今詩話叢編≫本(1971)이다.

≪炙轂子詩格≫ - 王叡

王叡(왕예, 820 전후-900 전후). 호는 炙轂子(자곡자)이며 蜀中 新繁(지금의 四川)人이다. 燕中(지금의 河北 일대)에 유랑하며 希 道를 만나서 丹訣과 歌詩 2수를 주었다 한다. ≪新唐書≫〈藝文志〉 에 ≪炙轂子雜錄注解≫(5권)와 ≪炙轂子詩格≫(1권)이 저록되어 있는 데 지금 전한다. 憲宗 元和 연간(806-820) 이후의 시인이라는 것 만 알려져 있고 시집 5권이 있다고 하는데 지금은 전하지 않고, ≪全 唐詩≫(권505)에 시 8제 9수가 전하는데, 그중에 〈松〉, 〈竹〉, 〈牡 丹〉, 〈燕〉등 영물시가 4수를 차지한다. 다음에 그의 시 〈松〉과 〈秋〉 를 보기로 한다.

찬 소나무 우뚝 푸른 봉우리에 기대어
푸른 잎 무성히 절로 그늘 만드네.
정고가 꿈 꿀 때도 뜻이 있었고
진시황이 봉후한 날에 어찌 무심하였겠나.
늘 바른 절개 지켜 고고한 학 깃들게 하여
높은 가지에 뭇 새들 머물지 못하게 하네.
마침 모든 나무 시든 후에도
눈서리 이기고 푸르름 더욱 짙구나.
寒松聳拔倚蒼岑, 綠葉扶疏自結陰.
丁固夢時還有意, 秦王封日豈無心.
常將正節棲孤鶴, 不遣高枝宿衆禽.
好是特凋群木後, 護霜凌雪翠蹤深.(〈松〉)

매미 우는 늙은 홰나무 성근 잎 지고
나무에 걸린 석양이 외론 성 비추네.

미리 센 귀밑털이 근심 많이 일어서
하룻밤에 몇 가닥 새로 더 희어지네.
蟬噪古槐疏葉下, 樹衝斜日映孤城.
欲知潘鬢愁多少, 一夜新添白數莖. (〈秋〉)

위의 〈松〉 시는 소나무의 늘 푸른 모습을 통하여 세상 부귀영화를 초탈한 고고한 절개를 칭송하였고, 〈秋〉 시는 고목의 낙엽과 석양의 정경을 통하여 노년을 맞는 심경을 노래하였다. '潘鬢(반빈)'은 어린 나이에 머리가 희게 센 西晉시대 潘岳의 머리털을 의미하니, 시인이 勞心焦思로 인하여 백발이 늘어나는 소회를 읊고 있다. 潘岳은 서른 두 살에 머리가 희게 세어, 〈秋興賦〉를 지어 그 소감을 묘사하였다.

본 시화는 시가의 여러 체식에 대하여 전문적으로 논하고 있다. 羅根澤은 《中國文學批評史》에서 이 시화의 가치를 서술하기를,

당오대의 시의 격식에 관한 책으로서 이것이 최조본인 것 같다. 오직 이와 같거늘, 따라서 이 책에서 제기된 시격은 대개 다 비교적 일반적이며 비교적 적용할 만하니 다른 책의 지나치게 번잡하고 미세한 점과는 다르다.
唐五代的詩格書, 似以此爲最早. 惟其如此, 所以此書所提出的詩格, 大槪都比較普通, 比較適用, 與他書之過于繁密微細者不同.

라 하였는바, '詩格' 즉 시의 격식에 있어선 시론 면에서 본격적인 이론서라 할 것이다. 본 시화는 모두 14칙으로 되어 있으니, 제1칙인 '論章句所起'에서는 3, 4, 5, 6, 7, 8, 9언시의 연원에 대해서 밝히고, 나머지 13칙에서는 '三韻體', '聯珠體', '仄聲體', '六言體', '三五七言體', '一篇血脈條貫體', '玄律體', '背律體', '協調體', '雙關體', '模寫景象含蓄體', '兩句一意體', '句內疊韻體' 등 각 체마다 예시를 들고 뒤에는 간단한 해설을 붙였다. 여기에 든 13체는 대개 자구와 성운에 착안하여 뽑은 것으로, 후학자들이 시를 공부하는데 바른 모범을 보이고자 한 것이다. 이상의 13체에서 '三韻體', '聯珠體', '仄聲

體', '六言體' 등에 대해서 살펴보면, '三韻體'란 '三韻小律'로서 매 수가 여섯 구로 된 율시인데, 격구로 押韻하여 모두 3개의 운으로 구성된다. 일반 율시보다 두 구가 적으므로 붙여진 명칭이다. 그 예시로 李白(이태백)의 〈送羽林陶將軍〉(≪李太白集≫ 권17)을 본다.

> 장군이 사신으로 나가 누선을 거느리니
> 강가의 깃발이 보라 안개에 휘날리네.
> 만 리 멀리 창 가로 잡고 호랑이굴 찾고
> 세 잔 술에 용천검 빼어들고 춤추네.
> 시인이 담력 없다 말 마오
> 길 나서며 요조의 채찍을 주려 하네.
> 將軍出使擁樓船, 江上旌旗拂紫煙.
> 萬里橫戈探虎穴, 三杯拔劍舞龍泉.
> 莫道詞人無膽氣, 臨行將贈繞朝鞭.

위의 시에서 繞朝는 춘추시대 秦나라 大夫로서 晉나라에서 士會가 秦으로 망명하니, 오히려 晉에서 智勇을 겸비한 士會를 빼내오기 위해서 魏壽餘를 배반자로 위장시켜서 秦나라에 보내어 데려오려 하였다. 이때 秦 군대는 黃河의 서쪽에 있었고, 위수여 군대는 황하 동쪽에 있었는데 秦 군대 협상대표로 士會를 보내자, 요조는 강력 반대하였다. 그러나 士會가 대표로 가게 되자, 요조가 사회에게 채찍을 주면서, 「그대는 秦나라에 사람이 없다고 말하지 말라. 다만 나의 계책이 쓰여지지 않을 뿐이다.」라고 하였다. 시에서 '陶將軍'은 '士會'를 비유하고 '繞朝'는 시인 자신을 비유한 것이다. 시제의 '羽林'은 宮庭 호위군대로서 당대에는 左右 羽林軍이 있어서 직제상으로 大將軍(정3품)과 將軍(종3품)을 각각 두고, 北衙 禁兵의 법령을 관장하고 左右廂 飛騎 儀仗을 총괄하였다.

'六言體'란 시 전체가 6자구로 구성된 시가로서, 西漢代에 시작되어 漢末 孔融의 시가 最早이다. 王維의 六言絶句〈田園樂〉7수(≪王右

丞集箋注≫ 권4) 중 3수를 예로 든다.

많은 문과 집을 드나들며
북쪽 마을과 남쪽 이웃을 지나다니네.
덜거덕 말 옥 장식 울리며 늘상 오가는데
공동산에 산발한 이는 누구인가.
出入千門萬戶, 經過北里南隣.
蹀躞鳴珂有底, 崆峒山髮何人.(其一)

마름 따니 나루터에는 바람이 세고
지팡이 짚고 서니 마을 서쪽에는 해가 지네.
은행나무 단상 옆에 어부가 한가롭고
도화원 안에는 인가가 있네.
採菱渡頭風急, 策杖村西日斜.
杏樹壇邊漁父, 桃花源裡人家.(其三)

술 마시며 마침 샘물을 가까이하고
거문고 안고 기뻐서 큰 소나무에 기대네.
남쪽 뜰의 이슬 진 아욱은 아침에 따고
동쪽 골짜기의 메조를 저녁에 찧네.
酌酒會臨泉水, 抱琴好倚長松.
南園露葵朝折, 東谷黃粱夜舂.(其七)

　王維가 처음 輞川莊에 은거하던 시기에 지은 것으로 한적한 산수
전원의 생활을 즐겁게 묘사하고 있다.
　'仄聲體'의 仄聲은 古漢語 聲調의 平, 上, 去, 入 四聲에서 平聲을
제외한 上, 去, 入 三聲을 말하는데, 이 측성으로 지어진 시를 仄聲
體라 한다. 그 예로 韋應物의 〈寄全椒山中道士〉(≪全唐詩≫ 권187)
를 본다.

오늘 아침 군부가 차가우니
문득 산속 나그네 생각나네.

시냇가에서 땔나무 묶어서
돌아와 흰 돌에 밥을 짓네.
한 표주박의 술을 들어
비바람 치는 저녁에 멀리서 위로하네.
낙엽이 빈산에 가득한데
어디에서 그대 자취를 찾을 건가.
今朝郡齋冷, 忽念山中客.
澗底束荊薪, 歸來煮白石.
欲持一瓢酒, 遠慰風雨夕.
落葉滿空山, 何處尋行跡.

이 시는 고체시로서 入聲 陌韻으로 압운하여 '客, 石, 夕, 跡' 4
자로 協韻하고 있다. 이 시는 韋應物이 滁州(저주)刺史로 있을 때
全椒山中道士에게 부친 시이다. 앞 4구는 풍우 속의 추운 밤에 시
인이 山中客을 생각하는 것을 묘사하고, 뒤 4구는 시인이 술잔 들
어 먼 곳에 있는 사람을 만나지 못하는 정의를 담고 있다. 송대 葛
立方은 ≪韻語陽秋≫에서 위응물의 오언시를 두고 「위응물 시는 평
이한 곳이 많다. 5언 시구에 있어서는 초연하여 밭두둑 길 밖에 벗
어나 있다. 그러므로 백거이는 말하기를, 『위응물 오언시는 고아하
고 한담하여 절로 일가의 시체를 이루고 있다.』라 하였다.(韋應物詩,
平平處甚多. 至于五字句, 則超然出畦徑之外. 故白樂天云: 韋蘇州五言詩,
高雅閑淡, 自成一家之體.)」라고 평하고 있다.

다음으로 '聯珠體'는 情事를 직설하지 않고 단지 假借와 比喩로 완곡
하게 뜻을 전달하는 형식이다. 明珠를 이어 꿴 것 같다 하여 '聯珠'
라 한다. 蕭統의 ≪文選≫(권55)에서 '連珠'를 설명하였다.

부현이 〈연주〉 서문에 이르기를, 「소위 연주란 한나라 문장이 홍행
할 때에 반고, 가규, 부의 세 사람이 조서를 받아 짓게 되었다. 그 문
체는 어사가 화려하면서 간략하여 정사를 직설하지 않고 반드시 가
차와 비유로 그 뜻을 표현하여, 보는 사람은 미묘하게 느끼니 고시

풍유와 비흥의 뜻에 맞다. 뚜렷이 구슬을 꿴 듯하게 하니 쉽게 알고 기뻐하니 그를 '연주'라 말한다.」라 하였다.

傅玄敍連珠曰: 所謂連珠者, 興於漢章之世, 班固賈逵傅毅三子受詔作之. 其文體辭麗而言約, 不指說事情, 必假喩以達其旨, 而覽者微悟. 合於古詩諷興之義. 欲使歷歷如貫珠, 易看而可悅, 故謂之連珠.

연주체의 대표적인 작품은 陸機의 〈演連珠五十首〉(≪文選≫ 권55)로서 그 제1수를 본다.

신이 들건대 해가 엷어지면 별이 따라서 돌아오니
하늘이 만물을 다스리기 때문이네.
산이 가득 차고 냇물이 깊으니
토지신이 기를 펴나가기 때문이네.
오행이 교차하여 작용하고
사계절의 기후가 달라서 한 해를 이루네.
이러므로 백관은 성실히 자리를 지켜서
여덟 가지 악기의 소리를 연주하네.(맡은바 소임을 다하네)
명철한 임금은 규례를 지켜서
그 조화로움을 꾸려 나가네.
臣聞日薄星廻, 穹天所以紀物.
山盈川沖, 后土所以播氣.
五行錯而致用, 四時違而成歲.
是以百官怡居, 以赴八音之離.
明君執契, 以要克諧之會.

그리고 '模寫景象含蓄體'에서는 시가가 작가의 감정에 융합하여 경물에 들어야 함축의 효과를 낼 수 있다고 한 것은 일종의 '情景交融'으로서 매우 의미 있는 지적이다. 시의 '對仗'(對句)에 대해서 다음과 같이 서술하였다.

시의 두 구가 하나의 뜻으로 이어지는 체제이다. 시에 이르기를, 「백년이 어떠한가, 한가로운 사람 하나도 안 보이네.」이 두 시구는 비록 대장을 이루지만, 열 글자의 맥락이 서로 이어진다.

兩句一意體. 詩云:「何如百年內, 不見一人閑.」此二句雖屬對, 而十字血脈相連.

판본은 ≪吟唱雜錄≫과 ≪格致叢書≫본이 있고, ≪詩學指南≫에는 일부분만 전하면서 ≪詩格≫이라고만 불렀다.

≪雅道機要≫ - 徐夤

　　五代　徐夤(서인, 생졸년 불명). 자는 昭夢이고, 莆田(지금의 福建省
莆田)人이다. 唐代 昭宗 乾寧(894-898) 연간에 진사 급제하여 秘
書省正字를 지내고 당이 망한 후, 後梁 王審知 밑에 있다가, 延壽溪
에 은거하였다. 칠언시에 능하고 ≪全唐詩≫(권 708-711)에 시 4권
으로 영물시 등 수백 수를 남기고 있다. 그의 시는 사물에 대한 感
傷 작품이 많으나 시풍이 완곡하면서 섬세하여 만당 오대의 조류를
보인다. ≪四庫全書總目提要≫에 그의 부를 「자구를 잘 다듬어서 그
당시의 일정한 격식에서 벗어나지 않으며, 뜻을 새김이 세련되어서
우수한 시구가 많다.(句雕字琢, 不出當時程試之格, 而刻意鍛鍊, 時多
秀句.)」라고 평하고 있다. 그의 시에서 영물시 〈白鴿〉(≪全唐詩≫ 권
709)을 본다.

　　　날개 펴고 푸른 하늘 건너서
　　　사람 따라 넓은 곳에 가네.
　　　흰 깃털로 그림 누각에 머무니
　　　눈빛 그림자가 옥 창가 스치네.
　　　펄럭이는 백로와 벗이 되고
　　　우는 비둘기와 좋은 짝 이루네.
　　　갈매기랑 친해서 돌아가지 못하고
　　　바라보며 맑은 강 맘에 새기네.
　　　擧翼凌空碧, 依人到大邦.
　　　粉翎棲畫閣, 雪影拂瓊窓.
　　　振鷺堪爲侶, 鳴鳩好作雙.
　　　狎鷗歸未得, 覩爾憶晴江.

이 시에서 흰 비둘기의 자태를 묘사하여 시인 자신의 고매한 성품과 인간관계를 비유하였으니, 영물시의 특징인 '托物寄興'(사물에 의탁하여 흥취를 표현함) 기법을 구사하고 있다. 영물시의 寄托에 대해서 청대 李瑛은 ≪詩法易簡錄≫(권13)에서,

영물시는 진실로 이 사물을 확실하고 적절하게 표현해야 하며, 외양을 버리고 흥취를 얻는 것이 더욱 소중하지만, 반드시 뜻을 기탁할 곳이 있어야 비로소 시인의 의취를 얻을 수 있는 것이다.
詠物詩固須確切此物, 尤貴遺貌得神, 然必有命意寄託之處, 方得詩人風旨.

라고 하여 그 중요성을 강조하였다. 다음으로 은거시 〈退居〉(상동)를 보기로 한다.

학 성품과 솔 맘으로 산에 지내니
오후문 집에 쫓아 오를 일 겁나네.
3년을 병들어 누워서도 그만두지 못하다가
하루아침에 은혜 입어 돌아왔다네.
밝은 달 속에 전송하여 역의 길 따라가서
흰 구름 속에 말 가는대로 자관에 드네.
저 범려의 심한 탐심을 비웃으며
재물 다 버리고 이제야 한가로이 물러나네.
鶴性松心合在山, 五侯門館怯趨攀.
三年臥病不能免, 一日受恩方得還.
明月送人沿驛路, 白雲隨馬入紫關.
笑他范蠡貪惏甚, 相罷金多始退閒.

위 시는 시인의 自然으로 돌아가려는 은둔적 의식을 묘사하고 있다. 산중 은거의 심성은 鶴性과 松心이며, 범려 같은 탐심을 조소하는 탈속적 자세를 직설적으로 표현하고 있다.

본 시화의 저술에 대해서 ≪直齋書錄解題≫에「앞 권은 누구인지 모

르고 뒤 권은 서인이 지었다고 한다.(前卷不知何人, 後卷稱徐寅撰.)」라
고 하였다. 시화의 내용은 비교적 복잡하여 전반부는 기본적으로 齊
己의 ≪風騷旨格≫을 답습하고 있어서 별다른 새로운 견해가 없지만,
시를 논하면서 '勢'에 대하여 기술하기를,

> 기세란 시에 있어서 힘을 가리킨다. 이것은 마치 물건에 힘이 있는
> 것과 같아서 언제나 극복하지 않을 수 없다. 이 이치가 그들 사이에
> 숨어도 작가는 확연히 볼 줄 안다.
> 勢者詩之力也. 如物有勢, 卽無往不克. 此道隱其間, 作者朗然加見.

라고 한 것은, 매우 독특한 견해라 할 수 있다. 그리고 시의 '체식'
에 대해서는,

> 체란 시의 형상을 가리킨다. 이것은 마치 사람의 몸매와 같아서 모
> 름지기 형상과 정신을 풍부하게 갖추게 하되 풍골을 드러내지 않게
> 하니, 이것이 오묘한 수법이다.
> 體者, 詩之象. 如人之體象, 須使形神豊備, 不露風骨, 斯爲妙手.

라고 하여 시체의 의미를 밝히고 있다. 시화 후반부에는 서인 자신의
의견을 내고, 시가를 창작하면서 내용에서 형식까지의 각 항목의 원칙
과 방법을 밝혔다. 시가를 內意와 外意로 구분하여, 內意는 시정에
대한 풍자에 한정하고 있어서, 穿鑿(천착)의 폐단을 면치 못한다. 그밖
에 '敍體格', '敍句度', '敍搜覓意', '敍磨煉', '敍血脈', '敍通辯', '敍分剖',
'敍明斷' 등을 설정하여 格調, 章法, 立意, 字句, 謀篇, 結構 등을 서
술하였는데, 특히 시 창작에 대한 자세로 '磨煉'과 '積思'를 강조하여,

> 시를 위해서는 갈고 닦아 나갈 것이며, 시를 위해서는 찾고 볼 것이
> 며, 모름지기 생각을 깊이 하고 마음을 섬세히 가지며, 모름지기 자
> 세히 하고 급히 서둘러서는 안 되며, 쉽게 하려 해도 안 되며 그 민
> 첩함을 믿어서는 안 된다.
> 爲詩積磨煉, 爲詩搜覓, 須微意細心, 須仔細, 不須急就, 不須容易, 不

可恃其敏捷.

라고 하여 시 창작상의 각고의 고민과 집중력을 중시하였으며, 창
작의 노력에 대해서도, 「어느 한 글자라도 온전치 않으면, 밤새도록
마음이 편안치 않다.(一個字未穩, 數宵心不閑.)」라고 하였다. 그래서
이 시화에서는 賈島를 '眞作者(참된 시인)'라 하여 추숭하여서, 中唐
의 苦吟詩派의 창작 자세를 높이 평가하였다. '苦吟詩'란 중당 賈島
와 孟郊를 중심으로 사회현실을 비판하고 관직을 멀리하면서 초탈
적 의식으로 담백한 시풍을 추구하는 시파이다. 후대 羅隱, 顧雲 등
만당 古淡派 시인에 영향을 주었는데, 다음에 孟郊(751-814)의 古樂
府〈烈女操〉를 본다.

오동나무는 서로 마주보며 늙고
원앙새는 짝을 맺어 살다 죽네.
정숙한 여인 남편 따라 죽음 귀히 여기니
사는 걸 버림이 또한 이러하네.
맹세코 물결 일지 않을지니
첩의 마음 우물 속의 물이로다.
梧桐相待老, 鴛鴦會雙死.
貞婦貴徇夫, 舍生亦如此.
波瀾誓不起, 妾心井中水.(≪全唐詩≫ 권377)

孟郊는 字가 東野이며, 湖州 武康(지금의 浙江 吳興)人으로 어려
서 嵩山(숭산)에 은거하며 빈곤하게 살았다. 49세에 進士 급제하여
잠시 溧陽縣尉라는 말직을 지냈다. 그의 시는 窮愁한 생활과 不平 어
린 심경을 반영하고 있으며 賈島와 함께 '孟寒島瘦'(맹교는 빈한하
고 가도는 마르다)라 칭한다. 이 시는 樂府 琴曲調로 貞婦의 정절을
노래하였다. 청대 吳喬의 ≪圍爐詩話≫에 「맹교의〈열녀조〉와〈유자
음〉등 시는 정취가 진지하고 어사 구사가 또한 좋다.(東野烈女操遊
子吟登篇, 命意眞摯, 措詞亦善.)」라고 평하였다. 그리고 만당 羅隱

의 〈偶興〉을 보면,

> 무리를 따라 다니기를 20년
> 곡강 연못가에 수레 먼지 피하련다.
> 지금은 시들하여 노쇠해지니
> 한가로이 세상의 의기양양한 자를 보네.
> 逐隊隨行二十春, 曲江池畔避車塵.
> 如今贏得將衰老, 閒看人間得意人.(≪全唐詩≫ 권656)

라 하여, 여기서 은거한 심태를 悔恨的으로 그리고 있다.

본 시화에서 시론을 구체적으로 예문을 들어 살펴보면, 시를 구상하는 자세 즉 '運思'에 대해서 서술하기를,

> 무릇 시를 짓는 데, 모름지기 시 한 편의 시종 일관된 뜻을 분명히 해야 한다. 종이와 붓으로 표현하기 전에 먼저 시의 면모를 정한다. 시의 이치를 먼저 갖추면 그 시는 다 좋게 된다. 지어진 시구는 절로 흥취 있는 시구가 되어 인구에 회자하니, 모두 담긴 뜻을 분명히 하고 그 옳고 그름을 밝히는 데 있다.
> 凡爲詩, 須明斷一篇終始之意. 未形紙筆, 先定體面. 若達理, 則百發百中. 所得之句, 自有趣句, 播落人口, 皆在明斷, 審其是非.

라 하여 시의 興趣와 意趣를 먼저 설정하고 작시에 착수할 것을 강조하였다. 여기서 '興趣'는 '興致'로서 '어사로 묘사를 다했으나 그 담긴 시의는 그지없음(言有盡而意無窮)'의 詩想이다. 송대 嚴羽가 ≪滄浪詩話≫ 〈詩辨〉에서 서술한 바,

> 성당의 제가의 시가 오직 흥취에 들어 영양이 뿔을 나무에 걸어 자취를 찾을 수 없는 것 같다(초탈하여 자유분방한 시의 경지에 있는 것이다). 그러므로 그 묘처는 투철하고 영롱하여 모아 머물게 할 수 없으니 마치 공중의 소리, 얼굴의 색, 물속의 달, 거울 속의 모습 같아 말로는 다 표현했으나 그 뜻은 무궁한 것이다.
> 盛唐諸人, 惟在興趣. 羚羊掛角, 無迹可求. 故其妙處, 透徹玲瓏, 不可

湊泊. 如空中之音, 相中之色, 水中之月, 鏡中之象, 言有盡而意無窮.

라고 하니, 흥취에 대해 엄우는 「영양이 뿔을 걸다(羚羊掛角)」와 「공
중의 소리, 얼굴의 색, 물속의 달, 거울 속의 모습.(空中之音, 相中之
色, 水中之月, 鏡中之象.)」 등으로 이를 비유하였는데, 흥취의 의미가
육조시대 劉勰의 ≪文心雕龍≫ 〈隱秀〉의 '隱(감추어 드러나지 않음)'
과 상통하고 또 〈物色〉의 '入興'과 상통하여 함축적이며 미감의 감각
을 제시한다. 이것은 〈毛詩序〉의 「뜻을 드러내는 바, 마음에 두면
뜻이 되고 말로 나타내면 시가 된다. 성정이 속에서 움직여 말로 드
러낸다.(志之所之也, 在心爲志, 發言爲詩. 情動於中而形於言.)」의 시정
과 일치시켜 시의 최상이요 최고의 가치임을 강조하고 있다.

   본 시화는 시의 구상에서 시의 묘사보다 시의 내용, 즉 시의의
착상을 더 중시하여 보충 서술하기를,

   무릇 시를 짓는 데에 모름지기 찾아서 살펴야 할 것은, 시구를 표현
   하기 전에 시에 담길 뜻을 생각해야 하고, 뜻은 시구 표현 전에 이미
   구상되어야 하니 이것이 으뜸가는 수법이다. 이러하지 못하고 단지
   묘사상의 물상만 갖추고 형식면에서 대구를 강구한들 아무 의미가
   없다. 무릇 시의를 찾을 때는 마땅히 뜻을 심원하게 하고 시의 이치
   를 깊고 미묘하게 하여 급히 서둘러선 안 되며, 오직 깊이 구상하여
   세심하게 마음에 새겨야 마침내 좋은 시를 얻게 된다.
   凡爲詩須搜覓, 未得句先須令意, 意在象前, 象生意後, 斯爲上手矣; 不
   得一向只構物象, 屬對全無意味. 凡搜覓之際, 宜放意深遠, 體理玄微,
   不須急就, 惟在積思, 孜孜在心, 終有所得.

라고 하여 시의를 원대하고 심오하게, 그리고 신중히 心思를 쌓아
나가야 秀作을 창작할 수 있다는 古今一致의 이치를 펴고 있다.
   그리고 작시상의 '鍊鍛'에 대해서도 서술하기를,

   무릇 시를 짓는 데는 모름지기 연단을 쌓아야 한다. 첫째는 시구의
   연단이고, 둘째는 시의의 연단, 셋째는 시어의 연단이다. 시의에는

암둔함과 거칠음이 있고, 구에는 생명 없는 기미, 침잠, 난해가 있고, 자에는 구의 풀이, 같은 뜻, 긴장과 태만 등이 있다. 이상 세 격조는 다 유의하고 세심해야 하니, 쉽게 해선 안 된다. 어느 한 자가 성글면 시 한 연이 다 잘못된다. 그러므로 고시에 이르기를, 「한 글자라도 온전치 않으면 밤새도록 마음이 편치 않다.」라 하였다.

凡爲詩須積磨煉: 一曰煉句, 二曰煉意, 三曰煉字. 意有暗鈍粗落, 句有死機沈靜瑣澁, 字有解句義同緊慢. 以上三格皆須微意細心, 不須容易. 一字若閑, 一聯俱失. 故古詩云:「一個字未穩, 數宵心不閑.」

라고 하여 작시상의 시인으로서의 정신적 의지와 작시의 연습에 있어서의 詩作태도를 조목별로 거론하고 있다. 그리고 작시에 있어서 지켜야 할 기본규범을 다음에 제시하고 있으니,

무릇 시를 짓는 데는 모름지기 시의 격식을 두루 쓰고 옛 시의를 본뜨며, 명인의 시구를 표절하지 않으며, 시의 체제를 다르게 하되 너무 유약하게 지어서는 안 된다. 무릇 사물을 읊으려면 마땅히 세밀하게 기지를 펴고 사물 외의 여러 형체의 뜻을 찾되, 풍자를 잃지 않고 정서를 담아서 오래도록 음미하는 뜻을 지니게 되면 참된 시인이다.

凡爲詩, 須能通變體格, 模擬古意, 不儌窃名人句, 令體而不同, 不作貫魚[1]之乎. 凡欲題詠物象, 宜密布機情, 求象外雜體之意, 不失諷詠, 有含情久味之意, 則眞作者矣.

라고 하여 시의 體格과 古意를 중시하고 표절을 경계하고 영물시에 있어서 機情과 담겨진 興趣, 그리고 풍유와 함축미를 중시하고 있다.
　판본은 《吟唱雜錄》과 《格致叢書》본, 그리고 《詩學指南》본 등이 있다.

---

1) 貫魚: 皇后의 異稱. '魚'는 《易經》에서 陰을 나타내어 婦人의 象이며, '貫'은 궁중의 많은 부녀를 통솔한다는 뜻.

≪詩中旨格≫ - 王玄

　　五代 王玄(왕현, 생졸년 불명). 一名 王元, 자는 文元이며, 桂林(지금의 廣西)人이다. 만당 오대 시기에 살고, 관직은 正字를 지낸 후, 長沙에 은거하였다. 翁宏(옹굉), 李昭, 王正己 등과 交友하였고 평생 빈한하고 질병으로 苦吟하였다. 그의 시 〈登祝融峰〉, 〈贈寥融〉은 세인에 칭찬을 받았다. ≪全唐詩≫(권762)에 시 5수와 2구가 수록되어 있고, 상동 권778 王玄의 〈聽琴〉 시는 권762 王元의 同題詩 前半句이다. ≪全唐詩補編≫에 시 2구가 수록되었다. 그의 시 〈登祝融峰〉과 〈聽琴〉을 보기로 한다.

　　풀이 빼곡한데 외진 산정에 오르니
　　몸이 높이 뜬 새 따라 날아오르네.
　　기세가 날개 치며 돌아가는가 하고
　　푸른 기운은 소수 상수를 적시네.
　　구름은 깊은 낭떠러지에 미끌어지듯 흘러가고
　　바람이 고목을 빗질하니 향기 나네.
　　맑은 하늘을 잠시 두루 쳐다보니
　　아득히 멀리 땅 끝까지 보이네.
　　草疊到孤頂, 身齊高鳥飛.
　　勢疑撞翼軫, 翠欲滴瀟湘.
　　雲溼幽崖滑, 風梳古木香.
　　晴空聊縱目, 杳杳極窮荒.(〈登祝融峰〉)

　　먼지 털어 비단 상자 여니
　　나그네 홀로 때를 아파하네.
　　옛 가락 속되어 편치 않거늘

바른 소리 그대 스스로 알겠지.
찬 샘은 시내로 흘러들고
늙은 회나무는 바람에 기대어 슬피 흔들리네.
와서 듣는 자 있다 해도
누가 종자기를 이을 것인가.
拂塵開素匣, 有客獨傷時.
古調俗不樂, 正聲君自知.
寒泉出澗澀, 老檜倚風悲.
縱有來聽者, 誰堪繼子期.(〈聽琴〉)

　본 시화는 陳振孫의 ≪直齋書錄解題≫ 集部 文史類에 〈擬皎然十
九字〉 1권으로 있는데, 「정자 왕원이 지음(正字王元撰)」이라 하니 혹
본서의 節錄인가 한다. 본 시화는 美刺에 중점을 두고 있어 前小序에
서술하기를,

　　내 평생 주남과 소남의 길에서 보내면서도 몸은 지쳐 있고 생각은
　　겨워하며 글이라곤 거칠기만 하니, 비록 품격 있는 재주는 없어도
　　자못 흩어진 글의 뜻을 보게 된다. 시라는 것은 마음에 뜻이 있어 말
　　로 드러나면 시가 되니 시세가 밝으면 읊고, 시세가 어두우면 풍자
　　하게 된다.
　　余平生于二南之道, 勞其形, 酷其思, 粗著于篇, 雖無遺格之才, 頗見
　　墜騷之志. 且詩者, 在心爲志, 發言爲詩, 時明則咏, 時暗則刺之.

라고 하여 만당의 말세적 혼란기에 많은 역경 속에 시세를 풍유하는
의식을 보여준다. 이 시화의 내용은 대개 두 부분으로 구분하고 있
다. 전반 부분은 서문에서 말한 「시세가 밝으면 읊고, 시세가 어두
우면 풍자하게 된다.(時明則咏, 時暗則刺.)」라고 한 宗旨에 근거하
여 시구 80여 예를 인용하고 그 뒤에 간단한 평어를 부기하면서 그
시정을 美刺하는 寓意를 기술하고 있다. 시에서 '美刺'는 찬미하고
풍자한다는 의미인데, 〈毛詩序〉에 「송은 성덕의 모습을 찬미하여 그
공을 이루어 신명에게 고하는 것이다.(頌者, 美盛德之形容, 以其成功

告于神明者.)」라 하니 이것이 '美'이며, 이어서 「위에서 풍으로 아래를 교화하고 아래는 풍으로 위를 풍자하니, …말하는 사람은 죄가 없으며, 듣는 사람은 경계하기에 족하다.(上以風化下, 下以風刺上, …言之者無罪, 聞之者足以戒.)」라 하니 이것이 '刺'이다. '美刺'는 儒家의 溫柔敦厚의 詩敎에 부합된다. 孟浩然(689-740)의 〈望洞庭湖贈張丞相〉(≪全唐詩≫ 권159)을 보자.

> 8월의 호수가 잔잔한데
> 텅 비고 밝은 기운 머금고 하늘에 닿아 있네.
> 기운이 운몽택에 오르고
> 물결은 악양성을 흔드네.
> 건너려니 배의 노가 없고
> 편안히 지내니 성명한 임금에 부끄럽네.
> 앉아서 낚시하는 이 보며
> 공연히 물고기 부러운 마음이 든다네.
> 八月湖水平, 涵虛混太淸.
> <u>氣蒸雲夢澤, 波撼岳陽城.</u>
> 欲濟無舟楫, 端居恥聖明.
> 坐觀垂釣者, 空有羨魚情.

시에서 밑줄 친 제2연에 대해서 평하기를, 「이것은 나라의 흥성이 밝음을 말한다.(此言國興明也.)」라 한 것은 美刺의 경우로서 송대 曾季貍(증계리)는 ≪艇齋詩話≫에서 「두보는 악양루 시가 있고 맹호연도 있는데, 맹호연이 두보에 따르지 못하지만, 『기운이 운몽택에 오르고, 물결은 악양성을 흔드네.』구는 절로 웅장하다.(老杜有岳陽樓詩, 孟浩然亦有, 浩然雖不及老杜, 然「氣蒸雲夢澤, 波撼岳陽城.」亦自雄壯.)」라고 칭송하였다. 다음에 만당 李洞(?-897)의 〈過野叟居〉(≪全唐詩≫ 권722)를 본다.

> 야인이 머무는 곳에
> 대숲과 산경치가 어울리네.

머문 객은 나물밥 맛있게 들고
뿌려대는 샘물은 초당을 여네.
비온 후 솔방울 떨어지고
바람 스치니 차조 싹 향기 나네.
종일토록 덥지 않으니
그대 푸른 석상에서 잠드네.
野人居止處, 竹色與山光.
<u>留客羞蔬飯, 洒泉開草堂.</u>
雨餘松子落, 風過朮苗香.
盡日無炎暑, 眠君靑石床.

　이 시에 대해서 ≪近體秋陽≫에서 「기이하고 빼어난 흥취는 모든 더러움을 벗어버린다.(奇解逸興, 脫越凡穢.)」라고 평하고 있다. 밑줄 친 시구에 대해서 「이것은 현인이 속세를 떠나서 은거하려는 것을 비유한다.(此比賢人欲歸去也.)」라고 평한 것이다. 그리고 賈休의 〈弔邊將〉의 「어찌해야 충성으로 군주를 위할 건가, 뜻을 다해도 제후에 봉하지 않네.(如何忠爲主, 志竟不封侯.)」에 대한 평어에서 「이것은 군주가 때를 얻지 못함을 풍자한다.(此刺君子不得時也.)」라고 한 것이나, 莫休의 〈送邊將〉의 「다만 천 필의 말이 떠나가는 것 보니, 몇 사람이나 돌아올지 알리라.(但看千騎去, 知有幾人歸.)」에 대해 평하기를, 「이것은 시세가 어지러워 군주가 어두운 지경임을 풍자한다.(此刺時亂主暗也.)」라고 한 경우도 그 예가 된다. 이런 해설은 다소 牽强附會한 점도 있으나, 그 당시의 시단 기풍을 엿볼 수 있는 자료이기도 하다.
　뒷부분은 皎然의 ≪詩式≫에서 열거한 '高, 逸, 貞, 忠, 節, 志, 氣, 情, 思, 德, 誠, 閑, 達, 悲, 怨, 意, 力, 靜, 遠' 19체에 대해서 解義를 가하고 시구의 例證을 하고 있는데, 참신한 견해를 보이지는 않는다. 그중에 皎然의 시품격 몇 종을 참고로 제시한다.(19체에 대한 상세한 설명은 ≪詩式≫ 해제 참조)

高: 풍운이 밝게 드러나는 것을 '고'라 한다(風韻切暢曰高)

逸: 체제의 격조가 한가로이 놓여난 것을 '일'이라 한다(體格閑放曰逸)

貞: 시어의 구사가 바르고 곧은 것을 '정'이라 한다(放詞正直曰貞)

忠: 위기에 임하여 변하지 않는 것을 '충'이라 한다(臨危不變曰忠)

節: 지조를 지켜서 변치 않는 것을 '절'이라 한다(持節不改曰節)

志: 뜻을 세워서 변치 않는 것을 '지'라 한다(立志不改曰志)

氣: 기풍과 정취가 넘치는 것을 '기'라 한다(風情耿耿曰氣)

情: 경계에 연유하여 다하지 않는 것을 '정'이라 한다(緣境不盡曰情)

思: 기풍에 함축이 많은 것을 '사'라 한다(氣多含蓄曰思)

판본은 ≪吟唱雜錄≫과 ≪格致叢書≫본, 그리고 ≪詩學指南≫본이 있다.

≪詩要格律≫ - 王夢簡

五代 王夢簡(왕몽간, 생졸년 불명). 陳振孫의 ≪直齋書錄解題≫에서 이 책을 수록하였다.

본 시화 小序에 「먼저 마음을 맑게 하고 생각을 바르게 한 연후에, 물정을 널리 살핀다.(先須澄心端思, 然後遍覽物情.)」라고 하여 시를 처음 배우는 자들에게 권고하듯이, 본 시화의 主旨는 初學者에게 모방적인 범례를 제시하는 데 있다. 내용은 먼저, '六義' 즉 風, 雅, 頌, 比, 賦, 興을 들어서 儒家의 전통적인 견해에 의거하여 시가의 정치적인 교화작용을 밝혔다. '六義'는 고대 시학개념으로서 원래 명칭은 '六詩'이니 ≪周禮≫ 〈春官 大師〉에 「육시를 가르치다. 이르기를, 풍, 부, 비, 흥, 아, 송이다. 육덕으로 그 근본을 삼고 육률로 그 음을 삼는다.(敎六詩: 曰風, 曰賦, 曰比, 曰興, 曰雅, 曰頌. 以六德爲之本, 以六律爲之音.)」라고 한 데서 기원하고 先秦시대 미학개념이다. 漢初 〈詩大序〉에선 이것을 계승 발전하여 '六詩'를 '六義'라고 바꾸어서 중국 전통시론의 중요한 조성 부분이 되고 후대에 영향이 극대하게 되었으니 다음에 〈詩大序〉 일단을 본다.

그러므로 시에는 육의가 있다. 하나는 풍이라 하고, 둘은 부라 하고, 셋은 비라 하고, 넷은 흥이라 하고, 다섯은 아라 하고, 여섯은 송이라 한다. 위에서는 풍으로 아래를 교화하고, 아래에서는 풍으로 위를 풍자하니, 試官이 넌지시 간하면 말하는 자는 죄가 없고 듣는 자는 삼가기에 족하니, 그러므로 풍이라 한다. 왕도가 쇠하고 예의가 없어지며, 정교가 상실되고 나라에 정치가 달라지며, 집안에 풍속이 어긋나서 변풍과 변아가 지어진 것이다. 사관이 득실의 자취에 밝고 인륜의 폐쇠에 상심하며, 형정의 가혹을 슬퍼하여 성정을 읊어낸다.

故詩有六義焉: 一曰風, 二曰賦, 三曰比, 四曰興, 五曰雅, 六曰頌. 上以風化下, 下以風刺上, 主文譎諫, 言之者無罪, 聞之者足以戒, 故曰風. 至于王道衰, 禮義廢, 政敎失, 國異政, 家殊俗, 而變風變雅作矣. 國史明乎得失之跡, 傷人倫之廢, 哀刑政之苛, 吟詠情性.

당대 孔穎達은 ≪毛詩正義≫에서 해석하여 서술하기를, 「'풍아송'이란 시편의 다른 체재이다. '부비흥'이란 시문의 다른 체재이다. 대소가 같지 않아서 아울러 '육의'를 짓게 된 것이다. '부비흥'은 시의 작용이며 '풍아송'은 시의 성형이니, 저 세 사실을 써서 이 세 사실을 만들므로 같이 '의'라고 칭한다.(風雅頌者, 詩篇之異體; 賦比興者, 詩文之異體耳. 大小不同, 而得幷爲六義者. 賦比興是詩之所用, 風雅頌是詩之成形, 用彼三事, 成此三事, 是故同稱爲義.)」라 하였다. 후에 朱熹는 ≪朱子語類≫에서 風雅頌은 '三經'으로 시의 골자이며 賦比興은 시 이면을 꿰어놓는 것으로 '三緯'라고 하였다. 그러니 風雅頌은 시가의 체재이며 賦比興은 시가의 표현방법이다. 본 시화는 26문을 열거하여, 매 문마다 명목을 세우고 시를 예로 들고 이것이 '六義'와 어떤 관계가 있는지를 설명하였다. 예를 들면, '高大門'에서 祖詠[1]의 〈泊揚子津〉(≪全唐詩≫ 권131)을 보자.

마침 유양군에 들어서니
고향이 이 길에서 멀다네.
수풀에 숨으니 막 비가 지나가고
바람이 잦아지니 밀물이 돌아오려 하네.
강가 고기잡이 불이 모래언덕을 밝히고
구름 낀 돛대는 포구 다리를 가로막네.
나그네 옷 오늘 얇아서

---

1) 祖詠 : 생졸년 불명. 洛陽人으로, 開元 24년(724) 進士 급제하고 王維가 濟州司倉參軍으로 있을 때 唱和하였다. 후에 仕途에 失意하여 汝墳으로 이거하였는데 王翰이 汝州長史와 仙州別駕로 지내며 그 지방 名士와 교유할 때 조영이 항상 同席하였다. 王維, 儲光義, 盧象, 邱爲 등과 친교하였다.

찬 기운이 가까이 감도는구나.
才入維揚郡, 鄕關此路遙.
林藏初過雨, 風退欲歸潮.
<u>江火明沙岸, 雲帆碍浦橋.</u>
客衣今日薄, 寒氣近來繞.

시에서 밑줄 친 시구와 康道2)의 시구에서,

낮에 동쪽 바다 바라보니 작고
밤에 남두성을 바라보니 길구나.
晴望東溟小, 夜視南斗長.

라고 한 것에 붙여서 「위의 것들은 직설적인 賦에 합당하다.(以上 合賦.)」라고 하였다. 조영의 시에 대해서는 ≪河嶽英靈集≫에서 「조 영의 시는 자르고 깎은 것이(시를 다듬다) 분명하고 정갈하며, 마음 씀이(시심의 착상) 매우 애써서 지어내니 기세가 높진 않아도 시의 성조가 자못 탈속적이다.(詠詩剪刻省淨, 用思尤苦, 氣雖不高, 調頗凌 俗.)」라고 하니 盛唐詩의 正軌를 밟고 있다. 위의 밑줄 친 구에 대 해서 ≪近體秋陽≫에서 평하기를, 「'明'자와 '碍'자 모두 글자를 연단 하여 지어낸 것이다. '明'자는 누구나 이해하고 또 누구나 말할 수 있다. '碍'자는 누구나 이해하지만 아무나 말할 수 없다.(明碍兩皆煉 字. 明字人人解得, 亦人人道得; 碍字人人解得, 却人人道不得.)」라고 그 시어의 오묘한 활용을 극찬한다. 조영의 대표적인 시로서 인구 에 회자하는 오언절구 〈終南望餘雪〉을 더 보기로 한다.

종남산 북쪽 경치 수려하니
산봉우리에 쌓인 눈이 구름 가에 떠있네.
수풀 밖에 눈 온 후 개어서 햇빛 밝은데
장안 성내 저녁 되니 찬 기운 더하네.

2) 康道 : 생졸년 불명. ≪全唐詩補編·續拾≫ 卷53 시 2구 수록.

終南陰嶺秀, 積雪浮雲端.
林表明霽色, 城中增暮寒.(≪全唐詩≫ 권131)

이 시에 대해서 ≪而庵說唐詩≫에서는,

이 시는 그 제목과 차례가 잘 배치되어 있는 것을 보여주니, 마치 달
이 층구름을 토해내어 빛이 점점 드러나는 것과 같아서 눈을 감으면
오히려 뚜렷하게 느껴진다. 이 시는 땀땀이 바느질을 세밀하게 하여
서 진정으로 원앙새를 수놓은 솜씨이다. …이 외에 진정 글자 하나
도 더 보탤 수 없다.
此首須看其安放題面次第, 如月吐層雲, 光明漸現, 閉目猶覺宛然也. 此
詩處處針線細密, 眞繡鴛鴦手也. …此外眞更不能添一語也.

라고 시의 섬세한 묘사와 진실한 시심을 평하고 있다. 덧붙이건대 위
〈泊揚子津〉시는 필자가 임의로 例詩를 선정하여 거론한 바, 본 시
화 高大門에 원래 인용한 「화산의 세 봉우리 작고, 황하 일대는 길구
나.(華岳三峯小, 黃河一帶長.)」구는 ≪全唐詩≫(권131), ≪唐詩紀事≫
(권20), ≪唐才子傳≫(권1), 그리고 陳尙君의 ≪全唐詩補編≫〈補全唐
詩〉와 ≪全唐詩補編≫〈續拾〉(권13) 등 그 어디에서도 확인할 수 없
어서 그 출처가 불명하므로 제외하였다. 한편 만당 李洞의 〈送雲卿
上人游安南〉(≪全唐詩≫ 권721)을 다음에 본다.

해남 가에 봄이 가고
가을에 한밤 뱃소리 들리네.
고래는 바리떼 씻는 물 삼키고
무소는 등불 지핀 배를 건드리네.
섬들이 여러 곳에 나뉘어져 있고
은하수는 온 하늘에 나란히 있네.
장안에 해가 저물어서 돌아오니
소나무가 옛 방 앞에 넘어져 있네.
春往海南邊, 秋聞半夜船.

鯨呑洗鉢水, 犀觸點燈船.
<u>島嶼分諸國, 星河共一天.</u>
長安却回日, 松偃舊房前.

위의 밑줄 친 제3연 시구에 대하여는 「이것은 송(頌)에 합당하
다.(上合頌.)」라고 하였다. ≪唐詩選脈會通評林≫에서 위의 시를 평
하기를,

첫 연에서 남행하는 길이 먼 것을 보고 다음 연에선 상인의 도법이
경지에 이른 것을 보는데, 문득 기묘하고 환상적인 경물이 많다. 제
3연에 대해서는 ≪금침시격≫에 이르기를, 「『섬들이 여러 곳에 나
뉘어져 있고, 은하수는 온 하늘에 나란히 있네.』 구는 명철한 임금이
나라를 도리에 맞게 하나로 교화함을 말한다.」라 하였다. 말연에서
해가 진 후 돌아오는 광경으로 매듭 지은 것은 저절로 원대한 운치
가 넘친다.
首聯見南行途遠, 次聯見上人道法所到, 輒多奇幻景物. 三聯, 金針詩
格云:「島嶼分諸國, 星河共一天.」, 言明君理化一統也. 末以日後歸來
之景作結, 自多遠韻.

라고 하니 이동의 시에서 賈島를 배운 풍격이 드러난다.(앞에 나온 ≪詩
中旨格≫ 해제 참조) 그리고 26개 門에서 '嗟歎', '終始', '是非', '鬼怪' 등
4문은 齊己의 ≪風騷旨格≫ '詩有四十門'과 상통한다. 예컨대, '禮義'
는 ≪風騷旨格≫의 '理義', '君臣'은 '皇道'이며 그 외에 '忠孝', '富貴',
'怨刺', '歌頌' 등 20문은 이 시화의 독창적인 門이다. 각 門의 구분은
시가의 意趣에 주안점을 두고 있고 그 주지는 초학자에게 본받을 만
한 범례를 제시하는 데 있다.
　판본은 ≪吟窻雜錄≫, ≪格致叢書≫, ≪詩學指南≫본 등이 있다.

≪風騷要式≫ - 徐衍

五代 徐衍(서연). 생졸년과 생평 사적이 不明하다.

본 시화는 유가를 본받아서 「칭송하고 풍자하고, 가까이는 부모를 섬기고 멀리는 임금을 섬긴다.(可以頌, 可以諷, 邇之事父, 遠之事君.)」라는 시론 주장을 主旨로 삼았고, 시가 창작에 있어서 문자의 格率(격률)技法 같은 것을 논한 것이 아니라 시가의 功用的 작용을 밝혔다. 내용은 '君臣', '物象', '興題', '創意', '琢磨' 등 5개 부문으로 나뉘어져 있다.

'君臣門'은 시구를 인용하여 군주가 나쁜 것을 물리치고 선한 데로 나아갈 것이며, 신하는 덕을 찬미하고 失政을 비판해야 할 직무를 밝힌다.

'物象門'은 盧中이 「물상이라고 하는 것은 시가에 있어서 지극히 중요한 것이다.(物象者, 詩之至要)」라고 말한 것을 인용하여 시를 써서 美刺하기 위해서는 일정한 물상을 이용해야 한다.

'興題門'은 시가의 제재가 나타내는 美刺의 속뜻을 설명하였는데, '平原古岸'은 '황제의 基業'이며, '病中'은 '어진 이가 자신의 뜻을 얻지 못했음'(賢人不得志)을 나타낸다.

'創意門'은 '溫柔敦厚'의 유가 시론에 의거하여, ≪시경≫의 詩敎的 比興 시론을 강조하고 있다. '創意門' 부분의 문장을 다음에 본다.

찬미하고 칭송하는 데에는 감정을 함부로 내보여서는 안 되니, 감정을 함부로 내보이면 경박함이 드러난다. 풍자하는 데에는 성을 내서는 안 되니, 성을 내면 속내까지 드러난다. 가도의 〈제이빈출거〉 시에 「잠시 떠났다 다시 여기로 오니, 깊은 기약 어긋나지 않네.」 이것은 소인의 퇴거를 말한다. 설도의 〈제목단〉 시에 「다만 난간 곁에 편안히 자리 펴고 누워서, 밤 깊도록 한가로이 그대와 그리움을 얘기하고 싶어라.」 이것은 현인이 다시 상봉하게 된 것이다. 정곡의 〈주차통천정사〉 시에 「다시 깊은 구름과 같이 묻혀 사니, 가을이 붉은 장막 따라서 오네.」 이것은 현인의 자리매김을 말한다. 주박의 〈추택〉 시에 「골목 많은 집에 달이 뜨니, 사람은 먼 길 떠날 맘 없네.」 이것은 집 문을 닫는 것을 비유한다. 사공서의 시에 「절로 장사에 유배 간 것 한하니, 강가에 봄풀이 무성하네.」 이것은 소인의 방종이다. 가도의 〈감영호상공사의〉 시에 「곧 들어가 상나라 종정을 살피시고, 조정에서 옳고 그름을 분별하시리라.」 이것은 시세가 밝지 않음을 풍자한 것이다. 유득인의 〈추망〉에 「서풍에 매미 나무에 가득하고, 동쪽 언덕에는 지는 햇빛 어리네.」 이것은 소인이 앞다투어 자리 차지하는 것이다.

美頌不可情奢, 情奢則輕浮見矣. 諷刺不可怒張, 怒張則筋骨露矣. 賈島〈題李頻出居詩〉:「暫去還來此, 幽期不負言.」, 此言小人將退也. 薛濤〈題牡丹詩〉:「只欲欄邊安枕席, 夜深閑共說相思.」, 此賢人復得相逢也. 鄭谷〈舟次通泉精舍詩〉:「更共幽雲約, 秋隨絳帳還.」, 此言賢人在位也. 周朴〈秋澤詩〉:「巷有千家月, 人無萬里心.」, 此比屋可封也. 司空曙詩:「自恨長沙謫去, 江潭春草萋萋.」, 此小人縱橫也. 賈島〈感令狐相公賜衣詩〉:「卽入調商鼎, 朝分是與非.」, 此刺時之不明也. 劉得仁〈秋望〉:「西風蟬滿樹, 東岸有殘暉.」, 此小人爭先而據位也.

위의 글은 시의 溫柔敦厚的인 표현에 있어서 詩敎的 내용이 부족한 시구의 예들을 들어서 비유하였으니, 위의 글에 인용된 시 중에서 ≪全唐詩≫에 수록된 다음 시들을 보기로 한다.(필자 注 : 위의 본시화 문장에서의 詩題나 詩句가 다음 ≪全唐詩≫의 것과 일치하지 않는 점이 있다)

* 薛濤 〈牡丹〉
지난해 늦봄 그대가 시들어 떨어질 때
눈물이 붉은 찌지를 적시며 이별을 원망했네.

늘 안타까운 것은 초나라 양왕이 꿈에 무산에서 신녀와 헤어진 것
어떻게 해야 어부가 무릉도원을 찾은 것처럼 그대와 다시 만날 기약
할가.
매양 그윽한 향기로 정을 주고받아서
말하지 않아도 응당 서로의 마음을 알지라.
다만 난간 곁에 편안히 자리 펴고 누워서
밤 깊도록 한가로이 그대와 그리움을 얘기하고 싶어라.
去春零落暮春時, 淚溼紅箋怨別離.
常恐便同巫峽散, 因何重有武陵期.
傳情每向馨香得, 不語還應彼此知.
<u>只欲欄邊安枕席, 夜深閑共說相思.</u>(≪全唐詩≫ 권803)

* 鄭谷 〈舟次通泉精舍〉
강이 맑기가 낙수의 물굽이 같고
절이 좋기가 향산 같네.
고단하게 외로운 쪽배에 있다가
한나절에 정사에 올랐네.
나무 서늘하니 깃든 학이 튼튼하고
바위 메아리 소리에 스님은 한가롭네.
다시 깊은 구름과 같이 묻혀 사니
가을이 붉은 장막 따라서 오네.
江淸如洛汭, 寺好似香山.
勞倦孤舟裏, 登臨半日間.
樹涼巢鶴健, 巖響語僧閒.
<u>更共幽雲約, 秋隨絳帳還.</u>(≪全唐詩≫ 권544)

* 周朴 〈秋深〉
버들색 아직 푸르러 무성한데
바람이 부니 가을이 더욱 깊어가네.
산천은 공허하고 길은 먼데
고향에선 절로 다듬잇돌 울리겠지.

골목 많은 집에 달이 뜨니
사람은 먼 길 떠날 맘 없네.
장성에서 돌아가심 통곡한 후에
아주 고요하게 지금에 이르렀네.
柳色尚沈沈, 風吹秋更深.
山河空遠道, 鄕國自鳴砧.
<u>巷有千家月, 人無萬里心.</u>
長城哭崩後, 寂絶至如今.(≪全唐詩≫ 권803)

* 賈島〈謝令狐綯相公賜衣九事〉
장강 밖에 새가 날고
주부는 나귀 타고 돌아가네.
쫓겨난 나그네 간밤에 추웠다 하여
상공께서 두꺼운 옷 주셨다네.
눈이 오니 소나무 더욱 푸르고
서리 내리니 달빛이 환히 빛나네.
당일에 은나라 종정(나라의 일)을 살펴보시고
조정에서 옳고 그름을 분별하시리라.
長江飛鳥外, 主簿跨驢歸.
逐客寒前夜, 元戎予厚衣.
雪來松更綠, 霜降月彌輝.
<u>卽日調殷鼎, 朝分是與非.</u>(≪全唐詩≫ 권573)

'琢磨門'은 시의 자구 조탁이 숙련되어야 시의 묘사를 원만하게 달
성할 수 있다는 것이다. 다음에 '琢磨門' 부분의 일단을 본다.

문자를 쓰는 데에는 맑고 탁한 것이 반씩 섞여 있어야 한다. 말이 비
록 쉽게 쓰였더라도 이론은 반드시 기험함을 추구하고, 글귀에는 범
속함을 꺼려야 뜻이 곧 질박하고 돈독해진다. 예컨대 정곡의 〈송우
인〉 시에 「흐르는 세월에 다 늙으니, 실의하여 절로 동서로 흩어지
네.」 이것은 군자가 자리를 떠난 것이다.

文字要淸濁相半, 言雖容易, 理必求險, 句忌凡俗, 意便質厚. 如鄭谷送
友人詩:「流年俱老大, 失意自東西.」, 此君子離位也.

＊鄭谷〈送進士盧棨東歸〉
파수 언덕에 풀이 무성한데
이별의 술잔을 나 홀로 드네.
흐르는 세월에 다 늙으니
실의하여 또 동서로 흩어지네.
새벽의 초산에 구름이 자욱한데
봄날 오 땅의 물이 나무 아래로 흐르네.
집에 이르니 이른 장마 그치고
여전히 두견새 울고 있네.
灞岸草萋萋, 離觴我獨攜.
流年俱老大, 失意又東西.
曉楚山雲滿, 春吳水樹低.
到家梅雨歇, 猶有子規啼.(≪全唐詩≫ 권544)

　　그러나 이 '琢磨'의 내용조차도 시가의 美刺作用을 빗대어 말한 것
인 만큼 이 시화는 유가의 시가 전통에 따라서 시가는 比興의 수법
을 써서 완곡하게 美刺작용의 속뜻을 기탁해야 한다고 강조한다.
　　판본은 ≪吟唱雜綠≫, ≪格致叢書≫, ≪詩學指南≫본 등이 있다.

≪文彧詩格≫ - 文彧

五代 文彧(문욱, 생졸년 불명). 號는 文寶大師이며, 五代 宋初의 閩 (지금의 福建) 지방 僧이다. 閩人 陳文亮과 동시대인으로 진문량이 王氏 막하에 들어가니 시를 지어 비난하였고, 후에 진문량이 해를 당하자 시를 지어 조문하였다. ≪全唐詩補編≫(권47)에 시 1수와 2 구가 전한다. 그의 시 〈贈陳文亮〉을 보면 다음과 같다.

> 탕휴를 배우면서 귀밑털 콧수염 길어지니
> 선송 그만두고 검은 승복 벗었구나.
> 용 쟁반과 호랑이 지팡이는 어디에 두고
> 상아 홀과 은 어대는 언제 얻을 건가.
> 종병은 사직 버리고 구름 걸상에 탔고
> 이응은 문에서 취하니 술이 천 잔이었네.
> 그대 한가한 일 누가 탓할가 말 말게
> 오늘 속세에 또 뉘 있겠는가.
> 聞學湯休長鬢髭, 罷修禪頌不披緇.
> 龍盂虎錫安何處, 象簡銀魚得幾時.
> 宗炳社抛雲一榻, 李膺門醉酒千卮.
> 莫言誰管你閑事, 今日塵中復是誰.

위의 시에서 '龍盂虎錫'은 승려의 자태이며 '象簡銀魚'는 관리의 상 징을 묘사한 부분이며, '宗炳'은 南朝 宋나라 은둔자로서 出仕를 거 부하고 서화와 음악으로 명산을 유람하며 살았다. 그리고 '李膺'은 襄城人으로 자는 元禮로서 後漢 靈帝 때에 黨錮를 만나서 피살당하 였다. 이 시에서는 두 인물을 시어로 넣어서 허무한 삶을 비유하였 다. 진문량의 시 〈爲僧時作〉의 「누가 그대의 한가로운 일을 상관하리오, 속세에 절로 사람 있네.(誰管你閑事, 塵中自有人.)」구와 위 문욱 시 말연 구가 상관된 것을 알 수 있다.

본 시화는 모두 8절로 나뉘어져 있다. 앞 4절은 律詩의 '破題', '頷聯', '詩腹', '詩尾'로 나누어서 각종의 格法과 시구를 인용하여 예증하고 있다. 그 요지는 '뜻은 말의 밖을 넘어야'(意超言外) 하고, '감정이 경물 가운데 융합되어야'(情融景中) 하고, '시의 담은 뜻이 함축적이며 그윽하여야'(旨趣含蓄悠遠) 한다는 예술적 표현 방식에 대해서 논하고 있다. 뒤 4절 가운데, '論詩病'에서는 시가를 지음에 章法을 잘 써서 중첩하지 말아야 시 전체에 玄妙함이 만들어진다고 하였고, '論詩有所得字'에서는 '시를 지음에 문자를 잘 갈고 닦아야 글자 하나에도 大義를 담을 수 있다'(一字包括大義)고 하였다.

'論詩勢'에서는 10개의 體勢를 나열하였으니, 내용에서 '龍潛巨浸'(용이 깊이 물에 잠김), '獅擲'(사자의 내던짐), '孤雁出塞'(외로운 기러기가 변방으로 감) 등 3勢는 齊己의 ≪風騷旨格≫을 본받은 것이고, 그 외에 '芙蓉映水'(연꽃이 물에 비추임), '龍行虎步'(용이 가고 호랑이가 걸음), '寒松病枝'(찬 솔의 병든 가지) 등은 자기 창작을 위한 논리를 담고 있다. '論詩道'에서는 詩道란 玄奧하고 정묘하기 때문에 體悟만 할 수 있을 뿐, 말로 표현할 수 없다는 논리이니, 소위 '以禪論詩'(참선하는 마음으로 시를 논함)의 견해로서 남송 嚴羽의 '妙悟說'의 先聲이라 하겠다. 여기서 '以禪論詩'는 불교의 참선의 悟得(깨달음)을 시론에 접목한 논리로서, 嚴羽의 ≪滄浪詩話≫ 〈詩辨〉에서 「무릇 참선의 도리는 오직 오묘한 깨달음에 있으니, 시를 짓고 터득하는 도리도 오묘한 깨달음에 있다.(大抵禪道惟在妙悟, 詩道亦在妙悟.)」라 하고 그의 〈答吳景仙書〉에서는 「참선의 도리로 시를 깨우칠 것이니, 이것을 절대 끊지 말지라.(以禪喻詩, 莫此親切.)」라 하여 學詩나 작시는 마치 참선과 같아서 正道를 지키며 '透徹之悟' 즉 엄정하고 철저한 정신적 체득인 悟得의 경지를 추구해야 한다는 것이다.

구체적으로 본문을 인용하면서 문욱의 시론을 살펴본다. 먼저 '篇

章'에서 '破題' 즉 詩題의 요지를 분석하여 설명하는 것으로, 詩賦의 기수에 해당하는 다섯 종의 破題의 종류에 대해서 詩例를 들면서 다음에 논술하고 있다.

　시에는 다섯 종의 '파제'가 있다: 첫째는 '취제', 둘째는 '직치', 셋째는 '이제', 넷째는 '점제', 다섯째는 '입현'이다. 첫째 '취제'는 제목을 쓰는데 첫 구로 하는 것이다. 주박의 〈호주안길현〉에 「호주의 안길현에서, 문 밖이 구름과 가지런하네.」 …선월의 〈기남행객〉에 「남쪽으로 가는 나그네를 보자니, 아득히 멀리 있는 듯 없는 듯.」 둘째 '직치'는 곧 제목에서 그 고사를 변화시켜서 첫 구로 하는 것이다. 최보궐의 〈영변정설〉에 「만 리가 온통 흰빛, 하늘에는 새가 날지 않네.」 이것은 '白'자 하나를 써서 그 눈 모습에 맘 상하니 그러므로 '직치'라 한다. 예컨대 주박의 〈등복당현루〉에 「함통 5년 후에 마을에 숨어 살며, 이 복당현의 누각에 오르네.」 또 고인의 〈조행〉에 「일찍 일어나 앞 여정을 떠나니, 이웃 닭이 아직 울지 않네.」 셋째는 '이제'이니 밖에서 그 첫 구를 취하여 상심을 면하는 것이다. 제기의 〈어부〉에 「상수 못에 봄물이 가득 차고, 상수 언덕에는 풀이 파릇하네.」 …넷째는 '점제'로서 파제 위아래 두 구에서 글자를 거듭 사용하는 것이다. … 방간의 시에 「왕업이 힘을 얻지 못하니, 이제 또한 괴로이 읊네.」 이것은 위아래에 같이 두 글자를 부친 것이다. 〈송승〉에서 「승복과 지팡이 하나이니, 몸이 쓸쓸히 가볍네.」 이것은 위아래에 세 글자를 부친 것이다. 고시에 「가고 또 가서, 그대와 생이별하네.」 이것은 한 구에 네 자를 부친 것이다. …다섯째는 '입현'으로서 뜻을 취함이 구에 면밀하게 나타내어 뜻을 체회하기만 하면 말로 표현하지 않아도 된다. 가도의 〈송인〉에 「한밤에 장안에 비 내리니, 등잔 앞에 월 땅의 나그네 마음이라.」 이것은 곧 위아래 구가 송별을 말하지 않아도 뜻에 송별이 들어 있다. 정곡의 〈제안〉에 「8월 쓸쓸한 바람 9월에 서리 내리니, 여귀풀꽃 붉고 갈대 가지 노랗네.」 이것은 위아래 구에서 곧 기러기를 말하지 않으나 뜻이 기러기를 담고 있다. 구양첨의 〈증노승〉에 「웃으며 누구에게 옛날 일 얘기하는데, 새끼줄 의자와 죽장으로 몸을 부추기네.」 이것은 위아래 구에서 노승을 말하지 않

으나 뜻은 노승을 보여준다. 이상 다섯 종에서 '입현'만이 가장 오묘
하다.

詩有五種破題: 一曰就題, 二曰直致, 三曰離題, 四曰粘題, 五曰入玄.
一曰就題, 用題目便爲首句是也. 周朴〈湖州安吉縣〉:「湖州安吉縣, 門
外與雲齊.」…禪月〈寄南行客〉:「見說南行客, 迢迢有似無.」二曰直致,
就題中通變其事, 以爲首句是也. 崔補闕〈詠邊庭雪〉:「萬里一點白, 長空
鳥不飛.」此用白一字, 傷其雪體, 故云直致. 如周朴〈登福唐縣樓〉:「咸
通五載後伏里, 登此福唐縣上樓.」又古人〈早行〉:「早起赴前程, 隣鷄
尙未鳴.」三曰離題, 外取其首句, 免有傷觸是也. 齊己〈漁父〉:「湘潭春
水滿, 湘岸草靑靑.」…四曰粘題, 破題上下二句重用其字是也. …方干
詩:「王業未得力, 至今猶苦吟.」此乃上下共粘二字也.〈送僧〉:「一衲
與一錫, 一身索索輕.」此乃上下共粘三字也.〈古詩〉:「行行重行行, 與
君生別離.」此乃一句粘四字也. …五曰入玄, 取其意句綿密, 只可以意
會, 不可以言宣也. 賈島〈送人〉:「半夜長安雨, 燈前越客心.」此乃上下
句, 不言送人而意在送人. 鄭谷〈題雁〉:「八月悲風九月霜, 蓼花紅淡葦條
黃.」此乃上下句, 不言雁而意就雁也. 歐陽詹〈贈老僧〉:「笑向何人談古
時, 繩床竹杖自扶持.」此乃上下句, 不言老僧而意見老僧. 以上五種惟
入玄最妙.

신분이 승려인 만큼 논리도 다분히 玄學的이다. 위에서 제시한 破
題의 종류는 시 창작 표현의 다양성을 알 수 있게 한다. 破題는 唐宋
代 과거에서 詩賦와 經義에 응시할 때에, 起首 부분에 '破題目要義'
를 설명해야 하는 데서 '破題'란 명칭이 나왔으니, 율시의 首聯을 칭
한다. 송대 歐陽修의 《六一詩話》에서 破題에 대해서 서술한 다음 문
장은 破題의 중요성을 이해하는 데 도움이 된다.

매요신(매성유)은 일찍이 범중엄의 연회에서 복어(河豚) 시를 지어
이르기를,「봄 물섶에 갈대 싹이 자라고, 봄 언덕에는 버들 꽃이 날
리네. 복어가 이때에는, 귀하기가 물고기나 새우에 비할 수 없네.」라
고 하였다. 복어는 늘 늦봄에 나와서 무리 지어 물위에서 노닐며 버
들개지 먹고 살이 찐다. 남방 사람들은 많이들 갈대 싹과 같이 국을

끓여 먹으면 맛이 가장 좋다고 말한다. 그러므로 시를 아는 자는 오직 파제 두 시구만으로 이미 복어의 좋은 점을 다 표현했다고 말한다.

梅聖兪嘗于范希文席上賦河豚魚詩云:「春洲生荻芽, 春岸飛楊花. 河豚 當是時, 貴不數魚蝦.」河豚常出于春暮, 群游水上, 食絮而肥. 南人多 與荻芽爲羹, 云最美. 故知詩者謂只破題兩句, 已道盡河豚好處.

구양수가 매요신 시 파제 부분을 거론하면서 시에서 파제의 설정 여하에 따라서 작시의 평가가 左右된다는 점을 강조하고 있다. 본 시화에서 다섯 가지 破題의 예로 인용한 시구의 詩題와 시 전체를 ≪全唐詩≫에 소재된 시를 중심으로 열거한다.

(필자 注: 다음에 열거하는 시는 ≪全唐詩≫에 수록된 것에 한하며, 단 지 열거하지 않은 이유는 작자 불명이거나, 詩句가 게재되어 있기 때문 임을 밝혀둔다. 수록되어 있는 시구라도 전부 詩題가 다르거나, 시구가 오류인 것이 대부분이어서 당대 시화의 보존이 송대 시화와 判異함을 알 수 있다. 아마도 인쇄술이 발달하지 않은 시기로서 筆寫本에만 의존했기 때문일 것이다)

(1) 就題: 시의 첫 구를 詩題로 한다.

* 周朴〈董嶺水〉
호주의 안길현에서
문 밖이 구름과 가지런하네.
우임금의 치수 힘이 미치지 않는 곳
강물이 소리 내며 서쪽으로 흘러가네.
관아 떠나니 산 경치 멀리 보이고
강물 가까이 하니 달빛이 드리워 있네.
그 속에 고상한 은자 있어
모래 속에서 명아주 지팡이를 짚고 가네.

湖州安吉縣, 門外與雲齊.
禹力不到處, 河聲流向西.
去衙山色遠, 近水月光低.

中有高人在, 沙中曳杖藜.(≪全唐詩≫ 권673)

주박 시 중에 就題法으로 첫 구를 쓴 예가 더 있으니, 〈玉泉寺〉의 첫 구「寺還名玉泉」, 〈登福州南澗寺〉의 첫 구「萬里重山遶福州」, 〈桃花〉의 첫 구「桃花春色暖先開」, 〈薛老峰〉의 첫 구「薛老峰頭三箇字」 등 이다.

(2) 直致: 시제에서 사실을 변화시켜서 그 어사를 첫 연에 쓴다.

(3) 離題: 시제와 상관없이 첫 구를 다르게 묘사한다.

* 齊己 〈湘江漁父〉
상수 연못의 봄물이 가득하고
언덕 멀리 풀이 파릇하네.
나그네가 안개 낀 달을 낚시하는데
술에 취하든 깨든 따질 이 없네.
문 앞에는 교룡과 이무기 나올 기운인데
도롱이 위에는 혜초 난초 향기 나네.
일찍이 莊周에 도취되어서
≪장자≫ 소요편 한 권 옆에 있네.
湘潭春水滿, 岸遠草青青.
有客釣煙月, 無人論醉醒.
門前蛟蜃氣, 蓑上蕙蘭馨.
曾受蒙莊子, 逍遙一卷經.(≪全唐詩≫ 권840)

(4) 粘題: 첫 연 上下句에 같은 字를 重用한다.

(5) 入玄: 표면상으로는 직설적인 시어를 구사하지 않으면서 詩意가 詩題와 연상된다.

* 鄭谷 〈題雁〉
8월에 쓸쓸한 바람 불고 9월에 서리 내리니
여뀌풀꽃 붉고 갈대 가지 노랗네.

석두성 아래에는 물결이 그림자 흔들고
성자만 서쪽에는 구름이 떠가네.
뜻밖에도 어가에서 짧은 피리 소리 들려오고
외로이 홀로 원정 수자리에는 석양이 지네.
고향 소식 너에게 들어 슬퍼지니
하물며 쪽배에 있으니 고향이 아니구나.
八月悲風九月霜, 蓼花紅淡葦條黃.
石頭城下波搖影, 星子灣西雲間行.
驚散漁家吹短笛, 失群征戌鎖殘陽.
故鄉聞爾亦惆悵, 何況扁舟非故鄉.(≪全唐詩≫ 권675)

* 歐陽詹 〈山中老僧〉
웃으며 누구에게 옛날 일 얘기하는데
새끼줄 의자와 죽장으로 몸을 부추기네.
가을 깊어 머리가 차니 깎을 수 없는데
희고 검은 머리 더부룩하게 눈썹까지 덮었네.
笑向何人談古時, 繩床竹杖自扶持.
秋深頭冷不能剃, 白黑蒼然髮到眉.(≪全唐詩≫ 권349)

그리고 頷聯 즉 율시의 제2연을 일명 '束題'라 하여 시 한 편의 詩
意를 담는 부분으로 묘사하고, 제3연인 頸聯을 '詩腹'이라 하여 함련
과 상응시키게 한다. 마지막 연구인 '詩尾'는 斷句 또는 落句라 하여
시의 뜻을 함축하고 있으니, 다음에 '詩尾'의 詩例를 본다.

시미를 논하자면, 단구라 하고 또 낙구라 하니 모름지기 시의 요지
를 함축해야 한다. 〈등산〉에 「더욱 기이한 곳에 오르니, 하늘 끝의
한 신선집이네.」 이것은 시구와 시의 다 미진하다. 〈별동지〉에 「앞
길 가며 이 경치를 읊으니, 그대 위해 높은 누대에 오르네.」 이것은
곧 시구는 다 표현하였으나 시의는 미진하다. 〈춘규〉에 「회문자를
부치려니, 그리워서 실 짜기를 못하겠네.」 이것은 곧 시의와 시구가
다 잘 표현되었다.

論詩尾, 亦云斷句, 亦云落句, 須含蓄旨趣. 〈登山〉:「更登奇盡處, 天際一仙家.」 此句意俱未盡也. 〈別同志〉:「前程吟此景, 爲子上高樓.」此乃句盡意未盡也. 〈春閨〉:「欲寄回紋字, 相思織不成.」 此乃意句俱到也.

판본은 ≪吟唱雜錄≫, ≪格致叢書≫ 등 본이 있으며, ≪詩學指南≫에도 실려 있다.

景淳(경순, 생졸년 불명). 桂林의 僧이다. 陳振孫의 ≪直齋書錄解題≫에 「桂林僧□淳撰」이라 하여 '僧'字 아래 '原闕'이란 注를 붙여서 전해진다.

본 시화는 예술표현상의 원칙과 기교를 집중으로 거론하고 있어서 皎然의 견해와 일맥상통한다. '緣情蓄意'(정감을 펴고 뜻을 담음)를 시의 요지로 하여 시가의 '情思'와 '意趣'는 함축적이어야 하고 깊이 감추어져서 드러나지 않아야 함을 강조하니, 이것이 소위 '緣情說'로서 중국 古代儒家美學의 시가 특징에 관한 논술이다. 어원은 晋代 陸機의 ≪文賦≫에서 「시는 정감을 펴서 아름답게 표현하고, 부는 사물을 체험하여 맑고 밝게 표현한다.(詩緣情而綺靡, 賦體物而瀏亮.)」라고 한 데서 나왔으니, '緣情'이란 곧 '抒情'이다. 蕭統의 ≪文選≫〈文賦〉에 대한 唐代 李善의 注에서 「시로써 뜻을 표현하므로, 연정이라 한다.(詩以言志, 故曰緣情.)」라고 하니 '緣情說'은 先秦 이래 전통적인 '言志論'을 발전시킨 시론이라 할 것이다. 근인 朱自清은 ≪詩言志辨≫에서 '言志論'을 다음과 같이 기술하고 있다.

'詩言志' 한 구가 비록 사대부의 깊이 통달한 점을 이끌어내었다 해도, 모든 시를 포괄할 수는 없다. 〈詩大序〉에서는 '성정을 읊는다'라고 바꾸어 말했지만, 또한 「사관이 득실의 자취를 밝히고 인륜의 폐지를 마음 아파하며 형정의 가혹을 슬퍼한다.」는 조건을 덧붙여서 斷章取義 즉 남의 것을 생각 없이 인용하지 않으면서 '緣情'이란 말을 지적하고 있다. ≪한시≫에서 '歌食'(먹는 걸 노래함)과 '歌事'(사실을 노래함)를 열거하고, 반고는 (≪漢書≫에서) '애락의 마음'을 지칭하고, 특히 '각자 그 상심을 표현한다'고 지칭하였는데 모두가 '言

志'와는 별개이니, 이런 어구는 독자적인 새로운 항목으로 쓸 수 없다. 그러나 '緣情'의 오언시가 발달하면서 '言志' 외에 절박하게 하나의 새로운 항목을 필요로 하게 된 것이다. 이에 육기는 ≪문부≫에서 먼저 '詩緣情而綺靡'라는 새로운 어구를 만들게 된 것이다. '緣情'이란 이 어사는 '吟詠情性'이란 어구를 간단화하고 보편화한 것이며 아울러 ≪한시≫와 반고의 말을 개괄하게 된 것이다.

'詩言志'一句雖經引申到士大夫的窮通出處, 還不能包括所有的詩. 〈詩大序〉變言'吟詠情性', 却又附帶「國史明乎得失之跡, 傷人倫之廢, 哀刑政之苛.」的條件, 不便斷章取義, 用來指'緣情'之作. ≪韓詩≫列擧'歌食' '歌事', 班固渾稱'哀樂之心', 又特稱'各言其傷', 都以別于'言志', 但這些語句還不能用來獨標新目. 可是, '緣情'的五言詩發達了, '言志'以外迫切地需要一個新標目. 于是陸機≪文賦≫第一次鑄成'詩緣情而綺靡'這個新語. '緣情'這個詞組將'吟詠情性'一語簡單化普遍化, 并概括了≪韓詩≫和班固的話.

이런 詩緣情의 신이론은 시가이론의 새로운 발전이며 후세 문론가와 미학가에 지대한 영향을 주었으니, 沈約은 ≪宋書≫〈謝靈運傳論〉에서 「성정으로 문장을 짜고, 문장으로 그 담긴 내용 뜻을 입힌다. (以情緯文, 以文被質.)」, 즉 '情文互用'의 관점을 주장하였고, 당대에 와서 皎然과 司空圖를 거쳐서 본 시화의 서두에서도 거론하였다. 이런 「성정은 문장의 길이다.(情者文之經.)」(≪文心雕龍≫〈情采〉)란 개념이 청대 袁枚의 '性靈說'로까지 이어지게 되었다. 그리고 '委婉幽曲'(아름답고 그윽함)의 표달 방식을 주장하여 기록하기를,

높아도 높다고 말하지 않아도 시 뜻 속에 그 높음을 담고 있다. 멀어도 멀다고 말하지 않아도 시 뜻 속에 그 멀음을 담고 있다. 한가해도 한가하다고 말하지 않아도 시 뜻 속에 그 한가함을 담고 있다. 고요해도 고요하다고 말하지 않아도 시 뜻 속에 그 고요함을 담고 있다. 高不言高, 意中含其高; 遠不言遠, 意中含其遠; 閑不言閑, 意中含其閑; 靜不言靜, 意中含其靜.

라고 하였다. 시에서의 소위 '婉曲'한 표달은 '詩緣情'을 실지로 외표해주는 시의 語辭的 표현에 해당한다. 司空圖는 그의 詩品에서 '委曲'으로 품명을 붙였으니 이는 곧 '委婉幽曲'의 줄인 말 '委曲'이며 여기서 칭하는 '婉曲'이다. 사공도는 '委曲' 부분에서,(자세한 것은 ≪二十四詩品≫ 해제 참조)

> 저 태행산에 오르니 푸른빛이 굽은 산길 감싼다. 아득한 안개에는 옥빛 흐르고 꽃향기는 그윽하게 풍겨온다. …도는 스스로 한정되지 않고 더불어서 둥글기도 모나기도 한다.
> 登彼太行, 翠繞羊腸. 杳靄流玉, 悠悠花香. …道不自器, 與之圓方.

라고 道家的 의식으로 委曲을 서술하고, ≪文鏡秘府論≫ 地卷의 十體 중에 '婉轉體'에서 「우아하게 변화하는 문체란, 그 어사를 곱게 굽혀서 아름답게 변화시켜 문구를 만드는 것을 말한다.(婉轉體者, 謂屈曲其詞, 婉轉成句是也.)」라 풀이하니 이것이 '婉曲'의 본의이다. 청대 施補華가 시의 표달방식을 「곧은 것을 꺼리고 굽은 것을 귀히 여긴다.(忌直貴曲.)」(≪峴傭說詩≫)라고 부연하기도 하였다. 아울러 '比喩'를 통하여 시의 '言語'와 '情意' 간의 관계를 표현하여,

> 시의 어사는 사상 감정을 담고 있는 詩意의 껍질이 되니, 마치 세상에 과일 그 모양이 부서지지 않는 것은, 겉에는 껍질이 있고 안에 열매 살이 있는 것과 같다.
> 詩之言爲意之殼, 如人間果實厭狀未壞者, 外殼而內肉也.

라 하고 또한 의론을 제기하여,

> 마치 아연 속에 금, 돌 속에 옥, 물속에 소금을 모두 볼 수 없는 것 같으니 사상 감정이 그 시 속에 있다.
> 如鉛中金, 石中玉, 水中鹽, 皆不可見, 意在其中.

라고 하여 시의 含意를 시의 外表보다 더 중시하였다. 이어서 본 시화는 시구의 句格에 대해서는 '象外句格', '當句對格', '當字對格', '假色

對格', '假數對格', '十字句格', '十字對格', '鏤水格' 등으로 구분하여 구법을 강구하고, '二勢格'은 句勢를 강구하고, '詩有四題體'와 '詩有 二斷'은 入題와 結題의 서로 다른 방식을 강구하고, '獨體格'·摘縱 格'은 시 전편의 장법을 강구하고 있다. 여기서 예를 들어서 '當句對 格'을 보면, 일명 '就句對' 또는 '句中對'라고도 하는데, 구 안에서 스 스로 대우를 이루는 경우이다. 송대 洪邁는 ≪容齋隨筆≫(권3)에서 「당인의 시문은 때론 한 구 속에 절로 대우를 이루니 그것을 당구 대라 일컫는다.(唐人詩文, 或于一句中自成對偶, 謂之當句對.)」라 하 였고, 嚴羽는 '當句對'를 서술하기를,

> '취구대'가 있으니 또한 '당구유대'라고 하며 예컨대 두보의 「작은 뜰 의 회랑은 봄에 고요하고, 욕귀에 날아가는 백로는 저녁에 유유하네.」, 이가우의 「외론 구름 속에 홀로 새가 나는데 냇가에 저녁 빛 드리우 고, 만 리 멀리 온 산이 아득한데 바다 기운은 가을이네.」 이들 구가 그러하다.
> 有就句對, 又曰當句有對, 如少陵「小院回廊春寂寂, 浴鬼飛鷺晚悠悠.」, 李嘉祐「孤雲獨鳥川光暮, 萬里千山海氣秋.」 是也.(≪滄浪詩話≫〈詩體〉)

라고 하였다. 여기서 '小院'과 '回廊'이 對를 이루고, '浴鬼'와 '飛鷺'가 對를 이루며, 그리고 '孤雲'가 '獨鳥'가 對를, '萬里'와 '千山'이 對를 각각 이룬다. 후에 청대 沈德潛도 '當句對'에 대해서 부연하였다.

> 대장(대구)은 진실로 모름지기 공교하고 정제되어야 하며 또한 한 연 중에 구가 스스로 대우를 이루는 것도 있다. 오언시로 예컨대 왕 유의 「자기와 적안 땅을 지나서, 물결 헤치며 작은 배를 저어가네.」, 칠언시로 예컨대 두필간의 「북 두드리고 종을 치니, 바다가 놀라고 새로 나들이옷 단장하니 강동이 빛나네.」, 두보의 「복사꽃이 살며시 내미니 버들꽃이 지고, 꾀꼬리는 때때로 백조와 날아가네.」 같은 것 이다.
> 對仗固須工整, 而亦有一聯中本句自爲對偶者. 五言如王摩詰「赭圻將赤

岸, 擊汰復揚舲.」, 七言如杜必簡「伐鼓撞鐘驚海上, 新妝袨服照江東.」,
杜子美「桃花細逐楊花落, 黃鳥時兼白鳥飛.」之類.(≪說詩晬語≫)

王維의 시구에서 '赭圻'와 '赤岸'이 對, '擊汰'와 '揚舲'이 對, 杜必
簡 시에서 '伐鼓'와 '撞鐘'이 對, '新妝'과 '袨服'이 對, 두보의 시구에
서 '桃花'와 '楊花'가 對, '黃鳥'와 '白鳥'가 對를 각각 句中에서 이룬
다. 沈德潛이 인용한 王維의 〈送邢桂州〉시 전체를 보기로 한다.

> 징과 피리 소리 경구에 요란한데
> 풍파를 헤치며 동정호로 내려가네.
> 자기와 적안 땅을 지나서
> 물결 헤치며 작은 배를 저어가네.
> 해가 지니 강과 호수가 희게 물들고
> 밀물이 밀려오니 천지가 푸르네.
> 밝은 진주 같은 청렴한 그대 합포로 돌아가면
> 응당 사신인 그대를 따라서 이루리라.
> 鐃吹喧京口, 風波下洞庭.
> <u>赭圻將赤岸, 擊汰復揚舲.</u>
> 日落江湖白, 潮來天地青.
> 明珠歸合浦, 應逐使臣星.(≪王右丞集箋注≫ 권3)

왕유가 벗 邢濟가 桂州經略使로 부임하매 전송하여 지은 시이다.
'赭圻'는 지금의 安徽 南陵에 있어 長江을 면하고 있으며, '赤岸'은 지
금의 江蘇 六合에 있다. 말연의 '明珠'는 後漢 孟嘗의 고사를, 그리
고 '使臣星'은 후한 李郃(이합)의 고사를 각각 운용한 것이다. 시에
나오는 '合浦'(지금의 廣西 合浦 일대)는 진주가 유명한 지역이어서
맹상이 太守로 부임하여 진주를 수거하여 선정을 베풀었다고 해서 후
세에 지방관의 청렴과 선정을 칭송하여 '合浦珠'라는 典故가 나왔다.
그리고 '使臣星'은 方術과 天象에 통달한 李郃의 고사를 비유하여 훌륭
한 지방 使臣을 '使臣星'이라 하였는데 여기서는 '邢桂州'를 지칭한다.
그리고 十字對格은 '流水對', '走馬對'로서 五言律詩의 一聯에서 上

句 5자와 下句 5자가 오직 하나의 事實을 서술하고 하나의 뜻을 일관되게 묘사하여 대우가 자연스럽고 工整해진다. 엄우의 ≪滄浪詩話≫〈詩體〉에서 十字對의 예구를 들어서, 「십자대가 있으니, 유신허의 『넓은 물결 천만 리에, 밤낮으로 외로운 쪽배 하나.』 이것이다.(有十字對, 劉眘虛「滄浪千萬里, 日夜一孤舟.」是也.)」라고 하였다.

율시의 對偶法에 대해서 명대 李東陽의 ≪懷麓堂詩話≫(제21조)의 일단을 본다.

> 율시의 대우는 가장 어려우니, 예컨대 가도의 「홀로 연못 아래 그늘로 걸으며, 자주 나무 옆에서 몸을 쉬네.」 구에 대해 스스로 주석하기를 「두 구를 3년 만에 얻었다.」라는 구가 있다.
> 律詩對偶最難, 如賈浪仙[1]「獨行潭底影, 數息樹邊身」, 至有「兩句三年得」[2] 之句.

율시에서 詩法格律의 하나인 對偶 기법은 매우 다양하다. 對仗, 對句라고 하는 對偶는 시문의 字面音節이 둘씩 상대를 이루는 수사법이다. 두 개의 字數가 서로 같고 平仄이 서로 다르며, 詞性이 상대적이고, 결구가 비슷한 시구가 整齊되고 對稱을 이루는 형식미를 지니고 있다. 대우의 종류는 正對, 切對, 借對, 扇對, 開門對, 語對, 事對, 虛實對 등 무려 60종류가 있어서 그 기법이 쉽지 않음을 알 수 있다. 이동양은 그 매우 어려운 시의 대우에 대해서 賈島의 〈送無可上人〉 시구를 인용하면서 가도가 自注한 문구를 첨가하여 확인시켜준다. 그 自注한 글을 보면, 「두 구를 3년 만에 얻어서, 한번 읊으니 두 줄기 눈물이 흐르네. 소리를 알아주는 사람이 감상하지 않으면, 가을 옛 산에 돌아가 누워 지내리라.(二句三年得, 一吟雙淚流. 知

---

1) 賈浪仙: 賈島(779-843). 字 浪仙, 自號는 碣石山人이다. 저서에 ≪長江集≫이 있다. 「맹교는 빈한하고 가도는 말랐다.(郊寒島瘦.)」라고 蘇軾은 評하였다. 獨行句: 가도의 〈送無可上人〉 시구.
2) 兩句三年得句: 가도의 〈題詩後〉의 첫 구로서, 獨行句 뒤에 自注에 붙인 시구.

音如不賞, 歸臥故山秋.)」라고 하여 3년 만에 시구의 대우를 완성한 감회를 적고 있다. 명대 王世貞도 서술하기를, 「가도의 시 『홀로 연못 아래 그늘로 걸으며, 자주 나무 옆에서 몸을 쉬네.』 구가 어떤 아름다운 경지를 지녔는가. 3년에야 얻어서 읊자마자 눈물을 흘렸다.(島詩獨行潭底影, 數息樹邊身, 有何佳境. 而三年始得, 一吟淚流.)」(≪藝苑卮言≫ 권4)라고 하여 좋은 시의 대우가 각고의 산물임을 강조한다.

판본은 ≪吟唱雜錄≫, ≪格致叢書≫, ≪詩學指南≫ 등의 본이 있는데, 모두 '桂林淳大師撰'이라고 하였다.

제2편 北宋 詩話 解題

導言

≪金針詩格≫ － 作者 未詳
≪茅亭客話≫ － 黃休復
≪法藏碎金錄≫ － 晁逈
≪六一詩話≫ － 歐陽修
≪溫公續詩話≫ － 司馬光
≪玉壺詩話≫ － 文瑩
≪中山詩話≫ － 劉攽
≪東坡詩話≫ － 蘇軾
≪唐語林≫ － 王讜
≪詩病五事≫ － 蘇轍
≪臨漢隱居詩話≫ － 魏泰
≪黃山谷詩話≫ － 黃庭堅
≪侯鯖詩話≫ － 趙令畤
≪後山詩話≫ － 陳師道
≪春渚紀聞≫ － 何薳
≪陳輔之詩話≫ － 陳輔
≪潛溪詩眼≫ － 范溫
≪蔡寬夫詩話≫ － 蔡居厚
≪潘子眞詩話≫ － 潘淳
≪湘素雜記≫ － 黃朝英
≪洪駒父詩話≫ － 洪芻
≪優古堂詩話≫ － 吳幵

≪王直方詩話≫ － 王直方

≪西淸詩話≫ － 蔡絛

≪冷齋夜話≫ － 釋惠洪

≪漫叟詩話≫ － 作者 未詳

≪古今詩話≫ － 李頎

≪許彦周詩話≫ － 許顗

≪石林詩話≫ － 葉夢得

≪竹坡詩話≫ － 周紫芝

≪紫微詩話≫ － 呂本中

≪藝苑雌黃≫ － 嚴有翼

≪唐子西文錄≫ － 唐庚

≪珊瑚鉤詩話≫ － 張表臣

≪藏海詩話≫ － 吳可

導言

北宋은 宋이 南京으로 천도하기 전 시기를 말한다. 後周 恭帝를 폐위하고 殿前都點檢이던 趙匡胤(조광윤)이 즉위하면서(960년) 宋나라가 시작된다. 그리하여 欽宗 때 金人의 침략을 받아서(1126년) 흠종이 金으로 잡혀가자 그해 5월 南京으로 천도하면서 高宗이 즉위하니 '南宋'이라 하고 그 이전을 '北宋'이라 분류하게 되었다. 北宋 시기의 시화는 歐陽修의 ≪六一詩話≫를 기점으로 하여 司馬光이 그 체제를 본받아서 ≪溫公續詩話≫를 짓고, 劉攽(유반)의 ≪中山詩話≫가 그 뒤를 이으면서 唐代 시화와 차별화된 시화 명칭의 장르적 개념이 정립되고 그 문체와 내용의 독자적 성격이 갖추어지게 된다. 그러면서 시화체의 창작물이 자연스레 늘어나고 성행하게 되니 청대 息翁의 ≪蘭叢詩話≫ 序에 이르기를,

> 시에 관한 이야기는 송대부터 시작되어서 거의 집집마다 시화 책 한 권씩은 있었다. 나는 어려서 주죽택 선생 댁에서 배웠는데 ≪초당시화≫를 보니 두보 시만을 언급한 사람이 무릇 50명이나 되었다.
> 詩之有話, 自趙宋始, 幾乎家有一書. 余少學朱竹垞先生家, 見草堂詩話之專言杜者, 凡五十家.(≪淸詩話續編≫本)

라 하니 이처럼 淸代에 詩話物이 글공부하는 곳마다 비치되어 있을만큼 일반화될 정도로 시화가 발달하였으니 그 출발이 北宋 歐陽修 전후에 본격화하였다. 이처럼 송대에 들어서 시화가 급격히 발달하게 된 동기를 살펴보면, 첫째는 唐詩 思潮를 이어받아서 宋代初에 이미 시가 창작 열풍이 문단을 지배하여 柳開, 張詠, 王禹偁, 林逋, 范仲淹 등의 시인들이 唐末 五代 西崑風의 시 창작에 열중하다가 이어서 梅堯臣, 歐陽修, 蘇舜欽, 蘇軾, 蘇轍, 王安石 등이 등장하면서

晩唐風과는 차별화된 宋詩風의 시가 창작을 주도하였다. 성정 위주의 唐詩風에서 논리적이고 이지적인 송시 발달과 함께 시의 감상법도 시의 議論으로 관점이 흐르게 되면서 자연스레 시를 수필식이나 논설식으로 거론하는 풍토가 정착되었다. 시화 문체의 詩學 비평전통과 詩學 서사전통으로 구분되는 것도 이와 연관된다. 둘째는 송대 사회의 관리 등용에 있어서 '文士'를 重用하는 정치풍토인데, 구양수의 「입을 열어 시사를 따지니, 의논이 빛나네.(開口攬時事, 議論爭煌煌.)」(〈鎭陽讀書〉) 구처럼 문인이면서 관리인 '文士'들이 국정을 논하면서 문단을 관장하고, 구양수가 당대 韓愈와 柳宗元의 '古文運動'을 계승하여 문체와 詩體를 개혁하면서 議論문체의 발달을 주도하여 시도 '以議論爲詩'의 풍조로 나아가게 되었다.

이런 요인에서 가장 주목되는 歐陽修(1007-1072)의 공헌을 간과할 수 없으니, 그의 ≪六一詩話≫가 28칙의 적은 분량에 그 내용도 비교적 단편적이지만 그 시화의 후세 영향은 절대적이기 때문이다. 그의 ≪六一詩話≫의 문학비평사적 기여도를 보면, 먼저 '詩話'라는 시가평론 장르를 확정시킨 것이다. 그 이전에 鍾嶸의 ≪詩品≫, 王昌齡의 ≪詩格≫, 皎然의 ≪詩式≫, 孟棨의 ≪本事詩≫, 司空圖의 ≪二十四詩品≫이 있기는 하지만 그들 모두 엄정한 의미의 '詩話'라 稱하기에는 여러 모로 부적합하다고 할 수 있고, 다만 廣義의 시화 범주에 列入할 수 있을 따름이다. 歐陽修 자신도 '詩話'라는 명칭 하에 규격화한 논리성을 지닌 문장으로 시의 이론적 내용을 담고자 ≪六一詩話≫를 저술한 것은 아니다. 그의 시화 題序에서 「거사가 여음에 은퇴하여 지내며 모아서 한담으로 삼고자 한다.(居士退居汝陰而集, 以資閑談也.)」라고 서술하고 있다.

그러나 그의 시화 내용에는 경박하고 저속한 어사는 전혀 없으니 비록 한담 형식의 문장이나 시 本事에 대한 논리적이며 예술적인 이론을 피력하고자 하였다. 그래서 郭紹虞는 ≪宋詩話輯佚≫ 序에서 「홀가분한 필조 속에 중요한 이론을 담고 있다. 엄정한 비평 하에 오히려 다소간 해학적인 성분을 지니고 있다.(在輕鬆的筆調中間, 不妨蘊藏 重要的理論; 在嚴正的批評下, 却多少帶些詼諧的成分.)」라고 한 말은 유 의할 만하다.

구양수의 시론을 서술한 '詩話' 명칭 선언 이후에, 黃庭堅과 陳師 道를 중심으로 한 '江西詩派'의 등장은 북송 시화의 시론과 남송 시 화의 명맥에 지대한 상관성과 영향관계를 지니게 된다. 강서시파의 종주로 추숭되는 황정견의 시론은 '奪胎換骨'과 '點鐵成金'을 주장하 고 '글자 하나라도 내력이 없는 것은 없음(無一字無來處)'을 제창하 여, 후세 시인과 시파, 그리고 시학에 중요한 영향을 주었다. 그의 시학의 요체를 집약하면 첫째 도학자적 의식으로서 「문장이란 도리 의 그릇이며, 말은 행실의 잎가지이다.(文章者, 道之器也, 言者, 行 之枝葉也.)」(≪黃山谷詩集注≫ 권12 次韻楊明叔序)라 하였고, 둘째 는 學詩의 연마로서 박학다식을 강조하였으며, 셋째는 시의 예술성 으로서 시와 회화를 융화하는 일종의 文人畵의 창시자이다. 그리하 여 王維 시를 「시 속에 그림이 있고, 그림 속에 시가 있다.(詩中有 畵, 畵中有詩.)」라고 평한 소식의 이론을 동조하기도 하였다.

황정견의 시학은 시어의 整齊로서 소위 '點鐵成金'의 각고를 통하 여 승화된 시를 창작할 수 있다는 논리이다. 그리고 황정견의 論詩 는 儒家의 詩敎에 근원을 두고 「할 일 없이 붓끝을 움직이지 않는 다(非有爲而不發于筆端)」라고 주장하고 시정을 비방하는 것을 반대 하였다. 그리하여 「시란 사람의 성정으로서 뜰에서 마구 간쟁하거 나, 길에서 원망하여 욕하거나, 이웃에 화내고 좌석에서 꾸짖는 짓 을 해서는 안 된다.(詩者人之情性也, 非强諫爭于庭, 怨忿詬于道, 怒 隣罵座之爲也.)」(≪詩人玉屑≫)라고 주장하였다. 이러한 논조는 '溫 柔敦厚'라는 유가 시교에 근본을 둔 것이다. 황정견은 두보를 추숭 하여 「시사의 높은 경지는 학문에서 나온 것이다.(詩詞高勝, 要從學 問中來.)」라고 하였으며 그의 시가이론을 두 개의 성어 즉 '點鐵成 金'와 '奪胎換骨'로 집약되니, 작시상의 '點鐵成金'에 대해서 황정견의

〈答洪駒父書〉의 일단을 보면,

> 두보가 시를 짓고 한유가 문을 짓는 데 어느 한 자도 출처가 없는 것
> 이 없다. 대개 후인이 독서가 적어서 한유와 두보는 스스로 이런 말
> 을 했을 뿐이라고 말한다. 옛날 문장 짓는 것은 진실로 만물을 도야
> 해야 하니, 비록 고인의 진부한 말을 가져다가 필묵으로 표현하더라
> 도 영단 한 알을 만들듯이 쇠를 다듬어 금을 만드는 경지에 들어가
> 야 한다.
> 老杜作詩, 退之作文, 無一字無來處; 蓋後人讀書少, 故謂韓杜自作此
> 語耳. 古之爲文章者, 眞能陶冶萬物, 雖取古人之陳言入于翰墨, 爲靈
> 丹一粒, 點鐵成金也.

라고 하니 소위 '점철성금'이란 고인의 이미 써놓은 어사를 가져다
가 點化를 가하는 것을 강조하였다. 그리고 '奪胎換骨'에 대해서는,

> 시의 뜻은 무궁하고 사람의 재능은 유한하다. 유한한 재능으로 무궁
> 한 뜻을 추구하는 데는 도잠(도연명)이나 두보(두소릉)라도 다 해낼
> 수 없는 것이다. 그러나 그 뜻을 바꾸지 않으면서 그 어사를 만들어
> 냄을 환골법이라 한다. 그 뜻을 본받아서 잘 묘사해냄을 탈태법이라
> 한다.
> 詩意無窮, 人才有限. 以有限之才, 追無窮之意, 雖淵明, 少陵不能盡也.
> 然不易其意而造其語, 謂之換骨法; 規模其意而形容之, 謂之奪胎法. (《冷
> 齋夜話》 권1 引)

라고 하여 고인의 뜻을 취하여 형용을 가하지 않으면 안 된다고 하
였다. 이 두 성어의 시론적 의미는 고인의 성취에 자신의 학문과 성
정을 노력으로 가미하여 새로운 창작을 이루어 낼 것을 강조한 것
으로 이 이론이 후세 시론에 절대적인 영향을 준 江西詩派의 주된 시
론이 되었다. 소식과 황정견의 영향으로 형성된 강서시파의 논시 특
점은 대개 다음과 같다.
　첫째는 '尊杜宗黃', 즉 두보를 존숭하고 황정견을 본받았다는 점이

다. 陳師道는 ≪後山詩話≫에서 「시를 배움에 응당 두보를 스승으로 삼을지니 … 두보를 배우다가 그 경지를 이루지 못해도 공교로움에 빠지진 않는다.(學詩當以杜子美爲師 … 學杜不成, 不失爲工.)」라 하여 杜甫를 배우기 위해서는 먼저 황정견을 배워야 한다고 인식하였다. 劉克莊도 ≪江西詩派小序≫에서 황정견을 「송대 시인의 으뜸(爲本朝詩家宗祖)」이라고 예찬하였다. 둘째는 앞에 거론한 '點鐵成金'과 '奪胎換骨'을 제창한 점이다. 葛立房은 「시에는 환골법이 있으니, 고인의 뜻을 활용하여 그것을 발전시키고 더욱 공교롭게 하는 것이다.(詩家有換骨法, 謂用古人意而點化之, 使加工也.)」(≪韻語陽秋≫ 권2)라고 하니 이 이론은 강서시파 시가창작의 비결이 되고 강서파 시화를 다량으로 창출케 한 것이다. 셋째는 造語와 煉字를 중시한 점이다. 즉 시어의 섬세하고 논리적인 묘사에 주력케 하여 강서시파는 시가창작에 있어서 '한 자라도 출처 없는 것이 없음(無一字無出處)'과 '용사와 압운의 기교(用事押韻之工)'를 강조하였다. 넷째는 悟入과 活法을 강조한 점이다. 呂本中은 지적하기를,

> 글 짓는 데는 깊이 깨달아 몰입하는 것이 필요하고, 깨달아 몰입함은 반드시 공부하는 데서 오니, 요행으로 얻어지는 것이 아니다. 예컨대, 소식의 산문, 황정견(황노직)의 시는 대개 이런 이치를 다 드러낸 것이다.
> 作文必要悟入處, 悟入必自工夫中來, 非僥倖可得也. 如老蘇之于文, 魯直之于詩, 蓋盡此理也.(≪童蒙詩訓≫)

라 하고, 또 이르기를 「시를 배움은 마땅히 활법을 알아야 하니, 소위 활법이란 것은 규칙이 각각 갖추어서 규칙 밖으로 벗어나서 변화를 헤아리기 어려워도 규칙을 어겨서는 안 된다.(學詩當識活法, 所謂活法者, 規矩各備, 而能出于規矩之外, 變化不測, 而亦不背于規矩也.)」(≪夏均文集≫ 序)라 하니 悟入의 경지는 學詩 단계에서 시율법을 지키면서 부단한 入神的 자세로 工夫하는 중에 자득하는 창작

세계를 말하며, 活法은 작시상 시율을 엄격히 지키면서 격식을 활용할 것을 강조한 것이다. 황정견은 문장의 '以氣爲主論'(문장의 기세, 기품을 중시)을 다음과 같이 주장하였다.

「계절 가고 벌 쓸쓸해도 나비는 모르는데, 새벽 뜰에 향기가 부러진 잔가지에 감도네. 오늘따라 이 마음 남다르니, 한밤에 가을 꽃향기 더욱 싱그러이 짙네.」 문장은 기품을 위주로 할 것이다. 정곡의 이 시의 뜻이 매우 아름다우나, 단점은 기품이 약한 데 있으니, 서한시대 글들이 웅혼하고 우아한 까닭은 그 기품이 좋기 때문이다.
「節去蜂愁蝶不知, 曉庭還繞折殘枝. 自緣今日人心別, 未必秋香一夜衰.」 文章以氣爲主, 鄭谷此詩意甚佳, 而病在氣不長, 西漢文字, 所以雄渾雅健者, 其氣長故也.

위에 인용한 시는 鄭谷의 七絶詩 〈十月菊〉이다. 그는 만당 유미파 시인으로서 華美하고 나약한 기풍을 지니고 있어서 기품이 부족한 점을 지적한 것이다. 그리고 시의 '以理爲主論'(문장의 이치, 내용 중시)을 주장하여,

기험한 어사를 잘 쓰는 것은 그 자체로 문장의 한 병폐이다. 그러나 마땅히 이치를 위주로 해야 이치가 얻어지고 어사가 순조로워지니, 문장이 자연스레 빼어나게 드러난다. 두보(두자미)가 기주로 간 후의 시와, 한유(한퇴지)가 조주에서 조정으로 돌아온 후의 문장은 모두 번거로이 먹줄 쳐서 깎아내지 않아도 절로 맞는다.
好作奇語, 自是文章一病. 但當以理爲主, 理得而辭順, 文章自然出類拔萃. 觀子美到夔州後詩, 退之自潮州還朝後文章, 皆不煩繩削而自合矣.

라고 하여 시의 내용과 율격에 상당한 공력이 필요함을 강조한다. 그리고 시란 '一唱三嘆'(한 번 읊어서 세 번 감탄함)의 '餘音' 즉 시의 흥취가 겉으로 묘사된 어사뿐 아니라 그 담긴 깊은 느낌이 있어야 함을 제창하여,

왕안석이 만년에 짧은 시를 지었는데 아려하고 청염하여 속세를 초탈하고 있다. 매양 시를 맛보면 곧 이슬기운이 이와 뺨 사이에서 나오는 걸 느낀다. … 「해 밝아 산이 물든 듯하고, 바람 세게 부니 초목이 탈 듯하네. 매화에는 눈송이 맺혀 있고, 보리에는 구름이 자욱하네.」 이 시를 보면 참으로 한 번 노래하면 세 번 감탄케 할만하다. 荊公暮年作小詩, 雅麗淸艶, 脫去流俗; 每諷味之, 便覺沆瀣生牙頰間, …「日淨山如染, 風喧草欲熏. 梅殘數點雪, 麥漲一川雲.」 觀此數詩, 眞可使人一唱而三嘆也.

라고 하여 시론의 일가를 형성하였다. 이리하여 북송 시단을 주도한 강서시파의 추종자들이 북송 시화의 주된 작자라는 사실만으로도 그 시론적 위상을 짐작할 수 있다.

현존하는 북송 시화는 何文煥의 ≪歷代詩話≫와 丁福保의 ≪續歷代詩話≫, 郭紹虞의 ≪宋詩話輯佚≫ 등의 시화 수록, 그리고 ≪宋詩話考≫와 蔣祖怡 主編 ≪中國詩話辭典≫에 기재된 시화명 목록에 의거하여 그 종류를 추산할 수밖에 없으니, 본서도 위의 자료에 근거하여 시화로서의 가치와 위상, 그리고 후세 시학적 영향 등을 엄격하게 분석하여 35종을 선정하였다.

≪金針詩格≫

작자는 唐代 白居易라고 되어 있지만, 그의 作이 아니라는 것이
정설이고, 대개 북송 초 문인이 만당 오대의 각종 시격을 정리하여
편찬한 것으로 본다. 본 시화 小序에서,

> 그 시의 이치를 맛보고, 그 문체의 요점을 잘 살펴서 하나의 절목을
> 갖추어 ≪금침집≫이라 하였다. 이것은 시에 병이 생기면 침술을 써
> 서 그 병이 스스로 낫게 한다는 것을 비유한 것이다. 시의 병폐가 매
> 우 많으니, 그 병폐를 잘 알 수 있으면, 시의 격식도 온전해질 수 있
> 다. 금침은 예대로 여러 부문으로 나누어 후배들에게 보이는 것이
> 다. 아무쪼록 두루 잘 살피는 이는 지남철이 옳은 방향을 가르쳐 주
> 듯이 확연히 길이 보일 것이다.
> 味其詩理, 撮其體要, 爲一格目, 曰金針集, 喩其詩病而得針醫, 其病
> 自除. 詩病最多, 能知其病, 詩格自全. 金針例爲門類, 示之後來. 庶覽
> 之者, 猶指南東而坦然知方矣.

라고 하여 책 제목의 寓意를 설명하고 學詩者를 위한 길잡이 같은
내용을 담는 점을 밝히고 있다. 본 시화는 모두 23칙으로 구성하여
시가의 형식과 내용 등 여러 방면에 걸친 문제를 다루고 있다. 그
가운데 '詩有內外意'에서는 '義理'를 '內意'라 하고, '物象'을 '外意'라
하여 내외가 함축된 뜻을 가져야 新意를 낼 수 있다고 하였다. '詩
有義例七'에서는 '본 것을 이야기할 수는 있으나 본 것을 시로 직접
표현할 수는 없다(說見不得言見)', '들은 것을 이야기할 수는 있으나
들은 것을 시로 직접 표현할 수는 없다(說聞不得言聞)', '멀다고 말할
수 있으나 먼 것을 직접 시로 표현할 수 없다(說遠不得言遠)', '고요

한 것을 이야기할 수 있으나 고요한 것을 직접 시로 표현할 수 없다(說靜不得言靜)', '괴롭다고 말할 수 있으나 괴로움을 직접 시로 표현할 수 없다(說苦不得言苦)', '즐겁다고 말할 수 있으나 즐거움을 시로 직접 표현할 수 없다(說樂不得言樂)', '한스럽다고 말할 수 있으나 한스러움을 직접 시로 표현할 수 없다(說恨不得言恨)'라고 시화에서 중복하여 서술하는 것은 곧 시가에서 정감을 표현하고 담긴 뜻을 전달하는 데에 함축적이며 완곡한 풍유가 중요함을 강조한 것이다. '詩有三體'에서는 '성률은 구멍이 되고'(聲律爲竅), '물상은 뼈대가 되고'(物象爲骨), '의격은 골수가 된다'(意格爲髓)고 하고, '詩有四煉'에서는 '자구를 가다듬는 것은 구문을 다듬는 것만 못하고(煉字不如煉句)', '구문을 다듬는 것은 뜻을 다듬는 것만 못하고(煉句不如煉意)', '뜻을 다듬는 것은 격조를 다듬는 것만 못하다(煉意不如煉格)'라고 하였다. '詩有五忌'에서는,

격조가 약하면 시가 노련하지 못하고, 글자가 속되면 시가 곱지 못하고, 재기가 산만하면 시가 단정하지 못하고, 이치가 짧으면 시에 깊이가 없고, 뜻이 잡다하면 시가 순수하지 못하다.
格弱則詩不老, 字俗則詩不淸, 才浮則詩不雅, 理短則詩不深, 意雜則詩不純.

라고 하여 '意格'을 중시하였다.

그리고 '詩有三般句'라 하여 '自然', '容易', '苦求'로써 시가 창작의 세 가지 상황을 개괄하였고, '詩有上中下'는 시를 上中下로 品第하여 '순수하여 올바름으로 돌아감(純而歸正)'을 상품, '맑은 중에 맛이 있음(淡中有味)'을 중품, '화려하지만 부허하지 않음(華而不浮)'을 하품으로 분류하고 있다.

다음에 '詩有三般句'에 대한 논리를 보기로 한다.

시에는 세 가지 구가 있으니, 자연구, 용이구, 고구구가 있다. 명제가 뜻에 속하면 신의 도움이 있는 것 같아서 자연스레 된다. 명제가 뜻

을 다스리면 마침내 한 편의 시가 되어 용이하게 된다. 명제가 뜻을
쓰면 구해도 얻지 못하니 애써 구하게 된다.
詩有三般句; 有自然句, 有容易句, 有苦求句. 命題屬意, 如有神助, 歸
于自然. 命題率意, 遂成一章, 歸于容易. 命題用意, 求之不得, 歸于苦
求.

그리고 시의 '境遇'에 대해서 詩句를 예로 들면서 구분 설명하고
있다.

시에는 희로애락 네 시기의 어사가 있다. 기쁘면(喜) 그 어사가 아름
다우니, 「때때로 비가 간간이 내리니, 곳곳에 여러 꽃이 피네.」성나
면(怒) 그 어사가 분개해지니, 「미친 듯 버들솜이 바람 따라 춤추고,
엷은 복사꽃이 물 따라 흘러가네.」슬프면(哀) 그 어사가 마음 아프
니, 「눈물 흘러 옷깃에 피 맺히고, 머리카락 변하여 거울 속에 실이
되네.」즐거우면(樂) 그 어사가 안일하니, 「뉘 집에서 녹주 마시며
밤새 노닐다가, 어디에서 붉은 단장하고 날 밝도록 자는가?」시에는
희로애락 네 가지 일실의 어사가 있다. 큰 기쁨에 빠지면 그 어사가
방자하니, 「춘풍에 득의하니 말발굽 빠르고, 하루 내내 장안의 꽃 보
네.」크게 노함에 빠지면 그 어사가 조급해지니, 「은하수를 지나서
마침내 굽어지고, 곤륜산을 나오니 맑지 않네.」크게 슬픔에 빠지면
어사가 상심하니, 「주객이 밤에 신음하니, 아픈 사람은 아내의 마음
이네.」큰 즐거움에 빠지면 그 어사가 방탕하니, 「갑자기 동성 밖에서
헤어져서, 문득 또 남쪽 이랑에서 만나네.」이다.
詩有喜怒哀樂四時之辭. 喜而得之其辭麗:「有時三點兩點雨, 到處十枝
九枝花.」怒而得之其辭憤:「顚狂柳絮隨風舞, 薄桃花逐水流.」哀而得
之其辭傷:「淚流襟上血, 髮變鏡中絲.」樂而得之其辭逸:「誰家綠酒飮
連夜, 何處紅粧睡到明?」詩有喜怒哀樂四失之辭. 失之大喜其辭放:「春
風得意馬蹄疾, 一日看盡長安花.」失之大怒其辭躁:「解通銀漢終須曲,
才出崑崙便不淸.」失之大哀其辭傷:「主客夜呻吟, 痛人妻子心.」失之
大樂其辭蕩:「驟然始散東城外, 倏忽還逢南陌頭.」

한편 시화에서 시의 比興法과 시의 詩格에 대해서도 다음과 같이
서술하고 있다.

비흥: 시에는 물상비가 있다. 일월은 군신을 비유하고, 용은 군주의
위상을 비유하고, 비와 이슬은 군주의 은택을 비유하며, 천둥소리는
군주의 위엄을 비유하고, 산하는 군주의 나라를 비유하고, 음양은 군
신을 비유하며, 금석은 충렬을 비유하고, 송백은 절의를 비유하고,
봉황새는 군자를 비유하며, 연작은 소인을 비유하며, 벌레와 물고기
초목은 각각 그 종류의 대소 경중으로 비유한다.
比興: 詩有物象比. 日月比君臣, 龍比君位, 雨露比君恩澤, 雷霆比君威
刑, 山河比君邦國, 陰陽比君臣, 金石比忠烈, 松柏比節義, 鸞鳳比君
子, 燕雀比小人, 虫魚草木各以其類之大小輕重比之.

시의 속과 밖의 뜻: 속의 뜻은 그 이치를 다하니 이치는 문리의 이치
를 말하며 송축, 찬미, 잠규 같은 것이다. 밖의 뜻은 형상을 다하니
형상은 물상의 형상을 말하며 일월, 산하, 벌레, 물고기, 초목 같은
것이다. 안과 밖이 함축되어 시의 격조로 들어간다. 예컨대 두보의
시구 「깃발 밝게 빛나고 용과 뱀 그림이 펄럭이며, 궁전에 산들바람
불고 제비 참새 높이 나네.」가 그러하다.
詩有內外意; 內意欲盡其理, 理謂文理之理, 頌美箴規之類是也; 外意
欲盡其象, 象謂物象之象, 日月山河虫魚草木之類是也. 內外含蓄, 方
入詩格. 若子美「旌旗日暖龍蛇動, 宮殿風微燕雀高.」, 是也.

판본은 ≪吟唱雜錄≫, ≪格致叢書≫ 등 본이 있으며, ≪詩學指南≫
권4집에는 이 책의 일부가 전한다.

≪茅亭客話≫ - 黄休復

黄休復(황휴복, 생졸년 불명). 자는 歸本으로, 江夏(지금의 湖北省) 人이라 하기도 하고, 蜀人이라고도 한다. 春秋學에 능통하여 ≪左傳≫, ≪公羊傳≫, ≪穀梁傳≫을 校注하였고, 그림에도 뛰어나서 촉 지방 화가와 그림에 대해서도 품평한 것이 매우 정밀하다. 저서에 ≪益州名畵錄≫ 등이 있다.

본 시화는 晁公武의 ≪郡齋讀書志≫, 尤袤(우무)의 ≪遂初堂書目≫, 陳振孫의 ≪直齋書錄解題≫, ≪宋書≫〈藝文志〉와 ≪四庫全書≫에 모두 子部 小說類에 재록하고 있다. ≪郡齋讀書志≫에 '茅亭'이란 명칭에 대해서,

> 모정은 그 거주하는 곳이다. 한가한 날 빈객과 허탄한 일이나 요속과 복서 등을 얘기하면서, 비록 이단이라 해도 도리에 맞고 권선징악에 속하는 것이라면 다 기록하였다.
> 茅亭, 其所居也. 暇日賓客話言及虛無變化謠俗卜筮, 雖異端而合道旨屬懲勸者皆錄之.

라 하였고, ≪直齋書錄解題≫에는 「기록한 것에는 촉 지방의 고사가 많다(所記多蜀事)」라 하고 錢曾의 ≪讀書敏求記≫에도 「서촉의 고사를 많이 기록하다(多紀西蜀事)」라 하였다. 다만 ≪四庫全書總目提要≫에는,

> 이 책은 곧 그 견문한 것을 섞어서 기록하고 있으니, 왕씨 맹씨로 시작하여 송대 진종 때까지 모두 촉 지방의 일사들이니 다른 지방의 것은 하나도 없다.
> 是編乃雜錄其所見聞, 始王孟二氏, 終于宋眞宗時, 皆蜀中軼事, 無一

條旁及他郡.

라고 기술하고 있어서, 본 시화 전체를 보건대 ≪四庫全書≫의 子
部 小說類로 분류하는 것이 합당하지만, 그 내용상 시화적 재료가
많이 나와 시화로 열입한 것이다. 본 시화는 모두 89조로 되어 있는
데, 내용은 대부분 丹藥을 만들고 복용하는 것에 관한 것으로 도가
의 신선술과 괴기한 일들을 열거하고 있어서, ≪四庫全書總目提要≫
에 이르기를, 「대개 권선과 훈계의 입장에서 기술하니 소설류 중에
서 가장 이치에 가깝다 할 것이다.(往往借以勸戒, 在小說之中最爲近
理.)」라 기록하고 있다. 작자는 시문에 능통하여 ≪益州名畫錄≫에
의하면 그의 시가 古雅하고 시문의 전고가 상세하다고 기술하고 있
다. 시화에서 시문을 언급한 예를 들면 '丁元和'조에는 군벌들이 서
로 싸우는 과정에서 고통 받는 백성들의 참상이 기록되어 있다. 또
張詠[1]의 〈悼蜀詩〉40韻은 北宋 眞宗 淳化 甲午歲(994)의 蜀中 戰
亂을 기술하고 있으니 그 일단을 보면,

  전쟁이 그치지 않으니
  사람 죽이길 놀이처럼 하네.
  노소를 가리지 않고 다 죽이니
  옥석을 어찌 헤아릴 건가.
  강포한 자들 죽이지 못하고
  앞다투어 노략질 일삼네.
  兵驕不可戡, 殺人如戲謔.
  悼髦皆罹誅, 玉石何所度.
  未能戮强暴, 爭先謀剽掠.(≪乖崖集≫)

---

1) 張詠(946-1015) : 字는 復之이며, 自號가 乖崖로, 濮州 陣城(지금의 山東에
   속함)人이다. 太平興國 5년(980)에 進士 급제하고 樞密直學士와 益州刺史를
   지냈다. 眞宗 초에 御史中丞을 역임하였으며 諡號가 忠定이다. 저서로 ≪乖崖
   集≫이 있다.

라 하여 그 당시 관군의 폭행과 蜀 지방의 고통 받는 백성들에 대한 동정 등을 싣고 있어서 역사 기록에 빠진 것들을 보완했다고 할 수 있을 만큼 史上的인 가치도 높다. 그리고 〈味江山人〉조는 唐末 蜀州 靑城縣 시인 唐求에 대한 기록을 기술하기를,

성품이 순수하며 성실하고 고아한 도리를 매우 좋아하며, 호방하면서 초탈하여서 거의 속세를 떠난 선비 같았다. 자기와 같은 동지가 아니면 더불어 교제하지 않고, 시 짓는 데 근면하여 20여 년 동안 그 지은 수량을 알지 못하였다. 시를 지으면 문득 표주박에 시 원고를 놓고 물에 띄워 보내니 사람들이 그를 '시표'라고 불렀다.
至性純愨, 篤好雅道, 放曠疏逸, 幾乎方外之士也. 非其類, 不與之交, 勤于創作, 二十餘年, 莫知其數. 詩成, 輒置詩稿于瓢, 漂泛水中, 時人稱之詩瓢.

라고 하여 唐求를 '詩瓢'라 칭한 일화를 기록하고 있다. 당구는 생졸 미상으로서 味江山에 은거하여서 세칭 '味江山人'이라 한 것이다. 다음에 唐求의 시 〈巫山下作〉과 〈曉發〉 시를 본다.(≪全唐詩≫ 권724)

미녀가 놀던 궁궐 사라지고 옛 성은 무너졌는데
선녀는 산으로 돌아가고 다시 오지 않네.
다만 초강의 지는 해 속에
지금은 홀로 양대를 둘러보네.
細腰宮盡舊城摧, 神女歸山更不來.
唯有楚江斜日裏, 至今猶自繞陽臺.(〈巫山下作〉)

여관에서 날 밝기 기다리다
수레 갖추고 먼 길 떠나네.
여러 곳에 새벽 종 소리 끊기고
다리에는 새벽달이 밝구나.
모래톱에는 새가 있고
나룻가에는 다니는 이 없네.

옛날 길을 가고 가는데
말이 두어 번 소리 내어 우네.
旅館候天曙, 整車趨遠程.
幾處曉鐘斷, 半橋殘月明.
沙上鳥猶在, 渡頭人未行.
去去古時道, 馬嘶三兩聲. (〈曉發〉)

〈巫山下作〉은 시인이 楚나라 襄王의 선녀와의 雲雨之樂 전설을 상기하면서 巫山을 내려가는 심경을 읊었고, 〈曉發〉은 새벽길 떠나는 旅情을 노래하고 있다. 은둔시인으로서 자연으로 돌아가는 심사가 담백하게 묘사되어 있다. 그 외에 당대 시인 張嶠와 李珣, 李玹의 고사도 기록하여 당시 작가의 자료로 삼을 만하다.

본 시화의 판본은 ≪四庫全書≫와 ≪對雨樓叢書≫본이 있다.

晁逈(조형, 951-1034). 자는 明遠으로, 澶州 淸豊(지금의 河南 淸
豊)人이다. 어려서 王禹偁에게 수학하고 太平 興國 5년(980)에 진
사 급제하여 관직은 工部尙書, 翰林院學士, 判西京留守御史, 禮部尙
書 등을 지내고 시호는 文元이며 楊億, 李憲臣 등이 그를 추숭하였
다. ≪四庫全書提要≫에는 조형을 두고서 「전아하고 풍성한 문장으
로 이름을 날리고, 성품은 선가의 기쁨을 추구하고 불경에 마음을 두
길 좋아하였다.(以文章典贍擅名, 而性耽禪悅, 喜究心于內典.)」라고 하
였다. ≪宋史≫, ≪宋史新編≫, ≪東都史略≫, ≪皇宋書錄≫, ≪學士
年表≫ 등에 傳이 있다. 저서로는 ≪翰林集≫, ≪道院集≫, ≪昭德新
編≫, ≪隨因紀述≫, ≪白擇增修百法≫, ≪理樞≫ 등이 있다.

본 시화는 19권 본으로 陳振孫의 ≪直齋書錄解題≫ 釋氏類에 '法藏
碎金'으로 기록되어 있고 조형의 후손인 晁瑮(조률)이 명대 嘉靖 24
년(1545)에 內閣에서 錄出하여 ≪迦談≫이라 개명했으나, ≪四庫全
書總目提要≫에서 원명을 기재한 것을 따라서 ≪法藏碎金錄≫이라 한
다. 본 시화는 송대 天經 5년(1027) 浚都 昭德坊 舊居에 은거하면
서 지은 것이다. 작자는 〈自序〉에서 본서의 내력을 다음과 같이 기술
하고 있다.

나는 어려서부터 이 늙은 나이까지 옛 경서의 세계를 탐구하며 여러
오묘한 부문을 섭렵하길 좋아하여, 유가와 도가 여러 경전을 두루
익혀서 반드시 그 미묘한 이치를 구하였으며, 수신하여 삼가 행동하
고 경계하여 바로잡아왔다. … 이미 벼슬을 그만 둔 후에 준도 소덕
방의 옛 거처에 머물렀는데, 특히 숲이 우거지고 조용한 방에 홀연

히 홀로 지내며 본래 즐겨 하고자 하는 것은 성정을 다스리며 손에
서 책을 내려놓지 않고 붓도 멈추어 쉬지 않는 것이었다. 미묘한 뜻
을 다 꿰뚫어 뱃속에 깊이 스며드니 근심을 씻고 맺힌 것을 풀게 되
어 크게 마음이 넉넉해졌다. 환란이 있어도 생각은 꽃답게 되어 지
어낸 문장이 빛나서 이어서 차고 넘치고, 펴나가면서 다듬어서 멀리
버리지 않게 되니 많은 작품들을 별집에 담게 되었다. 매양 유별로
나누어 자못 번거로이 편명을 붙여서, 이제부터 틈내어 듣고 보면서
때론 자세히 덧붙이고 글로 뜻을 밝히기도 하면서, 상세히 하든 간
략히 하든 매이지 않고 글마다 순서를 정하여 섞어서 편집하니 분량
은 정해놓지 않고 흥취가 다하면 그만두는 것이라. 불가의 법도를
받들어서 아름다움을 추구하면서 사소한 지혜에서 오는 건방진 마음
이 있어서는 안 되니 그러므로 이름을 ≪법장쇄금록≫이라 하였다.
予愛自弱齡逮玆暮齒, 探古經之域, 竅衆妙之門, 涉獵儒道諸經, 必也
考求微旨, 修身愼行, 著爲箴規. … 曁挂冠之後, 棲息乎湪郡昭德坊之
舊居, 別茸靜齋, 翛然獨處, 素所樂欲, 習以成性, 手不釋卷, 筆不停
綴. 貫微盡極, 深入骨髓, 消憂釋結, 大沃襟寶. 雖患思榮, 斐然章句,
聯翩衍溢, 開陳有補, 弗忍遐棄, 衆制詞律, 存乎別集. 每分類例, 頗煩
命篇, 自今聽覽機會, 或該演勸, 屬文導意, 靡拘詳略, 片言鱗次, 混而
編之, 數無豫定, 興盡當止. 奉法寶而推美, 非小智之自矜, 故名之曰
法藏碎金錄.

여기서는 본서의 창작 연유와 경과, 그리고 주지 등을 간략하게
기록하고 있으며 '碎金'(쇄금: 잘게 부서진 金. 詩文의 미려한 字句)
은 ≪世說新語≫의 '安石碎金'에서 따온 것이다. 본 시화는 儒道釋
三家의 敎義를 바탕으로 해서 논시한 점이 특이하다. 그의 시를 논
하는 의식을 보면,

시에서 모든 것을 얻는다고 하기도 하고, 술에서 모든 것을 얻는다
고 말하는 사람도 있는데, 나로 말하자면 도에서 모든 것을 얻고, 더
구나 선가의 기쁜 맛을 본받아 좋아한다.
有云得全于詩者, 得全于酒者, 予自謂得全于道, 更法喜禪悅之味也. (권6)

라고 하였고 이어서,

> 천지조화의 옅은 것은 부귀와 공명으로 으뜸을 삼고, 천지조화의 깊
> 은 것은 지행과 이성으로 으뜸을 삼는다.
> 天機之淺者以富貴功名爲第一, 天機之深者以志行理性爲第一.(권7)

라고 하여 논시 관점을 釋家的 경향으로 풀이하려 한 것을 알 수
있다. 그래서 그는 格致 즉 '格物致知'(사물의 이치를 깨달아서 지혜
가 밝아짐)가 高妙하고 天然스러움을 시의 上品으로 놓고 논시의 主
旨로 삼은 것이다. 그리고,

> 문인의 격조가 고아하고 오묘하면 생각을 집중하여 붓을 놀릴 수 있
> 고 깊이 이치를 따지고 성정을 다하여 최고의 경지에 이른다.
> 文士之格致高妙, 有能注思落筆, 窮理盡性而臻極者.(권1)

라고 하여 시인은 '吐辭精敏'(어사를 표현함이 정밀하고 민감함)하고
'入道深密'(도에 들어감이 깊고 엄밀함)(卷7)해야 하고 '自然淸氣'(자
연스런 맑은 기운)가 넘치는 '天香'(자연의 향기)과 '自然淸音'(자연스
런 맑은 소리)이 울리는 '天樂'(자연의 기쁨)을 시 속에 담아야 한다
고 주장하고 있다. 그의 시학관점은 '求朴無華'(소박함을 추구하여
화미함이 없음)에 두고 있다. 그가 논급한 시인으로는 陶淵明, 庾闡(유
천), 庾信, 李白, 白居易, 杜牧, 杜荀鶴, 貫休, 司空圖, 陸龜蒙 그리
고 五代의 潘佑 등으로 그 논시의 기준을 역시 '禪理'에 입각해서
전개하고 있으니, 남송 嚴羽의 '以禪論詩' 곧 禪의 기풍으로 시를 논
하는 이론의 선성이라 할 것이다.
  판본으로는 현재 ≪四庫全書≫本과 ≪晁瑮寶文堂≫ 刻本이 있다.

≪六一詩話≫ - 歐陽修

歐陽修(구양수, 1007-1072). 자는 永叔이며, 호는 醉翁으로 만년의 호는 六一居士이다. 古州 永豊(지금의 江西省에 속함)人이다. 宋仁宗 天聖 8년(1030)에 진사가 되었고, 여러 벼슬에 있는 동안 直諫을 하다가 두 번이나 貶謫(폄적) 당하였다. 만년에는 翰林學士, 樞密副使, 參知政事를 지내고 諡號는 文忠이며, ≪宋史≫ 卷319에 傳이 있다. 저서로는 ≪歐陽文忠公集≫, ≪詩本義≫, ≪歸田錄≫, ≪新五代史≫ 등이 있고, 宋祁(송기)와 ≪新唐書≫를 合修하였다. 구양수는 博學多才하여 古文運動의 唐宋八大家로서 사학가, 경학가, 박물학자, 문학가이다. 시문혁신을 주장하여 송대 시풍을 주도하여 송대 葉夢得(섭몽득)의 ≪石林詩話≫(卷上)에는 구양수의 시를 다음과 같이 평하고 있다.

구양문충공의 시는 서곤체를 바로잡아서 오로지 氣格을 주로 삼았다. 그러므로 그 언사가 매우 평이하고 소탈하여 율시의 의취가 표현되기만 하면 비록 어사가 이치에 맞지 않아도 또한 다시 묻지 않았다. 歐陽文忠公詩始矯崑體, 專以氣格爲主. 故其言多平易疏暢, 律詩意所到處, 雖語有不倫, 亦不復問.

구양수가 젊은 시절인 景祐 3년(1036) 夷陵으로 폄적가면서 岳州에서 지은 〈晩泊岳陽〉(≪歐陽文忠公集≫ 권2)을 본다.

악양성 종소리 누워서 들으며
악양성 아래 나무에 배를 매었네.
마침 텅 빈 강 바라보니 밝은 달뜨고

구름 낀 강물 아득하여 강 물길 잃었네.
밤 깊으니 강달이 맑은 달빛 희롱하고
강물 위 사람은 노래하며 달빛 아래 돌아가네.
한 가락 노랫소리 길게 끝없이 들려오는데
쪽배 짧은 노 저으며 날아가듯 떠나가네.
臥聞岳陽城裏鐘, 繫舟岳陽城下樹.
正見空江明月來, 雲水蒼茫失江路.
夜深江月弄淸輝, 水上人歌月下歸.
一開聲長聽不盡, 輕舟短楫去如飛.

　　진솔하고도 담백하게 객지에서 느끼는 쓸쓸함을 묘사하고 있다. 이
어서 구양수 만년인 治平 2년(1065)에 지은 〈秋懷〉(≪歐陽文忠公
集≫ 권7)를 다음에 본다.

계절 경치가 어찌 좋지 않으랴만
가을의 감회는 어찌하여 어두운가.
가을 서풍에 술집 깃발 나부끼는 저자에
가랑비 속에 국화는 피어 있네.
세상일 생각으로 양볼 흰 귀밑털 슬프니
부끄럽게도 많은 나라 봉록을 축내었네.
작은 수레 끝내 내 스스로 몰고서
영수 동쪽 밭으로 돌아가리라.
節物豈不好, 秋懷何黯然.
西風酒旗市, 細雨菊花天.
感事悲雙鬢, 包羞食萬錢.
鹿車終自駕, 歸去穎東田.

　　만년에 관직에서 물러나 전원으로 돌아가고자 하는 심회를 읊고 있
다. 청대 方東樹는 ≪昭昧詹言≫(권23)에서 구양수 시를 평하기를,

　　구양수의 시는 그윽하고 곡절이 있어서 되풀이하여 읊조리며 노래하
면 배회하다가 넋을 잃게 한다. 한 번 노래하면 세 번 감탄해도 여운

이 남아 있으니 마치 감람을 먹고 때때로 맛이 남는 것과 같다.

歐公情韻幽折, 往反詠唱, 令人低徊欲絶. 一唱三歎而有遺音, 如啖橄欖, 時有餘味.

라고 하였다.

'詩話'라는 명칭이 시론서의 제목으로 처음 사용된 것은 구양수의 ≪六一詩話≫부터이니, 구양수 이전의 시론서 대부분이 '筆記體'로 서술되어 있어서 순수한 시화서라고 할 수 없다. 그러므로 '詩話'란 칭호는 구양수에서 시작되고 '詩話體'도 구양수가 창안하였다고 하겠다. 송대 神宗 熙寧 4년(1071)에 구양수가 潁州(영주) 汝陰에 들어가 지내면서 '詩話'를 지었으니, ≪四庫全書總目帝堯≫에 이 시화의 구성에 대해서 다음과 같이 기술하고 있다.

이 책 앞에 自題 한 줄이 있으니, 여음에 물러나 쉬면서 때때로 모아 한담으로 삼고자 한다고 하였다. 대개 희녕 4년 벼슬 이후에 지은 것으로 1년 지나서 구양수가 죽었다. 그 만년의 마지막 필적이다. 진사도의 ≪후산시화≫에는 구양수가 두보 시를 좋아하지 않았다고 하였고, 섭몽득의 ≪석림시화≫에는 구양수가 서곤체를 힘써 고치려 하였다고 하나, 여기에는 채도위 시와 유자의 시를 논하는 문장이 각각 실려 있어서 다 그런 건 아니다. 모진의 후발 변론도 공론이 된다.

是書前有自題一行, 稱退休汝陰時集之, 以資閑談. 蓋熙寧四年致仕以後所作, 越一歲而修卒. 其晚年最後之筆也. 陳師道後山詩話謂修不喜杜甫詩, 葉夢得石林詩話謂修力矯西昆體, 而此編載論蔡都尉詩一條, 劉子儀詩一條, 殊不盡然. 毛晉後跋所辨, 亦公論也.

그리고 이어서 郭紹虞의 ≪宋詩話考≫에도 이 시화의 집필 동기를 다음과 같이 기록하고 있다.

이 책 앞에 '自題' 한 행이 있는데, 거사(구양수)가 여음에 물러나 지내면서 모아 한담으로 삼고자 한 것이라 하였다. 이 책은 곧 희녕 4년 구양수가 나이 들어 벼슬하고 난 후 지은 것이다. ≪사고총목제요≫에는 이 책을 만년에 지은 마지막 글이라 했는데 그러하다.

是書前有自題一行, 稱居士退居汝陰, 而集以資閑談也. 是此書乃熙寧四年歐公致仕以後所作. 四庫總目提要稱此爲修晚年最後之筆是也.

구양수가 시화 형식을 처음 지었기 때문에 ≪詩話≫라고만 했었는데, 이후 시화라는 명칭으로 다수 나와, 이와 구분하여 뒷날 ≪六一詩話≫라고 바꿔 불렀고, ≪六一居士詩話≫, ≪歐公詩話≫, ≪歐陽永叔詩話≫, ≪歐陽文忠公詩話≫, ≪歸田詩話≫라고도 한다. 본 시화는 구양수 만년 최후의 작품으로서 모두 1권 28조로 되어 있다.

본 시화 내용을 보면, 첫째는 <u>사상 내용의 예술적 표현력을 강조하고 있다</u>. 그 예로 杜甫 시를 梅堯臣 시와 비교하면서 평가한 부분을 본다.

> 매요신(매성유)과 두보(두자미)는 한 시대에 명성을 떨쳤으나 두 시인의 시 형식은 매우 다르다. 두보는 필력이 호방하고 굳세며 매우 뛰어나길 남다르다. 매요신은 생각이 정밀하고 세미해서 심원과 한담에 뜻을 두었다. 각각 그 장점을 다 드러내었으니, 좋은 평론가라도 우열을 가릴 수 없다.
>
> 聖兪子美齊名於一時, 而二家詩體特異. 子美筆力豪雋, 以超邁橫絶爲奇. 聖兪覃思精微, 以深遠閑談爲意. 各極其長, 雖善論者不能優劣也.

詩聖 杜甫(712-770)는 모든 사람들이 익히 아는 바 추후 여러 시화 해제에서 다양하게 거론될 것이다. 두보와 비교 서술된 梅堯臣 (1002-1060)은 字가 聖兪이며 宣城人으로서 太常博士, 尙書都官員外郎을 지낸 송대 초기의 문인이다. 그의 시론은 ≪詩經≫과 〈離騷〉의 사상을 계승하여 平淡하고 함축적인 풍격을 추구하고 소박하며 淸切한 어사를 구사하였다. 구양수와 교류하여 상호 영향을 주었는데 매요신 자신은 孟郊, 구양수는 韓愈와 비교한 부분은 朱熹의 ≪朱子語類≫(권137) 「매요신(매성유)이 말하기를, 『구양수 그는 스스로 한유를 닮으려 하고, 오히려 나를 맹교에 비교하려 하였다.』(梅聖

兪說: 歐陽永叔他自要做韓退之, 却將我來比孟郊.)」라는 구절에서 볼수 있다. 孟郊(751-814)는 자가 東野로 韓愈, 李翺, 張籍 등과 詩友이며 송대 魏泰의 시평에 의하면 「맹교의 시는 거칠고 부드럽지 않고 궁벽하며, 다듬어 꾸미지 않으니 정말 애써 읊어서 지었다.(孟郊詩蹇澀窮僻, 琢削不假, 眞苦吟而成.)」(≪臨漢隱居詩話≫)라고 하였고, 嚴羽는 「맹교의 시는 초췌하고 메마르며, 그 기세가 촉박하여 넓지 못하다.(孟郊之詩, 憔悴枯槁, 其氣局促不伸.)」(≪滄浪詩話≫〈詩評〉)라고 하였다. 매요신 자신이 맹교가 되고 구양수는 한유가 되기를 바랐겠지만, 宋詩는 宋詩일 뿐, 唐詩를 따를 수는 없다.

매요신 시가 人口에 애송되지 않았다는 기록은 송대 邵博(소박)의 ≪聞見後錄≫(권19)에서 일화로 전해지는데, 「조이도가 나에게 묻기를, 『매요신 시는 황정견과 어떠합니까?』하니 내가 말하기를, 『황정견(황노직) 시는 사람에 애송되는데 매요신의 시는 사람에게 애송되지 않는다.』하니 조이도가 힐끗 웃었다.(晁以道問予:『梅二詩何如黃九?』予曰:『魯直詩到人愛處, 聖兪詩到人不愛處.』以道爲一笑.)」라고 하였다. 구양수가 매요신을 두보와 동등한 대열에 놓고 서술한 것은 객관적인 안목이라고 보기보다는 매요신과의 친분관계와, 송나라 초기 문단에서의 매요신의 위상을 높이 평가한 데에 기인하지 않았나 한다. 이런 구양수 시대의 북송 초기 시인들의 시풍에 대해서 嚴羽는 ≪滄浪詩話≫〈詩辨〉에서 다음과 같이 구체적으로 평하고 있다.

송나라 초기의 시는 또한 당인을 본받았다. 왕우칭은 백거이를 배우고, 양억과 유균은 이상은을 배웠으며, 성도는 위응물을, 구양수는 한유의 고시를 각각 배웠고, 매요신은 당인의 평담한 점을 배웠다. 소식과 황정견에 이르러 비로소 자신의 뜻으로 작시하니 당인의 풍격이 변하게 되었다. 황정견의 공교함은 매우 깊이 뿌리박혀, 그 후 그 법이 성행하니 강서종파라 칭하였다. 근세에 조사수와 옹권 등 영가 사령들이 오직 가도와 요합의 시를 좋아하여 차차 청고풍으로 나아가니 강호시인들이 그 체를 본받아 일시에 당송이라고 일컬었다. 그

러나 성문벽지과에 들어갈 뿐임을 알지 못하면서 어찌 성당 제공의
대승정법안이라 하리오. 아아! 정법안이 전하지 않은 지 오래도다.
國初之詩尙沿襲唐人, 王黃州學白樂天, 楊文公劉中山學李商隱, 盛文
肅學韋蘇州, 歐陽公學韓退之古詩, 梅聖兪學唐人平澹處. 至東坡山谷
詩自出己意以爲詩, 唐人之風變矣. 山谷用工尤爲深刻, 其後法席盛行,
海內稱爲江西宗派. 近世趙紫芝翁靈舒輩, 獨喜賈島姚合之詩, 稍稍復
就淸苦之風, 江湖詩人多效其體, 一時自謂之唐宋, 不知止入聲聞辟支
之果, 豈盛唐諸公大乘正法眼者哉. 嗟乎. 正法眼之無傳久矣.

여기서 엄우는 宋初의 시에 宋初 5家가 唐風을 답습하다가 소식
과 황정견에 와서 송시의 특성이 나오고 江西와 永嘉, 그리고 江湖
까지 詩脈이 변천한 과정을 서술하였다. 이 중에서 강서에 대해 陳
巖肖가 「혹자는 그 묘처를 얻지 못하고 매양 시를 지으면서 반드시
성운을 바꾸어 쓰게 하고, 어사를 어렵게 쓰게 하니 이를 강서격이
라 할 것이다.(或未得其妙處, 每有所作, 必使聲韻拗捩, 詞語艱澁, 曰
江西格也.)」(≪庚溪詩話≫)라 했듯이 강서파의 奇工과 難解를 반대
하고, 영가가 賈島 등의 淸苦를 추숭한 외식적인 지향을 반대하였
다. 이것은 范晞文이 「영가사령에 당시를 주창하여 배우는 자는 그
깊은 뜻을 틈내어 열어 넓히면서 도리어 그 잘못을 두려워한다.(四
靈倡唐詩者, 學者闖其堂奧, 闢而廣之, 猶懼其失.)」(≪對床夜話≫)라
한 永嘉의 풍격을 우려했기 때문이었을 것이다.

嚴羽는 철저하게 한위진과 성당시를 시 품격상 최고의 경지에 놓
고 자기의 입론을 전개하였으니 〈詩辨〉의 말구인 「한위 이래를 근
원으로 하되 확연히 성당을 사표로 삼아야 함을 말한다. 세상 군자
에게 죄가 된다 해도 이 말은 취소하지 않는다.(推原漢魏以來, 而截
然謂當以盛唐爲法. 雖獲罪於世之君子, 不辭也.)」라 한 말은 엄우 자
신의 불변의 소신을 토로한 것이며, 그리고 송시의 특성을 「문자로
시를 삼고, 재학으로 시를 삼으며, 의논으로 시를 삼는다.(以文字爲
詩, 以才學爲詩, 以議論爲詩.)」라고 단정한 맥락과 상통한다. 그리고

구양수가 매요신과 대화체로 시의 함축미를 서술한 다음 부분은 시의 독창성을 강조한 예문이다.

매요신(매성유)이 일찍이 나에게 말하기를, 「시인이 생각을 진솔하게 펴도 시어를 엮어내는 건 어렵다. 시의 의취가 참신하고 시어 구사에 기교가 있어서 옛사람이 말하지 못한 것을 얻어내어야 여기에 좋은 시가 지어진다. 표현하기 어려운 경물을 묘사하여 마치 눈앞에 있는 듯이 하고 그지없이 깊은 시심을 지니고서 글로 표현되지 못한 경지를 그려내어야 가장 멋진 시가 된다.」라고 하였다.
聖兪嘗語余曰: 「詩家雖率意, 而造語亦難. 若意新語工, 得前人所未道者, 斯爲善也. 必能狀難寫之景, 如在目前, 含不盡之意, 見於言外, 然後爲至矣.」

둘째는 <u>시인의 생활경험을 중시하였으니,</u> 시가는 반드시 사회현실상을 진실되게 그려내야 함을 강조한다. 그 예로 孟郊와 賈島 시에 대한 다음의 평가를 본다.

맹교와 가도는 모두 죽을 때까지 시인으로 빈궁하여서 평생 窮苦한 시구를 즐겨 지었다. 맹교의 〈이거시〉에 이르기를, 「수레 빌려 집안 물건을 실었는데, 집안 물건이 수레보다 적네.」라 하였는데, 이것은 곧 실을 물건이 하나도 없다는 것이다. 또 〈사인혜탄〉 시에 이르기를, 「따뜻하여 굽은 몸이 곧은 몸 되었네.」라 하였는데, 사람들이 말하기를 몸소 겪지 않았으면 이런 시구를 지을 수 없다고 하였다. 가도는 말하기를, 「귀밑털에 실이 있어도, 겨울옷을 짜지 못하네.」라 하였는데, 짜낸다 해도 얼마나 짤 수 있겠는가. 또 그의 〈조기시〉에 이르기를, 「앉아서 서쪽 침상의 거문고 소리 들으니, 얼어서 현 두세 줄이 끊어졌네.」라 하였다. 사람들이 말하기를 굶주림을 참지 못하거늘, 그 추위를 또한 어찌 참을 수 있겠는가라고 하였다.
孟郊賈島皆以詩窮至死, 而平生尤自喜爲窮苦之句. 孟有〈移居詩〉云: 「借車載家具, 家具少於車.」乃是都無一物耳. 又〈謝人惠炭〉云: 「暖得曲身成直身」人謂非其身備嘗之不能道此句也. 賈云: 「鬢邊雖有絲, 不堪織寒

衣.」就令織得, 能得幾何. 又其〈朝饑詩〉云: 「坐聞西床琴, 凍折兩三絃.」
人謂其不止忍饑而已, 其寒亦何可忍也.

중당시인인 맹교와 가도는 大歷十才子들 즉 錢起, 盧仝(노동), 戴
叔倫 등의 寫實派의 淸新하고 기교 어린 풍격과는 달리 韓愈가 주도
한 怪澀派(괴삽파) 시인들로서 비교적 古淡한 풍격을 보이면서 예술
기교를 추구한 면이 있다. 맹교는 苦吟시인이라고 칭하는데, 시 내
용이 가도와 함께 '貧苦'를 많이 말하고 있으니, 그의 〈古別離〉(≪全
唐詩≫ 권375)를 본다.

> 이별하려니 님의 옷 잡고서
> 님은 이제 어디로 가시나.
> 늦게 돌아오는 것 한하지 않으니
> 임공 지방으론 가지 말아요.
> 欲別牽郞衣, 郞今到何處.
> 不恨歸來遲, 莫向臨邛去.

아울러 가도 시도 貧窮하고 愁苦한 내용을 흔히 묘사하고 담백한
시흥을 주니, 그의 유명한 오언절구 〈尋隱者不遇〉를 본다.

> 소나무 아래에서 동자에게 물으니
> 말하기를 스승은 약초 캐러 가셨는데
> 이 산속에 계실 텐데
> 구름이 깊어서 계신 곳을 모른다 하네.
> 松下問童子, 言師採藥去.
> 只在此山中, 雲深不知處.(≪全唐詩≫ 권572)

구양수는 唐代에 詩名이 높지 않은 시인으로 嚴維1)를 들어서 서

---

1) 嚴維(?-780): 자는 正文으로, 越州 山陰(지금의 浙江 紹興)人이다. 관직은 金
   吾衛長史를 지냈다. 大歷 중 越州에서 鮑防 등과 교유하고 鄭槪·裵冕 등과
   唱和하였다. 저서로 ≪全唐詩≫ 1권이 있다.

술하기를,

> 엄유의 「버들 연못에 봄물이 넘쳐나고, 꽃 언덕에는 석양이 더디네.」
> 같은 구는 자연스럽고 계절에 맞는 자태가 봄날에 조화롭고 화창한
> 경치와 어울리니, 참으로 눈앞에서 보는 것처럼 느껴지지 않은가?
> 若嚴維「柳塘春水漫, 花塢夕陽遲.」, 則天容時態, 融和駘蕩, 豈不如在
> 目前乎?

라고 극찬하고 있다. 다음에 엄유의 시 〈酬劉員外見寄〉(≪全唐詩≫ 권
263) 전체를 본다.

> 소탐이 좌랑으로 있을 때에
> 가까이 흰 구름 낀 관사를 벗어나네.
> 약으로 병든 몸 보양하고
> 창가에서 절묘한 시를 읊네.
> 버들 연못에 봄물이 넘쳐나고
> 꽃 언덕에는 석양이 더디네.
> 그대 그리는 맘 알고 싶어서
> 내일 아침에는 뱃사공 찾아봐야지.
> 蘇耽佐君時, 近出白雲司.
> 藥補淸羸疾, 窗吟絶妙詞.
> 柳塘春水漫, 花塢夕陽遲.
> 欲識懷君意, 明朝訪楫師.

셋째는 시의 제재의 다양화를 주장하고 있으니, 매요신의 복어(河
豚魚)를 소재로 지은 시에 대한 평어를 보자.

> 매요신(매성유)이 일찍이 범중엄의 연회 석상에서 〈하돈어〉 시를 지
> 어서 이르기를, 「봄 물섬에 갈대 싹이 돋고, 봄 언덕에는 버들 꽃이
> 날리네. 복어는 그 시절에 귀하기가, 물고기나 새우에 비할 수 없네.」
> 라고 하였다. 복어는 늘 늦봄에 나와서 무리지어 물위에서 놀면서
> 버들솜을 먹고 살이 찐다. 남쪽 사람은 흔히 갈대 싹을 넣어 국을 끓

이면 가장 맛있다고 한다. 그러므로 시를 아는 사람은 시 두 구만으로 이미 복어의 좋은 점을 다 표현했다고 말한다. 매요신은 평생 시 읊기에 고심하여서 한원하고 고담함에 뜻을 두었으니, 그 시의 심사를 담아냄이 대단히 어려운 것이다. 술자리에서 지은 이 시는 필력이 웅대하고 풍성하여 짧은 시간에 지었지만 마침내 빼어난 시가 되었다.

梅聖俞嘗於范希文席上賦〈河豚魚〉詩云:「春洲生荻芽, 春岸飛楊花. 河豚當是時, 貴不數魚蝦.」河豚常出於春暮, 群遊水上, 食絮而肥. 南人多與荻芽爲羹, 云最美. 故知詩者謂祇破題兩句, 已道盡河豚好處. 聖俞平生苦於吟詠, 以閒遠古淡爲意, 故其構思極艱. 此詩作於樽俎之間, 筆力雄贍, 頃刻而成, 遂爲絶唱.

매요신이 평범한 소재인 '河豚魚'를 소재로 지은 시이지만, 구양수는 매요신의 시로서의 성취도가 높은 점을 칭찬하고 있다. 본 시화에 대해서 후인이 거론한 오류를 본다면, 구양수가 〈九僧詩〉를 평한 글에서 「우리나라 승려로서 세상에 시명이 있는 사람이 아홉이니, 따라서 시집을 〈구승시〉라 불렀는데 지금은 전해지지 않는다.(國朝浮圖, 以詩名於世者九人, 故時有集號九僧詩, 今不復傳矣.)」라고 한 부분에 대해서는 司馬光의 《續詩話》에서 補正되었고, 王士禎의 《蠶尾文》과 張宗泰의 《魯巖所學集》에서 陳起의 《高僧詩選》에 의거하여 오류를 바로잡았다. 그리고 張繼의 〈楓橋夜泊〉 시의 「한밤의 종소리가 나그네 탄 배에 들려오네.(夜半鐘聲到客船.)」 구를 周朴이나 杜荀鶴의 시구라고 한 부분은 구양수의 일시적인 誤記로 본다.

한편 鄭谷과 周朴 두 시인의 시풍을 각각 「(정곡) 시는 시의 의취가 매우 깊다(其詩極有意思)」, 「(주박) 시를 짓는 구상에 매우 어렵게 고심하고, 매번 시를 짓는 데에 반드시 그 다듬기를 극진히 하였다.(構思尤艱, 每有所得, 必極其彫琢.)」라고 하여 서로 다른 시풍으로 분류한 점은 만당 시풍의 다양성에 유의한 부분으로서, 郭紹虞가 이 점에 대해서,

책에 정곡과 주박 두 사람의 시를 거론하여 만당의 두 가지 다른 시
풍을 설명하고 있다. 문학사를 다루는 사람들은 또한 모름지기 이런
점에 유의해야 할 것이다.
書中擧鄭谷周朴二人之詩, 正說明晚唐二種不同詩風. 治文學史者亦須
於此等處注意及之.(≪宋詩話考≫ 上卷)

라고 한 것이다. 그리고 본 시화에서 '白樂天體'(白居易)와 '鄭都官
體'(鄭谷)에 불만을 표시한 것은, 구양수가 시의 조탁을 중시하고 '自
然爲主'의 시정을 강조한 부분으로서 梅堯臣의 '意新語工說'(시의가
참신하고 시어가 공교함)과 같은 맥락이다. 아울러 韓愈 시를 用韻에
공교하다고 평한 것은 정확하게 평가한 부분으로서 후대 한유 시평
의 기준이 되었다. 본 시화에는 불과 28칙의 적은 분량이지만 부분
적으로 北宋 초기 시인의 시에 대한 평가도 적지 않아서 梅堯臣은 물
론, 蘇軾, 승려 贊寧, 呂蒙正, 蘇舜欽, 晏殊, 趙師民 등을 거론하고
있다.

판본은 ≪歐陽修全集≫, ≪百川≫, ≪說郛≫ 등 本과 명대의 ≪宋
詩話五種≫, ≪歷代詩話≫, ≪津逮≫, ≪螢雪軒≫本이 있다.

司馬光(사마광, 1019-1086). 자는 君實이며, 陝州 夏縣 涑水鄉 사
람으로 世稱 涑水先生이라 불린다. 仁宗 寶元 초년에 진사 급제하고
天章閣待制 겸 侍講, 知諫院을 역임하였다. 神宗 때 ≪資治通鑑≫을
완성하고 哲宗 때 尙書左僕射(상서좌복야)에 이르렀다. 시호는 文正
이며 溫國公에 봉해졌다. 정치적으로는 王安石의 變法과 新政에 반
대했으며 문학적으로는 歐陽修와 같은 관점을 보여서 '明道治用'을 주
장하고, 시문은 淸闊한 풍격을 지니고 있다. ≪宋史≫ 권336에 傳이
있다. 다음에 사마광의 〈和邵堯夫安樂窩中職事吟〉 시를 보기로 한다.

> 마음이 무사하여 날로 편안하니
> 안락함을 본래 밖에서 찾지 않네.
> 보슬비와 찬바람에 의당히 홀로 앉아 있고
> 온화한 날 좋은 경치에 한가로이 노니네.
> 소나무 대숲에 기쁜 눈 뜨기에 족하고
> 복사 오얏꽃 흰머리에 꽂는 일이야.
> 나는 책 쓰는 것 일삼거늘
> 그대와 틈 내어 높은 누대 오르고자.
> 靈臺無事日休休, 安樂由來不外求.
> 細雨寒風宜獨坐, 暖天佳景卽閑游.
> 松篁亦足開靑眼, 桃李何妨揷白頭.
> 我以著書爲職業, 爲君偸暇上高樓.(≪宋詩大觀≫)

이 시는 熙寧 7년(1074)에 지은 것으로 그의 문집에는 실리지
않고 邵雍(1011-1077)의 ≪伊川擊壤集≫(권10)에 附載되어 있다.

소옹은 자가 堯夫, 시호가 康節로서 북송의 저명한 理學者이다. 시에서 '靈臺'의 어원은 ≪莊子≫〈庚桑楚〉의 「영대에 들어갈 수 없다.(不可內于靈臺.)」에서 나왔으니, 소옹의 無事無爲的 의식을 대언하는 표현으로 '安心樂道'의 安逸과 自我滿足의 내적 의식이다. 그에게 주어진 환경이 사계절 언제나 淸秀하고 쾌적하여 獨坐하며 閒遊하게 지낸다고 하였다. '松篁'과 '桃李'는 소옹의 '觀物乘化'(사물을 보며 심신이 승화된 의식), '樂道安貧'(도를 즐기며 빈곤을 편안히 여김), '達觀和樂'(삶에 고락을 다 받아들이며 마음에 화락함)의 성격을 묘사한다. '靑眼'은 '白眼'의 반대어로서 자연경물을 대하는 심적 화락을 의미한다. 말연에서 '著書'란 사마광이 당시에 은거하여 ≪자치통감≫을 집필하고 있었기 때문이고, '偸暇上高樓'는 소옹과 만나고픈 희망을 간설적으로 표현한 것이다. 이 시는 소옹의 사상, 생활, 성격 등을 추숭하면서 동시에 深厚한 우정을 표달하고 있다.

본 시화는 ≪司馬溫公詩話≫ 혹은 ≪續詩話≫라고도 한다. 시화小引에서 「시화에 아직 빠진 것이 있는데, 구양수 문장의 명성에 미치지 못하지만 이야기를 기록한 것은 같아서 감히 이어서 쓴다.(詩話尙有遺者, 歐陽公文章名聲雖不可及, 然記事一也, 故敢續書之.)」라 하여 시론에서 구양수의 추종자로 自處하고, ≪四庫全書總目提要≫에서 「대개 구양수의 ≪육일시화≫를 이어서 지은 것이다. … 빛나는 덕행과 공적이 한 시대에 빼어나니, 삼가 시문의 초고를 말미에 놓지도 못한다.(蓋續歐陽修六一詩話而作也. … 光德行功業, 冠絶一代, 非斤斤于詞草之末者.)」라고 하여 그 시론관점이 구양수와 일맥상통하고 그 담긴 내용이 유용하다고 하였다. 사학자로서 사마광은 시명은 높지 않았지만, 시화에서 평시상의 深妙한 안목을 담고 있는 점에 대해서 ≪四庫全書總目提要≫에 기술하기를,

여러 시를 품평하는 데는 매우 정밀하게 하니 예컨대 임포의 「성근 그림자 가로 기울고 물은 맑고 얕은데, 그윽한 향기 감돌고 달뜨는

황혼이네.」위야의 「언덕 넘어 노 젓는 소리, 산자락에는 새가 멀리
떠나네.」한기의 「꽃이 지는 새벽 숲에 나비가 어지러이 날고, 비 내
린 봄밭에는 두레박틀이 한가롭네.」경선지의 「풀빛이 펼쳐져 말 터
에 감돌고, 옛 장사 피리 소리 따사로이 하늘에 울리네.」구준의 〈강
남춘〉시, 진요좌의 〈오강시〉, 창당과 왕지환의 〈관작루〉시 및 〈부
행색〉시 등이 이어서 전송된다.

品第諸詩, 乃極精密, 如林逋之疏影橫斜水淸淺, 暗香浮動月黃昏, 魏
野之數聲離岸櫓, 幾點別州山, 韓琦之花去曉叢胡蝶亂, 雨餘春圃桔槔
閑, 耿仙芝之草色引開盤馬地, 簫聲吹暖賣餳天, 寇準之江南春詩, 陳
堯佐之吳江詩, 暢當, 王之渙之鸛雀樓詩, 及其父行色詩, 相沿傳誦.

라고 하여 본 시화의 시가에 대한 평석이 精審함을 칭찬하고 있는
데, 구체적으로 杜甫의 〈春望〉시를 평석한 일단을 보기로 한다.

나라 망해도 산천은 그대로인데
성내에 봄이 와서 초목이 깊네.
때를 느끼어 꽃이 눈물 흘리고
이별을 한하여 새가 놀라네.
봉화 석 달을 이어지니
편지 만금이나 되네.
백발 긁을수록 더 짧아져서
전혀 비녀를 이기지 못하네.
國破山河在, 城春草木深.
感時花濺淚, 恨別鳥驚心.
烽火連三月, 家書抵萬金.
白頭搔更短, 渾欲不勝簪.(《杜詩詳注》권4)

옛사람은 시를 짓는 데 담긴 뜻이 묘사된 시어에는 다 나타내지 않
는 것을 귀히 여겨서 읽는 이로 하여금 깊이 생각하여 이해하도록
하였다. 그러므로 시를 지은 사람은 죄가 없고 시를 읽는 사람은 충
분히 경계로 여겼다. 근세 시인에서 두보가 가장 시인의 본분을 터
득하였다. 예컨대 「나라 망해도 산천은 그대로인데, 성내 봄이 와서

초목이 깊네. 때를 느껴서 꽃이 눈물 흘리고, 이별을 한하여 새가 놀라네.」'山河在'는 아무것도 없는 것을 표현한 것이고, '草木深'은 아무도 없는 것을 표현하였다. 꽃과 새는 평소에 즐기는 대상인데, 보고 흐느끼고 듣고 슬퍼하니 그때의 일을 알 수 있다.

古人爲詩, 貴于意在言外, 使人思而得之. 故言之者無罪, 聞之者足以戒也. 近世詩人, 爲杜子美最得詩人之體, 如「國破山河在, 城春草木深. 感時花濺淚, 恨別鳥驚心.」山河在, 明無餘物矣, 草木深, 明無人矣. 花鳥, 平時可娛之物, 見之而泣, 聞之而悲, 則時可知矣.

사마광은 史家이지만 시를 분석하고 평가하는 안목이 섬세하고 논리적이다. 본 시화에서 누락된 사마광의 논시 문장에 대해서 郭紹虞는 ≪宋詩話考≫(卷上)에서 ≪苕溪漁隱叢話≫와 ≪司馬文正公日錄≫ 등에서 발굴하여 杜甫, 송대 李南陽 등 평문 3종을 부기하고 있는데, 그중에 杜甫 조를 보기로 한다.

당나라 곡강에는 개원 천보 연간에 지은 전각이 있었는데 안사의 난 후에 그 터가 다 폐허가 되었다. 문종이 두보 시를 보는데, 「강가 궁전에 많은 문이 닫혀 있고, 가녀린 버들 새 가지는 뉘를 위해 푸른가.」라는 시구로 인해서 자운루와 낙하정을 지어서 계절 따라 연회를 베풀고, 또 양쪽 언덕에 정자를 세운 집에서 백관을 불렀다. 태종은 서쪽 교외에 금명지를 파고 연못 안에 누대를 세워 물놀이를 구경하였다. 唐曲江, 開元天寶中旁有殿宇, 安史亂後, 其地盡廢. 文宗覽杜甫詩云: 「江頭宮殿鎖千門, 細柳新蒲爲誰綠.」因建紫雲樓落霞亭, 歲時賜宴, 又詔百司於兩岸建亭館. 太宗於西郊鑿金明池, 池中有臺樹以閱水戲.(≪苕溪漁隱叢話≫ 前集13)

이 글은 杜甫의 시구를 통해서 당시사적 의미가 있는 자료이다. 그리고 暢當1)과 王之渙2)의 〈登鸛雀樓〉 시를 비교하여 평하기를,

___

1) 暢當: 생졸년 불명. 자는 行大이며, 河東(지금의 山西 永濟)人이다. 大曆 7년 進士 급제하고 동 13년 弘文館 校書郞에 임명되었다. 建中 4년에 從軍하여 山南節度 휘하에 들어갔다. 貞元 2년 太常博士가 되고, 후에 嘉州刺史, 정원

당대 중엽에 문장이 특별히 성행하였는데, 그 이름이 세상에 사라져서 전해지지 않는 자가 매우 많았다. 예컨대 하중부에 있는 관작루에 관한 왕지환과 창당의 시가 있다. 창당의 시에 이르기를, 「멀리 날아가는 새 위에 있어서, 높이 인간 세계를 떠나 있네. 하늘의 기세는 평야를 둘러싸고, 강물은 흘러들어 산을 끊네.」 왕지환의 시에 이르기를, 「밝은 해 산에 기대어 지고, 황하는 바다로 흘러드네. 천리 멀리 보려거든, 누대를 더 한 층 올라가야지.」라 하였다. 두 사람은 모두 당시 어진 선비로 손꼽히니, 후에 시명을 떨친 사람으로 어찌 그들을 따라갈 수 있을가.

唐之中葉, 文章特盛, 其姓名湮沒不傳于世者甚衆. 如河中府鸛雀樓有王之渙暢當詩. 暢詩曰:「逈臨飛鳥上, 高謝人世間, 天勢圍平野, 河流入斷山.」王詩曰:「白日依山盡, 黃河入海流. 欲窮千里目, 更上一層樓.」二人者, 皆當時賢士所不數, 如後人擅詩名者, 豈能及之哉.

라고 하였다. 한편 송 시인에 대한 기록도 적지 않아서 韓琦3)의 逸事와 그 시를 다음과 같이 논하였다.

희녕(1068-1077) 초에 한기가 재상을 그만두고 북경유수를 맡으니 많은 젊은 신진들이 그를 업신여기고 홀대하였다. 한기는 답답하고 편치 않아서 일찍이 시를 지어 이르기를, 「꽃이 지니 새벽에 벌과 나비가 어지러이 날고, 비는 봄밭 두레박 사이로 내리네.」라 하였다. 그 당시 사람들은 그의 시가 미묘하고 곱다고 칭찬하였다.

熙寧初, 魏公罷相, 留守北京, 新進多陵慢之. 魏公鬱鬱不得之, 嘗爲

말년에 卒하였다. 盧綸, 耿湋, 司空曙, 李端, 韋應物 등과 交誼酬唱하였다. ≪全唐詩≫(권287)에 시 1권이 있다.

2) 王之渙(688-742): 字는 季凌으로, 郡望 晋陽(지금의 山西 太原) 人이다. 冀州 衡水 主簿를 지내고 山水를 유람하여 黃河 남북을 수천 리 편력하였으며 高適, 王昌齡, 白居易 등과 교유하였다. 당대 저명한 邊塞시인의 한 사람으로 ≪全唐詩≫(권253)에 시 6수가 전한다.

3) 韓琦(1008-1084): 字는 稚圭, 自號는 贛叟로, 相州 安陽(지금의 河南에 속함) 人이다. 天聖 5년에 進士 급제하여 右司諫을 역임하고, 仁宗 때에 陝西經略招討使에 임명되어 范仲淹과 함께 西夏 방어를 지휘하여 세칭 韓范이라 한다. 魏國公에 봉해지고 시호는 忠獻이며, 저서로 ≪安陽集≫이 있다.

詩云:「花去曉叢蜂蝶亂, 雨勻春圃桔橰閑.」時人稱其微婉.

한기의 시는 당시풍을 보여주는데, 그의 〈北塘避暑〉시를 본다.

집 가 숲 못에서 더위와 번뇌 씻으니
멍하니 이 세상을 떠나 있는 듯하네.
누가 맑은 바람의 값을 따지겠나
더없는 즐거움으로 여름 긴 날 한가로이 지내네.
물새 물고기 잡아 마냥 자족하고
산 고개 구름은 비 머금고 하늘에 돌기만 하네.
술 떨어지니 무엇으로 꿈에서 깰까나
만 가지 연꽃 향기 속에 산을 베개 삼으리라.
盡室林塘滌暑煩, 曠然如不在塵寰.
誰人敢議淸風價, 無樂能過百日閑.
水鳥得魚長自足, 嶺雲含雨只空還.
酒闌何物醒魂夢, 萬柄蓮香一枕山. (《安陽集》 권3)

이 시는 시인이 만년에 王安石의 變法에 반대하다가 파직하고 지은 것이다. 첫째 연은 여름의 더위와 그윽하면서 閒逸한 환경을 묘사하고, 둘째 연은 淸風을 맞으며 시원한 피서 속에 담백한 시간을 영위한다. 그리고 셋째 연에서는 虛實 묘법으로 물새와 구름이란 遠近感을 주면서 한 폭의 繪畵美를 구사한다. 시인이 자연 속에 동화된 의식을 표현하였다. 말연에서 시인은 수양의 심정을 표출하니, 술이 아니어도 근심을 잊을 눈앞의 경치, 그것은 연꽃 향기 가득한 세계가 펼쳐진 광경을 통해서 그의 淸高하고 탈속적인 심정을 기탁한다. 자연과 하나 되는 초탈적 심경을 노래하고 있다.

판본으로는 《歷代詩話》본 외에 《百川學海》본, 《說郛》본, 《書集成初編》본, 《四庫全書》본 등이 있고, 晁公武의 《郡齋讀書志》에 子部 小說類로, 陳振孫의 《直齋書錄解題》에는 集部 文史類로, 그리고 《四庫全書》에는 集部 詩文評類로 각각 분류되어 있다.

≪玉壺詩話≫ - 文瑩

文瑩(문영, 생졸년 불명). 字는 道溫으로, 錢塘(지금의 浙江 杭州)人이다. 北宋의 詩僧으로 많은 館殿 명사들과 교유하며 才思가 淸拔하여 시명이 높았고 야사에 심취하고 장서가 많았다. 蘇舜欽, 歐陽修, 丁謂 등 문인들과 교왕하였으며 저서에 ≪湘山野錄≫ 등이 있다.

본 시화는 1권 35조로 구성되어 있고, 晁公武의 ≪郡齋讀書志≫에 子部 小說類로, ≪宋史≫ 藝文志에는 子部 小說家類로, 尤袤(우무)의 ≪遂初堂書目≫에는 小說類로, 陳振孫의 ≪直齋書錄解題≫에는 子部 小說家類로, 그리고 ≪四庫全書≫에는 子部 小說家類로 분류하여, 각각 ≪玉壺野史≫로 수록되어 있다. 시화 成書 연대는 元豊元年(1078)으로 문영의 만년작으로 본다. ≪四庫全書總目提要≫에 기록하기를,

> 송나라 초기에서 희녕 연간까지의 문집 수천 권을 수집하여 그간의 신도·묘지·행장·실록·주의 부류의 사실을 편집하여 일가를 이루니, 모두 야록과 서로 상관하여 된 것이며 옥호는 그 은거하던 곳이다.
> 收國初至熙寧間文集數千卷, 其間神道·墓誌·行狀·實錄·奏議之類, 輯其事成一家, 皆與野錄相輔而行, 玉壺者, 其隱居之地也.

라고 하여 시화명의 유래를 밝히고 있다. 張宗泰의 시화 跋文에 「문영은 시가에 뛰어나서, 책에는 시를 이야기한 글이 많다.(文瑩長于詩歌, 故書中多談詩之語.)」라고 하니 시화에는 문인들의 작시와 交往, 君臣間의 論詩事가 대부분이고 太宗과 眞宗 시기가 주를 이루니, 시화에 기술된 중요한 내용을 다음에 몇 가지 열거한다.

(1) 杜甫 시를 '一時之史'라 칭하고 시풍은 '淸淡'을 으뜸으로 여김.

(2) 眞宗이 '西崑體' 같은 조탁이 심한 시보다는 '平淡'한 시를 選詩함.

(3) 太宗이 王禹偁[1]을 칭하여 「문장은 당대에 둘만 하니, 한유와 유종원의 대열에 못지않다.(文章在有唐, 不下韓柳之列.)」라 함.

(4) 魏野[2]의 시를 칭찬하여 「진실로 표일하거나 고매한 풍격은 없으나, 평담하면서 소박하며 평상적이어서 헛된 말을 일삼지 않았다.(固無飄逸俊邁之風, 但平朴而常, 不事虛語.)」라 함.

(5) 鄭毅夫 만년 詩筆을 '飄洒淸放'(표일하며 청담함)이라 평함.

(6) 唐彦猷를 평하여 「문장의 기상이 높고 간결하여 굽히지 않으니, 소원하며 준수함은 육조의 인물과 견줄 만하다.(文章氣格高簡不屈, 疏秀比六朝人物.)」고 함.

(7) 詩歌 내용이 '空泛'한 점을 반대하고 단지 '吟詠風月'만을 강조하면서 徐東野의 시를 비평하여 「부허하고 경박하며 모두 연분 발라서 고우니, 한때의 술자리에나 권할 따름이다. 그 시구는 모란꽃에 취한 것에 불과하여, 난초와 혜초가 봄날에 슬퍼하고, 노을진 궁과 해뜬 성이니, 붉은색을 잘라내고 푸른색을 덧칠한 것일 뿐이다.(浮脆輕艶, 皆鉛華嫵媚, 侑一時樽俎耳. 其句不過牡丹宿醉, 蘭蕙春悲, 霞宮日城, 剪紅鋪翠而已.)」라고 함.

(8) 李宏皐(이굉고)의 文을 일컬어서 「모두 티눈 박힌 구절이니, 소심한 사람도 쓸 수 있다.(皆胼枝章句, 齷齪者亦能道.)」고 함.

위에서 (1)의 두보 시를 한 시대의 역사라고 평한 부분은 이후에 두보 시를 詩史라고 호칭한 평어의 先聲[3]이 되었고, 본 시화는 시

1) 王禹偁(954-1001) : 字는 元之로, 濟州 鉅野(지금의 山東에 속함)人이다. 太平 興國 8년(983)에 進士, 右拾遺, 翰林學士, 知制誥를 지냈다. 시는 杜甫와 白居易를 추숭하고 풍격은 백거이에 가깝다. 저서로 ≪小畜集≫이 있다.

2) 魏野(960-1019) : 字는 仲先, 號는 草堂居士로, 陝州(지금의 河南 陝縣에 속함)人이다. 평생 不仕하여 죽은 후에 秘書省 著作郎에 追贈되었다. 寇準, 王旦과 왕래하였고 詩格은 淸苦하다. 저서에 ≪巨鹿東觀集≫이 있다.

3) 蔡鎭楚 ≪中國詩話史≫ p.60(湖南文藝出版社) : 「宋人于杜詩有詩史之譽, 當以此論爲先聲.」

론상으로 '淸淡'을 강조하면서도 '以理爲詩'(시에 담긴 이치를 위주로 함)의 경향이 있어서 송대 성리학적인 면이 보이며, 북송 전기의 불교 문인의 문학관을 엿볼 수 있는 자료로 본다. 다음에 위 (1)의 두보 시를 '一時之史'라고 한 眞宗의 군신간의 대화 부분을 본다.

진종이 일찍이 태청루에서 군신간의 연회를 베푸니, 군신이 기뻐 웃으며 즐거워하였다. …임금이 갑자기 가까이 있는 신하에게 물어 말하기를, 「당나라 술값이 얼마였겠는가?」하니 아무도 대답하지 못하였다. 다만 정진공이 아뢰어 말하기를, 「당나라 술은 한 되에 30전입니다.」하였다. 임금이 말하였다. 「어찌 아는가?」정진공이 말하기를, 「소신이 일찍이 두보 시를 읽었는데 『아침에 한 말 술을 마시니, 마침 30 청동전이 있네.』라고 하여서 이것으로 한 되에 30전인 줄 압니다.」라고 하였다. 임금이 크게 기뻐하며 말하였다. 「두보의 시는 절로 한 시대의 역사라고 할 만하다.」
眞宗嘗曲宴君臣於太淸樓, 君臣讙笑. … 上遽問近臣曰: 唐酒價幾何, 無能對者. 惟丁晋公奏曰: 唐酒每升三十. 上曰: 安知. 丁曰: 臣嘗讀杜甫詩曰:「早來就飮一斗酒, 恰有三十靑銅錢.」是知一升三十. 上大喜曰: 甫之詩自可爲一時之史.[4]

그리고 (3)王禹偁의 시를 韓愈나 柳宗元의 대열에 못지않다고 평가한 바, 그의 〈村行〉을 보기로 한다.

말이 산길을 헤쳐가고 국화 막 노란데
말 가는 대로 맡기니 아득히 들판의 흥취 나네.
온 골짜기에 소리 있어 온갖 소리 머금어 있고
여러 봉우리가 고요한데 석양에 서있네.
팥배나무 잎 떨어져 연지빛 띠고
메밀꽃 피니 흰 눈 같고 향기롭네.
어쩐 일로 시 읊으면서 문득 슬퍼지는가

---

4) ≪古今詩話叢編≫ 內 ≪玉壺詩話≫ 제1조.(臺灣 廣文書局, 1971)

마을 다리와 언덕의 나무가 내 고향 같네.
馬穿山徑菊初黃, 信馬悠悠野興長.
萬壑有聲含萬籟, 數峰無語立斜陽.
棠梨葉落胭脂色, 蕎麥花開白雪香.
何事吟餘忽惆悵, 村橋原樹似吾鄕. (≪宋詩大觀≫)

　이 시는 시인이 宋 太宗 淳化 2년(991)에 商州로 貶謫되어서 지은 시이다. 시의 풍격이 飄逸하고 담백하며 자연스럽다. 그는 자칭하여 「본래 백거이에 후진이 되고, 감히 두보가 전신이기를 바란다. (本與樂天爲後進, 敢期子美是前身.)」라고 하였다. 그리고 (4)문영의 魏野 시에 대한 평가와 함께 그의 〈尋隱者不遇〉시를 본다.

　진인을 찾아서 봉래섬에 잘못 들어가니
　향기로운 바람은 일지 않고 솔 꽃은 시들었네.
　어디서 영지 따느라 돌아오지 못하는데
　흰 구름이 땅에 가득해도 쓸어내는 이 없네.
　尋眞誤入蓬萊島, 香風不動松花老.
　采芝何處未歸來, 白雲滿地無人掃. (≪宋詩大觀≫)

　이 시는 당대 賈島의 시와 같은 詩題이다. 眞人은 仙人을 말한다. 香風과 松花는 隱者의 거처가 淸幽한 것을 묘사한다. 不老長生藥인 靈芝를 채취하러 길을 잃은 경지, 白雲이 자욱이 깔린 정경을 빗자루로 쓸 사람 없다고 표현한 기법은 ≪宋史≫ 本傳에서 「위야는 시 지음이 정세하고 고담하여, 당인의 풍격을 지녀서 빼어난 시구가 많다.(野爲詩精苦, 有唐人風格, 多警策句.)」라고 평가 받을 만하다.
　본 시화는 ≪學海類編≫본과 ≪叢書集成≫본, 그리고 ≪古今詩話叢編≫본(臺灣 廣文書局)이 있다.

≪中山詩話≫ - 劉攽

劉攽(유반, 1023-1089). 자는 貢父(공보)이고 臨江 新喩(지금의 江西 新餘)人이다. 慶歷 6년(1046) 진사에 급제하고, 袞州(곤주)와 亳州(박주)를 다스렸는데, 王安石의 變法에 반대하여 衡州 鹽倉으로 폄적되었다. 哲宗 때 秘書少監, 蔡州知事를 지냈다. 孫覺, 胡宗愈, 蘇軾, 范百祿 등이 유반의 博學强記하고 至誠 어린 성품을 보고 조정에 추천하여 中書舍人을 제수하였다. 제자들이 시호를 '空非先生'이라 하였다. 학문이 박람하고 특히 사학에 정통하여서 蘇軾은 그를 칭찬하여 「삼황오제의 책을 읽을 수 있고, 한, 위, 진, 당대의 고사를 익히 알았다.(能讀典墳邱索之書, 習知漢魏晋唐之故.)」라 하였고, ≪資治通鑑≫ 수찬에 참여하여 漢代 부분을 담당하였다. 저서에는 ≪彭城集≫ 40권이 있다. 그의 〈城南行〉 시를 보기로 한다.

8월 강호에 가을 물이 높아져서
큰 둑 밤에 갈라지는 소리 시끄럽네.
앞마을 농가 몇 집이 유실되고
가까운 성곽에는 쪽배 백 척이나 모여 있네.
교룡이 꿈틀대고 물새 흰데
나루터 노인이 품삯 일 해야 하네.
성남의 백성 많이 물고기밥 되었는데
물고기 사서 삶으려니 문득 서글퍼지네.
八月江湖秋水高, 大堤夜坼聲嘈嘈.
前村農家失幾戶, 近郭扁舟屯百艘.
蛟龍蜿蜒水禽白, 渡頭老翁須雇直.
城南百姓多爲魚, 買魚欲烹輒凄惻.(≪宋詩大觀≫)

이 시는 현실생활을 제재로 한 시로서 수난 당한 백성에 대한 절실한 哀憫의식을 묘사한다. 박실하고 평이하며 간결한 시구를 사용하여 詩意를 강렬하게 표현하고 있다.

본 시화는 모두 66칙으로 되어 있다. 이 책은 熙寧, 元祐 연간에 지어졌으며, 일종의 ≪六一詩話≫와 ≪溫公續詩話≫의 후속으로 쓰여져서, 내용은 '記事閑談'을 위주로 작성되었다. 郭紹虞의 ≪宋詩話考≫(上卷)에 「유반은 해박하고 해학적으로 저술하여, 이 책에 실린 것은 고증을 많이 거쳤으며, 또 자못 해학을 섞어 넣어서 이론을 언급한 것은 비교적 적다.(貢父以博洽滑稽著稱, 故是書所載多涉考證, 又頗雜以詼諧, 涉及理論者較少.)」라고 평하였다.

유반의 논시에 있어서, 첫째 시는 意를 위주로 하며, 文詞는 다음이다. 때로 뜻이 깊고 높지만, 문사가 평이하다면 기이한 작품이 된다는 관점에서, '意'를 위주로 해야 한다는 것이니, 다음 시화의 일단을 보기로 한다.

시는 의미를 위주로 하고 문사는 그 다음이니, 혹시 의미가 깊고 의의가 고상하면 문사가 평이하더라도 절로 기특한 작품이다. 세상에 고인의 평이한 구절을 본받아서 그 의미와 의의를 얻지 못하면서 천박한 시를 만들어 내니 가소롭다. 노동이 이르기를, 「지혜롭지 못한 우둔한 사람」이라 한 바, 그 의미와 의의를 담지 않아서 절로 입을 가리게 되니, 어찌 본받을 수 있겠는가? 한유의 고시는 고상하고 뛰어나서 율시까지 훌륭하다고 하지만 기교롭지 않은 것이 있으니, 한유를 좋아하는 사람들이 구구마다 칭찬하는 것은 옳다고 할 수 없다. 한유의 시에 이르기를, 「노인은 진실로 아이 같아서, 물 긷고 동이를 묻어 작은 연못 만드네.」는 단지 농담일 뿐이다. 구양수와 강휴복은 한유의 〈雪〉 시를 논하여서 「수레 따르며 흰 명주 띠를 나부끼고, 말 좇으며 은 술잔 흩네.」 구를 기교롭지 않다고 하였고, 「오목 파인 곳에 처음 바닥을 덮고, 볼록 나온 곳은 마침내 흙더미가 되네.」 구는 뛰어나다고 하니 정말로 한유의 뜻을 이해한 것인지 모르겠다.

구양수가 이르기를, 「매요신(매성유)의 시를 아는 사람으로 나만한 사람은 없다. 그러나 매요신이 평생 자부한 것은 다 내가 좋아하지 않는 것이고, 매요신이 비하한 것은 다 내가 칭찬하는 것이다.」라 하였다. 이처럼 마음을 알고 음을 감상할 줄 아는 것은 어려운 것이다. 고인의 시를 평하는 것이 이와 같지 않겠는가.

詩以意爲主, 文詞次之, 或意深義高, 雖文詞平易, 自是奇作. 世效古人平易句, 而不得其意義, 翻成鄙野可笑. 盧仝云:「不卽溜鈍漢」, 非其意義, 自可掩口, 寧可效之邪. 韓吏部古詩高卓, 至律詩雖稱善, 要有不工者, 而好韓之人, 句句稱述, 未可謂然也. 韓云:「老公眞箇似童兒, 汲水埋盆作小池.」直諧戲語耳. 歐陽永叔江鄰幾論韓雪詩, 以「隨車翻縞帶, 逐馬散銀杯」爲不工, 謂「坳中初蓋底, 垤處遂成堆.」爲勝, 未知眞得韓意否也. 永叔云:「知聖兪詩者莫如某, 然聖兪平生所自負者, 皆某所不好, 聖兪所卑下者, 皆某所稱賞.」知心賞音之難如是, 其評古人之詩, 得毋似之乎.

윗글은 韓愈(768-824)의 〈詠雪贈張籍〉을 평가한 부분인데, 다분히 주관적 관점으로 시를 감상하기 때문에 감상하는 의식에 따라서 시의 평가가 달라질 수 있다. 시의를 정확히 파악하는 객관적인 안목과 지식이 評詩에 중요한 요소인 점을 강조하였다. 위에서 한유의 시구 「수레 따르며 흰 명주 띠를 나부끼고, 말 좇으며 은 술잔 흩으네.(隨車翻縞帶, 逐馬散銀杯.)」에서 '흰 명주 띠'(縞帶)는 눈 쌓인 길의 수레바퀴 자국을 비유하고, '은 술잔'(銀杯)은 눈 쌓인 길의 말발굽 자국을 비유한다. 이런 관점에서 명대 李東陽도 ≪懷麓堂詩話≫(제70조)에서 한유 雪詩에 대해서 본 시화와 상통하는 논리를 전개하고 있다.

한유의 눈에 관한 시는 고금에 으뜸이다. 예를 들어 말하면, 「수레 따르며 흰 명주 띠를 나부끼고, 말 좇으며 은 술잔 흩으네.」 구는 기특하지 않다. 모방하여 말하기를, 「잘게 부수어져 때때로 짝지어 날리고, 아슬하게 문득 반쪽으로 꺾이네.」 구는 의상이 초탈하여 곧 남이 표현할 수 없는 점에 도달했다. 자공이 학문을 논하여 ≪시경≫을 알았고, 자하는 ≪시경≫을 논하여 학문을 알았다. 그 문답하고 논의한 것이 처음에는 단지 뼈와 뿔, 옥과 돌, 얼굴과 눈, 색깔 등에 불과하였으나, 그 감정이 일고 마음이 움직이는 것이 절로 그칠 수 없었다. 시를 읽는 사람은 이런 마음을 가지고 구하면, 또한 스스로 얻을 수 있을 것이다.

韓退之雪詩, 冠絶今古. 其取譬曰:「隨車翻縞帶, 逐馬散銀杯.」未爲奇特. 其模寫曰:「穿細時雙透, 乘危忽半摧.」則意象超脫, 直到人不能道處耳. 子貢[1]因論學而知詩, 子夏[2]因論詩而知學. 其所爲問答論議, 初不過骨角玉石面目朵色之間, 而感發歆動, 不能自已. 讀詩者執此求之, 亦可以自得矣.

한유가 남긴 4편의 雪詩 중에 〈詠雪贈張籍〉 시에 대해 평하고 있는데, 이동양은 시를 어떻게 이해하느냐 하는 문제를 孔子의 제자 중에 학문이 가장 높았던 제자 子貢과 子夏가 ≪시경≫을 어떻게 이해했느냐 하는 문제와 비유하여 서술하고 있다. 자공이 공자와 나눈 대화를 보면, ≪論語≫〈學而篇〉에「자공이 말하였다. 『가난하면서 아첨하지 않고, 부유하면서 교만하지 않으면 어떻습니까?』선생님이 말씀하였다. 『좋지만, 가난하면서 즐겁고, 부유하면서 예의를 좋아하는 것만 못하다.』자공이 말하였다. 『≪시경≫에 말씀하시기를 자르듯하고 갈듯하고 쪼듯하며 닦는 듯하다는 말씀은 이것을 두고 하신 말씀입니까?』선생님이 말씀하였다. 『너와 비로소 시를 말할 수 있을 따름이다.』(子貢曰:『貧而無詔, 富而無驕, 何如?』子曰:『可也, 未若貧而樂, 富而好禮者也.』子貢曰:『詩云: 如切如磋, 如琢如磨. 其斯之謂與?』子曰:『賜也, 始可與言詩已矣.』)」라고 하여 자공이 학문하는 자세로 ≪시경≫을 이해하였음을 알 수 있다. 또 자하가 공자와 나눈 대화를 보면, 「자하가 물어 말하였다. 『≪시경≫에 곱게 웃는 모습이 예쁘고

---

1) 子貢: 孔子의 제자. 端木賜. 衛人.
2) 子夏(507-400 BC): 孔子의 제자. 卜商, 衛人.

아름다운 눈이 또렷한데, 흰 분으로 무늬를 그린다는 말씀은 무엇을 말하는 것입니까?』선생님이 말씀하였다. 『그림을 그리는 것은 흰 바탕이 있은 후에 하는 것이다.』자하가 말하였다. 『예의는 뒤입니까?』선생님이 말씀하였다. 『나를 일깨우는 자는 상이로다. 비로소 함께 시를 말할 수 있을 따름이라.』(子夏問曰:『巧笑倩兮, 美目盼兮, 素以爲絢兮. 何謂也?』子曰:『繪事後素.』曰:『禮後乎?』子曰:『起予者商也, 始可與言詩已矣.』)」(≪논어≫〈八佾篇〉)라고 하여 자하는 보다 근본적인 면에서 ≪시경≫을 이해하려 했음을 알 수 있다. 두 사람이 ≪시경≫에 접근하는 관점은 다르지만, 시를 읽음에 있어 소위 '感發歆動(감정이 일고 마음이 움직임)을 중시한다는 점에서 일치한다.

다음에 韓愈의 장편시〈詠雪贈張籍〉(≪全唐詩≫ 권343)의 일단을 보기로 한다.

단지 보이는 건 (눈이) 엇갈려서 떨어지니
내리는 게 먼지 가까운지 어찌 알리오.
바람에 나부끼면서 절로 희롱하나니
어지러이 누가 재촉하는 건가.
내려앉는 데가 따뜻하면 녹는 게 어찌 이상하겠는가.
연못이 맑아서 내리면서 사라지니 시샘이나 할 건가.
오목 파인 곳에 처음 바닥을 덮고
볼록 나온 곳은 마침내 흙더미가 되네.
……
수레 따르며 흰 명주 띠를 나부끼고
말 좇으며 은 술잔 흩네.
온 지붕에는 어지러이 넓게 덮었고
온 나무 가지에는 눈빛이 빛나네.
솔과 대숲은 눌리어 꺾이고
썩은 흙은 거름을 넉넉히 얻는다네.
막힌 안뜰에는 눈이 쌓이고
밀어 떨어진 계단에는 흰 명주로 물드네.

......

고래가 땅에 올라와 죽은 뼈이고
옥석이 모두 불타서 남은 재이네.
깊은 생각 중에 어두운 골짜기 채워가고
높이 보며 수심에 잠겨 북두성을 탄다네.
해는 파묻혀 기울려 하고
땅은 눌리어 무너지려 하네.
언덕은 긴 뱀처럼 어지럽고
큰 언덕은 큰 코끼리처럼 흔들리네.

......

只見縱橫落, 寧知遠近來.
飄颻還自弄, 歷亂竟誰催.
座暖銷那怪, 池淸失可猜.
坳中初蓋底, 坲處遂成堆.

......

隨車翻縞帶, 逐馬散銀杯.
萬屋漫汗合, 千株照曜開.
松篁遭挫抑, 糞壤獲饒培.
隔絕門庭邈, 擠排陛級纔.

......

鯨鯢陸死骨, 玉石火炎灰.
厚慮塡溟壑, 高愁撥斗魁.
日輪埋欲側, 坤軸壓將頹.
岸類長蛇攪, 陵猶巨象豗.

......

한유의 시에 대해서 청대 劉熙載는 ≪藝槪≫에서 「한유 시는 올 바르고 기괴한 것이 있으니, 바른 것은 소위 육경의 뜻을 합하여 글을 짓고, 기괴한 것은 곧 소위 때때로 감격하고 원망하며 기괴한 어사가 있다.(昌黎詩有正有奇, 正者所謂約六經之旨而成文, 奇者卽所

謂時有感激怨懟奇怪之辭.)」라고 한 바, 이 시에서 시어 구사의 '奇怪'를 본다.

둘째는 당대 시인들이 작시에 있어서, 힘을 다해 積功하여 오랜 精思를 통해 시명을 날린 바탕은 부단한 작시. 鍊鍛에 있음을 강조하였으니, 시화에서 그 예문의 일단을 다음에 본다.

> 관자가 말하였다. 「일에 처음과 끝이 없으면 많은 일을 해서는 안 된다.」 이것은 학자는 성취를 귀히 여겨야 한다는 말이다. 당나라 시인이 시를 짓는 데 힘을 써서 공력을 다하여 수십 년을 집중하여 생각한 후에야 명가가 되었다. 두보가 이르기를, 「훌륭한 화공은 마음 씀이 고달프다고 더욱 느낀다.」라고 하였지만 어찌 화공의 마음만 고달프겠는가.
>
> 管子曰: 事無終始, 無務多業. 此言學者貴能成就也. 唐人爲詩, 量力致功, 精思數十年, 然後名家. 杜工部云: 更覺良工用心苦. 然豈獨畫手心苦耶.

시 창작에는 전문적인 수련을 거쳐서 오랜 노력을 기울인 다음에 가능하다고 하였다.

셋째로는 用事의 자연스럽고 渾厚한 능력 배양을 주장한다. 그 관련 문장 일단을 본다.

> 강휴복은 시를 잘 지어서, 청담하면서 고풍이 있었다. 소순흠이 진주원 사건에 연좌되어 좌천되어 오중에서 죽으니, 강휴복이 시를 지어 이르기를, 「군저에서의 원통한 옥사를 뉘에게 변명하리오, 고교에서의 객사를 세상이 함께 슬퍼하네.」라 하였다. 그 용사가 매우 정밀하고 타당하다. 일찍이 고시에 이르기를, 「50살에 노쇠한 지경을 당하니, 나에게 내년을 더 살게 되길.」 하였다. 논하는 자들이 용사를 쓰더라도 용사가 자신에게서 나온 것처럼 자연스럽게 온후하게 시를 말할 수 있어야 하는데 강휴복은 이것을 터득하였다.
>
> 江隣幾善爲詩, 淸淡有古風. 蘇子美坐進奏院事謫官, 後死吳中. 江作詩云:「郡邸獄冤誰與辯, 皐橋客死世同悲.」用事甚精當. 嘗有古詩云:「五

十踐衰境, 加我在明年.」論者謂莫不用事, 能令事如己出, 天然渾厚, 乃
可言詩, 江得之矣.

위에서 江休復[3] 시의 用事가 마치 자신의 체험처럼 '天然渾厚'한
특성을 지녔다고 평가한 것이다. 한편 당대 시인의 시 품평이 치밀한
경우도 보이니, 張籍의 樂府詩에 대한 평을 보면,

> 장적의 악부사는 맑고 아름답고 깊고 고우며, 오언율시도 평이하고
> 담백하여 사랑스럽고 칠언시도 많이 질박하고 수식은 적으며 제재가
> 각각 알맞아서 억지로 꾸미지 않고 있다. 장적은 〈사배사공마〉 시에
> 서 이르기를, 「문득 화려한 마구간 떠나려니 발굽 더듬대고, 가난한
> 집에 이르니 눈 뜨고 놀라네.」 구에서 이 말은 오히려 우둔하여 잘
> 놀라는 것이니, 시사가 미묘하게 드러나 있어서 견줄 자가 적다.
> 張籍樂府詞, 淸麗深婉, 五言律詩亦平澹可愛, 至七言詩, 則質多文少,
> 材各有宜, 不可强飾. 文昌有謝裵司空馬詩曰:「乍離華廐移蹄澁, 初到
> 貧家擧眼驚.」 此馬却是一遲鈍多驚者, 詩詞微而顯, 亦少其比.

라고 하여 장적 악부시의 장점을 극력 상찬하고 있으니, 다음에 〈謝裵
司空馬〉 시(≪全唐詩≫ 권383) 전부를 보기로 한다.

> 준마 녹이 말이 새 이름을 얻으니
> 사공은 멀리서 서생에게 안부 전하네.
> 문득 화려한 마구간 떠나려니 발굽 더듬대고
> 가난한 집에 이르니 눈 뜨고 놀라네.
> 늘 한가한 이에게 물어 가며
> 옛 절 찾아서 홀로 말 타고 가네.
> 새해 맞아 모래언덕에서 깊이 그리며
> 울리는 말 구슬 옆에서 햇불 따라가네.
> 騄耳[4]新駒駿得名, 司空遠自寄書生.

---

3) 江休復: 자는 鄰幾로, 송대 陳留人이다. 進士 급제 후, 蔚山尉, 尙書 刑部郎
中으로 卒하였다. 문장이 淳雅하고, 草隷琴弈에 능하였다. ≪嘉祐雜志≫, ≪春
秋世論≫과 문집이 있다.

乍離華廄移蹄澀, 初到貧家擧眼驚.
每被閑人來借問, 多尋古寺獨騎行.
長思歲旦沙堤上, 得從鳴珂5)傍火城.

이 시에 대해서 청대 ≪一瓢詩話≫에서도 「시어 구사가 미묘하고
아름답고 시의 담긴 뜻이 매우 깊다.(措辭微婉, 旨趣良深.)」라고 하여
유반의 평어에 동의하고 있다. 그리고 嚴維6)의 〈酬劉員外見寄〉(≪全
唐詩≫ 권263) 시에 대해서 상세히 평하였는데, 먼저 그 시를 본다.

소탐이 좌랑으로 일할 때에
가까이 흰 구름 낀 관사를 벗어나네.
약으로 병든 몸 보양하고
창가에서 절묘한 시를 읊네.
버들 연못에 봄물이 넘쳐나고
꽃 언덕에는 석양이 더디네.
그대 그리는 맘 알고 싶어서
내일 아침에는 뱃사공 찾아봐야지.
蘇耽佐郞時, 近出白雲司.
藥補淸羸疾, 窓吟絶妙詞.
柳塘春水漫, 花塢夕陽遲.
欲識懷君意, 明朝訪楫師.

위의 시는 친구를 그리워하는 애틋한 심경이 묘사되어 있으니, 말
구에 그 간절한 우정을 뱃사공을 만나는 시구로 표현하고 있다. 이
에 대해서 시화에서 평하기를,

---

4) 騄耳: 준마 이름. 周나라의 穆王이 천하를 周遊할 때 타던 八駿馬의 하나.

5) 鳴珂: 珂는 귀인이 쓰는 마구의 구슬. '鳴珂里'라 하면 귀인이 사는 마을. 남
   의 고향을 높여서 珂里, 珂鄕이라 한다.

6) 嚴維: 字는 正文으로, 越州 山陰人이다. 至德 2년 進士 급제하여 金吾衛長史,
   秘書郞 등을 역임하고 鮑防 등과 交遊하였고, 鄭槪, 裵冕 등과 唱和하여 ≪大
   歷年浙東聯唱集≫을 편찬하였다.

사람들은 좋은 구절을 많이 취하여 시구의 그림을 만드는데, 특별히 기교 어린 미려함이 볼만하니 모두 풍경을 읊은 형상이 만물상 같을 뿐이다. 웅대한 재능과 심원한 생각을 지닌 사람은 볼 수 없다. 매요신(매성유)이 좋아한 엄유 시에 이르기를, 「버들 연못에 봄물이 넘쳐나고, 꽃 언덕에는 석양이 더디네.」 구는 진실로 좋은데 자세히 살펴보면, '석양이 더디다'는 꽃과 연결되지만, '봄물이 넘쳐난다'는 버들에 무슨 필요가 있는가.

人多取佳句爲句圖, 特小巧美麗可喜, 皆指詠風景, 影似萬物者爾, 不得見雄材遠思之人也. 梅聖兪愛嚴維詩曰:「柳塘春水漫, 花塢夕陽遲.」固善矣, 細較之, 夕陽遲則系花, 春水漫何須柳也?

라고 하니 그 평론이 매우 예리하고 합리적이다. 엄유 시 풍격에 대해 ≪唐才子傳≫에서는 「시정이 우아하고 중후하여 위진의 풍격을 지니며, 잘 다듬어지고 우렁차니, 거의 맺힌 한이 적다.(詩情雅重, 挹魏晋之風, 鍛鍊鏗鏘, 庶少遺恨.)」라 하고, ≪唐詩品≫에서는 더욱 구체적으로 평하기를,

엄유의 시는 얽혀 있음이 또한 조밀한데, 때로는 빼어난 어구가 나오니 경수와 위수의 흐린 물을 맑게 하듯 하여 심원하다. 예컨대 「버들 연못에 봄물이 넘쳐나고, 꽃 언덕에는 석양이 더디네.」 그리고 「들불이 산성을 밝히니, 찬 밤에 현루를 나서네.」 또 「밤 고요한데 시내 소리 가까이 나고, 뜰이 찬데 달빛이 깊네.」 구는 모두 자연스런 자태가 있다.

維詩錯綜亦密, 時出俊語, 澄除涇渭, 亦可遠致. 如「柳塘春水漫, 花塢夕陽遲」, 又「野燒明山郭, 寒更出縣樓.」, 又「夜靜溪聲近, 庭寒月色深.」, 皆有自然之態.

라고 하였다. 그리고 본 시화는 孟郊(751-814) 시를 평하기를,

맹교의 시에 이고가 칭찬하는 시구로 「냉이 먹으면 창자가 쓰고, 억지로 노래하면 소리가 즐겁지 않네. 문 나서면 막힌 듯하니, 천지가

넓다고 누가 말하나.」구는 지음이라 할 수 있다. 지금 세상에 ≪맹교집≫ 5권이 전해지고 시 백 편이 있다. 또 ≪함지≫라는 시집에는 3백여 편 실려 있으나 그 속에 어구가 매우 생소하고 어려운 것이 많으니, 앞의 5권은 명사가 뽑아서 고른 것인가 한다. 맹교와 한유의 연구시는 웅장하고 달변이어서 한 사람의 손에서 나온 것 같지 않다. 孟東野詩, 李翺之所稱「食薺腸亦苦, 强歌聲不歡. 出門如有碍, 誰謂天地寬.」可謂知音. 今世傳郊集五卷, 詩百篇. 又有集號咸池者, 僅三百篇, 其間語句尤多塞澁, 疑向五卷是名士所刪取者. 東野與退之聯句詩, 宏壯博辯, 若不出一手.

라 하였는데, 위의 인용 시구는 〈贈別崔純亮〉(≪全唐詩≫ 권377)의 제1, 2연으로 다음에 시 전체를 본다.

냉이 먹으면 창자가 쓰고
억지로 노래하면 소리가 즐겁지 않네.
문 나서면 막힌 듯하니
천지가 넓다고 누가 말하나.
막힌 데가 먼 곳이 아니고
장안의 큰길 가라네.
소인의 지략은 험하여
평지에서 태행산이 솟네.
거울 깨져도 빛이 안 변하고
난초 죽어도 향기 안 변하네.
비로소 군자의 마음 알지니
오래 사귀어 도리가 더욱 빛나네.
그대 마음과 나의 그리움
이별하여 다 방황하네.
예컨대 그루터기 샘처럼
유랑하기 오래되었네.
울음 참느라 눈이 쉬 쇠하고
근심 참느라 몸이 쉬 상하네.

항우가 어찌 장대하지 않겠으며
가의가 어찌 선량하지 않겠는가.
실의할 때에는
흐느껴서 서로 치마 적시네.
벗은 밥 잘 먹어라 권하지만
이 밥으론 스스로 강해지기 어렵네.
밥 한 술에 아홉 번 목이 메이고
한 번 탄식에 열 번 애가 끊어지누나.
더구나 아이가 노하니
원한이 저 하늘을 넘누나.
오늘 아침 놀라 탄식하나니
푸른 하늘이 공연히 아득하도다.

食薺腸亦苦, 强歌聲不歡.
出門如有碍, 誰謂天地寬.
有碍非遐方, 長安大道傍.
小人智慮險, 平地生太行.
鏡破不改光, 蘭死不改香.
始知君子心, 交久道益彰.
君心與我懷, 離別俱回遑.
譬如浸蘗泉, 流苦已日長.
忍泣目易衰, 忍憂形易傷.
項籍豈不壯, 賈生豈不良.
當其失意時, 涕泣各沾裳.
古人勸加餐, 此餐難自强.
一飯九祝噎, 一嗟十斷腸.
況是兒女怒, 怨氣凌彼蒼.
今朝始驚歎, 碧落空茫茫.

이 시에 대해서 ≪優古堂詩話≫에서는 「문 나서면 막힌 듯하니, 천지가 넓다고 누가 말하나.(出門如有碍, 誰謂天地寬.)」 구를 「나는 맹교가 두보의 『늘 근심하고 후회하며 지내니, 마치 천지가 좁게 느끼는 듯.』 구를 본받았다고 생각한다.(予以東野取法杜子美每愁悔吝生, 如覺天地窄之句.)」라고 하여 杜甫를 배운 부분이라고 평하였고, ≪寒瘦集≫에서는 「앞부분은 어려운 행로를 절묘하게 묘사하고, '鏡破'와 '蘭死' 두 구에서 가벼이 전환하여 그리고 '始知' 두 자로 뒷부분을 이어나가니, 시의 정서가 훌륭하다.(前幅絶妙行路難, 至鏡破, 蘭死二句輕輕轉下, 又用始知二字生出後幅, 文情可愛.)」라고 구체적으로 분석하고 있다.

이 시화는 부분적으로 오류가 보이니, 郭紹虞가 ≪宋詩話考≫(上卷)에서 杜甫 시구의 오용을 지적하여,

> 유반이 박학다식하지만, 이 책에 실린 것이 오류가 많으니, 예컨대 조참이 일찍이 공조를 지낸 것을 일컬어서 두보 시에 이르기를, 「공조는 소하를 다시는 탄식하지 않았네.」 구는 오류이다. 생각컨대 두보의 〈봉기별마파주〉 시에, 「공훈 세워 마침내 마복파로 돌아가니, 공조는 소하를 다시는 탄식하지 않았네.」라 하였는데, 이 시의 '無復歎'은 당연히 후인이 잘못 적어 전한 것이지 원래 잘못 지은 것이 아니다.
> 惟劉氏雖以博洽見稱, 以是書所載轉多誤謬. 如謂曹參嘗爲爲功曹, 而杜詩云:「功曹無復歎蕭何」, 誤矣. 案杜甫奉寄別馬巴州詩:「勳業終歸馬伏坡, 功曹非復歎蕭何.」 此作無復歎, 當出後人傳寫之誤, 非原著之謬.

라고 하여 자신의 견해를 피력하고 있다.

통용되는 판본은 ≪百川≫,≪說郛≫, 明代에 간행된 ≪宋詩話五種≫, ≪津逮≫, ≪歷代詩話≫, ≪螢雪軒≫본이 있는데, 모두 1권이다.

≪東坡詩話≫ - 蘇軾

蘇軾(소식, 1037-1101). 자는 子瞻, 호는 東坡居士로, 眉州 眉山 (지금의 四川) 人이다. 蘇洵의 아들로서 仁宗 嘉祐 2년(1057)에 동생 蘇轍과 함께 진사 급제하여 大理評事簽書鳳翔府判官이 되었다. 神宗 때 祠部員外郎에 임명되어 王安石의 變法에 반대하였으며, 外任을 자청하여 杭州通判에 임명되고 密州, 徐州, 湖州 등을 전직하였다. 시를 지어 조정을 비방하였다는 이유로 何正臣, 舒亶, 李定 등에게 탄핵되어 옥살이하고 黃州에 폄적되었다. 哲宗 때 翰林學士를 거쳐 禮部尙書가 되었으나, 新黨이 득세하여 다시 英州, 惠州로 폄적되었다가 멀리 儋州(담주 : 지금의 海南島)로 추방되어 常州에서 죽었다. 시호는 '文忠'으로 추증되었다. 소식은 詩, 詞, 文, 書 모두에 북송 최고 작가로서, 시풍은 豪放하고 自在하였으며 문풍은 창달하고, 詞風은 호방하고, 書法은 天眞爛漫하였다. '唐宋八大家'의 한 사람이며 부친 蘇洵, 동생 蘇轍과 함께 '三蘇'라 불린다. 그의 시론은 '境與意合' 즉 外物과 內意의 조화를 주장하며 '詩畵同源' 즉 시와 회화는 근원이 같다는 소위 시와 예술의 상관성을 강조하여 王維 시화를 평해서 「시속에 그림이 있고, 그림 속에 시가 있다.(詩中有畵, 畵中有詩.)」라는 명구를 남겼다. 저술로는 ≪東坡七集≫, ≪蘇氏易傳≫, ≪書傳≫, ≪論語傳≫, ≪東坡志林≫ 등이 있다. 다음에 소식의 〈送春〉 시 한 수를 본다.

꿈처럼 가버린 청춘 따라갈 수 있으랴
시를 지어 석양에 매어 놓고 싶네.(여생을 보내다)
술 취한 병든 객은 졸리기만 하고

꿀 먹은 노란 벌도 느리게 나네.
작약과 앵두꽃 다 땅에 흔적 없는데
흰 귀밑털로 좌선 결상에 앉아 세상일 잊네.
그대에게 '법계관' 책을 빌려다가
세상의 온갖 근심 씻어 볼가나.
夢裏靑春可得追, 欲將詩句絆餘暉.
酒闌病客惟思睡, 蜜熟黃蜂亦懶飛.
芍藥櫻桃俱掃地, 鬢絲禪榻兩忘機.
憑君借取法界觀, 一洗人間萬事非.(≪蘇東坡全集≫ 권5)

이 시는 蘇轍이 熙寧 7년(1074) 봄에 齊州 掌書記에 임명되어
〈次韻劉敏殿丞送春〉 시를 지었는 데, 소식이 唱和詩로 지은 것이다.
시에 나오는 '法界觀'은 唐代 杜順이 기술한 ≪注華嚴法界觀≫으로
서 蘇轍에게서 빌려 본 것을 말한다. 元代 方回의 ≪瀛奎律髓≫에
이 시에 대해 평하기를, 「젊은 시절에는 시율이 자못 넓었고, 만년
에는 곧 신묘가 흘러넘친다.(妙年詩律頗寬, 至晩年乃神妙流動.)」라고
하였듯이, 말연에서 上句는 5仄 聲律을 쓰고, 下句는 拗救를 강구
하지 않았으니, '詩律頗寬'(시율이 자못 느슨함)이라 할 수 있다.

본 시화에 대해서 郭紹虞는 ≪宋詩話考≫(中卷之下)에서 「두 권인
데, 지금은 한 권으로 예전에 소식이 지었고, 또 보유 한 권은 일본
인 近藤元粹이 편집하였으니 남아있다.(二卷, 今本一卷, 舊題蘇軾撰,
又補遺一卷, 日人近藤元粹輯, 存.)」라고 하여 시화의 傳本을 밝혔다.
그리고 본 시화의 작자가 蘇軾이 아니라고 다음과 같이 논지를 펴고
있다.

이 책은 소식 자신이 지은 것이 아니다. ≪군재독서지≫ 소설류에
소식의 잡서와 시로써 호사가들이 그것으로 두 권을 모아 만들었다
고 하니, 그 책이 비교적 조기에 만들어진 것을 알겠다. ≪시화총
구≫ 전집 권24에는 이미 ≪소공시화≫라는 목록이 있으니 바로 이
책이다. ≪통지예문략시평류≫에는 또 ≪소자첨시화≫ 한 권이라 칭

하였는데 권수가 같지 않아서 그 당시에 이미 여러 간본이 있지 않았나 한다. ≪초계어은총화≫는 소식(소동파)의 시를 논한 말을 인용하여 모두 '東坡云'이라고 하면서 ≪동파시화≫라 하지 않았다. … 지금 세상에 전해진 ≪동파시화≫는 단지 ≪설부≫본이 있다. 일본인 근등원수가 ≪형설헌총서≫에 편집하여 넣었다. 근등씨는 겨우 30여 조로는 사람들 마음을 만족시키지 못한다고 여겨서 ≪동파지림≫에서 시와 연관된 것을 뽑아서 ≪동파시화보유≫라 이름 붙이고, 또 ≪형설헌총서≫에 열입하였다.

此書非軾所自撰. ≪郡齋讀書志≫小說類稱軾雜書有及詩者, 好事者因集成二卷, 知其成書較早. ≪詩話總龜≫前集卷二十四引書已有≪蘇公詩話≫之目, 當卽此書. ≪通志藝文略詩評類≫又稱≪蘇子瞻詩話≫一卷, 卷數不同, 疑當時已有數本. ≪苕溪漁隱叢話≫引東坡論詩之語, 皆作東坡云, 不作≪東坡詩話≫. … 今世所傳≪東坡詩話≫僅有≪說郛≫本. 日人近藤元粹卽據以輯入≪螢雪軒叢書≫中. 近藤氏以其僅僅三十餘條不足以飽人意, 因就≪東坡志林≫中鈔出其係于詩者, 命曰≪東坡詩話補遺≫, 亦刊入≪螢雪軒叢書≫中.

여기서 곽소우는 본 시화의 작자가 소식이 아니고 남송 때에 소식의 평시 문구를 집성하여 서명을 붙인 것이라고 주장하였다. 따라서 소식 문집에 수록되어 있지 않다. 시화 분량은 1권 32칙인데 ≪東坡題跋≫ 등 책에서 집록한 것이다. 羅根澤의 ≪兩宋詩話輯校≫에는 보충해서 44칙으로 꾸몄다. 이 시화는 隨筆漫談式의 논시서로서 작가에 대한 眞僞 考辨과 詩意 闡釋 등이 매우 타당성 있게 서술되어 있다. 이 시화의 위상과 영향은 蘇軾이 송시화 寫作의 중요성을 인식시켰다는 점에서 하나는 시화 작성에 散文化, 議論化를 제시하였고, 다른 하나는 소식 문하의 소위 '蘇門四學士'와 '六君子'에게 宋詩 창작과 시화 집필에 집중케 하였다는 것이다. '소문사학사'는 黃庭堅, 秦觀, 晁補之, 張耒, 그리고 '육군자'는 위의 사학사 외에 陳師道와 李薦이다. 본 시화에서 전고에 대해 서술한 부분을 보면,

용사는 당연히 옛것을 새것으로 하고, 속된 것을 우아한 것으로 해야 하는데, 기이한 것을 좋아하여 새것을 힘쓰니 곧 시의 병폐이다. 用事當以故爲新, 以俗爲雅. 好奇務新, 乃詩之病.

라고 하여 용사의 기본 요건을 '以故爲新'과 '以俗爲雅'에 두고 있다.

본 시화와 관련하여 ≪東坡詩話補遺≫가 있는데, 蘇軾이 지었으나, 그의 문집에 전해지지 않으니, 일본인 近藤元粹가 ≪東坡詩話≫가 1권 32조만 전해지는 점을 유감으로 여겨서, 소식 문집에서 집록하여 엮은 자료이다. 이 자료 66조를 통하여 蘇軾의 시학주장과 시학관점을 알 수 있다. 먼저 시학관점을 보면, 사물에 대한 묘사는 그 담긴 정신에 의거하여 그 사물의 고유한 특점을 그려내야 한다는 것이니, 시인의 사물 묘사의 '工巧'를 논하기를,

시인은 사물을 묘사하는 공교함이 있다. '뽕나무 떨어지니, 그 잎이 무성하다', 다른 나무는 아마도 이를 당하지 못할 것이다. 임포는 〈매화〉 시에서 이르기를, 「성근 그림자 가로 기울고 물 맑고 얕은데, 그윽한 향기 떠돌며 달은 지고 있네.」라고 하였다. 전혀 복사 오얏의 시가 아니다. 피일휴의 〈백련〉 시에 이르기를, 「무정도 유한한데 누굴 볼가나, 새벽달에 바람 맑으니 시들 때라네.」라 하였다. 전혀 붉은 연꽃 시가 아니다. 이것이 곧 사물을 묘사하는 공교함이다. 詩人有寫物之工. '桑之木落, 其葉沃若', 他木殆不可以當此. 林逋梅花詩云:「疏影橫斜水淸淺, 暗香浮動月黃昏.」 決非桃李詩. 皮日休白蓮詩云:「無情有限何人見, 月曉風淸欲墜時」, 決非紅蓮詩. 此乃寫物之工.

라고 하여 林逋와 皮日休 시구를 인용하면서 영물시의 '托物寄興' 즉 사물에 기탁하여 시인의 흥취를 비유적으로 읊어내는 점을 강조하고 있다. 林逋[1]는 시풍이 淡遠하니 위의 본 시화 문장에서 그의 〈山園

---

1) 林逋(976-1028): 자가 君復로, 錢塘人이다. 어려서 江淮 지역을 유람하고 杭州 孤山에서 20년간 은거하며 매화를 심고 학을 길러 일명 '梅妻鶴子'라고 칭한다. 시풍은 淡遠하며 錢易, 范仲淹, 梅堯臣 등과 酬答하였다. 저서로 ≪林和靖詩集≫이 있다.

小梅〉(≪林和靖詩集≫) 시구 제2연을 인용한 바, 다음에 시 전체를
보기로 한다.

> 모든 꽃향기 시들어 떨어져도 홀로 밝고 아름다우니
> 풍경의 정감이 매화 핀 작은 뜰로 향하네.
> 성긴 그림자가 맑고 얕은 물에 기울고
> 그윽한 향기는 어스름 달빛 따라서 떠도네.
> 두루미 내려오려다가 먼저 남몰래 보고
> 흰 나비도 알았다면 넋이 나갔겠지.
> 다행히 시를 읊으며 서로 친하게 할 수 있으니
> 노래판이나 금 술잔이 무슨 소용 있겠나.
> 衆芳搖落獨暄妍, 占盡風情向小園.
> 疏影橫斜水淸淺, 暗香浮動月黃昏.
> 霜禽欲下先偸眼, 粉蝶如知合斷魂.
> 幸有微吟可相狎, 不須檀板共金樽.

　이 시는 본 시화와 ≪宋詩紀事≫에는 시제를 〈梅花〉라 기재하고
있다. 고요한 산 숲속에서 고운 자태 뽐내는 매화를 감상하니 노래
며 술이 어찌 필요하겠는가? 이 시는 매화를 詠物하면서 托興한 묘
사가 '情景交融'의 극치를 보여준다. 그래서 蘇軾은 〈書林逋詩後〉에
서 「선생은 매우 뛰어난 사람이니, 마음과 몸이 맑고 냉정하여 속된
먼지가 없네.(先生可是絶倫人, 神淸骨冷無塵俗.)」라 읊었고, ≪四庫
全書總目≫에서는 「그 시가 맑고 곱고 높고 빼어나서, 마치 그 사람
됨 같다.(其詩澄澹高逸, 如其爲人.)」라고 서술하여 시가 시인 인격의
化身으로 느껴진다.
　아울러 만당의 皮日休(843-883)에 대해서 상세히 살펴본다. 피일
휴는 陸龜蒙과 唱和詩를 공유한 시인으로 詩名을 얻었다. 피일휴의
傳은 ≪新唐書≫, ≪舊唐書≫에 立傳되어 있지 않으나, ≪郡齋讀書志≫
(권4)〈皮日休文藪〉10권조를 보면,

당의 피일휴는 자가 습미이고 일소라고도 하며 양양인이다. 녹문산에 은거하였고, 자호를 취음선생이라 하였다. 문장에 뛰어나니 잠명에 더욱 뛰어났다. 함통 8년 진사에 급제하여 저작좌랑과 태상박사가 되었다. 건부의 난리에 동으로 출관하여 비릉부사가 되었다가 황소도적에 빠져들었다. 참문을 짓도록 하였는데, 황소가 자기를 조롱한다고 하여 해를 당하였다. 문집은 함통 병술년에 향리에 거하며 편한 것이다. 자서에 이르기를, 「상자를 열어 편차를 하니 글이 번다하기가 숲과 연못 같거늘 이름 지으니, 무릇 200편이다.」라 하였다.

唐皮日休, 字襲美, 一字逸少, 襄陽人. 隱鹿門山, 自號醉吟先生. 以文章自負, 尤善箴銘. 咸通八年登進士第, 偽著作佐郎, 太常博士. 乾符喪亂, 東出關, 爲毗陵副使, 陷巢賊中. 賊遣爲讖文, 疑其譏己, 遂害之. 集乃咸通丙戌年居州里所編, 自序云, 發篋次類, 文藻繁如藪澤, 因以名之, 凡二百篇.

라 하고, 辛文房의 ≪唐才子傳≫에서는 피일휴의 자가 逸少이며 후에 襲美로 改字하였으며, 호는 醉吟先生, 醉民, 間氣布衣, 鹿門子 등이며 襄陽(지금의 湖北 襄陽)人이라고 하였다. 그의 시에서 회고의 우국심을 담은 시를 보면, 회고시란 ≪寒廳詩話≫에 「시를 짓는 데 고사를 쓰면서 흔적을 드러내지 않는 것을 높이 사니, 옛사람이 소위 고사를 구사함은 구사하지 않음만 못하다.(作詩用故事, 以不露痕跡爲高, 昔人所謂使事如不使也.)」라고 하여 용사는 필수적이지만 비유적이어야 하고, 「무릇 용사가 절실하지 않으면 사용하지 않음만 못하니, 절실해도 고아하지 않으면 또한 사용하지 않음만 못하다.(凡用事不切, 不如不用, 切而不雅, 亦不如不用.)」(≪紀批瀛奎律髓≫)라 하여 용사의 절실성을 강조하였는데, 이처럼 회고 및 詠史의 시는 고사의 眞說보다는 감추어져서 진미를 은연하게 표출시키는 데에 그 요처가 있다.[2]

피일휴의 시는 이러한 요체를 적절히 강구하고 있으니, 직접 내세

---

2) ≪隨園詩話≫:「用典如水中着鹽, 但知鹽味, 不知鹽質.」

우기보다는 살며시 가려져 있는 상태에서 의표를 드러내고 반어적인 묘사법으로 시의를 더욱 극명하며, 경책과 입론을 줄기로 하여 현재 와 미래를 영위하는 삶의 슬기를 암시하는 적극적인 비판의식이 담긴 부류이다. 중당에서 만당으로 넘어가는 과정에 있어서 시풍도 과도기 적인 풍격을 지니고 있었으니, 만당시의 특성인 유미풍이 정착되기 전에, 중당의 元稹, 白居易나 孟郊, 賈島의 古淡하면서 사실적인 풍 격이 만당시단에 면면히 흐르고 있었다. 청대 葉燮이,

> 만당시는 가을꽃이요, 강가의 연꽃이며, 울타리 옆의 국화이니, 그윽 하고 아름다운 늦향기의 여운이 정말 아름답지 않은가?
> 晚唐之詩, 秋花也, 江上之芙蓉, 籬邊之叢菊, 極幽艶晚香之韻, 可不 爲美乎? (≪原詩≫)

라고 한 말은 만당시의 奇巧와 工麗를 높이 평가한 부분이다. 이것을 유미주의적이라 한다면, 三羅와 芳林十哲을 중심으로 형성된 솔직하 고 사실적이며, 담백한 시풍은 만당시의 다른 하나의 특성이 된다. 피 일휴 시는 만당시의 두 가지 측면을 공유하고 있다는 것이다. 피일 휴는 만당에 살면서 특히 사회와 정치의 부패상에 대해 반항의식이 강 하여, 「왕의 몸이 부덕하면 천하에 왕이 될 수 있겠는가? 나라를 주관 할 수 있겠는가?(帝身且不德, 能帝天下乎? 能主國家乎?)」(〈六箴序〉≪文 藪≫ 卷6)라 하고, 또 〈原謗〉(≪文藪≫ 권3)에서는,

> 요순은 대성인이다. 백성이 또 그를 비방하여, 후에 왕된 자로 요순 의 언행을 행하지 않는 자가 있게 되면 백성이 그 목을 조이고 머리 를 쳐서, 욕하여 쫓아낸다.
> 堯舜, 大聖也, 民且謗之, 後之王天下有不爲堯舜之行者, 則民扼其吭, 捽其首, 辱而逐之.

라고 하여 강렬한 부도덕에 대한 반감과 개혁의식을 지니고 있었기 에, 그것이 아마도 그의 말년에 黃巢亂에 참여하는 계기가 되었을 것

이다. 그의 이런 의식의 근원을 그의 유가사상에서 찾아야 할 것이니, 그는 〈請孟子爲學科書〉(≪文藪≫ 권9)에서,

> 무릇 맹자의 글은 찬란히 경전 같으니 하늘이 그 도를 아껴서 진대에 다 태우지 않고, 한대에는 거두어 박사를 두어 그 학문을 전공하니 그 글이 이어지고 육예가 빛난다.
> 夫孟子之文粲若經傳, 天惜其道, 不爐於秦, 自漢氏得之, 常置博士以專其學, 故其文繼乎, 六藝光乎.

라 하고 이어서 같은 글에서, 老莊을 배척하고 孟子를 추숭하기 위한 방법까지 구체적으로 제시하고 있다.3) 韓愈까지 높여야 하는 이유를 밝힌 〈請韓文公配饗太學書〉(≪文藪≫ 권9)에서는,

> 오직 한유의 글만이 양자와 묵자를 불모지에서 몰아내고, 불가와 도가를 무인지경에서 밟고서 공자의 도를 우뚝 세워 바르게 할 수 있다.
> 唯昌黎文公之文, 蹴楊墨於不毛之地, 蹂釋老於無人之境, 故得孔道巍然而自正矣.

라고 하여 유학을 추숭한 정도가 어떠한지를 알 수 있다. 이러한 전통적인 유가관에 입각한 도덕의식이 현실에 대한 비판을 가하게 되고, 그것이 문학 정신의 근저가 될 수 있었다. 그의 시에 대해 유미적이라기보다는 사실적인 데에 가치를 부여할 수 있다면, 오직 유가를 존중한 피일휴의 사상적 근간에서 연유했다고 해도 가할 것이다. 釋老的인 시풍이 적지 않은 것을 보면 시작태도는 儒佛道 三教를 포괄하면서 음악적 才藝를 겸하고 있다.

피일휴의 시를 통한 교유관계를 보면, 피일휴의 가장 친근한 시우는 陸龜蒙(?-881)이다. 피일휴가 육구몽을 만난 곳이 蘇州인데 중만당 이후의 文教의 중심이 關中에서 江南으로 옮겨 간 현상과4) 安

---

3) 〈請孟子爲學科書〉:「伏請命有司, 去莊列之書, 以孟子爲主, 有能精通其義者, 其科選視明經, 苟若是也.」

史亂 이후의 진사급제한 자가 長安 출신보다 蘇州 출신이 더 많은 것을 보아도5) 피일휴가 만년에 소주를 중심으로 한 교우는 매우 의미가 있다고 본다. 피일휴의 시에서 贈酬된 시우는 崔璐, 張賁, 魏朴, 羊昭業, 李轂, 崔璞 등 官友들과 淸遠道士, 李鍊師, 寂上人, 鏡巖周尊師, 支山南峰僧 등 종교인, 그리고 신라의 弘惠上人, 日本의 圓載上人 등을 들 수 있다. 이상 시우들에서 다음 몇 명과의 교유관계를 보기로 한다.

(1) 張賁(867년 전후) : ≪唐詩紀事≫에 「자는 윤경이며 남양인으로 대중 간에 진사급제하다. 당말에 광문박사가 되고 오 땅에 머물며 피일휴, 육구몽 두 사람과 교유하다. 그 시는 여정의 감회가 많다.(字潤卿, 南陽人, 登大中進士第. 唐末爲廣文博士, 寓吳中, 與皮陸二生遊. 其詩多覇旅感激.)」(권64)6)라고 하여 피일휴가 吳 땅에서 만난 육구몽 다음으로 시교를 나눈 자취가 보인다. 피일휴의 〈醉中卽席贈潤南博士〉 시에서 「사안이 40여에 일어나니 절로 고아하고, 한가로이 몇 년을 득의하다.(謝安四十餘方起, 猶自高閑得數年.)」라고 한 것에서 장분이 피일휴보다 연장자로 보이며, 茅山에 은거하며 도교를 받들어 피일휴와 육구몽 양인에게 영향을 준 것으로 보인다.7) 皮·張 양인은 소주에서의 시교가 각별한 듯 속탈적 의취가 고결한 우정을 보여준다. 피일휴의 시 〈華陽潤卿博士三首〉(≪全唐詩≫ 권607) 제1수를 보자.

---

4) 錢穆의 ≪國史大綱≫ 제7편 〈南北經濟文化之轉移〉 참고.

5) 陳正祥의 ≪中國地理≫에 長安人은 41인, 蘇州人은 44인. 韋應物이 蘇州刺史 때 지은 〈郡齋雨中與文士宴集〉에 「吳中盛文史, 群彦今汪洋.」이라 한 데서 소주의 文興을 알 수 있음.

6) 張賁에 관해 ≪全唐詩≫ 권631에는 「嘗隱于茅山, 後寓吳中, 與皮陸游, 詩十六首.」라 함.

7) 陸龜蒙의 〈和襲美寄廣文先生〉에 「忽辭明主事眞君.」이라 하고, 또 〈送潤卿博士還華陽〉에서 「共是虐皇簡上仙, 淸詞如羽欲飄然.」이라 한 데서 장분의 처지를 알 수 있다.

선생은 줄곧 허황만을 일삼아
천시단 서쪽에서 속세를 잊었네.
좁은 방에서 거북 기르며 기의 비결을 찾고
약 순가락으로 개 먹이며 신선 길 찾네.
조용히 석뇌 찾아 옷자락 느슨히 하고
한가로이 송진 다듬어서 뜰 안에 향기 나네.
현인 찾아 부른단 말 들었거늘
어느 날이나 좋은 때 올지 모르겠네.
先生一向事虛皇, 天市壇西與世忘.
環堵養龜看氣訣, 刀圭餌犬試仙方.
靜探石腦衣裾潤, 閑鍊松脂院落香.
聞道徵賢須有詔, 不知何日到良常.

이 시에서 장분의 도가에 심취한 평소의 생활을 적절히 묘사하며
경의를 표현하고 있음을 알 수 있다. 한편 장분의 〈悼鶴和襲美〉(≪全
唐詩≫ 권631)에서는,

멋진 머리 붉은 털 품위에 어울리고
들녘에 한가로이 홀로 서서 떼 짓지 않네.
아련히 해 저무는데 동풍이 일어나니
표연히 봄 하늘에 흩날리는 한 조각 구름.
渥頂鮮毛品格馴, 莎庭閑暇重難群.
無端日暮東風起, 飄散春空一片雲.

이라고 하여 피일휴에 대한 淡雅한 정회를 鶴을 애도하며 진솔하게
표출하고 있어, 양인의 仙的 교분을 긍정하게 된다.

(2) 崔璐(최로): ≪당시기사≫에 「함통 7년 진사에 급제(登咸通七年
進士第)」라 하고 시로는 〈覽皮先輩盛製因作十韻以寄用伸欽仰〉(≪全唐
詩≫ 권631)이 있는데, 피일휴에 대한 경외가 넘치니, 그 일단을 본다.

양양의 뛰어난 선비
준일하기 용 같은 말이요,
용감하기 노중유이며
문장은 사마상여로다.
웅혼하여 강하같이 넓으며
우아하기 도리꽃을 더한 듯.
소언에 빈틈이 없고
대언은 공허함 막았도다.
이미 증삼의 언행 지녔는데
군자다운 선비를 겸하였도다.
내 하늘의 뜻 아노니
문하성에 거하시어,
천금 같은 몸을 잘 보중하여
만백성의 모범이 되어야 하오.
襄陽得奇士, 俊邁直龍駒.
勇果魯仲由, 文賦蜀相如.
渾浩江海廣, 葩華桃李敷.
小言入無間, 大言塞空虛.
旣有曾參行, 仍兼君子儒.
吾知上帝意, 將使居黃樞.
好保千金體, 須爲萬姓謨.

이같이 피일휴의 기상과 인품, 그리고 평소의 존경심을 진솔하게
묘사하여 그 우의를 표현하였고, 피일휴도 〈奉酬崔璐進士見寄次韻〉(상
동 권631)에서 양인의 격의 없는 우정을 토로하여 후배의 장래를
격려하고 있는데, 그 일단을 본다.

그대와 나 어려서 누추하나
품성은 스스로 남달랐지.
어려서 도리 잘못된 줄 알고
임금의 부명 바로하려 마음 두었지.

뜻은 바다 위의 매를 넘고
행실은 수레 아래 말도 굽히네.
마음대로 옛글 짓고
하는 일 모두 득의하네.
문장은 업하의 수재요
기상은 엄중의 선비라네.
나의 이 뜻을 펴서
그대 중추부 지키기 바라네.
창생의 눈이 주시하나니
반계의 길일랑은 걷지를 마오.
伊余幼且賤, 所稟自以殊.
弱歲謬知道, 有心匡皇符.
意超海上鷹, 運踞轅下駒.
縱性作古文, 所爲皆自如.
文章鄴下秀, 氣貌淹中儒.
展我此志業, 期君持中樞.
蒼生眼穿望, 勿作磻谿謨.

　여기서 말 6구는 최로의 재모를 높이고 전도를 기대하는 진실한
면려의 의취가 담겨 있음을 알 수 있다.

　(3) 魏朴: 자는 不琢. 피일휴의 〈五貺詩序〉에 「비릉처사 위군 불탁
은 기질이 곧고 의지가 호방하여 비릉에 거한 지 무릇 24년 동안 문
을 닫고 학문에 정진하다.(毘陵魏君不琢, 氣直而志放, 居毘陵凡二紀,
閉門窮學.)」라 하여 위박에 대한 친분을 보여준다. 피일휴의 〈寄毘陵
魏處士朴〉(상동 권610) 시를 본다.

　술 좀 취해 기껏 찬 달을 노래하고
　많이 여윈 몸 비스듬히 찬 구름에 누워 있네.
　토끼 가죽 이불 따스하고 조각배 안온한데
　뉘와 회수의 칠리탄에서 뱃놀이할가나.

醉少最因吟月冷, 瘦多偏爲臥雲寒.
兎皮衾暖蓬舟穩, 欲共淮遊七里灘.(末 四句)

여기에서 은거 중에 한기 어린 절기이지만 더불어 놀 수 있는 친구가 있음을 그리워하는 심회를 엿볼 수 있으며 위박도 〈和皮日休悼鶴〉제2수(상동 권631)에서,

가을 지나니 송옥이 이미 슬퍼하고
더구나 학 새끼가 어젯밤 죽었다고 하네.
서리 내린 새벽에 일어나 물을 곳 없어
옆의 스님 가리키며 연못가만 맴도누나.
經秋宋玉已悲傷, 況報胎禽昨夜亡.
霜曉起來無問處, 伴僧彈指遶荷塘.

라고 하여 죽은 학에 대한 애절한 심경을 그리면서 우정의 순백함을 보여준다.

(4) 羊昭業: 자는 振文이며, 咸通 9년에 진사에 급제하고 함통 11년에 蘇州에서 피일휴와 육구몽 양인과 교유하며, 이 해 말에 양소업이 省親하러 桂陽에 간다. 여기서8) 양소업의 〈皮襲美見留小讌次韻〉(《全唐詩》권631)은 피일휴가 안질에 걸려 음주할 수 없는 상태에서의 酒宴이지만9) 우정의 온화함을 말 4구에서 볼 수 있다.

아름다운 경물 짙은 속에 마냥 취하건만
따스한 바람 상쾌한데 꾀꼬리 소리 어울리네.
이 몸 못났으나 관청의 촛불 밝히고
멋진 주연 밤새도록 벌여나 보세.
芳景漸濃偏屬酒, 煖風初暢欲調鶯.

---

8) 《登科記考》卷23에 昭業이 「咸通九年進士第」라 하고 《甫里文集》〈二遺詩序〉에 「咸通十一年在蘇州與皮陸遊宴唱酬」라 함.
9) 羊昭業의 위 시 끝에(《全唐詩》권631) 「時襲美眼疾未平不飲酒故云」이라 부기되어 있음.

知君不肯然官燭, 爭得華筵徹夜明.

(5) 李穀: 자는 德師이며, 浙東觀察推官 및 殿中侍御史를 지내면서10) 피·육 양인과 교유하면서 피일휴는 2수의 시를, 이곡은 4수의 시를 서로를 위해 남기고 있다.11) 피일휴는 〈奉送浙東德師侍御羅府西歸〉(상동 권608)에서 헤어지는 아픈 마음을 그리며 우정을 토로하고 있다. 시 말 4구를 본다.

바다의 달로 서울 소식 삼고
따스한 바람으로 주선을 보내네.
여기 은혜 입은 곳 기억하리니
나 시골뜨기에게 오 땅의 하늘 원망 마오.
空將海月爲京信, 尙使樵風送酒船.
從此受恩知有處, 免爲傖鬼恨吳天.

그리고 이곡의 〈浙東羅府西歸酬別張廣文皮先輩陸秀才〉(상동 권631) 말 4구에서는,

빛나는 문재는 오 땅에 떨치고
떠도는 화월 같은 자태 진대의 명현 닮네.
서로 만나서 너무 늦게 안 것 한하노니
이별가 한 곡이 또 어인 말인가.
照曜文星吳分野, 留連花月晉名賢.
相逢只恨相知晚, 一曲驪欲又幾年.

라고 하여 양인의 상봉이 너무 늦은 아쉬움을 토로하고 있다. 이상의

---

10) ≪唐詩紀事≫ 권64云:「字德師, 咸通進士也. 唐末爲浙東觀察推官兼殿中侍御史. 日休松陵集序云:『南陽廣文潤卿·隴西侍御德師, 咸旅泊之際, 善其所爲, 皆以詞致師, 詞之不多, 去之速也.』」

11) 皮日休가 준 시로는 〈奉送浙東德師侍御羅府西歸〉, 〈醉中先起李穀戲贈走筆奉酬〉 등이 있고, 이곡이 준 시로는(상동 권608) 〈浙東羅府西歸酬別張廣文皮先輩陸秀才〉, 〈和皮日休悼鶴二首〉, 〈醉中襲美先月中歸〉 등이 있음.

교우 외에 피일휴에게 작품을 준 시인으로 吳融, 崔璞, 鄭璧 등이 있다.12)

　한편, 피일휴 시의 풍격은 양면적으로 볼 수 있다. 송대 阮一閲은 「만당인의 시는 좀 공교로워서 풍소의 맛이 없다.(晩唐人詩多少巧, 無風騷氣味.)」(≪詩話總龜≫ 卷之五)라 하고, 또 「당대 만년의 시인은 이백(이태백)·두보 같은 호방한 격조가 없으나, 정밀한 의취가 높다.(唐之晩年詩人無復李杜豪放之格, 然亦務以精意相高.)」(상동 卷之五)라고 한 것은 모두 중국 시론의 보편적 의식의 표현이라 하겠다. 錢鍾書는 陸游의 시가 송대의 것이지만, 어찌 이 시를 송시라 할 수 있을까 하면서 시대적·풍격적 제한에 의해서 시를 일괄적으로 품평하는 것을 중국문학비평의 문제점으로 지적한 바 있다.13) 피일휴가 비록 만당인이지만, 그 시 자체를 놓고 볼 때 만당시의 범주에 국한시켜서 평가해서는 안 되는 이유도 여기에서 예외가 될 수 없다. 따라서 피일휴 시를 먼저 사실주의적 시풍으로 살펴보면, 이런 시풍은 杜甫, 元稹, 白居易 등의 영향을 크게 받아서, 만당시에 역풍을 불어넣은 경향을 보인 것으로 평가하기도 한다.14) 피일휴도 〈正樂府〉 序에서,

　　악부는 대개 옛 성왕이 천하에서 채집한 시로서 나라의 손익과 백성의 애락을 알고자 함이라. 들어서 공에 힘쓰기 족하면, 시의 풍자이

---

12) 吳融은 〈和皮博士赴上京觀中修靈寶齋贈威儀尊師兼見寄〉, 〈高侍御話及皮博士池中白蓮因成一章寄博士兼奉呈〉(≪全唐詩≫ 권684)이 있고, 崔璞은 〈奉酬皮先輩霜菊見贈〉(상동 권631)이 있으며, 鄭璧은 〈和襲美索友人酒〉(상동 권631) 등이 있음.

13) 錢鍾書의 ≪談藝錄≫ 권1 참고.

14) 劉揚忠 「皮日休簡論」:「皮日休的詩論, 受杜甫·元結·元稹·白居易的影響很大, 竭力强調詩歌反映社會現實和警戒人心的作用.」이라 하고 목월의 글(前揭書)에는 「所以皮日休那時作時, 很容易接受白居易的影響, 而與他走同一的道路.」라 하였으며, 그 외에 鄭振鐸은 백거이의 영향으로 〈正樂府〉 10편을 완료하였다고 하였으며,(≪揷圖本中國文學史≫ 2, p.401) 孟瑤는 백거이를 숭배하였다고 하였다.(≪中國文學史≫ p.292)

다. 지금 이른바 악부라는 것은 단지 위진의 미려나 진양의 부염을 가지고 악부시라 하는데, 사실은 그렇지 않다.

樂府蓋古聖王采天下之詩, 欲以知國之利病, 民之休戚者也. 聞之足以勸乎功, 詩之剌也. 今之所謂樂府者, 唯以魏晋之侈麗, 陳梁之浮艷, 謂之樂府詩, 眞不然矣.(≪文藪≫ 권10)

라고 하여 만당시의 퇴미한 면을 비판한 것으로 풀이하기도 하며15) 근년에 와서는 피일휴를 신악부의 계승자로까지 부각시키는 관점을 볼 수 있다.16) 피일휴는 〈七愛詩〉序에서, 「이름 있는 신하는 필히 참 재능이 있어야 하는데, 백거이를 참 재능이라 하겠다.(爲名臣者, 必有眞才, 以白太傅爲眞才焉.)」라고 백거이를 추숭하고, 〈白太傅〉(≪全唐詩≫ 권608) 시에서,

나는 백거이를 사랑하니
뛰어난 재주 천생이로다.
누군 문장의 그릇이라고 말하나
경륜의 현인이기도 하네.
부염한 시를 따르지 않고
전고시를 지어냈도다.
입신에 온갖 행실 훌륭하고
문물에 육예가 갖추어졌네.
청렴한 명망은 관서에 빼어나고
직언의 소리는 간원(諫院)을 놀라게 했네.
풍자에는 필히 사념이 있고
임하는 데에는 필히 전할 만한 게 있도다.
物我의 경지에 들어 시와 술에 맡겨서
마음 느긋이 숲과 샘을 두루 다녔네.

---

15) 劉揚忠의 前揭書 p.196.

16) 孟瑤의 ≪中國文學史≫(p.292)에는 元白 新樂府精神 계승이라 하고, 邱燮友의 ≪中國文學史初稿≫(p.546)에는 聶夷中, 司空圖 등과 함께 晚唐新樂府 시인으로 분류하고 있다.

바라는 바 학문상의 권리요
원하는 바 교화의 힘이었도다.
어찌 헐뜯음 당할 줄이야
도중에 좌천도 많으셨다오.
천하가 모두 급급할 때
낙천은 홀로 기뻐 사셨고
천하가 모두 근심할 때
낙천은 홀로 근심 풀어놓으셨네.
고고히 시 읊으며 문하성과 중서성을 떠나셨고
청일하게 휘파람 속에 경수 위수 낙수를 다니셨네.
처세는 외로운 학처럼
영화 버리기는 껍질 벗은 매미 같았네.
벼슬하여 뜻대로 안 되면
그분을 귀감 삼아야 하리라.

吾愛白樂天, 逸才生自然.
誰謂辭翰器, 乃是經綸賢.
欵從浮艶詩, 作得典誥篇.
立身百行足, 爲文六藝全.
淸望逸內署, 直聲驚諫垣.
所刺必有思, 所臨必可傳.
忘形任詩酒, 奇傲徧林泉.
所望標文柄, 所希持化權.
何期遇訛毁, 中道多左遷.
天下皆汲汲, 樂天獨怡然.
天下皆悶悶, 樂天獨舍旃.
高吟辭兩掖, 淸嘯罷三川.
處世似孤鶴, 遺榮同脫蟬.
仕若不得志, 可爲龜鏡焉.

라고 하여 백거이의 '孤鶴' 같은 삶의 자세는 귀감, 즉 '龜鏡'이 될 수 있다는 절대적인 추종의 변을 아끼지 않고 있으니, 이러한 피일휴의 성향을 가지고 볼 때, 그의 현실묘사의 주요대상은 민생의 질고, 정치의 부패상, 그리고 현사에 대한 찬양 등이 될 것이다. 민생의 질고 면으로는 백성의 비참한 의식생활상을 묘사한 데서 찾을 수 있으니, 正樂府〈農父謠〉(상동 권608)를 본다.

> 농부가 고생을 원망하여
> 나에게 그 마음 털어놓는다.
> 「한 사람이 농사하기 어려워도
> 열 사람의 원정은 하여야 하네.
> 어째서 강회의 곡식을
> 배와 수레로 서울로 실어 나르나?
> 황하의 물은 번개 같아
> 태반은 물에 잠겨 기우뚱하니
> 옮기는 일에 능사가 난
> 양반네들 어찌 감히 투덜거릴 건가.
> 삼천에선 어찌 농사 안 짓고
> 서울 땅에는 어찌 밭갈이 안하는가.
> 곡식 수레에 실어
> 임금 병사에 주려 함이 아닌가!」
> 멋지도다! 농부의 말씀.
> 왕도를 어떻게 꾸려 가려 하는지!
> 農父寃辛苦, 向我述其情.
> 難將一人農, 可備十人征.
> 如何江淮粟, 輓漕輸咸京.
> 黃河水如電, 一半沈與傾.
> 均輸利其事, 職司安敢評.
> 三川豈不農, 三輔豈不耕.
> 奚不車其粟, 用以供天兵.
> 美哉農父言, 何計達王程.

첫 구부터 농부의 고통을 거침없이 서술하고 말구에서 농부를 찬미하면서, 王道의 첩경은 곧 농민을 위한 것이라는 점을 호소한다. 또 〈三羞詩〉제3수(상동 권608)는 침통한 筆觸으로 함통 7년(866)에 있었던 淮右 지방의 메뚜기 피해(蝗旱)로 많은 이민자의 참상을 적나라하게 묘사한다. 다음에 처참한 백성의 饑饉을 절실하게 그린 시를 보기로 한다.

> 천자 병술년에 회동 지방의 백성 기근이 드니
> 영수의 물속에서 옮겨 다니느라 참으로 지쳤도다.
> 부부가 서로 떨어져서 버려져도 아이는 껴안고 있네.
> 형제가 각자 흩어져서 문을 나서니 바보 같도다.
> 금 한 덩이 갈대와 치자 바꾸고 비단 한 필로 물오리 풀 바꾸네.
> 황폐한 마을의 묘에는 새가 나무에 날고
> 텅 빈 집에는 들꽃이 울타리 쳤네.
> 아이는 풀뿌리 씹으며 뽕나무에 기대어 매우 연약하네.
> 반백의 노인 길가에 죽어 있어 흙을 베개 삼아 얽혀져 있네.
> 이제 알리라 성인의 교화가 백성을 다스림에
> 바로 이곳에 두어야 함을.
> 억세게 사랑을 거둬 가고 거칠게 자애를 뺏어가네.
> 어찌하여 목자된 자 나라 다스리는 술수가 이 모양인가.
> 아아! 나는 뭐 하는 사람인가, 땅 몇 이랑을 맑은 냇가에 일구네.
> 낙제 글을 쓰자마자 집안에선 탄식하고 기뻐하도다.
> 아침에는 보리죽 먹고 새벽에는 일어나서 무명옷 입노라.
> 이 한 몸 배부르고 따스하면 집안에는 원한과 탄식이 없네.
> 집에 밭이 있어도 손에 호미를 잡지 않네.
> 세월 아픔이 있어도 부엌에는 아침 불 끊이지 않네.
> 어느 길로 여기에 이르렀나, 나는 공평을 밝히 알도다.
> 먹고서도 먹을 것 기다리고 입고서도 입을 것 기다리네.
> 돌아갈 때 금 비단을 재단하여 나로 하여금 대궐문에 바치라 하네.
> 스스로 위로하며 영주 백성에 부끄러우니 어찌 덕행을 아니하리.

이에 지기를 생각하면서 종일 공연히 울었도다.

天子丙戌年, 淮右民多飢. 就中穎之汭, 轉徙何纍纍.
夫婦相顧亡, 棄却抱中兒. 兄弟各自散, 出門如大癡.
一金易蘆蔔, 一縑換梟鴟. 荒村墓鳥樹, 空屋野花籬.
兒童齕草根, 倚桑空羸羸. 班白死路傍, 枕土皆離離.
方知聖人敎, 於民良在斯. 厲能去人愛, 荒能奪人慈.
如何司牧者, 有術皆在茲. 粤吾何爲人, 數畝淸溪湄.
一寫落第文, 一家歡復嬉. 朝數有麥麰, 晨起有布衣.
一身旣飽暖, 一家無怨咨. 家雖有畎畝, 手不秉鎡基.
歲雖有札瘥, 庖不廢晨炊. 何道以致是, 我有明公知.
食之以侯食, 衣之以侯衣. 歸時艸金帛, 使我奉庭闈.
撫已媿穎民, 奚不進德爲. 因茲感知己, 盡日空涕洟.

이 시는 구구절절이 災民의 떠도는 모습을 직설적으로 묘사한 것으로 제1, 2연은 재민의 移居를, 제3연부터 5연까지는 가족의 이산, 제6연부터 8연까지는 황폐한 마을과 기아 현상, 제9연부터 11연까지는 통치자의 정신자세, 그리고 제12연부터 말연까지는 자기 자신의 안위에 대한 수치와 백성에 대한 깊은 연민을 절실하게 묘사하고 있다. 이 시의 진실성은 피일휴의 의식을 의미하기도 하니, 그의 〈動箴〉의 일단을 보면, 「말세에 벼슬은 위태하니 처하지 말고, 난국에 작록은 죽음이니, 처하되 저자의 원망이 없고 떠나되 웃음거리가 되지 말며, 자취는 드러나지 말지라.(季世有爵必危勿居, 亂國有綠必尸, 住無市怨, 去無取嗤, 迹無顯露.)」(≪文藪≫ 卷6)라 하였다.

그리하여 피일휴는 〈酒箴序〉(상동 권6)에서 「나는 성품이 술을 좋아한다(皮子性嗜酒)」라고 하여 맑은 정신으로는 세상에 처신하기 어려울 만큼 현실에 대한 비판의식이 강렬한 것이 이 시에서 표현되었다고 할 수 있다. 민생의 질고를 소재로 한 다른 시 〈橡媼歎〉(상동 권608)을 보기로 한다.

가을 깊으니 도토리 익어서 초목 우거진 언덕에 떨어지네.
꼬부라진 백발의 노파가 주워 담느라고 새벽 서리 밟는다.
서둘러 주워 담아서 종일 해야 광주리 채우네.
몇 번은 말리고 삶아서 한겨울 양식으로 삼을 것이네.
산 앞에 익은 벼 있는데 푸른 이삭 향내 스며 오네.
한 톨이라도 거두어 정성껏 빻으니 알알이 옥구슬 같구나.
가져다가 관청에 바치고 나니 집에는 담을 상자 필요 없네.
어찌하여 한 석 남짓이 닷 말밖에 안 된단 말인가.
교활한 아전은 형벌 두려워 않고 탐관도 장물하기를 마다 않누나.
농사 때에 빚 얻어서 농사 마치니 관청 창고로 돌아가네.
겨울부터 봄까지 도토리로 주린 창자 채워야 하네.
나는 아나니, 전성자가 거짓말로 오히려 왕을 칭한 것을.
아아! 도토리 줍는 노파 만나니 어느새 눈물이 옷을 적신다.
秋深橡子熟, 散落榛蕪岡. 傴傴黃髮媼, 拾之踐晨霜.
移時始盈掬, 盡日方滿筐. 幾曝復幾蒸, 用作三冬糧.
山前有熟稻, 紫穗襲人香. 細穫又精舂, 粒粒如玉璫.
持之納於官, 私室無倉箱. 如何一石餘, 只作五斗量.
狡吏不畏刑, 貪官不避贓. 農時作私債, 農畢歸官倉.
自冬及於春, 橡實誑飢腸. 吾聞田成子, 詐仁猶自玉.
吁嗟逢橡媼, 不覺淚霑裳.

　　이 시는 피일휴의 시세계를 대표하는 작품이다. 시인은 여기서 唐
末의 농민의 사회현실을 심각하게 묘사하고 있는데, 질박하여 자연
스레 감동을 일으킨다. 먼저 노파가 도토리(橡子)를 주워 먹는 어려
운 생활을 묘사하는 것으로 시작된다. 첫 4구에서 노파가 산에서
도토리를 줍는 한 폭의 그림을 보여준다. 깊은 가을 도토리가 익을
때, 꼬부라진 백발의 노파가 초목 우거진 언덕에서 새벽 서리를 밟
고 도토리 줍는 정경을 세심하게 묘사한다. 주워 담아서 광주리에
채우기까지 하루를 보내야 한다. 그 묘사의 사실성은 元稹이나 白居
易에 뒤지지 않는다. 도토리가 아니면 기근을 면할 수 없음은 토지

가 척박하고 재앙이 따르기 때문이다. 시인은 이것을 직설하지 않고 오히려 美景化하여 '襲人香' 3자로 표현하면서 땀의 결실을 추구하는 농부의 본분을 그리어 희망이 있는 농민의 생활상을 희원하는 것이다.

위의 처절한 기근상과 농촌의 喜樂相을 대조화시킨 것은 전원의 낭만이 정상인데도 사실은 그렇지 못한 현실을 강조하기 위한 묘사상의 對法을 강구하기 때문이다. 도토리 줍는 노파가 받는 3종의 압박을 그리고 있음을 확인한다. 즉, 조세의 과중이 그 하나다. 그들의 수확은 '納於官'하고 나면 남는 것이 없다. 제8연은 그것을 말하고 있다. 다음은 탐관오리의 탐색이다. 제9연의 '如何'는 농민의 기가 막힌 수탈의 변이다. 그리고 셋째는 私債의 剝削(삭박 : 깎아서 벗김)이다. 만당의 탐관들은 官糧으로 사채를 놓아 착취를 일삼으니 제9연에서 표출되었고, 제11연에서 농민의 유일한 생명유지의 길로서 '도토리'의 등장으로 귀착되었다. 시인은 비통한 현실에 말구로서 대신할 수밖에 없다. 춘추시대 齊簡公의 재상인 田成子(田常)의 인의를 가장한 수법에 비유하면서 현실의 민생 참상을 적나라하게 그릴 수 있는 피일휴의 시세계는 결코 만당대의 유약성이라고 할 수 없는 별개의 풍격을 보여준다.

피일휴 시의 양면성 중에 다른 하나는 유미초탈적 시풍이다. 만당시가 유미적이라는 평어는 더 이상 췌언을 필요로 하지 않는다. 피일휴에게 있어서의 유미는 유염한 풍유와 편벽한 묘법에 초점을 맞추고, 탈속의 의미에는 道佛的 詩趣에서 나타난다. 이런 성격은 대부분 후기작에 해당하니 그의 太湖詩와 영물시에서 볼 수 있다. 명대 胡震亨은 「태호시들은 매 편마다 확 트이고, 기염한 구가 풍부하다.(太湖諸篇, 才篇開橫, 富有奇艶句.)」(≪唐音癸籤≫ 권8)라고 평하니, 그의 〈詩序〉에서 「아! 강산이 깊고 빼어나 지리지에 귀히 여기는 곳인데, 내가 이르러 반도 오르지 않았는데, 안개 속에 물고기와 새가 놀고, 숲속에 구름 달이 떴네.(噫, 江山幽絕, 見貴於地誌者, 余

之所倒, 不翅於半, 則煙霞魚鳥, 林壑雲月.)」라 하여 太湖에 대한 감흥이 절정에 달했음을 알 수 있다. 다음에 〈明月灣〉(상동)을 본다.

새벽경치 맑기 그지없는데 외론 쪽배 느긋이 돌아드네.
가장 그윽한 곳 물어 보니 이름하여 명월만이라 하네.
산 바위 중턱에 비취새 둥지 치니, 쳐다만 볼 뿐 오를 수 없네.
버들은 하늘거려 실그물 드리우고 등나무 무성히 꽃 수염 드리웠네.
솔 옹이 검은 원숭이 같고 돌무늬 몽근 털 같네.
낚시터 두세 곳에 이끼는 시들고 비린내 물씬 난다.
물가의 비 곳에 따라 날 개이니 물새는 더욱 한가롭도다.
야인은 파도 위에 떠있고 초가는 깊고 그윽하도다.
새벽에 귤 가꾸러 가고 저녁에 통발하고 돌아오네.
맑은 샘 섬돌에서 나오고 좋은 나무 울타리에 서있네.
이 속에서 늙어 죽으리니 근심과 걱정일랑 모르겠노라.
좋은 경계에는 머물 곳이 없고 좋은 곳에는 버릴 경계 없네.
부끄러워 자적하지 못하지만 의연히 호수와 산에 살리라.
曉景澹無際, 孤舟恣廻環. 試問最幽處, 號爲明月灣.
半巖翡翠巢, 望見不可攀. 柳弱下絲網, 藤深垂花鬚.
松癭忽似狖, 石文或如戔. 釣壇兩三處, 苔老腥濃班.
沙雨幾處霽, 水禽相向閑. 野人波濤上, 白屋幽深間.
曉培橘栽去, 暮作魚梁還. 淸泉出石砌, 好樹臨柴關.
對此老且死, 不知憂與患. 好境無處住, 好處無境刪.
椒然不自適, 脈脈當湖山.

이 시의 제1, 2구는 원근을 살린 點描法을 써서 5언의 字對를 강구하여 명월만의 정경을 함축미로 승화시킨다. 이것은 '隱'의 의미와 통한다. 「드러난 글 밖의 깊은 뜻(文外之重旨)」과 「뜻이 글 밖에 나온다(義生文外)」(≪文心雕龍≫〈隱秀〉)의 뜻과 이어진다. 피일휴의 제1연은 영롱하면서 잡히지 않는 「거울 속의 얼굴(鏡中之相)」(司空圖 ≪二十四詩品≫)로 나타난다. 이어서 제3~6구에서는 정경에 대한

사실 그대로의 묘사를 핍진하게 한다. 제9, 10구는 비유법을 통하여
한 자연물에 대한 정밀한 관찰력을 보여준다. 제11, 12구는 명암법
을, 제15, 16구는 파도와 유심의 동정 대비를, 제21~24구는 '老,
死'와 '憂, 患'을 대비하고 '好境, 好處'와 '無處, 無境'을 대비시켜 묘
사상의 묘오를 강구하고 있다. 이 시의 함축미는 用筆法과 유관하다.
용필은 '曲' 즉 '委曲'을 귀히 여기는데, 시인의 정감을 충분히 표현
하는 데 있어 寄言의 효용성을 강조하는 데에 이 '曲'의 묘법을 강구
하니 이 시에서는 제5~10구의 작풍이 시인의 의취를 고양시키고
있다.

　피일휴의 영물시는 그 소재가 '漁, 茶, 酒, 樵' 등에 집중되어 있다.
그의 〈添魚具詩序〉를 보면, 「천수자 육구몽이 어구시 15수를 지어
나에게 주었다. 고기잡이 이래로 기술과 기구 등 여기에 다루지 않은
것이 없다.(天隨子爲魚具詩十五首以遺予. 凡有漁已來, 術之與器, 莫不
盡於是也.)」라 하고, 〈酒中十詠序〉에서 「나 같은 사람은 사물에 꺼
린 바 없고 성품에 어울린 바가 있어서 진실로 술에 전심하는지라,
이에 그 기구를 모아서 다 읊었다.(若余者, 於物無所斥, 於性有所適,
眞全於酒者也. 於是徵基具, 悉僞之詠.)」라 하고, 〈茶中雜詠序〉에서 「차
에 관한 일은 주대에서 지금까지 빼놓은 적이 없다.(茶之事, 由周至
於今, 竟無纖遺矣.)」라고 한 데서, 피일휴의 영물시가 사물의 묘사
가 진지할 뿐 아니라, 제재 선택에 있어서도 섬세하고 다양하면서
우아한 묘를 지니고 있음을 알 수 있다. 다음에 〈種魚〉(≪全唐詩≫
권611)를 본다.

　호숫가로 옮겨서
　늘 물고기 새끼와 어울려 논다.
　연못에 봄비 내리니
　점점이 활기차기 개미 같구나.
　한 달 뒤에 푸른 비늘 돋고
　한 해 가면 붉은 꼬리 나리라.

두 벼슬하는 이께 묻노니
누가 새끼치기의 맛을 아는가.
移土湖岸邊, 一半和魚子.
池中得春雨, 點點活如蟻.
一月便翠鱗, 終年必頳尾.
借問兩綬人, 誰知種魚利.

　새끼 물고기의 생태를 섬세하게 묘사하면서 인간의 삶에 대한 가
치와 愚直을 강조하였으며, 〈樵家〉(상동)를 보면,

빈산의 가장 깊은 곳에
예부터 두세 집 있다.
구름과 담쟁이 전과 같은데
원숭이와 새가 같이 살고 있네.
옷일랑 봄 샘에 빨고
접시의 반찬은 들꽃을 삶은 것이라.
여기에 살며 늙고 또 늙으리니
젊은 날일랑 아쉬워하지 않으리.
空山最深處, 太古兩三家.
雲蘿共夙世, 猿鳥同生涯.
衣服濯春泉, 盤餐烹野花.
居玆老復老, 不解歎年華.

라고 하여, 심산의 생활을 통하여 세월의 흐름을 한탄하는 속인들의
의식을 풍자하고 있다. 제3연은 자연과 하나로 어울린 심태를 표현
하고, 제4연에서 자연에 묻힌 마음에는 속세의 연륜을 의식할 필요
가 없으며 오히려 속인의 속정을 나무라고 있다. 피일휴의 시에서
표현법과 그에 따른 의취가 섬세하면서 풍유가 깃들어 있는 점은 潘
彦輔가 말한 바, 勢利를 탈피한 경지인 '雅'의 세계에 다다른 것으로
볼 수 있다.17)

그리고 본 시화에서는 시가의 美學 경계에 대해서 소식은 두보의 '材力富健'(시를 짓는 지식과 재능이 풍부하고 건실함)을 추존하고 있으니, '味外味'(시의 다 드러나지 않은 깊은 흥취)가 시의를 더욱 깊게 하기 때문이다. 여기서 '味'에 대해서 ≪文心雕龍≫〈宗經〉에서 말하기를,

> 어사는 간략하되 그 담긴 뜻은 풍부하고, 사물은 가까운 데서 찾되 그 비유는 원대하니, 따라서 지난 것은 예스러워도 그 남은 맛은 날로 새롭다.
> 辭約而旨豊, 事近而喩遠, 是以往者雖舊, 餘味日新.

라 하고, 〈情采〉에서는 「번거롭고 빛나면서 정감이 부족하면 그 맛은 반드시 싫어진다(繁采寡情, 味之必厭.)」라고 하니 여기서의 '味'는 시로는 詩趣이며 詩興이다. 蘇軾 시론의 바탕은 이같이 전통 시론에 두고 있으니, 시의 심미적 함축미를 중시한 것을 알 수 있다. 소식은 말하기를,

> 사공도는 스스로 시를 논하는 데 '맛 밖의 맛'을 얻어야 한다고 여겼다. 「푸른 나무 마을에 이어져 그윽하고, 노란 국화는 보리에 묻혀 드무네.」 이 시구는 가장 훌륭하다. 또 이르기를, 「바둑 소리 나는 화원은 닫혀 있고, 깃발 그림자 드리운 석단은 높다.」라고 하였다. 나는 일찍이 홀로 오로봉에서 노닐며 백학관에 들었다. 솔 그늘이 땅에 가득한데 아무도 보이지 않고 단지 바둑 두는 소리만 들렸다. 그런 후에야 이 시구의 공교함을 알게 된다. 다만 그 빈한하고 검소함이 승려의 자태에 깃든 것이 한스럽다. 예컨대 두보 시에 이르기를, 「그 윽이 날아가는 반딧불이 절로 비추고, 물에 깃든 새가 서로 부르네. 깊은 밤 산이 달을 토하는데, 샐녘에 물에는 누각이 밝구나.」라고 하였는데, 시를 짓는 지식과 재능이 풍부하고 건실하다.

---

17) 潘彦輔의 ≪養一齋詩話≫: 「夫所謂雅者, 非第詞之雅馴而已. 其作此詩之由, 必脫棄勢利, 而後謂之雅也.」

司空表聖自論其詩, 以爲得味外味.「綠樹連村暗, 黃花入麥稀.」此句最
善. 又云:「棋聲花院閉, 幡影石壇高.」吾嘗獨游五老峰, 入白鶴觀. 松
陰滿地, 不見一人, 惟聞棋聲. 然後知此句之工也. 但恨其寒儉有僧態.
若子美云:「暗飛螢自照, 水宿鳥相呼. 四更山吐月, 殘夜水明樓.」則材
力富健.

라고 하니 소식의 논시관의 심도를 이해할 수 있는 부분이다.
　본 시화 傳本은 ≪說郛≫본 외에 元代 陳秀明의 ≪東坡詩話錄≫ 3
권, 청대 ≪學海類編≫ 別本이 있다.

王讜(왕당, 생졸년 불명). 자는 正甫로, 長安(지금의 陝西 西安)人 인이다. 이 시화에서 「이름을 피한 것을 알 수 있다(避諱可知)」라 한 점으로 보아, 徽宗 崇寧과 大觀 연간(1102-1110)의 사람으로 보 인다.

본서는 송대 尤袤(우무)의 ≪遂初堂書目≫에는 小說類로 수록되 어 分卷하지 않았으며, 陳振孫의 ≪直齋書錄解題≫에도 子部 소설가 류에 8권으로 수록하고, 晁公武의 ≪郡齋讀書志≫에도 역시 자부 소 설류에 10권으로 수록되어 있다. 그리고 ≪宋史≫〈藝文志〉에는 자 부 소설류에 11권으로 수록되어 있다. 그러나 자료는 명대 초년에 이미 망실되어 嘉靖 초년 齊之鸞의 所刻 殘本만 남고, ≪永樂大典≫ 에도 그 정도 내용이 남았다가, 청대에 ≪四庫全書≫에 齊之鸞의 殘 本과 ≪永樂大典≫본을 증보하여 8권으로 수록하게 되었다. ≪四庫全 書總目提要≫에 서술하기를,

> 이 책이 ≪세설신어≫를 모방했다고 하나, 기술된 제도와 문물, 고
> 사, 그리고 유익한 말, 아름다운 행실 등이 다분히 정사와 상관되어
> 서, 유의경이 오로지 청담을 높인 것과는 다르고 채록한 여러 책들
> 이 남아있는 것이 적으니 그 모아놓은 공로는 더욱 무시할 수 없다.
> 是書雖仿世說, 而所紀典章故實, 嘉言懿行, 多與正史相發明, 視劉義
> 慶之專尙淸談者不同, 且所采諸書, 存者亦少, 其裒集之功, 尤不可沒.

라고 하여 이 책의 가치를 높이 평가하고 있다. 본 시화는 서명과 체 제에 있어서 ≪世說新語≫를 모방하였으니, 世說이 없어진 일이나 인물을 품평하는 것 등 '德行', '言語', '政事', '文學' 등 36개 부문으

로 나눈 것에 비해서, 본 시화는 17종을 추가하여 모두 53종으로
나누어져 있다. 본 시화는 인사의 典實을 기술하면서 시가 방면의 논
술을 상세하게 하고 있다. 李白(이태백)과 杜甫를 추존하며 王維, 李
賀, 劉禹錫, 王勃, 韋應物 등과 관련된 사실을 긍정적으로 평가하고,
한편 시명이 덜 알려진 李郢, 陸翺, 李華, 李翰 등 문인과 詩僧에 대
해서도 심도 있는 시평을 서술하고 있다. 왕당은 중당대 '元和體'에 대
하여 몹시 못마땅하게 여겨서,

> 경박한 무리들이 시 장구를 마구 모아서 어구가 평이하지 않고 기이
> 하며, 시사를 풍자한 후에 명성을 부추기니 이를 원화체라 한다.
> 輕薄之徒, 擒章會句, 聱牙崛奇, 譏諷時事, 爾後鼓扇名聲, 謂之元和體.

라고까지 혹평하고 있다. '원화체'는 중당대 元和 연간의 시풍을 의미
하니, 白居易와 元稹 등 사실파 시인이 활동한 시기이다. 杜甫 이외에
는 풍격이 淸拔하고, 인위성 없는 韋應物을 매우 높이 추숭하여,

> 위응물은 천성이 고결하고 적게 먹고 욕심이 적어서 거하는 데 분향
> 하고 자리를 쓸고서 앉았다. 그의 시는 건안 시기 이래로 명성을 날
> 려서 각각 그 풍도와 운치를 지니고 있다.
> 韋應物天性高潔, 鮮食寡慾, 所居焚香掃地而坐. 其爲詩馳驟建安以還,
> 各得其風韻.

라고 하여 '以禪入詩'의 경지에 이른 시인으로 평가하였다. 이외에도
王勃의 문장에 대해서는 '腹稿'라고 하여 배 속에 원고를 담고 있는 듯
하다고 하였다.

다음에 본서에 있는 王維에 대한 품평 일단을 보기로 한다.

> 왕유는 불교를 좋아하여 자를 마힐이라 하니, 성품이 고아하여 송지
> 문의 망천별장을 얻으니, 별장이 산수가 절승하니 청원사가 그것이
> 다. 왕유는 시명이 있었으나, 남의 시구를 취하기 좋아하여 「물 다한
> 곳에 이르러, 앉아서 구름 일기를 보네.」구는 ≪영화집≫에서의 시

다. 「아득히 논에는 백로가 날고, 무성한 여름 나무에는 꾀꼬리 우네.」 구는 이가우의 시이다.

王維好佛, 故字摩詰. 性高致, 得宋之問輞川, 別業山水勝絶, 淸源寺是也. 維有詩名, 然好取人句, 「行到水窮處, 坐看雲起時」, 榮華集中詩也. 「漠漠水田飛白鷺, 陰陰夏木囀黃鸝.」, 李嘉祐詩也.(권2)

왕유는 詩佛이라 하여 詩聖 杜甫, 詩仙 李白과 함께 당대 3대 시인이며 음악과 미술을 겸비한 三絶 시인이다. 여기서 왕유 시를 폄하한 논조는 객관적인 평가라 보기에 부족하다. 왕유 시는 단순한 시인이라기보다는 음악가요 화가의 재질을 지녔으므로, 그의 시를 소식은, 「시 속에 그림이 있고, 그림 속에 시가 있다.(詩中有畵, 畵中有詩.)」(≪東坡志林≫)라고 극찬하였다. 아울러 왕유 시는 음악적 요소가 짙으니, 명대 李東陽은 ≪懷麓堂詩話≫(제11조)에서 시어의 음악성이 시의와 시어의 융화 속에서 표현된다고 다음과 같이 서술하였다.

시를 짓는 데 있어서 시인의 뜻(생각, 감정)이 시의 어사에 따르게 해서는 안 되고, 모름지기 어사로써 뜻을 잘 표현하도록 해야 한다. 어사로 뜻을 잘 표현할 수 있으면, 노래하고 읊을 수 있으니 곧 전해질 수 있다. 왕유의 「양관으로 가니 옛 친구가 없네」 구는 성당 이전에는 말한 적이 없다. 이 어사가 나오자마자, 일시에 퍼져서 읊어지는 것으로도 부족하여 세 번 반복하는 삼첩곡으로 노래하기까지에 이르렀다. 후에 이별을 노래하는 자가 수많은 말을 하였어도 거의 그 뜻 외의 더 뛰어난 표현을 할 수 없었다. 반드시 이와 같아야 비로소 뜻을 잘 표현한다고 말할 수 있을 것이다.

作詩不可以意循辭, 而須以辭達意. 辭能達意, 可歌可詠, 則可以傳. 王摩詰「陽關無故人」[1]之句, 盛唐以前所未道. 此辭一出, 一時傳誦不足, 至爲三疊[2]歌之. 後之詠別者, 千言萬語, 殆不能出其意之外. 必如

---

1) 陽關句: 王維의 〈送元二使安西〉 제4구(≪王右丞集箋注≫ 권14).
2) 三疊(삼첩): 옛 연주법. 시의 어느 句를 세 번 반복하여 노래하는 법. 王維의

是, 方可謂之達耳.

　시인의 뜻을 정확히 표현하는 능력이 중요하고 시를 묘사하는 데
치우쳐서는 좋은 시라고 할 수 없다. '以辭達意'(어사로 시의 의취를
표현)해야 한다는 것이다. '辭達'이란 말은 ≪논어≫〈衛靈公〉의 「선
생님이 말씀하셨다. 어사를 잘 표현할 따름이다.(子曰: 辭達而已矣.)」
에서 연원한다. 漢代 孔安國은 이 말을 풀이하기를, 「무릇 일은 사
실보다 더 좋은 것이 없으니 어사를 잘 표현하기만 하면 족하고, 문
장에 있어 꾸미는 말을 하지 않는다.(凡事莫過於實, 辭達則足矣, 不
煩文艶之辭.)」(≪論語注疏≫)라고 하여 작자의 뜻을 글로 잘 묘사하
는 것이 '辭達'의 본의임을 알 수 있다. 그래서 ≪儀禮≫〈聘禮〉에 「말
이 많으면 꾸미게 되고, 적으면 표현을 잘 못한다. 말은 단지 표현하
여 뜻이 잘 드러나면 족한 것이다.(辭多則史, 少則不達. 辭苟足以達,
義之至也.)」라고 그 효용의 적절성을 밝히고 있다. 이 말이 시대를
지나면서 대개 두 가지 논리로 집약되는데 그 하나는 어사와 내용,
즉 辭와 意의 비중을 동등하게 두는 설이다. 명대 謝榛의 말을 빌리
면,

　무릇 뜻을 세우고 어사를 쓰는데 그 둘을 다 공교롭게 구사하기가
　아주 쉽지 않다. 어사에는 짧고 긴 것이 있고, 뜻에는 크고 작은 것
　이 있으니, 모름지기 끌어당겨서 단단히 하고, 묶어서 굳게 하여 어
　사를 졸렬하게 하거나 뜻이 어긋나게 해서는 안 된다. … 무릇 어사
　가 짧고 뜻이 많으면 때론 깊고 어두운 데로 빠지고, 뜻이 적고 어사
　가 길면 때론 지루하게 늘어지게 된다. 명가는 이런 두 가지 병폐가
　없는 것이다.
　凡立意措辭, 欲其兩工, 殊不易得. 辭有短長, 意有大小, 須搆而堅, 束
　而勁, 勿令辭拙意妨. … 夫辭短意多, 或失之深晦: 意少辭長, 或失之

〈送元二使安西〉시는 제4구 「西出陽關無故人」구를 세 번 반복하여 唱하므로
일명 '陽關三疊曲'이라 한다.

敷演. 名家無此二病.(≪詩家直說≫ 권3)

라고 하여 그 병용을 강조하고 있다. 그리고 다른 하나는 意가 위주이고, 辭는 보조적인 역할을 한다는 설이다. 즉 「의취가 주가 되고, 어사는 보조가 된다.(以意爲主, 辭爲輔.)」는 것이다. 金代 趙秉文은 이 점을 서술하기를,

> 문장은 뜻을 표현함이 근본이 되니, 어사로는 뜻을 잘 표현할 뿐이다. 옛사람은 헛되이 꾸미는 것을 바라지 않고, 사실을 보고 글로 표현하여 자기 마음에 말하고자 하는 것을 표현했을 따름이다.
> 文以意爲主, 辭以達意而已. 古之人不尙虛飾, 目事遣詞, 形吾心之所欲言者耳.(≪閑閑老人滏水文集≫ 권15)

라고 하였고, 金代 周昻은 보다 더 강조하기를,

> 문장에서 뜻을 주인으로 삼고 어사는 일꾼으로 삼으니, 주인이 강하고 일꾼이 약하면, 순종치 않는 것이 없게 된다. 지금 사람들은 흔히 교만해져서 날뛰어 제지하기 어렵게 되고, 심한 것은 오히려 그 주인을 부리니, 비록 어사가 아무리 공교로워도, 어찌 글이 바르게 되겠는가?
> 文章以意爲主, 以言語爲役, 主强而役弱, 則無令不從. 今人往往驕其所役, 至跋扈難制, 甚者反役其主, 雖極辭語之工, 而豈文之正哉.(元 脫脫 ≪金史≫ 권126 周昻傳)

라고 하였는데, 이동양이 후자의 입장에 서서 논리를 전개한 배경은 송대에 江西詩派를 중심으로 典故와 奇語를 많이 사용하는 작법이 유행하여 난해하고 공교한 창작의식을 당대로 복고시키고자 하는 데 있었다고 본다. 그 예로 王維의 〈送元二使安西〉시를 만고의 절창으로 평가하고 있다.

> 위성의 아침 비가 가벼운 먼지 적시니
> 객사에 파릇한 버들 빛이 새롭구나.

그대에게 술 한 잔 더 권하고서

서쪽 양관으로 떠나니 옛 벗은 없다네.

渭城朝雨浥輕塵, 客舍靑靑柳色新.

勸君更進一杯酒, 西出陽關無故人.(≪王右丞集箋注≫ 권14)

이 시는 '陽關三疊曲'이라 하여 蘇軾에 의해 그 창법이 정리되는데 ≪東坡志林≫에 기재된 내용을 본다.

내가 말하노니 「고본 양관을 얻으니, 그 소리가 곱고 처량하여 전에 듣던 것과 다르고, 매구를 재차 창하는데 제1구는 중첩하지 않으니 곧 당본삼첩이 대개 이런 줄 알겠다. 황주에서 우연히 백거이의 〈對酒〉 시를 얻었는데, 『서로 만나서 더 말 않고 술에 취하여, 양관 제4성을 창하는 소리 듣네.』라 하고 주에 이르기를, 『제4성 권군갱진일배주』가 이것이라.」 하였다.

自云:「得古本陽關, 其聲宛轉淒斷, 不類向之所聞, 每句再唱, 而第一句不疊, 乃知唐本三疊蓋如此. 及在黃州, 偶得樂天對酒詩云:『相逢且莫推辭醉, 聽唱陽關第四聲.』注云:『第四聲, 勸君更進一杯酒.』是也.」

여기서 소식은 3종 창법을 제시하는데 그중에 제3종 창법을 보면 제1구는 一唱, 제2구는 一疊, 제3구는 二疊, 제4구에서 三疊을 하는 방식이다. 그러나 오늘날은 제4구에만 三疊하여 「渭城朝雨浥輕塵, 客舍靑靑柳色新. 勸君更進一杯酒, 西出陽關無故人, 西出陽關無故人, 西出陽關無故人.」이라고 唱하여 '陽關三疊'의 명칭과 맞춘다.

판본은 ≪說郛≫, ≪四庫全書≫본이 있다.

≪詩病五事≫ - 蘇轍

　蘇轍(소철, 1039-1112). 자는 子由로, 眉山(지금의 四川에 속함) 人이며 自號는 穎濱遺老이다. 관직은 尙書右丞, 門下侍中을 지냈다. 蘇洵의 아들로 嘉祐 2년(1057)에 형 蘇軾과 함께 進士 급제하고 또 同策制擧가 되어 右司諫・尙書右丞・門下侍郎 등을 역임하였다. 부친 소순과 형 소식과 함께 '三蘇'라 칭하고 '唐宋八大家'의 한 사람이다. 소철의 文論은 '養氣說'을 주로 하여 文氣와 詞氣를 길러서 작품의 기세와 절주를 지니도록 해야 한다고 강조한다. 그리고 문리를 중시하여 유가의 詩敎로 귀의할 것을 주장한다. 저서로는 ≪欒城集≫, ≪詩傳≫, ≪春秋傳≫, ≪老子解≫, ≪古史≫ 등이 있다. 그의 만년의 처지를 묘사한 〈游西湖〉 시를 보기로 한다.

> 문 닫아 안 나간 지 오랜 10년
> 호수에서 다시 노니니 한바탕 꿈이런가.
> 마을 지나며 이리저리 물어보며
> 문득 물고기 새 만나니 놀라서 시기하네.
> 애처롭게도 눈 들어 보니 우리 친구 아니니
> 뉘와 술잔 들어 같이 한 잔 할까나.
> 돌아가서 벼슬 없이 병풍 치고 누우니
> 옛사람이 때때로 꿈속에 오네.
> 閉門不出十年久, 湖上重游一夢回.
> 行過閭閻爭問訊, 忽逢魚鳥亦驚猜.
> 可憐擧目非吾黨, 誰與開樽共一杯.
> 歸去無官掩屛臥, 古人時向夢中來.(≪宋詩大觀≫)

元符 3년(1100) 哲宗이 去世하고 徽宗이 승계하여 신구 양당 파쟁을 조정하려 하였다. 元祐 연간에 副相인 소철이 嶺南에서 사면되어 穎昌(지금의 河南 許昌시 동쪽)에 머물렀다. 조정이 안 되니, 휘종은 원우 黨人을 박해하기를 철종보다 더 심하게 하였다. 이에 소철은 화를 피하여 穎水 가에 두문불출하고 自號를 '穎濱遺老'라고 하니 「다시는 남과 만나지 않고 종일 말없이 앉아 지내니, 이러하길 수십 년이다.(不復與人相見, 終日默坐, 如是者幾十年.)」(≪宋史≫〈蘇轍傳〉) 라 하였다. 政和 2년(1112) 소철이 去世하는 그해에, 영창 서호로 出遊하여 이 紀游詩를 지었다. 이 시에서 시인의 만년 은둔생활을 알 수 있으니, 다음 徐度의 ≪却掃篇≫에 그 삶의 일화를 서술하고 있다.

소철이 남쪽으로 좌천되었다가 허창 이남으로 돌아가 거하면서 두문불출하며 빈객을 맞지 않았다. 어떤 고향 사람이 촉 지방에서 찾아와서 문에서 기다리며 열흘이 지나도 만나지 못하였다. 집 남쪽에 대나무 숲이 있는데, 그 속에 작은 정자를 세워서 바람 맞으며 해가 맑고 아름다운데 그 정자에서 배회하곤 하였다. 고향 사람이 만나지 못하자 문지기와 의논하여 문지기가 정자 옆에 기다리게 하였다. 그 말대로 열흘 후에 과연 소철이 나오니 고향 사람이 쫓아 들어갔다. 소철이 보고 크게 놀라서 한참 위로하곤 말하기를, 「그대가 여기서 나를 기다렸구나.」 하고는 홀연히 나가서 밤새도록 다시는 나오지 않았다.
蘇黃門子由南遷, 旣還居許下, 多杜門不通賓客. 有鄕人自蜀來見之, 侍候于門, 彌旬不得通. 宅南有叢竹, 竹中爲小亭, 遇風日淸美, 或徜徉亭中. 鄕人旣不得見, 則謀之閽人, 閽人使侍于亭傍. 如其言, 後旬日而果出, 鄕人因趨進. 黃門見之大驚, 慰勞久之, 曰: 子姑待我于此. 翻然而去, 迨夜竟不復出.

5칙에 불과한 본 시화는 政和 원년(1111)에 편집한 ≪欒城集≫ (권8)에 실려 있는데 소철 자신이 「유고를 모아서 유사한 것을 나누었다.(收拾遺稿而類相從.)」라고 한 점으로 보아, 만년 작은 아니지만 그렇다고 조년 작도 아닌 것을 알 수 있다. 수필 형식의 단편 문장이어서 분량이 적고 ≪茗溪漁隱叢話≫에서 이 문장을 인용하면서 단지 "蘇子由云"라고 한 것으로 보아 송대에는 서명이 없었다고 할 것이다. 이처럼 이 시화가 성서는 아니지만, 송인의 논시 관점상 독자적인 입론을 전개하고 있으니, 그 당시 송인의 談詩는 대개 考據에 편중되어 있거나 풍격을 숭상하고 禪氣에 흐르고 예술기교를 강조하는 경향인데, 본 시화는 유가의 詩教를 근거로 한 사상내용을 위주로 서술하고 있다. 그리하여 韓愈를 극진히 추숭하였으니, 한유가 詩經風을 본받아 지은 무려 256구로 구성된 四言古詩〈元和聖德詩〉를 극찬하여 다음과 같이 기술하고 있다.

시인이 주나라 문왕과 무왕이 정벌한 일을 읊어 노래하였으니, 밀을 이긴 것에 대해서 말하였다. 「내 언덕에 화살이 없나니 내 언덕 내 기슭. 내 샘을 마실 수 없나니 내 샘물 내 연못.」숭을 이긴 것에 대해서 말하였다. 「싸우는 수레가 움직이고, 숭의 담이 높네. 죄인 심문이 이어지고, 목을 베어 다스리니 편안하네. 하늘에 제사 드리고 군대에서 마제를 드리어, 정성을 다하니 사방이 욕됨이 없네.」상을 이긴 것에 대해서 말하였다. 「태공망 군사 때때로 솔개처럼 기세 양양하네. 진실로 저 무왕은 상나라 정벌하여 조정 회의가 청명하네.」그 정벌을 묘사함이 대단히 훌륭하다. 한유가 지은〈원화성덕시〉는 유벽의 죽음을 말하니 이르기를,「곱고 연약한 그대, 맨몸으로 굽은 몸 세워서 머리 들고 발을 끌어, 먼저 허리 등골뼈를 끊고 다음에 무리들과 온몸으로 버티어, 끝내 유벽을 잡으니 몸에 땀이 물 뿌리듯 흐르는데, 칼을 어지러이 휘둘러서 다투어 회포를 자르네.」라고 하였다. 한유가 스스로 ≪시경≫의 아송에 비해 부끄럽지 않다고 말하니 어찌 누가 되겠는가.

詩人詠歌文武征伐之事, 其于克密曰:「無矢我陵, 我陵我阿: 無飮我泉, 我泉我池.」 其于克崇曰:「臨冲閑閑, 崇墉言言, 執訊連連, 攸馘安安. 是類是禡, 是致是附, 四方以無侮.」 其于克商曰:「維師尙父, 時惟鷹

揚. 諒彼武王, 肆伐大商, 會朝淸明.」 其形容征伐之盛, 極于此矣. 韓退之作元和聖德詩, 言劉闢之死, 曰:「宛宛弱子, 赤立傴僂, 牽頭曳足, 先斷腰膂, 次及其徒, 體骸撑拄. 末乃取闢, 骸汗如瀉, 揮刀紛紜, 爭切膾脯.」 退之自謂無愧于雅頌, 何其陋也.

여기서 소철은 먼저 ≪시경≫ 〈大雅 文王〉의 시구를 인용하고 그에 비교하여 한유 시 중간 부분을 제시하여 극찬하고 있으니, 이 시의 幷序에 시를 짓게 된 동기를 보면 시의 격조를 이해하는 데 도움이 된다.

신하 한유는 머리 숙여 다시 말씀 드립니다. 「소신이 엎드려 뵙건대, 황제 폐하께서 즉위하신 이래, 간신들을 제거하시어 조정이 청명하게 되어 기만과 은폐가 없어졌고 밖으로는 양혜림, 유벽을 목 베시고 하, 촉 지방을 수복하시고 동으로는 청, 제 등 여러 해의 반란을 평정하시었으며, 나라 안은 두려워하여 감히 어기어 넘어오지 못하고 있습니다. 하늘에 제사하고 묘당에 고하니 신령이 기뻐하시며 비바람과 밤낮이 따르지 않음이 없습니다. 태평 시기가 오늘에 이르렀습니다. 소신은 은택을 입어서 날로 여러 신하들과 자신전 폐하 앞에 서서 몸소 공경스럽고 성대한 빛을 보았습니다. 그리고 맡은 직분이 경적으로 공경대부의 자제를 가르치는 데 있고, 성실하게 솔선하여 시가를 지어서 성덕을 칭송하면서 어사가 천박하지 않으나 스스로 본받기에는 부족합니다. 문득 고시체에 의거하여 사언 〈원화성덕시〉 한 편을 지으니 무릇 1,024자로서 실록에 사실을 두고 천자 문무의 신성함을 자세히 밝혀서, 백성의 눈과 귀를 깨우치게 더없이 전하고자 합니다.」

臣愈頓首再拜言: 臣伏見皇帝陛下卽位已來, 誅流奸臣, 朝廷淸明, 無有欺蔽. 外斬楊惠琳劉闢以收夏蜀, 東定靑齊稷年之叛, 海內怖駭, 不敢違越. 郊天告廟, 神靈歡喜, 風雨晦明, 無不從順. 太平之期, 適當今日. 臣蒙被恩澤, 日與群臣序立紫宸殿陛下, 親望穆穆之光. 而其職業, 又在以經籍敎導國子, 誠宜率先作歌詩以稱道聖德, 不可以辭語淺薄, 不足以自效爲解. 輒依古作四言元和聖德詩一篇, 凡千有二十四字, 指事

實錄, 具載明天子文武神聖, 以警動百姓耳目, 傳示無極.

한유의 〈元和聖德詩〉의 '元和'는 憲宗의 연호로서, 安祿山의 亂을 평정하고 나라가 중흥하자, 한유가 1,024자 4언 고시로 지은 奉制詩이다. 다음에 그 일단을 본다.

황제께서 즉위하시니
만물이 어기지 않네.
해 돋으라 말하면 해가 돋고
비 내려라 말하면 비 내리네.
즉위하신 원년에
중국에 도적이 있었네.
그 고을을 뒤엎으려 하여
짓밟고 무력을 가까이하였네.
황제께서 아아 탄식하시고
어찌 나에게 이런 일이 있지 않으리 하셨네.
친히 누추함을 등에 지고 고난을 겪으시며
나라의 난리를 내버려 둘 수 없었네.
군사를 내어서 정벌하시니
그 군사 규모가 10려나 되었네.
그 성 아래에 진을 치시고
재화를 복으로 알리셨네.
......
단봉문에 행차하시어
천하에 대 사면을 내리셨네.
깨끗이 씻어내고 닦아내어서
흠지고 더러운 것 다 없애버렸네.
공신의 후사를 잇게 하시고
현인을 뽑으시고 노인을 임명하셨네.
어린애를 돌보아 어려움 없게 하시고
어진 정치 넘치게 베푸사 후덕하셨네.

황제께서 신성하시어
고금을 다 통달하시었네.
귀 밝고 눈 밝으셔서
모든 것이 요임금과 우임금 같으시네.
……
널리 물으시고 멀리 살피시사
좌우로 골고루 두시었네.
억만년 길이길이
감히 그 누구도 얕보지 못하리라.
황제께서 효성이 지극하시어
자상하시고 우애가 깊으시네.
기뻐하시고 즐거워하시어
태황후를 받들어 모시도다.
두루 족친에게 미치고
은혜가 온 나라 구주에 퍼지도다.
하늘이 황제께 내리시어
하늘과 만수를 같이하시네.
이 태평성세를 이루어서
영원히 태만함이 없으리로다.
억만 년 길이길이
백성의 부모가 되시리라.
박사 신하 한유는
오로지 순종하여 새기노라.
시가를 지어서
윤길보께 종사하노라.
皇帝卽阼, 物無違拒. 曰暘而暘, 曰雨而雨.
維是元年, 有盜在夏. 欲覆其州, 以踵近武.
皇帝曰嘻, 豈不在我. 負鄙爲艱, 縱則不可.
出師征之, 其衆十旅. 軍其城下, 告以福禍.
……

幸丹鳳門, 大赦天下. 滌濯剟磢, 磨滅瑕垢.
續功臣嗣, 拔賢任耉. 孩養無告, 仁滂施厚.
皇帝神聖, 通達今古. 聽聰視明, 一似堯禹.
……
博問遐觀, 以置左右. 億載萬年, 無敢餘侮.
皇帝大孝, 慈祥悌友. 怡怡愉愉, 奉太皇后.
浹于族親, 濡及九有. 天錫皇帝, 與天齊壽.
登玆太平, 無怠永久. 億載萬年, 爲父爲母.
博士臣愈, 職是訓詁. 作爲歌詩, 以配吉甫.

이 시는 격식과 수식어에 충실하여 시의 순수한 정감 표달이 배제
되어 있다. 시의 말구에서 '吉甫'는 ≪詩經≫ 작자의 한 사람인 尹吉
甫로서 周나라 宣王(기원전 827-782) 때의 卿士이다. 〈大雅〉의 〈崧
高〉와 〈烝民〉을 지어서 宣王을 찬미하였고, 〈大雅〉의 〈韓奕〉과 〈江
漢〉의 詩序를 지었다고 한다. 심지어 臺灣의 李辰冬은 '詩三百'을 모
두 尹吉甫 1인 작품으로 주장하기도 하였다.(≪詩經通釋≫) 이 시에
대해서 ≪薛文清公續書錄≫에는 「한유의 〈원화성덕시〉는 마지막에 축
송하고 찬미하는 속에 바르게 경계하는 어사로 많이 이어지니 고시
의 남긴 뜻을 깊이 담고 있다.(韓文公元和聖德詩, 終篇頌美之中, 多繼
以規戒之詞, 深得古詩遺意.)」라고 평하고, ≪初白庵詩評≫에서는 「시
전체가 '황제' 두 자로 주인 삼아서, 곧 〈탕〉 8장의 머리 부분 '文王
曰咨'의 장법을 따랐는데, 단지 아를 바꾸어 송으로 했을 뿐이다.(通
章以皇帝二字作主, 卽蕩八章冠以文王曰咨章法也, 特變雅爲頌耳.)」라
고 하여 이 시가 ≪시경≫ 〈大雅 蕩〉의 「문왕이 말하였다. 『아아, 그
대 은나라 주왕이여.』(文王曰咨, 咨女殷商.)」의 작법을 따르고
있다고 평하고 있다.
　소철의 이런 시론적 의식이 자연스럽게 「두보를 내세우고 백거이
를 깎아내림(揚杜甫而抑樂天)」의 논리를 펴나갔으니, 다음 두보와
백거이의 시를 평한 부분을 본다.

두보가 적에게 함락되었을 때, 시에 이르기를, 「소릉의 노인이 슬피 우는 소리 삼키며, 봄날 곡강 가를 숨어 지나네.」(〈애강두〉의 시구) … 내가 좋아하는 것은 그 시어의 기세가 전투 말 같아서, 언덕을 내달리고 냇물을 뛰어넘어 평지를 밟는 듯하니, 시인의 본받을 법칙을 터득하고 있다. 백거이의 시와 사의 경우는 매우 공교로우나, 사실을 기술하는 데 졸렬하여 조금도 옮기지 않고 오히려 잃을까 하니, 이것이 두보의 울타리에 들기 바라지만 미치지 못하는 이유이다.

老杜陷賊時, 有詩曰:「少陵野老吞聲哭, 春日潛行曲江曲.」(哀江頭) … 予愛其詞氣如百金戰馬, 注坡驀澗, 如履平地, 得詩人之遺法. 如白樂天詩詞甚工, 然拙于紀事, 寸步不移, 猶恐失之, 此所以望老杜之藩垣而不及也.

그리고 소철이 李白(이태백)을 폄하하고 杜甫를 극찬하는 평가의식은 결국 후대에 극렬한 비판의 대상이 되니 보기로 한다.

이백 시는 그 사람됨과 같아서 준일하면서 호방하며 화려하면서 실질적이 아니고, 호사하고 이름 내기를 좋아하니 의리의 소재를 모른다. 용병을 말하면서 먼저 함락한 진지에 올라 어렵다 여기지 않고, 의협심을 말하면서 백주에 살인하는 것을 나쁘다 여기지 않으니 이 어찌 진정한 재능이라 하겠는가? 이백은 처음 시와 술로 현종을 모시다가 참소 당하여 떠나서 그 옛것을 고치지 않았다. 영왕이 몰래 강회에 의거하니 이백이 일어나 따르며 의심치 않다가 마침내 추방되어 죽었다. 이제 그 시를 보면 진실로 당대 시인 이백과 두보를 으뜸으로 칭하는데, 이제 그 시가 다 남아 있다. 두보는 의리를 좋아하는 마음이 있으니 이백이 따라가지 못하는 점이다.

李白詩類其爲人, 駿發豪放, 華而不實, 好事喜名, 而不知義理之所在也. 語用兵, 則先登陷陣不以爲難, 語遊俠, 則白晝殺人不以爲非, 此豈其誠能也哉? 白始以詩酒奉事明皇, 遇讒而去, 所至不改其舊. 永王將窃據江淮, 白起而從之不疑, 遂以放死. 今觀其詩, 固然. 唐詩人李杜稱首, 今其詩皆在. 杜甫有好義之心, 白所不及也.

역대 시화에서 이같이 이백(이태백) 시를 처절하게 폄하한 평어는 본 적이 없다. 송대 성리학의 성행으로 유가적 도덕관이 중시되는 시기였다 해도, 소철의 이러한 의리와 도리를 중시한 의식으로 이백을 비판한 것은 후대에 부메랑처럼 역풍을 맞기도 하였다. 이런 소철의 논시관은 중당시인 孟郊의 시를 평가한 다음 글에서 더욱 분명히 표현되어 있다.

당대 시인은 시 짓는 데에는 공교하면서 도리를 말하는 데에는 옹졸하다. 맹교는 일찍이 시에 이르기를, 「냉이 먹으니 창자도 아프고, 억지로 노래하니 기쁘지 않네. 문 나서면 막힌 듯하니, 뉘라서 천지가 넓다고 말하나.」라 하였다. 맹교는 지조가 굳은 선비로서 천지가 크다 하나 그 몸을 편히 둘 수 없었고, 기거와 음식에 근심 걱정이 있었으니 따라서 빈궁하게 죽었다. 그래서 이고는 맹교를 일컬어서, 맹교 시의 높은 곳은 예전에 그보다 더 위가 없고, 평평한 곳은 또한 심약과 사령운을 내려다본다고 하였다. 한유에 있어서도 도량이 크다고 말할 수 없다. 너무하다, 당대 시인에겐 도리가 들리지 않는다. 唐人工于爲詩而陋于聞道. 孟郊嘗有詩曰:「食薺腸亦苦, 强歌聲無歡. 出門如有碍, 誰謂天地寬.」郊耿介之士, 雖天地之大無以安其身, 起居飮食有戚戚之憂, 是以卒窮而死. 而李翺稱之, 以爲郊詩高處在古無上, 平處猶下顧沈謝. 至韓退之亦談不容口. 甚矣, 唐人之不聞道也.

위와 같은 품평에 대해서 후대에 소철이 지나친 편견이라고 공격하는 논조들이 나왔으니, 예컨대 錢振鍠은 ≪詩話≫(上卷)에서 소철을 '狂悖庸妄'(미친 듯이 망령되다)이니, '不知詩'(시를 모른다)니 하고 비판하면서 소철의 시론에 대해서 다음과 같이 반박하였다.

1) 李白(이태백)을 논한 조목에 대한 비판
이백 시를 논함이 족한데, 하필이면 그 화려함과 실질을 따지고 그 의리 좋아함과 아니함을 논하는가. 이것은 모두 이백의 천재적 재능이 높아서 따라가지 못하고, 세상 사람들이 그 자취를 배우지도 못하고 무엇인지도 모르면서 단지 심하게 비판만 할 뿐이다. 소철의 뜻을 채워주려면 천하 만세의 시인들이 다 같이 죽도록 기를 써도 못할 것이다.

夫論太白詩足矣, 何必問其華實, 論其好義不好義哉. 是皆李太白天才高不可及, 世人不能學步, 故不知爲何物, 惟有痛詆之而已. 充蘇轍之意, 不將天下萬世詩人一齊氣死不止也.

2) 시의 理致를 논한 조목에 대한 비판

시 자체로 일종의 시의 이치가 있으니 일상적인 이치로 묶을 수 없다. 시의 이치는 오직 시인만이 그걸 알고, 오직 이백만이 그걸 안다. 망령되이 무지한 소철이 어찌 이 이치를 알 수 있겠는가.

詩自有一種詩理, 不可以常理繩之. 詩理惟詩人知之, 惟太白知之. 庸妄無知之蘇轍烏足知此理.

3) 李白과 杜甫(두자미) 시를 비교한 조목에 대한 비판

이백을 경시했을 뿐 아니라, 두보까지도 더럽혀졌다.

非特小視太白, 幷子美亦被所誣矣.

이처럼 매우 거친 논조로 반박하는데, 이 또한 偏執이 심하다고 볼 수 있다. 다만 소철의 사상이 지나치게 보수적이지만, 사물과 사리를 분별하는 객관적인 균형감각을 지녔음을 다음 빈부론에 대한 논술에서 엿볼 수 있다.

주현에는 그 크고 작은 데 따라, 다 부유한 백성이 있으니 이것은 이치의 필연적인 경우이다. 소위 사물이 고르지 않음은 사물의 사정 때문이다. … 부유한 백성은 그 부유함에 안주하여 전횡하지 않도록 하고, 가난한 백성은 그 가난함에 안주하여 쓰러지지 않게 하여 빈부가 서로 의지하며 오래가게 하면 천하가 안정될 것이다.

州縣之間隨其大小, 皆有富民, 此理勢之所必至. 所謂物之不齊, 物之情也. … 能使富民安其富而不橫, 貧民安其貧而不匱, 貧富相恃, 以爲長久, 而天下定矣.

이 같은 면에서 소철의 논시관에 시비 논박이 많지만, 張戒의 ≪歲寒堂詩話≫와 黃徹의 ≪䂖溪詩話≫의 논시관에 상당한 영향을 주었고 시의 기교보다는 내용의 도리 중시를 강조한 점에서 시화로서의 가치를 부여할 만하다.

본 시화는 ≪欒城集≫ 외에 ≪說郛≫本에 수록되어 있다.

≪臨漢隱居詩話≫ - 魏泰

　　魏泰(위태, 생졸년 불명). 자는 道輔, 호는 溪上丈人으로 襄陽(지금의 湖北 襄陽)人이다. 宋 徽宗 崇寧과 大觀 연간(1107-1110)에 章淳이 관직에 추천하였으나 사양하고, 만년에는 漢上에 은거하며 저술하고 自娛하였다. 저술로는 시화 외에 ≪東軒筆錄≫ 등이 있다. ≪潘子眞詩話≫에 魏泰를 일컬어서 「어려서 서원걸, 황정견과 더불어 친하였다. 많은 책을 널리 읽고 더욱이 조야의 재미있는 일을 잘 이야기하며 하루 종일 즐거이 지냈다.(少與徐忠愨及山谷老人友善. 博及群書, 尤能談朝野可喜事, 亹亹終日.)」라고 하였고, 米芾(미불)은 위태를 王安石과 함께 '詩豪'라고 칭하였다. 그의 시는 송대 시격 중시를 반대하고 혼후한 풍격을 높이 사서, 특히 황정견을 반대하여 「오로지 고인이 사용하지 않은 고사를 찾아서, 한둘 기이한 글자로 고사를 엮어서 시를 만든다.(專求古人未使之事, 又一二奇字綴事而成詩.)」라고 혹평하였다. 그는 고증에 탁월한 능력을 발휘하였으니 ≪四庫全書總目提要≫에 보면,

　　그는 예컨대 한유 시를 인용하여 ≪국사보≫의 거짓이 아님을 고증하고, ≪한서≫를 인용하여 유우석의 위환 오류를 고증하였으며, 위응물, 백거이, 양억, 유균 등 여러 시를 평가하고 왕유 시의 전도된 글자를 고증한 것은 또한 채택할 만하다. 그 단점은 생략하고 그 장점은 취하여 훌륭히 고증해내지 않은 것이 없다.
　　他若引韓愈詩證≪國史補≫之不誣, 引漢書證劉禹錫稱韋絢之誤, 以至評韋應物 · 白居易 · 楊億 · 劉筠諸詩, 考王維詩之顚倒之字, 亦頗有可采. 略其所短, 取其所長, 未嘗不足備考證也.

라고 하였다. 그의 〈荊門別張天覺〉(≪宋詩大觀≫)은 재상 張商英과 헤어지면서 읊은 시로서 그의 시 풍격을 이해하는 데 참고가 된다.

> 추풍에 십역에서 태성을 바라보며
> 얼음 항아리 같은 그대 연좌에 맑게 비추기를.
> 보슬비 속에 이미 주공단의 가마 돌아오고
> 수염 쓰다듬으며 사안은 애오라지 쟁 듣네.
> 세 황제 모신 원로의 마음 장대하니
> 온 나라 백성의 귀 이미 기울이네.
> 백발의 친구 나는 이별하자마자
> 되려 숲으로 돌아가서 태평세월 보리라.
> 秋風十驛望台星, 想見氷壺照座淸.
> 零雨已回公旦駕, 挽須聊聽野王箏.
> 三朝元老心方壯, 四海蒼生耳已傾.
> 白髮故人來一別, 却歸林下看升平.

大觀 3년(1109) 6월에 徽宗은 蔡京을 파면하고 동년 7월에 張商英을 재상으로 임용하였다. 장상영은 字가 天覺으로, 汴京(지금의 河南 開封)으로 들어가면서 荊門(지금의 湖北 當陽)을 지나가니, 위태가 襄陽에서 장상영을 만나보고 헤어지면서 이 시를 지었다. 제1연의 '秋風'은 계절감각을, '十驛'은 양양에서 형문까지의 먼 거리를 말하며 '台星'은 三台로서 執政大臣 장상영을 비유한다. '氷壺'는 장상영의 청렴을 비유하니 시인의 장상영에 대한 깊은 우의와 간절한 기대감을 표현한다. 제2연 전구는 周公旦의 전고를 인용하고 있다. 周公이 참소로 버림받았다가 진실이 밝혀져서 成王이 주공을 등용한 것처럼, 장상영도 주공과 같은 처지에서 재등용된 경우를 비유한다. 주공이 〈東山〉(≪시경≫ 〈豳風〉)에서 「내가 동쪽에서 오는데, 보슬비가 내리네.(我來自東, 零雨其蒙.)」라 하였다.

뒤의 구는 桓伊와 謝安의 고사를 인용하고 있다. 사안은 東晉의 명상으로 만년에 간신들의 참소로 孝武帝에게 배척당하였다가 신임을 다시 회복하였고, 환이는 字가 野王으로 음악에 능하였다. 어느 날 효무제가 환이를 불러 연회를 열어, 사안도 배석한 자리에서 환이가 쟁을 타면서 曹植의 〈怨詩〉를 부르니, 그 가사가 사안을 변호하는 내용임을 알고 눈물 흘리며 환이의 수염을 매만지면서 謝意를 표했다고 한다. 여기서 장상영을 사안에 비유하여 휘종의 신임을 다시 회복한 것을 암시한다. 제3연의 '三朝元老'는 장상영으로서 神宗, 哲宗, 徽宗 세 황제를 보필하였고, 제4연의 '白髮故人'은 시인 자신을 말한다. 이 시는 서사와 설리, 그리고 서정 등 3요소를 응축시켜서 시로 표현하였고, 시공과 聲色을 조화롭게 승화시켜서 시의 경지를 높이고 있어서 위태를 '詩豪'라 칭하였다.

본 시화는 「무릇 시를 지음에 그것을 깊이 음미하면 그 근원이 무궁하고, 자꾸 되씹어 보면 그 맛이 더욱 오래간다.(凡爲詩, 當撮之而源無窮, 咀之而味愈長.)」라고 하는 '餘味'설을 주장하였으니, 다음에서 보기로 한다.

시는 사실을 서술하여 정서를 기탁하는 것이니, 사실은 상세함을 귀히 여기고 정서는 은밀함을 귀히 여겨서, 마음에 정감을 담으면 정서가 어사에 드러나니 이는 사람의 마음에 깊이 새겨지기 때문이다. 예컨대 왕성한 기세를 직접 서술하면 더욱 여운 있는 맛이 없어져서, 사람을 감동시키는 것도 옅어지니, 어찌 자기도 모르게 손으로 춤추고 발로 디딜만큼 감동시킬 수 있겠는가. 더구나 인륜을 두터이 하고 교화를 아름답게 하며 천지를 움직이고 귀신을 감화시킬 수 있겠는가. 詩者述事以寄情, 事貴詳, 情貴隱, 及乎感會于心, 則情見於詞, 此所以入人深也. 如將盛氣直述, 更無餘味, 則感人也淺, 烏能使其不知手舞足蹈. 又況厚人倫, 美教化, 動天地, 感鬼神乎.

'餘味'는 시의 '韻味'나 '趣味'인데, 이를 통해서 시가 감동을 주는 예술적 매력을 갖춘다는 것이다. 이런 논리는 陸機의 ≪文賦≫와 劉勰의 ≪文心雕龍≫에 이어 鍾嶸의 ≪詩品≫의 '滋味'설을 계승 발전시킨 것이다. 蘇軾이나 黃庭堅에 대하여 「문자로서 시를 짓고, 의론으로서 시를 짓고, 재주와 학문으로서 시를 지으며(以文字爲詩, 以議論爲詩, 以才學爲詩)」, 「글자 하나도 연원이 없는 것이 없다.(無一字無來處)」라고 비판하였다. 그리고 韓愈의 시에 대해서는 「한퇴지의 시는 압운이 있는 산문일 따름으로, 굳세고 아름답고 풍부하지만 격조가 시에 가깝지 않다.(韓退之詩乃押韻之文爾, 雖健美富贍, 而格不近詩.)」라고 하여 '押韻이 있는 文'이라 하였다.

다음에는 韋應物 시를 중당의 다른 시인과 比較優位에 두고 평가한 일단을 보면,

> 위응물의 고시는 율시보다 뛰어나며, 이덕유와 무원형 율시는 고시보다 뛰어나며 오언구가 또한 칠언구보다 뛰어나다. 장적과 왕건의 시 격조는 매우 비슷하고, 이익의 고시와 율시는 다 훌륭하나 이 모두가 위응물에 견줄 바가 아니다.
> 韋應物古詩勝律詩, 李德裕武元衡律詩勝古詩, 五字句又勝七字. 張籍王健詩格極相似, 李益古律詩相稱, 然皆非應物之比也.

라고 하여 극찬하였는데, 한편 王建(766-?) 시에 대해서 별도로 평하기를,

> 당대 시인도 악부를 많이 지었으니 장적, 왕건, 원진, 백거이 같은 이들은 이것으로 명성을 얻었다. 그 정서를 말하고 원한을 펴는 데, 간절하고 자상하여 언사와 의취를 다 표현하였기에 더욱 여운 있는 맛이 없다. 끝내 해학하기도 해서 웃음을 자아내게 하매, 이것으로는 풍자와 호소의 정감을 펴내기에 부족하니, 하물며 듣는 자들로 감동케 하여 스스로 삼가게 할 수 있겠는가.
> 唐人亦多爲樂府, 若張籍 · 王建 · 元稹 · 白居易以此得名. 其述情敍怨, 委曲周詳, 言盡意盡, 更無餘味. 及其末也, 或是詼諧, 便使人發笑, 此曾不足以宣諷恕之情, 況欲使聞者感動而自戒乎?

라고 하니, 중당대 寫實主義 시인에 대한 경시 의식이 다분히 담겨

있다. 그리고 白居易에 대해서도 같은 논리로 평하고 있다.

백거이도 장편 서사시를 잘 지으나 격조가 높지 않고 매우 옅게 나
오고, 또 풍조를 바꾸지 못하여 백 편의 시의가 한 편 같아서 읽는
사람으로 하여금 쉽게 싫어하게 만든다.
白居易亦善作長韻敍事, 但格制不高, 局于淺切, 又不能更風藻, 雖百
篇之意, 只如一篇, 故使人讀而易厭也.

이런 평가는 시화 작자의 주관적인 안목으로서 북송의 유가사상 중
시와 성리학 발달의 배경과 무관하지 않다. 그러면서도 韓愈를 존숭
하면서 白居易가 한유와 왕래가 있었음을 인식하여, 양인의 상호 교
유를 통해서 백거이 시를 다소 긍정적으로 상향시키려는 의도도 보
이니, 위태는 백거이의 〈久不見韓侍郞戲題因四韻以寄之〉 시를 품평
하는 문장에서 서술하기를,

세간에 말하기를 한유와 백거이는 주고받은 시가 없다고 하나 그렇
지 않다. 한유의 〈초낙천시〉에 이르기를, 「곡강 강물 넘치고 꽃이 나
무에 만발한데, 바쁠 때에 오지 않으려나?」라고 하였다. … 또 「조회
마치고 알리지 않고, 한밤에 진흙 밟고 돌아오네.」의 시구가 있다.
백거이의 화운시에, 「조회 마쳤단 말 듣고, 길가로 잘못 나갔네.」라
하였다. 백거이에게 〈기퇴지시〉가 있어 이르기를, 「근래에 한유 어
른이, 나랑 소원하니 내가 먼저 알겠네.」라 하였다.
世言韓愈·白居易無往來之詩, 非也. 退之招樂天詩云:「曲江水滿花千
樹, 有底忙時不肯來?」 … 又有「放朝曾不報, 半夜踏泥歸」之句. 樂天和
韻:「仍聞放朝也, 誤出到街頭.」 樂天有寄退之詩云:「近來韓閣老, 疏
我我先知.」

라 하니 그 시 전체를 본다.

근래에 한유 어른이
나랑 소원하니 내가 먼저 알겠네.
집이 큰 데 단술을 싫어하고

재주 높아서 짧은 시 비웃네.
조용히 읊으며 달밤을 타고
한가로이 취하여 꽃 시절 헛보내네.
다시 수심 어린 곳에 같이 있으니
봄바람이 귀밑털에 가득하네.
近來韓閣老, 疏我我先知.
戶大嫌悕酒, 才高笑小詩.
靜吟乘月夜, 閑醉曠花時.
還有愁同處, 春風滿鬢絲.(≪全唐詩≫ 권425)

　　모두 70조로 구성되어 있는 본 시화에서 송대 시인 자체에 대한
창작 풍격과 성취의 장단점을 직설적으로 평가한 부분이 적지 않으
니, 蘇舜欽과 梅堯臣을 비교하여 서술한 일단을 본다.

　　소순흠은 시로 명성을 얻었고 서예 배움도 표일하지만 그의 시는 분
　　방하고 호건함을 위주로 한다. 매요신도 시에 뛰어나서 고상한 운치
　　가 부족하지만 평담한 풍격이 기교 넘쳐서 세상에서 '소매'라고 일컬
　　으나 사실은 소순흠과는 서로 다르다. 소순흠이 일찍이 스스로 탄식
　　하여 말하기를, 「평생 지은 시가 사람들에게 매요신에 비유되고, 글
　　씨 쓰는 것은 사람들에게 주월에 비유되니 진실로 가소롭다.」라고
　　하였다. 주월은 상서랑을 지내며 천성과 경우 연간에 서예로 명성을
　　얻었지만, 가볍고 속되어서 옛것에 가깝지 않으니 취할 만한 것이
　　없다.
　　蘇舜欽以詩得名, 學書亦飄逸, 然其詩以奔放豪健爲主. 梅堯臣亦善詩,
　　雖乏高致, 而平淡有工, 世謂之蘇梅, 其實與蘇相反也. 舜欽嘗自歎曰:
　　平生作詩被人比梅堯臣, 寫字被人比周越, 良可笑也. 周越爲尙書郎, 在
　　天聖景佑間以書得名, 輕俗不近古, 無足取也.

　　매요신은 송대 초기에 유미주의적인 만당풍에서 송대 이지적인
풍격인 '詩窮以後工' 즉 시의 창작은 즉흥적 성정 표현이 아니라 각고
의 이성적 고민과 노력을 거친 이후에 비로소 詩意와 詩格이 공교

하게 된다는 논리를 주창하였으며, 소순흠은 蘇軾, 蘇轍 형제를 두어 소위 '三蘇'란 칭호를 얻은 문호이다. 위태가 시화에서 국조의 두 문인을 상호 비교상찬하면서, 한편으로는 창의성을 중히 여겨서 기묘한 시어를 구사하거나 고사를 많이 사용하는 것을 반대하여 楊億과 劉筠 등 '西崑體' 시인들에 대하여 「시를 지음에 고사들을 모아 놓는 것에 힘써서, 말과 뜻은 가볍고 얕다.(作詩務積故實, 語意輕淺)」라고 하였고, 歐陽修의 시는 「餘味가 모자란다.(少餘味.)」고 비판하기도 하였다. 구양수는 매요신과 소순흠 양인의 후원자적 역할을 하였기에 다음 ≪六一詩話≫에서 두 시인을 높이 평가하여 서술한 부분은 더욱 의미 있다고 본다.

> 매요신(매성유)과 소순흠(소자미)은 같은 시기에 명성이 가지런하였으나, 두 사람의 시체는 매우 다르다. 소순흠의 필력은 호방하고 준일하여 초월하여 가로지르는 것을 기이함으로 삼고, 매요신은 생각이 정밀하고 미묘하여 심원하고 한담함을 뜻으로 삼아서 각각 그 장점을 다하였으니, 의논을 잘하는 사람이라도 두 사람의 우열을 가릴 수 없을 것이다.
> 聖兪子美齊名於一時, 而二家詩體特異. 子美筆力豪雋, 以超邁橫絶爲奇, 聖兪覃思精微, 以深遠閒淡爲意, 各極其長, 雖善論者不能優劣也.

특히 소순흠은 관직생활에 대한 불만이 많은 야인적 기질을 지녀서 보수세력에 대한 憤慨心을 억제하지 못하는 저항의식이 강했다. 따라서 그의 〈城南感懷呈永叔〉 시의 일단을 보면,

> ……
> 보이는 건 이미 놀랄 만하고
> 들리는 건 진실로 슬프도다.
> 작년에 홍수가 난 후에 가물어서
> 밭이랑에 쟁기질도 못하였네.
> 겨울에 따뜻하다가 늦게야 눈이 내려

격년 심은 보리 싹 난 것이 드무네.
앞으로 살아갈 길 진실로 희망이 없고
당장 이미 괴롭게 굶주리네.
......
所見既可駭, 所聞良可悲.
去年水後旱, 田畝不及犁.
冬溫晩得雪, 宿麥生者稀.
前去固無望, 卽日已苦飢.(≪宋詩大觀≫)

라고 토로하여 백성의 곤경에 연민하면서 빈부계층의 대조를 통하여
애증의 감정을 묘사하고 있다. 그러면서도 그의 시는 맑고 부드러
우면서 평화로운 운치를 보여주기도 한다.

　판본은 많은 편으로 ≪知不足齋≫, ≪龍威秘書≫, ≪七子詩話≫, ≪湖
北先正遺書≫, ≪古今說部≫, ≪螢雪軒≫에 모두 완정본이 있다. ≪說
郛≫, ≪古今詩話≫, ≪歷代詩話≫, ≪奇晉齋≫, ≪學海≫본에는 잔본
이 있는데, 지금 전하는 것으로 ≪知不足齋≫가 가장 완정하다.

≪黃山谷詩話≫ - 黃庭堅

黃庭堅(황정견, 1045-1105). 자는 魯直, 호는 山谷道人·涪翁으로 洪州 分寧(지금의 江西 修水)人이다. 英宗 治平 4년(1067)에 진사 급제하여 神宗 熙寧(1068-1077) 연간에 汝州葉縣尉, 北京國子監 敎授를 지내고, 元豐 3년(1080)에는 知吉州太和縣을 지낸 후 신종 사망 후에 高太后가 聽政하니 秘書省校書郎, 起居舍人, 國史院編修 官으로 임명되었다. 실록의 수찬이 부실하다는 죄명으로 涪州別駕 로 폄적되었다가 宣州에서 죽었다. 황정견은 문예에 뛰어나서 詩詞 文과 서법에 모두 탁월한 성취를 얻었다. 詩詞는 '古坳瘦硬'(예스럽 고 거추장스럽지 않음)하고 '奇崛生動'(기특하면서 생동함)하여 백년 古松이 泉石에 누운 것과 같았다. 書風은 側險으로 기세를 취하고 행초서에 공교하였다.

蘇軾과 이름을 나란히 하여 일명 '蘇黃'이라 칭하였다. 황정견과 소 식의 관계는 송대 문단의 발전과 밀접한 상관성을 지니니, 소식은 황정견에게 뜻은 속된 것을 벗어나 만물 위에 있고, 우주의 精氣를 내어 조물주와 노니는 문학세계를 같이 추구하자는 의견을 제시하 기도 하였다.[1] 저서로는 ≪山谷集≫, ≪山谷精華錄≫, 詞集으로는 ≪山谷琴趣外編≫이 있다. ≪四庫全書≫에 ≪山谷內外集≫ 44권, 別 集 20권, 詞 1권, 簡尺 2권 등이 수록되어 있다. 그의 사적은 ≪宋史 新編≫, ≪東都事略≫, ≪元祐黨人傳≫ 등에 보이고, 宋人 任淵이 ≪山 谷年譜≫를 편찬하였다. 황정견의 〈題竹石牧牛〉시를 보기로 한다.

---

1) 答黃魯直書(≪蘇東坡全集≫ 前集 卷29).

들에 작고 뾰족한 바위 놓였는데
깊은 대숲이 서로 기대어 푸르네.
아이가 석 자 채찍 들고
이 늙은 소 몰아 타네.
그 바위 내가 너무 좋아하니
소가 뿔로 비비지 못하게 하길.
소 뿔 비벼대는 건 또한 좋은데
소들 싸워서 내 대숲 망칠까 하네.
野次小崢嶸, 幽篁相倚綠.
阿童三尺箠, 御此老觳觫2).
石吾甚愛之, 勿遣牛礪角.
牛礪角尙可, 牛鬪殘我竹.(≪宋詩大觀≫)

　이 시는 황정견 나이 44세(원우 3년, 1088)에 지은 것으로, 영
물을 통하여 그 당시의 정치 상황을 比興 수법으로 풍자하고 있다.
치열한 당쟁 속에서 시인 자신의 평온하고 정직한 삶을 추구하고자
하는 의지를 보여준다. 강서시파의 宗主로 알려진 그의 시론은 '奪
胎換骨'과 '點鐵成金'을 주장하고 '글자 하나라도 내력이 없는 것은
없음(無一字無來處)'을 제창하여, 후세 시인과 시파 그리고 시학에
중요한 영향을 주었다. 그의 시학의 요체를 집약하면 첫째 도학자
적 의식으로서 「문장이란 도리의 그릇이며, 말은 행실의 잎가지이다.
(文章者, 道之器也, 言者, 行之枝葉也.)」(≪黃山谷詩集注≫ 卷12 次
韻楊明叔序)라 하였고, 둘째는 學詩의 연마로서 박학다식을 강조하
였으며, 셋째는 시의 예술성으로서 시와 회화를 융화하는 일종의 문
인화의 창시자이다. 그리하여 王維 시를 「시 속에 그림이 있고, 그림
속에 시가 있다.(詩中有畫, 畫中有詩.)」라고 평한 소식을 존숭하기도

---

2) 觳觫(곡속): 본래 죽기를 두려워하는 모양. ≪孟子≫에 「나는 차마 그 소가
　두려워하며 죄없이 사지로 나가는 걸 못 견딘다.(吾不忍其觳觫若無罪而就死
　地.)」라 하여 희생물이 되는 소를 묘사하고 있다.

하였다. 아울러 그의 시학은 시어의 整齊로서 소위 '點鐵成金'의 각고를 통하여 승화된 시를 창작할 수 있다는 논리이다.

황정견의 논시는 유가의 詩敎에 근원을 두고 「할 일 없이 붓끝을 움직이지 않는다.(非有爲而不發于筆端.)」라고 주장하고 시정을 비방하는 것을 반대하였다. 그리하여 「시란 사람의 성정으로서 뜰에서 마구 간쟁하거나, 길에서 원망하여 욕하거나, 이웃에 화내고 좌석에서 꾸짖는 짓을 해서는 안 된다.(詩者人之情性也, 非强諫爭于庭, 怨忿詬于道, 怒隣罵座之爲也.)」(≪詩人玉屑≫)라고 주장하였다. 이러한 논조는 '溫柔敦厚'라는 유가 詩敎에 근본을 둔 것이다. 황정견은 杜甫를 추숭하여 「시사의 높은 경지는 학문에서 나온 것이다.(詩詞高勝, 要從學問中來.)」라고 하였으며 그의 시가이론은 두 개의 성어 즉 '點鐵成金'와 '奪胎換骨'로 집약된다. 작시상의 '點鐵成金'에 대해서 황정견의 〈答洪駒父書〉 일단을 보면,

> 두보가 시를 짓고, 한유가 문을 짓는 데, 어느 한 자도 출처가 없는 것이 없다. 대개 후인이 독서가 적어서 한유와 두보는 스스로 이런 말을 했을 뿐이라고 말한다. 옛날 문장 짓는 것은 진실로 만물을 도야해야 하니, 비록 고인의 진부한 말을 가져다가 필묵으로 표현하더라도 영단 한 알을 만들 듯이 쇠를 다듬어 금을 만드는 경지에 들어가야 한다.
> 老杜作詩, 退之作文, 無一字無來處; 蓋後人讀書少, 故謂韓杜自作此語耳. 古之爲文章者, 眞能陶冶萬物, 雖取古人之陳言入于翰墨, 爲靈丹一粒, 點鐵成金也.

라고 하니 소위 '점철성금'은 고인이 이미 써놓은 어사를 가져다가 點化를 가하는 것을 강조하였다. 그리고 '奪胎換骨'에 대해서는,

> 시의 뜻은 무궁하고 사람의 재능은 유한하다. 유한한 재능으로 무궁한 뜻을 추구하는 데는 도연명이나 두보라도 다 해낼 수 없는 것이다. 그러나 그 뜻을 바꾸지 않으면서 그 어사를 만들어 냄을 환골법

이라 한다. 그 뜻을 본받아서 잘 묘사해냄을 탈태법이라 한다.

詩意無窮, 人才有限. 以有限之才, 追無窮之意, 雖淵明, 少陵不能盡
也. 然不易其意而造其語, 謂之換骨法; 規模其意而形容之, 謂之奪胎
法.(≪冷齋夜話≫ 권1 引)

라고 하여 고인의 뜻을 취하여 형용을 가하지 않으면 안 된다고 하
였다. 이 두 성어의 시론적 의미는 고인의 성취에 자신의 학문과 성
정을 노력으로 가미하여 새로운 창작을 이루어 낼 것을 강조한 것
으로, 이 이론이 후세 시론에 절대적인 영향을 준 강서시파의 주된
시론이 되었다.

소식과 황정견의 영향으로 형성된 강서시파의 논시 특점은 대개
다음과 같다. 첫째는 '尊杜宗黃', 즉 두보를 존숭하고 황정견을 본받
았다는 점이다. 陳師道는 ≪後山詩話≫에서 「시를 배움에 응당 두
보를 스승으로 삼을지니 … 두보를 배우다가 그 경지를 이루지 못해
도 공교로움에 빠지지는 않는다.(學詩當以杜子美爲師 … 學杜不成, 不
失爲工.)」라 하여 두보를 배우기 위해서는 먼저 황정견을 배워야 한
다고 인식하였다. 劉克莊도 ≪江西詩派小序≫에서 황정견을 「송대
시인의 으뜸(爲本朝詩家宗祖)」이라고 예찬하였다. 둘째는 앞에 거론
한 '點鐵成金'와 '奪胎換骨'을 제창한 점이다. 葛立房은 「시에는 환골
법이 있으니, 고인의 뜻을 활용하여 그것을 발전시키고 더욱 공교롭
게 하는 것이다.(詩家有換骨法, 謂用古人意而點化之, 使加工也.)」(≪韻
語陽秋≫ 권2)라고 하니, 이 이론은 강서시파 시가창작의 비결이 되
고 강서시파 시화를 많이 창출케 하였다. 셋째는 造語와 煉字를 중시
한 점이다. 즉 시어의 섬세하고 논리적인 묘사에 주력케 하여 강서
시파는 시가창작에 있어서 '한 자라도 출처 없는 것이 없음(無一字無
出處)'과 '용사와 압운의 기교(用事押韻之工)'를 강조하였다. 넷째는
悟入과 活法을 강조한 점이다. 呂本中은 지적하기를,

글 짓는 데는 깊이 깨달아 몰입하는 것이 필요하니, 깨달아 몰입함

은 반드시 공부하는 데서 오니, 요행으로 얻어지는 것이 아니다. 예컨대, 소식의 산문, 황정견의 시는 대개 이런 이치를 다 드러낸 것이다.

作文必要悟入處, 悟入必自工夫中來, 非僥倖可得也. 如老蘇之于文, 魯直之于詩, 蓋盡此理也.(≪童蒙詩訓≫)

라 하고 또 이르기를 「시를 배움은 마땅히 활법을 알아야 하니, 소위 활법은 규칙이 각각 갖추어져서 규칙 밖으로 벗어나서, 변화를 헤아리기 어려워도 규칙에서 어긋나지 않는다.(學詩當識活法, 所謂活法者, 規矩各備, 而能出于規矩之外, 變化不測, 而亦不背于規矩也.)」(≪夏均文集≫ 序)라 하니 悟入의 경지는 學詩 단계에서 시율법을 지키면서 부단한 入神的 자세로 工夫하는 중에 자득하는 창작세계를 말하며, 활법은 작시상 시율을 엄격히 지키면서 격식을 활용할 것을 강조한 것이다. 황정견은 문장의 '以氣爲主論'(문장의 기세, 기품을 중시)을 주장하여,

　「계절 가고 벌 쓸쓸해도 나비는 모르는데, 새벽 뜰에 향기가 부러진 잔가지에 감도네. 오늘따라 이 마음 남다르니, 한밤에 가을 꽃향기 더욱 싱그러이 짙네.」 문장은 기품을 위주로 할 것이다. 정곡의 이 시의 뜻이 매우 아름다우나, 단점은 기품이 약한 데 있으니, 서한시대 글들이 웅혼하고 아건한 까닭은 그 기품이 좋기 때문이다.

「節去蜂愁蝶不知, 曉庭還繞折殘枝. 自緣今日人心別, 未必秋香一夜衰.」 文章以氣爲主, 鄭谷此詩意甚佳, 而病在氣不長, 西漢文字, 所以雄渾雅健者, 其氣長故也.

라고 하였다. 위에 인용한 시는 鄭谷의 七絶詩 〈十月菊〉이다. 정곡은 만당 유미파 시인으로서 華美하고 나약한 기풍을 지니고 있어서 기품이 부족한 점을 지적한 것이다. 그리고 시의 '以理爲主論'(문장의 이치, 내용을 중시)을 주장하여,

　기험한 어사를 잘 쓰는 것은 그 자체로 문장의 한 병폐이다. 그러나

마땅히 이치를 위주로 해야 이치가 얻어지고 어사가 순조로워지니, 문장이 자연스레 빼어나게 드러난다. 두보가 기주로 간 후의 시와 한유가 조주에서 조정으로 돌아온 후의 문장은 모두 번거로이 먹줄 쳐서 깎아내지 않아도 절로 맞는다.

好作奇語, 自是文章一病. 但當以理爲主, 理得而辭順, 文章自然出類拔萃. 觀子美到夔州後詩, 退之自潮州還朝後文章, 皆不煩繩削而自合矣.

라고 하여 시의 내용과 율격 등에 상당한 공력이 필요함을 강조한다. 그리고 시란 '一唱三嘆(한 번 읊어서 세 번 감탄함)의 '餘音' 즉 시의 홍취가 겉으로 묘사된 어사뿐 아니라 그 담긴 깊은 느낌이 있어야 함을 제창하여,

왕안석이 만년에 짧은 시를 지었는데 아려하고 청염하여 속세를 초탈하고 있다. 매양 시를 맛보면 곧 이슬기운이 이와 뺨 사이에서 나오는 걸 느낀다. … 「해 밝아 산이 물든 듯하고, 바람 세게 부니 초목이 탈 듯하네. 매화에는 눈송이 맺혀 있고, 보리에는 구름이 자욱하네.」 이 시를 보면 참으로 한 번 노래하면 세 번 감탄케 할 만하다.

荊公暮年作小詩, 雅麗淸艶, 脫去流俗; 每諷味之, 便覺沆瀣生牙頰間, …「日淨山如染, 風喧草欲熏. 梅殘數點雪, 麥漲一川雲.」 觀此數詩, 眞可使人一唱而三嘆也.

라고 하여 시론의 일가를 형성하였다. 왕안석 시의 여음의 경우, 경물 묘사에 佳句가 많다. 그래서 송대 후인은 「형공이 산림에 거처한 후의 시는 정밀하고 심오하며 화려하고 오묘하다.(荊公定林後詩, 精深華妙.)」(≪漫叟詩話≫)라고 하여 경물시의 극치라고 평하였다. 왕안석 시의 의취에서 '近'과 '濃'을 배척하기보다는 「淡而愈濃, 近而愈遠」 즉 담백하면서 더욱 농염하고 가까우면서 더욱 원대한 풍격이 중요하다. 시에서 '近'이란 눈앞의 경치와 신변의 일이 진실하고 자연스러운 면이며, '遠'이란 境象이 幽深하고 深遠하여 「言有盡而意無窮」, 즉 표현은 다하였으나 담긴 의취는 그지없는 경지를 말한다.

그리고 '淡'은 세상일에 담백하여 초탈한 정취이며 '濃'이란 경상이 현란하여 풍만한 모습이다. 이 논리는 청대의 袁枚가 「시문이 현란하면 평담으로 돌아간다.(詩文絢爛歸入平淡.)」(≪續詩品≫)라고 한 논거와, 方東樹가 「현란이 극에 달하면 평담으로 돌아간다.(絢爛之極, 歸於平淡.)」(≪昭昧詹言≫ 卷14)라고 한 이론과 연결되어서 청대 시론의 정립에 영향을 주고 있다. 楊萬里는 그의 경물시를 당시와 비교하여 〈讀唐人及半山詩〉에서 이르기를,

> 당인과 반산(왕안석)을 분간하지 못하겠나니
> 뜻밖에 시단을 완전히 장악하였네.
> 반산은 곧 깊이 스며드는 맛을 주니
> 마치 당인의 관건을 지닌 것 같네.
> 不分唐人與半山, 無端橫欲割詩壇.
> 半山便遣能參透, 猶有唐人是一關.(≪誠齋集≫ 권8)

라고 하였고, 嚴羽는 「공의 절구는 격조가 가장 높아서 그 뛰어난 곳은 소식, 황정견, 진사도 위에 높이 올라 있으나, 당인과는 아직 문빗장 하나 차이가 난다.(公絕句最高, 其得意處高出蘇黃陳之上, 而與唐人尙隔一關.)」(≪滄浪詩話≫ 詩體)라고 하였다. 그리고 王安石의 詠史 절구는 백여 수가 넘고 고인을 제재로 한 시가 50수에 달하며 인물의 사건을 직설적으로 묘사하고, 객관적인 공평한 품평을 가하고, 애증이 선명하여 창신한 면모를 보여주고 있다. 영사에 있어 때로는 자신을 비유하기도 하고, 우국우민의 정서와 부국강병의 원대한 포부를 기탁하기도 하였다. 청대 顧嗣立은 그의 시를 평가하기를, 「증산은 왕안석의 영사 절구를 가장 좋아하여, 번안법을 많이 사용하여 옥계생 이상은의 필치를 깊이 얻었다고 여겼다. … 송인의 기풍에 점점 물들었는데, 시 중에는 부가 많고 비흥이 적으며 의논이 많고 전고의 인용도 많으나 정감이 부족한 작품이 있다.(證山最喜王半山詠史絶句, 以爲多用翻案法, 深得玉溪生筆意. … 受宋人習氣浸染,

亦不乏賦多比興少, 議論多, 用典多, 情韻不足之作.)」(≪寒廳詩話≫)라
고 하여 영사 절구의 장단점을 적절히 서술하고 있다. 왕안석의 영
사 절구의 대표적인 예로 〈商鞅〉(≪王文公文集≫ 권73) 시를 본다.

예부터 백성을 신실하게 인도하여
말 한마디 중히 여기고 백금을 가벼이 하였네.
지금 사람이 상앙을 나무랄 수 없나니
상앙은 정치를 행하여 반드시 이루었네.
自古驅民在信誠, 一言爲重百金輕.
今人未可非商鞅, 商鞅能令政必行.

이 시는 왕안석이 전국시기 정치개혁가인 商鞅(기원전 390-338)
을 자신에 비유하고 있다. 상앙이 변법으로 백성에게 신의와 강력한
권력을 얻으려 하였는데 왕안석 자신이 신법으로 정치개혁을 실현하
는 전범으로 삼고자 한 것이다. 상앙은 어려서 刑名學을 좋아하여
李悝와 吳起 등의 영향을 받아 秦孝公 시기에(기원전 359) 변법을 진
행하여 軍功爵을 개혁하고, 世卿世祿을 폐지하였으며, 井田制를 폐지
하고, 도량형을 통일하는 대혁신을 감행한 인물이다.
본 시화의 명칭이 최초로 보이는 것은 蔡夢弼의 ≪草堂詩話≫이
며, 郭紹虞의 ≪宋詩話考≫에는「그 당시 사람이 편집하여 만든 것
이고, 산곡 자신의 저술이 아닌가 한다. 지금 그 책도 전본이 없다.
(疑時人纂輯爲之, 非出山谷自著. 今其書亦無傳本.)」라고 하였으며 ≪詩
話總龜≫, ≪茗溪漁隱叢話≫, ≪草堂詩話≫, ≪竹莊詩話≫, ≪詩人玉屑≫
등에 存錄이 있다.

趙令畤(조영치, 1061-1134). 처음 字는 景觀인데, 蘇軾이 德麟으로 고쳐주고 自號는 聊復翁이다. 송대 宗室로서 太祖 次子 燕王 昭의 玄孫으로 涿郡(지금의 河北 涿縣) 人이다. 哲宗 元佑 6년(1091)에 蘇軾이 추천하여 入朝하고, 남송 高宗 紹興 初(1131 이후) 安定郡王에 봉해졌다. 소식의 추천으로 출사한 만큼, 그의 시론도 蘇軾과 黃庭堅의 설을 추종하여 시가의 '才氣'와 '風調', 그리고 '餘味'를 강조하였다. 저서로는 ≪侯鯖錄≫과 ≪聊復集≫이 있다.

본 시화의 명칭 '侯鯖'(대단한 珍味)은 한대 요리로 천하 至味인 '五侯鯖' 즉 물고기, 새 또는 수육 등을 섞어서 끓인 음식으로 열구자탕 비슷한 요리에서 빌려온 것으로, 書味가 鯖味에 비견할 만하다는 의미로 지은 것이라고 한다. 조영치만큼 정치적·문학적으로 철저한 소식 추종자도 없을 것이다. 그래서 이 시화에는 시종일관 蘇軾의 用事까지 찬미하였으니, 그 서술의 일단을 본다.

소식이 황주에 있던 시절에 〈설시〉를 지어 이르기를, 「추위가 옥루를 감싸서 찬 기운에 소름이 돋고, 빛이 은빛 바다를 흔들어서 눈이 어질거려 꽃이 보이네.」라고 하였다. 사람은 그 용사를 모른다. 나중에 여해로 가며 금릉을 지나면서 왕안석을 만나서 시를 논하면서 이에 이르기를, 「도가에서는 두 어깨를 옥루로 하고 눈을 은해로 한다. 여기서 이 고사를 쓴 건가?」 하였다. 소식이 웃으며 물러나 섭치원에게 일러 말하였다. 「왕안석을 배우는 자는 이리 박학한가?」
東坡在黃州日, 作雪詩云:「凍合玉樓寒起粟, 光搖銀海眩生花.」 人不知其使事也. 後移汝海, 過金陵見王荊公, 論詩及此云: 道家以兩肩爲玉樓, 以目爲銀海. 是使此事否? 坡笑之. 退謂葉致遠曰: 學荊公者, 包

有此博學哉?

조영치는 소식 시가의 用字와 對偶, 작자에 대한 讚譽까지 자세히 기록하고 있으니, 맹목적인 추종자란 이미지를 면하기 어려울 정도이다. 소식 같은 대가를 추종하다 보면 자신도 能詩하고 能評하게 될 법하다. 이 시화는 조영치 본인의 의견보다는 소식의 평을 인술하는 데 주력하였으나, 시화로서의 품격을 지니고 있어서 시론 이해에 주요자료로 평가되니, 다음의 기록은 그 좋은 예가 된다.

소식이 말하였다. 「세상에 대구로서 홍생, 백숙, 수문, 각색 같은 건 둘이 대를 이루어 더 보탤 게 없다.」 … 내 시 속에 청주의 종사와 백수의 진인이 있는데, 소식이 매우 칭찬하여 이르기를, 「두 사물은 모두 파격이 아니고 오묘하다.」라 하였다. 내가 일찍이 유경문 시에 화답하여 말하였다. 「나는 알고서 언제나 말 덜하고, 그대는 병을 이길 수 있으니 얼굴 숙여지네.」 소식이 웃으면서 말하였다. 「내가 일찍이 뇌승장군에게 보낸 시에 이르기를, 『태수는 할 일 없이 술만 마시고, 장군은 병을 고치니 절로 시가 울리네.』하였다. '無何' 두 자를 썼더니 좋게 느낀다.」
東坡云: 世之對偶, 如紅生, 白熟, 水文, 脚色, 二對無復加也. … 余詩中有青州從事對白水眞人, 公極稱之云: 二物皆不道破, 爲妙. 余嘗和劉景詩云: 「我識之無常縮舌, 君能竟病且低顏.」 東坡笑曰: 吾嘗贈雷勝將軍詩曰: 「太守無何唯一飲, 將軍竟病自詩鳴.」 覺吾用無·何二字, 休慢矣.

그리고 白居易의 〈江樓夕望招客〉을 평하기를,

소식이 말하기를, 「백거이는 만년에 시가 매우 고아하고 오묘하다.」라 하니 내가 그 오묘한 곳을 일러주기를 청하였다. 소식이 말하였다. 「예컨대 『바람이 고목에 부니 맑은 하늘에 비 내리고, 달이 모래톱에 비추니 여름밤에 서리 내리네.』라 하니 이 경지에 젊은 시절에는 도달하지 못했었다.」

東坡云: 白公晚年詩極高妙. 余請其妙處, 坡云: 如「風吹古木晴天雨, 月照平沙夏夜霜.」此少時不到也.

라 하니, 여기서도 백거이 시를 평하는 데 소식의 평어를 인용하여 대언하고 있으니, 위의 백거이 시를 보기로 한다.

바다 하늘 동쪽 보니 석양이 아득하고
산세며 냇물은 넓고 기네.
등불 켠 온 집의 성 서쪽에
은하수는 언뜻 강 가운데 떠있네.
바람이 고목에 부니 맑은 하늘에 비 내리고
달이 모래톱에 비추니 여름밤에 서리 내리네.
강 누각에 올라 더위나 삭일까
그대 초막보다 더 시원하구나.
海天東望夕茫茫, 山勢川形闊復長.
燈火萬家城西畔, 星河一到水中央.
風吹古木晴天雨, 月照平沙夏夜霜.
能就江樓銷暑否, 比君茅舍較淸凉.(≪全唐詩≫ 권448)

이 시는 백거이의 시풍과 달리 흥취가 낭만적이고 은일적이어서 성당시풍의 감흥을 불러일으킨다. 그래서 소식도 이 시를 '高妙'하다고 극찬하였을 것이다. 한편 시명이 알려지지 않은 시인으로 沈傳師[1]의 장편 七言排律〈次潭州酬唐侍御姚員外遊道林岳麓寺題示〉에 대한 평을 본다.

장사의 도림 악록사에 두보가 지은 시가 있고, 심전사의 시비가 있어서 세상에 알려졌다. 그 서에 이르기를, 「당시어 요원외가 도림사와 악록사를 유람하며 지은 시에 응답하였는데」이며, 요원외의 시는 또 보이지 않는다.

---

1) 沈傳師(777-835) : 자는 子言이며, 湖州 武康人이다. 貞元 9년(803)에 進士급제하고 翰林學士, 中書舍人을 지냈다.

長沙道林岳麓寺, 老杜所賦詩者, 沈傳師有詩碑見于世. 其序云: 奉酬唐
侍御姚員外遊道林岳麓寺題示, 姚員外詩不復見之.

沈傳師는 ≪全唐詩≫에 단지 5수와 ≪全唐詩補編・續拾≫ 권26에
2수만 수록되어 있으나, 이 시만은 두보 시에 못지않다는 평가를 받
고 있으니, ≪竹莊詩話≫에서 「두 사람의 시를 보지 않으면 누구 것
인지 모르겠다. 이 시만은 글씨와 그림으로 세상에 전해지니 시 또
한 절로 아름답다.(二人之詩不見, 不知何人也. 獨此詩以字畫傳于世, 而
詩亦自佳.)」라고 하였으니, 심전사의 시를 보기로 한다.

존경받는 원로가 문득 스스로 말하기를
상수의 동남쪽으로 달려가고 싶어 하네.
듣건대 초나라는 산수가 화려하다니
푸른 산이 절간까지 이어져 있네.
향기 어린 옥고리 붓은 다 정답고 예스러워서
겸손하게 대각의 존귀한 지위를 스스로 잊네.
대쪽 잡고 높은 전각에서 기다리지 않고
곧장 손잡고 산 울타리를 노닐도다.
문득 놀라운 건 늘어진 산굴을 새벽에 가까이 가니
북쪽 눈이 어지러운 산 아지랑이를 다 씻어 주네.
푸른 물결은 작은 섬을 휘돌아 세 산을 돌아 흐르고
붉은 난간은 성곽에 둘러싸여 많은 배가 머물러 있네.
화려한 가마 타고 무늬 진 모래톱을 걷노라니
큰 깃발이 찬란하게 소나무 문에 빛나네.
휘어진 가지의 용뱀 기운에 놀라서
꺾어진 방패로는 번개 천둥 같은 자국 지우지 못하네.
더욱 소중한 건 옛 궁전이 바위 가운데 의지해 있어
따로 새 오솔길 따라서 산을 돌아가네.
보면서 평탄한 초 땅에 순임금의 혼이 가슴 아파서
마음에 아득히 정감이 넘쳐 문득 술잔을 드네.
거문고와 피리 소리 애타고 가녀린 노래 따라 흩날리고

그림 새긴 북 들고 수놓인 가죽신 신고 가락 따라 춤추네.
금옥 소리 슬픈 칠언시는 두보를 능가하고
필세 넘치는 서도는 높은 추녀를 감도네.
아아 너무 노쇠하여 오래 있기 어려우니
차마 다시 감격스러워하며 근본(백성)을 얘기하네.
承明年老輒自論, 乞得湘水東南奔.
爲聞楚國富山水, 靑嶂邐迤僧家園.
含香珥筆2)皆眷舊, 謙抑自忘臺省尊.
不令執簡候亭館, 直許携手遊山樊.
忽驚列岫曉來逼, 朔雪洗盡烟嵐昏.
碧波回嶼三山轉, 丹檻繚郭千艘屯.
華鑣蹉蹀絢砂步, 大旆彩錯輝松門.
樛枝竟驚龍蛇勢, 折干不減風霆痕.
相重古殿倚岩腹, 別引新徑縈雲根.3)
目傷平楚虞帝魂, 情多思遠聊開樽.
危弦細管逐歌飄, 畫鼓繡靴隨節翻.
鏒金七言凌老杜, 入木4)八法蟠高軒.
嗟餘潦倒久不利, 忍復感激論元元.(≪全唐詩≫ 권466)

명대 楊愼은 이 시에 대해서 「장사의 도림, 악록 두 절의 빼어난 경
치는 천하에 이름났으니 모두 두보의 시 한 수 때문이다. 두보 이후
에 심전사 시 두 수, 최각 시 한 수, 위섬 시 한 수가 있으니 모두
두보의 체재를 본받았다.(長沙道林, 岳麓二寺之勝, 聞于天下, 皆因杜
工部之一詩也. 杜公之後, 有沈傳師二詩, 崔珏一詩, 韋蟾一詩, 皆效工
部之體.)」(≪升庵詩話≫)라 하였다.

---

2) 珥筆 : 붓을 광대뼈 옆이나 귓바퀴 사이에 끼워서 필기 준비를 함. 일설에는
   珥는 呭, 붓 끝을 입으로 빪.
3) 雲根 : 구름이 일어나는 근본. 山의 異名. 돌의 異名. 구름은 돌에 닿아서 생
   긴다 하여 일컬음.
4) 入木 : 筆勢가 세어 먹이 나무에 깊이 밴다는 뜻으로 書道를 이름.

郭紹虞의 ≪宋詩話考≫(中卷之下)에 조영치의 저서 ≪侯鯖錄≫ 8
권이 지금 ≪稗海≫본과 ≪知不足齋≫본이 전해지는데, ≪知不足齋≫
본은 鮑廷博의 교주를 거쳐서 착오가 비교적 적다고 기록하고 있고,
≪螢雪軒叢書≫본도 있다. 그러나 포정박 교주본도 교정이 미진한 부
분이 있으니, 곽소우의 ≪宋詩話考≫에 기술하기를,

> 다만 아직 교정이 미진한 곳들이 있으니, 예컨대 「채지정이 신주에
> 폄적 가매, 시녀가 따라갔는데 비파를 잘 탔다」 등등에서 이 '善'자는
> ≪초계어은총화≫ 전집 권60에 인용된 것과 같지 않으니 '名'자로 바
> 꾸는 것이 비교적 타당하다. 비파를 시녀의 이름으로 하면 비파를
> 잘 탄다라고 말할 수 없다. '녹침창'조에서는 제가의 설을 덧붙여 기
> 록하였는데 옮겨 적어서 자기 의견을 서술한 것이 아니지만 참고로
> 삼을 만하니 또한 독자에 편하다.
> 惟尙有未盡校正者, 如'蔡持正謫新州, 侍兒從焉, 善琵琶'云云, 此'善'
> 字不如據茗溪漁隱叢話前集卷六十所引, 易爲'名'字較爲妥善. 以琵琶乃
> 侍兒之名, 非稱其善琵琶也. 至其於'綠沈槍'條, 附錄諸家之說, 雖出轉
> 鈔, 非抒己見, 然足資參考, 亦便讀者.

라고 하여 교정이 완전치 않은 부분을 지적하여 판본상의 신뢰도가
다소 떨어진다고 하겠다.

≪後山詩話≫ - 陳師道

陳師道(진사도, 1053-1102). 자는 履常 또는 無己이고, 호는 後山居士로 徐州 彭城(지금의 江西 徐州)人이다. 哲宗 元祐(1086-1098) 초에 蘇軾의 천거로 서주의 敎授가 되었고, 太學博士, 秘書省正字를 지냈다. 저서는 ≪後山先生集≫ 등이 있다. 진사도는 家境이 빈한하여 苦吟하여서 「문을 닫고 시구를 찾는 진무기(閉門覓句 陳無己)」라고 칭하였고, 江西詩派의 대표작가로서 시풍은 '淸氣峻拔'하고 '古崛生動'하다. 시론은 蘇軾과 黃庭堅의 영향을 받아서 「차라리 졸렬할지언정 기교 부리지 말고, 차라리 소박할지언정 화려하지 말고, 차라리 조잡할지언정 쇠약하지 말며, 차라리 편벽될지언정 속되지 말라.(寧拙毋巧, 寧朴毋華; 寧粗毋弱, 寧僻毋俗.)」는 입장을 제창하고 杜甫를 배울 것을 주장하였다. 진사도 문장의 간결함은 산문뿐 아니라 시에서도 나타나니, 주희는 「진사도 시의 우아하고 건실함은 황정견보다 뛰어나지만, 황정견의 예리하고 가볍게 날리는 모습이 없다.(後山詩雅健勝山谷, 無山谷尖洒輕揚之態.)」(≪朱子語類≫ 卷140)라고 극찬하였다.

진사도는 蘇門六君子의 한 사람으로 소식의 영향권에 있지만 나름의 문학을 추구한 점을 간과할 수 없다. 명대 方回는 「고금의 시인은 당연히 두보, 황정견, 진사도, 진여의 등 4가를 일조삼종으로 삼는다.(古今詩人, 當以老杜山谷後山簡齋四家爲一祖三宗.)」(≪瀛奎律髓≫ 卷26)라고 하여 진여의와 함께 강서파의 삼종의 하나로 지칭하고 있다. 그의 시는 寒士生活의 고통과 불우를 묘사하여 苦吟을 숭상하였다. ≪滄浪詩話≫ 〈詩體〉에서는 그의 시를 두고 「진사도는 본래 두보를 배웠으나, 그 어사가 닮은 것은 단지 몇 편뿐이며 다른 혹시 닮은 것도 완전하지 않으니, 그 나머지는 곧 그 진사도 자신의 것에 바탕을 두고 있을 따름이다.(後山本學杜, 其語似之者但數篇, 他或似 而不全, 又其他則本其自體耳.)」라고 하여 진사도 시의 독창성을 강조 하였고, 魏慶之는 ≪詩人玉屑≫(권2)에서 「진사도의『으슥한 연못 에서 홀로 울고, 깊은 숲에서 외로이 향기롭다.』같은 구는 고요하면 서 절로 아름다우니 감상을 바랄 것이 없다.(後山如九皐獨唳, 深林孤 芳, 沖寂自姸, 不求識賞.)」라고 평하고 있다. ≪四庫全書總目提要≫(권 154)에서는 그의 시를 형식별로 특징을 평하기를,

> 그 오언고시는 맹교와 가도 사이를 출입하여 의취가 홀로 도달한 경 지는 거의 따라 오를 수 없다. 생소한 점은 아직 강서의 습성을 벗지 못한 것이다. 칠언고시는 자못 한유를 배웠고 또한 간혹 황정견을 닮 았으나 더듬거리며 곧은 것이 가슴 아프다. 작품이 많지 않으니 스 스로 뛰어나지 않음을 알았을 것이다. 오언율시의 아름다운 곳은 두 보에 가까우나, 간혹 편벽되고 난삽한 데 빠져 있다. 칠언율시는 풍 골이 뜻이 커서 매이지 않으나 간혹 너무 빠르고 기진한다. 오칠언 절구는 순전히 두보의 감흥을 주는 격조를 지니고 있어서 중성(商) 가락에 맞지 않다.
> 其五言古詩出入郊島之間, 意所孤詣, 殆不可攀. 而生硬之處, 則未脫江 西之習. 七言古詩頗學韓愈, 亦間似黃庭堅, 而頗傷謇直. 篇什不多, 自 知非所長也. 五言律詩佳處往往逼杜甫, 而間失之僻澀. 七言律詩風骨磊 落, 而間失之太快太盡. 五七言絶句純爲杜甫遣興之格, 未合中聲.

라고 하여 비교적 상세히 진사도 시에 대한 장단점을 지적하고 있다. 진사도의〈送蘇公知杭州〉의 시구에 대해 송대 任淵은 ≪後山詩注≫ (권2)에서,

> 바람 탄 돛대는 더욱 멀어지니, 눈으로 미처 전송치 못함이 한스럽 다. 사람은 가고 강은 공허하니 아득히 절로 실의한데, 내 나이 이미 늙어 저무니, 다시 보지 못할까 두렵다. 그 현명함을 아끼면서 이별

을 아쉬워하는 마음이 절실하다고 말할 수 있다.

風帆愈遠, 恨目力不能送之. 人去江空, 恍然自失, 吾之年歲日已遲暮,
懼其不復再見也. 其愛賢惜別之意可謂切矣.

라고 주석하고 있다. 진사도의 시 〈登快哉亭〉(≪後山先生集≫)을 다음
에 본다.

성에는 맑은 강 굽어 돌고
샘물은 어지러이 난 돌 사이로 흐르네.
석양은 마침 땅에 감추이고
저녁 안개는 벌써 산에 기대어 있네.
날아가는 저 새는 어디로 가려 하나
달리는 구름도 절로 한가롭네.
정자에 오른 흥취 다하지 않았는데
어린애 때문에 돌아가야 하네.
城與清江曲, 泉流亂石間.
夕陽初隱地, 暮靄已依山.
度鳥欲何向, 奔雲亦自閑.
登臨興不盡, 稚子故須還.

이 시는 전반에 자연의 풍경을 묘사하고 후반에서는 시인의 감정
을 이입하여 자연에 동화된 감흥을 표현하고 있다. 제6구의 '달리는
구름도 절로 한가롭다'라 한 것은 현실세계에서 초월한 탈속의 심기
가 반영되어 있다.

본 시화의 시론 주장은 '尊杜崇黃'이라 하여, 「시를 배우는 데에
는 杜甫를 스승으로 삼아야 한다.(學詩當以杜子美爲師)」라고 하고,
두보를 배우기 전에 반드시 황정견을 먼저 배워야 할 것이니, 황정견
을 연유하지 않은 채 두보를 배우면, 「졸렬하고 평이한 데로 빠진다.
(則失之拙易矣.)」라고 하였다. 이 시화는 '詩文各有文體'에서 「시문은
각각 체제가 있는데, 한유는 문으로 시를 삼고, 두보는 시로 문을

삼으니, 그러므로 공교롭지 않을 따름이다.(詩文各有體, 韓以文爲詩, 杜
以詩爲文, 故不工爾.)」라 하고, 王安石의 시는 '채색에 빠지다(失之
色)', 황정견의 시는 '기이함에 빠지다(失之奇)' '기이함이 너무 지나
치기(過於出奇)' 때문에 두보의 '사물을 마주치는 것마다 기묘한(遇物
而奇)' 것만은 못하다고 하여 '實事求是'의 정신을 강조하였다. 다음
에 중요한 시론을 서술한 문장들의 예를 본다.

나는 고문을 세 등급으로 나누니, 주나라가 상등, 칠국이 그 다음이
고, 한나라가 하등이다. 주나라 문은 전아하고, 칠국의 문은 장대하
며 위엄하지만 너무 내달리는 데 빠지고, 한나라의 문은 화려하고
풍부하지만 완만한 데 빠져 있으며, 동한 이하는 취할 것이 없다.
余以古文爲三等, 周爲上, 七國次之, 漢爲下. 周之文雅, 七國之文壯
偉, 其失騁, 漢之文華瞻, 其失緩, 東漢而下無取焉.

이 글은 작자가 고문의 시대별 장단점을 직설적으로 지적하고 있
다. 周나라 춘추시대 孔孟과 老莊의 典雅한 문장을 고문의 전범으
로 삼아야 하고 그 이후의 각 시대 문장의 취사해야 할 점을 거론하
여, 본 시화의 기본 논조를 제시하고 있다. 다음에 六朝시대 宋나라
鮑照(405-466)의 시에 대해서,

포조의 시는 화려하면서도 나약하지 않고, 도잠(도연명)의 시는 사
정에 절실하지만 수식이 없을 따름이다.
鮑照之詩, 華而不弱, 陶淵明之詩, 切於事情, 但不文耳.

라고 한 바, 포조는 騈儷문학의 大盛期에 謝靈運, 顔延之 등과 같이
활동한 시인으로 老莊의 영향에 의한 《楚辭》의 사조로부터 연원하
여 李陵, 王粲 그리고 張華, 張協의 직접적인 주류를 이어받았다.
그의 시 특징을 보면, 東晉의 몰락과 宋의 흥기를 위시한 혼란된 민
족상쟁의 소용돌이에서, 포조의 의식세계는 우국과 종군을 노래하게
하였다. 그의 〈採桑〉 시는 孝武帝가 총희 殷姬로 인해서 國事가 흔
들리니 비유법으로 읊고 있다.

자욱한 안개 규방에 차고
찬란한 빛 장막에 넘치네.
어린 제비 풀벌레 좇고
꿀벌은 꽃잎에 깃드네.
이 절기 참으로 화창하니
예쁜 옷 또한 새로이 빛나네.
藹藹霧滿閨, 融融景盈幕.
乳燕逐草蟲, 巢蜂拾花萼.
是節最喧硏, 佳服又新爍. (《鮑參軍詩註》)

自國에 대한 평화를 희원하는 심정을 전원 풍경을 비유하여 우국
심태를 표현한다. 그리고 聖旨 찬양을 노래한 〈代白紵舞歌詞〉(상동)
중 첫 수를 본다.

오나라 칼은 초나라 제품으로 장식이 많고
섬세한 비단, 고운 깁은 털옷에 드리우네.
피리 불고 종 치며 노래하니 이슬 마르고
구슬 신 성대하게 비단 소매 날리네.
쓸쓸한 바람 여름에 불어 흰 구름 감돌고
수레 말은 지치는데 손객은 돌아가길 잊네.
난초 기름 밝은 촛불은 밤빛을 돋구네.
吳刀楚製爲佩褘, 纖羅霧縠垂羽衣.
含商咀徵歌露晞, 珠履颯沓紈袖飛.
凄風夏起素雲回, 車怠馬煩客忘歸.
蘭膏明燭承夜輝.

이 시는 진사도가 평한 '華而不弱'(화려하지만 섬약하지 않음)과 상
통하는 풍격을 보여준다. 나열된 시어들은 화려하면서도 힘이 들어
있으니 騈儷 문체이지만 그 장대한 偉容을 묘사한다. 포조는 긴 세
월 참전 속에 많은 희비애락을 체험했다. 王義慶과 始興王의 侍郎

職을 맡아서 종사하였다. 이 시는 시흥왕의 공로와 업적을 찬양하고 있다. 본 시화에서 당대 시인으로 두보를 추숭한 문장을 보면,

시를 배우는 데는 마땅히 두보를 스승으로 삼아야 하니, 법도가 있어야 시를 배울 수 있기 때문이다. 한유는 시에 있어서 본래 깊은 이해가 없고 재능이 뛰어나서 좋아한 것뿐이다. 도잠(도연명)은 시를 지은 것이 아니고 그 가슴속의 오묘한 것을 써냈을 뿐이다. 두보를 배워서 그 경지에 이르지 못해도 기교에 빠지진 않는다. 한유의 재능과 도잠의 오묘함도 없이 시를 배운다면, 결국은 백거이 정도가 될 뿐이다.
學詩當以子美爲師, 有規矩故可學. 退之於詩, 本無解處, 以才高而好爾. 淵明不爲詩, 寫其胸中之妙爾. 學杜不成, 不失爲工. 無韓之才與陶之妙, 而學其詩, 終爲樂天爾.

라고 하여 두보 시만이 學詩의 알파이며 오메가라는 신념을 표출하고 있으며,

시를 잘 지으려 해도 잘 지어지지 않는다. 왕안석은 기교만으로, 소식은 참신만으로, 황정견은 기묘만으로 각각 시를 지었는데 두보의 시는 기묘함과 평상, 그리고 기교와 평이, 참신함과 진부함까지 모든 면에 뛰어나지 않은 것이 없다.
詩欲其好, 則不能好矣. 王介甫以工, 蘇子瞻以新, 黃魯直以奇, 而子美之詩, 奇常工易新陳莫不好也.

라고 하여 북송 초기 대가들의 편벽된 작시능력을 지적하면서 杜甫의 경지를 여섯 가지 면으로 특징짓고 있다. 아울러 이백(이태백)과 두보 시를 비교한 글을 본다.

나는 이백 시를 평하건대, 「마치 동정호 들에서 음악을 연주하면서 처음도 끝도 없고 정해진 규례를 지키지 않음 같다. 먹물이나 갈고 글이나 새기는 사람 따위가 논할 것이 아니다.」라고 할 것이다. 나의 친구 황개가 〈이두우열론〉을 읽고 말하기를, 「글을 논함은 이렇게

해선 안 된다.」라고 하였다. 나는 이치에 맞는 말이라고 생각한다.
余評李白詩, 如張樂于洞庭之野, 無首無尾, 不主故常, 非墨粳人所擬
議. 吾友黃介讀李杜優劣論曰: 論文正不當如此. 余以爲知言.

위에서 黃介가 읽은 글은 구양수의 〈李杜優劣論〉으로서 윗글은 황
정견의 〈題李白詩草箋〉에서 인용한 것이다. 위에서도 언급한 바, 진
사도는 두보와 한유를 추숭하였고, 시화에서도 많이 거론하고 있으
니, 다음은 두보와 한유의 영향과 스승 소식을 본받길 권면하는 글
들이다.

한유는 문으로 시를 짓고 소식은 시로 사를 지었으니, 마치 교방 뇌
대사1)의 춤이 천하의 뛰어난 기교를 다하여도 본래의 바탕이 아닌
것과 같다. 지금 세대에 사의 대가는 오직 진관과 황정견뿐이니 당
나라 문인들은 미치지 못한다.
退之以文爲詩, 子瞻以詩爲詞, 如敎坊雷大使之舞, 雖極天下之工, 要
非本色. 今代詞手, 惟秦七黃九爾, 唐諸人不迨也.

황정견의 시와 한유의 문은 뜻이 들어 있어서 공교함이 있고, 좌사
와 두보는 공교함이 없다. 그러나 배우는 사람은 먼저 황정견을 배우
고 뒤에 한유를 배우되, 황정견과 한유를 거치지 않고 좌사와 두보
를 배우면 곧 옹졸하고 평이한 데로 빠진다.
黃詩韓文, 有意故有工, 左杜則無工矣. 然學者先黃後韓, 不由黃韓,
而爲左杜, 則失之拙易矣.

그리고 송대 대문호 蘇軾 시에 대한 평은 자못 正鵠을 찌르는 일
면을 보여주고 있으니,

소식의 시는 처음에는 유우석을 배워서 원망과 풍자가 많았으니 배
우는 데 신중하지 않으면 안 된다. 만년에 이백을 배워서 그 득의한

---

1) 雷大使 : 송나라 敎坊의 藝人 雷中慶을 말한다. 송대 蔡條의 ≪鐵圍山叢談≫
에 「교방 비파는 유사안이 있고, 춤은 뇌중경이 있는데, 세간에 다 그를 뇌대
사라 불렀다.(敎坊琵琶則劉謝安, 舞有雷中慶, 世皆呼之爲雷大使.)」라 함.

점은 비슷하다. 그러나 거친 데 빠졌으니 쉽게 얻었기 때문이다.

蘇詩始學劉禹錫, 故多怨刺, 學不可不愼也. 晚學太白, 至其得意, 則似之矣. 然失於粗, 以其得之易也.

라고 하여 소식 시에 대한 불만을 비유적으로 지적하고 있다. 한편 백거이 시에 대해서는 폄하하는 논조를 보이니, 백거이의 〈宴散〉 시를 평하기를,

백거이가 말하였다. 「생황가 노래하며 뜰에 돌아오니, 등불이 누대 아래에 있네.」 또 말하기를, 「돌아오니 생황가 아직 끝나지 않고, 무늬 창문 앞에 있는데 촛불이 붉네.」라 하니 부귀한 어사는 아니나 사람이 부귀한 것으로 보인다. 황정견이 일컫기를, 「백거이가 『생황가 노래하며 뜰에 돌아오니, 등불이 누대 아래에 있네.』라 하니 두보의 『버들 꽃 휘날리고 대낮은 고요한데, 우는 비둘기 어린 제비에 봄날은 깊네.』라 한 것만 못하다.」라 하였다.

白樂天云: 「笙歌歸院落, 燈火下樓臺.」 又云: 「歸來未放笙歌散, 畫戟門前蠟燭紅.」 非富貴語, 看人富貴者也. 黃魯直謂「白樂天云: 『笙歌歸院落, 燈火下樓臺.』 不如杜子美云『落花游絲白日靜, 鳴鳩乳燕靑春深』也.」

라 하여 두보 시와 비교해서 평가하였다. 백거이의 〈宴散〉(≪全唐詩≫ 권488) 시는 다음과 같다.

작은 연회 쓸쓸히 흩어져서
다리 걷노라니 달이 떠오르네.
생황가 노래하며 뜰에 돌아오니
등불이 누대 아래에 있네.
남은 더위에 매미 소리 잔잔한데
초가을에 기러기 오는구나.
무엇으로 잠자리 즐길 건가
누워서 술잔이나 들리라.

小宴追凉散, 平橋步月回.

笙歌歸院落, 燈火下樓臺.
殘暑蟬催盡, 新秋雁帶來.
將何迎睡興, 臨臥擧殘杯.

　　郭紹虞는 ≪宋詩話考≫(上卷)에서 이 시화에 대해 비교적 상세한
고찰을 가하였는데, 특히 시화 내용에서 후인의 난잡한 첨삭으로 인
해 논리상으로나 문구해석상 오류가 많음을 胡仔의 ≪苕溪漁隱叢話≫
前集과 吳曾의 ≪能改齋漫錄≫에 의거하여 수정할 부분을 다음 10
개 조로 나누어 지적하고 있다.

　　1) "望夫石"條 ; 「唯夢得云」에서 '夢得' 위에 '劉'자가 脫字. 호자와 오
　　증의 本에 의거하여 校補. 그리고 '黃叔度'의 '度'도 위의 호자와 오증
　　의 本에 의거해서 '達'로 고침.
　　2) "武人出慶宮"條 ; 胡仔本에 의하면 「무재인이 경수궁을 나오다.
　　(武才人出慶壽宮)」라 하니 뜻이 분명함.
　　3) "荊公詩云"條 ; 「공의 문체는 자주 바뀌어 만년에 시가 더욱 힘드
　　니 그러므로 언사는 삼가지 않을 수 없음을 안다.(而公文體數變, 暮
　　年詩益苦, 故知言不可不愼也.)」라 하였는데, 의미가 불명하니 호자
　　본에 의거하여 「공은 평생 문체가 자주 바뀌어서, 만년에 시가 더욱
　　공교해지고 용의가 더욱 힘들어지니, 그러므로 언사는 삼가지 않을
　　수 없다.(而公平生文體數變, 暮年詩益工, 用意益苦, 故言不可不謹
　　也.)」라고 고침.
　　4) "尙書郎張先"條 ; 「세칭 장삼영이라 한다.(世稱誦之張三影.)」는 의
　　미가 불명하니 호자본에 따라서 「세상에 널리 칭하기를 장삼영이라
　　부른다.(世稱誦之, 號張三影.)」로 고침.
　　5) "韓退之上尊號表"條 ; 「曾子賀赦表」 구에서 호자본에 의거하여 '子'
　　아래에 '固'가 있어야 함.
　　6) "世語云"條 ; 「증자개 진소유 시는 사와 같다.(曾子開秦少游詩如詞.)」
　　구는 탈자가 많아서 호자본에 의거하여 「증자고는 운어가 부족하고,
　　황노직은 산어가 부족하고, 소자첨 사는 시 같고, 진소유 시는 사 같
　　다.(曾子固短於韻語, 黃魯直短於散語, 蘇子瞻詞如詩, 秦少游詩如詞.)」

로 첨가함.

7) "眉山長公守徐"條 ; 「有鶴一焉」 구에서 '一'은 호자본에 의하여 '下'
로 고침.

8) "余登多景樓"條 ; '白烏'는 호자본에 의하여 '白鳥'로 함.

9) "周盤龍"條 ; 「建節出師太原」 구에서 '師'를 호자본에 의하여 '帥'로
함.

10) "王游"條 ; '游'는 호자본에 의하여 '斿'으로 고침.2)

　　이상 지적된 부분이 何文煥의 ≪歷代詩話≫本에 교정되어 편집되
어 있다.

　　판본은 ≪左氏百川學海≫, ≪稗海≫, 明代에 발간된 ≪宋詩話五種≫,
≪津逮≫, ≪歷代詩話≫, ≪螢雪軒≫, ≪說郛≫본이 있다. 이 가운데 萃
文堂에서 간행한 ≪適園叢書≫, ≪後山先生集≫이 가장 완정하다.

---

2) 이상 10개 조항은 郭紹虞의 ≪宋詩話考≫ 上卷 p.18-19 참조.(臺灣 漢京文
化事業有限公司, 1983년)

≪春渚紀聞≫ - 何薳

何薳(하원, 1077-1145). 자는 子遠, 또는 子楚이며, 自號는 韓青老農으로 浦城(지금의 福建 浦城縣)人이다. 富陽令에 임명되어서 蔡京이 권력을 잡고 나라를 잘못 다스리고 시사가 날로 그릇됨을 보고 出仕하지 않고, 그 부친 何去非 묘지가 있는 韓青谷(지금의 浙江에 있음)에 은거하였다. 그는 재예가 많아서 琴藝에 정통하고 歌詩에 능하였다. 논시는 '托以規諷' 즉 사물에 기탁하여 풍자할 것을 주장하고, 작시는 부단한 연마를 통하여 고치고 또 고치면서 완미함을 추구하였으니, 「예부터 시인은 돌을 쪼고 갈듯이 글자 하나에 세월을 다하는 지경에 이르러서 10년에 시 한 수 만들어 내는 것이다. (自昔詞人琢磨之若, 至有一字窮歲月, 十年成一賦者.)」라고 하여 엄정한 작시상의 조탁을 강조하였다. 사적은 ≪宋詩紀事≫, 王洋의 ≪東牟集≫에 보인다.

본 시화는 10권으로 구성되어 있는데, ≪四庫全書總目提要≫에는 「그 책은 '잡기' 5권, '동파용사' 1권, '시사사략' 1권, '잡서금사' '묵설' 부기 1권, '기연' 1권, '기단약' 1권으로 나뉘어 있다.(其書分雜記五卷, 東坡用事一卷, 詩詞事略一卷, 雜書琴事附墨說一卷, 記研一卷, 記丹藥一卷.)」라고 기술하고 있다. 이 중에 ≪東坡用事卷≫은 蘇軾의 遺文佚事 및 秦觀, 劉攽, 黃庭堅, 陳師道 등과의 交往을 기술하고 있어서 蘇軾과 그 동시대 시인을 연구하는 데 귀중한 자료를 제공하고 있다. 예컨대 "文章快意"(문장의 유쾌한 뜻)조를 보면,

어떤 이는 평생 유쾌한 일 없고 오직 문장을 지어서 뜻을 드러내니, 필력이 비범하여 뜻을 다 표현하지 않음이 없다. 스스로 이르기를 세

상에 즐거운 일이 이보다 더한 것이 없다고 한다.

某平生無快意事, 唯作文章, 意之所到, 則筆力曲折, 無不盡意. 自謂
世界樂事無逾此者.

라고 하니 문인의 삶에 대한 기본 의식을 요구한 것으로, 이 문구는
후대 시화에 항상 인용되고 있다. 그리고 "著述詳考故實"(저술에 고
사를 깊이 고려함)조에서는 蘇軾을 언급하기를, 「책 보는 즐거움이
밤마다 삼경까지 가니 크게 술 취해 돌아와도 반드시 책을 펴서 매
우 피곤해야 취침하였다.(觀書之樂, 夜常以三鼓爲率, 雖大醉歸亦必
披展至倦而寢.)」라고 하면서,

매양 시를 짓고 저술하는 데 전고를 쓰니, 눈앞에 익숙한 일이라도
반드시 여러 사람들로 검토케 한 후에 발표하였다.

每有賦詠及著撰所用故實, 雖目前爛熟事, 必令諸人檢視而後出.

라고 하여 소식의 작품 창작의 엄격한 자세를 알 수 있다. ≪詩詞事
略卷≫은 15조인데 당송 시인이 음송한 시구를 수록하면서 자신의 의
견을 부기하고 있다. "作文不憚屢改"(글짓기에서 자주 고침을 꺼리지
아니함)조를 보면, 白居易와 蘇軾의 詩稿를 기재하고 歐陽修의 작
시 태도에 대해서,

글짓기를 마치면 그것을 장벽에 붙여놓고 앉거나 누워서 바라보면서
최선을 다해 바로 고치고 나서야 남에게 보인다.

作文旣畢, 貼之墻壁, 坐臥觀之, 改正盡善, 方出而示人.

라 하고 자신의 의견을 부기하기를,

필력이 대단하다 해도 한 번에 다 써서 정하지 않고 애써서 여러 번
고치곤 한다.

雖大手筆, 不以一時筆快爲定, 而憚于屢改也.

라고 하였다. 그리고 "蘇黃秦書各有僻"(소식, 황정견, 진관의 글은 각각

편견이 있음)조에서는,

> 소식, 황정견, 진관은 늘 사람들에게 필적을 부탁 받았는데 술에 취
> 하여 붓놀림이 피곤하면, 소식은 마른 나무와 주먹돌을 시 소재로
> 하여 사람의 마음을 기가 차게 하였고, 황정견은 참선 시구를 썼고,
> 진관은 **빼어난** 시를 썼다.
> 東坡先生山谷道人秦太虛七丈每爲人乞書, 酒酣筆倦, 坡則多作枯木拳
> 石, 以塞人意; 山谷則書禪句, 秦七丈則書鬼詩.

라 하였다. 소식이 元祐 8년(1093) 定州知州로 부임하여 太行山에서
흰 반점이 있는 돌 하나를 주워서 '雪浪石'이라 명명하고 그의 서재도
'雪浪齋'라 하니, 고향을 그리는 심정을 노래한 〈雪浪石〉(≪蘇東坡全
集≫ 권2)을 예로 든다.

> 태행산은 서쪽으로 만마가 머문 듯하니
> 형세가 대산과 웅장한 모습 다투네.
> 비호와 상당은 천하의 척추러니
> 반만 해가 저물어도 황혼이 먼저 드네.
> 깎아서 산동의 2백 마을 이루니
> 기세는 燕趙 땅 작은 고을 압도하네.
> 수많은 산봉우리 돌은 장군 깃발처럼 휘말아 솟았고
> 무너질 듯 가파른 낭떠러지는 파놓은 듯 토문이 열렸네.
> 성 아래 오고가며 돌화살이 되어서
> 한 번 쏘면 오랑캐 혼백이 놀라서 떨어지네.
> 화평한 백년 시절에 봉화 찬데
> 이 돌은 메마른 느릅나무 뿌리에 쓰러져 있었네.
> 화공이 다투어 설랑석의 기세를 본뜨니
> 자연의 조화인지 번개 도끼 흔적도 안 보이네.
> 도강언 사방이 강물로 둘러싸이니
> 촉 땅 사람이 없으니 누구와 얘기할까나.
> 노인이 아이 놀이하듯 날리는 비 만들며

술잔 들고 앉아서 진주 같은 물방울 튀는 동이를 보네.
이 몸은 절로 혼몽하여 꿈이 아닐까 하니
그리운 고향 산천이 잠시 마음에 머물러 있네.
太行西來萬馬屯, 勢與岱岳爭雄尊.
飛狐上黨天下脊, 半淹落日先黃昏.
削成山東二百郡, 氣壓代北三家村.
千峰石卷蠆牙帳, 崩崖鑿斷開土門.
揭來城下作飛石, 一礮驚落天驕魂.
承平百年烽燧冷, 此物僵臥枯楡根.
畫師爭摹雪浪勢, 天工不見雷斧痕.
離堆³⁾四面繞江水, 坐無蜀士誰與論.
老翁兒戲作飛雨, 把酒坐看珠跳盆.
此身自幻孰非夢, 故國山水聊心存.

소식이 수집한 돌 雪浪石이 四川의 都江堰을 닮았는데 같이 의논할 동향이 없었다. 인생은 허무하고 일장춘몽 같아서 그는 이 돌을 감상하면서 고향 산천을 그리워하는 심회를 토로한 것이다. 돌을 대상으로 고향을 그리워하는 寄興의 영물시이지만 그 섬세하면서 기세 넘치는 관찰력과 묘사법은 절로 감탄을 자아내게 한다.
다음으로 황정견은 禪句를 썼는데, 그의 〈題落星寺〉(其三)를 본다.

낙성사 스님 깊은 곳에 집을 짓고
용문의 노인은 와서 시를 짓네.
보슬비 산을 덮고 길손은 오래 앉았는데
긴 강은 하늘에 닿아 있고 돛단배는 느리게 가네.
먹고 자는 거처 맑은 향에 속세랑 끊어지고
불화 그림 오묘하나 아는 이 없네.
벌집 같은 방은 오히려 절로 창문 열리고

---

3) 離堆 : 秦나라 蜀 太守 李氷이 축조한 都江堰으로 離와 堆의 방법을 썼다 하여 '離堆'라 하였다.

곳곳에는 차 달이는데 등나무 한 그루 서있네.
落星開土深結屋, 龍門老翁來賦詩.
小雨藏山客坐久, 長江接天帆到遲.
宴寢淸香與世隔, 畫圖妙絶無人知.
蜂房却自開戶窓, 處處煮茶藤一枝. (≪宋詩大觀≫)

황정견이 元豊 3년(1080), 36세에 落星寺에 들러서 지은 시이다. 이 시에 대해서 원대 方回는 ≪瀛奎律髓≫에서 시의 경지가 기묘하여 황정견만이 그려낼 수 있는 세계라고 호평하였다.

그리고 秦觀(1049-1100)이 '鬼詩'를 썼다 함은 그의 시가 고금의 시풍을 섭렵하여 고고한 경지에 이르렀음을 의미하니, 진관이 평생 추숭한 杜甫를 논술한 다음 글에서 알 수 있다.

옛날 소무와 이릉의 시는 고아하고 오묘함에 뛰어났고, 조식과 유정의 시는 호방하고 준일함에 뛰어났고, 도잠(도연명)과 완적의 시는 충담함에 뛰어났고, 사령운과 포조의 시는 준걸하고 정결함에 뛰어났으며, 서릉과 유신의 시는 수사가 아름다움에 뛰어났다. 그리하여 두보는 고아하고 오묘한 격조를 궁구하고 호방하고 준일한 기상을 극대하며, 충담한 취향을 지니고 준걸하고 정결한 모습을 겸하고 수사가 아름다운 자태를 갖추었으니, 모든 시인들의 작품이 그에 따라갈 수 없는 것이다. 그러나 모든 시인들의 장점을 모으지 않았다면 두보 또한 홀로 이 경지에 이르지 못했을 것이니, 어찌 그 때를 잘 만난 때문이 아니겠는가.
昔蘇武李陵之詩, 長於高妙, 曹植劉公幹之詩, 長於豪逸, 陶潛阮籍之詩, 長於沖澹, 謝靈運鮑照之詩, 長於俊潔, 徐陵庚信之詩, 長於藻麗. 於是子美窮高妙之格, 極豪逸之氣, 包沖澹之趣, 兼俊潔之姿, 備藻麗之態, 而諸家之作所不及焉. 然不集諸家之長, 子美亦不能獨至於斯也, 豈非適當其時故耶. (≪淮海集≫ 권22 進論)

이로써 진관이 多讀과 多思를 통한 역대 시가의 유풍을 결집하여 숙지하였다는 점을 확인하게 된다. 진관이 元豊 2년(1079), 지금의

浙江에 있는 會稽에서 越州知州인 程公闢과 鑑湖, 蘭亭, 禹廟, 蓬萊閣 등을 유람하며 唱和詩를 남겼는데 이 시기에 지은 紀遊詩〈遊鑑湖〉(≪淮海集≫ 권3)를 본다.

> 그림 무늬 배의 구슬 발이 뱃전을 둘러싸고
> 하늘 높이 센 바람은 마름과 연꽃 마을에 부네.
> 물빛이 자리에 들어와 술잔과 접시 반짝이고
> 꽃향기 스며들어 웃음소리 향기롭네.
> 비취새는 비스듬히 맑은 술 엿보고
> 잠자리는 힐끗 붉은 단장 피하네.
> 포도주 술기운 나른해도 홑옷이 겹나니
> 정말로 감호에서 5월이 춥게 느껴지네.
> 畵舫珠簾出繚牆, 天風吹到芝荷鄕.
> 水光入座杯盤瑩, 花氣侵入笑語香.
> 翡翠側身窺淥酒, 蜻蜓偸眼避紅粧.
> 葡萄力緩單衣怯, 始信湖中五月凉.

　　호수에서 뱃놀이하며 산수에 몰입한 심정으로 풍경을 사실적이면서 낭만적으로 묘사하고 있다. 위의 소식과 황정견, 그리고 진관 등 세 문인의 관계는 소식을 중심으로 형성되어 있다. 따라서 본 시화에서 이 三人을 동시에 거론한 것은 자연스러운 상관성을 지닌다. 蘇軾은 문호로 문단에 군림되어서 명성이 천하에 떨치니, 북경에서 黃庭堅이 편지와 두 수의 고풍을 보내서 그 문하에 들기를 원하였고, 秦觀(1049-1100)은 科試에 응하러 汴京에 가던 중에 徐州에서 소식을 만나서, 「나는 만 호의 제후가 되길 원치 않고, 오직 서주의 소식 선생을 한 번 만나길 원하네.(我獨不願萬戶侯, 惟願一識蘇徐州.)」(〈別子瞻〉)라고 하였다. 그리고 晁補之(1053-1110), 張耒(1054-1114), 陳師道(1053-1101) 등도 소식의 문하생을 자원하여 이들을 소위 '蘇門六君子'라 한다.
　　이어서 본 시화에서 "關氏伯仲詩深妙"(관씨의 백중시의 심묘함)조는 關子의 〈東西湖夜歸所作〉 시구를 기록하여 「종소리가 동서사에서 나고, 등불이 멀리 멀고 가까운 마을에 보이네.(鐘聲互起東西寺, 燈火遙分遠近村.)」라 하고 「몸소 서호에 가지 않고서는, 이 시의 표현의 오묘함을 알지 못할 것이다.(非身到西湖, 不知此詩形容之妙也.)」라고 자신의 의견을 달았다. 그리고 "後山評詩人"(진사도의 시인 품평)조를 보면,

> ≪후산시화≫에 평하기를, 「시는 그 좋아하는 것으로 지으려 해도 잘 지을 수 없다. 왕안석은 공교함으로, 소식은 청신함으로, 황정견은 기이함으로 지었는데 오직 두보 시만은 기이하면서 공교하며 청신하면서 진부한 것을 바꾸어 가며 잘 표현하지 않은 것이 없었다.」라 하였다.
> 後山詩評云 : 詩欲其好, 則不能好. 王介甫以工, 蘇子瞻以新, 黃魯直以奇, 獨子美之詩, 奇常工易新陳無不好者.

라고 하여 진사도가 두보 시를 기준으로 하여 왕안석과 소식, 그리고 황정견의 취향을 적절하게 평가하여 지적하였다.

판본은 많으나 주요한 것은 ≪寶顔堂秘笈≫본, ≪津逮秘笈≫본, ≪學津討原≫본, ≪說郛≫본 등이 있다.

≪陳輔之詩話≫ - 陳輔

陳輔(진보, 생졸년 불명). 九江(지금의 江西에 속함)人으로 일설에 金陵(지금의 南京)人이라고도 하며, 丹陽 南郭에 기거했다 하여 自號를 '南郭子'라 하였다. 어려서 준재로 文詞가 雄放하며 평생 결혼하지 않았고 과거 시험에도 응하지 않았다. 蘇軾, 鄒浩(추호), 蔡肇(채조), 沈括 등과 교유하였다. 그의 논시는 유가의 詩教를 기본으로 삼아서 두보의 '시의 의취(乃心王室)'와 范仲淹의 '시의 교화성(兼濟加澤之心)' 논리를 추숭하고 동시에 시가의 '의취가 깊고 아름다움(意味深婉)'과 '경치가 항상 새로움(光景常新)'을 중히 여겼다. 郭紹虞의 ≪宋詩話考≫에 陳輔의 시풍에 대해 기술하기를,

진보지가 지은 시는 풍치가 매우 넘치어서, 왕사정의 ≪향조필기≫와 ≪분감여화≫에서 절구시 한 수를 매우 칭찬하였으니, 그 시는 「북산의 솔 꽃가루 휘날려, 하얗게 바람에 가벼이 드리워 보릿대가 기우네. 몸은 옛날 왕사연 같아서, 해마다 매번 그대 집에 온다네.」이다. 그러나 그의 논시에 있어서는 임포의 「성근 그림자 가로 기우네」란 시구 한 연이 들장미 같다고 하였다고 ≪야객총서≫와 ≪양계만지≫ 등 책에서 지탄을 받았다. 작시는 신운이 있었으나 논시는 시인의 시 자체의 오묘함을 깊이 탐구하지 못했으니 또한 어쩐 일인지?
輔之爲詩甚有風致, 王漁洋香肇筆記與分甘餘話盛稱, 其「北山松粉末飄花, 白下風輕麥脚斜. 身似舊時王謝燕, 一年一度到君家.」一絶. 但其論詩謂林和靖「疎影橫斜」一聯近似野薔薇, 頗爲野客叢書及梁谿漫志諸書所彈. 作詩有神韻, 而論詩乃未能深究詩人體物之妙, 抑又何也?

라고 하였다. 본 시화의 전래와 분량에 대해서 郭紹虞는 다음과 같

이 기술하고 있어서 그 출처를 확인할 수 있다.

이 책은 송대 이래로 여러 문인들의 저서에 안 보이니 우무의 ≪수초당서목≫에도 없어서 일실된 지 이미 오래인 줄 알겠다. 지금 전하는 책으로는 증조의 ≪유설≫에 수록된 것 13칙이 있고, ≪설부≫에 수록된 것은 단지 12칙이니 이 두 종 모두 절본이다. 그중에서 중복되는 것 1칙을 제외하면 무릇 24칙이 된다. 내가 편집한 ≪송시화집일≫에도 다만 24칙뿐이니 당연히 족본이 아니다.

是書不見宋以來諸家著錄, 尤袤≪遂初堂書目≫亦無之, 知其佚已久. 今傳本: 曾慥≪類說≫所錄有十三則, 又≪說郛≫所錄僅十二則, 此二種皆節本. 去其中相重者一則, 凡二十四則. 余所輯≪宋詩話輯佚≫亦僅此二十四則, 當非足本.(상동)

본 시화의 논지는 '中和之美'에 바탕을 두니 歐陽修의 시를 '玉燭'이라고 극찬하여 「사계절이 모두 온화한 기운이 있어서, 전체가 다 흐르는 물과 같다.(四時皆是和氣, 滿幅俱同流水.)」라 하였고, 시의 풍격은 「예컨대 맑은 바람과 밝은 달과 같아서, 사계절이 항상 있고 경치가 항상 새롭다.(譬之淸風明月, 四時常有, 而光景常新.)」라 하여 시인의 개성이나 시대적 변화에 관계없이 항상 참신함을 추구해야 한다고 기술하고 있다. 시가 창작의 심리도 精辟(정벽 : 정밀하고 분명함)한 견해를 지녀야 한다고 지적하면서,

사람의 마음은 경서를 따지고 공부해도 늘 정묘한 경지에 이를 수 없는데, 다만 시만은 깊이 찾아서 높은 경지에 들게 되니 이른바 모름지기 바다 속에 들어가 찾아야 하는 것과 같다. 당 시인의 말에, 「시구를 절로 한밤에 얻으니, 마음이 천상 밖에서 돌아온다.」라 하였다.

人心思究經術, 往往不能致精, 唯詩冥搜造極, 所謂應須入海求. 唐人有云: 句自夜中得, 心從天外歸.

라고 하였고, '讀書와 創作'에 대해서는 多讀에 있다기보다는 善用에 두고서 融會貫通(자세히 이해하여 꿰뚫어 알다)하여 '己有' 즉 자기

만의 독창적인 세계로 승화시켜야 하니 두보야말로 그 경지에 도달한 시인이라고 강조하였다. 그리하여 진보는 「읽은 책을 활용할 수 있을 따름이다(能用所讀之書耳)」라 하고, 아니면 만 권 서적을 읽었다 해도 「붓을 들어 쓴들 전혀 정신이 깃들어 있지 않다(下筆未必有神)」라고 하였다.

본 시화의 예문에서, 중당시인 王建의 〈宮詞〉 100수 중에 제90수를 두고 평한 부분을 본다.

> 왕건의 〈궁사〉에서 왕안석이 유독 좋아한 것은, 「나무 끝, 나무 아래에서 시든 붉은 꽃잎 보니, 한 잎은 서쪽 한 잎은 동쪽으로 흩날리네. 절로 복사꽃이 열매 맺으려는데, 사람들은 괜히 새벽바람만 원망하는구나.」 구로서 그 의미가 깊고 아름다우며 그윽하다.
> 王建宮詞, 荊公獨愛其「樹頭樹底覓殘紅, 一片西飛一片東. 自是桃花貪結子, 錯敎人恨五更風.」 謂其意味深婉而悠長也.

중당시인 王建(767-830)은 자가 仲初이며 潁川(지금의 河南 許昌)人이다. 貞元 연간(775)에 진사 급제하여 大府寺丞과 侍御史를 지내고 만년에 종군하여 邊塞詩를 지었다. 민간 형식의 신악부에 능하여 宮詞 100수를 짓고 韓愈의 문하생으로 張籍과 친교하여 '張王'이라 칭하며 ≪王建詩集≫ 10권이 전해진다. 본 시화에서 인용한 〈宮詞〉 제90수는 이중적 구조를 이루고 있다. 복사꽃이 시들어 떨어지는 현상은 열매를 맺기 위한 자연현상인데, 궁녀의 눈에는 봄날이 가면서 흩날리는 복사꽃이 자신의 청춘이 쇠락하는 한 맺히는 심정으로 받아들여서 '五更風'(새벽바람)을 원망한다고 묘사하였다. 이런 詩興이 왕안석으로 하여금 이 시를 특별히 애송하게 했을 것이다. 특히 시 첫 구에 대해서 ≪讀雪山房唐詩鈔凡例≫에서는,

> 〈궁사〉는 왕건에게서 처음 시작되었는데 후대 사람들이 안타까이 여기는 것은 다 왕건의 위상 위에 올라 설 수 없기 때문이다. 「나무 끝, 나무 아래에서 시든 붉은 꽃잎 보네.」 구는 백 편 중에서 이 한 수

가 크게 드러나니, 더욱 생각이 옅은 사람은 이해하지 못할 것이다.
宮詞始于王仲初, 後人傷爲之者, 總無能掩出其上也.「樹頭樹底覓殘
紅..」, 于百篇中宕開一首, 尤非淺人所解.

라고 극찬하였다. 개괄적으로 ≪許彦周詩話≫에서 왕건의 대표작인
〈宮詞〉를 평하기를,「왕건의 악부 궁사는 모두 뛰어난데, 이백(이태
백)과 두보를 따라갈 수 없는 점은 기품뿐이다.(王建樂府宮詞皆傑出,
所不能追逐李杜者, 氣不勝耳.)」라고 한 것은 과대평가가 아니다. 다
음에 왕건의 〈宮詞〉(≪全唐詩≫ 권299) 몇 수를 더 보기로 한다.

  금빛 궁전 앞에 보랏빛 누각이 겹겹이고
  선인장 위에는 옥 같은 연꽃이 있네.
  태평성대에 천자께서 조원각에 참배하는 날
  오색구름 수레에 여섯 용이 멍에를 매네.
  金殿當頭紫閣重, 仙人掌上玉芙蓉.
  太平天子朝元日, 五色雲車駕六龍.(其一)

  唐代의 國敎는 道敎이니 玄元皇帝로 모시는 老子 祠堂인 朝元閣에
天子가 참배하는 의식을 묘사하였다. 조원각은 驪山 華淸宮에 있었
다.

  차례로 연주하는 곡조 서로 맞지 않으니
  은근히 누구 가락이 더 좋은지 헤아려보네.
  내일 이화원에서 만나 보게 되면
  먼저 따라가서 內宮 사람의 노래 들어야겠네.
  巡吹慢遍不相和, 暗數看誰曲較多.
  明日梨花園裏見, 先須逐得內家歌.(其六六)

  어전에서 보랏빛 비단 저고리 새로이 하사하니
  걸어서 금 계단 내려와 가마를 타네.
  궁중 사람 모두 나와서 기뻐해 주니
  궁궐에서 내상서에 새로 임명되었네.

御前新賜紫羅襦, 步步金階上軟輿.
宮局總來爲喜樂, 院中新拜內尙書.(其七五)

위의 제66, 75수는 궁궐 내 女官의 역할과 제도를 묘사하고 있다. 왕건의 궁사체 시는 宋明代에 일종의 奉和詩 형식으로 발달하였고, 韓國漢詩에도 그 사조가 전해져서 조선 후기에 朴珪壽[4]가 궁사체로 〈鳳韶餘響絶句〉 100수(≪瓛齋集≫)를 지었으니 왕건의 宮詞 영향이 적지 않았음을 알 수 있다. 다음에 박규수의 시를 본다.

아름다운 북한산 고운 기상 푸르게 물드니
근정문 열어놓으니 옥 궁전 통하네.
만 송이 붉은 구름 속으로 북극을 바라보고
봉래산 아침 해는 동트며 비추네.
華山佳氣鬱葱蘢, 勤政門開玉殿通.
萬朵紅雲瞻北極, 蓬萊旭日照曈曈.(其一)

대궐문 한 굽이에서 선도를 바치니
기뻐하여 궁궐에서 비단 도포 내리셨네.
문소전에 드리는 예식이 끝나니
구중궁궐에 봄빛이 붉은 술동이에 비추네.
天門一曲獻仙桃, 歡喜官家賜錦袍.
捧上文昭行禮罷, 九重春色映紅醪.(其五)

박규수는 이 시의 幷序 첫머리에서 宮詞가 왕건에게서 발달되고 「시의 도는 정치와 통한다.(聲音之道, 與政通.)」라고 하며 시를 통하여 溫柔敦厚한 興趣를 느끼며 백성을 敎化하기 위해서 宮詞가 중요한 가치를 지닌다고 하였다. 위의 제5수는 조선 초기에 恭靖大王(정종) 궁의 宦官이 2월 말에 정원에서 복숭아를 얻었는데 선홍색이어서 霜桃 같았다. 복숭아를 文昭殿에 올리고 太宗에게도 仙桃라 하

---

4) 朴珪壽(1807-1876) : 字가 瓛卿, 號는 瓛齋로 저서에 ≪瓛齋集≫이 있다.

며 진상하니 太宗이 기뻐하며 입고 있던 御袍를 환관에게 하사하고
서 上王(정종) 궁에서 연회를 베풀고 밤새 즐겼다는 고사를(李陸
≪靑坡劇談≫) 시로 묘사한 것이다.

본 시화는 송대 이래로 제가의 저록에 보이지 않고, 尤袤5)의 ≪遂
初堂書目≫에도 없으니 일실된 지 오랜 것으로 본다. 지금 전본은
曾慥의 ≪類說≫에 13칙을 수록하고, ≪說郛≫에는 12칙을 수록하
고 있어서 모두 節本이라 할 것이다. 그중에 중복된 것 1칙을 제외
하면 대개 24칙이며 ≪仕學規範≫에 1칙을 보충하여 전부 25칙으
로 집계된다. 그 외에 ≪茗溪漁隱叢話≫, ≪優古堂詩話≫, ≪野客叢
書≫, ≪梁溪漫志≫, ≪賓退錄≫, ≪說詩樂趣≫ 등에 실린 것은 위
의 25칙에 이미 수록된 문장들에 불과하다.

쉽게 볼 수 있는 판본은 郭紹虞의 ≪宋詩話輯佚≫(中華書局)이 있
고, 羅根澤은 ≪說郛≫, ≪詩話總龜≫, ≪詩林廣記≫, ≪詩人玉屑≫,
≪竹莊詩話≫, ≪能改齋漫錄≫, ≪詩學規範≫ 등에 의거하여 17칙을
輯得하여 ≪中國文學批評史≫에 재록하였다.

---

5) 尤袤(1127-1194) : 자는 延之, 호는 遂初居士로, 常州 無錫人이다. 紹興 18
년(1146) 진사 급제하고 관직은 禮部尙書 겸 侍讀에 이르렀다. 楊萬里, 范成
大, 陸游와 함께 '南宋四大家'로 불린다. 청대에 편집된 ≪梁溪遺稿≫가 있다.

≪潛溪詩眼≫ - 范溫

范溫(범온, 仲溫이라고도 함). 자는 元實, 호는 潛溪로, 成都 華陽 (지금의 四川 成都)人이다. ≪唐鑑≫을 지어 '唐鑑翁'이라 칭한 范祖 禹의 아들로, 범온도 '唐鑑兒'란 호칭을 얻었다. 범온은 북송 4대 詞家 秦觀의 사위로, 진관의 詞에 「山抹微雲(산에 잔 구름 걷히다)」이란 구 가 있어 '山抹微雲女婿'라 自稱하였는데, ≪鐵圍山叢談≫에 그 일화를 기록하고 있다.

범온이 일찍이 귀인의 집 모임에 참석하였는데 진관의 사를 좋아하는 시종 아동이 있어 참석한 사람들이 거의 관심이 없었다. 술에 흥이 나고 즐거워하는데 시종 아동이 비로소 묻기를, 「이분은 누구신가 요?」 하니 범온이 문득 일어나 손깍지하며 대답하기를, 「나는 곧 '山 抹微雲'(산에 잔 구름 걷히다)의 사위요.」 하니 듣는 사람이 매우 놀 라워하였다.
仲溫嘗預貴人家會, 有侍兒喜歡秦少游長短句, 坐中略不顧及. 酒酣歡 洽, 侍兒始問: 此郎何人? 仲溫遽起叉手而對曰: 某乃山抹微雲女壻也. 聞者爲之絶倒.(≪宋詩紀事≫ 권41)

≪紫微詩話≫에 범온의 시구라고 하여 「왕연의 청담 변론은 모름 지기 누각에 기대야 하고, 두우의 담론은 시행해야 하네.(夷甫雌黄 須倚閣, 君卿脣舌要施行.)」가 실려 있으니, 王衍은 晋代 清談家이며 杜佑는 당대 정치가이며 학자로서 ≪政典≫ 35편과 ≪通典≫ 200편 을 편찬하여 후대 鄭樵의 ≪通志≫와 馬端臨의 ≪文獻通考≫의 藍本 이 되었다. 그의 논시는 黃庭堅을 계승하여 역시 「글자마다 쓰이게 된 근거가 있다(字字有來處)」를 주창하였으니, 이 논리는 강서시파

의 주장과 같다. 그래서 범온은 강서시파의 중심인 황정견의 주장을 시화에서 많이 인용하니, 예컨대 「황정견이 말하기를 문장은 반드시 구성에 조심해야 하니, 매양 후학을 보면 많이들 〈원도〉에 담긴 사상이 범상치 않다고 말한다.(山谷言文章必謹布置, 每見後學, 多告以原道命意曲折.)」와 같은 서술이다.

본 시화의 명칭을 '詩眼'이라 한 근거는 시론의 중점을 '字眼句法'에 두고 있기 때문인데, 시화에서 '句法以一字爲工'(구법은 글자 하나를 공교하게 다듬어야 함)조에 孟浩然의 「잔 구름이 은하수에 맑게 드리우고, 성근 빗방울 오동잎에 맺히네.(微雲澹河漢, 疎雨滴梧桐.)」 구를 들어서 工巧함이 '澹'과 '滴'자에 있다고 평한 점은 '詩眼'이라 할 것이다.1) 이 시화는 ≪郡齋讀書志≫에는 子類 小說類에 詩眼의 명칭으로 수록하고, ≪直齋書錄解題≫와 ≪經籍志≫에는 集部 文史類에 '潛溪詩眼'의 명칭으로 수록되어 있다. 이 시화의 주된 내용을 다음 네 가지로 구분하여 살펴본다.

첫째는 '詩眼'론이다. 범온은 시화에서 시안에 대한 명확한 설명이 없으나, '句中字眼'(시구에서의 시어 구사)과 '篇中意眼'(시 한 수에 담긴 사상, 뜻)에 중점을 둔 것을 엿볼 수 있다. 즉 詩法의 기교이다. 시화에서 기술하기를,

> 구법을 익힘은 사실 시인의 연단인 것이다. 구법은 어사 한 자를 공교하게 하는 것으로 자연스러우며 빼어나 평범치 않으니 마치 영단한 알 같아서 쇠를 다듬어서 금을 만드는 것이다.
> 句法之學, 自是一家工夫; 句法以一字爲工, 自然穎異不凡, 如靈丹一粒, 點鐵成金也.

라 하고 작시상의 '布置'(표현상의 시어 선택과 시구 나열)와 그 내용의 '命意'(생각, 궁리)를 강조하여,

---

1) 郭紹虞 ≪宋詩話考≫ 中之上卷 p.133(臺灣 漢京文化事業有限公司, 1983)

(포치) 대개 포치는 正體를 잘 갖춰야 하니, 예컨대 관청의 집, 마루, 방 등이 각각 정해진 위치에 있는 것과 같아서 혼란하면 안 된다. 한유의 〈원도〉와 ≪서경≫의 〈요전〉은 대개 이러하니, 다른 건 다 變體라 해도 된다. 변체는 떠가는 구름이나 흐르는 물 같아서, 애초에 정해진 바탕 없이 정밀한 데로 빠져서, 천연의 조화를 벗어나니 갖추어진 형상으로 마련할 수 없다. 그러나 요컨대 정체로 근본을 삼으면, 자연히 법도가 그 속에 행해지니 예컨대 용병에 있어서 기이함과 올바름이 서로 조화하는데, 처음에 올바름을 모르고 기이한 데로 나아가면, 어지러이 기강을 회복 못하고 마침내 혼란하게 될 뿐이다.

(布置) 蓋布置最得正體, 如官府甲第廳堂房室, 各有定處, 不可亂也. 韓文公原道與書之堯典蓋如此, 其他皆謂之變體可也. 蓋變體如行雲流水, 初無定質, 出於精微, 奪乎天造, 不可以形器求矣. 然要之以正體爲本, 自然法度行乎其間. 譬如用兵, 奇正相生, 初若不知正而徑出於奇, 則紛然無復綱紀, 終於敗亂而已矣.

(명의) 시에는 한 편의 담긴 뜻이 있고, 시구에도 뜻이 있다. 시구를 연단함은 뜻을 다듬는 것만 못하다. 율시도 한 편의 문장으로서 어사가 때론 무질서한 것 같으나, 담긴 뜻은 마치 구슬을 꿴 듯하다.

(命意) 詩有一篇命意, 有句中命意; 煉句不如煉意; 律詩亦是一篇文章, 語或似無倫次, 而意若貫珠.

라고 하여 작시의 布置와 命意의 중요성을 설명하고 있다. 이런 면에서 學詩나 評詩에는 사물을 보는 힘과 분별할 수 있는 능력이 요구된다고 강조하고 있다.

당나라 시인은 더욱 짧은 시에 뜻을 두어서 그 생각과 묘사된 것이 긴 것을 줄여서 네 구로 만들었기에, 뜻이 바르면서 이치를 다 지니니, 고아하고 간결하며 기세가 급변하니, 따라서 짓기 어려울 따름이다.

唐人尤用意小詩, 其命意與所敍述, 初不減長篇, 而促爲四句, 意正理盡, 高簡頓挫, 所以難耳.

둘째는 '以禪喩詩'(참선하는 정신으로 시를 지음)적 작시 정신이다. 이것은 시의 妙悟 경지를 參禪의 정신과 비유한 이론으로서 南宋 嚴羽의 ≪滄浪詩話≫〈詩辨〉에서 구체화되어 元明淸 시론 정립에 절대적인 영향을 주었다. 그런 면에서 범온은 엄우 시론의 先河를 열었다 할 것이다. 참고로 論詩와 論禪의 관계성을 보자면, 요점은 妙悟의 詩道로서, 만당의 司空圖를 추숭하고 강서파의 시론을 佛家 정신과 연관하여 구체화시킨 이론이다.2) 禪이 철학적·종교적 신비성을 지녔다면, 시는 문학영역으로 성정의 표출에 근거하여 서로 속성이 다르지만 감각의 직관을 중시한다는 면에서는 상통한다. 이런 관계를 郭紹虞는 다음과 같이 논증하고 있다.

선으로 시를 조정하는데 곧 선의와 시교가 관련이 있으면서 분별이 있다. 단지 그 다른 것을 보면 선은 그 자체가 선이며 시는 그 자체가 시이어서 각기 경지에 들지 않음을 볼 수 있으니 당연히 같이 논하기는 어렵다. 예컨대 그 통함을 보면 시교와 선의가 같지 않음이 얼음과 석탄, 물과 젖과 같은데도 보는 데는 아무렇지 않아서 모순이 없다.
以禪衡詩, 則禪義與詩教, 有關聯也有分別. 僅見其異, 則禪自禪而詩自詩, 可以看作各不相入, 當然難以幷論. 如見其通, 則詩教禪義非同氷炭而類水乳, 也不妨看作, 更無矛盾.」(≪滄浪詩話校釋≫〈詩辨〉)

禪과 詩는 그 자체일 뿐 相入하거나 幷論되기 어려워서 얼음과 석탄(氷炭)이나 물과 젖(水乳)같이 다르나, 모순 없이 입론상의 지평이 가능한 것은 직관 때문이다. 禪은 梵語로는 '禪那'의 簡稱으로서 뜻은 '思惟修' 또는 '淨慮'이며 '頓'과 '漸'으로 대별되는데, '漸修'는 調

---

2) 司空圖는 그의 기본사상을 南宗의 영향에서 이룩했음을 다음 글에서 알 수 있다. 「言不可無也, 然爲師之說者, 豈佐競而主勝乎. 儒之書曰率性之謂道, 老之書曰名歸其根, 而禪酉之東, 親抉人視聽, 至而又至者, 道與本俱忘哉.」(≪司空表聖文集≫ 卷9) 그리고 趙執信은 ≪二十四詩品≫의 후세 영향을 평하기를 「觀其所第二十四品, 設格甚寬, 後人得以各從其所近, 非第以不著一字, 儘得風流爲極則也.」(≪談龍錄≫)라 함.

身, 調息, 調心 등 순서에 의해 수도하며 '頓敎'는 宗門禪이라 하여 인심에 頓悟하여 成佛을 추구한다. 선의 목적은 證悟 즉 오득을 증험함에 있는 것이지 理悟 즉 오득을 따짐에 있지 않으니 그 전체의 意境을 다음 佛典에서 밝히고 있다.

> 진여법계는 자신도 없고 남도 없어서 서로 어울리려면 오직 둘이 아님을 말함이니 둘이 아니고 모두 같으니 포용하지 않음이 없다. … 극히 작은 것은 큰 것과 같아 경계를 잊어 끊고, 극히 큰 것은 작은 것과 같아 가를 보지 못하니 있음은 곧 없음이요 없음은 곧 있음이다. 眞如法界, 無自無他. 要言相應, 惟言不二, 不二皆同, 無不包容. … 極小同大, 忘絶境界, 極大同小, 不見邊表, 有卽是無, 無卽是有.(≪三祖中峯和尙信心銘≫)

이것은 三祖僧 璨의 글로서 法界의 '自性之妙體'에 대한 경계를 설명하고 있다. 시는 심지에 연유하여 성정을 사출할 때, 그 詩道는 바로 心得의 妙悟에 있는 것으로, 이는 佛道가 道得의 묘오에 있는 것과 같다는 것이다. 엄우가 「선도는 오직 묘오에 있고, 시도도 묘오에 있다.(禪道惟在妙悟, 詩道亦在妙悟.)」라고 한 논리는 범온의 논리에서 발전시킨 시론 의식일 것이다.

셋째는 '韻律' 중시이다.「운이란 아름다움의 극치이다(韻者, 美之極.)」라는 의식을 시화에서 논술하고 있다. 이 점에 대해서 근대인 錢鍾書는 ≪管錐編≫에서 범온의 시화에서의 韻論을 평하기를,

> 우리나라에 처음으로 운을 가지고 서화와 시문을 두루 논한 사람은 북송 범온이다. 범온은 ≪잠계시안≫을 지었는데 지금은 이미 일실된 지 오래다. … 서화의 운으로 시문의 운을 언급한 것이 수천 어에 달하니, 신운설의 강령 요령이 될 뿐 아니라, 화운에서 시운으로의 전환 단계를 놓은 것이다.
> 吾國首拈韻以通論書畫詩文者, 北宋范溫其也. 溫著潛溪詩話, 今已久佚. … 因書畫之韻推及詩文之韻, 洋洋千數百言, 匪特爲神韻說之弘綱要領, 抑且爲由畫韻而及詩韻之轉捩進階.

라고 하여 범온의 시에서의 韻論의 가치를 호평하고 있다.

넷째는 '流別' 즉 시풍의 연원이다. 이는 鍾嶸의 ≪詩品≫에서의 시인의 시 '淵源'을 밝힌 방식을 계승한 것으로 예컨대, 「당대 여러 시인 중에 격조가 높은 사람은 도잠(도연명)과 사령운을 배우고, 낮은 사람은 서릉과 유신을 배웠는데, 오직 두보와 이백(이태백), 한유(한퇴지)만은 조년에 모두 건안을 배워서 만년에 각자 일가를 이루었다.(唐諸詩人, 高者學陶謝, 下者學徐庾. 惟老杜 · 李太白 · 退之早年皆學建安, 晚乃各自變成一家耳.)」라고 하여 작가의 시 연원의 중요성을 서술하고 있다. 시화에서 杜甫와 李白 시에 대해 적지 않은 시평을 남기고 있으니, 다음에 그 예를 든다. 먼저 杜甫의 〈古柏行〉(≪杜詩詳注≫ 권15)에 대한 시평에 앞서, 그 시를 본다.

> 제갈무후 묘당 앞 늙은 잣나무
> 가지는 청동 같고 뿌리는 돌 같네.
> 서리 같은 껍질, 비에 씻긴 잎 둘레가 40길
> 짙푸른 잎 하늘을 찔러 2천 척.
> 군신이 함께 만났던 곳
> 묘당 앞 그 나무 아직 사랑 받네.
> 구름 기운 멀리 무협과 이어지고
> 밝고 찬 달빛 설산에 어리네.
> 기억에, 어제 길에 금정 동쪽 돌아드니
> 선주와 제갈량의 깊고 고요한 사당 같이 있다네.
> 우뚝 솟은 나뭇가지는 옛 언덕에 뻗어 있고
> 사당의 곱게 단청한 지게문 공허하네.
> 우뚝 선 자리 터가 좋지만
> 아득히 높게 자라서 드센 바람을 맞네.
> 신명의 돌봄으로 크게 자라났으니
> 정말 조물주의 노고 때문이네.
> 큰 사당 기울면 나무 기둥에 의지하니
> 만년 후에 돌아봐도 산처럼 장중하리라.

글로 드러내지 않아도 세상이 놀라서
베지 못할지니 뉘 쓰러뜨릴 수 있으랴.
그 애써 자란 나무 어찌 개미에게 파먹힐가
향기로운 잎가지에 봉황이 깃들게 하리라.
지사와 은둔자여 원망하고 탄식하지 말라
고래로 재목이 크면 쓰이기 어려워라.
孔明廟前有老柏, 柯如青銅根如石.
霜皮溜雨四十圍, 黛色參天二千尺.
君臣已與時際會, 樹木猶爲人愛惜.
雲來氣接巫峽長, 月出寒通雪山白.
憶昨路繞錦亭東, 先主武侯同閟宮.
崔嵬枝幹郊原古, 窈窕丹青戶牖空.
落落盤踞雖得地, 冥冥孤高多烈風.
扶持自是神明力, 正直原因造化功.
大廈如傾要梁棟, 萬年回首丘山重.
不露文章世已驚, 未辭剪伐誰能送.
苦心豈免容螻蟻, 香葉終經宿鸞鳳.
志士幽人莫怨嗟, 古來材大難爲用.

위 시에 대한 시화의 평을 보자.

〈고백행〉: 그 형사의 어사는 대개 시인의 직설적 표현에서 나오고,
…격앙한 어사는 대개 시인의 은유적 비유에서 나온다. … 내가 무후
묘당에 유람한 후에 〈고백행〉의 이른바, 「가지는 청동 같고 뿌리는
돌 같네」 구는 진실로 결코 고쳐선 안 되는 줄 아니 이것이 곧 형사
의 어사이다. 「서리 같은 껍질, 비에 씻긴 잎 둘레가 40길 … 밝고
찬 달빛 설산에 어리네.」 구, 이것은 격앙의 어사이니 이러하지 않으
면 잣나무의 거대함을 보지 못한다. 문장은 진실로 다양하나, 요체
는 늘 이 두 형식에 있을 뿐이다.
古柏行: 形似之語, 蓋出于詩人之賦. … 激昂之語, 蓋出于詩人之興. …
余游武侯廟, 然後知古柏行所謂「柯如青銅根如石」, 信然, 決不可改, 此

乃形似之語.「霜皮溜雨四十圍. ⋯ 月出寒通雪山白」, 此激昂之語, 不如此, 則不見柏之大也. 文章固多端, 警策往往在此兩體耳.

이백(이태백)의 〈古風〉(其18)(≪全唐詩≫ 권161)에 대한 평에서 먼저 시를 본다.

천진의 3월 시절은
온 대문에 복사꽃과 오얏꽃이네.
아침에는 단장화 되었다가
저녁에는 떨어져 동쪽으로 흘러가네.
앞의 물이 뒷물에 이어지니
고금이 서로 이어져 흐르네.
새 사람은 옛사람 아니어서
해마다 다리 위에서 노니네.
닭이 우니 바다 빛 움직이고
황제 알현하러 공후가 줄 서네.
달이 서쪽 양지에 지니
노을이 성 누대에 반쯤 어려 있네.
의관에 구름 햇빛 비추는데
조회 끝나니 서울을 떠나네.
안장 지운 말 비룡 같으니
황금으로 말머리 둘렀네.
행인이 두려워서 피하니
의지와 기개가 숭산을 가로지르네.
대문에 들어서 높은 마루에 오르니
늘어선 솥에 어지러이 진수성찬이네.
향기로운 바람은 조나라 춤 이끌고
맑은 피리는 제나라 노래에 따르네.
70마리 보랏빛 원앙새가
쌍쌍이 그윽이 뜰에서 노니네.
밤이 새도록 즐거이 노닐며

스스로 말하길 천추를 누리라 하네.
공훈 이루어 몸이 물러나지 않으면
자고로 허물이 많아지네.
누런 개가 공허히 탄식하고
푸른 진주는 재앙이 되네.
술 항아리 어떠한가
머리 풀고 쪽배 노 저으리.
天津三月時, 千門桃與李.
朝爲斷腸花, 暮逐東流水.
前水復後水, 古今相續流.
新人非舊人, 年年橋上游.
鷄鳴海色動, 謁帝羅公侯.
月落西上陽, 餘輝半城樓.
衣冠照雲日, 朝下散皇州.
鞍馬如飛龍, 黃金絡馬頭.
行人皆辟易, 志氣橫嵩丘3).
入門上高堂, 列鼎錯珍羞.
香風引趙舞, 淸管隨齊謳.
七十紫鴛鴦, 雙雙戲庭幽.
行樂爭盡夜, 自言度千秋.
功成身不退, 自古多愆尤.
黃犬空嘆息, 綠珠成釁仇.
何如鴟夷子, 散髮棹扁舟.

위의 시를 시화에서 평하였다.

건안시대의 시는 이치에 맞으면서 화려하지 않고, 질박하면서 속되
지 않으며, 풍격이 고아하고, 격조가 웅장하여, ≪시경≫ 풍아와 ≪초
사≫ 굴원의 기골을 터득하였으니, 가장 옛것에 가까운 시인으로는,

---

3) 嵩丘:嵩山. 河南省 登封縣 북쪽에 있는 五嶽 중의 하나.

오직 이백(이태백)과 두보만이 그것을 지니고 있다.

建安詩辯而不華, 質而不俚, 風調高雅, 格力遒壯, 得風雅騷人氣骨,
最爲近古. 惟李杜有之.

　본 시화는 ≪說郛≫本에는 3칙만 있고, 나머지는 ≪茗溪漁隱叢話≫,
≪詩人玉屑≫, ≪野客叢書≫, ≪草堂詩話≫, ≪詩話總龜≫ 등에 수
록되어 있으며 郭紹虞의 ≪宋詩話輯佚≫本(中華書局)이 있다.

≪蔡寬夫詩話≫ - 蔡居厚

蔡居厚(채거후, 생졸년 불명). 자는 寬夫로, 臨按(지금의 浙江 杭州) 人이며, 일설에는 茶州 膠水(지금 山東 平度)人이라 한다. 진사에 급제하여 吏部員外郞에 올랐다. 大觀 초년(1107-1108)에 右正言을 지내고, 右諫議大夫에 이어서 戶部侍郞을 지냈다.

郭紹虞는 ≪宋詩話考≫(中卷之上)에서 채거후의 시화에 대해서, 厲鶚(여악)의 ≪宋詩紀事≫(권37)에서의 「채거후의 자는 관부로서, 시화가 있다.(蔡居厚字寬夫, 有詩話.)」를 인용하면서 시화의 眞僞를 거론하였다. 그의 시구 「선생은 오랜 세월 이름을 어찌 쓰셨나, 박사 3년에 쓸데없이 지냈네.(先生萬古名何用, 博士三年宄不治.)」(≪宋詩紀事≫에 〈爲太學博士和人韻〉라고 詩題함) 한 연이 실려 있다. 채거후의 저술에는 ≪詩話≫와 ≪詩史≫ 두 종이 있는데, ≪宋史≫ 藝文志에 '蔡寬夫詩史'는 있고, '蔡寬夫詩話'란 명칭은 송대 이후에 보이지 않으므로 '詩史' 중에 부기되어 있다는 의견이다. 따라서 ≪詩話≫만을 별도로 편집하여 시화류에 열입했으니, 곽소우의 다음 서술을 본다.

≪시화≫와 ≪시사≫가 한 사람에게서 나왔는데도 정세하고 조잡함이 다르니, ≪시사≫는 대개 견문을 기술하고 또 당초의 습성을 따라서 한담에 지나지 않는다. ≪시화≫는 학문적이어서 음운 면에 있어서 소홀한 점이 있으나 뛰어난 뜻이 간간이 나오고 정세한 빛을 가리기 어려우니, 주서증이 「그 논시와 고증이 상세하고 장고를 따라서 애증 같은 사심이 없어 제가보다 빼어나다.」고 칭찬하였는데 헛된 말이 아니다. 그러므로 이제 ≪시화≫라는 표제로 하고 ≪시사≫

는 그에 부기한다. 이 두 책은 나의 ≪송시화집일≫에서 본다.

≪詩話≫≪詩史≫雖出一人, 但精粗有別, ≪詩史≫泛述聞見, 猶沿當
初習氣, 不過僅閑談而已. ≪詩話≫則有關學問, 卽於音韻方面, 間有
疎舛, 而勝義時出, 精光難掩, 朱緒曾稱「其論詩考證詳瞻, 淹習掌故,
無一定愛憎之私, 迥出諸家上」, 非虛語也. 故今以≪詩話≫標題, 而≪詩
史≫附之. 此二書幷見余≪宋詩話輯佚≫.(≪宋詩話考≫ 中卷之上)

본 시화에서의 논점을 몇 가지로 나누어 서술하면, 첫째 작시에
있어서 과다한 '人工'보다는 '自然'으로 창작되어야 한다는 점이다.
시화에서 서술하기를,

세상일은 모두 하고자 하는 뜻이 있어야 되는 것이다. 갑자기 신묘
함을 다할 수는 없는 것인데, 문장은 더욱 그러하다. 문장에서도 시
가 더욱 그러하다. 세상에서는 오랫동안 갈고 닦아야 되는 것이 있
다고 하는데, 이리하여 이른바 힘써 애쓰는 이가 많지만, 이름나는
이가 드물다. …「한 글자를 읊조리려 하더라도 얼마나 많은 수염을
비비 꼬았겠는가.」라고 하였으니, 어디에 얼마나 많은 고통을 들였는
지 알 수가 없다.
天下事有意爲之, 輒不能盡妙, 而文章尤然, 文章之間, 詩尤然. 世乃
有日鍛月煉之說, 此所以用功者雖多, 而名家者終少也. …「若吟成一個
字, 撚斷幾莖鬚.」不知何處合費許多辛苦.

라고 하여 시의 用事에 대해서는 '渾然天成' 즉 '전적으로 자연스러워
야' 할 것이며, 억지로 끌어 쓰는 것은 반대하였다.

둘째 만당시인의 立格에 대해서 강한 비판을 한 점이다. 특히 假
對格에 대해서 다음과 같이 비평하였다.

당대 말엽과 오대에는 세속에 시로써 자기 명성을 내는 자가 함부로
격법 세우기를 좋아하여 전인의 시구를 가져다가 예로 삼아서 의논
이 분분하니, 심지어 투척이니 독룡의 꼬리보기 등 추세가 있어서 그
것을 보고 박수치게 하고 있다. 대개 가도 무리를 본받아서 가도격

이라 말할 것이니, 이백과 두보에게서는 특히 가차가 적지 않다.

唐末五代, 流俗以詩自名者, 多好妄立格, 取前人詩句爲例, 議論鋒出, 甚有師子跳擲, 毒龍顧尾等勢, 覽之每使人拊掌不已. 大抵皆宗賈島輩, 謂之賈島格, 而與李杜特不少假借.

본 시화는 평론과 고증 방면에도 독특한 경지에 다다른 것이 많다. 「晉宋代 시인들의 시구는 비록 뛰어난 것이 많지만, 대체로 나은 것이나 못한 것이나 한 가지 뜻을 드러내고 있다. 예를 들면『물고기 노니 갓 돋은 연꽃이 움직이고, 새가 흩어지니 꽃이 떨어지네.』라거나『매미가 우니 숲은 더욱 고요하고, 새가 우니 산은 더욱 그윽하네.』라고 하는 것들은 모두 공교하지 않은 것이 아니지만, 끝내 이런 병폐를 면하지 못했다. …(晉宋間詩人造語雖秀拔, 然大抵上下句多出一意. 如「魚戲新荷動, 鳥散餘花落」, 「蟬噪林逾靜, 鳥鳴山更幽」之類, 非不工矣, 終不免此病. …)」라고 하여, 진송대 시인들 시구의 병폐, 句式의 모방, 어의의 중복 같은 것들을 초당시인들이 면치 못하다가 성당에 이르러서야 완성이 되었다.

(악무) : 대개 당인의 가곡은 본래 소리에 따라서 장단구를 짓지 않으니 오언이나 칠언시가 많다. 가인이 그 가사를 취하여 화성과 서로 어울려 음을 낼 뿐이다. 나의 고향에는 옛 양주와 이주 가사가 있는데 지금의 편수와 다 같아서 모두 절구시이다.

樂舞 : 大抵唐人歌曲, 本不隨聲爲長短句, 多是五言或七言詩. 歌者取其辭與和聲相送成音耳. 予家有古凉州·伊州辭, 與今遍數悉同, 而皆絶句詩也.

(신악부) : 육조시대 제나라 양나라 이래로 문인이 악부사를 짓기 좋아하였으나, 오래 이어오면서 자주 그 명제의 본뜻을 잃었다. 〈조장팔구자〉는 단지 새를 읊었고, 〈치조비〉는 단지 꿩을 읊었으며, 〈계명고수전〉은 단지 닭을 읊었으니, 대개 비슷하다. 그러나 그 명제를 잃은 것으로 예컨대 〈相府蓮〉은 〈想夫憐〉으로 와전되고, 〈楊婆兒〉는 〈楊板兒〉로 와전된 것이 그렇다. 대개 시인이 용사를 예로 들면서

언어를 상세하게 살피지 않았으니, 이백(이태백)이라도 이것을 면치 못한다. 오직 두보만이 〈병거행〉, 〈비청판〉, 〈무가별〉 등 여러 편에서 모두 사실에 기인하여 자신의 뜻을 표현하였으며, 명제 설정이 대략 전 인의 진부한 자취를 밟지 않았으니, 참된 호걸이다.

新樂府: 齊梁以來, 文士喜爲樂府辭, 然沿襲之久, 往往失其命題本意. 〈烏將八九子〉但咏烏, 〈雉朝飛〉但咏雉, 〈鷄鳴高樹巓〉但咏鷄, 大抵類似; 而甚有幷其題失之者, 如〈相府蓮〉訛爲〈想夫憐〉, 〈楊婆兒〉訛爲〈楊板兒〉之類是也. 蓋辭人例用事, 語言不復詳研考, 雖李白亦不免此. 唯老杜〈兵車行〉·〈悲靑坂〉·〈無家別〉等數篇, 皆因事自出己意, 立題略不蹈前人陳迹, 眞豪杰也.

다음으로 이백(이태백)의 〈永王東巡歌〉 11수(≪全唐詩≫ 권167) 중에서 제2, 제11수를 본다.

삼천1)에 북쪽 오랑캐 어지럽기 삼 같고
사방 사람들 영가2) 시대처럼 남쪽으로 떠가네.
다만 동산의 사안3)을 등용한다면
그대와 웃으면서 오랑캐 평정하리라.
三川北虜亂如麻, 四海南奔似永嘉.
但用東山謝安石, 爲君談笑静胡沙. (其二)

군왕의 옥 말채찍을 빌려서
포로 지휘하고 연회석에 앉네.
남풍으로 오랑캐 먼지 한 번에 쓸어버리고
서쪽 장안에 들어가서 천자를 알현하리라.

---

1) 三川 : 秦의 郡名. 洛陽. 滎陽과 洛陽 일대에 河水, 洛水, 伊水 세 강이 흘러서 三川이라 하였다.
2) 永嘉 : 西晉 懷帝(307-312)의 연호. 영가 5년(311) 劉曜가 낙양을 함락시키고 회제를 포로로 잡으니 중원의 사대부들이 江南으로 피난하였다.
3) 謝安 : 東晉의 명장, 자가 安石. 會稽의 東山에 은거하다가 40여 세에 尙書僕射가 되었다. 後晉 武帝 太元 8년(383), 前秦 符堅이 백만 대군을 이끌고 남침하자, 征討大都督으로 淝水에서 부견을 격파하였다.

試借君王玉馬鞭, 指揮戎虜坐瓊筵.
南風一掃胡塵靜, 西入長安到日邊.4)(其十一)

이들 시에 대한 시화의 총평을 보면, 다음과 같다.

이백(이태백)이 영왕 인을 종사한 것에 세상이 자못 의아해하며, 당
서에 그 사실을 매우 간략하게 기재하고 있으나, 그 사실 여부를 분
명히 밝히지 않았다. … 대개 이백은 본래 종횡무진하여 의협하다고
자임해서 중원이 요동칠 때 이로써 기특한 공을 세우려 했을 따름이
다. 그러므로 그 〈동순가〉에 「다만 동산의 사안을 등용한다면, 그대
와 웃으면서 오랑캐 평정하리라.」 구가 있다. 마지막 장에서 이르기
를, 「남풍으로 오랑캐 먼지 한 번에 쓸어버리고, 서쪽 장안에 들어가
서 천자를 알현하리라.」 구도 그 의지를 알 수 있다.
太白之從永王璘, 世頗疑, 唐書載其事甚略, 亦不爲明辨其是否. … 蓋
其學本出縱橫, 以氣俠自任, 當中原擾攘時, 欲藉之以立奇功耳. 故其
東巡歌有「但用東山謝安石, 爲君談笑靜胡沙」之句. 至其卒章乃云:「南風
一掃胡塵靜, 西入長安到日邊.」 亦可見其志矣.

위의 이백 시는 肅宗 至德 2년(757)에 종사했던 永王을 칭송하면
서 자신의 抗敵報國하고자 하는 심정을 표현한 작품이다. 영왕 李璘
은 현종의 16번째 아들로서 安史의 亂 때에 山南東, 嶺南, 黔中, 江
南西의 四道節度使로 임명되어 활약하였다. 이 시화에서 거론한 제2
수를 보면, 이 시는 그 당시의 시국을 묘사하고 있다. 안사의 난으로
叛賊들이 洛陽을 거점으로 하여 長安을 함락하자, 백성들이 南下하
여 長江 왼쪽으로 피난하니 그 정세를 西晉 말년의 '영가의 난'으로
비유하였다. 따라서 그 난국을 극복한 謝安의 고사를 인용하여 영왕
을 칭송하고 있다. 그리고 제11수를 보면, 영왕이 군사 지휘권의 상
징인 玉馬鞭을 잡고 사안처럼 경연에서 담소하는 자세로 적을 제압
한다는 내용이다. 앞 2구는 영왕이 남방에서 起兵하여 오랑캐를 격파

___

4) 日邊 : 日은 군왕을 상징하니, 군왕이 머무는 곳을 '日邊'이라 한다.

한 후 장안에 入朝하여 천자를 배알함을 묘사하고 있다. 이 시화에
서는 낭만시인인 이백의 위치로 보아서, 전쟁에 종사할만한 입장이
아닌데도 이 시를 짓게 된 점에 대해서 이백의 氣俠心을 그 동기로 평
가하고 있다.

　韓愈의 〈和裵晋公〉(≪全唐詩≫ 권337)) 시를 다음에 본다.

　깃발이 새벽 햇빛에 물들고 구름과 노을이 어우러지며
　산은 가을하늘에 기대고 칼과 창은 밝히 빛나네.
　바라노니 상공이 적을 평정한 후에
　잠시 여러 속관을 데리고 우뚝 높이 오르길.
　旗穿曉日雲霞雜, 山倚秋空劍戟明.
　敢請相公平賊後, 暫携諸史上崢嶸.

　위 시에 대한 본 시화의 평을 보자.

　이 시는 한유의 〈和裵晋公〉으로서 회서 지방에 원정가면서 여궤산을
지나며 지은 시이다. 진공의 시는 세상에 전해지는 것이 없고 다만
백거이 문집 속에 시 한 연이 실려 있으니, 이르기를, 「적을 평정하
고 천자에게 보답하길 바라니, 선산을 가리켜 노인에게 보이질 마
오.」라 하니, 때마침 의기가 이같이 자신에 차서 넘쳤다.
　此退之和裵晋公. 征淮西時, 過女几山詩也. 而晋公之詩, 世無傳者, 惟
白樂天集中載其一聯云:「待平賊壘報天子, 莫指仙山示老夫」, 方其時意
氣自信不疑如此.

　한편, 시화에서 시명이 알려지지 않은 시인의 시도 거론하고 있는
데, 蘇渙[5]의 〈變律〉(≪全唐詩≫ 권255) 시와 그에 대한 시화의 평을
본다.

　──────────────────

5) 蘇渙(?-775) : 蜀人. 大曆 연간에 潭州刺史를 지내면서 마침 杜甫가 담주에
　 표랑하는 중에 교왕하였다. 두보에게 〈贈蘇渙詩〉 2수가 있다. ≪全唐詩≫(권
　 255)에 시 4수가 수록되었다.

해와 달이 동쪽 서쪽으로 가고
추운 겨울과 더운 여름이 바뀌네.
음양이 멈출 때 없으니
조화는 아득히 헤아릴 수 없네.
눈 뜨면 새벽빛이요
눈 감으면 밤의 빛이네.
열었다가 닫히니
밝음과 어둠이 쉬지 않네.
편안히 세상 밖에 거하니
넓도다 천지의 덕이여.
천지는 말 아니하는데
세상 사람들 함부로 떠들어대네.
日月東西行, 寒暑冬夏易.
陰陽無停機, 造化渺莫測.
開目爲晨光, 閉目爲夜色.
一開復一閉, 明晦無休息.
居然六合外, 曠哉天地德.
天地且不言, 世人浪喧喧.(其一)

소환의 시에서 그 한두 수를 보건대, 「해와 달이 동쪽 서쪽으로 가고」
등, … 당나라 사람은 풍자에 뛰어나서 진자앙의 한 모서리를 터득하
였다. 그의 시의 기개를 보면 이처럼 뛰어나 굳세니 진실로 절로 그
가슴속을 알 수 있다.
渙詩世猶或見其一二, 如「日月東西行 …」, 唐人以爲長于諷刺, 得陳拾
遺一鱗半甲. 觀其詞氣桀兀如此, 固自可見其胸中也.

소환의 시가 陳子昻 시의 풍유적 풍격의 일면을 지니고 있다고 하
였는데, 진자앙의 〈感遇詩〉에서 그 특성을 확인할 수 있다. 진자앙
은 초당의 齊梁風을 반대하고 楊愼이 ≪升庵詩話≫에서 「그의 문사
가 간결하고 직설적이어서 한위의 풍격을 지닌다.(其辭簡直, 有漢魏
之風.)」라고 밝혔듯이 복고적 풍격을 지켜나갈 것을 주창하였다. 그

정신을 창작으로 표현한 것이 곧 〈감우시〉 38수이니, 그 속에 정치에의 비판과 항의, 백성의 생활고에 대한 묘사와 동정, 은일생활에 대한 찬미와 희망, 자기 불우에 대한 감개와 불평 등을 담고 있다. 그의 〈感遇詩〉 제11수를 본다.

나는 귀곡자 좋아하니
맑은 냇물에 티끌 하나 없구나.
주머니에는 경세의 도리 담겨 있고
남긴 육신은 흰 구름에 떠있네.
일곱 영웅이 용처럼 싸우니
세상은 어지러운데 그 님은 없도다.
뜬 영화 귀하지 않으니
도를 좇고 덕을 기르며 난세에 숨었네.
펼치면 우주에 차고
말면 한 치도 안 되나니,
어찌 산의 나무처럼 오래 살기 바라리오
공연히 고라니와 사슴과 짝할 따름이로다.
吾愛鬼谷子, 靑谿無垢氣.
囊括經世道, 遺身在白雪.
七雄力龍鬪, 天下亂無君.
浮榮不足貴, 遵養晦時文.
舒之彌宇宙, 卷之不盈分.
豈圖山木壽, 空與麋鹿群. (≪新校陳子昻集≫ 제1권)

이 시는 鬼谷子에 자신을 비유하여 앞 4구는 포부를 품고 있으면서 도를 좇아 언행을 삼간다는 뜻을 묘사하고, 다음 4구에는 어지러운 시대상을 그렸으며, 말 4구는 仙界의 道를 터득하여 天命을 따라 사슴과 고라니 같은 무리와 은거하려는 내심을 토로하였다. 진자앙은 그의 〈無端帖〉(≪新校陳子昻集≫ 補遺)에서 서술하기를,

도가 이미 행해지지 않고 또 천명을 알아서 즐길 수 없으며 산림에

깊이 숨을 수도 없다. 이에 때로 속세에 나오면 절로 무단한 사람인 것을 느낀다. 하물며 점차 듣지 못하게 되니 스스로 애석하여 어찌 해야 할지 모른다.

道旣不行, 復不能知命樂天, 又不能深隱于山藪, 乃亦時出人間, 自覺 是無端之人. 況漸近無聞, 不免自惜如何.

라고 한 것은 곧 이 시의 內涵과 상통한다 하겠다. 高仲武는 소환의 〈變律詩〉 19수 중 3수를 ≪中興間氣集≫에 수록하고 평하기를 「풍 자에 뛰어나고, 진자앙의 일면을 지니고 있다.(長于諷刺, 亦有陳拾遺 一鱗半甲.)」라고 하였다.

원본은 없어졌고, 羅根澤의 ≪兩宋詩話輯校≫에 86칙, 郭紹虞의 ≪宋詩話輯佚≫에 87칙이 있다.

≪潘子眞詩話≫ - 潘淳

潘淳(반순, 생졸년 불명). 字는 子眞으로, 新建(지금의 江西에 속함) 人이며, 潘興嗣의 손자이다. 저서로는 ≪詩林補遺≫가 있는데 郭紹虞가 ≪潘子眞詩話≫라고 改題하였다. 生平에 대해서는 ≪江西通志≫(권134)에 의하면 다음과 같다.

> 어려서 영리하고 배우기 좋아하며 게으르지 않으니 경서, 사서, 제자서의 말을 관통하였고 황정견에게 사사하여 시를 더욱 공교히 하였다. … 상서좌승 황이복이 반순을 청하여 건창현위를 맡겼다. 진관이 채경과 잘 통하니 말하는 자들이 반순을 진관의 친당이라고 보고 관직을 박탈당하니, 개의치 않고 귀향하여 자칭 '곡구소은'이라 하였고, 지은 시와 시화보유가 세상에 전한다.
> 少穎異, 好學不倦, 淹貫經史百家之言, 師事黃庭堅, 尤工詩. … 尙書左丞黃履復以淳爲請, 補授建昌縣尉. 陳瓘劾蔡京, 言者目淳爲瓘親黨, 坐脫官, 不以介意, 歸, 自稱谷口小隱, 所著詩並詩話補遺傳世.

반순은 黃庭堅에게 師事하여 시론이 句律을 중시하고 시격과 시법을 강구하였으며, 杜甫 시의 내력을 분석하여 황정견의 시론을 그대로 전수하고 있다.

본 시화 명칭과 정리 과정에 대해서 郭紹虞는 ≪宋詩話考≫(中卷之上)에서 다음과 같이 고증하고 있다.

> 반순이 지은 시화는 ≪강서통지≫ 외에는 여러 작자의 저록에 안 보이니, 그 당시에 거의 전해지지 않은가 한다. ≪강서통지≫〈예문략〉에는 그 조부 반흥사가 지은 시화 한 권이 기록되어 있는데 이 책을 ≪시화보유≫라고 칭하니, ≪반자진시화≫는 아니다. 대저 이 책

도 ≪온공속시화≫의 예를 따랐기에 원래대로 ≪시화보유≫로 칭한
것이다. 그 후에 여러 책에서 '보유'의 명칭으로 불러서 쉬이 오해하
게 되었다가 비로소 ≪반자진시화≫로 제목을 바꾸게 되었으니 또한
좋은 일이다. 엄유익이 ≪예원자황≫에서 ≪시화보유≫라 인용한 것
을 보면, 그 당시에 원래 이런 칭호가 있었음을 알게 된다. 여악의
≪송시기사≫에는 반순의 시가 없고, 그 23권에 반흥사의 시가 수록
되어 있고, 반흥사에게 ≪시화보유≫가 있다고 하였는데 뒤바뀐 것
이다. 고찰컨대, 반흥사는 자가 연지이고 자호가 청일거사로서, 지
금 시화에도 청일의 말을 인용하니, 그 조부의 말을 기술한 것으로
서, 이 말이 반흥사가 지은 시화 중에 있는지 모르겠다. ≪송시기사≫
는 ≪반자진시화≫에 의거하여 반흥사의 〈희곽공보시〉를 수록하고
있고, 시화 중에 또 청일의 〈여임대중〉 시 연구가 기재되어 있다.

淳所撰詩話, 除江西通志外, 亦不見諸家著錄, 疑當時卽不甚流傳. 江
西通志·藝文略著錄其祖興嗣所著有詩話一卷, 而稱是書爲詩話補遺, 不
作潘子眞詩話. 大抵此書亦援溫公續詩話之例, 故原稱詩話補遺. 迨其
後諸書稱引以補遺之名易滋誤會, 始改題潘子眞詩話, 亦屬可能. 考嚴
有翼藝苑雌黃引作詩話補遺, 知當時原有此稱. 厲鶚宋詩紀事無潘淳詩,
其二十三錄潘興嗣詩, 乃稱興嗣有詩話補遺, 則顚倒矣. 考潘興嗣字延之,
自號淸逸居士, 今詩話中亦有引淸逸語, 卽述其祖說, 不知此說是否在
興嗣所撰詩話之中. 宋詩紀事據潘子眞詩話錄興嗣戲郭功父詩, 但詩話
中又載淸逸與任大中聯句.

본 시화는 시의 기사와 고증에 치중하면서 나름의 견해를 기술하
고 있으니, 예컨대 '杜詩來歷', '杜牧賦元稹詩', '梅子黃時雨' 등 조목
은 시구의 내역과 押韻의 출처 등을 구명하고 있다. 黃庭堅을 사사
한 작자는 시종일관되게 江西詩派의 창작론을 추종하면서 시론을 전
개한 것이 특이하다. 시화 내용에서 元稹[1]의 칠언배율 〈連昌宮詞〉에

---

1) 元稹(779-831) : 자는 微之로, 河南(지금의 河南 洛陽)人이다. 貞元 9년
 (793)에 明經科에 登第하여, 監察御使, 號國長史, 翰林學士, 中書舍人 등을
 역임하고 大和 3년에 尙書左丞을 지냈다. 白居易와 교유하고 新樂府를 제창

대해 평하였다.

〈진양문시〉, 〈장한가〉, 〈연창궁사〉는 모두 개원 천보 연간의 일을 담고 있다. 원진의 시는 화려하지만은 않다. 「장관은 청렴 공평하고 태수는 좋으니, 선발 등용은 모두 상공에 의한 것이네.」 구는 맡겨서 책임지니 정치가 흥한 것이다. 「안록산이 궁궐에서 아이 기르니, 괵국의 문전이 시끄럽기 저자 같네.」 구는 아첨과 비밀스런 만남이 행해지지 않은 데가 없으니 어찌 어지럽지 않겠는가? 원진의 사실 묘사가 두 사람을 훨씬 능가한다.

津陽門詩·長恨歌·連昌宮詞俱載開元天寶間事. 微之之詞不獨富艷. 至「長官淸平太守好, 揀選皆言由相公.」 委任責成, 治之所興也.「祿山宮里養作兒, 虢國門前鬧如市.」 險詖私謁, 無所不至, 安得不亂? 積之敍事, 遠過二子.

鄭嵎2)의 〈津陽門詩〉, 白居易의 〈長恨歌〉, 元稹의 〈連昌宮詞〉 등은 玄宗과 安祿山의 亂(755) 관계를 묘사한 서사시이다. 백거이가 35세 (806)에 지은 〈장한가〉는 현종과 楊貴妃의 애정비사를 당시의 민간에서 유행한 전설과 신화와 결합하여 작품 배경으로 삼아, 애절하면서도 사실적으로 묘사하고 있다. 사실에 입각한 역사적 사실과 두 남녀의 망국적인 애정을 무비판적으로 기술한 것은 이 시의 문학적 가치를 제고하는 근거가 된다. 이 시를 4단으로 나누어 내용을 보면, 제1단에서 현종의 총애를 받는 양귀비로 인해서 楊國忠이 丞相이 되고, 사회 풍조를 아들보다 딸을 더 중히 여기게 한다. 제2단에서는 궁중의 사치한 생활 속에 안록산 난이 일어나고 長安이 함락되어, 왕이 피난하여 馬嵬坡(마외파)에서 양귀비를 처형한다. 제3단에서는 난이 평정된 후, 왕이 환궁하지만 양귀비를 그리워하여 상

하여 世稱 '元白'이라 하고 시도 '元白體'로 칭한다. ≪元氏長慶集≫이 있다.
2) 鄭嵎 : 생졸년 불명. 자는 憲光이며, 大中 5년 진사 급제하였다. 그의 〈津陽門詩〉(≪全唐詩≫ 권567)는 100운, 1,400자의 당대 서사 장편시이다.

심한다. 끝단에서는 臨邛 도사에게 양귀비의 혼백을 불러오게 하여 仙山에서 선녀가 된 양귀비와 比翼鳥, 連理枝 같은 관계가 되기를 맹세한다. 다음에 〈長恨歌〉의 일단을 본다.

한나라 황제는 여색을 중히 여겨 빼어난 미인을 그리워하니
궁궐에서 여러 해 찾아도 구하지 못했네.
양씨 집안에 딸이 있어서 바야흐로 성장하였는데
깊은 규방에서 자라나 아무도 몰랐네.
타고나길 아름다운 바탕을 절로 버리기 어려우니
하루아침에 뽑혀 군왕 곁에 있게 되었네.
눈동자 돌리며 한번 웃으며 온갖 애교 나오니
육궁의 여인네들 안색을 잃었네.
봄날 추워서 화청지에 목욕케 하니
온천 물 매끄러워 기름진 몸 씻네.
시녀가 부추겨 일어나니 곱고 나른하니
비로소 새로이 군왕의 은택 받는 때네.
구름 같은 머리와 꽃 같은 얼굴에 황금 비녀 꽂고
연꽃 휘장 따뜻이 봄밤을 지내네.
……
드디어 천하 부모 마음으로 하여금
아들 낳기 중히 여기지 않고 딸 낳기를 중히 여기네.
여궁의 높은 거처에 푸른 구름 깃들고
신선 음악은 바람에 흩날려 곳곳에 들리네.
느린 가락과 부드러운 춤이 악기에 어울리니
종일 군왕이 보고 봐도 부족하다네.
어양에서 전쟁 알리는 북소리 땅을 울리니
놀라서 예상우의곡 연주를 그만두었네.
깊은 궁궐에는 연기 먼지 일어나고
수많은 기마병은 서남쪽으로 나가네.
군왕의 화려한 비취 수레는 흔들거리며 가다가 서며
서쪽으로 서울 대문 나선 지 백여 리라네.

......

누각에는 영롱하게 오색구름이 일고
그 속에 아름다운 선녀가 많다네.
그중에 자가 태진이라는 선녀 하나 있는데
눈 같은 피부와 꽃 같은 용모가 그와 비슷하네.
황금 궁궐 서쪽 사랑채에서 옥문을 두드려서
소옥 시녀로 하여금 쌍성 시녀에게 알리게 하네.
한나라 천자의 사신이란 말을 듣고선
구화 장막에서 꿈꾸던 혼백이 놀라서 깼네.

......

이별하게 되니 정성스레 거듭 말을 부치니
그 말 중에 두 사람 마음으로 맹세한 언약이 있네.
7월 7일 장생전에서
깊은 밤에 아무도 없는 비밀스런 언약을 할 때였네.
하늘에서 비익조가 되길 원하고
땅에서는 연리지가 되길 원하네.
천지가 오래되어서 다할 때가 있어도
이 맺힌 원한은 이어져서 끊어질 때가 없네.

漢皇重色思傾國, 御宇多年求不得.
楊家有女初長成, 養在深閨人未識.
天生麗質難自棄, 一朝選在君王側.
回眸一笑百媚生, 六宮粉黛無顔色.
春寒賜浴華淸池, 溫泉水滑洗凝脂.
侍兒扶起嬌無力, 始是新承恩澤時.
雲鬢花顔金步搖, 芙蓉帳煖度春宵.

......

遂令天下父母心, 不重生男重生女.
驪宮高處入靑雲, 仙樂風飄處處聞.
緩歌慢舞凝絲竹, 盡日君王看不足.
漁陽鼙鼓動地來, 驚破霓裳羽衣曲.

九重城闕煙塵生, 千乘萬騎西南行.
翠華搖搖行復止, 西出都門百餘里.
……
樓閣玲瓏五雲起, 其中綽約多仙子.
中有一人字太眞, 雪膚花貌參差是.
金闕西廂叩玉扃, 轉教小玉報雙成.
聞道漢家天子使, 九華帳裏夢魂驚.
……
臨別慇懃重寄詞, 詞中有誓兩心知.
七月七日長生殿, 夜半無人私語時.
在天願作比翼鳥, 在地願作連理枝.
天長地久有時盡, 此恨綿綿無絶期. (≪全唐詩≫ 권435)

한편 이 시화에서 〈연창궁사〉는 안록산의 난을 사실적으로 직설하여 묘사하고 있다는 점에서, 서사적 입장에서 〈장한가〉보다 문학적 가치면으로 더 높이 평가하니, 이런 평가는 張戒의 ≪歲寒堂詩話≫에서 두 시를 비교하여 평한 다음 서술에서도 알 수 있다.

〈장한가〉는 백거이 시 중에서 최하이고, 〈연창궁사〉는 원진 시 중에서 곧 가장 득의한 것으로 두 시의 공교함과 졸렬함이 비록 다르지만, 모두 두보의 〈애강두〉 시의 미묘하면서 아름다움만 못하다.
長恨歌在樂天詩中爲最下, 連昌宮詞在元微之詩中乃最得意者, 二詩工拙雖殊, 皆不若子美哀江頭詩微而婉也.

다음에 〈連昌宮詞〉의 일단을 보기로 한다.

연창궁에 대나무 가득하여
오랜 세월에 사람은 없고 숲이 빽빽하네.
또 담가에는 복사 잎 무성하고
바람이 일어 낙화가 붉게 휘날리네.
궁궐 옆 노인이 흐느껴 울고
소년은 식사 드리러 이미 들어가네.

상황은 마침 망선루에 있고
태진이 함께 난간에 기대어 서있네.
누각 위와 누각 앞은 구슬 비취로 화려하고
호화찬란한 불빛이 천지를 비추네.
……
장관은 청렴 공평하고 태수는 좋으니
선발 등용은 모두 상공에 의한 것이네.
개원 말년에 요숭과 송경이 죽으니
조정은 점점 왕비가 이끄네.
안록산이 궁궐에서 아이 기르니
괵국의 문전이 시끄럽기 저자 같네.

連昌宮中滿官竹, 歲久無人森似束.
又有墻頭千葉桃, 風動落花紅蔌蔌.
官邊老翁爲餘泣, 少年進食曾因入.
上皇正在望仙樓, 太眞同憑欄干立.
樓上樓前盡珠翠, 炫轉熒煌照天地.
……
長官淸平太守好, 揀選皆言由相公
開元之末姚宋死, 朝廷漸漸由妃子.
祿山宮裏養作兒, 虢國門前鬧如市.(≪全唐詩≫ 권419)

이 시는 서사시이지만 일종의 奉制詩 성격을 지니고 있으니, ≪舊唐書≫〈元稹傳〉에「장경 초년에 최담준이 조정에 돌아와서 원진의〈연창궁사〉등 백여 편을 임금께 바치니 목종이 크게 기뻐하였다.(長慶初, 崔潭峻歸朝, 出稹連昌宮詞等百餘篇奏御, 穆宗大悅.)」라고 하였다.
다음에 鄭嵎의〈津陽門詩〉의 일단을 본다.

진양문 북쪽 사방으로 통해 있고
눈바람 불어 술집 깃발 나부끼네.
술집 손님은 상 차리라고 재촉하니
밥상 위에는 술통과 술잔 놓여 있네.

동전이 많으니 어찌 다 셀 건가
흰 막걸리는 부드럽고 달기가 엿 같네.
津陽門北臨通逵, 雪風獵獵飄酒旗.
酒家顧客催解裝, 案前羅列樽與巵.
靑錢瑣屑安足數, 白醪軟美甘如飴.(≪全唐詩≫ 권567)

본 시화에서 만당시인 韓偓(한악)3)의 〈偶題〉 시와 시에 대한 평을 본
다.

손 떨며 더듬대며 팔행서를 펴니
눈이 어두워 구국도를 못 찾겠네.
창가에 햇빛 들고 아지랑이 날리며
책상머리에는 대피리, 부들과 갈대가 길구나.
몸 도모하여 졸렬하게 헛된 짓 하기보다는
보국하려 위기에 벌써 수염을 가다듬네.
온 세상이 침묵할 수 없는 지경인데
누가 이 중국 땅 헤아려 지킬지 모르겠네.
手風慵展八行書, 眼暗休尋九局圖.
窓裏日光飛野馬, 案頭筠管長蒲蘆.
謀身拙爲安蛇足, 報國危曾捋虎鬚.
滿世可能無默識, 未知誰擬試齊竽.(≪全唐詩≫ 권681)

황정견은 일찍이 나에게 일러 말하였다. 「두보는 몸소 유랑하며 고
생하는 중에 그 마음은 하루도 조정에 두지 않은 적이 없었으니, 시
사를 잘 표현하고 시율이 정밀하고 예스럽다. 작자의 충의 기세가
강하게 드러나 있는데, 그러나 한악은 물러난 후 왕에 의지하였거
늘, 시집 속에 실린 이 시를 잘 살펴보면, 그 어사가 처절하고 절실

---

3) 韓偓(842~914) : 자는 致堯, 자호는 玉山樵人으로, 京兆 萬年(지금의 陝西
西安)人이다. 龍紀 원년에 진사 급제, 左拾遺, 刑部員外郎을 역임하였다. 그
의 시를 '香奩體(향렴체)'라 하는데 ≪香奩集≫이 있고, ≪全唐詩≫에 시 4권
이 편입(권680-683)되었다.

하고 긴박하지 않으면서도 그 임금을 잊지 않고 있다.」

山谷嘗謂余言: 老杜身雖在流落顚沛中, 其心未嘗一日不在本朝, 故善陳時事, 句律精深超古, 作者忠義之氣激發, 而然韓偓貶逐後依王, 審知如集中所載此詩, 其詞凄楚, 切而不迫, 亦不忘其君者也.

한악은 만당의 유미파 시인으로 소위 香奩體(향렴체)라는 여성을 묘사한 시를 다수 지은 바, 시풍이 나약하고 저속하다는 평가를 받는데 위에서 충정이 넘치는 의기를 표출한 시에 대해서 촌평하였다.

본 시화의 판본은 郭紹虞의 ≪宋詩話輯佚≫본이 있으니, 곽소우의 ≪宋詩話考≫(中卷之上)에 기술하기를,

> 이 책은 예전에 ≪설부≫본이 있어 무릇 4칙이다. 1. 고악부; 2. 산곡; 3. 시차시; 4. 현관어. 이 4칙에서 '시차시'는 ≪서청시화≫에 보이고, '현관어'는 ≪중산시화≫에 보이며, 그리고 '산곡' 1조에는 빠진 글이 있다. 나는 일찍이 그 일실된 글을 보충하여 편집하고 아울러 교정을 가하여 ≪송시화집일≫에 엮어 넣었다.
>
> 此書舊有說郛本, 凡四則: 一, 古樂府; 二, 山谷; 三, 試茶詩; 四, 弦管語. 此四則中, 試茶詩見西淸詩話, 弦管語見中山詩話, 而山谷一條有脫文. 余曾補輯其佚文, 並加校正, 編入宋詩話輯佚.

라 하여 본 시화를 편집하고 정리한 내력을 밝히고 있다.

≪湘素雜記≫ - 黃朝英

黃朝英(황조영, 생졸년 불명). 建州(지금의 福建에 속함)人으로 哲宗 紹聖(1094-1098) 후에 中擧하여 王安石의 門人이 되었다. 그러므로 그의 논시 또한 다분히 왕안석을 존숭하여서, 시가의 立意가 심원할 것을 제창하고, 시가 用字의 推稿(퇴고)를 강조하여 蘇軾의 〈與陳季常〉 시의 '汁字韻' 사용을 일컬어서, 「한 편의 시에서 여섯 개의 운을 쓰니 자못 두보와 다르다.(一篇詩而用六韻, 殊與老杜異.)」라 비평하고, 「왕안석에 있어서는 곧 이런 폐단이 없다.(至荊公, 則無是弊.)」라 하니 얼마나 왕안석을 추숭하였는지를 엿볼 수 있다.

본 시화는 일명 ≪靖康湘素雜記≫라 한다. 이 책은 高宗 紹興 연간에 胡仔의 ≪苕溪漁隱叢話≫와 ≪能改齋漫錄≫에 많이 인용되었고, 내용에서 국가 수난의 기록이 전무한 것으로 보아서, 북송 혼란기 이전에 成書된 것으로 추측한다. 현존하는 시화의 분량은 10권 90조로서 ≪郡齋讀書志≫에 의하면, 「기록된 것이 2백 사항이 된다.(所記二百事.)」라고 한 점으로 보아 현존 분량은 原書의 반도 안 된다고 할 것이다. ≪四庫全書總目提要≫에 「대개 명나라 사람이 망령되게 뽑아서 삭제하여 이미 완전한 책이 아니다.(蓋明人妄有刪削, 已非完書矣.)」라 하니 명대 이전에 足本이 行世했음을 알 수 있다.

송대 필기류에서 중요한 저술이기도 한 본 시화는 송대 考據學 발전과 변천에 으뜸가는 자료이다. 수필 형식이지만, 散見되는 詩詞, 楹聯, 傳記雜文 중의 각종 사물에 대한 고거와 논증을 하고 있으며, 그 내용은 職稱, 方言, 민속, 의약, 초목, 계절 등을 근원적으로 해석하고 科場과 詞林의 軼聞 掌故에 대해서 서술하고 있다. 그 논조가 논시적이 아니지만, 사물 하나하나에 대한 근거를 인용 설명하고 있다. 시문의 논술에 있어서는 用事와 詞語의 내력, 그리고 시의 立意와 用韻도 거론하고 있다.

시화에서 작자는 작시에서 속어의 활용을 주장하면서 蘇軾의 〈避謗(비방을 피함)〉 시의 속어 사용을 예로 들어 속어의 入句가 오히려 예술적 효과를 얻을 수 있다는 입장이다. 여기서 소식의 피방시란 〈七月五日〉(≪蘇東坡全集≫ 권14)을 지칭하는 것으로, 그 시 첫 수를 다음에 본다.

비방을 피하는 시는 의사를 찾아갔고
병을 두려워하는 술은 일에 몰두하네.
쓸쓸한 북쪽 창문 아래에서
긴 하루를 누구와 보낼 건가.
금년은 찌는 더위로 고생하여
초목들이 불타는 기운에 타버렸네.
더구나 일찍 쇠약한 사람
깊이 은거하니 기운이 실처럼 약하네.
가을이 오니 아름다운 흥취가 일어서
수수와 벼는 이미 찬 이슬 머금었네.
또 다시 이렇게 조용히 읊조리면서
가서 술지게미 쳇다리에 흐르는 술이나 마시겠네.

避謗詩尋醫, 畏病酒入務.
蕭條北窗下, 長日誰與度.
今年苦炎熱, 草木困薰煮.
況行早衰人, 幽居氣如縷.
秋來有佳興, 秫稻已含露.
還復此微吟, 往和糟牀注.

이 시의 말구 「가서 술지게미 쳇다리에 흐르는 술이나 마시겠네. (往和糟牀注.)」 구는 杜甫의 〈羌村〉 「벼와 기장을 거두는 걸 알겠나니, 벌써 술지게미 거르는 쳇다리에 술이 줄줄 흐르는 것을 느끼네.(賴知禾黍收, 已覺糟牀注.)」 구를 模擬하였다. 이 시는 찌는 듯이 무더운 한여름이 갓 지난 초가을에 북쪽 창가에서 지은 시이다. 외부환경 때문에 술을 마시지 못하는 것을 역설적이고 해학적으로 표현하고 있다. 「비방을 피하는 시는 의사를 찾아갔네.(避謗詩尋醫.)」 구는 비방을 피하기 때문에 시를 짓지 못한다는 의미이고, 「병을 두려워하는 술은 일에 몰두하네.(畏病酒入務.)」 구는 병이 두려워 술을 마시지 못한다는 의미이다. 내심으로는 시를 짓고 싶지만 또다시 비방을 받을까 봐 시를 짓지 못하고, 술을 마시고 싶지만 병에 걸릴까 두려워 술을 못 마시는 억제된 自我의 현 위상을 해학적으로 묘사하고 있다.4)

특히 李商隱의 〈錦瑟〉 시에 대해서 蘇軾이 '適怨清和'(적절과 원한, 청아와 화평)라고 평한 부분을 구체적으로 분석하여 이르기를,

이상은 시의 「장자는 새벽 꿈속에서 나비에 홀리다」 구는 적절함이다. 「망제는 춘심을 두견새에 기탁하다」 구는 원한이다. 「푸른 바다 달 밝은데 진주는 눈물 흘린다」 구는 청아함이다. 「남전에 해 따뜻하니 옥은 안개 내뿜네」 구는 화평이다. 한 편의 시 중에 그 뜻을 간절하게 다 드러냈다. 이를 칭하여 '아름다우면서 힘차고, 기이하면서 예스럽다'라고 한 말은 진실로 그러하다.
李詩「莊生曉夢迷蝴蝶」, 適也;「望帝春心托杜鵑」, 怨也;「滄海月明珠有淚」, 清也;「藍田日暖玉生烟」, 和也. 一篇之中曲盡其意, 史稱瑰邁奇古, 信然.

라고 하였다. 위 문장은 立意가 심원한 각도에서 본 것으로 참신한 평가라 할 수 있다. 참고로 이상은의 〈錦瑟〉 시(≪全唐詩≫ 권539) 전체를 보기로 한다.

---

4) 曹圭百 ≪蘇東坡詩選集≫(上) 참조와 인용.

비단 거문고 까닭 없이 50현인데
한 현 한 기둥이 젊은 날 생각케 하네.
장자는 새벽 꿈속에서 나비에 홀리고
망제는 춘심을 두견새에 기탁하네.
푸른 바다 달 밝은데 진주는 눈물 흘리고
남전에 해 따뜻하니 옥은 안개 내뿜네.
이런 정이 추억이 될 수 있건만
단지 그때에는 실의에 빠져 당황했다네.
錦瑟無端五十弦, 一弦一柱思華年.
莊生曉夢迷蝴蝶[1], 望帝[2]春心托杜鵑.
滄海月明珠有淚, 藍田[3]日暖玉生烟.
此情可待成追憶, 只是當時已惘然.

　시의 주제는 의견이 분분하니, 牛·李 당쟁에 대한 정치적 성향이
있는 시라고도 하고, 또 일종의 '悼亡詩'라고도 한다. 제1연은 거문
고의 50현과 받침대로 기복이 있는 삶을 비유하고, 제2, 3연은 전고
를 인용하여 지난 역경을 묘사하였으니, ≪莊子≫ 〈齊物論〉의 '蝴蝶
夢'으로 이상의 환멸을, 望帝의 고사로 불우한 신세를, 진주 형성은
인어의 눈물이 모여진 것이라는 전설이 어린 애환 등을 은유하고 있
다. 황조영이 蘇軾이 이 시에 대해서 '適怨淸和'라고 한 평어를 인용
하여 칭찬한 것은 매우 적절한 품평이라 하겠다.
　한편 소식이 陳季常과 연관된 시에서의 용운을 거론하며 「고시는
용운에 얽매일 필요는 없다.(古詩不必拘于用韻.)」라는 기존 설법에
반론을 제기하면서 고시도 용운을 준수해야 함을 주장하면서 소식이
시에서 押韻에 매이지 않은 점에 대해서 불만을 토로하기도 하였다.

---

1) 蝴蝶 : 蝴蝶夢. 莊子가 꿈에 나비가 되어 彼我의 분별을 잊고 즐겁게 놀았다
　는 故事.
2) 望帝 : 周나라 蜀國의 군왕 杜宇의 호. 나라를 잃고 혼백이 두견새가 되었다
　고 한다.
3) 藍田 : 陝西 藍田의 山 이름. 玉 산지로 유명하여 玉山이라고 한다.

필자가 살핀 바에 의하면, 소식 시에서 '與陳季常'이라는 詩題는 없고 '陳季常'을 시제로 한 작품으로 七言絶句 〈陳季常所畜朱陳嫁娶圖二首〉(≪蘇東坡全集≫ 前集 권11)의 제1수는 上平聲 '虞'韻으로, 제2수는 상평성 '元'운으로 각각 압운하고, 五言律詩 〈陳季常見過三首〉(상동 권12)의 제1수는 入聲 '陌'운, 제2수는 上平성 '東'운, 제3수는 入聲 '屋'운으로 각각 압운하고, 五言古詩 〈謝陳季常惠揹巾〉(상동 권13)은 上平성 '寒'운으로 一韻到底하고 있어서, 황조영이 어느 시를 지칭하는지는 不明하다. 다음에 〈陳季常所畜朱陳嫁娶圖二首〉 중 제1수를 본다.

어느 해인지 고육의 그림 솜씨로
주씨와 진씨의 혼인 그림을 그렸다네.
듣건대 한 마을에 오직 주씨와 진씨 두 성씨뿐인데
문중에 최씨 노씨는 맞아들이지 않는다 하네.
何年顧陸丹靑手, 畵作朱陳嫁娶圖.
聞道一村惟兩姓, 不將門戶買崔盧.

위 시의 용운을 보면, 칠언절구인데도 제1구 上平聲 '有'韻의 '手'자로, 제2구 '圖'자로, 제4구는 '盧'자로 각각 押韻하고 있어서 근체시임에도 용운법을 따르지 않은 예라 할 것이다.

본 시화는 현재 ≪叢書集成≫본, ≪寶顔堂秘笈≫본, ≪四庫全書≫본, ≪守山閣叢書≫본, ≪學海類編≫본, ≪唐宋叢書≫본, ≪說郛商務≫본, ≪說郛組≫본, ≪說郛明鈔≫본 등이 있다.

≪洪駒父詩話≫ - 洪芻

洪芻(홍추). 字는 駒父(구보)이며, 豫章(지금의 江西 南昌) 人으로,
黃庭堅의 외조카이다. 哲宗 紹聖 원년(1094)에 진사가 되고, 崇寧
3년(1104)에 元符의 上書에 연좌되어 汀州酒稅로 강등되었으며 靖康
연간(1126-1127)에 諫議大夫가 되었다. 汴京이 함락되자, 홍추는 金
人에게 재산이 몰수되고 沙門島에 유배 가서 죽었다. 그의 시문은
世人에 중시되어 蘇軾과 黃庭堅이 그의 시를 칭찬하였다. 伯兄 朋,
叔弟 炎, 季弟 羽와 함께 才名을 얻어서 '四洪'이라 칭하였다. 논시는
杜甫를 祖宗으로 하고 황정견을 사사하여 江西宗派의 핵심인물이 되
었다. 句法과 詩格을 강조하였고 황정견의 구법은 그 부친 黃亞夫에
서 나왔다고 하였다. 저서로는 ≪老圃集≫, ≪香譜≫, ≪豫章職方乘≫ 등
이 있고 ≪楚漢佚書≫를 편찬하였다. 그의 시는 전형적인 강서파의 풍
격을 지녀서, 시풍이 진솔하면서 사실적이며 도덕적인 의취를 보여준
다. 다음에 홍추의 〈擬峴臺〉(≪宋詩紀事≫ 권33) 시를 본다.

> 높은 누대 공활한데
> 멀리 보이는 게 참으로 높고 밝네.
> 한 줄기 물은 바다로 흘러가고
> 굽이져 돌아 흐르며 황폐한 성 감싸네.
> 이어진 산은 자못 엄연하여
> 오히려 비취 병풍에 의지한 듯하네.
> 푸른 냇가에서 아련히 생각하니
> 흥취가 현산과 함께 일어나네.
> 나그네 된 몸 예장에서 와서
> 여기서 봄옷을 입는다네.

귀한 님 좋은 마음 있어서
좋은 벗과 여기에 오르네.
처음에는 대자리에 앉아 냇물 경치 보다가
이어서 술잔 들고서 빗소리 듣노라.
푸른 장막에는 무성한 나무 줄지어 있고
휘둘린 물가 금 모래톱에는 냇물이 찰랑이네.
갈매기는 춤추며 내려오지 않고
냇가 쪽배는 이리저리 흔들거리네.
오히려 한스러운 건 밤기운이 짙어 가는데
밝은 달뜨는 게 보이지 않네.
진실로 아름답네 이세상이 아니로니
잠시 머물며 공연히 다시 정감에 드네.
崇臺面空闊, 遠眺眞高明.
一水來朝宗, 彎環抱荒城.
連山頗偃蹇, 郤略倚翠屛.
緬懷靑溪上, 興與峴山幷.
客從豫章來, 及此春服成.
公子有好懷, 良友及玆登.
初筵挹溪光, 中觴聞雨聲.
翠幄列茂樹, 金沙漲回汀.
鷗鳥舞不下, 溪舟縱復橫.
尙恨夜氣斂, 不見白月生.
信美非吾土, 少留空復情.

본 시화의 저작 시기에 대해서 郭紹虞의 ≪宋詩話考≫에 의하면,

홍추가 죄를 얻어 유배된 것은 이미 남송대이나 그 지은 시화는 일
찍이 엄유익의 ≪예원자황≫에서 인용한 것이 보이니, 그 책 지음은
북송 말기에 해당한다.

劉獲罪流竄已入南宋, 然其所著詩話早見嚴有翼藝苑雌黃稱引, 則其成
書當在北宋之季.

라고 하여 北宋 말기 늦어도 紹興 18년(1148) 전에 成書된 것으로 본다. 시화의 주된 내용은 記事와 評較로 되어 있으며, 홍추의 시법은 역시 黃庭堅에게서 전수하고 江西詩派의 시론을 추종하여서 시화의 내용도 杜甫와 黃庭堅의 시에 대한 품평이 많다. 그는 구법에 대해서 「황정견의 구법은 높고 오묘하다.(山谷句法高妙.)」라는 주견으로 詩格의 '高下'를 논평하였으니, 柳宗元의 〈江雪〉 시를 「아마도 자연스레 지은 시를 따라갈 수 없을 것이다.(殆天所賦不可及也.)」라고 한 것이나, 常建의 〈題破山寺後禪院〉 시를 「시 전체가 모두 기교롭다.(全篇皆工.)」라고 한 평은 황정견의 논점에 의거한 것이다.

다음에 유종원의 〈江雪〉(≪全唐詩≫ 권350) 시에 대한 시화의 평문에서 먼저 시를 본다.

온 산에 나는 새 끊기고
길마다 인적이 없네.
외론 쪽배 도롱이와 삿갓 쓴 노인이
홀로 눈 내린 찬 강에 낚시질하네.
千山鳥飛絶, 萬徑人蹤滅.
孤舟簑笠翁, 獨釣寒江雪.

이 시에 대한 홍추의 평문은 다음과 같다.

소식이 말하였다. 「정곡의 〈설시〉는 단지 시골에서 배우는 말이다. 유종원의 이 시는 진실로 격조가 있다. 아마도 이 자연스레 지은 시를 따라갈 수 없을 것이다.」
東坡言鄭谷雪詩, 特村學中語. 子厚此詩, 信有格也哉. 殆天所賦不可及也.

만당시인 鄭谷(848-909)의 〈雪中偶題〉(≪全唐詩≫ 권675)를 유종원의 〈江雪〉과 비교해서 평하고 있는데, 다음에 정곡의 시를 보기로 한다.

어지러이 흩날리니 절간에 차 연기 축축하고
빼곡히 뿌려대니 기생집에는 술 내음 미미하네.
강가에 저녁 되니 그림과 같은데
어부는 도롱이 쓰고 돌아가네.
亂飄僧舍茶烟濕, 密洒歌樓酒力微.
江上晚來堪畵處, 漁人披得一簑歸.

　이 시에 대해서 ≪石林詩話≫에서 「사물을 체회하지 않은 것은 아
니나 그 격조가 이같이 비속하다.(非不去體物語而其格如此其卑.)」라
하고, 청대 沈德潛은 ≪說詩晬語≫에서 「이미 구덩이에 빠졌다.(已落
坑塹.)」라고 하였으며, 심지어 ≪筱園詩話≫에서는 「격의가 비속하여
모두 시마에 들어갔다.(格意卑俗, 皆入詩魔.)」라고까지 혹평하여 홍
추와 논조를 같이하고 있다. 정곡 시는 격조가 높지 않지만, 만당대
유미파와 비교하여 다분히 우국심정을 토로한 경향을 보인다. 그의
시 3백여 수(≪雲臺編≫)에 대해서 歐陽修는 ≪六一詩話≫에서,

　　그 시가 매우 뜻이 있고 아름다운 구가 많지만, 그 격조가 그리 높지
　　않다. 알기 쉬워서 사람들이 많이 아이들에게 가르쳐주고 나 또한
　　어릴 때 읊곤 하였다.
　　其詩極有意思, 亦多佳句, 但其格不甚高. 以其易曉, 人家多以敎小兒,
　　余爲兒時猶誦之.

라고 하였고, 원대 辛文房은 ≪唐才子傳≫(권9)에서,

　　정곡 시는 맑고 곱고 밝으며 속되지 않고 절실하여 설능과 이빈에게
　　칭찬받았다.
　　谷詩淸婉明白, 不俚而切, 爲薛能李頻所賞.

라고 호평하였다. 정곡은 만당 말기 망국의 현실을 목도하면서 그 시
름을 시로 표현하였는데 〈淮上與友人別〉(상동)을 본다.

양자강 가의 버드나무에 봄이 오는데
버들 꽃 속에 수심 어린 그는 강을 건넌다.
저녁에 몇 가닥 피리 소리 헤어지는 정자에서 울리니
그대 소수와 상수로 가고 나는 진 땅으로 가네.
揚子江頭楊柳春, 楊花愁殺渡江人.
數聲風笛離亭晚, 君向瀟湘我向秦.

이 시에 대해서 시평을 보면, 명대 桂天祥은 「격조가 준일하니 정
곡에게도 이런 작품이 흔치 않다.(調逸, 鄭谷亦有此作, 不多見.)」(≪批
點唐詩正聲≫)라 하고, 王士禎은 「시의 정취가 미묘하고 아름다우며
격조가 높게 울린다.(情致微婉, 格調高響.)」(≪唐人萬首絶句選評≫)
라고 하여 정곡 시를 만당시의 華美한 풍조와 구별하여 평가한 점
은 유의할 만하다. 그리고 성당대 常建의 〈題破山寺後禪院〉 시와 시
에 대한 평어를 보자.

맑은 새벽 옛 절에 드니
아침 햇살이 높은 숲에 비추네.
대숲 오솔길은 그윽한 곳에 통해 있고
참선하는 방에는 꽃나무 깊구나.
산 경치는 새들 마음 기쁘게 하고
연못 그림자는 내 마음 텅 비게 하네.
온갖 세상 소리, 여기에는 다 고요한데
오직 종과 편경 소리만이 은은히 들려오네.
淸晨入古寺, 初日照高林.
竹徑通幽處, 禪房花木深.
山光悅鳥性, 潭影空人心.
萬籟此俱寂, 但餘鐘磬音.(≪全唐詩≫ 권144)

단양 은번이 ≪하악영령집≫을 지어 상건 시를 첫 줄에 두었는데,
그 「산 경치는 새들 마음 기쁘게 하고, 연못 그림자는 내 마음 텅 비
게 하네.」 구를 좋아해서 요점으로 삼았다. 구양수도 상건의 「대숲

오솔길은 그윽한 곳에 통해 있고, 참선하는 방에는 꽃나무 깊구나.」
구를 좋아해서 몇 마디 말을 본받아 지으려 했으나 결국 얻을 수 없
어서 한스러워 했다. 나는 말하노니, 상건의 이 시는 전체가 다 공교
하니 이 두 연뿐만이 아니다.

丹陽殷璠撰河嶽英靈集首列常建詩, 愛其山光悅鳥性, 潭影空人心之句,
以爲警策. 歐公又愛建竹徑通幽處, 禪房花木深, 欲效作數語, 竟不能得,
以爲恨. 余謂建此詩, 全篇皆工, 不獨此兩聯而已.

당대 문인 殷璠이 지은 ≪河嶽英靈集≫1)은 같은 시대의 시를 선
별하여 수록한 시집으로서 그 시사적 가치가 매우 높다. 常建은 開
元 시기에 진사가 되어 겨우 縣尉의 직에 머물렀다. 그의 시는 전원
적이며 王昌齡, 陸擢(육탁)과 벗하였고 시 50여 수가 전한다. ≪全
唐詩≫小傳에 상건의 시를 속탈하고 편벽하다고 평하고 있다. 파산
사 뒤에 있는 禪房을 시의 제목으로 삼았는데, 파산사는 江蘇省 常
熟縣의 興福寺를 가리킨다. 이 시의 제2연까지는 시제의 설명 부분
이며, 제3연은 감흥의 서술이고, 제4연은 정적이 깃든 경계를 묘사
하고 있다. 禪境에 이르러 속세를 벗어난 승화된 심기를 단적으로
토로하여 독자에게 무한한 안위와 새로운 활력을 준다.

≪瀛奎律髓匯評≫에서 이 시에 대한 여러 문인의 평을 모아, 「풍
반 : 글자마다 입신의 경지이다. 기윤: 흥취의 형상이 깊고 미묘하여
붓 가는 것이 매우 오묘하니 이것은 신이 오는 징후이다.(馮班 : 字字
入神. 紀昀 : 興象深微, 筆筆超妙, 此爲神來之候.)」라 하였고, 沈德潛은
≪唐詩別裁≫에서 「새의 마음이 기쁘니 기쁨은 산 경치 때문이다; 사
람의 마음이 텅 비니 텅 빔은 연못 물 때문이다: 이것은 전도구법이
다. 시 전체가 그윽하기 그지없다.(鳥性之悅, 悅以山光 : 人心之空, 空

---

1) ≪河嶽英靈集≫: 唐代 殷璠이 玄宗 開元 2년(714)부터 天寶 12년(753)까지
常建에서 閻防까지 24인의 성당시 234수를 선록하여 편집한 시집. 당시에는
명성이 없던 두보 시는 제외되었고, 고체시가 다수이다. 唐詩 選本으로는 最古
本이다.

因潭水: 此倒裝句法. 通體幽絶.)」라고 하여 그 심묘한 경지를 극찬하였다.

본 시화가 早失되어서 ≪通志藝文略≫ 및 ≪遂初堂書目≫에 저록되어 있는 것 외에는, 명대 이후에 ≪千頃堂書目≫≫과 ≪澹生堂書目≫, 그리고 ≪焦竑國史經籍志≫에만 보인다. 시화는 郭紹虞의 ≪宋詩話輯佚≫본에 22개 조, 羅根澤의 ≪兩宋詩話集校≫에 26개조로 수록되어 있다.

≪優古堂詩話≫ - 吳幵

吳幵(오견). 자는 正仲으로, 汀州 淸流州(지금의 福建에 속함)人이다. 哲宗 紹聖 4년(1097) 宏詞科에 급제하였고, 靖康 초(1126)에 翰林學士 承旨가 되어 金人과 화친을 강구하여 '和書'를 지었는데 문장이 매우 비루하였다. 汴京이 함락되자, 尙書左丞相을 지내 그를 '捷疾鬼'라 불렀고, 高宗이 즉위하여 南雄州로 貶謫(폄적)되니 유배 가다가 죽었다. 저서로는 시화 외에 ≪漫堂隨筆≫이 있다.

본 시화는 송대 각본은 없고 단지 이리저리 전해지는 초본으로 유전해왔으므로 저자와 내용이 다 문제가 있어 진위를 분별할 수 없다. 丁福保는 ≪歷代詩話續編目錄提要≫에서 이 시화에 대해서 이르기를,

> ≪우고당시화≫ 한 권(송대 오견). … 그 시를 논함이 자못 취할 만하다. 책 속에 고증을 거친 것은 10분의 1도 안 되는데 그 요지는 시가의 시어 사용과 시구 연마에 있어서 연결과 변화의 연유를 밝히는 데 있다. 의도적으로 써서 본받을 점이 반드시 있지 않지만, '환골탈태'한 참신한 내용을 담고 있어서 작자의 이런 시법에 또한 관심을 둘 만하다.
> 優古堂詩話一卷(宋吳幵). … 其論詩乃頗可取. 書中涉考證者不及十分之一, 大旨在明詩家用字煉句相承變化之由. 雖無心暗合, 不必皆有意相師, 然換骨奪胎, 作者原有是法, 亦未始不資觸發也.

라고 하여 시화의 가치를 인정하고 있다. 이 시화의 저자 진위에 대해서는 郭紹虞의 ≪宋詩話考≫(上卷)에 상세하게 거론하고 있는데, '吳幵'說을 따르면서도, '毛幵'설에 대해서도 상당한 학술적인 고찰

을 가하고 있어서 저자설 면에서 참고가 되니, 곽소우의 다음 글을 본다.

≪사고총목제요≫를 살펴보면 이 책이 오견이 지은 것으로 정하고 있으나 또 이르기를, 「권말에 양만리 것 한 조를 기재하여 시기가 그리 차이나지 않으니 기사에 오류가 있든지 후인이 어지러이 고친 것인지 의심된다.」라고 하였다. 시대로 말하면 당연히 모견이 지은 것이 옳다. 그 당시에 초록하여 전한 사람이 모견의 생평을 잘 몰라서 마침내 오견으로 귀착되었고, 그 내용을 살피지 않아서 각 사람의 저록도 잘못 전해진 것인가 의심된다. … 지금 전해지는 ≪독서재총서≫본도 청대 서씨 소장의 오견이 지은 제목의 구초본에서 나온 것이니, 이 판본이 홍희 원년(1425) 봄 3월 6일 임자중의 수록본과 연관되어 있어서 강희 정유(1717)년 서준이 지은 발문에, 「이 책을 수록한 지 3백 년이 지났다」는 말이 있다. 이 책은 고씨의 독서재의 전각을 거쳐서 정복보가 ≪역대시화속편≫에 다시 이에 의거하여 각인하니, 이에 세상 사람들이 오견인 줄 알게 되고 다시는 모견을 알지 못하게 된 것이다. 지금 다행히 철금동검루 소장의 모견 평중 제목인 전초본이 있어서 비로소 지금 전해온 각본의 오류를 바로잡을 수 있다.

考≪四庫總目提要≫雖定此書爲吳朌撰, 但又謂「惟卷末載楊萬里一條, 時代遠不相及, 疑傳寫有譌, 或後人有所竄亂歟?」則就時代言, 當以毛朌所著爲是. 疑當時傳鈔者以罕知毛朌生平, 遂以歸之吳朌, 未及審其內容, 而各家著錄亦遂以誤傳誤歟? … 至於今傳≪讀書齋叢書≫本, 亦出淸代徐氏所藏題吳朌撰之舊鈔本, 而此本則係洪熙元年春三月六日林子中手錄本, 故康熙丁酉徐駿作跋, 有「錄此書已經三百年矣」之語. 迨此書經顧氏讀書齋傳刻, 而丁氏≪歷代詩話續編≫復據以翻印, 於是世人知有吳朌, 不復知出毛朌矣. 今幸鐵琴銅劍樓藏有題毛朌平仲之傳鈔本, 始能正今傳刻本之誤.

본 시화의 특색이라면 당송인의 詩意와 詩境을 대조적으로 비교하면서 서술하고 그 연원을 제시하고 있는 것으로, 다음 그 예문을 든다.

1) 시로 그 사람을 볼 수 있다 : 가회 여헌이 일찍이 정위 시를 말하였다. 「하늘 문이 있어 아홉 겹 문이 열리니, 마침내 어깨를 굽히고 들어가네.」 원지 왕우칭이 보고 말하였다. 「관청 문으로 들어가는 것은 몸을 굽혀 절하는 것 같다. 하늘 문을 어찌 어깨 굽히고 들어가야 하는가. 이 사람은 필히 충성하지 않으니 나중 결과가 그 말과 같다.」
詩可以觀人 : 呂獻可誨嘗云丁謂詩 : 「有天門九重開, 終當掉臂入.」 王元之禹偁見之曰 : 入公門猶鞠躬如也. 天門豈可掉臂入乎. 此人必不忠, 後果如其言.

시를 통해서 시인의 심사를 파악하고 그 인품까지 엿볼 수 있다는 의미로서, 孔子의 ≪시경≫을 통한 詩教 논리와 상통한다.

2) 황정견(황산곡)이 당인의 시를 취하다 : 당대 주주가 진의의 〈노지〉 시를 좋아하여 말하였다. 「이별하자 천 일이요, 하루에 열두 번 기억나네. 고심하여 한가한 때 없는데, 오늘 옥색을 보네.」 곧 황정견의 「새벽 꿈에 3천 리 돌아가고, 하루에 부모 생각 열두 때 종일 하네」의 시구가 이것을 취했음을 알겠다.
山谷取唐人詩 : 唐朱晝喜陳懿老至詩云 : 「一別一千日, 一日十二憶. 苦心無閒時, 今日見玉色.」 迺知山谷「五更歸夢三千里, 一日思親十二時」之句取此.

송대 黃庭堅의 시에 대한 영향을 당시에서 확인하는 것으로 시의 시구와 시어 하나라도 소홀히 보지 않은 오견의 안목을 알 수 있다. 위에서 朱晝[1]의 시풍은 기특하고 난해하고(奇澁), 기특하고 총명하여(奇警) 孟郊와 상통한다.

---

1) 朱晝 : 생졸년 불명. 廣陵(지금의 江蘇 揚州)人이다. 元和 연간에 진사가 되어 早年에 李涉과 교유하였고, 貞元 16년에서 동 20 연간에 孟郊가 溧陽尉로 지낼 시기에 주주는 그 이름을 사모하여 찾아가기도 하였다. ≪全唐詩≫(권491)에 시 3수가 수록되었다. 事跡은 ≪唐詩紀事≫(권41), ≪唐才子傳校箋≫(권5)에 보인다.

3) 최호의 시 : 당대 독고급의 〈화증원시〉에 이르기를, 「작년 봄바람 불던 일 기억하나니, 뜰 안의 복사 오얏꽃 창가에 비췄지. 미인이 거문고 끼고 향기로운 나무 대하니, 옥 같은 얼굴 아름다워 꽃과 짝하네. 올해 새 꽃이 예전과 같은데, 작년의 미인은 여기에 없네. 헤어져 지내는 한 깊은지 옅은지, 오직 홀로 뜰의 꽃만 안다네.」라고 하였다. 이 시는 최호의 시 뜻과 다르지 않다.

崔護詩: 唐獨孤及和贈遠詩云:「憶得去年春風至, 中庭桃李映瑣窓. 美人挾瑟對芳樹, 玉顔亭亭與花雙. 今年新花如舊時, 去年美人不在玆. 借問離居恨深淺, 祇應獨有庭花知.」此詩與崔護詩意無異.

당대 시인 崔護와 獨孤及의 시구를 상호 인용하면서 詩意가 상통하는 것을 서술하고 있다. 시풍이 통하면 시구마저 일맥상통할 수 있는 경우를 例示한다.

4) 눈을 돌려 한 번 웃으니 온갖 교태 일다 : 백거이(백낙천)의 〈장한가〉에 이르기를, 「눈을 돌려 한 번 웃으니 온갖 교태 일어, 육궁의 고운 궁녀들 무색케 하네.」라고 하였다. 대개 이백(이태백)의 응제시 〈청평악사〉를 응용한 것이니 이르기를, 「여인아 외로운 잠을 말하지 마라, 육궁의 비단 여인들 3천 명이라. 한 번 웃으니 온갖 교태 나니, 천자의 마음 누구에게 계신가.」라 하였다.

回眸一笑百媚生: 白樂天長恨歌云:「回眸一笑百媚生, 六宮粉黛無顔色.」 蓋用李太白應制淸平樂詞云:「女伴莫話孤眠, 六宮羅綺三千. 一笑皆生百媚, 宸衷敎在誰邊.」

白居易의 〈長恨歌〉 중에서 두 시구를 李白의 〈淸平樂〉 시구와 비교하면서 詩意가 상통하는 경우를 들고 그 영향을 암시한다.

5) 천리 멀리 바라보니 춘심이 아프다 : 육기의 악부 「길 가는 나그네 봄 향기 어린 숲 지나네.」, 두보의 「꽃이 높은 누대에 가까이 있어 나그네 마음 아프네.」는 모두 굴원의 「천리 멀리 바라보니 춘심이 아프다.」 구를 본받고 있다.

目極千里傷春心: 陸士衡樂府, 「游客春芳林.」 杜子美「花近高樓傷客心.」,

皆本屈原「目極千里傷春心.」

晋代 陸機의 樂府와 杜甫의 시구가 屈原의 〈離騷〉 문구에서 근원하고 있음을 직설하고 있으니, 천하의 문호라도 시어와 시구의 운용을 시흥에 따라서 독창적인 것보다는 선인의 문구를 어떻게 모의하고 선용하느냐가 더 중요함을 제시한다.

6) 두보는 이릉의 시를 취하다 : 두보 시에 「집 그리워 달을 밟으며 맑은 밤에 서성대고, 형제 생각나서 구름 쳐다보며 대낮에 조네.」 또 이르기를, 「이별할 때 외론 구름 이제 날지 않고, 때때로 구름 보니 눈물이 가슴에 흐르네.」는 대개 이릉의 〈별소무시〉를 취한 것이니 이르기를, 「날아가는 뜬구름 쳐다보니, 문득 산을 넘어가네. 길게 여기서 이별하고, 다시 잠시 서있네.」라고 하였다.
杜甫取李陵詩 : 杜詩, 「思家步月淸宵立, 憶弟看雲白日眠.」 又云 : 「別時孤雲今不飛, 時復看雲淚橫臆.」 盖取李陵別蘇武詩云 : 「仰視浮雲飛, 奄忽互相踰. 長當從此別, 且復立斯須.」

杜甫의 시 연원 중에 고시 초기의 李陵 시에서 근거하고 있음을 서술하는 부분으로서, 비교적 구체적인 시구 예를 들면서 그 연원을 제시하고 있다. 두보 시의 연원관계는 다양하여 주로 六朝의 謝朓 등에서 영향 받은 것으로 설명하는 면보다 더 근원적인 시기까지 소급하고 있다.

7) 바닷바람이 끊이지 않고 불어오네 : 고황은 백거이의 〈송우인원상초〉 시를 좋아하였으니, 「들불이 타서 꺼지지 않는데, 봄바람이 또 불어서 불이 이네.」이다. 곧 이것은 이백의 〈폭포〉 시 「바닷바람이 끊이지 않고 불어오고, 강 위의 달은 텅 빈 마음에 비추네.」이다.
海風吹不斷 : 顧況喜白樂天送友人原上草詩 : 「野火燒不盡, 春風吹又生.」 乃是李太白瀑布詩, 「海風吹不斷, 江月照空意.」

중당시인 顧況은 古淡派의 시풍을 지니고 있어서 사실적이며 직설적인 시풍의 白居易를 추종할 수 있다. 그런 면에서 李白(이태백)

에서 白居易로, 그리고 顧況까지 성당과 중당의 시맥이 상호보완적 풍격 형성에 상관성을 지닌다고 본다. 竇鞏(두공)2)의 〈南游感興〉 시와 그 평을 보면 다음과 같다.

상심하여 전 왕조의 일을 물으려 하니
다만 보이나니 강물 흘러 돌아오지 않누나.
날 저물어 동풍에 봄풀이 푸르러 가고
자고새는 월왕대에 날아오르네.
傷心欲問前朝事, 惟見江流去不回.
日暮東風春草綠, 鷓鴣飛上越王臺.

당대 두공의 〈남유감흥〉 시가 있으니 대개 이백의 〈남고시〉의 뜻을 인용한 것이다. 이백은 이르기를, 「월왕 구천이 오나라 격파하고 돌아오고, 용사들은 귀가하여 비단옷 걸치네. 궁녀는 꽃같이 봄 궁전 가득했거늘, 이젠 다만 자고새만 날고 있네.」라고 하였다.
唐竇鞏有南游感興詩, 蓋用李太白覽古詩意也. 李云:「越王句踐破吳歸, 義士還家盡錦衣. 宮女如花滿春殿, 只今惟有鷓鴣飛.」

8) 섣달에 산 매화나무에 꽃 피네 : 두목의 시에 「겨울 지나 들나물 빛 파릇하고, 섣달에 산 매화나무에 꽃 피네.」 허혼의 시에 「섣달에 매화 먼저 열매 맺고, 봄 지나 풀은 절로 향기롭네.」라고 하였다. 허혼이 두목의 뜻을 인용하였으나, 끝내 따라갈 수 없다.
未臘山梅樹樹花: 杜牧之詩,「經冬野菜靑靑色, 未臘山梅樹樹花.」許渾詩,「未臘梅先實, 經春草自薰.」渾雖用牧意, 然終不能及也.

만당 시풍은 유미파를 위주로 하되, 중당의 古淡派와 사실주의적, 그리고 다분히 말세적 낭만이라 할 香奩體的인 풍격이 혼재되어 시단을 형성하고 있었다. 李商隱, 溫庭筠 등을 유미파라 한다면, 羅隱, 鄭谷 등은 고담적인 면, 그리고 韓偓 등은 향렴시를 추구하고 있었다.

---

2) 竇鞏(769-831) : 자는 友封으로, 平陵(지금의 陝西 咸陽 서북)人이다. ≪竇氏聯珠集≫이 있고, ≪全唐詩≫에 시 39수가 수록되었다.

위에 나오는 杜牧은 유미와 사실적인 시풍을 추구하였고 許渾은 古淡的이라 할 수 있어서, 오히려 두 시인이 모두 만당시인이지만 두목에 더 우위를 두었다고 본다. 여기서 杜牧 시의 豪健風을 살펴보기로 한다.

杜牧(803-853)은 자가 牧之이며, 京兆 萬年人이다. 두목의 시를 평해서 일반적으로 冶艷(아리따움)한 유미주의 풍격이라고 단정하기 쉬우나, 그의 家學과 사상을 근거로 한 인생관은 결코 당시의 만당풍만을 추종할 수 없었다. 그는 만당시풍의 기교인 '新奇', 詞華의 '美艷', 그리고 감성의 '細微' 등을 터득한 그 위에 高峭한 立足點을 세워 豪健한 성정과 함께 독특한 면목을 보였다. 그의 문학사상은 다음 인용문에서 분명히 표출되고 있다.

> 어떤 이는 고심 끝에 시를 짓는데, 본래 고절함을 구하는 것이다. 기려함을 힘쓰지 않고, 습속에 빠지지 않으며, 고금의 것에 함부로 들지 않고 그 중간에 처하고 있다.
> 某苦心爲詩, 本求高絶. 不務綺麗, 不涉習俗, 不今不古, 處於中間.(≪樊川文集≫ 권16 〈獻詩啓〉)

> 대개 이소체의 작품은 논리가 미치지 못하면서도 표현된 어사가 때로는 지나친 면이 있다. 이소체의 작품에는 원망과 비분함을 담아서 군신간의 비리를 언급하여 때로는 사람의 마음을 격발시키기도 한다.
> 蓋騷之苗裔, 理雖不及, 辭或過之. 騷有感怨刺懟, 言及君臣理亂, 時有以激發人意.(≪樊川文集≫ 권10 〈李賀集序〉)

여기서 '不務綺麗'는 사조상의 염려를 강구하지 않으며 李賀 시의 유미성에 불만을 토로한 것이니, 그의 시가 이하의 기려와 원백의 천속이란 미감과 실용의 두 극단을 보완하여 '內涵情致'(시 속에 정감을 담다)인 '豪'(豪放)까지 겸비한 것으로 평가되어야 할 것이다. 그 예증으로 高棅은 「두목의 호건과 온정균의 기려…(杜牧之之豪健, 溫飛卿之綺麗…)」(≪唐詩品彙≫ 序)라 하고, 楊愼은 ≪升庵詩話≫(권5)

에서,

두목은 율시에 있어 만당에 와서 이상은 다음으로 오직 그만이 최고
다. 송대 사람들이 평하였다. 「그의 시를 호방하고 화려하며, 호탕하
고 미려하다고 하며, 율시에 있어서만은 특별히 고매하고 빼어나서
그 당시의 단점을 바로잡았다.」진실로 그러하다.
杜牧之, 律詩至晚唐, 李義山而下, 惟杜牧之爲最. 宋人評其詩豪而艶,
宕而麗, 於律詩中特寓拗峭以矯時弊. 信然.

라고 한 평구는 두목 시의 호건풍을 더욱 깊이 새기게 한다. 그의 시
문의 연원은 家學으로는 經書子史百家語에서 습득한 데 있으니3) 그
의 작품과 시화상에서 보면 비교적 밝히 구명하게 된다. 〈冬至日寄小
姪阿宜詩〉(《樊川文集》 권1)에서 시의 내력을 자술하고 있는데, 그
제22~25연 부분을 본다.

경서는 근본을 담고 있고
사서는 국가 흥망을 보여주네.
높게 굴원과 송옥의 아름다움 따고
짙게는 반고와 사마상여의 향내 풍기네.
이백과 두보는 넓게 떠다니고
한유와 유종원은 하늘 높이 솟아 있네.
가까이 있는 사군자는
고인과 굳게 교량 이루네.
經書括根本, 史書閱興亡.
高摘屈宋艶, 濃薰班馬香.
李杜泛浩浩, 韓柳摩蒼蒼.
近者四君子, 與古爭强梁.

---

3) 杜牧의 소작인 〈罪言〉, 〈原十六衛〉, 〈守論〉, 〈戰論〉, 〈注孫子序〉, 〈杭州新造
南亭記〉, 〈上李司徒論兵書〉, 〈論江賊書〉, 〈黃州刺史謝上表〉, 〈塞廢井文〉 등은
經訓에 근본함.

이 시구에서 멀리는 屈原, 宋玉을, 가까이는 李白, 杜甫, 韓愈, 柳宗元을 본받았음을 명시한다. 두목의 시 系譜는 일반적으로 두보와 한유, 이하의 방향을 따라 계승발전하고 있는 것을 본다.4) 그중에 두보와 비교하여 두목 시가 '情致豪邁(시에 담긴 정감이 호탕하고 고매함)하여 '小杜'라고 호칭되었으니, ≪唐才子傳≫(권6)에 보면,

> 시정이 호매하고 시어가 놀라게 하니 아는 자는 두보인가 하여 대두니 소두니 하며 구별한다. 후인들이 평하기를 두목 시는 마치 탄환이 들판을 달리고 준마가 언덕을 오르는 듯하다 하니, 이는 시가 원만하며 경쾌하되 긴박한 것을 말함이다.
> 詩情豪邁, 語率驚人, 識者以擬杜甫, 故呼大杜小杜以別之, 後人評, 牧詩如銅丸走坂, 駿馬注坡, 謂圓快奪急也.

라고 하여 두보와 비견하는 贊評을 하고 있다. 그리고 특히 한유와의 관계는 그 영향이 직접적이라 할만큼 흡사하다. 한유와 두목의 풍격상의 상관성은 한유의 '橫空硬語(하늘을 가로지를 듯한 억센 어사)하고 孤峭(고고함)한 점이5) 두목 시에서 많이 보이고, 한유의 '以文爲詩'(산문으로 시를 지음)와 같이 두목은 오언고시를 잘 지어 표현했는데, 풍격이 健美하고 富贍(부섬)하여 마치 押韻한 文과 같아 〈留誨曹師等詩〉(≪樊川外集≫)는 한유의 〈符讀書城南府〉(≪韓昌黎全集≫ 卷6)를 仿製한 것이다.6) 〈杜秋娘詩〉(상동 권1)의 「손가락은 어째서 잡고, 발은 어째서 달리며, 귀는 어째서 엿듣나.(指何爲而捉, 足何爲而馳, 耳何爲而窺.)」 구도 모두 한유체에 접근한 것이다.

두목 시의 우국적인 호건성은 서정성보다는 국사에 대한 감회와 慷

---

4) 鈴木修次의 ≪唐代詩人論≫ 下, p.372 참조.

5) ≪甌北詩話≫ 권3:「盤空硬語, 須有精思結撰, 若徒撏撦奇字, 詰曲其詞, 務爲不可讀以駭人耳目, 此非眞警策也.」 또 淸代 黃子雲의 ≪野鴻詩的≫:「昌黎極有古晉, 惜其不由正道, 反爲盤空硬語, 以文入詩, 欲自成一家言, 難矣.」

6) 〈留誨曹師等詩〉의 「萬物有好醜, 各一姿狀分 … 根本旣深實, 柯葉自滋繁.」는 특히 한유 시에서 전습함.

慨(강개), 강렬한 국가 관념이 표출되고 있는 우국애민의 열성, 그리고 정치에 대한 풍간과 비판 등의 측면에서 본 것이다. 먼저 국사에의 감회와 강개 면을 보면, 국가의 흥망치란에의 관심과 민생에의 고심은 그의 비극적인 실의적 사념을 더욱 농후하게 하였으니, 裴延翰은 〈樊川詩注自序〉에서 각 작품의 창작의식과 내적 의미를 밝혀서 설명하고 있다.7) 이 序에서 두목이 창작하는 성향이 다분히 국가의 대소사에 대한 열정에서 나오고 있음을 강조하고 있다. 다음의 〈感懷詩〉(상동 권2)를 보면 그 중반부에서,

급히 출정하여 군대의 수요가 있으니
많은 세금은 흉한 무기에 들어가네.
정해진 법도를 무너뜨리고
시세의 이익을 좇아 따르네.
시류의 기품은 극도로 흐려져서
기강이 점점 해이해진다.
오랑캐는 날로 떨치고
백성은 갈수록 초췌해지네.
아득하도다, 태평세월이 멀도다.
쓸쓸이 번민만 더하도다.
急征赴軍須, 厚賦資凶器.
因隳畫一法, 且逐隨時利.
流品極蒙尨, 綱羅漸離弛.
夷狄日開張, 黎元愈憔悴.
邈矣遠太平, 蕭然盡煩費.

---

7) 序云:「其文有罪言者, 原十六衛者, 戰守二論者, 與時宰論用兵, 論江賊二書者, 上獵秦漢魏晋南北二朝, 逮貞觀長慶, 數千百年兵農刑政, 措置當否, 皆能采取前事, 凡人未嘗經度者. 若繩裁刀解, 粉畫線織, 布在眼見耳聞者. 其誦往事, 則阿房宮賦; 判當代, 則感懷詩; 有國慾亡則得一賢人, 決遂不亡者, 則張保皐傳, 尙古兵柄, 本出儒術, 不專任武力者, 則注孫子而爲之序.」

라고 한 표현은 두목이 25세(太和 元年, 827)에 藩鎭이 반란하자 그에 대한 자기의 의견을 표출한 것이다. 전체의 詩意 중에서도 安史의 亂 후에 번진의 발호를 통해서 변방이 공허하고 위급한 상황에서의 조급한 징집으로 인한 가혹한 세금 징수가 가해져서 민생이 초췌한 현실을 묘사하였다. 후반에서는,

> 관서의 천한 사나이는
> 오랑캐의 고깃국 먹을 것을 맹세하네.
> 오랑캐를 잡을 일 자주 청하였으나
> 누가 나의 말을 듣겠는가?
> ……
> 늘상 걱정이 이에 미치면
> 술 취했다가 근심에 깨어나누나.
> 혀를 놀리면 웅장한 뜻 욕되게 할까 하나
> 궁궐 문에 외치면 돕는 소리 없도다.
> 잠시 감회시를 써서
> 태워서 가의에게 보내노라.
> 關西賤男子, 誓肉虜杯羹.
> 請數係虜事, 誰其爲我聽.
> ……
> 往往念所至, 得醉愁蘇醒.
> 韜舌辱壯心, 叫閽無助聲.
> 聊書感懷韻, 焚之遺賈生.

라고 하여 자신의 강개를 발설하였다. 여기서 서한의 賈誼인 賈生을 자신과 비견하면서 강개하여 번진을 평정할 방책을 논하여도 용납되지 않는 상황을 서술하였는데, 그 정치상의 포부를 표현함이 강렬한 것으로 보인다.

두목의 호건적인 풍격에서 憂國에의 열정을 〈早雁〉(상동 권2)을 통해 본다. 이 시는 상징법을 써서 武宗 會昌 중에 回鶻이 남침하자 북

방의 변새 백성을 염려하여 托詠하였다.

　　금하의 가을 오랑캐의 노랫소리에
　　구름 밖의 새들이 놀라 슬피 울며 사방으로 흩어지네.
　　건장궁의 달 밝은데 외로운 기러기 지나가고
　　장문의 등불 어두운데 기러기 소리 들리네.
　　오랑캐 말 어지러이 날뛰는데
　　봄바람은 어찌도 돌고만 있는가?
　　소상에 인적 드물다고 싫어말지니
　　물에는 줄의 열매 많고 언덕에는 이끼가 무성하도다.
　　金河秋半虜弦開,　雲外驚飛四散哀.
　　仙掌月明孤影過,　長門燈暗數聲來.
　　須知胡騎紛紛在,　豈逐春風一一廻.
　　莫厭瀟湘少人處,　水多菰米岸莓苔.

　이와 같이 두목은 변방에 관심을 가져서 吐蕃이 통치하는 곳의
백성이 노역하는 것을 회념하여 〈河湟〉(상동 권2)을 지었는데 代宗
때 元載가 하황을 수복하지 못한 아쉬움을 나타내고 있다.

　　원재 상공 일찍 계략을 세워
　　헌종 황제께서도 마음을 두었도다.
　　어느덧 의관은 동쪽 저자에 널려 있고
　　홀연히 활과 칼 남기고 서방 순시 못하네.
　　양치고 말 모는 이 오랑캐 복장이지만
　　백발의 붉은 마음은 한나라의 신하로다.
　　오직 양주의 가무곡만이
　　천하의 한가로운 이에게 전해질 뿐이다.
　　元載相公曾借箸,　憲宗皇帝亦留神.
　　旋見衣冠就東市,　忽遺弓劍不西巡.
　　牧羊驅馬雖戎服,　白髮丹心盡漢臣.
　　唯有涼州歌舞曲,　流傳天下樂閒人.

武宗 회창 4년(844)에 이르러 조정에서 회골이 쇠미하고 토번이 내란하자 하황 四鎭과 十八州를 수복하려 해서 給事中인 劉蒙으로 하여금 원정케 하니,8) 두목이 이 소식을 듣고 흥분하여 무종을 가송하는 〈皇風〉(상동 권1)을 지어 무종에게 期望을 기탁하고 자신의 애국 열정을 그렸다.

> 인자하고 성스런 천자는 신명하고 용감하여
> 안으로는 예교를 일으키고 밖으로는 적을 물리쳤네.
> 덕으로 백성을 교화한 한문제
> 몸을 던져 정도를 닦으신 주선왕
> 좁고 어두운 길, 구멍을 막아서
> 예악형정법들을 모두 베풀었네.
> 어찌하면 붓을 잡고 천자의 순행을 기다리다가
> 백기를 앞세우고 하황의 백성 위로할 건가.
> 仁聖天子神且武, 內興文教外技攘.
> 以德化人漢文帝, 側身修道周宣王.
> 远蹊巢穴盡空塞, 禮樂刑政皆弛張.
> 何當提筆待巡狩, 前驅白旆弔河湟.

그러나 끝내 무종은 두목의 기대와는 달리 수복하지 못하고 宣宗 때 하서 지방이 다소 회복되었을 뿐이다.

다음으로 정치현실의 풍자 풍격을 보면, 두목 시의 풍유는 비방이나 비굴의 의미가 아니라, 우국과 보국을 위한 풍간이다. 따라서 내용이 '載道言理'(도리에 따라서 이치를 말함)를 지니고 있으며 정치를 주된 대상으로 해서 표출한 만큼 함축성 있는 어법을 강구하였다. 이에 예술적인 시적 미각을 강하게 발휘한다. 議論과 反語가 많이 사용되고 준일함이 표출된다. 여기서는 두목의 〈華淸宮三十韻〉(≪樊川文集≫ 권2)과 〈過華淸宮絶句三首〉(상동 권2), 그리고 〈赤壁

---

8) ≪資治通鑑≫ 〈唐紀〉 64 참조.

詩〉(상동 권4) 등을 예거하겠다. 〈華淸宮三十韻〉은 두목이 中書舍人 때(大中 6년, 853)9) 지은 것으로 당 현종의 荒淫과 소란을 풍자하였는데, 구법과 시어가 비흥적이니 그 일부를 보기로 한다.

> 이슬비 같은 은혜 황금 굴에 내리니
> 천지는 온통 술에 취하네.
> 병사는 한무제 받들어서
> 손을 돌려 우장을 넘어뜨리네.
> 고래 지느러미는 동해를 들고
> 오랑캐 이빨은 상양에 걸렸네.
> 시끄럽게 마외의 피가
> 우림군의 창에 떨어지누나.
> 기우는 나라에 길이 없고
> 떠도는 넋은 원한이 맺혀 있네.
> 촉의 산에는 참담한 색이 걸려 있고
> 진의 나무는 멀리 희미하도다.
> 雨露偏金穴, 乾坤入醉多.
> 玩兵師漢武, 廻手倒于將.
> 鯨鬐掀東海, 胡牙揭上陽.
> 喧呼馬嵬血, 零落羽林槍.
> 傾國留無路, 還魂怨有香.
> 蜀峰橫慘澹, 秦樹遠微茫.

이 시에 대해 송대 周紫芝는 평하기를,

> 두목의 〈화청궁삼십운〉은 어느 한 자도 의취에 들지 않은 것이 없다. 그 개원 연간의 일을 묘사한 것은 그 시의가 곧고 시어가 은유적이어서 진정 ≪시경≫, ≪초사≫의 풍격이 담겨 있다.
> 杜牧之華淸宮三十韻, 無一字不可入意. 其敍開元一事, 意直而詞隱,

---

9) 溫庭筠은 〈上杜舍人啓〉(≪全唐文≫ 卷786)와 〈華淸宮和杜舍人詩〉(顧嗣立 ≪溫飛卿詩集箋注≫ 卷9)를 지었음.

聯然有騷雅之風.(≪竹坡詩話≫)

라 하여 시의 묘회가 풍유함을 밝혔다. 이외에 두목이 현종을 풍자
한 〈過華淸宮絶句三首〉도 역시 강렬한 정치풍토를 은유한 작품이다.

장안에서 돌아보니 비단을 쌓은 듯
산정에는 천 개의 문이 차례로 열리네.
말 한 필 먼지 날리면 양귀비가 웃으니
아무도 여지가 실려 옴을 모르도다.
長安廻望繡成堆, 山頂千門次第開.
一騎紅塵妃子笑, 無人知是荔枝來.(其一)

신풍의 푸른 나무에 먼지 일어나니
몇 명의 어양 탐사가 돌아오도다.
뭇 봉우리에는 예상곡을 연주하고
춤은 중원에 이르러 멈추도다.
新豊綠樹起黃埃, 數騎漁陽探使回.
霓裳一曲千峰上, 舞破中原始下來.(其二)

만국은 술과 음악으로 태평하고
하늘에 솟은 누각 달도 밝구나.
구름 속에 녹산 춤 어지러운데
바람이 첩첩한 산을 지나니 웃음소리 들리네.
萬國笙歌醉太平, 倚天樓殿月分明.
雲中亂拍祿山舞, 風過重巒下笑聲.(其三)

다음의 〈赤壁〉(상동) 시는 송대 許顗(허의)가 ≪彦周詩話≫에서 말
한 바대로10) 적벽지전의 목적이 대국을 위한 것이 아니라, '二喬'라는
國色을 노래하는 데에 있었다며, 이것은 好惡을 모르는 창작성향이

---

10) 許顗云 : 「杜牧之作赤壁詩云 : 『…(略)…』 意謂赤壁不能縱火, 爲曹公奪二喬, 置
之銅雀臺上也. 孫氏霸業繫此一戰, 社稷存亡, 生靈塗炭, 都不問, 只恐促了二喬,
可見措大不識好惡.」

라는 혹평을 한 詠史詩인데, 社稷 흥망의 이치를 暗寓하고 있어 含蓄
이 深切하다.

　　부러진 창 모래에 묻혀 있어 쇠가 삭지 않으니
　　다듬고 씻어내니 옛 조대 것이 분명하다.
　　동풍이 주랑 편에 들지 않았으면
　　동작대의 봄에 교공의 두 자매 갇혔으리라.
　　折戟沈沙鐵未銷, 自將磨洗認前朝.
　　東風不與周郞便, 銅雀春深鎖二喬.

　　허의가 평한 점을 黃白山이 ≪賀黃公載酒園詩話評≫에서 당시의
장점을 송시와 구별하는 관점으로, 오히려 허의가 논한 것을 반론
하였는데11), 여기서 허의가 작시상의 含意를 보지 않고 피상적인 면
만을 말한 것으로 보인다. 더구나 당시의 성정 위주와 송시의 議論
위주의 차이점을 밝힐 필요가 있다.12)

　　9) 두 산은 문을 밀어 열고 푸른빛 실어오네 : 왕안석 시에 이르기를,
「한 줄기 물은 밭을 감싸고 녹색을 두르고, 두 산은 문을 밀어 열고
푸른빛 실어오네.」라고 하였다. 대개 오대 심빈의 시를 본받았으니,
「땅 굽이 한 줄기 물은 성을 감아 돌아가고, 하늘 밑 산들은 성곽에 붙
어오네.」이다. 심빈은 또 당대 허혼의 「산 형세는 궁궐 향해 뻗어가
고, 강 기세는 관문 껴안고 흘러오네.」구를 본받았다.
　　兩山排闥送靑來: 荊公詩云:「一水護田將綠遶, 兩山排闥送靑來.」 蓋本
五代沈彬詩,「地隈一水遶城轉, 天約群山附郭來.」彬又本唐許渾「山形
朝闕去, 河勢抱關來」之句.

---

11) 黃白山云:「唐人妙處, 正在隨拈一事, 而諸事俱包其中. 若如許意, 必要將社稷存
　　亡等字面眞眞寫出, 然後贊其議論之純正, 具其詩解, 無怪宋詩遠隔唐人一塵耳.」
12) 方岳 ≪深雪偶談≫:「本朝諸公喜爲議論, 往往不深諭唐人主於性情, 使俊永有味,
　　然後爲勝.」淸代 薛雪 ≪一瓢詩話≫:「樊川『東風不與周郞便, 銅雀春深鎖二喬.』
　　妙絶千古 … 許彦周謂孫氏霸業繫此一戰, 社稷存亡, 生靈塗炭, 都不問, 只恐捉
　　了二喬, 可見措大不識好惡. 此考專一說夢, 不禁齒冷.」

왕안석 시가 五代 沈彬의 시구를 인용하고, 심빈은 만당 許渾에게서 시구를 차용하였다는 논리인데, 북송 초기는 만당과 오대의 문풍 영향권에서 북송 자체의 이지적이고 用事 위주의 시풍을 형성하지 못한 시기였기에 이러한 평가가 가능하다고 본다. 許渾(791-858)은 字가 用晦 또는 仲晦이며, 潤州 丹陽(지금의 江蘇省 丹陽縣)人으로 원대 辛文房의 ≪唐才子傳≫을 보면,

> 허혼의 자는 중회이며, 윤주 단양인으로 어사의 후손이다. 태화 6년 이규가 진사로 뽑아 당도와 태평 두 곳의 현령이 되고 젊어서 힘들여 공부하고 마음 고생하여 수척한 병이 있어 이리하여 베개에 엎드려 지내다가 겨우 일어나 윤주사마가 되었다. 대중 3년에 감찰어사를 제수 받고 우부원외랑과 목주, 영주 두 곳의 자사를 역임하였다. 일찍이 고관의 집을 떠나서 밭을 사서 집을 짓고 후에 병이 들어 물러나 정묘교에 머물면서, 매양 집에서 한가한 날 지은 시를 기록하여 문집으로 냈다. 허혼은 숲과 샘물을 즐기며 강개하고 비애의 노래를 부르는 선비로서 높은 산에 올라 회고하며 비장한 마음을 보여준다.
>
> 渾, 字仲晦, 潤州丹陽人, 圉師之後也. 太和六年, 李珪榜進士, 爲當塗太平二縣令, 少苦學勞心, 有淸羸之疾, 至是以伏枕免, 久之起爲潤州司馬. 大中三年, 拜監察御史, 歷虞部員外郎睦郢二州刺史. 嘗分司朱方, 買田築室, 後抱病退居丁卯橋, 每邨舍暇日, 綴錄所作, 因以名集. 渾樂林泉, 亦慷慨悲歌之士, 登高懷古, 已見壯心.(권7)

라고 하여 그의 삶이 順坦하지 않고 慷慨悲憤한 의식 속에 표현된 悽艶한 시가 자연스럽게 물(水)과 연관되었기에 「許渾千首濕(허혼의 천수 시는 축축하다)」이라는 評句를 낳게 하였다. 그의 시는 531수(≪全唐詩≫ 권528~538) 중에 送別詩(98수)와 寄贈詩(138수)가 가장 많아서 그의 시풍의 경향을 엿볼 수 있다. 그 예시로 〈送同年崔先輩〉(≪全唐詩≫ 권528)를 본다.

서풍에 돛이 가벼이 뜨니
남포에는 이별의 정이 가득하네.
국화는 곱게 가을 물기를 머금고
연꽃에는 빗방울 소리가 머물러 있네.
뱃전을 두드리니 여울가의 새가 사라지고
노를 저으니 풀벌레 울어대네.
더욱 지난해의 이별이 생각나니
홰나무 꽃이 봉성에 가득하구나.
西風帆勢輕, 南浦遍離情.
菊艷含秋水, 荷花滯雨聲.
扣舷灘鳥沒, 移棹草蟲鳴.
更憶前年別, 槐花滿鳳城.

이 시 제2연의 '菊艷', '秋水', '荷花', '雨聲' 등은 모두 산수에 대한 溫妙한 細察이며, 제3연의 '扣舷'과 '移棹' 등은 이별의 상징적 도구로서 '灘鳥沒', '草蟲鳴' 등과 조화를 이루는데, 이 모든 것이 물과 연관된다. 그의 시에서 幽玄한 道家風의 풍격을 보여주는 〈天竺寺題葛洪井〉(≪全唐詩≫ 권530)을 보자.

날개 달린 신선이 단약 우물에서 연단했거늘
우물에 머물던 사람은 이미 없구나.
옛 샘물은 푸른 바위 아래에 있고
남은 벽돌은 푸른 산모퉁이에 있네.
구름 속 낭군 신선은 거울 상자 열고
달이 찬데 물이 항아리에 있네.
여전히 신선 술 무르익는 소리 들리니
이 물은 옥같이 고운 막걸리보다 낫도다.
羽客鍊丹井, 井留人已無.
舊泉青石下, 餘甃碧山隅.
雲郎鏡開厘, 月寒水在壺.
仍聞釀仙酒, 此水過瓊酥.

여기서도 '丹井', '舊泉', '寒水' 등이 道家語이면서 물과 관련되어 표현되어 있다.

10) 소식(소동파)은 이단의 시를 본받다 : 소식의 시에, 「맑은 물 가득할 때 백로 쌍쌍이 내리고, 낮 그늘진 맑은 곳에는 매미 한 마리가 우네.」 당대 이단의 〈무릉산행배위금부〉 시에, 「구름 속을 돌며 학 한 쌍이 내리고, 강물 건너에는 매미 한 마리 우네.」라고 하였는데, 소식은 이것을 본받았다.
東坡本李端詩: 東坡詩:「白水滿時雙鷺下, 午陰淸處一蟬鳴.」唐李端茂陵山行陪韋金部詩:「盤雲雙鶴下, 隔水一蟬鳴.」東坡本此.

蘇軾의 시구가 만당의 李端에게서 영향 받았다는 논리는 시풍 면으로 보아 객관성이 부족하지만, 문학 작품의 연원을 논하는 바탕에는 先代의 문학을 비평하기보다는 존숭한다는 기본관점이 현대까지도 존재한다고 보면, 여기서도 가능한 서술이라 할 것이다.
본 시화는 丁仲祜의 ≪續歷代詩話≫에 수록되어 있다.

≪王直方詩話≫ - 王直方

王直方(왕직방, 1069-1109). 자는 立之, 호는 歸叟로, 汴(지금의 河南 開封)人이다. 舍人 杖의 아들로 承奉郎을 지내고 紹聖 원년 (1094) 나이 25세에 懷州酒稅를 맡았으나 곧 퇴임하고 蘇軾, 黃庭堅 등과 喜游하여 江西詩社의 일원이 되었다. 문집으로 ≪歸叟集≫ 이 있으나, 일실되고 시 4수만 남아 있다. 평생 영리를 멀리하여 仕宦에 관심 없었고 독서를 좋아하였다. 晁以道의 〈王立之墓志銘〉에 의하면, 「젊어서 여러 문인과 교유하기를 즐기고 다른 기호는 없이 오직 주야로 독서하면서 손수 글을 써서 전했다.(少樂與諸文人游, 無他嗜好, 惟晝夜讀乎, 手自傳錄.)」라고 하니 그의 논시는 杜甫를 祖宗으로 하여, 杜詩를 '才力富健' 즉 재력이 풍부하고 건실하다고 칭하였다. 黃庭堅과 蘇軾을 추존하여 '詩文必自成一家' 즉 시문은 반드시 스스로 일가를 이루어야 한다는 입장에서 자신의 개성을 중시하여 「원숙하되 평이함에 빠지고, 노경하되 건조함에 빠지는데 이 두 가지에 빠지지 않는다면, 옛 작가와 나란히 나갈 수 있다.(圓熟多失之平易, 老硬多失之乾枯, 不失于二者之間, 可與古之作者並驅矣.)」라는 詩歌의 美學 이상을 추구하였다. 왕직방의 시 〈上巳游金明池〉를 다음에 본다.

노니는 거미 버들솜에 떨어져 행인에 붙고
술집 노래하는 누각엔 화려한 수레 머무네.
봉황 새긴 생황 소리에 가던 구름 휘감아 돌고
용무늬 배는 물결 출렁이며 떠가네.
해 저무는데 노란 덮개의 천자 수레는 길을 달리고

봉황무늬 주점의 휘장은 외진 나루터에 나부끼네.
조정과 백성이 기뻐 노닐어 진정 태평성세 모습이니
항아리 속 천지 같은 경치가 사계절이 봄이라네.
游絲柳絮惹行人, 酒肆歌樓駐畵輪.
鳳管遏回雲冉冉, 龍舟沖破浪粼粼.
日斜黃傘歸馳道, 鳳約靑簾認別津.
朝野歡娛眞有象, 壺中要看四時春.(≪江西詩派選集≫)

　이 시는 삼짇날(음력 3월 3일)에 徽宗이 임석한 절기의 즐거운
광경을 묘사하고 있다. 金明池는 汴京(지금의 開封)에 있는 연못으로,
휘종이 그 주변에 전각을 지어서 연회를 열던 곳이다. 北宋 말엽에
나라가 혼란한 시기인데, 오히려 이 시를 통하여 침통한 심정을 間
說的으로 토로하였다. 그래서 方回는 평하기를 「이 시를 보면 변경
의 태평성세를 생각하는데 꿈에서도 볼 수 없도다. 아아! 애통하도
다.(選此詩以爲汴京升平之盛, 可夢不可見. 嗚呼, 痛哉.)」(≪瀛奎律髓≫)
라고 하였다.
　본 시화의 기본 이론은 작시상의 자연미와 함축미를 강조하고 작
시의 刻意와 조탁, 그리고 성률에 지나친 구속을 반대하고 있다. 그
러나 반복적인 작시상의 단련이나 퇴고를 부인하지 않았다. 다음에
시화에서 각종 논조를 서술한 문장을 살펴본다. 먼저 '平淡' 풍격에
대해서 논하였다.

　* 평담은 천속한 데로 흐르지 않는다: 기이하고 예스러움은 괴이한
습벽에 이웃하지 않는다; 시의 제목은 물상에 군색하지 않는다; 사
물 묘사는 성률에 병들지 않는다; 비유와 은유가 깊은 것은 물리에
통한다; 용사가 공교한 것은 마치 자신을 드러냄과 같다; 격조가 시
에 드러나면 온전히 새길 수 없다; 기세가 겉으로 묘사된 것이 밖에
나타나면 넓게 막히지 않는다.
平淡不流于淺俗; 奇古不隣于怪癖; 題詩不窘于物象; 敍事不病于聲律;
比興深者通物理; 用事工者如己出; 格見于成篇, 渾然不可鑴; 氣出于言

外, 浩然不可屈.

그리고 시의 集句를 논하였다.

왕안석이 비로소 집구를 하여 많은 것은 수십 운에 이르고 왕왕 대
우를 자주 쓰는데, 대개 고인의 시를 읊는 것이 많으니 때론 앉아 있
다가 문득 지어도 귀히 여길 만하다.
集句; 荊公始爲集句, 多至數十韻, 往往對偶親切, 蓋以其誦古人詩多,
或坐中卒然而成, 始爲可貴.

나아가서 두보의 〈杜鵑〉 시에 대해서 평하였다.

* 두보의 〈두견〉 전 4구: 「서천에 두견새 있고, 동천에는 두견새 없네.
부만에 두견새 없고, 운안에는 두견새 있네.…」
杜甫; 杜鵑前四句; 「西川有杜鵑, 東川無杜鵑. 涪萬無杜鵑, 雲安有杜
鵑.…」

* 아는 사람은 말하였다. 「앞의 4구는 시가 아니고 제목 아래에 자신
의 주를 부치고 후인이 그것을 잘못 적었을 뿐이다.」라 하였는데, 나
는 그렇지 않다고 생각하니, 이것은 정말 옛 가요의 어사를 적는 것
과 다르지 않으니 어찌 음운으로 한정할 수 있겠는가.
識者謂前四句非詩也, 乃題下自註, 而後人寫之誤耳. 余以爲不然, 此正
寫古謠語無以異, 豈復以音韻爲限也.

덧붙여서 두보의 〈送重表侄王砅評事使南海〉를 논하기를,

* 사실을 서술하는 데 예컨대 두보의 〈송표질평사〉에 이르기를, 「나의
증조고이며 너의 고조모다.」라고 처음부터 이렇게 서술하였는데 모
두 남아있지 않다. 그 후에 문득 말하였다. 「진왕이 때 맞춰 보위에
앉으니, 참된 기운이 창에 비추네.」 다시 그 사실을 논하면, 타인은
감히 더 이처럼 말하지 못할 것이다.
敍事如老杜送表侄評事云: 「我之曾祖姑, 爾之高祖母」, 從頭如此叙說,
都無遺. 其後忽云: 「秦王時在坐, 眞氣照戶牖.」 再論其事, 他人不敢更

如此道也.

라고 하였다.

당대 張繼[1])의 유명한 시 〈楓橋夜泊〉(≪唐詩三百首≫)과 평한 것을 본다.

달 지고 까마귀 우는데 서리는 하늘에 차고
강 단풍과 고기잡이 불이 근심어린 잠 대하네.
고소성 밖 한산사에
한밤에 종소리 객선에 들려오네.
月落烏啼霜滿天, 江楓漁火對愁眠.
姑蘇城外寒山寺, 半夜鐘聲到客船.

* 구양수는 말하였다. 「당인에 『고소성 밖 한산사에 한밤에 종소리 객선에 들려오네.』시구가 있다. 말하는 자는 이르기를, 시구가 좋다고 한다. 예컨대 한밤(삼경)에는 종을 치지 않을 때다.」 나는 우곡의 〈송궁인입도시〉를 보건대, 「헤어져 궁중에 들어간 줄 알지니, 멀리 유산에 한밤 종소리 들리네.」 하였고, 백거이도 말하기를, 「솔 그림자 아래 가을이 깃드니, 한밤에 종소리 울리네.」라고 하였다. 어찌 당인은 이런 말을 많이 썼는가. 만일 연이어 답습한 것이 아니라면, 아마도 필히 말이 있을 따름이라.
歐公言: 唐人有「姑蘇城外寒山寺, 半夜鐘聲到客船」之句. 說者云: 句則佳也. 其如三更不是撞鐘時. 余觀于鵠送宮人入道詩云: 「定知別往宮中伴, 遙聽維山半夜鐘.」 而白樂天亦云: 「新秋松影下, 半夜鐘聲後.」 豈唐人多用此語也. 倘非遞相沿襲, 恐必有說耳.

장계의 시는 白描 수법에 능하고 조경 묘사가 매우 미려하다. 그리고 孟郊의 시에 대해서 평한 것을 보자.

* 맹교의 시는 고초하고 궁벽하며 쪼고 깎는 수식을 빌리지 않았으

---

1) 張繼 : 자는 懿孫으로, 襄州(지금의 湖北 襄樊)人이다. 天寶 12년(753) 진사급제하고, 檢校祠部郎中을 지냈다.

니, 진정 애써서 읊어 만든 것이다. 그 시의 구법을 보면 격조를 알 수 있다.

孟郊詩蹇澁窮僻, 琢削不假, 眞苦吟而成. 觀其句法格力可見矣.

맹교의 〈苦寒吟〉(≪全唐詩≫ 권373)을 보기로 한다.

하늘은 차고 푸른데
북풍은 마른 뽕나무에서 울어대네.
두꺼운 얼음은 갈라진 금 없고
짧은 해는 쌀쌀한 빛 지녔네.
부싯돌 부딪쳐도 불은 붙지 않고
짙은 찬 기운 온기를 빼앗아가네.
괴로운 마음 어찌 다 말로 할까
추위 떨며 웅얼대면서 이 시를 짓네.
天寒色青蒼, 北風叫枯桑.
厚冰無裂文, 短日有冷光.
敲石不得火, 壯陰奪正陽.
苦調竟何言, 凍吟成此章.

이 시에 대해서 송대 吳可는 ≪藏海詩話≫에서 「이 시의 어사는 예스럽고 노련하다.(此語古而老.)」라고 평하였다.

* 백거이 〈왕소군〉; 「한나라 사신이 돌아가는데 말을 전하기를, 황금으로 언제까지 고운 자태 바꾸리오. 군왕이 첩의 안색을 묻는다면, 궁궐에 있을 때만 못하다고 말하지 마오.」 예나 지금이나 사람들이 왕소군 시를 지은 것이 많다. 나는 유독 백거이의 이 절구를 좋아하니 … 그 담긴 뜻이 침착하고 절박하지 않다.

白居易王昭君; 「漢使却回凭寄語, 黃金何日贖蛾眉. 君王若問妾顏色, 莫道不如宮裏時.」 古今人作昭君詞多矣, 余獨愛樂天一絶 … 其意優游而不迫切.

백거이의 다른 〈王昭君〉(≪全唐詩≫ 권424) 시를 더 본다.

얼굴에 오랑캐 모래 덮이고 귀밑털 바람에 날리는데
눈썹은 빠져 있고 연지분 얼굴 붉은빛 없네.
근심하고 고생하여 몸은 초췌하였거늘
지금 모습은 오히려 그림 속처럼 그대로네.
滿面胡沙滿鬢風, 眉銷殘黛臉銷紅.
愁苦辛勤憔悴盡, 如今卻似畫圖中.

송대 문인으로서 黃庭堅의 시와 시론을 추종하여 서술하기를,

* 황정견은 시문을 논하는 데 빈 것을 파서 억지로 지어내지 않고, 경계를 기다려서 생각이 떠오르면 곧 절로 공교로워질 따름이다. 매양 한 편을 짓는 데 먼저 큰 뜻을 세우고, 장편은 모름지기 정성껏 세 번 뜻을 따져서 작품을 만들 따름이다.
山谷論詩文不可鑿空强作, 待境而生便自工耳. 每作一篇先立大意, 長篇須曲折三致意乃成章耳.

라고 하여 강서시파의 논시 관점을 중시하고 있음을 알 수 있다.
　秦觀의 〈晚出右掖門〉(≪宋詩大觀≫)과 그 평을 본다.

금 술잔의 모서리에 저녁 빛 감돌고
흩날리는 궁궐 나뭇잎은 가을 옷에 지네.
문을 나서니 먼지 자욱이 누런 안개 같아서
비로소 몸이 하늘에서 돌아온 거 느끼네.
金爵觚稜轉夕暉, 飄飄宮葉墮秋衣.
出門塵漲如黃霧, 始覺身從天上歸.

* 진관은 일찍이 저녁에 우액문을 나서서 이 한 편의 절구를 지었는데, 아는 사람은 생각하기를 진관이 궁궐문 시 한 수 짓고 고쳤다고 하는데 재능을 뽐냄이 이러하니 반드시 (詩意) 멀리 원대할 수 없다.
少游嘗因晚出右掖門作此一絶, 識者以爲少游作一黃門校勘, 而衒耀如此必不能遠到也.

본 시화는 ≪郡齋讀書志≫에 의하면 원래 6권이 있었으나 일실되었는데, ≪詩話總龜≫, ≪茗溪漁隱叢話≫, ≪詩人玉屑≫, ≪詩林廣記≫, ≪修辭鑒衡≫, ≪能改齋漫錄≫ 등에 산견되는 자료를 郭紹虞가 수집하여 306조로 편집하여 ≪宋詩話輯佚≫本(中華書局)에 재록하였다.

≪西淸詩話≫ - 蔡條

蔡條(채조).   字는 約之,   自號는 無爲子,   또는 百衲居士이며,   興化郡 仙游(지금의 福建에 속함)人으로 蔡京의 季子이다. 송대 徽宗 宣和 6년(1124)에 부친 蔡京이 宰相으로 있으면서 연로하여 국사를 살피지 못하자 채조가 龍圖閣直學士 겸 侍讀에 임명되어 사무를 대행하며 권력을 남용하였다. 그 罪過로 靖康 원년에 廣西 白州로 유배 가서 졸하였다. 저서로는 ≪國史後補≫, ≪鐵圍叢談≫, ≪北征紀實≫, ≪西淸詩話≫, ≪蔡百衲詩評≫ 등이 있다. 채조의 문학관은 정치관과 그 취향이 전혀 달라서, 정치적으로는 王安石의 新法을 추종하여 元祐 黨人을 배척하였으나, 시학적으로는 오히려 원우 당인의 핵심인물인 蘇軾을 추숭하고 왕안석의 작품을 비판하였다. 따라서 그의 논시관은 만물의 성정을 도야할 것과 그 근거를 생활의 체험에 둘 것을 강조하였다.

본 시화는 원래 3권으로 구성되어 있었음은 ≪直齋書錄解題≫, ≪經籍考≫, ≪宋史≫〈藝文志〉 등에서 확인되며, 기본 논점은 다음 문구로 집약할 수 있다.

*作詩의 用事; 시를 짓는 데 고사 사용은 마치 불교의 선가어와 같으니, 물속에 소금이 있어서 물을 마시면 곧 염분기를 알게 된다. 시인은 정감이 있어야 하니 억양이 높고 낮음에 따라서 기세가 크게 일어나게 되니 유쾌한 문자가 종이에 넘친다. … 두보와 이백은 험난하고 어려운 경지에서 헤어지고 곤란을 당하면서도 의기는 낮아도 어사는 자못 고상하다. 나은과 관휴에 있어서는 편벽한 중에 득의하여 매우 웅건하고 기험하니 어사가 고상하나 의기는 자못 낮으니, 타고

난 성품이 자연스러운 것은 쉽게 얻어지는 것이 아님을 알겠다.

作詩用事要如禪家語, 水中着鹽, 飮水乃知鹽味. 詩家要當有情致, 抑揚高下, 使氣宏拔, 快字凌紙. … 少陵太白當險阻艱難, 流離困躓, 意欲卑而語未嘗不高; 至於羅隱貫休得意於偏覇, 誇雄逞奇, 語欲高而意未嘗不卑, 乃知天稟自然, 有不得易者.

＊作詩의 才量; 시를 짓는 사람은 물정을 도야하고 경물을 몸소 느끼니, 스스로 터득함을 귀히 여겨야 한다. 대개 격조에는 높고 낮음이 있고 재능에는 한계가 있어서 억지로 힘써서 경지에 이를 수 없다. 예컨대 진 무양의 기세가 연나라 전체를 덮어서 진왕을 보면 무서워 떨며 안색을 잃었다. 회남왕 유안은 신선이 되었으나, 임금을 보고서 오히려 그 언행을 가벼이 여겼다. 이 어찌 익혀서 될 일이겠는가.

作詩者陶冶物情, 體會光景, 必貴乎自得. 蓋格有高下, 才有分限, 不可强力至也. 譬之秦武陽氣蓋全燕, 見秦王而戰慄失色. 淮南王安雖爲神仙, 謁帝猶輕其擧止. 此豈由素習哉.

채조는 黃庭堅 시를 평하기를,

황정견 시는 오묘하여 길을 벗어난 듯하고, 언사가 귀신을 짝한 듯한 점의 세속적인 기운이 없으며, 안타까이 고상함을 힘써서 마치 조동에서 참선하여 현묘한 굴속에 떨어지는 것 같다.

山谷詩妙脫蹊逕, 言侔鬼神, 無一點塵俗氣, 所恨務高, 一似參曹洞下禪, 尚墮在玄妙窟裏.

라고 호평하였다. 이 시화의 논시상의 주요 내용을 보면, 먼저 문기와 필력을 존중하여서 그 예로 孟浩然(689-740)이 동정호를 읊은 〈望洞庭湖贈張丞相〉(≪全唐詩≫ 권159)을 「텅 비고 넓기 그지없어 기상이 웅대하다.(空闊無際, 氣象雄壯.)」라고 평하였으니 그 시를 보기로 한다.

8월의 호수는 잔잔하니
달에 비추인 물이 하늘에 닿아 있네.

기운은 운몽택에 피어오르고
파도는 악양성을 흔드네.
건너려 해도 배 노가 없으니
편안히 거하매 임금께 부끄럽네.
앉아서 낚시 드리운 이를 보노라니
공연히 물고기의 마음이 부러워라.
八月湖水平, 涵虛混太淸.
氣蒸雲夢澤, 波撼岳陽城.
欲濟無舟楫, 端居恥聖明.
坐觀垂釣者, 空有羨魚情.

이 시는 맹호연이 야인의 입장에서 동정호를 유람하며 승상 張九
齡에게 은유적으로 자신의 출사를 바라는 의취를 담고 있다. 시의 제
2연에 대해서 ≪燃燈記聞≫에서 「시를 짓는 데는 모름지기 장법과 구
법, 자법이 있어야 한다. … 예컨대 『기운은 운몽택에 피어오르고, 파
도는 악양성을 흔드네.』 구에서 蒸자와 撼자는 얼마나 울려나고 얼
마나 뚜렷하고 얼마나 빼어난가.(爲詩須有章法句法字法 … 如氣蒸雲
夢澤, 波撼岳陽城. 蒸字撼字, 何等響, 何等確, 何等警拔也.)」라고 매
우 심도 있는 평을 하고 있고, 청대 沈德潛은 「이 시를 읽으면 양양
이 은둔자에게 맞지 않는 것을 알겠다.(讀此詩知襄陽非其于隱遁者.)」
(≪唐詩別裁≫)라고 하여 단순한 은일낭만적인 산수시라기보다는 작
시 의도가 담긴 것으로 평한다. 그리고 문기가 약해지므로 성률과 음
운에 얽매이는 것을 반대하여,

제량 이후에 대개 사성으로 구속하고 또 음운으로 제한해서 문인은 거
의 변려체 성조로 작시 기교를 하니 문장의 기상이 어찌 나약해지지
않겠는가. 오직 도잠(도연명)과 한유만이 구속되고 기피하는 것에서
탈피하여 모두 그 방운을 취하여 사용해서, 필력이 족히 뛰어나다.
自齊梁後, 槪拘以四聲, 又限以音韻, 故士率以偶儷聲病爲工, 文氣安
得不卑弱. 惟陶淵明·韓退之擺脫拘忌, 皆取其旁韻用, 蓋筆力自足以

勝之.

라고 주장하였다.

다음으로는 변화와 自得을 강조하였으니 변화란 작시상의 임기응변의 능력을 발휘하여 구습적인 격식과 의식에서 탈피하여 시흥에 맞추어 시율을 조정해 나가는 작법을 추구하는 것이며, 자득이란 작시상의 물정을 도야하여 광경을 체회하는 것으로 격조의 고하나 재력의 한계에 따라야지 억지로 창작해서는 안 됨을 말한다. 그리고 시화에서 詩와 畵의 관계를 제시하여 시의 예술성을 중시하여,

> 그림과 시가 오묘한 면으로 서로 어울리니, 옛사람은 시 속에 그림 있고 그림 속에 시가 있다고 말하였다. 대개 화가는 형상을 묘사할 수 있고 시인은 그걸 말로 표현할 수 있다.
> 丹靑吟詠, 妙處相資, 昔人謂詩中有畵, 畵中有詩者, 蓋畵手能狀而詩人能言之.

라고 하였다. '詩中有畵'는 蘇軾이 王維 시의 미학성을 칭송한 데에서 유래하는 것으로 시의 繪畵美에 중요한 이론이 된다. 왕유 시의 회화미는 시의 예술성이라는 점에서 시학이론상 의미가 크다. 따라서 왕유 시의 회화성을 다음에 구체적으로 살펴본다. 소식은 왕유 시를 평하여 「왕유의 시를 맛보면 시 속에 그림이 있고, 왕유의 그림을 보면 그림 속에 시가 있다.(味摩詰之詩, 詩中有畵, 觀摩詰之畵, 畵中有詩.)」(≪東坡志林≫ 권5, 〈書摩詰藍田烟雨圖〉)라고 하여 시와 그림의 조화를 밝혔다. 왕유 畵法은 李思訓의 靑綠山水를 묘사함에 筆格이 堅勁하고 細密하며 六朝의 조탁을 습용한 데다, 南宗畵를 창출하여 渲淡을 宗旨로 해서 자연의 생명을 시화에 부각하여 문인화1)의 전통을 확립하였다. 여기에 禪의 문학화를 가미하여 시의 외적인 면에서 평면적 상을 입체화시키고, 내적으로는 시의 상을 심화시킨 것이

---

1) ≪王右丞集箋注≫ 卷末 畵錄 : 「文人之畵, 自王右丞始.」(≪容臺集≫)

다.2) 왕유의 화법은 〈畵學秘訣〉에3) 상세히 기술되어 있는데 단지 「무릇 산수를 그리는 데, 뜻이 붓보다 앞에 있다.(凡畵山水, 意在筆先.)」구에서 그 畵意를 감지할 수 있다. 회화적인 공교를 도입한 왕유의 〈孟城坳〉(《王右丞集箋注》 권13)를 보자.

　　맹성 입구에 새집을 지었더니
　　오랜 버드나무가 늘어져 있네.
　　올 사람 또 누구일까?
　　공연히 옛사람의 일이 슬퍼지누나.
　　新家孟城口, 古木餘衰柳.
　　來者復爲誰, 空悲昔人有.

　　불과 20자 중에 시대의 명확성, 즉 과거, 현재, 미래의 변천을 표현하고 人事의 무상을 함축한 공교의 극치를 보여준다. 전 2구의 기교를 다음 裴廸의 同詠과 비교하면 분명해진다.

　　옛 성 아래에 초가 짓고
　　가끔 옛 성 위에 오르노라.
　　옛 성은 옛사람의 것이 아니고
　　지금 사람들이 왔다 갔다 하노라.
　　結廬古城下, 時登古城上.
　　古城非疇者, 今人自來往.(〈孟城坳〉의 和詩, 상동)

　　왕유의 전 2구에 비해 畵意를 가하지 않은 평면적 기교를 보인다. 시의 회화적 구도 설정은 화가의 기본 功이다. 화가는 다수의 跡象을 조합하여 한 완전한 整體를 구성한다. 왕유 시는 이 회화적 특색을 터득하였다. 다음에 〈渭川田家〉(《王右丞集箋注》 권3)를 본다.

---

2) 《王右丞集箋注》 卷末 畵錄：「南宗則王摩詰, 始用渲淡, 一變拗硏之法.」又「要之摩詰所謂雲峰石迹, 廻出天氣, 筆意縱橫, 參乎造化者.」(《容臺集》)
3) 《王右丞集箋注》 권28 〈畵學秘訣〉：「凡畵山水, 意在筆先. 丈山尺樹, 寸馬分人. 遠今無目, 遠樹無枝, 遠山無石. 隱隱如眉, 遠水無波, 高與雲齊. 此是訣也.」

석양이 아련히 비추니

저 골목으로 소와 양이 돌아오는 시골.

노인은 목동이 걱정되어

지팡이 짚고 사립문 앞에 기다린다.

꿩 우는 속에 보리는 이삭 패고

누에 허물 벗을 때 뽕잎이 드물다.

농부는 호미 메고 서서

이야기 나누며 떠드는 소리.

아! 이 한가로운 그들이 너무 부러워

쓸쓸히 식미가를 읊노라.

斜光照墟落, 窮巷牛羊歸.

野老念牧童, 倚仗候荊扉.

雉鴝麥苗秀, 蠶眠桑葉稀.

田夫荷鋤立, 相見語依依.

卽此羨閑逸, 悵然歌式微.

말 2구는 이 시의 主旨가 되는 것으로 작자가 여기서 농촌의 閑逸을 묘회하여 官場 奔競 생활의 혐오심을 표현하고 있다. 시에서 '墟落', '牛羊', '牧童', '荊扉', '麥苗', '蠶眠', '桑葉', '田夫', '荷鋤' 등 농촌생활의 跡象을 하나하나 나열하고, 제9구에서 '閑逸' 2자를 사용하여 모든 跡象을 꿰어 놓아 한 폭의 화해롭고 구체적이며 생동적인 완정한 화면을 조성하였다.

왕유의 〈輞川詩〉20수(상동 권13)에서 회화적인 결구 특성을 깊이 고찰하면, 輞川詩는 당대 宋之問의 별장이었던 輞川別墅에서 은거하며 시우 裴廸과 화창한 작품이다.4) 天寶 연간의 安史之亂으로 왕유는 소극적인 半官半隱을 지향하면서, 輞川詩의 結構에서 산수경색에 대한 묘회를 통해 자신의 은거생활의 사상감정을 반영하였다.

---

4) 졸문 〈王維의 詩를 통한 교유관계 考〉裴廸章 참조.(≪里門論叢≫ 제21집, 2001.12)

그 20수를 성격별로 다음과 같이 3분할 수 있다. 현실의 불만과 官場生活에의 염오를 표현한 (가)류로 〈柳浪〉, 〈漆園〉, 우미한 경색과 건강한 생활기식을 묘사한 (나)류로 〈文杏館〉, 〈斤竹嶺〉, 〈木蘭柴〉, 〈茱萸沜〉, 〈臨湖亭〉, 〈南垞〉, 〈欹湖〉, 〈欒家瀨〉, 〈白石灘〉, 〈北垞〉, 그리고 현실도피의 고독한 심정, 淸冷한 경색, 神仙한 성향, 人生虛幻의 감상 등 소극적 색채가 농후한 (다)류로는 〈孟城坳〉, 〈華子岡〉, 〈鹿柴〉, 〈宮槐陌〉, 〈金屑泉〉, 〈竹里館〉, 〈辛夷塢〉, 〈椒園〉 등으로 분류된다.

이상의 3분류된 시는 서로 밀접한 內在聯繫를 지니고 있는데, 결구상으로는 (가)를 線索으로 삼아 (나)·(다)의 시를 관통하여 완정한 組詩를 형성하고 있다. 즉 매 시가 각각 한 화면을 구성해서 그것을 집결하여 한 폭의 화해한 전경을 이룬 것이다. 그리고 시의 畵的 選材(觀察과 體會)로서, 詩材의 선정에서 畵의 選材法을 어떻게 이입하고 있느냐 하는 문제가 또한 중요하다. 선재 활용은 시의 煉意이니 어떤 특징 있는 사물을 선택하여 융통성 있게 다듬어서 시 속에 담아내는 일종의 흡인력 있는 의경을 표현함으로써 주제의 표달을 심화하는 것이다. 명대 董其昌은 ≪畵眼≫에서 「보아서 익혀지면 자연히 마음이 전해지고, 마음을 전한 자의 심성이 드러나니, 겉과 속이 서로 어울렸다가 잊었다가 하면서 마음의 기탁이 되는 것이다.(看得熟, 自然傳神, 傳神者心以形, 形與心手相湊而相忘, 神之所託也.)」라 하였는데 이러한 畵學上의 관찰과 체회의 功夫를 시 이면에서 표현하는 것이다. 왕유 시는 포착과 창조의 형상이 뛰어나서 자연의 景色 및 非景色 작품에서 모두 구사되고 있다. 경색 작품으로 〈使至塞上〉(상동 권9)의 일단을 보자.

사막의 외로운 연기 곧게 오르고
장강의 지는 해는 둥글구나.
大漠孤烟直, 長河落日圓.

위에서 변방의 경색에 대한 묘사에서 황량한 화면과 호방한 시적 기식이 융화되어 襯映작용을 하고 있다. '孤烟直'의 세밀한 관찰과 '落日圓'의 심묘한 체회는 즉 포착과 창조의 표징이다. 그리고 〈送別〉 (상동 권3)의 일단을 보면,

> 먼 곳 나무에는 나그네가 서있고
> 외로운 성에는 지는 햇빛 드리운다.
> 遠樹帶行客, 孤城當落暉.

라고 하였다. 위의 구에서 '帶'와 '當'자는 畫中三昧에서 체득된 煉意의 표현인 것이다. 한편 非景色 작품으로 〈少年行〉(상동 권14) 제1수를 본다.

> 신풍의 좋은 술이 많기도 한데
> 함양의 의협 소년도 많기도 하다.
> 의기가 맞아서 마냥 술 마시나니
> 말 맨 높은 누대에는 버들가지 드리우네.
> 新豊美酒斗十千, 咸陽遊俠多少年.
> 相逢意氣爲君飮, 繫馬高樓垂柳邊.

제1구의 '美酒'와 제2구의 '少年'을 제3구의 '意氣'와 유대시켜 '美酒'와 '少年'을 자연스럽게 결합시켰다. 그리고 '意氣'는 제2구의 '遊俠'에서 표출되었다. 이리하여 시의 틀이 갖추어지고, 情意가 표달되었다. 그러나 상고할 문제는 이 틀과 정의를 여하히 생동케 하느냐 하는 것인데, 이의 생명력은 제4구에 落點되어 있다. 즉 '繫馬'의 動態에서 소년의 의기투합의 神態를 보게 되는데 '馬'와 제2구의 '遊俠'이 연계되어 소년의 영준을 제시할 뿐 아니라, 제3구의 의기에 대한 상상적 落實性을 표출하고 있다. 그리고 '高樓垂柳邊'이 繫馬의 장소이며 高樓는 酒店이므로 제3구의 '爲君飮'과의 장소를 밝히고 아울러 실감을 배증시킨다. 또한 '垂柳'의 자태와 '遊俠・少年・

繫馬'의 동태는 상호간에 襯映作用을 하고 있어 의기와 신태가 시를 생동케 하였다. 이런 묘사법은 실감적 기초 위에 상상과 체미, 그리고 허실을 유도하여 董其昌이 말한 바 傳神的 작용을 발휘한다. 다음으로 시어의 색채와 체감 의식(色・光과 態・聲의 조화)으로서, 殷璠은 ≪河嶽英靈集≫에서 평하기를,

> 왕유의 시는 사어가 빼어나고 격조가 우아하며 의취가 청신하고 이치가 합당하니, 샘물에서는 진주가 되고 벽에 붙어서 그림이 된다. 한 자와 한 구에 그 뜻이 평상의 경지를 벗어나 있다.
> 維詩詞秀調雅, 意新理愜, 在泉爲珠, 著壁成繪, 一字一句, 旨出常境.[5]

라고 하였다. 이는 왕유의 시어의 畵的 감각을 평한 것으로, 특히 왕유의 景色詩 부분에서 사물에 대한 의경을 색채감각에 의해 묘회하고, 여기에 聲, 光, 態의 입체의식을 가미하는 특성을 보여준다. 〈觀獵〉(상동 권8)의 일단을 보면,

> 바람이 세니 각궁이 우는데
> 장군은 위성에서 사냥한다.
> 風勁角弓鳴, 將軍獵渭城.

라고 하여 '勁'과 '鳴'자의 含義를 주시하면, '弓鳴'에서 '風勁'이 顯出되고 또 '風勁'이 있으므로 弓力이 나올 것이니, 狩獵의 형세를 체현해 낸 것이다. 더구나 제2구의 '將軍'은 眞迫感을 더하는 수법으로서, 畵意와 시적 功能이 결합하여 聲과 態의 효과를 표출한다. 그리고 〈輞川別業〉(상동 권10)의 일단을 본다.

> 빗속에 풀빛이 푸르게 물들어가고
> 물 위에 복사꽃이 붉게 타오르려 한다.
> 雨中草色綠堪染, 水上桃花紅欲然.

---

5) ≪王右丞集箋注≫ 卷末 附錄 ≪河嶽英靈集≫ 引文.

위에서 전구 3개 자와 후구 3개 자는 한 시어 속에 色, 態, 光이 융합되어 있다. 즉 '綠', '紅' 두 자는 色, '染'(물들어 있다), '然'(타고 있다) 두 자는 隱現되는 態, 그리고 이 色과 態는 '雨中', '水上'과 조합관계에서 체현되었다.

본 시화에서 각 시인의 시에 대한 평을 열거하면, 먼저 陶潛(도연명)의 〈問來使〉를 본다.

그대 산속에서 왔으니
얼마 전 천목산을 출발했겠네.
내 집은 남산 아래 있으니
지금 국화 몇 떨기 자라네.
장미 잎은 이미 돋았고
가을 난초 향기 짙네.
산속으로 돌아가면
산속에 술이 응당 익으리라.
爾從山中來, 早晚發天目.
我屋南窓下, 今生幾叢菊.
薔薇葉已抽, 秋蘭氣當馥.
歸去來山中, 山中酒應熟.(≪全漢三國晋南北朝詩≫ 全晋詩 권6)

도잠의 의취는 진실로 예스럽고 청담함의 으뜸이다. 시인이 도잠 보기를 마치 공자 문하가 백이를 보듯 한다. 이백(이태백)의 〈심양감추시〉에 이르기를, 「도잠이 돌아가면, 농가의 술은 응당 익으리라.」라고 하였는데, 대개 여기서 얻은 것이다.
淵明意趣眞古淸淡之宗. 詩家視淵明猶孔門視伯夷也. 李太白潯陽感秋詩云:「陶令歸去來, 田家酒應熟.」蓋取諸此.

다음에 唐代 시인의 시와 그 품평을 살펴보기로 한다.

(1) 孟浩然 〈望洞庭湖贈張丞相〉
8월의 호수 잔잔하고
호수에는 밝은 하늘이 잠겨 있네.

기운이 운몽택에 감돌고
물결은 악양성에 찰랑대네.
건너려 해도 쪽배 노가 없으니
편히 지내며 성명하신 임금께 부끄럽네.
앉아서 낚시꾼을 보노라니
공연히 물고기의 마음 부럽네.
八月湖水平, 涵虛渾太淸.
氣蒸雲夢澤, 波撼岳陽城.
欲濟無舟楫, 端居恥聖明.
坐觀垂釣者, 空有羨魚情.(≪全唐詩≫ 권159)

동정호는 천하의 장관으로서 시인 묵객들이 제목으로 삼는 것이 많
으나, 끝내 이 시 둘째 연의 한마디 기상만 못하다.
洞庭天下壯觀, 騷人墨客題者衆矣, 終未若此詩頷聯一語氣象.

(2) 杜甫〈登岳陽樓〉

예전에 동정호 들었는데
오늘 악양루에 올랐네.
오 땅과 초 땅이 동남쪽으로 갈라져서
하늘과 땅이 밤낮으로 떠있네.
친구는 소식 한 자 없고
늙고 병들어 외로운 쪽배 있네.
오랑캐 말은 관산 북쪽에 있어
난간에 기대어 눈물 흘리네.
昔聞洞庭水, 今上岳陽樓.
吳楚東南坼, 乾坤日夜浮.
親朋無一字, 老病有孤舟.
戎馬關山北, 憑軒涕泗流.(≪杜詩詳注≫ 권22)

동정호는 천하의 장관으로서 예로부터 시인 묵객들이 제목으로 삼은
것이 많다. 예컨대 「물이 하늘 그림자 넓게 머금고, 산이 솟으니 땅

모양이 높네.」 또 「사방을 보니 땅이 없는가 하니, 물 가운데 문득 산이 있네.」「새가 날다가 떨어질까 두렵고, 돛대 멀리 보이니 자못 한가롭네.」가 있다. 이들 시는 모두 세상에 칭찬 받는다. 그러나 맹호연 시만 못하니 이르기를, 「기운이 운몽택에 감돌고, 물결은 악양성에 찰랑대네.」라고 하였다. 이것을 읽으면 동정호가 공활하여 끝이 없고 기상이 웅장하여 환하게 목전에 있는 듯한데, 두보의 이 시를 읽으면 그 기상이 여러 시인들과 매우 차별된다. 「오 땅과 초 땅이 동남쪽으로 갈라져서, 하늘과 땅이 밤낮으로 떠있네.」

洞庭天下壯觀, 自昔騷人墨客題之者衆矣. 如「水涵天影濶, 山拔地形高.」又「四顧疑無地, 中流忽有山.」「鳥飛應畏墮, 帆遠却如閑.」皆見稱於世, 然又未若孟浩然詩云:「氣蒸雲夢澤, 波撼岳陽城.」讀之則洞庭空濶無際, 氣象雄張, 曠然如在目前, 至於讀子美此詩, 則其氣象又與諸子逈別, 「吳楚東南坼, 乾坤日夜浮.」

(3) 李白(이태백)〈潯陽紫極宮感秋〉

어디에서 가을 소리 들리나 하니
쉭쉭 북쪽 창가 대나무에서네.
오랜 옛 마음을 가까이하나
보고 쥐어 채우지 못하네.
조용히 앉아서 뭇 오묘함 보며
호젓이 그윽한 고독을 좋아하네.
흰 구름 남산에 몰려와서
내 처마 밑에서 머무네.
……
도잠이 돌아가면
농가의 술은 응당 익으리라.

何處聞秋聲, 脩脩北窓竹.
回薄萬古心, 覽之不盈掬.
靜坐觀衆妙, 浩然媚幽獨.
白雲南山來, 就我檐下宿

......

陶令歸去來, 田家酒應熟. (≪唐詩彙評≫ 上)

이백(이태백)의 이 시는 도잠(도연명)을 본받았으니, 「산속으로 돌아가면, 농가의 술은 응당 익으리라.」 구로서, 이백은 고아하며 담백하니 이 또한 속마음을 쓴 작품이다.
太白此詩本陶淵明, 「歸去來山中, 山中酒應熟.」之句, 太白雅尙沖澹, 是亦書懷之作也.

이백의 이 시에 대해서 후세에 ≪唐詩鏡≫에서 「첫 4구는 의경이 청아하고 미묘하다. (一起四語, 意境淸微.)」라 하고 ≪唐詩箋注≫에서는 「가벼이 날리는 시의 의취는 진실로 발군이라 느낀다. (飄然之思, 眞覺不群.)」라고 한 評句와 서로 의미 상통한다.

(4) 劉禹錫 시에 대한 평

유우석은 시의 법칙이 이미 높고 시의 맛이 또한 온후하나, 마치 솜씨 좋은 장인이 재능을 자랑하는 듯하여 졸렬함이 보이지 않는다.
劉夢得詩典則旣高, 滋味亦厚, 然正似巧匠矜能, 不見少拙.

劉禹錫(772-842)은 자가 夢得이며, 彭城(지금의 江蘇 東山)人이다. 21세에 進士에 급제하여 王叔文의 추천으로 監察御使를 지내다가 왕숙문이 귀양 가니 유우석도 郞州(지금의 湖南 常德)司馬로 좌천되어 10여 년 머물면서, 민가를 시와 접목시켜서 새로운 시가를 창작하여 '詩豪'라는 칭호를 얻었다. 그의 문학적 가치는 정통 시의 空靈的이며 초탈적 풍격에 민가적 사실과 음악적 화음을 '情景交融' 즉 시의 홍취와 사물의 진실을 조화롭게 묘사한 점을 높이 평가해야 한다. 白居易는 그의 시를 「팽성의 유우석은 '시호'라 할 것이니, 그 시의 예리함이 엄정하여 견줄 만한 사람이 적다. (彭城劉夢得詩豪者也, 其鋒森然, 少敢當者.)」라고 칭찬하였다. 그의 대표적인 시 〈烏衣巷〉

을 본다.

주작교 옆에 들풀 꽃 피고
오의항 입구에는 석양이 기우네.
옛날 귀족 왕도와 사안의 집이건만
이젠 제비가 날아드는 평범한 백성 집.
朱雀橋邊野草花, 烏衣巷口夕陽斜.
舊時王謝堂前燕, 飛入尋常百姓家.(≪劉賓客文集≫ 권24)

東晉시대 권력가 王導와 謝安을 시어로 묘사하면서 삶의 무상함을
비유적으로 암시한다.

아울러 본 시화에서 柳宗元 시에 대한 단적인 평가에서 「유종원은
웅대하고 깊고 간결하고 담백하여 세속을 멀리 벗어나 있으며, 시의
지극한 맛이 절로 고아하여 곧 도잠(도연명)과 사령운을 모아놓았
다. 그러나 무기고에 들어간 듯하여 삼엄하게 느껴진다.(柳子厚雄深簡
淡, 迥拔流俗, 至味自高直揖陶謝, 然似入武庫, 但覺森嚴.)」라고 하였고,
王維 시에 대해서는, 「왕유 시의 온후한 면은 고금을 덮었으나, 오래
산림에 은거한 사람처럼 넓고 담담하다.(王摩詰渾厚一段, 覆蓋古今, 但
如久隱山林之人徒成曠淡.)」라고 평가한 점은 비교적 객관적이라 본
다.

본 시화는 郭紹虞가 ≪宋詩話輯佚≫을 편찬할 시기에도 完帙本을
볼 수 없었는데, ≪茗溪漁隱叢話≫, ≪竹莊詩話≫, ≪詩林廣記≫, ≪能
改齋漫錄≫, ≪山谷詩注≫, ≪宋詩紀事≫, ≪全唐詩話續編≫, ≪杜工
部詩話≫, ≪全五代詩≫, ≪歷代詩話≫ 등에서 112조를 수집하여 완
비케 되었다.

≪冷齋夜話≫ - 釋惠洪

釋惠洪(석혜홍, 1071-1128?). 一名 德洪, 字는 覺範으로, 筠州(지금의 江西에 속함)人이다. 俗姓은 喩씨. 詩文에 能하고 蘇軾과 黃庭堅과 교유하였으며 ≪石門文字禪≫ 30권이 있다. 自序에 「본래 강서 균주 신창의 유씨 아들(本江西筠州新昌喩氏之子)」이라고 하였고, 또 宣和 4년(1123)에 53세라고 하였으니 추산하면 熙寧 4년(1071)에 출생한 것으로 보고, ≪郡齋讀書志≫에 '建炎中卒'이라 하니 卒年은 1127-1130년 사이로 추정된다. 綺語를 즐겨 쓰고 形迹에 매이지 않아서 '浪子和尙'이란 美稱이 있다. 시와 畵에 능하고 시풍이 빼어나고 辭意가 깔끔하며 小詞가 淸麗하여 秦觀과 친하였다. 혜홍의 〈崇勝寺後〉1) 시를 본다.

> 높은 절개 지닌 큰 키에 늙어도 시들지 않고
> 평생 풍골이 절로 맑고 여위었네.
> 수죽 그대를 사랑하여 존자로 삼으니
> 오히려 찬 소나무가 대부 된 걸 비웃네.
> 목련꽃 좌석 위의 부처에 참배하는 것은 안 보이고
> 공허하게 호랑이가 들었다는 법경이 들려오네.
> 기꺼이 가을빛 가져다가 바리때로 삼아서
> 달을 잘게 자르고 바람을 썰어서 배불리 먹어 볼가나.
> 高節長身老不枯, 平生風骨自淸癯.
> 愛君修竹爲尊者, 却笑寒松作大夫.

---

1) 시의 완전한 제목은 〈崇勝寺後, 有竹千餘竿, 獨一根秀出, 人呼爲竹尊者, 因賦詩〉(숭승사 뒤에 대나무 천 여 그루가 있는데, 유독 한 뿌리가 우뚝 솟아 나와서, 사람들이 '죽존자'라고 불러서 시를 짓는다)임.

未見同參木上座, 空餘聽法石於菟.
戲將秋色分齋鉢, 抹月批風得飽無.(≪宋詩大觀≫)

이 시는 修竹을 찬미하는 시이다. 崇勝寺는 그 소재가 미상인데,
吳曾의 ≪能改齋漫錄≫에 의하면,「황정견이 이 시를 보고 기뻐하여
손으로 이 시를 써서 이름이 나게 되었다.(黃太史見之喜, 因手書此
詩, 故名以顯.)」라고 하였다. 시의 어구가 枯淡하고 意境이 淸雅하며
골격이 자못 强硬하면서 해학적인 풍취를 지니고 있다. 시풍이 강서
파가 추구하는 경계를 보이니 강서파의 종주인 黃庭堅이 보고 기뻐
한 것은 전혀 이상하지 않다. '修竹'을 尊者라 칭한 것은 고승을 비
유함이며, 寒松을 大夫로 칭함은 秦始皇이 泰山에서 폭풍을 만나 소
나무 아래에서 쉬었다고 해서 五大夫에 봉한 전고를 인용하였다. 修
竹과 寒松이 고결한 품격을 상징하지만, 대부가 된 寒松보다 尊者
가 된 隱君子의 化身을 더 찬양하였다. 불교의 상징화인 水蓮은 아니
어도 바람에 울리는 修竹 소리는 불경 담은 石經으로 들리니, '菟'
(새삼풀)는 老虎의 별칭이다. 탈속의 경지에서 秋色을 바리때로, 風
月을 음식으로 삼은 貧者의 戲言을 시의 소재로 인용한 것은 言外
의 유머러스한 표현이라 하겠다.

본 시화는 ≪郡齋讀書志≫에「숭관 연간에 한 시기의 잡사를 기
록하다(崇觀間記一時雜事)」라고 기록한 것으로 보아, 1102-1110년
간에 지은 것으로 추정한다. 서술 논조는 論詩라기보다는 각 시인
에 대한 기술이 많아서 소설류에 속하고 시문평류는 아니다. 다만 그
내용이 대부분 논시 부분이어서 시화로 분류한 것이다. 시화의 主
旨를 보면, 시는 작자의 마음과 눈을 寄託하는 것이므로 시인의 심
신을 속박해서는 안 된다. 따라서 시는 자연스레 이루어져야 하고
담백미를 지녀야 하니 도잠(도연명) 시를 추숭하여,「시는 졸렬하
지만 속히 지음을 귀히 여기고, 기교 부리며 늘어짐을 귀히 여기지 않
는다.(詩貴拙速而不貴巧遲.)」라 하고, 또「정력을 피곤하게 써서 나

날을 보내면서, 이루어지는 것은 귀히 여기기에 부족하다.(疲費精力,
積日月而後成, 不足貴也.)」라고 하였다. 그리고 함축미를 언급하여
시어의 표현된 어구 속에 감추어진 의취(象外之句)를 중시하고 있
다. 그리하여 전래해 온 작시의식의 변화 즉 '換骨奪胎'를 주장하여,
「시어 짓는 기교는 왕안석, 소식, 황정견에 이르러서, 고금의 변화를
다하였다.(造語之工, 至于荊公·東坡·山谷, 盡古今之變.)」라고 하였
다. 한편 시가 감상에 대해선 시에 담긴 의취로 봐야 할 것을(以意逆
之) 주장하여 「시의 담긴 정감을 논해야지 그 표현된 시구를 논해서
는 안 된다.(當論其情意, 不當論其句.)」라고 하여 詩意를 詩句보다 중
시하였고, 시화가 지닌 옳지 않은 서술태도에 대한 비평을 가하여 후
세 시화 서술의 건전한 방향을 제시하였으니,

> 부귀한 중에 빈천한 일을 말해선 안 되고, 젊은 중에 노쇠한 일을 말
> 해선 안 되며, 건강한 중에 질병과 사망의 일을 말해선 안 된다. 벗
> 어나 혹시 범하면 사람들은 '시참' 즉 자기 시가 자기 신상에 관한 예
> 언이라 말하고 기가 없다고 말하는데, 이것은 절대 그렇지 않다.
> 富貴中不得言貧賤事, 少壯中不得言衰老事, 强康中不得言疾病死亡事.
> 脫或犯之, 人謂之詩讖, 謂之無氣, 是大不然.

라고 그 당시 시화 내용의 문제점을 지적하기도 하였다. 다음에 실
제 唐宋 各家의 시를 품평한 예문을 든다.

(1) 杜甫 〈漫興〉

> 쌀알 뿌린 오솔길에 수양버들 꽃 흰 융단 깔았고
> 냇물에 점점이 연잎이 푸른 동전 덮었네.
> 대나무 뿌리에 죽순 보는 이 없는데
> 모래톱 위 오리 새끼 어미 곁에 노네.
> 糝徑楊花鋪白氈, 點溪荷葉疊靑錢.
> 笋根稚子無人見, 沙上鳧雛傍母眠.(《杜詩詳注》 권9)

「대나무 뿌리에 죽순 보는 이 없는데」 구를 사람들이 이해 못하니 '稚子'는 무슨 말인가. 당인에 〈식순시〉가 있어 이르기를, 「새끼가 비단 붕대 벗어나니, 내민 두 머리 옥향이 매끈하네.」라 하니 '稚子'는 죽순이 분명하다. ≪찬영잡지≫에 이르기를, 「대나무 뿌리에 크기가 고양이만한 것이 있는데, 그 색이 대나무 같아 돼지라 이름한다.」 또 말하기를, 「내가 자창 한구에게 '稚子'를 물었더니, 한구가 말하기를, 『죽순이 '稚子'이니 두보의 뜻이다.』」라고 하였다.

笋根稚子無人見, 世不解, 稚子爲何等語. 唐人有食笋詩云: 稚子脫錦綳, 駢頭玉香滑, 則稚子爲笋明矣. 贊寧雜誌曰: 竹根有大如猫, 其色類竹, 名之曰豚. 亦云: 稚子余以問子蒼, 子蒼曰: 笋爲稚子, 老杜之意也.

≪桐江詩話≫(남송 시화, 작자 미상)에는 위의 해석에 대해서 다음과 같이 異議를 제기한다.

냉재 혜홍은 '稚子'를 죽순이라 하여 당인의 시를 인용하여 증거로 삼는데 참으로 오류가 심하다. 당시에는 대개 일컫기를, 「죽순이 돋아나옴이 마치 갓난아이가 붕대를 풀고 나옴 같다」고 하니, 곧 '稚子'가 죽순이라는 건 맞지 않다. 두보 시는 본래 단지 雉를 稚라고 오기했을 뿐이다. 대개 죽순이 나오면 곧 꿩이 새끼 키울 때이니 꿩 새끼가 어려서 대나무 사이에 있으니 사람이 볼 수 없음을 말한다.

冷齋以稚子便作笋引唐人詩爲證, 何謬之甚也. 唐詩蓋謂笋之脫擇如小兒之解綳, 便以稚子爲笋則非也. 少陵詩本特誤以雉爲稚耳. 蓋笋生乃雉哺子之時, 言雉子之小在竹間, 人不能見也.

(2) 杜甫 〈羌村〉

높은 산 붉은 구름 낀 서쪽에
햇살이 평지에 비치네.
사립문에 참새가 지저귀고
돌아가는 나그네 천리 길 가네.
처자식은 나 있는 곳 이상히 여겨
놀라며 눈물을 씻네.

세상 난리 당하여 떠돌다가
살아 돌아와 우연히 이르렀네.
이웃들이 온통 담장 가에 얼굴 내밀고
탄식하면서 또 흐느끼네.
밤새도록 다시 촛불 들고서
서로 대하니 마치 꿈속만 같구나.

崢嶸赤雲西, 日脚下平地.
柴門鳥雀噪, 歸客千里至.
妻孥怪我在, 驚定還拭淚.
世亂遭飄蕩, 生還偶然遂.
隣人滿牆頭, 感嘆亦歔欷.
夜闌更秉燭, 相對如夢寐.(《杜詩詳注》 권4)

「밤새도록 다시 촛불 들고서, 서로 대하니 마치 꿈속만 같구나.」 구
는 더욱 서로 촛불 들고 비춰주니 꿈인가 한다는 말이다. '경'자는 평
성이니, 측성처럼 읽으면 읽을수록 그 뜻을 잃는다.
「夜闌更秉燭, 相對如夢寐.」 言更相秉燭照之, 恐尙是夢也. 更字當作
平聲, 讀若作側聲, 讀則失其意矣.

(3) 柳宗元〈漁翁〉

어부가 밤에 서쪽 바위 옆에 자고 나서
새벽에 맑은 상수 물 뜨고 초 땅 대나무 태우네.
안개 걷히고 해 뜨니 아무도 안 보이는데
어기여차 소리에 산수가 푸르게 출렁이네.
보이는 건, 하늘 끝 멀리 흐르는 강물
바위 위에 구름만 무심히 서로 쫓누나.

漁翁夜傍西岩宿, 曉汲淸湘燃楚竹.
烟銷日出不見人, 欸乃一聲山水綠.
回看天際下中流, 岩上無心雲相逐.(《唐詩彙評》 中)

소식은 시를 평하여 말하였다. 「기이한 흥취를 으뜸으로 하고, 이치

에 어긋나면서 도리에 합당한 것을 취미로 여긴다. 그것을 깊이 느끼면 이런 시는 기이한 흥취가 있는 것이다. 이 시 끝 두 구는 꼭 그런 게 아니라도 그렇다 할 수 있다.」
東坡評詩云: 以奇趣爲宗, 反常合道爲趣. 熟味之, 此詩有奇趣. 其尾兩句, 雖不必亦可.

한편 본 시화에서 당대 시인 중에서도 부정적인 평가를 하는 경우를 보게 되는데, 白居易 시에 대해선, 「백거이는 늘 시를 지으면 노파에게 풀어보게 하여 물어 말하기를 '알겠어요?' 하여 노파가 '알겠다' 하면 그걸 기록하고, '모르겠다'고 하면 그걸 바꾸었다. 그러므로 당송 시는 낮고 속된 데 가깝다.(白樂天每作詩, 令一老嫗解之, 問曰: 解否? 嫗曰解, 則錄之; 不解, 則易之. 故唐宋之詩近於鄙俚.)」라고 평하였고, 李商隱 시에 대해서는, 「이상은 시로 말하면 문장이 재앙으로서, 그 고사 인용이 편벽되고 난삽하여 당시에 서곤체라 칭하였는데, 왕안석은 만년에 가끔 그것을 좋아하였다.(詩到義山謂之文章一厄以其用事僻澁, 時稱西崑體, 然荊公晚年亦或喜之.)」라고 평하기도 하였다.

(4) 王安石〈南浦〉

남쪽 물가 동쪽 언덕의 2월 봄날
경치가 나에게 새로운 시 쓰라 하네.
바람 머금은 오리는 푸른 물 찰랑찰랑 일고
해와 노니는 거위는 노란 깃털 하늘하늘 드리네.
南浦東崗二月時, 物華撩我有新詩.
含風鴨綠鱗鱗起, 弄日鵝黃裊裊垂.(≪宋人絶句選≫)

고사 인용과 시구 조탁의 묘미가 어사에 들어 있는데, 사용하면서도 그 이름을 말하지 않으니 이런 시법은 오직 왕안석, 소식, 황정견 세 어른만이 알고 있다. 왕안석이 말하였다. 「바람 머금은 오리는 푸른 물 찰랑찰랑 일고, 해와 노니는 거위는 노란 깃털 하늘하늘 드리네.」

이 시구는 물가의 수양버들의 이름을 말한다. 또 〈하시〉에 이르기를,
「흰 눈을 켜서 만드니 잎이 더욱 초록이고, 노란 구름 다 자르니 벼
가 마침 푸르네.」구에서 흰 눈은 실을 말하고, 노란 구름은 보리를
말한다.

用事琢句妙在於言, 其用而不言其名, 此法惟荊公東坡山谷三老知之. 荊
公曰:「含風鴨綠粼粼起, 弄日鵝黃裊裊垂.」此言水柳之名也. 又夏詩
云:「繰成白雪葉重綠, 割盡黃雲稻正青.」白雪則言絲, 黃雲則言麥.

(5) 王安石〈鍾山官牀與客夜坐〉

여생에 상심한 노인 책을 읽는데
젊은이 동쪽으로 와 또 나를 일으키네.
각각 거문고에 기대어 잠 못 이루는데
우연히 층계에 비 내리는 소리 들리네.

殘生傷性老耽書, 年少東來復起予.
各据槁梧同不寐, 偶然聞雨落階除.(≪宋詩大觀≫)

황정견은 일찍이 말하기를, 「천하의 맑은 경치로서 처음에는 귀천이
나 현우를 가리지 않고 준 것이다.」라 하였는데, 나는 단지 우리들을
위해서 한 것이라 의심한다. 왕안석의 이 시를 보면, 소식과 여항사
에서 머물며 지은 시로서 황정견의 말이 확실한 논증이 된다.

山谷嘗言天下清景, 初不擇貴賤賢愚而與之, 然吾特疑端爲我輩設. 觀
荊公此詩, 與東坡宿餘杭寺詩則山谷之言爲確論也.

(6) 蘇軾〈縱筆〉(其一)

고요한 동쪽 언덕의 한 병든 노인
흰 수염 흩날리니 풍상이 가득하네.
아이는 잘못 알고 홍안을 좋아하지만
웃나니 술 마셔서 붉은 걸 어찌 알리오.

寂寂東坡一病翁, 白鬚蕭散滿霜風.
兒童悞喜朱顔在, 一笑那知是酒紅.(상동)

황정견은 말하기를, 「시의 뜻은 무궁하고 사람의 재능은 유한하니, 유한한 재능으로 무궁한 뜻을 추구하나니, 도잠(도연명)과 두보라도 공교함을 얻지 못하였다. 그 뜻을 바꾸지 않고 그 어사를 지어내면 그걸 환골법이라 한다. 그 뜻을 본받아서 잘 표현해내면 그걸 탈태법이라 한다.」고 하였다. 백거이 시에 이르기를, 「바람이 늦가을 나무에 불고, 술을 대하니 나이든 몸이네. 취한 모습 서리 낀 나뭇잎같아, 붉어도 봄이 아니네.」소식 시에 이르기를, 「아이는 잘못 알고 홍안을 좋아하지만, 웃나니 술 마셔서 붉은 걸 어찌 알리오.」구는 모두 탈태법이다.

山谷言詩意無窮而人才有限, 以有限之才追無窮之意, 雖淵明杜陵不得工也. 不易其意而造其語, 謂之換骨法. 規摹其意而形容之謂之奪胎法. 白樂天詩云:「臨風杪秋樹, 對酒長年身. 醉貌如霜葉, 雖紅不是春.」至東坡詩云:「兒童悮喜朱顔在, 一笑那知是酒紅.」此皆奪胎法也.

(7) 黃庭堅〈達觀臺〉

바람 부는 안개 위에 걸린 마른 등나무
나그네여 눈을 활짝 뜨고 보게나.
보이는 세계 얼마나 넓은가
백조가 멀리 떠서 푸른 하늘을 맴도네.
瘦藤拄到風煙上, 乞與遊人眼豁開.
不知眼界濶多少, 白鳥去盡青天回.(상동)

이백(이태백) 시에 말하였다. 「새가 다 날지 않은데 저녁 하늘 푸르네.」또 말하기를, 「푸른 하늘 저 먼 곳에 외기러기 사라지네.」라고 하였다. 황정견 시는 곧 이 뜻을 인용하였으니, 이걸 환골법이라 한다. 호자의 ≪초계어은총화≫에서 「새가 다 날지 않은데 저녁 하늘 푸르네.」구는 곧 곽공보의 〈금산행〉이라 하였다.

李翰林詩曰:「鳥飛不盡暮天碧.」又曰:「青天盡處沒孤鴻.」山谷詩乃用此意, 謂之換骨法. 胡茗溪謂「鳥飛不盡暮天碧」之句乃郭功甫金山行.

본 시화는 현재 ≪稗海≫(萬曆本, 康熙重編補刊本, 建隆修訂本),

≪津逮秘書≫(汲古閣本, 景汲古本), ≪四庫全書≫, ≪學津討原≫(嘉
慶本, 景嘉慶本), ≪筆記小說大觀≫, ≪叢書集成初編≫, ≪說郛≫(商
務印書館本), ≪螢雪軒叢書≫ 등 판본이 있다.

≪漫叟詩話≫

　　작자 미상이나, 북송 말에서 남송 초 사람이 지은 것으로 본다. 郭紹虞의 ≪宋詩話考≫에 의하면 李公彦의 ≪潛堂詩話≫를 지칭하는 것이 아닌가 한다. 지금 전하는 것은 ≪說郛≫본이 있고, 1권, 12칙 이다. ≪撫州府志≫ 藝文志에 '謝逸撰'이라 기록되어 있으나, 謝逸[1]의 호가 溪堂이며 漫叟라는 호칭과는 무관하며 ≪무주부지≫에도 「어디에 근거하는지 모르겠다.(不知其何據.)」라고 기술하고 있다. 胡仔의 ≪苕溪漁隱叢話≫ 前集(권52)에 ≪만수시화≫를 인용하여 「사무일은 옛것을 배움이 높고 깊고 문사가 단련되어서 작품마다 옛 뜻을 지니고 있으며, 더욱 시에 공교하여 나는 그 〈송동원달시〉를 좋아한다.(謝無逸學古高深, 文詞煅煉, 篇篇有古意, 尤工於詩, 予嘗愛其送董元達詩.)」라고 한 것으로 보아 謝逸이 지은 것이 아님이 분명하다. 그리고 晁公武의 ≪郡齋讀書志≫ 小說類에 ≪漫叟見聞錄≫ 1卷이 있는데, 「지은이를 모르는데 건염 연간에 지은 것이다.(不知撰人, 建炎中所撰也.)」라 하였는데, 시화 중에 「나는 건염 연간에 홍국사에 머물다(予建中靖國中寓興國寺)」라든가, 「나는 숭녕 연간에 홍국군에 가다(予崇寧間往興國郡)」 등 문구로 시화 편찬 시기를 고찰하면, ≪漫叟見聞錄≫과 相近한다. 그러므로 두 책은 한 사람 손에서 나왔든지, 견문록에서 따로 편집해낸 것인가 한다.

　　郭紹虞는 ≪宋詩話考≫(中卷之上)에서 張邦基의 ≪墨莊漫錄≫(권9)을 통하여, 본 시화의 작자가 '李公彦'일 것이라는 假說을 제기하고

---

1) 謝逸(?-1113) : 자는 無逸, 自號 溪堂으로, 撫州 臨川人이다. 蝴蝶詩 3백여 수를 지어 謝蝴蝶이라 칭한다. 저서에 ≪溪堂集≫, ≪溪堂詞≫가 있다.

있다.

소식은 장단구 〈동선가〉를 지으니 소위 「얼음 같은 피부와 옥 같은 뼈가 절로 청량하여 땀이 없네.」인데, 소식의 자서에 말하였다. 「내 어릴 때 한 노인을 만났는데 나이 90여 세로서 맹촉주 때 일을 말할 수 있었거늘, 이르기를, 『촉주는 일찍이 화예부인과 밤에 일어나 마하지 위에서 납량하면서 〈동선가령〉을 지었는데 노인이 노래할 수 있었고 나는 이제 그 시 첫 두 구를 기억한다.』」 근래에 이공언의 ≪계성시화≫를 보니, 「양원소가 〈본사곡〉을 짓고 〈동선가〉「얼음 같은 피부와 옥 같은 뼈가 절로 청량하여 땀이 없네.」라고 기록하였다. 전당에 늙은 여승이 있어 후주 때 첫 장 두 구를 읊을 수 있었는데, 후인이 그 뜻을 충족하기 위해서 이 가사를 넣었다고 하였다. 그 설은 같지 않다.

東坡作長短句洞仙歌所謂「冰肌玉骨, 自淸涼無汗」者, 公自敍云: 予幼時見一老人, 年九十餘, 能言孟蜀主時事, 云:「蜀主嘗與花蕊夫人夜起納涼於摩訶池上, 作洞仙歌令, 老人能歌之. 予今但記其首兩句.」近見李公彦季成詩話乃云: 楊元素作本事曲記洞仙歌「冰肌玉骨, 自淸涼無汗」, 錢塘有老尼能誦後主時首章兩句, 後人爲足其意以塡此詞. 其說不同

여기에 거론된 楊元素의 ‘本事曲’과 ‘孟蜀主詩’ 등은 ≪茗溪漁隱叢話≫ 前集(권60)에 인용된 ≪만수시화≫와 상동하다. ≪무주부지≫ 〈예문지〉에 이공언의 ≪潛堂詩話≫가 있다고 하니 혹시 ‘漫叟’는 이공언의 別號인지 불명하다. 그런데 이공언의 〈題潛心堂詩〉가 ≪만수시화≫에서의 ‘潛心齋’라든가, 〈題丈軒詩〉가 ≪만수시화≫에서의 ‘丈室’과 일치하고 이공언이 高彦應, 詹存中 등과 唱和한 시가 ≪만수시화≫에도 보여서 본 시화와 상관시켜서 추론한다면 이공언의 自號가 漫叟이고 ≪潛堂詩話≫가 혹시 ‘漫叟潛心堂’의 簡稱이 아닐까 하고 곽소우는 추단하고 있다.

본 시화는 隨筆體로 되어 있고 논시는 用事에 注重하고 있다. 蘇軾을 추숭하여 「소식은 용사를 가장 잘하여 이미 표현되면 읽기 쉽

게 하고 또 적절하였다.(東坡最善用事, 旣顯而易讀, 又切當.)」라든가,
「用事가 이처럼 친절하여 타인이 따르지 못한다.(用事親切如此, 他
人不及.)」라고 한 데서 알 수 있다. 그리고 用事의 출전에 대해서 考
訂(책의 오류를 정정)하고 詩詞의 분석이 매우 치밀하여, 神女 高唐
은 '襄王'의 고사가 아니고 '懷王'의 고사라든가, '烏鬼'(산돼지의 별
칭)는 '猪'라는 것을 예로 들 수 있다. 시론상의 견해도 시에서 自然
神韻을 귀히 여기고, 刻意의 조탁을 반대하고 있다. 시의 구법도 통
상적인 규칙에 얽매이는 걸 반대하고, 작시에 있어서 多改를 주장
하고 있다. 본 시화에 奇聞逸事를 많이 담고 있는 것도 閑談의 자료
로 삼을 만하다.

다음에 본 시화에서 杜甫 시를 어떻게 평하고 있는지를 시 몇 수
와 함께 보기로 한다.

(1) 〈曲江對酒〉

뜰 밖 강가에 앉아 돌아가지 않노라니
수정 궁전에 가랑비 내리네.
복사꽃 가늘게 돋고 버들꽃 지는데
꾀꼬리 때때로 백조와 날아가네.
맘껏 술에 취해 오래 남과 떨어진 몸
조정 일에 게으르니 진정 세상과 맞지 않아서네.
아전의 맘에 더욱 동해 신선이 사는 창랑주 멀게 느끼니
늙어서도 옷소매 떨치지 못하는 이 아픈 맘.
苑外江頭坐不歸, 水精宮殿轉霏微.
桃花細逐楊花落, 黃鳥時兼白鳥飛.
縱飮久判人共棄, 懶朝眞與世相違.
吏情更覺滄洲遠, 老大徒傷未拂衣.(≪杜詩詳注≫ 권6)

「복사꽃 가늘게 돋고 버들꽃 지는데, 꾀꼬리 때때로 백조와 날아가
네.」이상은이 말하였다. 「일찍이 서사천이 말하는 걸 보니, 한 사대

부 집에 두보의 묵적이 있는데 그 처음에 이르기를, "복사꽃이 버들
꽃과 얘기하려 하네", 스스로 맑은 먹으로 두 글자를 고치고서 곧 고
인이 고치기를 싫어하지 않은 줄 알겠다.」그렇지 않으면 어찌 세월
두고 다듬어진 말이 나올 수 있겠는가?

桃花細逐楊花落, 黃鳥時兼白鳥飛, 李商隱云: 嘗見徐師川說: 一士大
夫家, 有老杜墨跡, 其初云: 桃花欲共楊花語, 自以淡墨改二字, 乃知
古人不厭改也. 不然, 何以有日鍛月煉之語?

후대에 이 시에 대해 ≪唐詩選脈會通評林≫에서 구체적으로 여러
문인들의 촌평을 모아서 시평하고 있다.

채몽필은 말하였다. 「'양'은 '도'와 자대이고 '백'은 '황'과 자대이니 이
를 '자대격'이라 한다.」주경이 말하였다. 「둘째 연의 어사가 낭만적
인 홍취에 들고 담긴 뜻이 깊으며 마지막 구는 기세가 넘친다.」황가
정이 말하였다. 「뜻이 커서 절로 한 곡조를 이룬다. 규칙을 덜 따라
자유로워서 처음과 끝이 원활하고 뜻이 자연스러우니 이에 빠져들게
된다. 율시로서 율격에 매이지 않는다.」

蔡夢弼曰: 楊自對桃 白自對黃, 謂之自對格. 周敬曰: 次聯語入漫興, 而
含意深, 尾句氣飽. 黃家鼎曰: 磊磊落落, 自成一調. 小縱繩墨而首尾圓
滑, 生意自然, 是能傾倒. 律詩不受律縛.

(2) 〈絶句四首〉(其三)

두 마리 꾀꼬리 푸른 버들에서 울고
한 줄의 백로 떼 푸른 하늘에 오르네.
창가에 어린 서쪽 산에 천년 눈이 쌓이고
문밖에는 동오 멀리 만 리 길 온 배가 머무네.

兩個黃鸝鳴翠柳, 一行白鷺上靑天.
窓含西嶺千秋雪, 門泊東吳萬里船. (상동 권13)

시 속에 졸렬한 시구가 있으나 기이한 작품이다. 예컨대 두보 시에
이르기를, 「두 마리 꾀꼬리 푸른 버들에서 울고, 한 줄의 백로 떼 푸

른 하늘에 오르네.」 구 같은 것이 이러하다.

詩中有拙句, 不失爲奇作. 若子美詩云:「兩個黃鸝鳴翠柳, 一行白鷺上
青天」之類是也.

　　두보 시의 대표적 주석집인 王嗣奭의 ≪杜臆≫에는 이 시를 세밀
하게 분석하였다.

　　이 절구 4수는 대개 초당에 거주한 후에 지었는데, 나그네로 여기에
거하며 늙도록 있었으니 이같이 정감 어린 일을 스스로 서술한 것이
다. 그 제3수는 자적하는 어사이다. 초당에 대나무가 많고 경계가
또한 넓고 뛰어나서 새가 울고 백로가 날아다니니 경물과 모두 어울
리고, 창문이 서산을 대하고 오랜 눈이 비춰 보이니 그것을 대하는
마음이 싫지 않다.

此四詩蓋作于入居草堂之後, 擬客居此以終老, 而自敍情事如此. 其三:
是自適語. 草堂多竹樹, 境亦超曠, 故鳥鳴鷺飛, 與物俱適, 窓對西山,
古雪相映, 對之不厭.

(3) 〈百憂集行〉

나이 열다섯 마음 아직 어린 때
건강하긴 누런 송아지 내달리듯 했지.
뜰 앞 8월에 배와 대추가 무르익으면
하루에도 나무 오르길 천 번도 했지.
이제 문득 이미 나이 50
앉았다 누웠다 서있긴 잠시일 뿐.
억지로 웃는 말로 주인에게 대하나
슬피 삶을 돌아보니 온갖 근심 다 나네.
문에 들면 여전히 사방 벽이 텅 비니
늙은 아내 나를 보는 안색이 같네.
바보 아이 부자의 예의 모르고
노하여 소리치며 밥 달라고 문 동쪽에서 우네.

憶年十五心尚孩, 健如黃犢走復來.
庭前八月梨棗熟, 一日上樹能千回.
卽今倏忽已五十, 坐臥只多少行立.
强將笑語供主人, 悲見生涯百憂集.
入門依舊四壁空, 老妻睹我顔色同.
痴兒未知父子禮, 叫怒索飯啼門東.(상동 권10)

「노하여 소리치며 밥 달라고 문 동쪽에서 우네.」말하는 자가 말하기를 부엌문이 동쪽에 있다고 하는데 … 우연히 나온 운이 아니다. 지당한 논리라 할 수 있다.

叫怒索飯啼門東. 說者謂庖廚之門在東, …非偶然就韻也. 可謂至論.

이 시에 대해서 청대 仇兆鰲(구조오)의 ≪杜詩詳注≫에는 「웃는 말로 주인에게 대한다」구는 궁핍한 처지에 나그네 된 태도가 가장 괴롭다고 말하는 것이다. 「밥 달라고 문 동쪽에서 우네」구는 배고파서 먹을 것을 얻지 못하는 마음이 가장 슬프다고 말하는 것이다.(笑語供主人, 說窮途作客之態最苦. 索飯啼門東, 說饑不擇食之情最慘.)」라 평하고 있다.

본 시화의 原本은 일실되어 卷數를 알 수 없다. 지금 전하는 것은 ≪說郛≫본이 있는데, 1권 12칙이다. 그 외에 ≪苕溪漁隱叢話≫는 49개조를 引錄하였는데, ≪說郛≫와 중복된 것이 1개조이고 ≪詩林廣記≫는 7개조를 인록하였는데, ≪說郛≫와 중복된 것이 6개조로서 실지로는 61개조가 된다. 그리고 ≪詩話總龜≫ 後集은 6개조를 인록하고 ≪詩人玉屑≫은 18개조를 인록하고, ≪竹莊詩話≫는 2개조, ≪草堂詩話≫는 2개조를 각각 인록하고 있으나, 모두 61개조 안에 있는 것들이다. 郭紹虞, 羅根澤이 佚文을 편집하여 ≪宋詩話輯佚≫본(中華書局)에 수록되어 있다.

≪古今詩話≫ - 李頎

李頎(이기, 생졸년 불명). 字號와 生平 등 不詳. 송대 哲宗 전후
사람으로 추정한다. ≪古今詩話≫의 명칭은 ≪詩話總龜≫, ≪苕溪漁
隱叢話≫, ≪全唐詩話≫, ≪優古堂詩話≫, ≪竹坡詩話≫ 등 諸書에서
만 보이는 것으로 보아 北宋 말기에 지어진 것으로 보인다. ≪宋史·
藝文志≫ 文史類에 이기의 ≪古今詩話錄≫ 70권이 있다고 기술되어 있
어서 작자의 시기도 蔡絛(채조)의 생존 시기에 근접되고 ≪고금시화≫
란 명칭은 ≪고금시화록≫의 簡稱이 아닌가 한다. 羅根澤에 의하면,
본 시화의 成書 시기를 元豊(1078-1085)에서 建炎(1127-1130)
사이로 보니 哲宗과 徽宗 연간이 된다. 본 시화에 기록된 각 분야별
서적을 郭紹虞의 ≪宋詩話考≫(中卷之下)에는 다음과 같이 분류하면
서 시화서의 편집과정을 기술하고 있다.

대개 이 책에 수록된 것은 아래 열거한 여러 종류의 서적에서 벗어
나지 않는다: 1.정사, 예컨대 ≪구당서≫ 문원전, ≪신당서≫ 문예
전 등. 2.별집, 예컨대 ≪창려집≫, ≪향산집≫, ≪운대집≫ 등. 3.
지지, 예컨대 ≪수경주≫ 등. 4.야사, 예컨대 ≪국사보≫, ≪강표지≫,
≪강남야록≫, ≪오월비사≫, ≪남당근사≫ 등. 5.소설, 예컨대 ≪장
대류전≫, ≪홍선전≫, ≪미루기≫ 및 ≪유양잡저≫, ≪두양잡편≫,
≪청쇄고의≫ 등. 6.필기, 예컨대 ≪북몽쇄언≫, ≪몽계필담≫, ≪귀
전록≫, ≪춘명퇴조록≫ 및 ≪국로담원≫, ≪옥호시화≫, ≪상산야
록≫ 등. 7.유서, ≪태평광기≫ 등. 8.시화, 예컨대 ≪본사시≫, ≪중
산시화≫, ≪온공속시화≫, ≪왕직방시화≫ 등. 그 인용한 것은 혹은
원문을 직접 수록했거나 혹은 문절을 좀 보태거나 뺐거나, 혹은 여
러 조의 성격이 서로 유사한 문장을 합쳐서 하나로 한 것이다. 요컨

대 직접 저자의 것에서 나온 것은 매우 적어서 《고금시화록》이라 칭하는 것이 실지로는 비교적 타당하다. 이 책은 세상에 전본이 없으니, 증조의 유설에 기록된 것이 59조이다. 《천경당서목》에 사마태의 《광설부》본이 있으나 보지 못했으니 족본은 아니라 생각한다. 지금 여러 책에 인용된 것은 약 4백 조로서 《송시화집일》에 편입하였다.

大抵此書所錄, 不外下列諸類書籍: 一.正史, 如《舊唐書》·文苑傳《新唐書》·文藝傳等. 二.別集, 如《昌黎集》《香山集》《雲臺集》等. 三.地志, 如《水經注》等. 四.野史, 如《國史補》《江表志》《江南野錄》《吳越備史》《南唐近事》等. 五.小說, 如《章臺柳傳》《紅線傳》《迷樓記》以及《酉陽雜俎》《杜陽雜編》《靑瑣高議》等. 六.筆記, 如《北夢瑣言》《夢溪筆談》《歸田錄》《春明退朝錄》, 以及《國老談苑》《玉壺詩話》《湘山野錄》等. 七.類書, 《太平廣記》等. 八.詩話, 如《本事詩》《中山詩話》《溫公續詩話》《王直方詩話》等. 其稱引或直錄原文, 或稍加刪節, 或合數條性質相類之文而爲一. 要之出於自撰者甚少, 故稱《古今詩話錄》實較愜當. 此書世無傳本, 曾憺類說所錄仍五十九條. 《千頃堂書目》有司馬泰《廣說郛》本, 未見, 想亦非足本. 今就諸書所稱引, 約得四百條, 輯入《宋詩話輯佚》中.

여기서 각 시화서에 부분적으로 수록되어 있는 문장들을 고증하고 수집하여 시화서로서의 면모를 갖추게 한 郭紹虞(復旦大 교수 역임. 중국문학 비평이론의 大家)의 노고를 알 수 있다.

본 시화의 주된 내용을 보면, 시는 淸新하고 朴實해야 한다는 것이다. 富艶한 시는 마치 화장한 미녀와 같고, 用事를 많이 사용한 시는 마치 冥器를 파는 것과 같다고 하였다. 그리하여 시의 함축과 자연을 강조하여 「고요 속에 움직임이 있고, 움직임 속에 고요함이 있다.(靜中有動, 動中有靜.)」의 원칙, 즉 靜的이면서 動的이고 動的이면서도 靜的인 詩興을 중시하고 있다. 그리고 시구의 故實에 대한 고증도 가치가 있으니, 「한밤에 종소리 객선에 들리네(夜半鐘聲到客船)」의 '半夜鐘'이나, 「고향에 서리 내리기 전 흰 기러기 오네(故國霜

前白雁來)」의 '白雁' 등이 그 예이다. 각 시인에 대한 시평의 예문을
보기로 한다.

(1) 杜甫 〈戲作花卿歌〉

성도의 용맹한 장수로 화경이 있으니
말 배우는 아이도 그 이름 아네.
용맹하기 날랜 매 같아 바람과 불 일어나고
적을 많이 보아야만 몸이 비로소 가볍네.
면주부사가 반란하여 황색 천자 옷 입으니
우리 화경이 소탕하여 당일에 평정하네.
단자장의 해골은 피로 물드니
손으로 들어 최대부에게 던져 주네.
이환이 다시 절도사 되니
말하기를 우리 화경만한 이 세상에 다시없다 하네.
이미 세상에 다시없으니
천자가 어찌 불러 경도를 지키게 안하리.
成都猛將有花卿, 學語小兒知姓名.
勇如快鶻風火生, 見賊唯多身始輕.
綿州副使著柘黃, 我卿掃除卽日平.
子章髑髏血模糊, 手提擲還崔大夫.
李侯重有此節度, 人道我卿絶世無.
旣稱絶世無, 天子何不喚取守京都.(≪杜詩詳注≫ 권10)

두보가 학질 병 걸린 사람을 보고 일러 말하기를, 「드린 시를 읊으면
고칠 수 있다.」고 하니, 병든 사람이 말하기를, 「무엇이요?」 하니 두
보가 말하기를, 「밤새 촛불 들고 대하니, 꿈속에 자는 듯하네.」라 하
니 그 사람이 그것을 읊으니 학질 바로 그거더라. 또 말하기를, 「다
시 내 손으로 해골을 잡으니 피가 물드네.」라 하니 그 사람이 그 말
대로 하여 읊으니 과연 고쳐졌다.
杜少陵因見病瘧者, 謂之曰: 誦呈詩可療. 病者曰: 何? 杜曰: 夜闌更秉

燭, 相對如夢寐. 其人誦之, 瘧猶是也. 又曰: 更誦吾手提髑髏血模糊.
其人如其言, 誦之, 果愈.

두보의 이 고사는 사실 與否를 떠나서 시구의 묘사가 매우 통쾌
하여 학질도 치료할 수 있었으리라. 이 시의 '戲作'이란 '놀이 삼아
짓는다'란 의미로서 역설적인 풍자시의 시제로 많이 사용된다. 上元
2년(761) 4월 梓州(재주)刺史 段子璋이 반란을 일으켜서 東川節度使
李奐의 綿州를 습격하고 梁王을 칭하고 연호를 黃龍이라 하니, 동년
5월에 成都尹 崔光遠이 花敬定으로 평정케 하였다. 말구의 京都는 洛
陽으로 安祿山의 亂을 화경정으로 하여금 평정케 한다는 의미이나, 화
경정이 반란을 평정한 후 노략질을 하였기에, 이 표현은 오히려 풍
자적인 戲作이라 할 것이다.

  (2) 杜甫〈秋興八首〉中 其八

    곤오산과 어숙천은 절로 구불구불
    자각봉 그늘이 미피호에 드리우네.
    향기로운 벼 앵무새가 낟알 쪼고
    벽오동에는 늘 봉황이 가지에 깃드네.
    미인이 비취새털 주우며 봄날 서로 묻고
    신선과 쪽배 타고 저녁에 돌아가네.
    빛나는 필체 예전에 기상이 찔렀는데
    백발된 지금 괴로이 바라보며 고개 숙이네.
    昆吾御宿自逶迤, 紫閣峰陰入渼陂.
    香稻啄餘鸚鵡粒, 碧梧栖老鳳凰枝.
    佳人拾翠春相問, 仙侶同舟晚更移.
    彩筆昔曾干氣象, 白頭今望苦低垂.(상동 권17)

두보 시에 말하였다. 「향기로운 벼 앵무새가 낟알 쪼고, 벽오동에는
늘 봉황이 가지에 깃드네.」 이 어사는 반의적이면서 뜻이 기이하다.
한유 시에 말하기를, 「춤추는 봉황을 보면서 연못을 엿보니, 달리는

천마가 다리를 건너네.」구는 또한 이 이치를 본받은 것이다.

杜子美詩云: 「香稻啄餘鸚鵡粒, 碧梧栖老鳳凰枝.」此語反而意奇. 退之
詩云: 「舞鑒鸞窺沼, 行天馬度橋.」亦效此理.

두보가 55세에 夔州(기주)에서 지은 시이다. 昆吾山은 長安에 있
고 御宿川은 장안 남쪽에 흐르는 개천으로 漢武帝가 잠잤다는 곳이
다. 紫閣峰은 道敎의 本山인 終南山에 있는 봉우리이고, 渼陂(미피)
는 종남산에 있는 저수지이다. 長安의 경관과 과거의 삶을 그리며 노
년의 현실을 탄식하고 있다.

(3) 鄭谷 〈海棠〉

농담하게 향기론 봄기운 촉 땅에 가득한데
풍우를 따라서 꾀꼬리가 애를 끊게 우네.
완화계 위에서 애타게 슬퍼하는데
두보는 무심하게 읊어낸다네.

濃淡芳春滿蜀鄕, 半隨風雨斷鶯腸.
浣花溪上堪惆悵, 子美無心爲發揚. (≪全唐詩≫ 권675)

두보의 모친 이름이 해당화여서 두보는 그걸 꺼려하였다. 그러므로
두보집에는 해당화 시가 전혀 없다. 후에 오중복 시에도 말하였다.
「두보의 시 재능 붓을 놓았네」 지금도 적막하다. 금성의 석만경은
이르기를, 「두보 시구는 어째서 없는가, 설능 시는 기교롭지 않네.」
양만리는 이르기를, 「어째서 두보에 구가 없는지, 두보에 보이지 않으
니 어찌된 것인가.」라고 하였다.

杜子美母名海棠, 子美諱之, 故杜集中絶無海棠詩. 後吳中復詩亦云: 子美
詩才猶閣筆, 至今寂寞. 錦城中石蔓卿云: 杜甫句何略, 薛能詩未工, 至
楊誠齋乃云: 豈是少陵無句子, 少陵未見, 欲如何.

두보의 現傳하는 시가 1400여 수인데, 그중에 '海棠'을 시제로 한
시가 없다. 그런데 만당 鄭谷의 시에 「子美無心爲發揚」이라고 묘사
한 것은 사실과 다른 점을 지적한다.

(4) 王之渙〈登鸛雀樓〉

밝은 해가 서산에 기대어 지는데
황하 강물은 바다로 흘러드네.
천리 멀리 다 바라보려면
한 층 더 높이 올라가야지.
白日依山盡, 黃河入海流.
欲窮千里目, 更上一層樓.(≪全唐詩≫ 권253)

하중부의 관작루는 당인으로 시를 남긴 것이 매우 많은데 오직 왕지
환, 이익, 창당 시만이 가장 아름답다.
河中府鸛雀樓, 唐人留詩者極多, 唯王之渙・李益・暢當詩最佳.

이 시는 중국인이 지금도 가장 애송하는 명시로서 많이 인용된다.
인생행로는 기복이 심해서 不變과 不斷의 의지가 요구된다. 그 의지를
표현하고 또 권면하는 王之渙(695-?)은 幷州(지금의 山西省 太原
市)人으로 평생 평민으로 살면서 산천을 유람한 시인이다. '鸛雀樓'는
지금의 山西省 蒲縣 서남쪽에 있던 누각으로서 관작은 황새 종류의
새를 말한다. 시인이 누각에 올라가서 읊은 일종의 산수시이지만 내
용은 원대한 삶의 목표를 가지고 발전적인 노력을 경주할 것을 격
려하고 있다. 앞 2구에서 누각에 올라, 노을이 물든 저녁에 황하가 도
도하게 서해로 흘러들어가는 광경을 묘사하고, 뒤 2구에서는 장대
한 경치 속에 객고를 풀면서 자신의 의지를 토로하고 있다.
본 시화는 傳本이 없고 曾慥의 ≪類說≫에 수록된 것이 59조뿐
이며 이것도 節本이다. 그 외에 ≪詩話總龜≫, ≪苕溪漁隱叢話≫,
≪詩人玉屑≫, ≪竹莊詩話≫, ≪優古堂詩話≫, ≪韻語陽秋≫, ≪能改
齋漫錄≫, ≪修辭鑑衡≫ 등에 存錄이 있다. 郭紹虞, 羅根澤이 위의 각
자료에서 그 일문을 곽소우는 454조를, 나근택은 394조를 각각
수집하여 그 중복된 부분을 정리하여 郭紹虞의 ≪宋詩話輯佚≫본
(中華書局)에 수록하였다.

≪許彦周詩話≫ - 許顗

許顗(허의). 자는 彦周이고, 襄邑(지금의 河南省 雎縣)人이다. 허의는 紹興 20년(1150)에 右儒林郎, 永州 軍事判官이 되었다. 어린 시절 金陵(지금의 南京)에서 李端叔, 高秀實로부터 元稹과 白居易 시에 대해서 배웠고, 중년에는 出家하여 승려가 되니 僧名이 法地이며, 釋惠洪과 왕래하였다.

≪四庫全書總目提要≫에 본 시화에 대하여 다음과 같이 적고 있다.

≪언주시화≫ 1권은 송대 허의가 지었다. … 허의는 논의가 다분히 근거를 지니고 품제도 별재를 갖추고 있다. 거기에 이르기를, 「한유의 『제, 양나라와 진, 수나라의 많은 작품이 매미 시끄러운 소리네.』라는 말은 감히 의론도 추종도 못한다.」라고 하였고 또 이르기를, 「도를 논함은 엄정해야 하고, 사람을 얻는 데는 너그러워야 한다.」라고 하니 다 탁월한 식견이 있다. 다만 두목의 〈적벽시〉를 비평하여, 「사직의 존망을 말하지 않고 단지 두 교여인만 말하고 있다.」고 하였는데 대교는 손책 부인이고, 소교는 주유 부인인 줄 모른 것이니, 두 사람이 위나라에 들어가니 오나라가 망한 것을 알 수 있다. … 기타 신괴와 몽환을 섞어 놓아서 더욱 소설체에 가까운 점을 면치 못하지만 그 대의를 논함에 하자가 적고 좋은 점이 많아서 송인 시화 중에서 선본이라 할 것이다.

彦周詩話一卷, 宋許顗撰. … 顗議論多有根柢, 品題亦具有別裁. 其謂韓愈「齊梁及陳隋, 衆作等蟬噪」語, 不敢議亦不敢從; 又謂論道當嚴, 取人當恕, 俱卓然有識. 惟譏杜牧赤壁詩爲「不說社稷存亡, 惟說二喬」, 不知大喬孫策婦, 小喬周瑜婦, 二人入魏, 卽吳亡可知. … 其他雜以神怪夢幻, 更不免體近小說. 然論其大致, 瑕少瑜多, 在宋人詩話之中, 猶善

本也.

일명 '彦周詩話'라고도 하며 그 구성된 시화 내용은 評論, 考釋과 記事로 이루어져 있다. 시화는 1권 137조로서 ≪百川≫본의 自序에 의하면, 南宋 建炎 2년(1128)에 완성되었다. 허의는 시화창작에 대하여 매우 독특한 견해를 가지고 있으니, 다음에 그 序文을 본다.

시화란 구법을 변별하고, 예나 지금의 작품을 갖추고, 성상의 품덕을 기록하고, 특이한 일들을 기록하고, 잘못된 것을 바로잡는 것이다. 비난하거나 남의 잘못을 드러내거나 꾸짖는 것은 하지 말아야 한다. 나는 어려서 외롭고 고생했으나, 책을 좋아하여 집에 위진 문장과 당대 시인집이 거의 3백 인이나 되었다. 또 자주 가르침을 받아서 전대의 남긴 의논을 들었다. 이제 서적이 흩어지고 예전에 배운 것도 잊어버려 기억할 수 있는 것을 붓으로 적어 차마 버리지 못하였다. 아아, 내가 어찌 다 말하겠는가. 사람들이 시에 대해서 좋아하여 버리거나 취하는 것이 애초에 다르다. 남에게 강요하여 자기와 같게 할 수 없지만, 자기 의견에 대해 후인의 평을 기다림은 어찌 안될 수 있겠는가.(건염 무신 6월초 길일 양읍 허의 서)
詩話者, 辨句法. 備古今, 紀盛德, 錄異事, 正訛誤也. 若含譏諷, 著過惡, 誚紕繆, 皆所不取. 僕少孤苦而嗜書, 家有魏晋文章及唐詩人集, 僅三百家. 又數得奉教, 聞前輩長者之餘論. 今書籍散落, 舊學廢忘, 其能記憶者, 因筆識之, 不忍棄也. 嗟乎, 僕豈足言哉. 人之於詩, 嗜好去取, 未始同也. 强人使同己則不可, 以己所見以俟後之人, 烏乎而不可哉.(建炎戊申六月初吉日襄邑許顗序)

허의는 시화를 짓는 자세에 대해서 첫째 시의 구법을 따져서 논함, 둘째 고금의 시를 정리, 셋째 수필체이지만 臣民으로서의 자세 유지, 넷째 시의 逸事 기록, 다섯째 시의 오류 교정 등을 지적하고 있다. 그러면서 문장의 襟度를 지켜서 지나친 비판이나 과오 폭로 등은 자제할 것을 제시한다. 歐陽修의 ≪六一詩話≫ 이래 송대의 시화는 대체로 '記事閑談'을 위주로 하였던 것이 점차 발전하여 허의에 와서 시화의 성격과 사명이 무엇인지에 대하여 분명해졌으며, 시화를 짓는 태도도 확실해졌다고 할 수 있다.

본 시화의 시론은 창조적인 견해와 심득이 있으며, 거시적인 이론보다 미시적인 구법에 집중하고 古今 시인에 대한 품평에 일가를 이루었다. 그래서 허의는 시 평가의 심득을 다음 세 가지로 밝히고 있다. 첫째는 작시에 필요한 안목의 구비 여부이다.

> 소식이 유자옥을 애도하는 글에 「맹교는 차고 가도는 마르고, 원진은 가볍고 백거이는 속되다.」라고 하였는데 이 말은 안목을 갖춘 논평이다. 나그네가 보고 따져 말하기를, 「그대는 백거이와 맹교 시를 매우 칭찬하고 또 원진의 시를 사랑하면서 이런 말을 한 것은 어째서인가?」라고 하였다. 나는 말하기를, 「도를 논함은 엄정해야 하고, 사람을 취함은 너그러워야 한다.」라 하니, 이 여덟 글자는 소식이 도를 논하는 말이다.
>
> 東坡祭柳子玉文: 「郊寒島瘦, 元輕白俗.」 此語具眼. 客見詰曰: 「子盛稱曰白樂天孟東野詩, 又愛元微之詩, 而取此語, 何也?」 僕曰: 「論道當嚴, 取人當恕.」 此八字東坡論道之語也.

위의 글은 논시의 비평 기준을 유지하면서 감상의 취미를 다양화할 것을 강조하고 있다.

둘째는 축적된 표현력이 억지로가 아니고 자연스러운가를 평가함이니 기록하기를,

> 시에는 힘이 있어야 하니 마치 활의 힘쓰는 것과 같다. 시위를 당기기 전에는 그 어려움을 모른다. 시위를 당기는 데 힘이 미치지 못하면 한 치도 억지로 할 수 없다.
>
> 詩有力量, 猶如弓之鬪力. 其未挽時, 不知其難也. 及其挽之, 力不及處, 分寸不可强.

라 하여 활쏘기 자세와 비교하여 작시 역량을 강조한다.

셋째는 당시 유행하던 西崑派와 江西派의 조화를 제시하니,

> 시를 짓는 데 천박하고 평이하며 비루한 기운을 제거하지 않으면 매우 좋지 않다. 객이 어떻게 제거하냐고 묻기에 나는 말하기를, 「당대 이상은과 본조 황정견 시를 숙독하여 깊이 생각하면 제거될 것이다.」라고 하였다.
> 作詩淺易鄙陋之氣不除, 大可惡. 客問何從去之, 僕曰: 熟讀唐李義山與本朝黃魯直詩而深思焉, 則去也.

라 하여 李商隱 추종의 서곤파와 杜甫 추종의 강서파의 특성을 조화하여 작시 기준을 설정함이 타당하다는 것이다. 당시에는 用事와 造語에 치중하는 경향이 있었기 때문이다. 다음에 여러 시인의 시에 대한 구체적인 분석의 예문을 보기로 한다.

(1) 六朝 宋代 顔延之와 謝靈運 시

> 송대 안연지가 자신과 사령운의 우열을 포조에게 물으니 말하기를, 「사령운 오언시로 예컨대 『막 연꽃이 피네.』 구는 자연스러우며 사랑스럽다. 그대 시는 비단을 펴서 수놓아 새겨진 그림이 눈에 가득 차네.」라 하였다. 이것은 포조가 대면해서 칭찬하고 폄하한 것인데 사람들은 시를 잘 논한 것이 매우 뛰어난 것을 느끼지 못한다.
> 宋顔延之問已與謝靈運優劣於鮑照, 曰: 謝五言如初發芙蓉自然可愛. 君詩鋪錦列繡之, 彫繪滿眼. 此明遠對面褒貶, 而人不覺善論詩者也特出之.

顔延之(384-456)는 字가 延年이며, 瑯琊(낭야) 臨沂人으로 ≪顔光祿集≫이 전해진다. 謝靈運과 시로 齊名하여 '顔謝'라고 칭한다. 위의 글은 사령운과 안연지 시의 풍격을 비교하는 정평 있는 문장이다. 사령운과는 詩交가 있어서 〈和謝監靈運〉 시가 전해진다. 그의 대표작인 〈北使洛〉(≪全漢三國晉六朝詩≫ 全宋詩 권2)을 본다.

> 옷을 고쳐 입고 함께 길 떠나는데
> 첫길부터 굽어져서 너무 험난하네.

노를 저어 오 땅 물섬에서 떠나서
말에 꼴을 먹여서 초 땅의 산을 넘네.
길은 양나라 송나라의 성 밖을 나와서
주나라 정나라 땅 사이를 거쳐 길을 가네.
앞으로 양성 길에 올라서
해 저물 때 삼강(三江 : 黃河, 洛水, 伊水)을 바라보네.
옛날 晋나라 운세가 그치니
나라 다스리려 하나 성현이 나오지 않네.
이수와 곡수에 나루터 끊기고
누대와 건물에는 한 자 서까래도 없네.
궁궐 섬돌에는 둥지와 굴이 많고
성궐에는 구름과 안개가 일어나네.
송나라 왕조의 계책이 팔방에 퍼졌지만
아! 나는 떠돌다가 이젠 늙었다네.
삭풍이 차가운 들판에 떨쳐 불고
날아가는 구름은 온 하늘을 어둡게 덮네.
길 떠나려다 아직 출발하지 않았는데
술자리에서 마음 아파서 말이 없네.
근심 감추고 다만 슬퍼하니
멀리 다니느라 좋은 말도 지쳐 있네.
떠돌다가 좋은 시절 다 지나가고
돌아오니 자주 어그러지는 일 있네.
어리석은 신세 이미 지나가니
바람에 날리는 쑥과 같도다.
改服飾徒旅, 首路蹋險艱.
振楫發吳洲, 秣馬陵楚山.
塗出梁宋郊, 道由周鄭間.
前登陽城路, 日夕望三川.
在昔輟期運, 經始闊聖賢.
伊瀍絶津濟, 臺館無尺椽.

宮陛多巢穴,　城闕生雲煙.
王猷升八表,　嗟行方暮年.
陰風振凉野,　飛雲瞀窮天.
臨塗未及引,　置酒慘無言.
隱憫徒御悲,　威遲良馬煩.
遊役去芳時,　歸來屢徂骞.
蓬心旣已矣,　飛薄殊亦然.

이 시를 짓게 된 동기에 대해서 심약의 ≪송서≫에 이르기를,「안연지는 예장세자 중군행참군을 지냈다. 의희 12년에 고조가 북방을 정벌하였다. … 안연지는 낙양으로 가는 도중에 시 한 수를 지었다. 문사가 수식하고 아름다워서 사회와 부량의 칭찬을 받았다.(延之爲豫章世子中軍行參軍. 義熙十二年, 高祖北伐. … 延之至洛陽道中, 作詩一首. 文辭藻麗, 爲謝晦傅亮所賞.)」라고 하였다.

謝靈運(385-433)은 唐代 이전 산수시인으로 전원시인 陶潛(도연명)과 함께 대문호이며 ≪謝康樂集≫이 전한다. 청대 施補華의 ≪峴傭說詩≫에 사령운 시를 평하였다. 「사령운의 산수 유람 작품은 새기고 깎아서 산뜻한 것을 매우 좋아하였다. 새기고 깎아서 산뜻한 것은 평평함을 고칠 수 있으나, 새기고 깎아서 산뜻한 것은 오히려 크고 넉넉함을 잃는다. 그러므로 사령운의 시는 육기의 평평함과 안연지의 껄끄러움보다 낫다.(大謝山水遊覽之作, 極爲鑱削可喜. 鑱削可矯平熟, 鑱削郤失渾厚. 故大謝之詩勝於陸士衡之平, 顏延之之澀.)」

본 시화의「初發芙蓉」구가 나오는 시로〈遊南亭〉(≪全漢三國晋六朝詩≫ 全宋詩 권3)을 다음에 본다.

마침내 저녁에 날이 맑게 개이니
구름 걷히고 해는 서쪽으로 지네.
짙은 수풀은 맑은 기운 품고 있고
먼 산봉우리에는 해가 반쯤 숨어 있네.
오랜 병으로 어둡고 괴로운데

객사에서 교외의 갈래 길을 보네.
연못의 난초가 점점 길을 덮었고
연꽃은 바야흐로 연못에 만발하네.
좋은 시절이 싫지 않으니
벌써 여름인 줄 알겠노라.
슬프게 자연의 경치를 느껴 탄식하니
백발이 성성하게 드리워지네.
약과 음식 끊고픈 마음이나
병들고 쇠하여 여기에 있네.
계절이 가고 가을물 기다리면서
옛 언덕에 누워 이 몸을 쉬리라.
내 마음 뉘에게 밝히리오
다만 좋은 벗만이 내 마음 알리라.
時竟夕澄霽, 雲歸日西馳.
密林含餘淸, 遠峰隱半規.
久痗昏墊苦, 旅館眺郊岐.
澤蘭漸被徑, 芙蓉始發池.
未厭靑春好, 已觀朱明移.
戚戚感物歎, 星星白髮垂.
藥餌情所止, 衰疾忽在斯.
逝將候秋水, 息景偃舊崖.
我志誰與亮, 賞心惟良知.

위 시에서 제4연은 대자연의 情態美를 묘사하고, 제1연은 대자연
의 動態美를 반영하고 있다. 白居易가 〈讀謝靈運詩〉에서 「크게는 반
드시 하늘과 바다를 아우르고, 작게는 풀과 나무도 버리지 않는다.(大
必籠天海, 細不遺草樹.)」라고 한 말이 헛된 말이 아님을 알 수 있다.

(2) 梁武帝〈白紵舞詞〉

양 무제가 〈백저무사〉 네 구를 지어서 심약에게 그 가사를 고쳐서

〈사시백저가〉를 지으니 왕의 노래 가사에 이르기를, 「붉은 현과 옥
기둥의 거문고 상아 연석에 늘어놓고, 날렵한 피리 절주를 빨리하니
소년이 춤추네. 짧은 노래에 눈이 멈춰 앞으로 못 나가니, 웃음 머금
고 빙 도니 절로 사랑스럽네.」 하였다. 아! 아름답다. 고금에 당연히
으뜸이다.

梁武帝作白紵舞詞四句, 令沈約改其辭爲四時白紵之歌, 帝辭云:「朱絃
玉柱羅象筵, 飛琯促節舞少年. 短歌流目未肯前, 含笑一轉私自憐.」嗟
乎麗矣. 古今當爲第一也.

양 무제의 〈백저무사〉 2수 중의 첫 수가 위의 본문에 인용된 시이
다. 그 제2수를 이어서 본다.

가녀린 허리 하늘하늘 옷에 걸리지 않고
애교 어린 원한으로 홀로 서서 누구를 위함인가.
곡조에 맞추며 그대 앞에서 차마 돌아가지 못하니
상성의 급한 가락 속에 마음이 날아갈 듯.

纖腰嫋嫋不任衣, 嬌怨獨立特爲誰.
赴曲君前未忍歸, 上聲急調中心飛.(≪全漢三國晋六朝詩≫ 全梁詩 권1)

(3) 江淹 〈秋思〉

맑은 물결 날로 여울물에 모두고
고운 숲에 피리 소리 울리네.
연꽃은 이슬에 떨어지고
수양버들은 달 속에 성글어지네.
연나라 장막에 상수 비단 이불 덮고
조나라 허리띠에 유황 비단 소매 입네.
그리워하며 님의 소식이 막히니
꿈에 맺히게 헤어져 지내다니요.

淸波收潦日, 華林鳴籟初.
芙蓉露下落, 楊柳月中疎.
燕幃湘綺被, 趙帶流黃裾.

相思阻音信, 結夢感離居.(≪全漢三國晋六朝詩≫ 全梁詩 권5)

육조 시인은 숙독하지 않을 수 없으니, 예컨대「연꽃은 이슬에 떨어지고, 수양버들은 달 속에 성글어지네.」다듬어지기가 이러하니 당대 이래로 따라갈 수 있는 사람이 없다. 한유가 말하였다.「제, 양나라와 진, 수나라의 많은 작품이 매미 시끄러운 소리네.」이 시는 나로서는 감히 논할 수도 없고 따라갈 수도 없다.

六朝詩人不可不熟讀, 如「芙蓉露下落, 楊柳月中疎.」鍛鍊至此, 自唐以來無人能及也. 退之云: 齊梁及陳隋, 衆作等蟬噪. 此語吾不敢議之, 不敢從.

본문의「연꽃은 이슬에 떨어지고,…」구의 시는 江淹(444-505)의 〈秋思〉시의 제2연이다. 강엄은 자가 文通이며, 濟陽 考城人이다. 강엄은 六朝 문인 중에서 비교적 많은 詩賦를 남긴 작가로서 후대에 적지 않은 영향을 주었다. 강엄은 劉孝綽, 王筠, 吳筠, 丘遲, 肩吾 등과 함께 宮體文學을 성행케 하였다.

(4) 杜甫〈麗人行〉

두보가 지은 〈여인행〉에 이르기를,「황제 내리신 큰 나라 이름 괵국과 진국이네.」라 하고, 그 마지막 구절에서「조심하여 가까이 가지 마소, 승상이 화낸다네.」라 하였는데, 괵국과 진국이 양국충의 일과 어떤 관계이기에 앞으로 가까이하면 화낸다고 하는가? 소식이 말하기를,「두보는 사마천 닮았다.」라고 하였으니, 대개 그를 깊이 알고 있는 것이다.

老杜作麗人行云: 賜名大國號與秦, 其卒曰: 愼勿近前丞相嗔. 號國·秦國何預國忠事, 而近前卽嗔耶? 東坡言: 老杜似司馬遷. 蓋深知之.

〈麗人行〉(≪杜詩詳注≫ 권2)은 두보가 長安에서 玄宗의 寵愛를 받던 楊氏 자매들의 행태를 보고서 풍자하여 지은 것이다. 작시 시기는 楊國忠이 丞相이 된 2년 후인 天寶 13년으로 추정하니, 다음에 시 전체를 보기로 한다.

삼짇날 날씨 신선한데
장안 물가에 미인이 많네.
자태 짙고 마음이 아득하며 맑고 참되며
살결 곱고 부드러우며 외모가 아담하네.
수놓은 비단옷에는 늦봄 빛 드리우고
금실 공작새와 은실 기린으로 주름져 있네.
머리 위에 무엇이 있는가?
비취 머리장식 꽃잎이 귀밑털에 드리웠네.
등 뒤에는 무엇이 보이나?
구슬에 눌린 허리 자락이 다소곳이 몸에 걸쳤네.
그 속에 구름 같은 장막은 미인 방과 어울리니
황제 내리신 큰 나라 이름 괵국과 진국이네.
보랏빛 낙타 등 요리가 비취빛 솥에서 나오고
수정 쟁반에는 흰 물고기 놓여 있네.
배불리 먹어 오래 무소 젓가락을 대지 않는데
봉황새 고리 칼로 잘게 써느라 공연히 분주하네.
황문은 말 달려도 먼지 하나도 일지 않고
황제 주방에선 쉬지 않고 귀한 음식들 보내오네.
퉁소와 북소리 구슬피 울려 귀신도 감동시키고
빈객과 시종이 어지러이 뒤섞이니 진실로 귀한 분들이네.
후에 온 안장한 말이 얼마나 느긋이 오시는가!
마루 아래에서 내려 비단 방석에 들어가네.
버들솜이 눈같이 져서 흰 마름 풀을 덮고
파랑새는 날아가서 붉은 수건 입에 무네.
뜨거워서 손을 델만큼 센 권세 비할 수 없거늘
조심하여 가까이 가지 마소, 승상이 화낸다네.
三月三日天氣新, 長安水邊多麗人.
態濃意遠淑且眞, 肌理細膩骨肉勻.
繡羅衣裳照暮春, 蹙金孔雀銀麒麟.

頭上何所有? 翠微匎葉垂鬢脣.
背後何所見? 珠壓腰衱穩稱身.
就中雲幕椒房親, <u>賜名大國虢與秦.</u>
紫駝之峰出翠釜, 水精之盤行素鱗.
犀箸壓飫久未下, 鸞刀縷切空紛綸.
黃門飛鞚不動塵, 御廚絡繹送八珍.
簫鼓哀吟感鬼神, 賓從雜遝實要津.
後來鞍馬何逡巡, 當軒下馬入錦茵.
楊花雪落覆白蘋, 靑鳥飛去銜紅巾.
炙手可熱勢絶倫, <u>愼莫近前丞相嗔.</u>

이 시는 古歌謠 형식을 채택하여 지어진 고체시이니, 송대 郭茂倩의 ≪樂府詩集≫ 雜曲歌辭 〈麗人曲〉에「유향의 별록에서『옛날 어떤 미인이 아가를 잘하였는데 후에 이로 인해서 곡 이름을 붙였다.』라고 하였다.(劉向別錄云: 昔有麗人善雅歌, 後因以名曲.)」고 하였다. 시에 묘사된 연회와 연관하여 ≪舊唐書≫ 〈后妃傳〉에 보면,

> 현종이 매년 10월에 화청궁으로 행차하면 양국충의 다섯 자매가 뒤따랐는데 집집마다 하나의 대오를 이루어 한 가지 색의 옷을 입었다. 다섯 집이 대오를 같이하니 마치 모든 꽃이 찬란히 피는 것처럼 비추었고, 비녀가 빠지고 신발을 떨구고 옥구슬과 비취가 길에서 찬란하게 향기를 내었고 양국충은 괵국부인과 사통하면서 수여우라는 비난을 피하지 않았다. 매번 조정에 들면 때로는 수레를 나란히 하여 장막을 치지도 않았다.
> 玄宗每年十月幸華淸宮, 國忠姊妹五家扈從, 每家爲一隊, 著一色衣. 五家合隊, 照映如百花之煥發, 而遺鈿墜舄, 瑟瑟珠翠, 燦爛芳馥於路, 而國忠私於虢國, 而不避雄狐之刺. 每入朝或聯鑣方駕, 不施帷幔.

라고 하여 그 화려한 宴席이 얼마나 요란하였는지 상상할 수 있다. 본 시화에서 거론한 시 末章 부분에 대해서 仇兆鰲는 다음과 같이 주석하고 있어서 좋은 참고가 된다.

마지막 장은 곧 양국충을 가리켜서 말한 것으로 그 밝고 빛나는 명성을 묘사하고 있다. 진국부인과 괵국부인이 앞서가고 양국충이 뒤따라가는데, 안장한 말이 느리게 가면 옹호병이 길을 메우는데 고삐를 잡고 천천히 가는 모습을 나타낸 것이다. 마루에서 말을 내린 것은 의기양양하고 방약무인한 형상을 나타낸다. 버들솜과 파랑새는 늦봄의 경물을 가리키는 것이다. 오직 꽃과 새만이 가까울 뿐이니 노니는 사람들은 감히 쳐다보지 못한다. 한때의 기세가 두렵기 이러하였다.

末乃指言國忠, 形容其烜赫聲勢也. 秦虢前行, 國忠殿後, 鞍馬浚巡, 見擁護塡街, 按轡徐行之象. 當軒下馬, 見意氣洋洋, 傍若無人之狀. 楊花靑鳥, 點暮春景物, 見唯花鳥相親, 遊人不敢仰視也. 一時氣焰可畏如此.(≪杜詩詳注≫ 卷之二)

(5) 蘇軾 시에 대한 품평

소식 시는 지적하여 가벼이 논할 수 없으니, 사의 근원이 마치 황하와 양자강 같아서 흩날리는 모래와 휘감는 거품, 마른 뗏목과 땔나무 다발, 목란 쪽배와 수놓은 익조가 모두 따라서 흘러가는 것이다. 진귀한 샘물과 그윽한 냇물, 맑은 연못과 신령한 물웅덩이가 사랑스럽고 좋아서 티끌 하나 없다. 단지 몸이 강호 같지 않으니, 독자는 이 뜻으로 주지를 찾기 바란다.

東坡詩, 不可指摘輕議, 詞源如長河大江, 飄沙卷沫, 枯槎束薪, 蘭舟繡鷁, 皆隨流矣. 珍泉幽澗, 澄澤靈沼, 可愛可喜, 無一點塵滓. 只是體不似江湖, 讀者幸以此意求之.

판본으로는 ≪百川≫, ≪說郛≫, ≪稗海≫, ≪歷代詩話≫본 등이 있는데, 모두 1권이다. 焦竑의 ≪國史經籍志≫에는 2권이라고 되어 있다.

葉夢得(섭몽득, 1077-1148). 자는 少蘊, 호는 石林居士이며, 蘇州 吳縣(지금의 강소성 소주)人이다. 哲宗 紹聖 4년(1097)에 진사에 급제하여 丹徒尉를 지냈고, 徽宗 때에는 蔡京의 추천으로 祀部郎官을 거쳐 翰林學士와 龍圖閣學士를 지냈다. 高宗 때에는 戸部尙書와 尙書右丞, 그리고 江東按撫制置大使 겸 知建康府 · 行宮留守를 지냈고 죽은 후 檢校少保에 증수되었다. 저서에 ≪建康集≫, ≪避暑錄話≫, ≪石林燕語≫, ≪石林詞≫가 있다. 그는 南北宋 과도기[1]에 저명한 학자로서, 장서가 3만 권이며 학문이 연박하여 조정 掌故에 정통하였다. 시문에 능하여 ≪四庫全書總目提要≫에 그를 칭하여,

> 본래 조무구의 생질로서 장뢰 등 사람들을 만나면서 듣고 보며 영향을 받아 마침내 전형을 갖추어, 문장이 고아하면서 여전히 북송의 기풍을 지니고 있으며 남송 이후에는 진여의와 견줄 만하였다.
> 本晁氏無咎之甥, 猶及見張耒諸人, 耳濡目染, 終有典型, 故文章高雅, 猶存北宋遺風, 南渡後與陳與義可以肩隨.

라고 하였다. 詞를 잘 지어서 小詞가 婉麗하여 溫庭筠과 李商隱의 기풍을 지니고 있으니, 다음에 그의 〈赴建康過京口呈劉季高〉(≪宋詩大觀≫) 시를 본다.

> 나그네 길 다시 황학산 앞을 지나며
> 친구를 만나게 되어 잠시 머무네.

---

1) 北宋과 南宋의 과도기라면, 대개 高宗 建炎과 紹興 36년간(1127-1162)을 기준으로 삼는다.(李日剛 ≪中國詩歌流變史≫ 上 p.643, 臺灣 文津出版社 1987)

웃기나니 긴 창과 큰 칼인들 어디에 쓸까나
백발의 푸른 두건 쓴 병사 공허히 절로 불쌍하네.
들판 비춘 횃불 벌써 놀랍게 성 담장 가로지르고
강을 덮은 행렬이 누각 배에서 내리네.
파릉의 술 취한 병사 홀로 아는 이 없는데
느긋이 구름 진 산봉우리 대하고 지난 해 일 말하네.
客路重經黃鶴前, 故人仍得暫留連.
長槍大劍笑安用, 白髮蒼頭空自憐.
照野已驚橫雉堞, 蔽江行見下樓船.
灞陵醉尉無人識, 漫對雲峰說去年.

　이 시는 金軍에 의해 위기에 처한 상황에서 悲憤慷慨한 심정을 토로하고 있다. 高宗 紹興 8년(1138)에 금과 和議 중에 主和派가 대권을 잡고 투항하는 절차를 밟고 있을 때, 시인은 江東安撫制置大使 겸 知建康府의 신분으로 부임하는 도중에, 鎭江을 지나면서 知鎭江府인 친구 劉季高2)를 만나서, 憂國의 悲感을 노래하고 있다. 제1연의 '黃鶴'은 鎭江의 山名으로 山北에 竹林寺가 있어 산천이 수려한 명승지로서, 南朝 周顗(주옹)이 머물렀다 한다.(≪南史≫ 〈周顗傳〉) 제3연의 '雉堞'은 성 위에 쌓아놓은 치아 모양의 엄호용 낮은 담장이다. 제4연의 '灞陵醉尉'3)는 시인 자신을 비유한 것으로 漢代 李廣의 고사를 인용하고 있다.

　본 시화의 시론의 요점은, 첫째 '立意'를 강조하고, '氣格'을 표방하였다. 그래서 「구양수는 처음에 서곤체의 폐단을 바로잡으려 하였으며, 오로지 기격을 위주로 하였기에 그 말이 대체로 평이하고 유창하였다.(歐陽文忠公始矯崑體, 專以氣格爲主, 故其言多平易疏暢.)」

---

2) 劉季高 : 劉岑으로 자가 季高이며, 吳江人이다. 知鎭江府를 지낸 후, 秦檜의 得罪로 廢黜 당하였다.

3) 灞陵醉尉 : ≪史記≫ 〈李將軍列傳〉:「廣嘗夜從一騎出, 從人田間飮, 廣止灞陵亭. 灞陵醉尉, 呵止廣. 廣騎曰: 故李將軍. 尉曰: 今將軍尙不得夜行, 何乃故也. 止廣宿亭下.」

라고 하고, 文體 때문에 意를 해쳐서는 안 된다고 했으며, 「뜻과 문자가 잘 어울려야 하되, 문자가 뜻을 따라 펴져야 자연스레 잘 어울릴 수 있다.(意與言會, 言隨意遣, 渾然天成.)」라고 하여 '凡俗'한 데로 빠지지 않고, '氣格'도 얻어지게 된다고 했다. 둘째, 자연과 '創新'을 강조하였다.

예나 지금이나 시를 논하는 이는 많다. 내가 유독히 좋아하는 것은 탕혜휴가 사령운의 '초일부거'라고 한 구를 칭찬한 것과, 심약이 왕균의 '탄환탈수' 두 말을 칭찬한 것이다. '초일부거'(아침햇살의 연꽃) 구는 인간의 능력으로는 도저히 지어낼 수 없는 구로서 정채하고 화려한 묘미가 조화의 오묘함 속에서 드러나는 것과 같으니, 사령운의 시 가운데도 이만한 시는 몇 편 없다.
古今論詩者多矣. 吾獨愛湯惠休稱謝靈運爲'初日芙蕖', 沈約稱王筠爲'彈丸脫手'兩語, 最當人意. '初日芙渠'非人力所能爲, 而精彩華妙之意, 自然見於造化之妙, 靈運諸詩, 可以當此者亦無幾.

다음에 詩評의 예문을 본다.

시의 용사는 억지로 끌어들이면 안 되고, 반드시 써야 할 때 써야만 고사와 시어가 하나 되어 그 안배가 억지로 모아놓은 흔적이 안 보인다. 소식이 일찍이 어떤 사람을 위해서 만시를 지어, 「어찌 날이 경자년 후에 기울 줄 생각했겠나, 문득 놀랍게도 그해가 기진년이었네.」라고 하였다. 이것은 자연스레 대구를 쓴 것으로서 억지로 사람의 힘을 빌린 것이 아니다.
詩之用事, 不可牽强, 必至于不得不用而後用之, 則事詞爲一, 莫見其安排鬪湊之迹. 蘇子瞻嘗爲人作挽詩云:「豈意日斜庚子後, 忽驚歲在己辰年.」此乃天生作對, 不假人力.

시에서 고사 활용은 비유와 興托이라는 의미에서 매우 중요한 시의 묘사법이다. 그러나 牽强하거나 가식적인 활용은 오히려 詩興을 상하게 한다.

다음에 본 시화에서 高麗와 연관된 문장을 보기로 한다.

고려는 태종 이후부터 오래도록 조공을 바치지 않다가, 원풍 초년에
이르러 비로소 사신을 보내어 조공케 하였다. 신종은 장성일을 외국
빈객을 모시는 관반으로 삼아서 다시 조공케 된 뜻을 묻게 하였다.
장성일이 기록하기를, 「그 나라는 거란과 이웃하여서 매번 거란의 강
제탈취를 감당할 수 없었는데 국왕 왕휘(고려 문종)가 늘 화엄경을
암송하면서 중국에 태어나길 기원하였다. 어느 날 저녁 문득 꿈에 경
사에 이르러 성읍과 궁궐의 성대함을 보고 깨어나 사모하여 시를 지
어 기록하기를, 『악업의 인연으로 거란과 가까이하니, 한 해에도 조
공을 얼마나 많이 하였는지. 몸을 옮겨 문득 중국 땅에 이르니, 아쉬
운 건 한밤에 물시계 물방울이 남았구나.』라고 하였다.」내가 대관
연간에 고려인 관반으로서 일찍이 장성일의 어록에 이 일을 기재한 것
을 보았다.

高麗自太宗後, 久不入貢, 至元豊初, 始遣使來朝. 神宗以張誠一館伴,
令問其復朝之意. 云:「其國與契丹爲隣, 每因契丹誅求, 藉不能堪, 國
主王徽常頌華嚴經, 祈生中國. 一夕, 忽夢至京師, 徧見城邑宮闕之盛,
覺而慕之, 乃爲詩以記曰:『惡業因緣近契丹, 一年朝貢幾多般. 移身忽
到京華地, 可惜中宵漏滴殘.』」余大觀間, 館伴高麗人, 嘗見誠一語錄,
備載此事.

고려시대의 詩交 자료는 매우 적다. 본 시화에서 고려인 일화를
통해서 韓國漢詩의 일맥을 알 수 있는 문장이다. 韓國漢文學史에서
한시의 기원에 대해서 확증은 없지만 문헌의 기록에 의거하여 金台
俊과 李家源은 모두 檀君神志의 〈秘詞〉를 먼저 기술하고, 이어서 김
태준은 箕子의 〈麥秀歌〉와 〈河水歌〉를, 그리고 이가원은 〈箜篌引〉을
거론하였다. 그러나 韓中文學史上 중국과의 관계를 보아서, 아무래
도 古朝鮮 霍里子高의 妻인 麗玉의 〈箜篌引〉4)에서 비롯되었다고 할

---

4) 朝鮮 李德懋云:「箜篌引, 漢武帝時所作. … 衛滿時, 亦或爲四郡後時, 霍里子高
妻麗玉容, 名甚爾雅, 殊異於夷俗名字, 鄙俗不可究之類, 亦自中國而來居者歟.」

것이다. 그 후에 삼국시대에 고구려의 〈黃鳥歌〉와 乙支文德의 〈遺
于仲文詩〉(612년)가 있은 후에 榮留王 高建武가 唐에서 道法을 수
입하고 子弟들을 入唐케 하여 당시문을 학습케 하였다. 그러나 당과
직접 연관된 고구려인 시를 볼 수 없고, 백제인 시 또한 전하지 않
으니, 자연히 신라에 관심이 가는 것이다. 그럼에도 신라에 있어서도
鄕歌를 제외하고는 엄정한 의미의 당시와 관련된 한시는 매우 적으
니, 漢詩史的으로 고대 한시의 맥락을 설정하기가 불가능한 상태라
고 할 것이다.

신라의 唐문학과의 관계는 眞平王 43년(621)[5]에 唐과 국교하여
唐문화를 수입하면서 唐古詩가 전래되고, 이어서 근체시가 비교적 빨
리 즉 聖德王에서 景德王 사이에(702~765) 들어온 것으로 본다.[6]
이 시기는 성당기이니 初唐四傑과 宋之問과 沈佺期 등에 의해 근체
시가 확정된 후 불과 한 세대를 넘지 않은 新體詩의 초기라 할 수 있
다. 이때는 이미 李白(이태백), 王維, 杜甫의 시명이 떨친 唐詩의 황
금기에 들어섰으므로 신라로서는 신문학의 정수를 호흡할 수 있었
고, 그것이 한국한문학의 싹을 트게 한 것이다. 그래서 신라에는 당
시가 유행하고 당풍을 흠모하는 풍조가 크게 일었으니, 元稹의 ≪白氏
長慶集≫ 序에 이르기를,

> 계림의 상인이 저잣거리에서 구함이 자못 대단하였다. 스스로 말하
> 기를 본국의 재상이 매양 백금으로 시 한 편을 바꾸는데, 위작이다
> 싶으면 재상이 즉시 분별할 수 있다. 시문이 나온 이래로 이와 같이
> 널리 전해진 적은 없었다.
> 鷄林賈人, 求市頗切. 自云; 本國宰相每以百金換一篇, 甚爲僞者, 宰相
> 輒能辨別之. 自篇章以來, 未有如是流傳之廣者.

(≪靑莊館全書≫〈耳口心書〉)

5) ≪舊唐書≫云:「俗愛書籍, 至於衡門廝養之家, 各於街衢, 造大屋, 謂之扃堂, 子
弟未婚之前, 晝夜於此, 讀書習射.」(卷199上 列傳 第149 高麗)
6) ≪三國史記≫〈本紀〉9 景德王 15년조 참조.

라고 하였고, 高麗朝에 이르러서는 더욱 시풍이 唐에 접근하여서, 李
穡은 「문은 한나라를 본받고, 시는 당나라를 본받았다.(文法漢, 詩
法唐.)」(≪牧隱文藁≫ 卷9)라 하고, 崔滋는 「한문과 당시가 이에 성
행하였다.(漢文唐詩於斯爲盛.)」(≪補閑集≫ 序)라고 한 표현으로 그
상황을 미루어 알 수 있다. 중국측 자료로 ≪宋詩紀事≫(권95)에 수
록된 고려인 시를 참고로 제시하면 다음과 같다.

　고려 국왕 王徽는 字가 燭幽로, 顯宗 詢의 셋째 아들로서, 慶曆 7
년에 즉위하여 37년 간 在位하고 廟號는 文宗이니, 다음에 〈記夢〉
(≪宋詩紀事≫ 권95) 시를 본다.

　　악업의 인연으로 거란과 가까이하니
　　한 해에도 조공을 얼마나 많이 하였는지.
　　몸을 옮겨 문득 중국 땅에 이르니
　　아쉬운 건 한밤에 물시계 물방울이 남았구나.
　　惡業因緣近契丹, 一年朝貢幾多般.
　　移身忽到中華地, 可惜中宵漏滴殘.

　王徽가 宋朝에 賓貢 使臣으로 가서 남긴 시로서 徐居正의 ≪東文
選≫에는 미수록 상태이다. 韓中 시 비교에 있어서 신라인이 唐朝에,
그리고 고려인이 宋朝에 賓貢諸子로서 왕래하면서 활발한 교류가 이
루어진 점을 중시한다. 다음 韓縝如는 高麗副使로 송조에 가서 〈別
葉館伴〉 시를 남겼다.(이 시는 ≪東文選≫에 미수록)

　　흐느끼며 눈물 흘리면서 이별하려니
　　이 생에 다시 올 기약이 없네.
　　거짓말로 보옥에게 깊은 뜻 말하는데
　　님 그리워하고 경물 구경하던 때를 잊지 말라 하네.
　　泣涕汍瀾欲別離, 此生無復再來期.
　　謾將寶玉陳深意, 莫忘思人見物時.

　이어서 朴寅亮의 칠언시 4구 〈泗州龜山寺詩〉이니, (≪東文選≫에

미수록)

> 탑 그림자가 회수 물결 밑까지 드리우고
> 경쇠 소리는 뜬 달에 드리운 구름 사이로 울리네.
> 문 앞 나그네 배 큰 파도 세찬데
> 대숲 아래 스님의 바둑 대낮에 한가롭네.
> 塔影到淮沈浪底, 磬聲浮月落雲間.
> 門前客櫂洪濤急, 竹下僧棋白日閑.

라고 하여 사신으로 간 객지에서의 담백한 심정을 묘사하고 있다. 박
인량은 송조 元豐 연간에 고려 사신으로 활동하였는데 金第, 李絳
孫, 盧柳, 金化珍 등과 奉使 도중에 唱和詩를 지어서 ≪西上雜詠≫을
自編하기도 하였다.(≪宋詩紀事≫ 권95) 그의 활동에 대해서 鄭麟趾
는 ≪高麗史≫에 기록하기를,

> 박인량의 자는 대천이고 죽주인인데 평주인이라고도 한다. 우부승선
> 을 거쳐서 예부시랑을 지냈다. 문종 34년, 호부상서 유홍과 사신으
> 로 송나라에 갔다. 김근이라는 사람이 있어 또한 이 행렬에 있었다.
> 송인이 박인량과 김근이 지은 척독, 표장, 시를 보고서 칭찬하고 감
> 탄하기 마지않았다. 두 사람의 시문을 간행하여 ≪소화집≫이라 하
> 였다.
> 朴寅亮字代天, 竹州人, 或云平州人. 累遷右副承宣, 轉禮部侍郎. 文
> 宗三十四年, 與戶部尙書柳洪奉使如宋. 有金覲者, 亦在是行. 宋人見
> 寅亮及覲所著尺牘表狀題詠, 稱歎不置. 至刊二人詩文, 號小華集.

라고 하여 박인량의 작시활동의 일면을 알 수 있다. 그리고 ≪澠水
讌談≫에는 위의 시구와 연관된 일화가 다음과 같이 기록되어 있다.

> 고려는 나라 밖 여러 오랑캐 중에서 가장 유학을 좋아하여 본조 이
> 래로 자주 빈객공사로 등제한 사람이 있었다. 천성 이후 10년간 중
> 국과 왕래하지 않다가, 희녕 4년 비로소 다시 사신을 보내어 조공하
> 였다. 그로 인해서 천주의 황신이란 사람이 길안내가 되어 사명에서

언덕에 올라갔다. 이르자 해풍에 휘날려 통주에 이르렀다. 태수에 사례하여 이르기를,「북두성을 보며 뗏목을 타고 처음에 우리나라를 떠났습니다. 무릉도원을 찾다가 길을 잃어서 얼핏 신선 마을에 도착하였습니다.」라고 하니 말이 너무 온당하였다. 사신 어사 민관 시랑 김제가 함께 동행하였는데, 박인량 시가 더욱 정미하였다. 예컨대 〈사주구산사시〉에 이르기를,「문 앞 나그네 배 큰 파도 세찬데, 대숲 아래 스님의 바둑 대낮에 한가롭네.」구인데 일반 사람들도 칭찬하였다. 高麗, 海外諸夷中最好儒學, 祖宗以來, 數有賓客貢士登第者. 自天聖後十年, 不通中國, 熙寧四年, 始復遣使修貢. 因泉州黃愼者爲向道, 將由四明登岸. 比至, 爲海風飄至通州. 謝太守云:「望斗極以乘槎, 初離下國; 指桃源而迷路, 誤到仙鄉.」詞甚切當. 使臣御事民官侍郎金第與行, 朴寅亮詩尤精. 如泗洲龜山寺詩云:「門前客櫂洪濤急, 竹下僧棋白日閑.」等句, 中士人亦稱之.(≪宋詩紀事≫ 권95)

여기서 박인량의 詩題가 〈泗洲龜山寺詩〉인 것을 알 수 있다.

그리고 李資諒은 高麗 仁州人으로 中書侍郎과 平章事를 역임하고 송 徽宗 때 사신으로 다녀온 바, 그의 시 〈睿謨殿賜宴恭和御製〉(상동)를 본다.(≪東文選≫ 권12에 수록됨)

≪시경≫ 〈녹명〉 같은 아름다운 연회에 현량들이
신선 음악 울리며 동방을 나서네.
하늘에서 꽃을 하사하니 머리가 아름답고
쟁반에 놓인 귤에 소매가 향기롭네.
황하는 다시 천년의 길조를 알리고
녹주 술에 경쾌하게 만수 술잔 올리네.
오늘 배석한 신하들 성찬에 참여할 때에
≪시경≫ 〈천보〉의 祝壽 노래하며 길이 잊지 않길 원하네.
鹿鳴嘉會宴賢良, 仙樂洋洋出洞房.
天上賜花頭上豔, 盤中宣橘袖中香.
黃河再報千年瑞, 綠醑輕浮萬壽觴.
今日陪臣參盛際, 願歌天保永無忘.

이 시와 연관하여 ≪高麗史≫ 李子淵傳에 「이자량이 봉사로 송나라에 가다. 휘종이 예모전에 어거하여 한 사람씩 불러 연회를 하사하면 시를 지어 올린다. 이자량이 즉시 시를 지어 올리니 크게 칭찬하였다.(資諒奉使如宋. 徽宗御睿謨殿, 召一人賜宴, 作詩示之. 資諒卽製進, 大加稱賞.)」라고 기록하고 있다. 이외에 박인량의 아들 朴景仁(初名이 景綽)의 7언 2구와 進奉副使를 지낸 魏繼延의 7언 2구가 ≪宋詩紀事≫(권95)에 기재되어 있다.(모두 ≪東文選≫에 미수록)

> 좋은 일 해마다 전습한 지 오래니
> 성대하게 온 나라 먼 곳의 빈객을 보네.
> 勝事年年傳習久, 盛觀全屬遠方賓.(朴景綽)

> 천길 아름다운 산 올라가니 해가 뜨거늘
> 한 가락 하늘의 음악 소리 구름 사이로 들려오네.
> 千仞綵山攀日起, 一聲天樂漏雲來.(魏繼延)

韓國漢詩의 독창성과 연관하여 문자는 같아도 중국과 차별된 독자적인 문학영역을 창출해 온 것이다. 그래서 洪萬宗은 ≪小華詩評≫에서 서술하기를,

> 김종직의 ≪점필재집≫에 의하면 이르기를, 「시를 배우면서부터 우리 동방의 시를 얻어 보면 시로 이름난 자가 수백뿐이 아니다.」라고 하였다. 오늘날에서 신라 말기까지 거슬러 올라가면 거의 천년 그 동안에 풍교를 알고 풍자를 묘사하고 억양을 열어 깊이 성정의 바름을 얻은 자는 당송과 맞먹고 후세에 모범이 될 만하다. 대개 동방시학은 삼국에서 시작하여 고려에서 성행하고 우리 왕조에 와서 극치에 이르렀고, 점필재에서 오늘까지 또 수백 년간 문장의 대가들이 서로 걸출함을 이어서 나왔으니, 그 전후의 작가는 이루 다 기록할 수 없다.
> 按佔畢齋集曰:「自學詩來, 得我東詩, 而詩之名家者, 不啻數百.」由今日而上遡羅季, 幾一千載, 其間識風敎, 形美刺, 開闔抑揚, 深得性情

之正者, 可以頡頏於唐宋, 模範於後世. 蓋東方詩學, 始於三國, 盛於
高麗, 而極於我朝, 自佔畢至于今, 亦數百年, 文章大手相繼傑出, 前
後作者, 不可勝記.

라고 하여, 우리 漢文學의 유래와 그 우수함이 중국에 비해 손색이
없고 또 독자성이 분명함을 강조하고 있다. 이 같은 독자적인 주관을
가진 한문학 풍토에서 조선 成宗代에 어명으로 盧思愼, 姜希孟, 徐
居正, 梁誠之 등이 主宰하여 편찬한7) ≪東文選≫은 중국 六朝시대 梁
代 蕭統이 편찬한 ≪文選≫에 비교할만한 역대문집으로 삼국시대부
터 조선 초기까지의 제가의 각종 문장을 수록하고 있다. 이 문집이
있음으로써 韓國漢文學의 문학적 존재가치가 확립된 것이다. 徐居
正은 ≪東文選≫ 序에서 중국과 차별하여 한국한문학의 독자성을 강
조하기를,

우리나라 역대 왕들이 이어서 백년을 함양하여 인물이 그 사이에 나
와서 가득 차고 순수하여 문장을 지으면 진동하여 우월한 자가 또한
옛날에 뒤지지 않으니, 이것은 곧 우리 동방의 글이 송원대의 글이
아니고 또한 한나라 당나라의 글이 아니라 바로 우리나라 글인 것이
다. 마땅히 역대의 글과 같이 세상에 행해지면 어찌 없어져서 전해
지지 않을 수 있겠는가?
我國家列聖相承, 涵養百年, 人物之生於其間, 磅礡精粹, 作爲文章, 動
盪發越者, 亦無讓於古, 是則我東方之文, 非宋元之文, 亦非漢唐之文,
而乃我國之文也. 宜與歷代之文, 幷行於天地間, 胡可泯焉而無傳也哉.

라고 하여 편찬의 근본취지를 밝히고 있다. ≪東文選≫ 이전에 출간
된 현존하는 시문선집으로 高麗朝 편자 미상의 ≪夾注名賢十抄詩≫,
金台鉉의 ≪東國文鑑≫, 崔瀣(최해)의 ≪東人之文≫, 趙云仡(조운흘)

---

7) ≪東文選≫ 序:「殿下天縱聖學, 日御經筵, 樂觀經史以篇翰著述. 雖非六籍之比,
然亦可見文運之興替, 命領敦寧府事臣盧思愼, 吏曹判書臣姜希孟, 工曹判書臣梁
誠之, 吏曹參判臣李坡, 曁臣居正袁集諸家所作粹爲一帙.」

의 ≪三韓詩龜鑑≫, 金祉의 ≪選粹集≫ 등이 있었으나 시대적으로나, 수록된 시문의 분량으로 보아서 총집으로서의 격식에 미달된다. ≪東文選≫에 수록된 시문의 분류는 그 기준이 엄정하여서 選文 과정의 작품성을 고려하고 있음을 알 수 있다. 다음 ≪東文選≫ 序文의 일단에서 선문의 당위성을 중국의 자료를 바탕으로 하여 밝히고 있다.

> 고대 규범을 읽어 요순의 글을 알고, 훈고와 서명을 읽어 삼대의 글을 안다. 진에서 한으로, 한에서 위진으로, 위진에서 수당으로, 수당에서 송원을 거치면서 그 세대를 논하고, 그 글을 살폈으니, 곧 ≪문선≫, ≪문수≫, ≪문감≫, ≪문류≫ 제편이 또한 후세의 문운의 높낮이를 개론하고 있다.
> 讀典謨, 知唐虞之文, 讀訓誥誓命, 知三代之文. 秦而漢, 漢而魏晋, 魏晋而隋唐, 隋唐而宋元, 論其世考其文, 則以文選文粹文鑑文類諸編, 而亦槪論後世文運之上下者矣.

그리고 선문에 있어서는 문체를 문장의 기준으로 삼고, 그 체의 분류기준을 序文에서 또한 다음과 같이 밝히고 있다.

> 신 등이 높으신 분의 부탁을 받들어 삼국시대부터 지금까지를 채집하여 사부와 시문을 몇 가지 문체로 종합하고, 그 글의 이치가 바르고 치교에 도움이 되는 것을 취하여 장르를 나누어 모아서 130권이 되게 편성하여 바치니, 이름을 내리시어 ≪동문선≫이라 하였다.
> 臣等仰承隆委, 採自三國, 至于當代, 辭賦詩文摠若干體, 取其詞理醇正有補治教者, 分門類, 聚釐爲一百三十卷, 編成而進, 賜名曰東文選.

여기서 시문은 辭賦와 시문을 주된 대상으로 하고 내용은 治教에 보탬이 되는 데 두고 있음을 확인하게 된다. 그러므로 시문이 지금 논하는 문학성보다는 유가적 관점에서 選文한 경향이 있음을 부인할 수 없다. ≪東文選≫에는 9개의 시체에 약 386명의 작가 작품 1940여 수가 4권에서 22권에 걸쳐서 수록되어 있고 고구려 乙支文德, 新羅 無名氏, 崔致遠, 朴仁範, 崔匡裕, 崔承祐 등을 위시하여

高麗朝 중기의 崔承老, 朴寅亮, 金富軾, 그리고 말기의 李崇仁, 鄭夢周 등과 朝鮮朝 초기의 權近, 柳方善 등에 이르기까지 광범위한 시기의 시를 편집 수록하고 있다.

다음은 섭몽득이 杜甫 시를 품평한 부분이다.

시인이 글자 하나를 기교롭게 여김은 세상이 진실로 아는 것인데, 두보만이 변화가 자유로워 기묘함이 끊임없이 나와서 아마도 형상과 자취만으로 잡을 수 없다. 예컨대 「강산에 파촉이 있고, 집 기둥과 지붕은 제량부터네.」에서 원근으로 수천 리와 위아래로 수백 년이 단지 '有'와 '自' 두 자에 들어 있어 산천을 삼키는 기세와 고금을 아우르는 회포가 다 어사 밖에 드러난다.
詩人以一字爲工, 世固知之. 惟老杜變化開闔, 出奇不窮, 殆不可以形迹捕. 如「江山有巴蜀, 棟宇自齊梁.」 遠近數千里, 上下數百年, 祇在有與自兩字間, 而呑納山川之氣, 俯仰古今之懷, 皆見于言外.

이 평문은 두보의 〈上兜率寺〉(≪杜詩詳注≫ 권12) 시를 놓고 평한 글이니, 그 시를 본다.

도솔사는 이름 있는 절로서
진여회법의 법당이네.
강산에 파촉이 있고
집 기둥과 지붕은 제량시대부터네.
유신이 슬퍼한 지 오래지만
하옹은 좋아하여 잊지 않네.
흰 소 수레는 멀든 가깝든 다 가니
고해 중에 편안한 길 오르려네.
兜率知名寺, 眞如會法堂.
江山有巴蜀, 棟宇自齊梁.
庾信哀雖久, 何顒好不忘.
白牛車遠近, 且欲上慈航.

이 시는 廣德 원년 작으로 도솔사는 梓州에 있다. 시에서 '眞如'는 불법의 본체로서 禪宗에서 추구한다. 庾信은 北朝 시인으로 〈哀江南賦〉가 있고 何顒은 後漢人으로 ≪後漢書≫ 〈黨錮傳〉에 보이는데, 詩意와 맞지 않아서 南朝 周顒이 아닌가 한다. 주옹은 佛理에 정통하며 淸貧寡欲하였다. 시어 구사의 工巧함을 강조한 문장으로서 杜甫의 시구에서 言外的인 意趣를 본다. 시어 한 자가 시 전체의 흥취를 좌우한다. 杜甫의 〈病橘〉(상동 권10)에 대해서 평한 것과 시를 보자.

두보의 〈병백〉, 〈병귤〉, 〈고종〉, 〈고남〉 등은 모두 당시의 일을 일깨워준다. … 〈병귤〉은 처음에 「애석하네 맺힌 열매가 작으며, 시큼하고 쓴 것이 팥배와 같네.」라 했고, 끝에는 '여지'를 백성이 괴로워하는 것에 비유한 것이라면, 임금을 가까이 모신 이들이 뜻을 얻지 못한 것을 가리키는 건가 한다. 한위 이래로 시인의 생각이 심원하여 고풍을 잃지 않은 시인으로 오직 이 두보뿐이니 시어만 공교로운 것이 아니다.

杜子美病柏, 病橘, 枯棕, 枯柟, 皆興當時事 … 惟病橘始言「惜哉結實小, 酸澁如棠梨」, 末以比荔枝勞民, 疑若指近幸之不得志者. 自漢魏以來, 詩人用意深遠, 不失古風, 惟此公爲然, 不但語言之工也.

귤들은 생기가 적으니
많은들 어디에 쓰이겠나.
애석하네, 맺힌 열매가 작으며
시큼하고 쓴 것이 팥배와 같네.
쪼개어보니 좀벌레 끼어 있으니
주워서 골라냄이 상쾌히 마땅하네.
어지러이 입에 맞지 않은데
어찌 그 껍질만 남았는가.
쓸쓸하게 죽은 잎이 반이나 되니
차마 죽은 가지를 골라내지 못하네.
겨울에 눈서리 쌓이고
하물며 회오리바람 불어오네.

群橘少生意, 雖多亦奚爲.
惜哉結實小, 酸澁如棠梨.
剖之盡蠹蝕, 采掇爽所宜.
紛然不適口, 豈只存其皮.
蕭蕭半死葉, 未忍別故枝.
玄冬霜雪積, 況乃迴風吹.

이 시는 2수 중 제1수이다. 귤을 빌려서 時事를 개탄한 시이므로 일종의 풍유시라 할 것이다. 杜甫의 장편 서사시 〈北征〉(≪杜詩詳注≫ 권5)에 대한 평을 다음에 본다.

장편시가 가장 어려워서 위진 이전에는 시에서 10운이 넘는 것이 없다. 대개 일반 사람들은 자신의 생각으로 시인의 뜻을 이해하여야 하니 처음부터 사실을 다 표현하는 것을 기교 있다고 여기지 않는다. 두보의 〈술회〉, 〈북정〉 등은 필력을 다 발휘해서 마치 사마천의 기전문과 같으니 이것은 진실로 고금의 절창이다.
長篇最難. 晋魏以前, 詩無過十韻者. 蓋常人以意逆之, 初不以敍事傾盡爲工. 至老杜述懷 · 北征諸篇, 窮極筆力, 如太史公紀傳, 此固古今絶唱也.

황제(肅宗) 2년 가을
윤8월 초하룻날에
두보는 북쪽으로 길을 떠나서
아득히 가족을 찾으려 하네.
어렵고 근심된 때를 만나서
조야가 한가한 날 적으니
부끄럽게도 사사로이 성은을 입어서
초라한 집에 돌아가게 허락 받았네.
하직 인사하고 궐문에 이르니
송구한 마음에 오래 문을 나서지 못하네.
비록 간언할 자세 부족하지만

임금께 실책이 있을가 두렵네.
임금은 진실로 중흥의 군주시니
나라 경영에 실로 힘쓰시도다.
동쪽 오랑캐의 반란이 그치지 않으니
신하 두보는 분개가 절실하도다.
눈물 닦고 임금 계신 곳 그리워하며
길을 가니 또한 망연하도다.
천지가 전쟁의 상처투성이니
근심 걱정이 언제나 끝날 것인가.
皇帝二載秋, 閏八月初吉.
杜子將北征, 蒼茫問家室.
維時遭艱虞, 朝野少暇日.
顧慚恩私被, 詔許歸蓬蓽.
拜辭詣闕下, 怵惕久未出.
雖乏諫諍姿, 恐君有遺失.
君誠中興主, 經緯固密勿.
東胡反未已, 臣甫憤所切.
揮涕戀行在, 道途猶恍惚.
乾坤含瘡痍, 憂虞何時畢.(詩 前段)

　이 시는 杜甫가 황제의 피난처에 있다가, 허락을 받고 가족을 만
나러 鄜州(부주)로 가면서 지은 최대 걸작의 장편시이다. 전란의 역
경 속에 우국충정으로 보고 들은 것과, 가족에 대한 인간애를 묘사
한다. 이런 상황에서 두보는 절망하지 않고 唐 太宗의 建國偉業을 상
기하면서 창대한 국가의 장래와 국운에 대해 큰 희망을 갖고 시의
대미를 장식한다.
　다음은 王維(701-761)의 〈積雨輞川莊作〉과 그 평문이다. 왕유
가 생존한 시기는 중국문학사상 시가 황금기를 이루었던 성당시대
로서 詩聖 杜甫와 詩仙 李白과 함께 왕유는 詩佛로 칭송되는 낭만
시인이다. 字가 摩詰이며 太原(지금의 山西 太源)人으로, 楊貴妃가 살

왔던 玄宗 시절에 안사의 난(755-757)을 겪으면서 역경을 佛心으로 이겨낸 시인이다. 21세(721)에 과거 합격한 후, 太樂丞이 되어 음악을 관장하였고 34세에 右拾遺를 거쳐서 38세에 監察御史, 59세에 尚書右丞에 임명되었다. 안사의 난이 나자 장안이 함락 당하고 왕유는 포로가 되기도 했고, 그 후에는 장안 서쪽에 흐르는 曲江 가의 輞川莊에서 만년을 보내며 참선하고 시 짓는 생활을 하였다. 30세에 홀아비가 된 후, 평생 독신으로 승려 같은 생활을 하였고 오직 시화에 열중하였다. 墨畵인 南宗畵를 개척한 화가이기도 하다.

왕유 시는 현재 376수가 전해지는데, 淸新하여 불교와 도교 사상을 바탕으로 하고, 음악과 회화적인 예술성을 가미한 특성을 지닌다. 시 속에 자연의 미려함과 전원의 소박함, 그리고 탈속의식이 짙다. 그리고 시의 회화미가 넘쳐서 蘇軾은 왕유 시를 「시 속에 그림이 있고, 그림 속에 시가 있다.(詩中有畵, 畵中有詩.)」라고 극찬하였다.

장마 뒤에 수풀 사이로 밥 짓는 연기 불 피워서
명아주 나물 찌고 기장밥 지어 동쪽 밭에 보내네.
광활한 논에는 백로가 날아가고
녹음 짙은 여름 숲에는 꾀꼬리 소리 들려온다.
산속에서 조용히 수양하며 무궁화 감상하고
소나무 아래서 소식하며 이슬 맺힌 해바라기 따네.
시골 노인 이미 속세와 자리다툼 그만두었거늘
바다 갈매기는 어인 일로 다시 의심하는가.
積雨空林烟火遲, 蒸藜炊黍餉東菑.
漠漠水田飛白鷺, 陰陰夏木囀黃鸝.
山中習靜觀朝槿, 松下淸齋折露葵.
野老與人爭席罷, 海鷗何事更相疑.(≪王右丞集箋注≫ 권10)

시에 쌍자를 쓰기가 매우 어려우니, 모름지기 칠언과 오언에서 다섯 자와 세 자를 제외하고 정신과 흥취를 두 글자에 온전히 드러내야만 기교 있고 오묘한 것이 된다. 당인이 「논에는 백로가 날아가고, 여름 숲에는 꾀꼬리 소리 들려온다.」는 이가우의 시로서 왕유가 몰래 취했다고 말하는데, 옳지 않다. 이 두 구의 좋은 점은 바로 '漠漠'과 '陰陰' 네 자를 덧붙인 데 있으니, 이것은 곧 왕유가 이가우의 시를 더 승화하여 스스로 그 오묘함을 표현한 것이다.

詩下雙字極難, 須是七言五言之間除去五字三字外, 精神興致全見于兩言, 方爲工妙. 唐人謂「水田飛白鷺, 夏木囀黃鸝」爲李嘉祐詩, 摩詰窃取之, 非也. 此兩句好處, 正在添漠漠・陰陰四字, 此乃摩詰爲嘉祐點化, 以自見其妙.

이 시는 閑情을 묘사한 시로서, 노년에 宋之問의 별장이었던 曲江가의 輞川莊에서 지었다. 陝西 藍田 남쪽에 위치한 별장에는 竹里館 등 20여 곳의 휴식처가 있어서, 친구 裵迪과 함께 輞川詩 20수를 唱和한 곳이다. 시에서 '積雨'와 '煙火'에서 농가의 새참 먹는 광경을 연상시키고, 제2연에서 별장의 여름 경물을 묘사하고 있다. 청대 翁方綱은 ≪石洲詩話≫에서 李嘉祐 시구 표절설에 대해서,

옛사람이 말하기를, 이가우 시의 「논에는 백로가 날아가고, 여름 숲에는 꾀꼬리 소리 들려온다.」 구에 왕유가 '漠漠', '陰陰' 네 자를 보태어 시의 정채가 몇 배가 된다고 하였다. 이 설에 대해서 왕사정 선생은 잠꼬대라고 생각하였다. 대개 이가우는 중당시인이니 왕유가 어떻게 미리 알아서 '漠漠'과 '陰陰'을 쓸 수 있겠는가? 이것은 매우 웃기는 것이다. 오직 왕유의 이 시구는 정신이 '漠漠'과 '陰陰'에 있으니, 이전 설의 잘못을 취하지 않고 배척할 것이다.

昔人稱李嘉祐詩:「水田飛白鷺, 夏木囀黃鸝.」右丞加漠漠, 陰陰四字, 精彩數倍. 此說阮亭先生以爲夢囈. 蓋李嘉祐中唐詩人, 右丞何由預知, 而可以漠漠陰陰耶? 此可大笑者也. 惟右丞此句, 精神全在漠漠陰陰上, 不得以前說之謬, 而槪斥之.

라고 강력 부인하여 섭몽득의 이 논평에 동의하고 있다. 제3연에서 山居 隱逸의 생활의식을 부각하여 '習靜', '淸齋' 등 시어를 구사하면

서 시인의 세상과의 無爭과 心機 정화의 化境을 토로한다. 참고로
왕유의 輞川詩 중에서 〈竹里館〉 시를 본다.

    홀로 깊은 대 숲속에 앉아
    거문고를 타고 길게 휘파람 부는데
    깊은 숲 아무도 모르거늘
    밝은 달이 찾아와 비추노라
    獨坐幽篁裏, 彈琴復長嘯.
    深林人不知, 明月來相照.(≪王右丞集箋注≫ 권13)

　　왕유는 30세(731)에 부인을 잃고 평생 혼자 살았는데, 그가 吏
部郞中을 그만두고 망천 별장에 은거한 것은 모친 崔씨의 병환이
위중하였던 시기인 그의 나이 50세(750)로 추정된다. 이듬해에 모
친상을 당했으므로 그 후 3년상을 마칠 때까지 최소 3년 이상은 망
천장에 칩거하였을 것이다. 이 시기에 ≪輞川集≫ 20수를 지었으니
이 시는 그중의 하나이다. 이 五言絶句는 자연 경물을 관조하는 시
인의 깊고 그윽한 심경을 담았다. 죽리관은 망천장 부근 대숲에 있
는 집으로, 시인은 그곳에 홀로 앉아 있는 광경과 내면의 고독감을
묘사하고 있다. 명대 李東陽은 「담백한가 하면 더욱 짙고, 가까운가
하면 더욱 멀구나.(淡而愈濃, 近而愈遠.)」(≪懷麓堂詩話≫)라고 평하
였다.
　　다음 張繼의 〈楓橋夜泊〉 시는 萬古의 名詩로서 '夜半鐘聲'의 事實
을 분명하게 밝히고 있다.

    달 지고 까마귀 울어 서리가 하늘에 가득한데
    강가 단풍과 낚시불이 수심어린 잠자리를 대하네.
    고소성 밖 한산사에선
    한밤에 종소리가 나그네 뱃전에 들려오네.
    月落烏啼霜滿天, 江楓漁火對愁眠.
    姑蘇城外寒山寺, 夜半鐘聲到客船.(≪全唐詩≫ 권242)

「고소성 밖 한산사에선, 한밤에 종소리가 나그네 뱃전에 들려오네.」 이 시구는 당대 장계가 성 서쪽 풍교사를 제목으로 쓴 시이다. 구양수가 일찍이 한밤엔 종을 칠 때가 아니라고 비판하였다. 아마도 구양수가 일찍이 오 땅에 와보지 않았을 것이니, 지금 오 땅 산사에서는 실제로 한밤에 종을 친다. 장계 시는 30여 편으로, 나의 집에 있는데 좋은 구절이 자못 많다.

「姑蘇城外寒山寺, 夜半鐘聲到客船.」 此唐張繼題城西楓橋寺詩也. 歐陽文忠公嘗病其夜半非打鐘時. 蓋公未嘗至吳中, 今吳中山寺, 實以夜半打鐘. 繼詩三十餘篇, 余家有之, 往往多佳句.

張繼는 字가 懿孫(의손)이며, 襄州(지금의 湖北 襄樊)人으로, 天寶 12년(753) 진사가 되어 檢校祠部郎中을 지냈다. 그의 시는 白描 수법을 써서 경물 묘사가 아름답다. 이 시는 객수를 달래고 있다. 楓橋는 지금의 江蘇 蘇州에 있는데, 강가의 다리에 배를 매고 늦가을의 밤을 지새며 읊은 한 폭의 그림 같은 시정이 넘친다. 唐詩 가운데에서 가장 인구에 회자하는 작품으로서 청려하고 우미한 흥취는 情景合一의 경지에 이르렀다고 하겠다.

중당대 大歷才子의 한 사람인 戴叔倫(732-789)에 대해서 작자는 다음과 같이 평하고 있다.

사공도는 대숙륜을 기술하여 말하였다. 「시인의 시사는 마치 푸른 밭에 해가 따뜻하고, 좋은 옥에 안개가 서리는 것 같다고 하였다. 또한 이것이 형사의 미묘한 것이니 그러나 배우는 자는 그 말을 맛볼 수 없을 뿐이다.」

司空圖記戴叔倫語云 : 詩人之詞, 如藍田日暖, 良玉生烟. 亦是形似之微妙者, 但學者不能味其言耳.

대숙륜이 살았던 大歷시대는 代宗 大歷 원년(766)에서 동 14년 (779)의 14년간을 지칭한다. 그간에 시단의 성향은 창작방법에 있어 박실한 현실주의를 지향하여 사실적인 白描手法을 많이 쓰게 되었고, 주제 취향에 있어서는 '倫常情感'(인륜의 정감)과 '身邊雜事'에 경도되어 있으며 '感情詠懷'(감정의 마음 읊음)보다는 '酬贈送別'(증수와 송별)의 작품이 격증되고 있었다.8) 그리고 대력시대의 시인을 크게 두 부류로 구분하는데 하나는 長安과 洛陽을 중심으로 활동한 작가군으로 錢起, 盧綸, 韓翃(한굉) 등의 대력십재자 시인들이 있었고, 또 하나는 江東吳越을 중심으로 한 劉長卿, 李嘉祐 등이 있어 山水風月을 묘사하는 경향을 보였다.9) 대숙륜의 활동무대는 후자에 속하였으니, 지방관 시인의 대표로 지칭되고 있다.10) 따라서 당대의 李肇(이조)는 「지위가 낮으나 이름을 드러낸 사람은 이북해, 두보, 위응물(위소주), 대숙륜이다.(位卑而著名者, 李北海, 杜甫, 韋蘇州, 戴叔倫.)」라고 분류하였고, 대숙륜은 지방관리로서 치적과 의기가 남달라서11) 德宗이 貞元 5년(789)에 〈中和節詩〉를 하사하여 치하하였지만12) 聞達(명성을 높임)의식을 버리고, 관리이며 시인으로서 자족하였음을 보인다. 현존하는 대숙륜의 시는 《全唐詩》(권273-274)에 283題 299首가 실려 있고, 蔣寅은 《戴叔倫詩集校注》에 279제 296수를 담았는데, 그는 상세한 근거를 제시하며 그중에서 고증을 요하는 58수와 후인의 위작으로 단정되는 55수를 제외하면 180여 수밖에 안 된다고 하였다.13) 대숙륜은 오언율시에 능하여 그 시명을 떨쳤으니 그 시의 특성을 상세히 서술하고자 한다.

8) 蔣寅 《大歷詩人研究》 導論 참고.

9) 傅璇琮 《唐代詩人叢考》 李嘉祐 p.232 참고.

11) 蔣寅 《大歷詩人研究》 p.51:「戴叔倫是地方官詩人中一位直接繼承杜甫精神幷最典型地体現了群體特徵的詩人.」

11) 《重修戴氏宗譜》 권3:「卿當國家之多亂, 任社稷之至憂, 實能忠勤, 以濟勳績. 方均逸豫, 適此外虞, 煩我元公. 良非得已. 亦惟體國, 義不辭勞.」

12) 李肇 《國史補》 卷下:「貞元五年, 初置中和節, 御製詩, 朝臣奉和, 詔寫本賜戴叔倫於容州, 天下榮之.」

13) 蔣寅의 校注本 前言(p.2)과 同人의 《大歷詩人研究》 p.51 참고. 傅璇琮은 《唐代詩人叢考》 〈戴叔倫的事蹟繫年及作品的眞僞考辨〉에 僞作 18首를 제시했고, 岑仲勉(《讀全唐詩札記》)과 富壽蓀(《讀唐詩隨筆》)도 거론했음.

1. 오언율시의 사실적 묘사

중당시는 낭만과 사실이 혼재하여 성행하면서 성당시의 풍격에서 벗어나는 과정을 지니고 있었기에 대숙륜 시의 사회 현실에 대한 묘사는 당연히 거론되어야 하는 부분이다. 그는 표류적인 낭인 생활에서 出仕와 隱居를 반복하면서 자신의 불우와 민생질고·사회모순성 등을 체험했으니 다음 그 白描 내용을 살펴볼 수가 있다. 먼저 자기 자신의 행역고를 노래한 예시로 〈江上別張勸〉(≪戴叔倫詩集校注≫, 이하 인용시의 출처는 모두 본 校注本에 의거함)을 본다.

> 해마다 오호에 오르는데
> 오호의 봄은 보기 싫구나.
> 오래 취함이 술 때문은 아니고
> 근심 많은 것이 가난 때문은 아니네.
> 산천은 갈 길을 잃게 하고
> 이수와 낙수에선 세상 풍파에 고생이라.
> 오늘 쪽배로 이별하니
> 모두 넓은 바다에 뜬 사람 되었네.
> 年年五湖上, 厭見五湖春.
> 長醉非關酒, 多愁不爲貧.
> 山川迷道路, 伊洛因風塵.
> 今日扁舟別, 俱爲滄海人.

이 시는 시인 早年의 벼슬하기 전에 쓴 것으로 蕭穎士(소영사)에게서 河南에서 수학하던 시기의 작품인 듯하다.14) 雄志에 대한 不透明과 處境에 대한 염증을 가지고 있어서 '扁舟'라 하여 정처 없는 표류 의식으로 미래의 방향을 정하지 못한 신세를 비유하였으며, '滄

---

14) 蔣寅 ≪戴叔倫詩集校注≫ p.6 註1 참고.

海人'15)이라 하여 大志를 품고서도 영달하지 못한 사람임을 비유하였다. 편주에 몸을 실은 미약한 존재이지만 창해를 포용하는 대의를 추구하겠다는 의지가 표출되어 있다. 다음에 〈過陳州〉를 본다.

어지러이 행역이 피곤한데
진주와 채주 사이에 있구나.
어찌하여 백년 두고
한가한 사람 하나도 안 보이는가?
술을 대하니 경물이 사랑스럽고
갈 길을 물으니 수많은 높 낮은 산이 답답하구나.
추풍에 갈 만 리 길에
또 목릉관을 나섰구나.
擾擾倦行役, 相逢陳蔡間.
如何百年內, 不見一人閒.
對酒惜餘景, 問程愁亂山.
秋風萬里道, 又出穆陵關.

시인이 陳州(지금의 河南 淮陽縣)를 지나면서 지은 것인데 그 표현 속에 담긴 심기가 매우 비흥적이라 하겠다. 제1연은 고생스러운 자신의 신세를, 제2연은 한평생에 한가한 사람을 하나도 만나지 못하겠다는 白話的인 묘법을 구사하였는데 이에 대해서 ≪文苑詩格≫〈敍舊意〉에서는,

백거이가 말하였다. 「매양 시 지은 것을 보면 본사 속에 해묵은 뜻을 토로하는 것이 많다. 모름지기 해묵은 뜻을 참신한 뜻으로 바꾸어 표현해야 한다. … 고시의 『어찌하여 백년 두고, 한가한 사람 하나도 안 보이는가.』 구는 해묵은 뜻을 신선한 경물로 표현한 것이니 아름답다.」
白居易曰:「每見爲詩者多於本事中更說舊意. 須舊意更說新意. …古詩

---

15) ≪抱朴子≫〈窮達〉:「小年不知大年, 井蛙之不曉滄海, 自有來矣.」

『如何百年內, 不見一人閒.』此舊意說新景, 爲佳矣.」

라고 하여 고아한 시구는 아니지만, 참신한 시의가 드러나 있다고 하였으며 冒春榮은 객관성 있게 서술하기를,

구법은 직솔함을 가장 꺼릴 것이니 직솔은 옅으면서 깊고 고운 운치가 부족하기 때문으로서 대숙륜의 「어찌하여 백년 두고, 한가한 사람 하나도 안 보이는가?」 구가 그러하다.
句法最忌直率, 直率卽淺薄而少深婉之致, 戴叔倫 「如何百年內, 不見一人閒.」(≪甌原詩說≫ 권1)

라고 평가하여 直率한 속어로 묘사되어 신선하고 평이한 표현은 좋으나 깊은 맛이 부족하다고 하였다. 제3연에서 갈 길을 물으니 멀고 험하여 첩첩한 산을 보니 수심에 찬다는 이 표현은 인생고락의 진상을 은유한 것이다. 그래서 梁九圖는 ≪十二石山齋詩話≫(권2)에서,

인생에 있어 부귀빈천을 막론하고 모두 괴롭게 육신에 매여 사는 것이다. … 곧 당인의 「어찌하여 백년 두고, 한가한 사람 하나도 안 보이는가?」 구가 그 표현이다.
人生無論富貴貧賤, 皆苦爲形役. … 卽唐人「如何百年內, 不見一人閒.」之意.

라고 알맞은 평을 하고 있다. 다음은 戰禍에 대한 것으로 城池가 황폐되고 농촌이 쇠락한 광경을 묘사하고 있는 〈過申州〉를 본다.

수많은 사람 벌써 전사하였고
몇 곳에 쉬는 군사가 보이네.
정읍이 이제야 평안한데
아이들이 아직 어리도다.
서늘한 바람이 고목을 스치고
들불은 부서진 진영에 비추누나.
천여 리 길 쓸쓸히 가는데

산은 텅 비고 물이 또한 맑구나.
萬人曾戰死, 幾處見休兵.
井邑初安堵, 兒童未長成.
凉風吹古木, 野火入殘營.
牢落千餘里, 山空水復清.

이 시는 시인이 申州(지금의 河南 信陽市)를 지나면서 전쟁의 참
상을 그린 寶應 연간의 작품으로 본다. 제1연의 내용으로 보아 보응
원년(762)에 王仲昇이 신주에서 참패한 사실을 기록한 것으로,16)
시기적으로 평화가 아직 오지 않았음을 제3연에서 보게 된다. 다음
에 농촌의 피폐한 모습을 묘사한 〈送謝夷甫宰鄮縣〉을 본다.

그대 떠나 현령이 되건만
전쟁은 아직 끝나지 않구나.
마을에는 노인과 아이들만 남아 있고
난리가 지난 후에 관리가 적도다.
관청은 전쟁을 겪었고
공전은 바닷물에 잠겼도다.
때가 되면 응당 풍속을 바꾸어서
새로운 명예가 여요군에 가득하리라.
君去方爲宰, 兵戈尙未銷.
邑中殘老小, 亂後少官僚.
廨宇經兵火, 公田沒海潮.
到時應變俗, 新譽滿餘姚.

시제의 謝夷甫는 생평이 미상인데 ≪資治通鑑≫ 肅宗 乾元 2년
(759) 4월조에 「천흥위 사이보가 포살되다.(天興尉謝夷甫捕殺之.)」
라 한 데서 武將으로 보이며, 鄮縣(무현)은 지금의 浙江 寧波 일대

---

16) ≪資治通鑑≫ 代宗寶應元年二月戊辰:「淮西節度使王仲昇與史朝義將謝欽讓於
申州城下, 爲賊所虜, 淮西震駭.」

이다. 제2구의 내용으로 보아 이 시는 代宗 寶應 2년(763) 袁晁農民起義의 난을 지칭하는 것으로 본다.17) 高仲武는 제3연의 구를 인용하면서 다음과 같이 평하고 있다.

> 이 시의 형식이 격식에 맞지 않지만「관청은 전쟁을 겪었고, 공전은 바닷물에 잠겼도다.」구는 또한 사실을 통한 묘사 구사에 기교를 다하고 있다.
> 其詩體格雖不越中格, 然「廨宇經山火, 公田沒海潮」, 亦指事造形之工者.
> (≪中興間氣集≫ 卷上)

제3연의 묘사는 사실에 의거하여 묘사 구사에 기교를 다하였다고 높이 평가하고 있다. 전쟁으로 공전이 황폐화되었거늘 사이보가 군현을 다스리는 이때에, 후한대의 循吏처럼18) 풍속을 개변하여 새로운 칭송이 군에 넘치기를 기대한다는 희원이 제4연에 담겨 있다. 한편 참언을 개탄하면서 屈原의 신세를 비유하며 현실에서의 같은 풍토를 고발하는 〈湘中懷古〉를 보기로 한다.

> 옛사람이 일찍 강에 몸을 던져 떠났으니
> 한 나그네가 가을바람에 위로 드리네.
> 천년을 격하고서 무슨 생각인지
> 이 마음을 말하자면 그때와 같은 것을.
> 초 땅의 정자는 어지러운데
> 한대의 율례가 뛰어나도다.
> 문득 뽕밭이 변하듯 세상이 바뀌어
> 참소가 헛되게 되리라.
> 昔人從逝水, 有客弔秋風.
> 何意千年隔, 論心一日同.

---

17) ≪舊唐書≫〈代宗紀〉:「寶應元年八月, 袁晁陷台州, 二年三月, 袁參破袁晁之衆於浙東, 四月, 李光弼奏生擒袁晁, 浙東州縣盡平.」

18) ≪後漢書≫〈循吏傳〉:「衛颯·任延·王渙等人每任地方官則修庠序, 變風俗, 開水利, 興農耕, 抑豪右, 捕盜賊, 減刑省役, 境內豊給. 百姓稱頌, 令名顯聞.」

楚亭方作亂, 漢律正酬功.

倏忽桑田變, 讒言亦已空.

　제2연은 천년 후의 자신의 굴원의 신세에 대한 심회가 賈誼와 같으니 그 원인이 참소 때문이라는 것이다. 그 참소에 의해 초국이 진에게 참패당하고 회왕이 객사하였는데, 가의 또한 좌천된 가운데 義律을 제정하여 奏疏하여 漢律이 확정된 것을 묘사하였다. 제4연에서 시인 자신도 정원 4년 용주자사로 지방관 생활을 떠나서 湘水를 지나는 길에 있지만, 가의처럼 간언함으로써 정치사회가 개화되고 참소가 틈타지 않는 시기가 곧 올 것을 갈망하고 있다. 대숙륜 시에서 현실고발은 直說이 아니라 間說로서 차라리 비흥법을 구사하고 있다고 하겠다. 따라서 백거이나 원진처럼 典故 없이 평이하지만 낭만, 은일적인 기풍을 드러내고 있다.

2. 오언율시의 敍事的 避世感

　대숙륜 시에서 초탈성은 중당대의 시의 사조와는 이질감을 주지만 어느 시인이든 이 같은 요소는 내재되어 있다고 볼 때 대숙륜에 있어서 생평상 불우한 시기에 나타나는 하나의 의식으로 보는 것이 가할 것이다. 따라서 이런 유는 흔히 송별시나 기증시, 遊旅詩 그리고 道禪詩 등에서 표출되어, 다양한 소재에 의해 각기 특성 있는 의취를 제시한다. 대숙륜 시의 避世의식을 서사적이라고 설정한 이유는 표현 시구가 평이하며 현실적인데, 그 담긴 의상이 탈속적이라는 특징을 지니고 있기 때문이다. 이와 같은 묘법이 용이한 것이 아니라는 데에 대숙륜의 장점으로 삼을 수가 있다. 翁方綱이 《石洲詩話》(권2)에서 대숙륜 시를 평하기를,

　대숙륜은 일찍이 「푸른 밭은 해가 따뜻하고, 좋은 옥에 안개가 서리네.」라는 말을 부쳐서 시를 논하는데, 그의 자작시는 평이하고 얕으니 실

로 이해할 수 없다.

戴容州嘗拈「藍田日暖, 良玉生烟」之語以論詩, 而其所自作殊平易淺薄, 實不可解.

라고 한 것은 매우 예리한 품평이다. 표현이 평범하지만 그 담긴 뜻이 심오하고 비범하다고 풀이하는 것이 온당한지는 분명하지 않지만 양면성을 지닌 것으로 해석해야 할 것이다. 따라서 송대 范晞文은 ≪對牀夜語≫(권5)에서 대숙륜에 대해서,

뜻이 조금 드러나 있지만 그 담긴 기상은 더욱 밝히 드러나니, 이전에 비해 전혀 손색이 없다.

意稍露而氣益暢, 無媿於前也.

라고 하여 '토로하다(露)'의 平庸性을 '조금(稍)'이라는 겸허한 어휘로 대신하고 '더욱(益)'이라는 적극적인 단어로 조화시켜 '의취(意)'와 '기세(氣)'의 내외적인 양상, 즉 '意'는 內涵된 시인의 의취이며 '氣'는 外表된 기품이라는 양면성을 동시에 부각시켜서 평가하고 있다. 대력재자의 시가 지닌 다재다능한 일면을 확인할 수 있는 것이다. 먼저 종교적인 색감을 통한 초탈성의 예로 〈送道虔上人遊方〉을 든다.

계율 의례는 다른 학문에 통하지만
시의 의상은 선문에 드는도다.
자연의 경치를 마음에 따라가 보니
풍모는 불도와 함께 한가롭네.
게송을 읊으며 정실에 머물고
법술을 외우며 텅 빈 산을 넘나드네.
뉘 뜬구름의 뜻을 알리오?
유유히 천지간에 떠 갈 뿐이라.
律儀通外學, 詩思入禪關[19].

---

19) 禪關 ≪釋門正統≫ 卷3;「然啓禪關者, 雖分宗不同, 把流尋源, 亦不越經論之禪定一度與今家之定聖一行也.」

煙景隨緣到,20) 風姿與道閒.
貫花留靜室,21) 呪水度空山.
誰識浮雲意, 悠悠天地間.

　　여기서 道虔上人의 학문이 佛學과 그 외의 것 모두 관통하고, 작시는 「선으로 시에 들다(以禪入詩)」(≪滄浪詩話≫〈詩辨〉)의 경지에 있음을 말하며, 제2연은 자연과 上人의 조화를, 제3연은 문학과 신심, 그리고 山寺의 삼위일체를, 제4연은 자연과 동화된 심태를 각각 묘사하고 있다. 여기서 禪語로 "律儀, 外學, 禪關, 隨緣, 貫花, 呪水" 등이 쓰였지만 그 용어가 고사나 불어의 深意를 담고 있는 것이 아니라, 평용한 어휘의 한계를 지키려고 하였다는 점에서 작자의 의도적인 백화시적인 표현법이 나타난다. 그리고 은거하며 전원생활을 묘사한 〈郊園卽事寄蕭侍郎〉을 본다.

　　귀밑털 희끗한 몸이 임기가 차서 떠나니
　　가을바람이 옛 뜰에 스며드네.
　　띠 풀을 엮어 따뜻한 방 꾸미고
　　우물을 고쳐서 맑은 샘물을 퍼내네.
　　이웃마을에 뽕나무 삼이 가까이 있고
　　아이들은 웃으면서 떠드네.
　　종일토록 힘든 일 없으니
　　애오라지 멀리 있는 이에게 말을 부치노라.
　　衰鬢辭餘秩, 秋風入故園.
　　結茅成暖室, 修井波淸源.
　　鄰里桑麻接, 兒童笑語喧.
　　終朝非役役, 聊寄遠人言.

　　이 시는 貞元 3년 가을, 金壇에서 대숙륜이 죽기 2년 전인 만년

---

20) 錢起〈送少微師西行〉;「隨緣忽西去, 何日返東林.」(≪全唐詩≫ 卷237)
21) ≪知度論≫ 卷17;「若無禪定靜室, 雖有智慧, 其用不全, 得禪定則實智慧生.」

에 쓴 것이다. 이때 蕭復은 시랑이 아니었지만 舊情에 따라서 피차 간의 입장(소시랑이 이때는 饒州에 좌천되어 있었음)을 위로하는 전원적인 낭만기풍으로 白描하고 있다. 茅屋과 淸源, 桑麻와 아동이 있는 郊園은 세속의 고난이 없는 낙원이다. 莊子가 「평생 고생하면서, 그 성공을 보지 못한다.(終身役役, 而不見其成功.)」(≪莊子≫ 〈齊物論〉)라고 하였고, 또 「허수아비는 고생하고 성인은 우둔하다.(象人役役, 聖人遇鈍.)」(상동)라고 한 것에서 완전히 해방된 심경을 토로하였다.

이와 같은 심경을 세상의 갖은 굴레에서 초탈한 경지에로 승화시킨 다음 〈暮春遊長沙東湖贈辛兗州巢父〉(제1수)는22) 세상의 명예와 달관의 무의미함을 절실히 깨우친 상태를 그리고 있다. 이 시의 신소보는 兗州(연주)刺史에서 長沙로 좌천된 상황이었기 때문에 작자는 기증의 도리를 시 속에 더욱 깊이 있게 담고자 했을 것이다.

> 상수가 굽이진 물가에서
> 옛 성을 감돌아 동쪽으로 흐르네.
> 언덕에는 많은 집이 어울려 있고
> 숲에는 거울 같은 하늘이 열리네.
> 인생에 일이 적을 리 없으니
> 마음의 느낌이 얼마나 같은가?
> 또 다시 세상의 속박을 잊고서
> 지는 햇빛 속에 유유히 노닐도다.
> 湘流分曲浦, 繚繞古城東.
> 岸轉千家合, 林開一鏡空.
> 人生無事少, 心賞幾回同.
> 且復忘羈束, 悠悠落照中.

---

22) ≪讀史方輿紀要≫ 권8;「東湖在湘陰縣南十里, 其上流爲撥水江, … 縣東六十餘里有白鶴・玉池・密巖諸山, 其水皆會流於同含口, 經縣城東南, 謂之秀水.」辛巢父; 岑仲勉校本 ≪元和姓纂≫ 卷3;「左領將軍辛嗣本姪巢父, 官兗州刺史.」

제3연에서 인생은 잡다한 일이 많은데, 제4연에서 모든 구속을 잊고 落照에 몸을 기대고 合一하는 老境의 처지를 묘사하고 있다. 다음으로 송별시에서 보이는 피세관은 다분히 현학적인 의취와 연계되어 표현되는데 〈送李審之桂州謁中丞叔〉을 본다.

> 친한 벗 만날 수 없으니
> 뛰어난 그대 하늘 저 끝 멀리 떠나가네.
> 먼데 물 산 아래로 급히 흘러가는데
> 외로운 쪽배 길 떠남이 더디도다.
> 흩어진 구름이 저녁 비를 거두니
> 섞인 나무에선 성근 꽃이 떨어지네.
> 때가 되면 응당 글 모임을 가지리니
> 그 풍류는 완적의 가문을 능가하리라.
> 知音不可遇, 才子向天涯.
> 遠水下山急, 孤舟上路賒.
> 亂雲收暮雨, 雜樹落疏花.
> 到日應文會, 風流勝阮家.

이 시는 대력 11년(776)에 長沙에서 桂州刺史이며 御史中丞인 李昌夔를 만나러 가는 從姪인 李審을 전송하며 쓴 것이다. 대숙륜은 이심을 완함(阮咸)의 조카인 阮籍에 비유하여 시인 자신의 강렬한 은거의식을 토로하고 있다. 이것은 時天彝(시천이)가 「시의 사조가 준일하여 기려한 외에 사념이 담겨 있다.(詩思逸發, 於綺麗外仍有思致.)」(≪唐百家詩選評≫ 吳禮部詩話引)라는 평어와 상통한다고 볼 것이다. 高仲武가 ≪中興間氣集≫(권상)에서 「그 시의 체제와 품격이 중간 수준을 넘지 않는다(其詩體格雖不越中格)」, 「그 풍골이 조금 연약하다(其骨稍軟)」라 하여 중품에 놓은23) 이후에 대숙륜 시에 대한 품

---

23) 戴詩에 대한 폄하된 품평을 더 열거하면 紀昀 ≪瀛奎律髓刊誤≫ 권24: 「容州七律大抵風華流美而雄渾不足, 五律尙不甚覺.」 喬億 ≪大歷詩略≫ 권6: 「戎昱戴叔倫詩, 品旣不高, 體又不健.」

평이 객관적으로 호평의 대상이 되지 못한 점을 인정한다. 그러나 그 풍골이 연약한 점이 역설적으로 볼 때 胡應麟이 말한 바 「엄우는 융욱이 만당의 기원이 되었다고 하였는데 정확하지 않으며, 대숙륜은 더욱 그렇다.(滄浪謂戎昱濫觴晚唐, 亦未確, 戴叔倫尤甚.)」(≪詩藪≫〈內編〉권4)라고 한 것과 같이, 오히려 만당의 綺麗風을 조장한 요소를 지니고 있다고 볼 수 있을 것이다.24)

판본으로는 ≪說郛≫, ≪百川學海≫, ≪歷代詩話≫, ≪螢雪軒叢書≫ 본이 있다.

---

24) 蔣寅 ≪大歷詩人研究≫ p.77 참고.

≪竹坡詩話≫ - 周紫芝

周紫芝(주자지, 1081~?). 자는 少隱, 호는 竹坡老人이다. 宣城 (지금의 安徽省에 속함)人으로 紹興 연간에 진사에 급제하였는데, 이 때 나이 61세로서, 樞密院 編修官을 지냈다. 그는 詩詞에 능하여 시 는 張耒와 李之儀에게서 사사하였으니, ≪四庫全書總目提要≫에 평 하기를, 「그 시는 남송 초기에 속하여 특히 걸출하였다. 예장 황정 견의 생경한 폐단이 없고, 또한 강호 말단(강호파 시인)의 쉬어빠진 떡 같은 습성이 없다.(其詩在南宋之初, 特爲傑出. 無豫章生硬之弊, 亦 無江湖末派酸餡之習.)」라고 하였다. 詞는 晏幾道에게 배웠으나, 만년 에 濃麗함을 탈피하여 일가를 이루었다. 시론은 江西詩派를 본받았 으며, 저서로는 ≪太倉稊米集≫ 70권과 ≪竹坡詞≫ 3권이 있다.

그의 〈五禽言〉 시 중에서 제1수 〈婆餠焦〉와 제5수 〈布谷〉을 각 각 보기로 한다. 소위 '禽言詩'는 새의 울음소리에 의거하여 새에게 의미 있는 이름을 지어주어서, 그 이름에서 정감을 抒寫하는 시를 짓 는 형식이다. 당인에게서 나타나서 송대는 梅聖愈와 蘇軾 등이 많이 지었으며, 이런 시는 일종의 간접적인 '遊戲筆墨'이라 할 것이다. 주 자지는 북송 후기에 국가의 내우외환과 농민의 고초를 목도하고 歌 謠風의 시체를 구사하고 있다.

구름은 뭉게뭉게 보리 이삭 누런데
노파가 빵 구우니 새 보리 향기롭네.
금년에 보리 익어도 맛보지 못하고
한 말 곡식 수레에 실어 창고에 채워서
삼군 말 양식으로 쓰네.

雲穰穰, 麥穗黃, 婆餅欲焦新麥香.

今年麥熟不敢嘗.

斗量車載傾困倉, 化作三軍馬上粮.(〈婆餅焦〉《宋詩大觀》)

'婆餅焦'는 새의 울음소리에 의거해서 지어진 鳥名으로 보리 수확
계절에 활동한다. 첫 구는 출렁이는 보리 물결이 마치 바람에 구름
이 일듯 풍성한 경치 속에 농부의 喜悅을 드러내고 있다. 갓 수확한
보리는 향기롭고 더 맛있다. 그러나 그 수확한 보리는 군량미로 차
출되어가니, 전쟁과 민생고초의 兩面性을 시에서 보여준다.

> 밭에는 물 찰랑찰랑
> 뻐꾸기는 밭 갈라고 재촉하네.
> 적군이 지금 읍에 있고 농사는 산에서 하네.
> 단지 원하기는 금년에 적군이 일찍 물러가서
> 봄밭 곳곳에 마른 풀이 없기를.
> 농부는 아낙 불러 산에 오라 하여
> 봄 모종 깊이 하여 날아가는 새에 화답하기를.
> 田中水涓涓, 布谷催種田.
> 賊今在邑農在山.
> 但願今年賊去早, 春田處處無荒草.
> 農夫呼婦出山來, 深種春秧答飛鳥.(〈布谷〉상동)

'布谷'(뻐꾸기)은 春耕에 播種할 때 우는 새이니 시에서는 敵軍이
준동하여 농사가 여의치 않음을 묘사한다. 그래서 농부의 소원은 적
군이 물러가서 원만하게 계절농사를 일구고 새에게 화답하는 것이
다. 당시의 농촌의 슬픈 處境을 진솔하게 토로하고 있다.

본 시화의 내용은 평론을 위주로 하고, 고증도 겸하고 있다. 주
자지의 시론은 강서시파의 영향이 매우 깊어서 문자의 출처와 단련을
중시하여 「대개 다섯 자 시의 옳고 그름이 한 글자 사이에 있다.(大
抵五字詩, 其邪正在一字間)」라고 한만큼, 「한 글자도 내력이 없는 것

이 없다(無一字無來歷)」고 한 강서시파의 주장을 표방하였다. 또 '點化'설을 중시하여 「예부터 시인과 문사들은 대개 예전 사람들이 쓴 말을 이어 쓴 것이다.(自古詩人文士, 大抵皆祖述前人作語.)」라고 하였다. 시가 감상뿐 아니라 시가의 창작에 있어서 송대 문인들이 대개 지식을 중시했던 것에 반해, 작가의 생활체험 역시 매우 중요하다고 하여 才學으로 시를 짓던(以才學爲詩), 강서시파의 이론에 보충되는 이론을 제시하였다고 볼 수 있다.

본 시화는 陶潛(도연명)과 杜甫 시를 추숭하고 고증한 부분이 매우 깊으니, 그 예문을 든다.

  * 사대부가 도잠 시를 배워서 흔히 일부러 평담한 시어를 쓰는데, 도잠 시의 오묘함이 이미 그 속에 있음을 모르고 있다. 예컨대 〈독산해경〉의 「꼿꼿하게 밝은 옥돌 비추고, 오롯이 맑은 구슬 흐르네.」 구가 어찌 다듬어 가꾼 공이 없겠는가. 무릇 '明玕'은 대나무, '淸瑤'는 물을 말하는 것이니, 소위 「붉은 주름(대추)은 처마 기와에 햇볕 쬐고, 누런 덩이(오이)는 대문 가로 목에 매다네.」와 무엇이 다른가.
  士大夫學陶淵明詩, 往往故爲平淡之語, 而不知淵明制作之妙, 已在其中矣. 如讀山海經云「亭亭明玕照, 落落淸瑤流.」, 豈無雕琢之功. 蓋明玕謂竹, 淸瑤謂水, 與所謂「紅皺曬櫓瓦, 黃團繫門衡」者, 奚異.

도잠의 시는 전원적이어서 시어가 평이하면서도 담백하다. 그러나 시어 구사에 있어서 比喩語를 통해 詩意의 상징성을 부각시키기도 한다. 한편 杜甫 시를 논한 다음 문장을 본다.

  두보는 〈유하장군산림〉 시에 「비는 쇠 갑옷 버려 놓았고, 이끼는 녹슨 창에 끼어 있네.」 구가 있는데, 갑옷이 비에 버려져서, 쇠가 삭고 창이 이끼에 누워 있어 녹이 슨 것은 장군이 전쟁을 좋아하지 않는 뜻을 말한 것이다. 나는 설창서의 ≪두시보유≫를 읽었는데 녹침을 정련된 쇠로 보고 수 문제가 장윤에게 녹슨 갑옷을 하사한 것이라고 하였거늘, '금쇄'가 어떤 물건인지 몰랐다. 또 조덕린의 ≪후청록≫을 읽었는데 '녹침'을 대나무라 하였고, 육구몽 시 「한 시렁 3백 간에,

푸른 녹이 아득히 끼었네.」를 인용하였는데, 이것은 더욱 가소롭다.
杜少陵遊何將軍山林詩, 有「雨抛金鎖甲, 苔臥綠沈槍」之句, 言甲抛於
雨, 爲金所鎖, 槍臥於苔, 爲綠所沈, 有將軍不好武之意. 余讀薛氏補
遺, 乃以綠沈爲精鐵, 謂隋文帝賜張淵以綠沈之甲是也, 不知金鎖當是
何物. 又讀趙德麟侯鯖錄, 謂綠沈爲竹, 乃引陸龜蒙詩「一架三百竿, 綠
沈森杳冥.」此尤可笑.

두보 시에 대한 깊은 이해와 분석을 적고 있는데, 시를 고증하는
작자의 치밀한 자세에서 본 시화의 내용이 얼마나 정밀한지를 알 수
있다.

그리고 李白(이태백)과 두보의 시에 대한 우열론은 당대 韓愈부
터 거론되어 왔는데, 송대에는 상당히 논리적으로 전개되었으니, 본
시화에서의 견해를 보기로 한다.

> 원진은 이두우열론을 지어서 「이백은 두보의 울타리를 엿볼 수 없으
> 니, 하물며 그 오묘한 경지에 있어서랴.」라고 하였다. 당대 사람에 이
> 런 논리는 일찍이 없었으니 원진이 처음 말한 것이다. 한유가 「이백
> 과 두보의 문장은 광채가 만 길이나 길게 솟네. 아무것도 모르는 어
> 리석은 아이들이 어찌 비방을 하는가.」라고 하였으니 다시는 그 우
> 열을 논하지 않을 것이다.
> 元微之作李杜優劣論, 謂太白不能窺杜甫之藩籬, 況堂奧乎. 唐人未嘗
> 有此論, 而積始爲之. 至退之云:「李杜文章在, 光焰萬丈長. 不知羣兒
> 愚, 那用故謗傷.」則不復爲優劣矣.

이백과 杜甫 시의 優劣논리는 천여 년을 두고 끊임없이 제기되고
있지만, 그 결론은 상호존중의 칭찬으로 매듭지어 왔으니 어쩌면 당
연한 귀결이라 할 것이다. 본문도 그 맥락에서 거론하고 있는데 한
편 작시의 태도상 卽興詩인가 아니면 장시간 각고의 시인가에 따라
서 시의 가치를 논하는 일각의 논리를 덧붙여서 부정하고 있다. 그
리하여 그 예로 이백 시에서는 고시 〈經亂離後天恩流夜郞憶舊遊懷贈
江夏韋太守良宰〉에서 「秋水」 구와 〈春日醉起言志〉에서 「處世」 구를 각

각 인용하였고, 杜甫 시에서는 〈曲江對酒〉에서 「桃花」 구를 인용하여 비교하고 있다. 본래 李杜優劣論을 처음 제기한 시인은 중당대 白居易와 元稹이라 할 것이니, 백거이는 〈與元九書〉에서 李杜의 장점을 서술하기를,

> 시에서 호방한 것으로 세상에서 이백(이태백)과 두보를 부른다. 이백의 시는 재기있고 기특하여 사람이 따라가지 못한다. 그 풍아와 비흥의 면을 찾아보면 열에서 하나도 없다. 두보 시는 가장 많아서 전해지는 것이 천여 수나 된다. 고금을 다 꿰뚫어 포괄하여서 격률을 자세히 다듬고 공교하고 잘 지은 점에서 또한 이백보다 뛰어나다. 詩之豪者, 世稱李杜. 李之作, 才矣奇矣, 人不逮矣. 索其風雅比興, 十無一焉. 杜詩最多, 可傳者千餘首. 至於貫穿今古, 覼縷格律, 盡工盡善, 又過於李.(≪白居易集≫ 권28)

라고 하였으며, 원진은 〈唐檢校工部員外郎杜郡墓係銘幷序〉에서 역시 두 시인의 풍격을 비교하기를,

> 진실로 생각하건대 할 수 없는 것을 할 수 있고, 하지 않으면 안 되는 것을 안해도 되는 것을 한 사람으로 시인이 있고부터 자미만한 사람이 아직 없다고 하겠다. 이 시기에 산동인 이백도 기이한 문장으로 칭찬을 받아서 당시 사람들은 李杜라고 하였다. 내가 보건대 그 장대한 물결이 출렁이는 기풍은 구속을 벗어나서 사물을 묘사한 것과 악부시는 진실로 또한 자미에 비해 뛰어나다. 두보 시는 처음과 끝을 묘사해 나가는 데 있어서, 성운을 다듬고 수많은 말을 순서 있게 나열하고 지어내면서 어사의 기세가 호탕하고 뛰어나며 풍조가 맑고 심원하고 율격에 잘 대응하고 용렬함을 벗어버린 점에서는 이백이 아직은 그 울타리를 넘을 수 없을 것이니, 하물며 집안 즉 두보 시의 깊은 경지에 이를 수 있겠는가?
> 苟以爲能所不能, 無可無不可, 則詩人以來, 未有如子美者. 是時山東人李白, 亦以奇文取稱, 時人謂之李杜. 余觀其壯浪縱恣, 擺去拘束, 模寫物象及樂府歌詩, 誠亦差肩於子美矣. 至若鋪陳終始, 排比聲韻,

大或千言, 次猶數百, 辭氣豪邁而風調清深, 屬對律切而脫棄凡近, 則
李白尙不能歷其藩翰, 況堂奧乎?(仇兆鰲 ≪杜詩詳注≫ 附編)

라고 하여 두보를 이백보다 다소 優位에 놓으려 하였다. 그리고 韓愈
는 〈調張籍〉(≪韓昌黎集≫ 권5)에서,

이백과 두보의 문장이 있는 곳에는
찬란한 빛이 만장만큼 길도다.
여러 아이들이 어리석은 줄 모르고
어찌 구실 삼아 헐뜯고 아프게 하나?
하루살이가 큰 나무를 흔들고 있으니
가소롭게도 스스로를 헤아리지 못하도다.
李杜文章在, 光焰萬丈長.
不知群兒愚, 那用故謗傷.
蚍蜉撼大木, 可笑不自量.

라고 하여 李杜優劣을 논하기를 자제하려 하였다. 그러나 그 후에도
송원대는 물론 한국의 조선시대에도 부단히 거론되어 왔으니, 송대
蘇轍은 杜甫優位論(≪欒城集≫ 권8)을, 송대 劉攽은 李白優位論(≪中
山詩話≫)을, 그리고 黃庭堅은 두보우위론(≪預章黃先生文集≫ 권26)
을 각각 주장하였으며, 嚴羽는 「이백(이태백)과 두보 두 사람은 정
말 우열을 따지지 못한다. 이백에게는 한둘의 오묘한 곳이 있어 두보
가 말할 수 없으며, 두보에게도 한둘의 오묘한 곳이 있어 이백이 지
어낼 수 없다.(李杜二公, 正不當優劣. 太白有一二妙處, 子美不能道.
子美有一二妙處, 太白不能作.)」(≪滄浪詩話≫〈詩評〉)라고 하여 李杜
衡平論을 제기하였다. 이와 관련하여 다음에 청대 反神韻論者 趙執信
의 李杜詩觀을 살펴보기로 한다.
　　청대에 이르러서 沈德潛의 格調說에 대해 吳雷發이 ≪說詩菅蒯(설
시간괴)≫에서 性靈說을 유도하는 反格調와 反文學退化說을 주장하
게 되고, 청대 시학의 대맥인 王士禎의 神韻說에 정면으로 반론을 제

기한 趙執信(1662-1744)의 「시에 그 사람이 들어 있다는 설(詩有人之說)」 등은 가장 대표적인 문학이론의 논쟁이라 할 것이다. 그간에 심덕잠과 王士禎 두 대가의 이론에 맹종하면서 ≪시경≫의 '溫柔敦厚'적인 詩敎에 기본을 둔 심덕잠과, 司空圖와 嚴羽의 성정 위주에 바탕을 둔 왕사정의 주장을 가장 온전한 이론으로 수용하려는 그 당시의 풍토에서 과감한 반론을 전개시킨 오뇌발과 조집신은 등한시되고 비중이 비하되어 지금까지 많은 청대 시학 자료에서 거의 그에 대한 이론을 찾아내려는 관심을 보이지 않았던 것이 사실이다. 조집신은 ≪談龍錄≫을 통해서 왕사정의 문하에서 나왔으면서도 虞山詩派의 馮班이나 吳喬의 사실로 시를 짓는(以實求詩) 것에 동참한 것이다. 이러한 조집신의 李白과 杜甫 시에 대한 견해는 그의 시화 제17, 18조 두 항목에 한정하고 있다. 시화에서 李白과 杜甫의 시를 형성한 연원관계를 밝히고, 宋末과 明代를 거치면서 지나친 정감위주에 흐르면서 俗情에 경도되는 상황에서, 조집신은 당시의 시단을 비판하고 있는데, 제17조를 본다.

> 이백(이태백)은 완적과 사령운, 사조를 추숭하고, 두보는 조식과 가까이하며 도잠(도연명), 사령운, 유신, 포조, 음갱, 하손 등을 칭찬하였으며, 초당사걸을 가벼이 여기지 않았으니, 그 어찌 문호의 기세에 대한 견식이 있어서 그러하겠는가, 오직 달고 쓴 것을 깊이 알고 있음이다. 송대에 이르러 비로소 전인에게 지나친 성정론이 있게 되었으나, 명대 사람이 일체를 버리려 한 것에 미치지 못한다. 지금은 곧 속정의 습관에 빠져서 옳고 그름이 없다. 후인이 다시 후인을 두려워하면 어떻게 될 건가?
> 靑蓮推阮公, 二謝, 少陵親陳王, 稱陶謝庾鮑陰何, 不薄楊王盧駱, 彼豈有門戶聲氣之見而然, 惟深知甘苦耳. 至宋代始於前輩有過情之論, 未若明人之動欲掃棄一切也. 今則直汨沒於俗情積習中, 非有是非矣. 後人復畏後人, 將於何底乎.

위에서 李白의 시풍은 竹林七賢의 하나인 阮籍의 詠懷詩와 謝靈

運의 산수시, 그리고 謝朓(사조)의 綺麗한 묘사법에서 영향 받았고, 杜甫는 曹植의 조탁과 면려의 자세와 陶潛(도연명)의 전원과 歸自然 의식, 그리고 육조의 寫實主義 작가인 庾信과 鮑照의 고뇌, 나아가 서 초당대의 律絶의 형식 정착에 각각 힘입은 것이 크다는 것을 강조 하고 있다. 그러므로 이백과 두보의 시가 본보기가 된 이유는 전대 의 명시인들을 철저히 표본 삼는 정신과 부단한 성취의욕이 작용한 것을 확인할 수 있다. 특히 明淸代에 이르러 시풍의 正道를 잃고 세 속화된 것을 개탄하고 있다. 그리고 이백과 두보의 상호존중의식을 인정하는 다음 제18조를 보자.

청신하고 준일함은 두보가 중히 여기는 것이다. 시의 정취가 신묘하 고 빼어나면 수식하지 않아도 된다. 그러나 이것으로 시를 표준을 세우지는 않는다. 훗날 이백을 칭찬한 것을 보면 말하기를, 「붓이 드 리워지니 비바람이 놀라고, 시를 지으니 귀신이 흐느낀다.」라 하고 그 스스로 자랑하여 말하기를, 「말이 사람을 놀라게 하지 않으면 죽 어도 쉬지 않는다.」라 하니 곧 그 유신과 포조 제현에게도 모두 약간 씩 들어 있다.
清新俊逸, 杜老所重. 要是氣味神采, 非可塗飾而至. 然亦非以此立詩 之標準. 觀其他日稱李, 又云:「筆落驚風雨, 詩成泣鬼神.」其自詡亦 云:「語不驚人死不休.」則其於庾鮑諸賢, 咸有分寸在.

명대 楊愼의 ≪升庵詩話≫에서 庾信 시를 「두보는 그를 일컬어 淸 新하다고 하였다.(杜子美稱之曰淸新.)」라고 평한 데에서 조집신은 '淸 新俊逸'을 杜甫의 시 평가기준으로 서술하고 있는데 가당하다. 이 점 에 있어서 조집신은 이백 시에도 적용하였으니 두보와 이백를 상호 존 중한 것으로 본다.

그리고 본 시화에서 중당시인 白居易의 玄宗과 楊貴妃의 사랑을 노래한 〈長恨歌〉 시구에 대한 나름의 분석도 특이하다.

백거이의 〈장한가〉에 「옥 같은 모습 적막하게 난간에서 눈물 흘리고,

배꽃 한 가지에는 봄비가 맺혀 있네.」라 하였는데, 사람들은 모두 그 빼어난 묘사를 좋아하면서 그 기분과 운치가 속된 것을 모른다. 소식은 송별하는 짧은 사에 이르기를, 「이별의 말 미인에게 전하려니, 배꽃 가지 위 빗물이 보이네.」라고 하였다. 백거이의 시어를 썼지만 따로 맛이 있으니, 쇠를 녹여 황금을 만드는 솜씨가 아니고서는 이렇게 쓸 수 없다.

白樂天長恨歌云:「玉容寂寞淚闌干, 梨花一枝春帶雨.」人皆喜其工, 而不知其氣韻之近俗也. 東坡作送人小詞云:「故將別語調佳人, 要看梨花枝上雨.」雖用樂天語, 而別有一種風味, 非點鐵成黃金手, 不能爲此也.

한편 만당 시에 대한 평가도 하고 있으니 杜牧의 〈華淸宮〉을 두고 서술한 면을 본다.

두목의 〈화청궁삼십운〉 시는 한 글자도 사람의 마음에 맞지 않는 것이 없다. 개원 때의 일을 서술한 것은 담긴 뜻이 곧고 어사가 은유적이어서 확연히 이소와 아송의 풍격이 있다. 「천 년만의 만남이며, 3만 리 되는 뽕나무 농사로다.」의 어구가 이 시 속에 있는데 배우가 혜강과 완적과 나란히 앉아서 이야기하는 것 같다.

杜牧之華淸宮三十韻, 無一字不可人意. 其敍開元一事, 意直而詞隱, 曄然有騷雅之風. 至「一千年際會, 三萬里農桑」之語, 置在此詩中, 如使伶優與嵆阮輩並席而談.

만당의 대표적인 시인 杜牧(803-853)은 자가 牧之이며, 京兆 萬年(지금의 陝西 長安)人이다. 그는 經書는 물론 諸子書, 兵書, 佛典까지 박통하고 曆法에도 능통하였다.1) 이런 엄격한 家學이 두목에게는 당시의 儒佛道 三敎의 혼융이 오히려 부적절한 의식형성을 가져와서 그의 偏執한 정서와 협소한 사상의 한 요인이 되었다고 하겠다. 그는 공자를 萬歲之師로 추숭하여2) '以仁爲本'(인을 근본으로 함)으

---

1) 두목의 독서를 다음 몇 구의 예어에서 확인할 수 있다. 〈注孫子序〉(≪樊川文集≫ 권10):「某幼讀禮, 至於四郊多壘, 卿大夫辱也.」(禮) 상동 序:「及年二十, 始讀尙書.」(書)〈讀韓杜集〉(상동 권2):「杜詩韓集愁來讀書.」

로 정치와 사회의 규범을 삼으니, 민간의 질고에 대한 번민과 국가 혼란에 대한 우국정신은 오히려 현실에서 적극적인 열성으로 표출되었다. 두목의 시를 평해서 일반적으로 冶艶한 유미주의 풍격이라고 단정하기 쉬우나 기실은 그의 가학과 사상을 근저로 한 인생관은 결코 당시의 만당풍만을 추종할 수 없었다. 그는 만당시풍의 기교인 新奇, 詞華의 美艶, 그리고 감정의 細微 등을 터득한 그 위에 高峭한 立足點을 세워 豪健한 성정과 함께 독특한 면목을 보였다. 두목의 글을 본다.

> 어떤 이는 고심 끝에 시를 짓는데, 본래 고절함을 구하는 것이다. 기려함을 힘쓰지 않고, 습속에 빠지지 않으며, 고금의 것에 함부로 들지 않고 그 중간에 처하고 있다.
> 某苦心爲詩, 本求高絶. 不務綺麗, 不涉習俗, 不今不古, 處於中間. (≪樊川文集≫ 권16 〈獻詩啓〉)

여기서 「기려함을 힘쓰지 않고(不務綺麗)」는 사조상의 염려를 강구하지 않으며 李賀 시의 유미성에 불만을 토로한 것이니, 그의 시가 이하의 기려와 元白의 淺俗이란 美感과 실용의 두 극단을 보완하여 '內涵情致'(마음속에 지닌 멋, 운치)인 '豪'까지 겸비한 것으로 평가된다. 주자지의 위 문장에서 두목 시풍의 일면을 객관적으로 평가하고 있다.

판본으로는 ≪百川學海≫, ≪津體秘書≫, ≪歷代詩話≫, ≪螢雪軒叢書≫ 본이 있다.

---

2) 〈書處州韓吏部孔子墓碑陰〉(≪樊川文集≫ 권6):「天不生夫子於中國: 中國當如何日不夷狄如也.」

≪紫微詩話≫ – 呂本中

呂本中(여본중, 1084-1145). 자는 居仁으로, 祖籍이 東萊(지금의 山東 掖縣)人이어서 世稱 東萊先生이라 불렸다. 증조부 公著, 조부 希哲, 부친 好問이 모두 명성이 높았다. 靖康 초년 司部員外郞, 紹興 6년에 中書舍人을 지낸 후, 저술과 강학에 전념하였다. 理學者이어서 정치적으로 金나라에 항거를 주장하였으며 혼란한 시대를 슬퍼하는 시로 명성을 얻었다. 시풍은 평이하고 세밀하지만 南渡 후에는 渾厚하고 침울하였고, 시 창작법은 江西詩派의 영향으로 황정견과 陳師道의 구법을 계승하였다. 그는 '活法說'과 '悟入說'을 제기하여 강서시파 시론의 기초 위에 蘇軾의 문학적 관점을 융합하고 강서시파의 生硬한 창작 풍격을 자연스럽게 조화하려 하였다. 저서로는 ≪春秋集解≫, ≪東萊詩集≫, ≪童蒙訓≫ 등이 있다. 여본중의 시 〈夢〉(≪宋詩大觀≫)을 보기로 한다.

> 꿈에 장안 길에 드니
> 무성하게 봄풀이 자랐네.
> 깨어나니 봄은 이미 가고
> 한 조각 연못이 좋구나.
> 夢入長安道, 萋萋盡春草.
> 覺來春已去, 一片池塘好.

이 시에서의 '長安'은 송대 서울 '卞京'을 지칭한다. 꿈을 詩題로 한 시는 대개 懷人이나 紀事인 경우가 많은데, 이 시는 夢境으로 離別相思의 情意를 서사하고 있다. 제1연은 時令을 밝히고 또 相思의 심정을 암시한다. 王維의 〈山中送別〉「봄풀이 내년에도 푸를지니,

귀한 님 돌아올 건가.(春草明年綠, 王孫歸不歸.)」구처럼 송별의 심정을 비유한다. 제2연은 현실의 허상을 비유적으로 묘사한다. 돌아오지 않는 이별의 벗, 알 수 없는 미래에 대한 괘념이 깃들어 있다.

본 시화는 ≪東萊詩話≫, ≪東萊呂紫微詩話≫라고도 하며, 98칙으로 구성되어 있다. 시화 내용은 시에 대한 논의와 풍문, 송대 시인의 일화를 주로 기록하고 있다. ≪四庫全書總目提要≫에 ≪자미시화≫는 대개 시를 논하는 것을 주로 하였고 그 학문은 黃庭堅에게서 나왔다고 기록하였고, ≪四庫全書簡明目錄≫에는 그의 학문이 豫章 黃庭堅에게서 근원하나 논하는 것이 한 시인을 위주로 하지 않고, 또한 격식을 위주로 하지 않았다고 하였다. 예컨대, 范仲溫에 대해서 「표숙 범중온은 황정견에게서 시를 배웠는데, 글자마다 그 내원이 있어야 한다.(表叔范元實旣從山谷學詩, 要字字有來處.)」라 하고, 「사람들이 황정견의 시를 배울 때에, 조충지는 홀로 오로지 두보만을 배웠다.(衆人方學山谷詩時, 晁叔用沖之獨專學老杜.)」라고 하여 晁沖之의 학시 태도가 正道라고 평하고 있다.

여본중의 시화에 「어려서 지은 시는 사람들과 다른 것이 없었는데, 나중에 이상은 시를 얻어서 숙독하고 본받게 되어서야 비로소 차이가 있음을 느끼게 되었다.(少時作詩, 未有以異於衆人, 後得李義山詩, 熟讀規摹之, 始覺有異.)」라고 하여 자신의 學詩 연원을 밝히고 있다. 그런 면에서 여본중 시론은 강서시파에 근본을 두었지만, 시인에게는 독자적인 풍격이 중요하며, 독립적인 풍격을 갖추기 위해서는 시를 배우면서 특정된 시파나 시인에 구속받는 것을 탈피해야한다고 본 것이다.

본 시화의 내용은 전부 여본중 시기 전대와 동 시기의 시인과 그시에 국한하여 시평을 펴고 있는 점이 특기할 만하다. 따라서 강서시파에 속한 전후 문인들에 대한 시론을 선택하여 그 예문을 다음에 본다.

강서 시인들의 시로서, 예컨대 사일은 풍부하고 넉넉하며, 요덕조는
쓸쓸하니, 모두 빈로 반대림의 정묘하고 고담함에 뒤지지 않는다. 그
러나 요덕조가 승려가 된 후에, 그 시가 더욱 고묘하여 거의 따라갈
수 없다.

江西諸人詩, 如謝無逸富贍, 饒德操蕭散, 皆不減潘邠老大臨精苦也.
然德操爲僧後, 詩更高妙, 殆不可及.

위에서 지적한 시인은 여본중보다 한 세대 전 시기에 활동한 謝
逸, 饒節 그리고 潘大臨이다. 謝逸[1]은 평생 벼슬과 거리를 둔 삶을
살며 황정견의 영향을 받았고 동생 謝薖와 '二謝'라고 幷稱된 문인
이다. 특히 蝴蝶(호접: 나비) 시 3백여 편을 지어서 '謝蝴蝶'이라고 칭
하였으니, 그의 〈寄隱居士〉(≪宋詩大觀≫)를 본다.

선생은 봉후의 골상이 아니어서
거처는 다만 숲과 연못이 있는 그윽한 곳.
집에는 장서가 침 묻은 책이 몇 천 권
손수 서책 쓰고 다듬길 30년이네.
알겠나니, 온 세상에 누가 중히 여기는가.
한 암자에 고고하게 지내어 이젠 백발이네.
양양의 원로들 절개 지키느라 홀로 괴로운데
오직 방덕공만이 州門에 들지 않았네.

先生骨相不封侯, 卜居但得林塘幽.
家藏玉唾幾千卷, 手校書編三十秋.
相知四海執靑眼, 高臥一庵今白頭.
襄陽耆舊節獨苦, 只有龐公不入州.

은거하는 處士의 孤高한 절개를 칭송한 시이다. 말연의 「襄陽耆舊
(양양기구)」의 典故를 보면, 晉代 習鑿齒(습착치)가 지은 ≪襄陽耆舊

---

1) 謝逸(?-1113) : 字는 無逸, 自號는 溪堂으로, 撫州 臨川(지금의 江西 撫州)
   人이다. 저서에 ≪溪堂集≫, ≪溪堂詞≫가 있다.

傳≫에 高士들을 기록하고 있는데, 後漢 襄陽人 龐德公은 峴山(현산) 남쪽에 은거하면서 끝내 城市에 들어간 적이 없다고 한다. 은사의 덕행을 방덕공에 비유하여 찬양하였다.

饒節[2]은 송대 神宗 熙寧 末 전후에 활동한 승려 문인으로 陸游는 그를 '詩僧第一'이라고 칭찬하였다. 윗글에서 그의 시를 '高妙'하다고 평한 것은 다음 시 〈晩起〉(상동)에서 알 수 있다.

달이 암자 앞에 지고 꿈은 아직 깨지 않았는데
솔 사이로 쉬지 않고 새가 우짖네.
봄 경치 구경할 이 없다고 말 마오
야채 꽃 피면 나비도 온다네.
月落庵前夢未回, 松間無限鳥聲催.
莫言春色無人賞, 野菜花開蝶也來.

1, 2구는 마치 孟浩然의 〈春曉〉「봄잠에 날 밝는 줄 몰랐더니, 곳곳에서 새 지저귀는 소리 들리네.(春眠不覺曉, 處處聞啼鳥.)」구를 연상케 한다. 암자 앞의 새벽달이 이미 서산에 지는데 시인은 아직 낮잠에서 덜 깬 상태로, 僧家 생활의 자유롭고 閑逸함을 읽을 수 있다.

潘大臨[3]은 서예에 능하고 黃庭堅, 蘇軾, 張耒 등 당대 대가들과 교유하였다. 따라서 그의 시는 蘇軾에게 구법을 터득하고, 黃庭堅에게서 칭찬받았으며, 여본중은 그의 시를 '精苦'하다고 평하였는데, 다음 〈河間作〉(상동)을 본다.

백조는 흩날리는 안개에 묻히고
산들바람은 배를 거슬러 오르네.
강은 번구에서 돌아 흐르고

---

2) 饒節 : 字는 德操, 후에 如璧이라 하고, 號는 倚松老人으로 撫州人이다. 저서에 ≪倚松集≫이 있다.

3) 潘大臨 : 자는 邠老로, 黃岡(지금의 湖北에 속함)人이다. 詩文에 능하였고 저서에 ≪柯山集≫이 있으나 일실되었다.

산은 무창에서 이어지네.
해와 달은 예부터 걸려 있는데
천지는 흐르는 냇물로 나뉘어 있네.
나부산은 남두성 밖에 있는데
검부는 어느 쪽에 있는가.
白鳥沒飛烟, 微風逆上船.
江從樊口轉, 山自武昌連.
日月懸終古, 乾坤別逝川.
羅浮南斗外, 黔府若何邊.(其一)

이 시는 哲宗 紹聖 2년(1095)에서 元符 원년(1098) 사이에 지은 것으로 보인다. 반대림은 黃州에서 은거하며 귀양살이하던 蘇軾과 교유하면서 시를 배웠다. 樊口(번구 : 지금의 湖北 鄂城 서북)와 武昌(지금의 호북 악성)은 시인이 배를 타고 황주까지 가는 여정의 지명이다. 경치가 수려하여 日月은 여전하나 山川은 예 같지 않아서 변화무쌍하다. 소식의 귀양지인 羅浮山(지금의 廣東)과 황정견의 귀양지인 黔府(검부 : 지금의 四川 彭水)와 거리가 멀다. 시인이 사표로 삼는 두 문인을 회념하면서 이 시를 썼다.

조충지가 일찍이 〈정규묵시〉를 지었는데 세속의 굴레를 벗어나니 고수실이 깊이 칭찬하였다. 그 시에 이르기를, 「내가 듣자니 강남 묵관으로 제해가 있어, 노련하되 왕정규만 못하다네. 후에 승안이 자못 빼어나서 요란하게, 부자의 명성이 서로 가지런하였네. 백년을 전해 오면서 무늬가 부서져도, 아직 교룡의 등을 보는 듯하네. 전광이 하늘에 나면 별들이 어두워지고, 비 흔적이 바다에 내리면 바람과 우레가 잠잠하네. 오히려 기억하네, 당시에 청서전에서 황문에 서있던 재인을. 은고리는 도화전 위에 산뜻하게 닿고, 상아 침상에 홍사연을 갈아보네. 같은 시대 서화 3만 축은, 두 서씨의 소전과 서희의 대나무라네. 황제의 시 네 절구는 세상에 전해져, 비부에서 옥처럼 아주 귀히 여기네. 그대는 보지 못하는가, 건륭 천자 조광윤이 처음 개국하니, 조광실이 조칙을 받아서 청소하듯 정리하였네. 왕후의 옛 물건을 지금 얻어서, 다시 서역의 패엽에 글을 쓰네.」라고 하였다.
晁叔用嘗作廷珪墨詩, 脫去世俗畦畛, 高秀實深稱之. 其詩云:「我聞江
南墨官有諸奚, 老超尙不如廷珪. 後來承晏頗秀出, 喧然父子名相齊. 百
年尙傳紋破碎, 彷彿尙見蛟龍背. 電光屬天星斗昏, 雨痕倒海風雷晦. 却
憶當年淸暑殿, 黃門侍立才人見. 銀鉤洒落桃花牋, 牙牀磨試紅絲硯. 同
時書畫三萬軸, 二徐小篆徐熙竹. 御題四絶海內傳, 秘府毫芒惜如玉. 君
不見, 建隆天子開國初, 曹公受詔行掃除. 王侯舊物人今得, 更寫西天貝
葉書.」

晁沖之[4]는 陳師道에게서 배우고 紹聖 연간에 具茨山(구자산)에
은거한 문인으로 江西派에 속한다. 위에 나오는 장편시는 조충지의
시풍을 가늠하는 일종의 敍事詩로, 내용이 사실적이면서 그 어사가
섬세하여 당송 시풍의 調和美를 보여준다. 조충지가 詩題로 삼은 王廷
珪(1079-1171)는 葉夢得과 함께 북송 말기 高宗 建炎, 紹興 연간
에 활동한 문인으로, 杜甫를 본받고 웅장하고 위대한 시풍을 지녔다.
조충지의 古詩〈夷門行贈秦夷仲〉(상동)은 증정시이지만 고상하고 웅
건한 표현 중에 매우 頓挫的(돈좌적 : 갑자기 기세가 꺾임) 의취를 토
로한 점에서 주목할 만하다.

그대는 보지 못하는가, 이문의 객은 후영의 풍모 지녀서
백주에 험한 세상에 악인을 복수하였네.
서울의 관리가 그 명성 나서 감히 잡지 못하니
장검에 의지한 하늘 찌를 기개는 공동산에 이름났네.
동시에 두세 인물과 교류를 맺어서
연이어 여러 마리 준마 타고 달렸네.
하늘 우러러 한바탕 웃으니 만사는 헛된 것
이문에 든 빈객 다시는 그들과 통하지 않았으니
개중에는 머리에 비녀 꽂고 허리띠에 홀을 끼고서 명광궁에 들었다네.

---

4) 晁沖之 : 자는 叔用으로, 濟州 巨野(지금의 山東山에 속함)人이다. 晁補之의
   從弟로 承務郎을 지냈다. 저서에《晁具茨先生詩集》이 있다.

아아, 남아는 명예를 태산같이 중히 여기고 몸은 나뭇잎처럼 여길지니
손으로 왕을 거슬려도 마음 두려워 않네.
일생을 호색한 사마상여도
강개하여 곧은 언사로 한 무제의 사냥을 간언했다네.
君不見夷門客有侯嬴風, 殺人白晝紅塵中.
京兆知名不敢捕, 倚天長劍著崆峒.
同時結交三數公, 聯翩走馬幾馬驄.
仰天一笑萬事空, 入門賓客不復通,
起家簪笏明光宮.
嗚呼, 男兒名重泰山身如葉, 手犯龍鱗心莫懾.
一生好色馬相如, 慷慨直辭猶諫獵.5)

　魏公子 信陵君이 大梁 夷門監 侯嬴(후영)을 찾아가서 결교하였다.
秦나라가 趙나라 邯鄲(한단)을 공격하니, 후영이 신릉군을 위해서
의리를 지켜 위기를 구한 고사를 인용하여 친구 秦夷仲의 의협과 절
개를 칭송한 시이다. 진이중을 후영에 비유하여 그 의기를 찬양하고,
'崆峒山'은 華夏의 先祖인 軒轅의 발상지로서 중국을 지칭한다. '三
數公'은 진이중의 동료를 비유하고, '幾馬驄'은 東漢 桓典의 고사를 인
용하여 貪利하는 동료들과 차별하고 있다.

　황정견이 조보지에게 보낸 시에, 「형산의 옥을 가지고 와서, 나에게 다
듬어 달라 하네.」라고 하였다. 대개 조보지는 처음에 황정견에게 시
짓는 법을 배워서 조보지의 지난 시는 황정견과 비슷하다.
山谷贈晁無咎詩云:「執持荊山玉, 要我珊琢之.」蓋無咎初從山谷理會作
詩, 故無咎舊詩往往似山谷.

　晁補之6)의 시에 대한 평어로서 그는 黃庭堅, 張耒, 秦觀과 함께

---

5) 諫獵 : ≪漢書≫〈司馬相如傳〉:「是時天子方好自擊熊豕, 馳逐野獸, 相如因上疏諫.」
6) 晁補之(1053-1110) : 자는 無咎, 호는 歸來子로, 濟州 巨野人이다. 元豊 연
　간에 進士가 되고 承務郎을 제수하다. 저서에 ≪鷄肋集≫, ≪晁氏琴趣外編≫
　이 있다.

'蘇門四學士'로 칭한다. 그의 隱遁的인 정취가 넘치는 시 〈漁家傲〉(상
동)를 다음에 본다.

　어촌 사람은 오만하여
　시내에는 가본 적 없다 하네.
　타고나기를 절로 강호에 사니
　어찌 시내 길 알리오.
　밝게 개인 날 배 일곱 여 척
　기쁘게 맑은 강에 띄운다네.
　다만 보이는 건 웃으며 어울리니
　어떤 노래를 부르든 상관없네.
　문득 사방으로 흩어져 돌아가니
　먼 곳 신선 사는 창랑주 아득하네.
　누군가 뒤 수레에 실으라고 하나
　가져간들 다시 남지 않네.
　늙어서 몸 굽히지 않고
　양 털옷 걸치고 연못으로 가네.
　漁家人言傲, 城市未曾到.
　生理自江湖, 那知城市道.
　晴日七八船, 熙然在淸川.
　但見笑相屬, 不省歌何曲.
　忽然四散歸, 遠處滄州微.
　或云後車載, 藏去無復在.
　至老不曲躬, 羊裘行澤中.

　조보지의 ≪鷄肋詩鈔≫에 〈補樂府三首〉가 있는데 이 시는 그중의
하나이다. '補樂府'란 악부시로서, 당대 신악부를 계승한다는 의미를
지닌다. 시제에서 보듯이 漁家의 일상생활을 묘사하여 자신의 逍遙
自在하고 悠閑自樂하는 심회를 토로하고 있다. 전반 4구에서 '城市'
를 중복 사용한 것은 漁家의 의취를 강조하면서 세속적 이미지를 초

탈하고픈 詩心이 담겨 있다. 시 중반은 어부의 한가롭고 호탕한 심
경을 대변하고, 후반 4구에서는 3종 典故를 연용하고 있다. '後車'는
≪시경≫ 〈小雅 綿蠻〉의 「저 후거에 명하여 실으라 하네.(命彼後車,
謂之載之.)」이니 '後車'는 '副車'로서 소탈한 어촌 정경을 연상케 하
며, '曲躬'은 ≪晋書≫ 〈陶潛傳〉의 「나는 다섯 말 쌀로 허리를 굽힐
수 없다.(吾不能爲五斗米折腰.)」에서 어의를 차용하여 宦官으로 屈身
하지 않음이요, '羊裘'는 後漢의 高士 嚴光이 羊裘를 입고 澤中에서 낚
시하면서 光武帝의 초대를 거절한 고사이다. 詩趣가 탈속적이며 音
調가 和諧롭고 立意가 高遠하여 근인 陳衍이 「조보지와 장뢰는 소
식의 빼어남은 얻었으나, 소식의 웅혼함은 얻지 못하였다.(晁張得蘇
之雋爽, 而不得其雄駿.)」라고 평하기도 하였다.

　　장뢰가 일찍이 생질 양도부를 위하여 〈진찬〉을 지어 이르기를, 「그 기
　　운이 일어나 잘 움직이고, 그 정신이 놀라듯 일어나 활용을 생각할
　　지라. 무릇 노자의 말을 살필지니, 군자는 언행에 중후함을 지킬지
　　라.」 하니, 대개 권면함이다.
　　文潛嘗爲其甥楊道孚作眞贊云: 其氣揚以善動, 其神驚以思用. 蓋觀老氏
　　之言乎, 君子行不離輜重. 蓋規之也.

　　張耒(1052-1112)는 蘇軾과 蘇轍 형제에게서 師事 받고, 黃庭堅,
秦觀, 晁補之와 함께 '蘇門四學士'의 한 사람이다. 그는 시에 있어서는
白居易에게서 본받고, 악부는 張籍에게서 터득하였기에 자연을 숭
상하고, 조탁을 반대하였다. 창작태도는 조탁을 홀시하고 平淡만을
추구해서 종종 粗率한 풍격을 면치 못하였다. 그래서 賀鑄의 〈東山
詞序〉에 이르기를,

　　문장이 사람에 있어서 마음에 가득 차면 겉으로 나타나고, 입 가는
　　대로 하여 지어져서 깊이 생각하지 않고도 공교해지고, 다듬지 않고
　　도 화려해지는 것은 모두 천리의 자연이며 성정의 지극한 도리이다.
　　文章之於人, 有滿心而發, 肆口而成, 不待思慮而工, 不待彫琢而麗者,

皆天理之自然而性情之至道也.

라고 서술한 것과 상통한다. 그래서 田家生活의 정경을 반영한 詩作
이 많으니 그의 〈春日卽事〉(상동)를 보자.

날던 벌레 거미줄에 떨어져 둘이 아득히 떠있고
사람의 맘은 느슨한데 해가 길구나.
봄풀이 뜰에 가득하고 문은 고요한데
두어 격자 창가 해가 빈 마루에 걸려 있네.
虫飛絲墮兩悠揚, 人意遲遲日共長.
春草滿庭門寂寂, 數欞窓日挂空堂.

이 시는 春日의 경물을 묘사한 절구시이다. 王國維는 ≪人間詞話≫
에서 「일체의 경치의 어사는 모두 성정의 어사이다.(一切景語皆情語.)」
라 하니, 이 시는 '景中含情'(경물 속에 정감이 들어 있음)이다. ≪詩
式≫에서 「시의 정감과 경물이 조화롭다(思與景諧)」라 한 바 같이
시인의 감정과 경물이 평담하면서 和諧一致하게 묘사되어 있다. 한편
장뢰는 백성이 기아와 폭정에 압박받는 현실을 묵과하지 않고 고발
하고 있으니, 약칭 〈且有所警, 示秸秐〉 시7)를 보자.

성 위에 달이 지고 서리는 눈 같은데
누대 위에는 새벽 소리가 끊어질 듯하네.
쟁반 들고 문을 나서 소리 가락 내니
성내 누대에는 동서 간에 다니는 이 없네.
북풍이 옷에 불어 내 빵을 쏘아대니
홑옷은 걱정 안 되나 빵 얼까 걱정이네.
하는 일 고하가 없고 뜻은 굳어야 하니
사내로서 편안히 한가롭기 바라면 되겠는가.
城頭月落霜如雪, 樓頭五更聲欲絶.

---

7) 原詩題:〈北隣賣餠兒, 每五鼓未日, 卽繞街呼賣, 雖大寒烈風不廢, 而時略不少
差, 因爲作詩, 且有所警, 示秸秐〉

捧盤出戶歌一聲, 市樓東西人未行.
北風吹衣射我餠, 不憂衣單憂餠冷.
業無高卑志當堅, 男兒有求安得閑.

　마치 白居易의 시를 보는 듯한 평담하고도 사실적으로 묘사하고
있다. 표현상의 예술형상이 선명하지 않고 어사가 精鍊되나 생동감
이 부족하지만, 송시 중에서 특히 강서파의 조류에서 특이한 시풍을
보게 된다. 여본중이 장뢰의 말을 인용한 이유도 이 점을 거론한 것
이라 본다.
　본 시화는 ≪四庫全書總目≫에서 集部 詩文評類로 분류되었고, ≪歷
代詩話≫ 외에 ≪百川學海≫, ≪宋詩話五種≫, ≪說郛≫에 수록되어
있다.

≪藝苑雌黃≫ - 嚴有翼

　嚴有翼(엄유익, 생졸년 불명). 北宋 말년 사람이란 것 외에는, 字와 號가 불명이며 南宋 전후 在世한 것으로 추정한다. 陳振孫의 ≪直齋書錄解題≫에 의하면 建安(지금의 福建 建寧)人이라 한다. 남송 高宗 紹興(1131-1162) 연간에 泉·荊 두 郡의 敎官을 지냈고, 시론은 江西詩派를 추종하여 「글 짓는 데는 다 근본이 있다.(爲文皆有所本.)」라 하여 文은 근본이 있어야 하고, 글자마다 來處가 있어야 한다고 주창하고, 黃庭堅의 '奪胎換骨'설에 의거하여 杜甫를 존숭하였고, 송대 문인으로는 蘇軾, 黃庭堅, 王安石 등을 추숭하였다.

　본 시화의 구성에 대해서 陳振孫의 ≪直齋書錄解題≫에서,

> 대개 틀린 것을 바로잡는다고 해서 '자황'이라 하였다. 그 목차는 자사, 전주, 시사, 시서, 명수, 성화, 기용, 지리, 동식, 신괴, 잡사이다. 20권이고 무릇 4백여 조이다.
> 大抵辨正訛謬, 故曰雌黃. 其目: 子史, 傳注, 詩詞, 時序, 名數, 聲畫, 器用, 地理, 動植, 神怪, 雜事. 卷爲二十, 條凡四百餘.

라고 해설하고 있어서 본래 상당한 분량의 시화인 것을 알 수 있다. 郭紹虞는 ≪宋詩話考≫(中卷之下)에서 본 시화의 전래와 형성에 대해서 서술하기를,

> 이것은 본래 시를 논하는 책이 아니어서 陳振孫이 자부 잡가류에 넣은 것은 마땅하다. ≪송사≫ 〈예문지〉에 이 책을 수록하니 또한 20권인데, 다만 그 책이 시문의 오류를 많이 논하고 있어서 마침내 고쳐서 집부 문사류에 넣었다. 지금은 원본이 일실되었다. 홍매의 ≪용재오필≫에 의거해 재록한 엄유익의 ≪예원자황≫은 자못 蘇軾을 비판하

고 있어서 그 책을 이름하여 '辨坡'라 하였다. 지금 그 상세함을 알
수 없으나, ≪어은총화≫ 후집 권27에 칭인한 것과 ≪용재사필≫ 권
16에 변정한 것에 의거하여 이 책의 대강을 엿볼 수 있다. 그 책의
작성은 고종 소흥 연간에 해당된다.

是則本非論詩之書, 陳氏以入子部雜家類宜也. 宋史藝文志著錄是書, 亦
二十卷, 惟以其書多論詩文誤謬, 遂改入集部文史類. 今原本散佚. 據
洪邁容齋五筆載嚴有翼藝苑雌黃頗務譏詆坡公, 名其篇曰辨坡. 今雖不
能知其詳, 然據漁隱叢話後集卷二十七所稱引, 及容齋四筆卷十六所辨
正, 猶可窺知此篇之大槪. 其書之成, 當在高宗紹興年間.

라고 하여 시화로서의 위치와 그 産生 과정이 복잡다단하였음을 이
해할 수 있다. 여하튼 시론적 가치를 지닌 시화로 입지를 확고히 한
점에서 다행스럽다 할 것이다.

엄유익은 시화에서 전인의 意趣을 활용하되, '中的'(핵심)과 '親切
過于本詩'(직접 본래 시보다 뛰어남)를 힘써 구해야지, 아니면 「헛되
이 전인의 뜻만 활용하면 전혀 귀한 작품이 될 수 없다.(徒用前人意,
殊不足貴.)」라고 하였으니, 예컨대 沈佺期의 「작은 연못에 늦더위 물
러나고, 높은 나무에는 이른 서늘함이 돌아오네.(小池殘暑退, 高樹早
凉歸.)」 구가 아름다우나, 柳惲(유운)의 「태액지에는 잔물결 일고, 장
양궁에는 높은 나무에 가을이 깃드네.(太液微波起, 長楊高樹秋.)」 구
를 활용한 것에 지나지 않는다고 하였다.

그리고 用事는 '直用其事'(직접 그 사실을 활용)와 '反其意而用'(그
고사의 뜻을 새겨서 활용)을 구별하고 있고, 아울러 시를 읊는 데는
'一字兩工'(글자 하나를 두 번 공교롭게 다듬음)을 강조하였으니, 예
컨대 王安石의 「한 줄기 물이 밭을 감싸서 푸르게 둘러 있고, 두 산
은 문을 밀치고 푸른빛 보내오네.(一水護田將綠繞, 兩山排闥送靑來.)」
구에서 '將'자와 '送'자가 가장 뛰어나다고 하였다. 그 외에 시인의
용사 출처와 오류를 고증하고 변별한 것은 후대 연구자에게 적지
않은 가치가 있다.

본 시화에서 시인의 시에 대해 품평한 예문을 보기로 한다.

(1) 杜甫〈春日憶李白〉

이백은 시에 있어서 대적할 이 없으니
홀연히 그 뜻 발군하네.
청신하기는 유신이며
준일하기는 포조라네.
위수 북쪽에 봄 하늘 솟은 나무
강 동쪽에는 저녁노을 진 구름.
언제나 술 한 잔으로
다시 함께 글을 논해 볼가나.
白也詩無敵, 飄然思不群.
淸新庾開府, 俊逸鮑參軍.
渭北春天樹, 江東日暮雲.
何時一樽酒, 重與細論文.(≪杜詩詳注≫ 권1)

≪홍구보시화≫에서 이르기를, 「두보집 중에서 이백에게 준 시가 가장 많은데 이백집에는 두보에게 준 것은 한 편도 없다.」라 하였다. 나는 생각컨대, 단성식의 ≪유양잡조≫에 이르기를, 「이백집에 〈요사증두보궐〉이 있으니 곧 두보인데, 또 어찌 다만 『반과산 언덕』구만이겠는가.」라 하였다.
洪駒父詩話言: 子美集中贈太白詩最多, 而李集初無一篇與杜者. 按段成式酉陽雜俎云: 李集有堯祠贈杜補闕者卽老杜也, 又豈獨「飯顆山頭」之句哉.

위에서 「飯顆山頭」 구가 들어간 이백(이태백) 시는 〈戲贈杜甫〉이다.

반과산 언덕에서 두보를 만나니
머리에 쓴 삿갓이 정오를 가리키네.
묻나니 헤어지고서 태수생은 어떠하신가
늘 예전처럼 시 짓기 괴롭다네.

飯顆山頭逢杜甫, 頭戴笠子日卓午.
借問別來太瘦生, 總爲從前作詩苦.(≪全唐詩≫ 권170)

이 시는 天寶 4년(745)에 지은 것으로 孟棨의 ≪本事詩≫ 高逸篇에 이 시를 평하면서 杜甫 시가 격률에 얽매인 것을 희롱해서 쓴 것이라 하였다. '飯顆山'은 지금의 陝西 西安 동북에 있는 滻水(산수) 西岸에 있는 산이며, '太瘦生'은 매우 수척한 書生을 말한다. ≪洪駒父詩話≫에서는 이백집에는 두보에게 준 이백 시가 한 편도 없다 하고, 본 시화에서는 「『반과산 언덕』 구만이겠는가.」라고 반문하고 있는데, 사실은 두보에게 준 이백 시가 2수 더 있으니 〈魯郡東石門送杜二甫〉와 〈沙丘城下寄杜甫〉이다.

취하여 이별하고 또 며칠인가
높이 올라 못과 누대를 두루 보네.
언제나 석문 길에서
다시 황금 술항아리 열 건가.
가을 물결 사수에 떨어지고
바닷물에는 조래산 밝게 드리네.
날리는 다북쑥처럼 멀리 헤어지니
손에 든 술잔을 다 비워 보세.
醉別復幾日, 登臨遍池臺.
何時石門路, 重有金樽開.
秋波落泗水, 海色明徂來.
飛蓬各自遠, 且盡手中杯.(〈魯郡東石門送杜二甫〉 상동 권175)

이 시는 천보 4년, 齊魯 지방을 유람한 후에 이별하면서 지은 것이다.

내가 어쩐 일로 왔는가
사구성에 한가롭게 누웠네.
성 가에 높은 나무 있는데

밤낮으로 가을 소리 이어지네.

노나라 술은 취하지 않고

제나라 노래는 공연히 정을 돋우네.

그대 그리는 맘 문수와 같아서

호탕하게 남쪽으로 흐르는 물에 부친다네.

我來竟何事, 高臥沙丘城.

城邊有高樹, 日夕連秋聲.

魯酒不可醉, 齊歌空復情.

思君若汶水, 浩蕩寄南征.(〈沙丘城下寄杜甫〉상동 권177)

이 시는 천보 5년(746) 가을, 두보와 魯郡 石門山에서 이별한 후에 두보는 長安으로 향하고, 이백(이태백)은 山東 汶水의 沙丘城으로 돌아와서 지은 것이다. 전반 6구는 두보와 이별 후에 고독과 실의에 젖은 심경을, 후반 2구는 남쪽으로 흐르는 문수의 물결에 깊은 우의를 실어서 寄意하였다.

(2) 杜甫〈戲作花卿歌〉(≪杜詩詳注≫ 卷10)

세상에 전하기를 두보 시는 학질을 물리칠 수 있다고 하지만 이것은 반드시 그렇지는 않다. 대개 그 어사의 뜻이 전아하여, 시를 읽는 사람들은 씻은 듯이 깊은 병이 몸에서 빠져나가는 것을 느낀다.

世傳杜詩能除瘧, 此未必然. 蓋其辭意典雅, 讀之者脫然不覺沈疴之去體也.

두보의 이 시는 앞의 ≪古今詩話≫ 해제에서 거론하였기에 시에 대한 자세한 분석은 생략하고, 상기 시화의 이 시에 대한 평을 다시 인용한다.

두보가 학질 병 걸린 사람을 보고 일러 말하기를, 「드린 시를 읊으면 고칠 수 있다.」고 하니, 병든 사람이 말하기를, 「무엇이오?」하니 두보가 말하기를, 「밤새 촛불을 들고 대하니, 꿈속에 자는 듯하네.」라하니 그 사람이 그것을 읊으니 학질 바로 그거더라. 또 말하기를, 「다

시 내 손으로 해골을 잡으니 피가 물드네.」라 하니 그 사람이 그 말
대로 하여 읊으니 과연 고쳐졌다.

杜少陵因見病瘧者, 謂之曰: 誦呈詩可療. 病者曰: 何? 杜曰:「夜闌更
秉燭, 相對如夢寐.」其人誦之, 瘧猶是也. 又曰:「更誦吾手提髑髏血模
糊.」其人如其言, 誦之, 果愈.

(3) 聲律 문제

고인이 운을 쓰는 데 예컨대 ≪문선≫의 고시, 두보, 한유 등은 압운
을 중복해서 쓰는 것이 매우 많다. … 두보, 한유는 대개 또한 고인의
작품을 본받았다. 두보의 〈음중팔선가〉는 '船'자를 두 번, '眠'자를 두
번, '天'자를 두 번, '前'자를 세 번 압운하고 있다.

古人用韻, 如文選古詩杜子美韓退之, 重複押韻者甚多. … 杜子美·韓
退之, 蓋亦效古人之作. 子美飮中八仙歌押二船字, 二眠字, 二天字, 三
前字.

두보의 〈飮中八仙歌〉(≪杜詩詳注≫ 권2)에서 중복 押韻한 경우를
다음에 본다.

船: 知章騎馬似乘船과 天子呼來不上船
眠: 眼花落井水底眠과 長安市上酒家眠
天: 汝陽三斗始朝天과 擧觴白眼望靑天
前: 皎如玉樹臨風前과 蘇晋長齋繡佛前, 그리고 脫帽露頂王公前

〈飮中八仙歌〉시 전체를 보기로 한다.

하지장이 말 타면 배를 탄 듯 흔들대고
눈앞이 어지러워 우물에 빠지면 물 밑에서 잔다네.
여양왕은 술 서 말 마셔야 조정에 들어가고
길에서 누룩 실은 수레만 봐도 군침을 흘리고
주천군으로 봉토 옮기지 못한 것을 한스러워하네.
좌상은 날마다 흥겨워 만 전을 쓰고

큰 고래가 온 강물 들이키듯 술 마시는데
술잔을 머금고 맑은 술 즐기고 탁한 술 싫어하네.
최종지는 말쑥한 미소년인데
술잔 들고 게슴츠레 하늘을 보니
밝기가 마치 옥 나무가 바람 앞에 서있는 듯하네.
소진은 부처 앞에서 오래 재계를 지키면서
술에 취하면 늘상 참선하다가 도망가길 잘하네.
이백은 술 한 말에 시 백 수 짓고
장안 저자의 술집에서 잠든다네.
천자가 불러도 배에 오르지 못하니
자칭 술 속의 신선이라 하네.
장욱은 술 석 잔에 초서의 대가 되어
높은 분들 앞에서도 모자 벗고 이마를 드러내고
붓 잡고 종이에 휘둘러 쓰면 구름과 안개 자욱하듯 채우네.
초수는 술 다섯 말에 의기양양하여
고상한 담론과 웅변으로 주위 사람을 놀라게 하네.
知章騎馬似乘船, 眼花落井水底眠.
汝陽三斗始朝天, 道逢麴車口流涎,
恨不移封向酒泉.
左相日興費萬錢, 飮如長鯨吸百川,
銜杯樂聖稱避賢.
宗之蕭灑美少年, 擧觴白眼望靑天,
皎如玉樹臨風前.
蘇晋長齋繡佛前, 醉中往往愛逃禪.
李白一斗詩百篇, 長安市上酒家眠.
天子呼來不上船, 自稱臣是酒中仙.
張旭三杯草聖傳, 脫帽露頂王公前,
揮毫落紙如雲烟.
焦遂五斗方卓然, 高談雄辯驚四筵.

근체시의 押韻은 엄격한 한 종류 韻으로 시 전체를 압운하는 소위 '一韻到底'(시에서 한 종의 운으로 압운함) 원칙에 의해서 활용되기에 다소간의 변칙은 있으나, 그 압운 활용이 비교적 정연하다. 위의 글은 고시에서 중복된 압운의 경우를 지적하고 그 예로 두보의 〈飮中八仙歌〉를 들고 있다. 고시와 근체시인 율시는 그 차이점이 있는데, 율시의 작법에서 고시의 파격을 흔히 사용할 수 있다. 엄격한 율격에 얽매여 시의 흥취를 다 표현하기에 부족한 점이 있기 때문이다. 고시는 율시에 비해 平仄이나 對句에 구속되지 않고 用韻도 비교적 자유로워서 하나의 운으로 압운해야 하는 일운도저가 아니라 換韻과 叶韻(협운 : 어떤 음운의 글자가 때로는 다른 음운과 통용되는 것)이 가능하다. 그러나 명대 이동양은 고시에서도 율시의 격식을 사용한 예로서 謝靈運의 〈登池上樓〉와 謝朓의 〈直中書省〉의 시구를 들고 있으니, 다음 ≪懷麓堂詩話≫(제12조)에서의 논조를 보기로 한다.

고시와 율시는 서로 다른 체제로서 반드시 자기 나름의 형식을 써야 곧 율격에 맞게 된다. 그러나 율시는 또한 간혹 고체시의 격식을 써서 율격의 속박에서 벗어날 수 있으나, 고체시는 율시 격식을 써서는 안 된다. 고체시로서 율시 격조를 지닌 것으로 예를 들면, 사령운의 「연못에 봄풀이 나네」, 「붉은 작약은 층계에 한들거리네」 구는 한때에 전해져 읊어져서 진실로 이미 세상에 퍼졌으나, 스스로 (그 빼어남을) 깨닫지 못하였다. 그리고 예컨대, 맹호연의 「술 한 잔에 한 곡조를 타다가, 어느새 석양이 저물었네.」, 두보(두자미)의 「홀로 선 나무에 핀 꽃이 절로 뚜렷하네」, 「봄 물가에 해가 지니 꿈에 젖네」, 이백(이태백)의 「앵무새가 서쪽 농산으로 날아가고, 향기로운 물섬의 나무는 참으로 푸르구나.」, 최호의 「황학이 떠나가고 다시 돌아오지 않고, 흰 구름이 천년 두고 공허하게 떠도누나.」 구들은 곧 율시에서 고체시의 의취를 드러내고 있어서, 절로 싫지가 않다. 古詩與律不同體, 必各用其體, 乃爲合格. 然律猶可間出古意, 古不可

涉律. 古涉律調, 如謝靈運「池塘生春草」1), 「紅藥當堦翻」2), 雖一時傳誦, 固已移於流俗而不自覺. 若孟浩然「一杯還一曲, 不覺夕陽沈」3), 杜子美「獨樹花發自分明」4), 「春渚日落夢相牽」5), 李太白「鸚鵡西飛隴山去, 芳洲之樹何靑靑」6), 崔顥「黃鶴一去不復返, 白雲千載空悠悠」7), 乃律間出古, 要自不厭也.

율시로서 고시의 격식을 차용한 예로, 맹호연의 〈聽鄭五愔彈琴〉과 두보의 〈愁〉, 〈晝夢〉, 이백의 〈鸚鵡洲〉와 최호의 〈黃鶴樓〉 시구 등 당시를 인용하여 이해를 돕고 있다. 명대의 시가 당시를 본받는 풍조였으나 그 수준에 미치지 못함을 이동양 자신의 시를 통해서 비교하고 있다. 고시와 율시의 작법상 상호혼용의 장단점에 대해서 이동양의 주장에 동조한 예로서 청대 仇兆鰲의 ≪杜詩詳注≫를 보면, 「고시로 율시를 지으면 그 격조가 절로 높으니, 이백과 맹호연이 뛰어나고, 저광희도 이런 체식이 많다. 율시로 고시를 지으면 그 격조가 평이하고 낮아서, 두보라도 면치 못한다.(以古詩爲律詩, 其調自高, 太白浩然所長, 儲侍郎亦多此體. 以律詩爲古詩, 其格易卑, 雖子美不免也.)」라고 하였고, 施補華의 ≪峴傭說詩≫를 보면, 「제, 양나라와 진, 수나라 육조시대에 사조와 강엄 외에는 고시가 모두 율시 형식을 지니며, 기세가 약하고 골격이 미약하여 사조가 지나치고 소리가 슬프

---

1) 謝靈運(385-433): 南朝 宋人. 康樂公에 封해져서 謝康樂으로 불린다. 지금의 河南 太康人이다. 저서로 ≪晋書≫, ≪謝康樂集≫이 있다. 오언시에 능하고 山水詩는 鮮麗하고 淸新하다. 〈登池上樓〉; 「연못에 봄풀이 돋고, 뜰의 버들에는 새소리 나네.(池塘生春草, 園柳變鳴禽.)」

2) 謝朓의 〈直中書省〉: 「작약은 층계에 한들거리고, 푸른 이끼는 돌층계 위에 기대어 있네.(紅藥當堦翻, 蒼苔依砌上.)」 본문에서 謝靈運 시로 誤記. 紅藥은 작약의 별칭.

3) 詩題는 〈聽鄭五愔彈琴〉

4) 詩題는 〈愁〉

5) 詩題는 〈晝夢〉

6) 詩題는 〈鸚鵡洲〉

7) 詩題는 〈黃鶴樓〉

니 망국의 소리이다.(齊梁陳隋間, 自謝玄暉江文通外, 古詩皆帶律體, 氣弱骨靡, 思淫聲哀, 亡國之音也.)」라고 한 것에서 알 수 있다. 작시에 있어서 고시든 율시든 그 격식을 지키면서 시의 뜻을 적절히 표현하기가 용이하지 않음을 강조하고 있다.

　본 시화는 일찍이 일실되어, 그 후 胡仔의 ≪苕溪漁隱叢話≫, 蔡夢弼의 ≪草堂詩話≫, 魏慶之의 ≪詩人玉屑≫, 兪允文의 ≪名賢詩評≫ 등에 본 시화 문장을 많이 引徵하였고, ≪說郛≫에 다수 수집되었다가, 郭紹虞가 ≪宋詩話輯佚≫본에 84칙으로 편집하였다.

≪唐子西文錄≫ - 唐庚

　唐庚(당경, 1070-1120). 字가 子西이며, 眉州 眉山人이다. 哲宗 紹聖 때 進士 급제하고 宗學博士를 지냈다. 張商英이 지은 內前行의 筆禍에 연루되어 惠州로 좌천되었다. 蘇軾과 동향이며 시도 그에게 사사하여 '小東坡'란 칭호를 얻었고, 저서로 ≪三國雜事≫, ≪唐子西集≫등이 있다.

　본 시화의 저술 연대는 宣和 원년(1119)에 당경이 구술하고, 强行父가 정리한 시기는 대개 紹興 8년(1138)이다. 강행보의 자는 幼安이며 餘杭人으로 睦州와 宣州의 通判을 지냈다. 당경의 율시는 작시의 鍊鍛이 공교하고 屬對에 능하며, 新意를 창출하여 전인을 답습하지 않았다. ≪宋詩鈔≫에 그의 시를 평하여, 「불꽃이 간결하고 담백한 중에 빛나고, 신기한 운율이 성률 밖에 깃들어 있다.(芒焰在簡淡之中, 神韻寄聲律之外.)」라고 칭찬하였다. 당경의 시 〈春日郊外〉(≪宋詩大觀≫)를 본다.

> 성내에 봄빛이 있는 줄 몰랐는데
> 성 밖에는 느릅나무 홰나무 잎이 벌써 노랗네.
> 산이 아름답고 눈이 쌓여 있는데
> 보려니 샘물 솟아나 수양버들에 흘러드네.
> 날 따뜻한데 꾀꼬리 소리 사람 말 같고
> 풀 섶에 바람 불어 약초 향기 나네.
> 강가에서 좋은 시구 생각날까 하여
> 그대 위해 찾아보나 되려 아득하네.
> 城中未省有春光, 城外楡槐已半黃.
> 山好更宜餘積雪, 水生看欲倒垂楊.

鶯邊日暖如人語, 草際風來作藥香.
疑此江頭有佳句, 爲君尋取却茫茫.

당경의 작시 자세는 '鍊鍛'을 중시하여 시를 고치고 또 고치는 습
관이 있어서, 「슬피 며칠이고 읊으면서 되풀이하여 바로 고친다.(悲
吟累日, 反復改正.)」라 하여 본 시화에서도 이미 그 점을 다음과 같
이 강조하고 있다.

사람들과 시를 논하면서 그 하자를 깊이 있게 찾아서 없애며 한 글
자라도 소홀히 하여 다루면 안 된다. 법가에서 용서를 말하기 어려
운 것과 자못 가까운 것이다. 그러므로 이를 시율이라 한다. 소식은
말하기를, 「감히 시율을 매우 엄하게 해야 한다.」고 하였다. 나는 또
말하나니, 「시율의 엄격이 손상되면 은혜의 부족에 가깝다.」라고 하
였다. 무릇 처음으로 뜻을 세우는 데는 반드시 어려움과 쉬움의 두
길이 있는데 학자들은 부족함을 극복하지 못하고 종종 어려운 것을
버리고 쉬운 것을 추구한다. 공교로운 문장이 드문 것은 늘 이것과
관계가 있다. 시를 짓는 것은 온당한 글자가 있지만 단지 생각이 이
에 미치지 못할 뿐이다.
詩在與人商論, 深求其疵而去之, 等閒一字放過則不可; 殆近法家, 難以
言恕矣. 故謂之詩律. 東坡云:「敢將詩律鬪深嚴.」余亦云:「律傷嚴, 近
寡恩.」大凡立意之初, 必有難易二途, 學者不能强所劣, 往往舍難而趨
易. 文章罕工, 每坐此也. 作詩自有穩當字, 第思之未到耳.

당경의 다음 〈白鷺〉(상동) 시는 일종의 서경을 통한 비분을 토로
하는 영물시로서 詩敎的인 比興法을 강구하고 있다.

문 앞의 백로 떼와 말하고자 하니
마땅히 여기서 분명히 들어 알 것이네.
그대들이 한패거리를 없앨 마음 있겠지만
차례대로 쫓아 잡아가니 아마도 그대까지 당하리.
說與門前白鷺群, 也宜從此斷知聞.
諸君有意除鉤黨, 甲乙推求恐到君.

당경이 惠州(지금의 廣東에 속함)에 폄적 가서 자신의 울분을 '白鷺'에 비유하여 풍자하고 있다. ≪宋史≫ 〈本傳〉에 의하면 당경은 張商英에게 추천받아서 京畿常平倉에 임명되었다. 장상영은 變法派로서, 徽宗 때 尙書右丞에 기용되었는데, 蔡京이 집정하여 장상영이 元祐黨派의 일원으로 축출되면서 당경도 연좌로 혜주로 폄적 당하였으니, 시에서 '白鷺群'은 '滿朝百官'을 비유한다.

본 시화는 35칙으로 구성되고 내용은 주로 시 평론으로 어록체 시화에 속한다. 본 시화의 특징은 두 가지로 구분되는데, 하나는 '混然天成'(다양하게 자연스레 시를 지어냄)의 시론이다. 당경은 다음에 구술하기를,

> 사령운이 영가에 있을 때에 사혜련을 꿈에 보고, 마침내 「연못에 봄풀이 돋네.」라는 시구를 남겼고, 사조가 선성에 있을 때에 삼산에 올라가서 마침내 「맑은 강이 고요하기가 비단 같네.」라는 시구를 남겼다. 두 분의 시에서의 오묘한 점은 대개 코에 백토가 없고 눈에 망막이 없는 것이니 코에 백토가 없으니 도끼를 어떻게 쓰고, 눈에 망막이 없으니 금비녀를 어떻게 펴겠는가. 이른바 아련한 중에 자연스레 만들어지니 천구는 다듬지 않는 것이다.
> 靈運在永嘉因夢惠連, 遂有「池塘生春草」之句, 玄暉在宣城, 因登三山, 遂有「澄江靜如練」之句. 二公妙處, 蓋在于鼻無堊, 目無膜爾, 鼻無堊, 斤將曷運? 目無膜, 金篦將曷施? 所謂混然天成, 天球不琢者歟.

> 사령운, 사혜련, 사조 세 시인의 시 중에 사령운이 가장 뛰어나니, ≪문선≫에서 베껴서 숙독하면 절로 그 우열을 알게 된다.
> 三謝詩, 靈運爲勝, 當就文選中寫出熟讀, 自見其優劣也.

라고 하여 작시 의식에 있어서 형식적이고 가식적인 人爲로 시를 지어서는 안 되며, 오직 '天成'으로 지어야 한다고 하였다. 謝靈運은 六朝시대의 대표적인 산수시인으로 전원시인 陶潛(도연명)과 함께 唐宋시단에 절대적인 영향을 주었다. 그의 시풍에 대해서 鍾嶸은 ≪詩品≫에서,

화려하고 전아한 소리에 기려한 멋이 모아 흐르니, 예컨대 푸른 솔
이 관목에 빼어나고 백옥이 먼지 모래에 비치는 것 같으니 그 고결
함을 덜어낼 수 없다.
麗典新聲, 綺繹奔會, 譬猶靑松之拔灌木, 白玉之映塵沙, 未足貶其高
潔也.

라 하여 시의 麗典하면서 고결한 풍격을 높이 사고 있으며, 청대 施
補華의 ≪峴傭說詩≫에서는 「사령운의 산수 유람 작품은 매우 깎아지
른 듯 간결하다.(大謝山水遊覽之作, 極爲鑱削可喜.)」라고 하여 산수
시로서의 극히 깎아지른 듯한 간결성을 지적하고 있다. 그의 〈遊南
亭〉을 보기로 한다.

마침내 저녁에 날이 맑게 개이니
구름 걷히고 해는 서쪽으로 지네.
짙은 수풀은 그윽한 정 품고 있고
먼 산봉우리에는 해가 반쯤 숨어 있네.
오랜 병으로 어둡고 괴로운데
객사에서 교외의 갈래 길을 보네.
연못의 난초가 점점 길을 덮었고
연꽃은 바야흐로 연못에 만발하네.
좋은 시절이 싫지 않으니
벌써 여름인 줄 알겠노라.
슬프게 자연의 경치를 느껴 탄식하니
백발이 성성하게 드리워지네.
약과 음식 끊고픈 마음이나
병들고 쇠하여 여기에 있네.
떠나서 가을물 기다리다가
옛 언덕에 누워 이 몸을 쉬리라.
내 마음 뉘에게 밝히리오
다만 좋은 벗만이 내 마음 알리라.

時竟夕澄霽, 雲歸日西馳.
密林含餘情, 遠峰隱半規.
舊痾昏墊苦, 旅館眺郊歧.
澤蘭漸被徑, 芙蓉始發池.
未厭青春好, 已睹朱明移.
慼慼感物歎, 星星白髮垂.
藥餌情所止, 衰疾忽在斯.
逝將候秋水, 息景偃舊崖.
我志誰與亮, 賞心唯良知. (≪全漢三國晋南北朝詩≫ 全宋詩 권3)

　이 시에 대해서는 ≪許彦周詩話≫ 해제에서 설명한 바 있다. 그
리고 謝朓(464-499)는 세칭 '小謝'라 하여 그 시풍이 '淸新俊美'(청
신하고 아름다움)하고 '寄興遠深'(흥취를 부침이 멀고도 깊음)하여 사
령운의 기풍을 닮았으니, 청대 沈德潛의 ≪古詩源≫에서 「사조는 마
음이 신령하고 말솜씨가 뛰어나서 매양 명구를 외우면, 깊고 고요
하며 맑아서 필묵 속에 필묵 밖의 흥취를 느끼니 따로이 일단의 깊은
정과 오묘한 이치가 들어 있다.(玄暉靈心秀口, 每誦名句, 淵然泠然, 覺
筆墨之中, 筆墨之外, 別有一段深情妙理.)」라고 평하였으니, 사조의 〈玉
階怨〉을 본다.

　　저녁 궁전에 구슬 발 내리니
　　반딧불이가 날다가 쉬네.
　　긴 밤에 비단옷 꿰매면서
　　그대를 그리는 마음 이 어찌 그지 있으리.
　　夕殿下珠簾, 流螢飛復息.
　　長夜縫羅衣, 思君此何極. (상동 全齊詩 권3)

　앞에서 거론된 謝惠連(397-433)은 사령운의 族弟로서 沈德潛은
≪古詩源≫에서 평하기를, 「사혜련의 시는 깎아지른 듯 간결한 맛을
느끼니, 자연의 흥취는 덜하다.(謝宣遠詩, 一味鏤刻, 失自然之致.)」라

하여 시의 간결미는 보이지만 자연미는 부족하다고 보았다.

그리고 시화의 다른 한 논리는 '苦吟'으로서 다음과 같이 작시의 고통과 난점을 토로하고 있다.

> 시 짓기는 가장 어려운 일이다. 나는 다른 문장에는 그리 어렵지 않은데, 시 짓는 것만은 너무 힘들다. 여러 날 애써 시 읊기를 해서 겨우 시를 지어, 처음 읽을 때는 부끄러운 곳이 안 보여서 잠시 놔두었다가, 다음날 가져다 읽으면 잘못된 것이 많이 나와서, 다시 여러 날 애써 시 읊기를 해서 되풀이하여 바로 고치어 전에 것과 비교하면 조금 좋아 보인다. 다시 며칠 후 꺼내어 읽으면 잘못된 것이 또 나온다. 무릇 이렇게 서너 번 하고서야 남에게 보여주지만 끝내 특별하지 못하다. 이하 모친이 이하를 나무라며 말하기를, 「이 아이는 반드시 마음을 토해내어야만 그만둔다.」라고 한 것은 지나친 말이 아니다. 지금 군자들은 움직였다 하면 문득 수천 마디를 지어내어 전혀 뜻을 따지지 않으니 참으로 부끄러운 일이다.
>
> 詩爲最難事: 吾於他文不至蹇澁澀, 惟作詩甚苦. 悲吟累日, 僅能成篇, 初讀時未見羞處, 姑置之, 明日取讀, 瑕疵百出, 輒復悲吟累日, 反復改正, 比之前時, 稍稍有加焉. 復數日取出讀之, 瑕疵複出. 凡如此數四, 方敢示人, 然終不能奇. 李賀母責賀曰:「是兒必欲嘔出心乃已.」非過論也. 今之君子, 動輒千百言, 略不經意, 眞可愧哉.

그리고 당경은 시어의 정련을 강조하여 「시는 절로 알맞은 글자가 있지만, 생각이 미치지 못할 따름이다.(作詩自有穩當字, 第思之未到耳.)」라고 하여 작시에 '讀書'의 중요성을 권면하고 있다. 다음에 시화의 여러 예문을 든다.

> * 육경 이후에 곧 사마천이 있고, 《시경》 이후에는 곧 두보가 있다. 육경은 배울 수 없고, 또 반드시 배워야 하는 것은 아니다. 그러므로 문장을 지으려면 마땅히 사마천을 배워야 하고, 시를 지으려면 마땅히 두보를 배워야 한다. 두 책은 모름지기 늘 읽어야 하니 이른바 어찌 하루라도 이분들이 없어서 되겠는가.

六經以後, 便有司馬遷, 三百五篇之後, 便有杜子美. 六經不可學, 亦不須學, 故作文當學司馬遷, 作詩當學杜子美. 二書亦須常讀, 所謂何可一日無此君也.

六經은 《詩經》, 《書經》, 《易經》, 《禮記》, 《春秋》, 《樂經》을 말한다. 이 중에 揚子江을 경계로 북방은 《詩經》이, 남방은 《楚辭》가 각각 중국문학사의 근원이 되고 있다. 司馬遷의 《史記》는 압축된 空靈한 산문체 문장의 압권이다. 그러므로 문장은 《사기》로부터, 시는 《시경》으로부터 터득해 나가야 할 것이다. 杜甫는 詩聖으로 시학사상 두보를 정점으로 시의 형성과 발달이 전환점을 이룬다. 《시경》에서 《초사》를 조합하고 漢代 고시와 악부시, 그리고 魏晉六朝시대의 曹操, 曹丕, 曹植 三曹와 建安七子, 竹林七賢, 陶淵明과 謝靈運, 謝朓와 庾信, 鮑照를 거쳐서 초당대 王勃을 위시한 初唐四傑과 杜甫의 조부 杜審言을 중심한 文章四友, 당시개혁자 陳子昂과 孟浩然의 영향으로 마침내 詩仙 李白, 詩佛 王維, 詩聖 杜甫가 탄생되었다.

두보 이후로 중만당대의 韋應物, 李賀, 韓愈, 柳宗元은 물론, 錢起 등 大歷十才子의 활동과 李商隱, 溫庭筠, 小杜 칭호를 얻은 杜牧까지 그 누구도 두보의 울타리에서 벗어나지 않았다. 송대에는 더욱 두보의 영향이 뚜렷하여 歐陽修, 梅堯臣은 물론 江西詩派의 黃庭堅, 蘇軾, 陳師道 등은 오직 두보를 추숭하였으니, 당경이 본 시화에서 위와 같이 시에서의 두보를 강조한 연유를 알 수 있다.

* 韓愈〈岳陽樓別竇司直〉: 악양루를 지나면서 두보 시를 보면, 40자에 지나지 않지만, 기상이 웅대하고 함축이 심원해서 자못 동정호와 견줄 만하니 이른바 "풍부하도다, 말이여"이다. 이백(이태백)과 한유가 대작을 지어 필력을 극대화한다 해도 끝내 따르지 못한다. 두보 시는 작아도 크고, 다른 시들은 커도 작다.
過岳陽樓觀杜子美詩, 不過四十字爾, 氣象閎放, 涵蓄深遠, 殆與洞庭爭雄, 所謂富哉言乎者. 太白·退之輩率爲大篇, 極其筆力, 終不逮也.

杜詩雖小而大, 餘詩雖大而小.

韓愈의 시를 평하면서 그의 시풍의 웅대하고 심원한 근원은 杜甫
에 연원하고 있다는 점을 강조한다. 그래서 비교하여 두보 시는 작
아도 크고, 다른 시인들의 시는 커도 작다고 서술한 것이다.

본 시화의 판본은 ≪四庫全書總目≫에서 集部 詩文評類로 분류되
었고 ≪百川學海≫본, ≪格致叢書≫본, ≪說郛≫본, ≪學海類編≫본,
≪歷代詩話≫본이 있다.

≪珊瑚鉤詩話≫ - 張表臣

張表臣(장표신, 생졸년 불명). 자가 正民이며 單父人이다. 右丞議郎, 常州通判의 관직을 맡았고, 高宗 紹興 연간에 司農丞을 지냈다. 그의 시론은 '意味' 위주로서 함축과 평이, 그리고 담백을 주장하였다. 杜甫와 蘇軾, 黃庭堅 등을 추존하고 字句의 鍛鍊과 氣韻, 풍격을 제창하였고, 古今 詩體의 변화에 대한 해석도 독창적이었다.

'珊瑚鉤'란 명칭은 杜甫 시의 「문채가 산호 고리처럼 뛰어나다(文采珊瑚鉤)」에서 따온 것으로, 시화의 명칭이지만 내용은 碑, 銘, 札, 記 등 각종 문체를 기술하고 많은 일화를 담고 있어서 순수한 시 이론서는 아니다. 작자의 시론은 江西詩派의 범주에 속하지만 나름의 독창적인 견해를 펴고 있고, 역대 시에 대해서 비록 문체가 시류를 따르지만, 체제와 성률은 서로 비슷하다는 인식을 지녔다. 따라서 시인은 「전래의 법도를 본받아야 높이 날 수 있다.(祖述憲章, 超騰飛翥.)」라는 견해를 지니고 있어서 이론상으로는 강서시파의 이론을 계승하고 있다. 본 시화는 시의 여러 체제에 대해서 나름대로 그 정의를 규명하고 있으니, 다음에 그 분류와 성격을 살펴본다.

내가 최근에 〈시객〉을 지어 이르기를, 「풍속의 변화를 풍자하고 찬미하는데, 느리면서 급박하지 않는 것을 風이라 하고, 사물을 채취하여 화려하게 펴서 문체를 배치하는 것을 賦라 하고, 정치를 밝히고 득실을 크게 말하는 것을 雅라 하고, 송덕을 표현하고 아름다운 공적을 드러내는 것을 頌이라 한다. 깊은 근심과 분노를 비흥에 기탁하는 것을 騷라 하고, 사물에서 느껴서 문장에 기탁하는 것을 辭라 하며, 사실을 차례로 적어 공적을 비교하고 실제를 살펴서 명분을 정하는 것을 銘이라 한다. 옛것을 끌어와서 지금 것을 풍자하며 득실을 경계하는 것을 箴이라 하며, 억양을 조절하여 말을 길게 내는 것을 歌라 한다. 북과 종도 없이 멋대로 노래하는 것을 謠라 하고, 걷고 달림을 가지런히 하듯 찬란하게 문장을 이루는 것을 行이라 하고, 선후를 질서 있게 다듬어서 서술하는 것을 引이라 한다. 성음이 섞여서 高下와 長短이 있는 것을 曲이라 하고, 탄식하고 감탄하며 슬퍼하고 걱정하며 깊이 생각하는 것을 吟이라 하며, 성정을 읊어 모아서 말로 표현하는 것을 詩라 하겠다. 소무와 이릉 위로는 고상하고 간결하며 예스럽고 담백하니 古詩라 하고, 심전기와 송지문 이하로는 율법이 정밀하니 律詩라 한다. 이것은 시의 여러 형식을 말한 것이다.」라고 말하였다.

余近作〈示客〉云:「刺美風化, 緩而不迫謂之風; 采摭事物, 擒華布體謂之賦; 推明政治, 莊語得失謂之雅; 形容頌德, 揚勵休功謂之頌; 幽憂憤悱, 寓之比興謂之騷; 感觸事物, 托之于文章謂之辭; 程事較功, 考實定名謂之銘; 援古刺今, 箴戒得失謂之箴; 猗遷抑揚, 永言謂之歌; 非鼓非鐘, 徒歌謂之謠; 步驟馳騁, 斐然成章謂之行; 品秩先後, 叙而推之謂之引; 聲音雜比, 高下短長謂之曲; 吁嗟慨嘆, 悲憂深思謂之吟; 吟詠情性, 總合而言之謂之詩; 蘇李而上, 高簡古澹謂之古; 沈宋而下, 法律精切謂之律. 此詩之語衆體也.」(권3)

여기서 시의 분류를 다양하게 전개하여 詩經體의 風雅頌과 한대 이후와 위진 육조시대에 파생된 有韻散文도 시류에 포함해서 서술하고 있다. 본 시화의 송대만 해도 명확한 장르 개념이 정립되기 전이어서 蕭統의 ≪文選≫이나 劉勰의 ≪文心雕龍≫에서 분류한 시 개념을 유지해왔다고 하겠다. 현재의 장르 개념으로는 賦와 騷는 辭賦類에 속하고, 銘과 箴은 散文類에 속한다고 할 것이다. 그러면 참고로 필자가 정리한 중국문학에서의 장르론을 시대적 변천으로 부연 설명하기로 한다.

중국 '文'의 어원적인 의미는 '花紋'이다. ≪周禮≫에서 푸르고 붉은 것을 文이라 하였고, ≪禮記≫에서는 오색이 紋을 이루어 가지런하

다고 하여 色을 文이라 하였다. '文學'이란 용어는 ≪論語≫ 〈先進篇〉
에 子游와 子夏는 문학에 뛰어난 사람이라고 한 데서 기원한다. 孔
子의 말에 唐代 邢昺은 '文章博學'이라고 주해하여 지금의 문학 개
념과는 다르다. 실질적인 문학의 의미로 분리 설정된 것은 王充(27-
104)이 경전의 의리를 말하는 자인 '細儒'와 경전에 기초를 두되 자
기의 의견을 서술하는 자를 '文儒'로 구분한 데서 시작된다. 그 후 徐
幹(?-217)이 '文藝'란 용어를 쓰면서 본격적인 문학의 개념이 설정
되었다. 그 개념이 유전되다가 청대 서양문학 개념이 도입되면서 청
말 章炳麟(1868-1936)이 文의 法式을 문학이라고 한다고 선언하였
다.

　전통적으로 문학의 특질을 보면, 첫째는 '可以慰人', 사람을 위로
할 수 있다는 것이다. 顔之推(531-591)는 문장은 性靈을 도야해서
흥미를 갖게 하니 즐거운 일이라 하고, 陸機(261-303)는 성현이 기
뻐하는 것은 자신의 언론이 촌심을 푸근히 적셔주는 데 있다고 하였
다. 둘째는 '可以觀人', 사람의 심성을 볼 수 있게 한다는 것이다. 呂
不韋는 聲과 風, 風과 志, 志와 德의 상호관계를 통하여 문장의 본
분을 규정하였고, 邵雍(1011-1077)은 시를 보고 음성을 들으면 사
람의 지정을 알 수 있다고 하였다. 셋째는 '可以感人', 文은 사람을
감동시킨다는 것이다. 王充은 精誠은 心中에서 연유하고 그 文語는 사
람을 감동시킨다는 것이다. 그리고 司馬遷은 屈原의 작품을 읽고 눈
물을 흘리며 그 사람됨을 생각했다고 하였다.

　중국문학의 장르론을 시대적으로 보면, 魏晋시대에 이르러서야 문
체 개념이 나오기 시작하여 魏文帝 曹丕(186-226)는 ≪典論論文≫
에서 문체를 奏議, 書論, 銘誅, 詩賦 등 四分하였고, 晋代 摯虞(지
우)는 ≪文章流別集≫에서 문장을 詩, 頌, 賦, 七, 箴, 銘, 誅, 哀,
碑로 9등분하였다. 梁代 蕭統(501-531)은 ≪文選≫에서 經書類는
제외하고 문학적인 문장 구조의 樣態에 따라서 38종으로 분류하였
고, 劉勰(472-538)은 ≪文心雕龍≫ 〈宗經篇〉에서 儒家 經典에 문체

의 근원을 두어 六經說을 주장하였다. 顔之推는 ≪顔氏家訓≫ 〈文章篇〉에서 유협과 동일한 논리를 주장하여, 그 논리가 청대 姚鼐(요내)에 의해서 다음과 같은 표로 정리되었다.

〈經典〉	〈劉勰〉	〈顔之推〉	〈姚鼐〉
易經	論說 辭序	序述 論議	論辨 序跋
書經	詔策 章奏	詔命 策檄	詔令 奏議
詩經	賦頌 歌賓	歌詠 賦頌	辭賦 賓頌 詩文
禮記	銘誄 箴祝	祭祀 哀誄	(유협)箴銘 哀祭
			(안지추)哀祭
春秋	紀傳 移檄	書奏 箴銘	(유협)傳狀 詔令
			(안지추)奏議 箴銘

당대에서 청대까지는 별다른 변화 없이 전래해왔으며 그중에 명대 徐師曾은 ≪文體明辨≫에서 문체를 101종까지 세분하고 姚鼐(1731-1786)는 ≪古文辭類纂≫에서 13류로 분류한 후에, 曾國藩(1811-1872)은 ≪經史百家雜鈔≫에서 著述, 告語, 記載의 三門 아래 각각 저술에는 論著, 辭賦, 序跋, 告語에는 詔令, 奏議, 書牘, 哀祭, 그리고 記載에는 傳誌, 雜記, 敍記, 典志 등으로 세분하였다.

이와 같이 시대별로 다소간의 문체 분류과정을 거쳐서 20세기 청말에 이르러 서양문학 장르론이 도입되면서 章炳麟이 ≪國故論衡≫에서 文을 有韻文과 無韻文으로 양분하고 유운문에 賦頌, 哀誄, 箴銘, 占繇, 古今體詩, 詞曲 등을 포함시키고, 무운문에는 諸子, 疏證, 平議 등을 총칭한 학설, 그밖에 歷史, 公牘, 典章, 雜文, 小說 등으로 나누어 무운문이라고 할 수 있는 것은 역사, 지리에 이르기까지 모두 포함시켰다. 여기에 희곡을 포함시키지 않은 것은 王國維(1877-1927)의 견해와 대조적이다. 지금은 중국도 서양 장르에 의거하여 詩, 小說, 散文, 戲曲 외에 중국문학 특유의 문체인 辭賦를 넣어서 크게 5분류하는 경향이다.

본 시화는 시의 운율면에서도 '和韻'에 대해서 다음과 같이 논술하고 있다.

옛사람이 시를 지으면 원운에 화답한 적이 없다. 당대 백거이가 항주자사가 되고 원진이 절동관찰사가 되어서, 우편 대통으로 시를 서로 화답하였는데 비로소 원운에 따라서 많게는 천 마디, 적게는 수백 수십 마디에 이르는 시를 지어서 시의 편장이 매우 풍성하였다.
前人作詩, 未始和韻. 自唐白樂天爲杭州刺史, 元微之爲浙東觀察, 往來置郵筒唱和, 始依韻, 而多至千言, 少百數十言, 篇章甚富.

시의 和唱은 시로써 시인 간에 和答하는 詩法인데, 상호간에 同韻을 활용하는 점에서 매우 일반화되었다. 그리하여 송대에 매우 성하였고 그 이후에도 시인마다 唱和詩를 남기고 있으니, 蘇軾의 和陶詩는 陶潛(도연명) 시 전체에 和韻하여 새로운 영역을 개척하기도 하였다. 본 시화는 당시에 상당한 비중을 두어 논평하고 있는데, 특히 도잠과 두보를 특별히 존숭하였으니, 시의 함축미와 자연미를 上品, 破碎와 彫琢을 下品으로 보는 기준에서, 도잠 시는 '사물을 잘 체득한'(善體物) 시라고 칭찬하며 다음과 같이 평하고 있다.

소식이 도잠 시를 칭찬하여 이르기를, 「『평평한 밭에 먼 바람이 감돌고, 좋은 싹도 새로운 움이 돋네.』구는 옛날 지팡이 세워두고 밭갈이 해본 사람이 아니면, 이 어구의 오묘함을 알지 못한다.」라고 하였다. 내가 중도에 살며 힘써 농사를 지었다. 여름 가을이 바뀔 때, 좀 가물다가 비가 내리고, 비 온 뒤에 천천히 걸으면 맑은 바람이 솔솔 불고 벼와 수수가 다투어 솟아나며 먼지 씻어내고 신록이 넘쳐나니, 비로소 도잠 시가 사물을 잘 체득함을 깨달아 알게 된다.
東坡稱陶靖節詩云: 「平疇交遠風, 良苗亦懷新.」. 非古之耦耕植杖者, 不能識此語之妙也. 僕居中陶, 稼穡是力. 秋夏之交, 稍旱得雨, 雨餘徐步, 淸風獵獵, 禾黍競秀, 濯塵埃而泛新綠, 乃悟淵明之句善體物也.

위의 蘇軾이 인용한 도잠 시는 〈癸卯歲始春懷古田舍〉(其二)로 다음에 보기로 한다.

　　돌아가신 스승이 유훈을 남기시니
　　도리를 걱정하고 빈곤을 걱정 말라네.
　　유훈 우러러보니 아득히 따르기 어려우니
　　마음 바꾸려니 오래 할 일 걱정되네.
　　쟁기 잡고 기쁘게 할 일 하며
　　얼굴에 웃으며 농부를 격려하네.
　　평평한 밭에 먼 바람이 감돌고
　　좋은 싹도 새로운 움이 돋네.
　　한 해 농사 넉넉지 못해도
　　지금 하는 일 많이 기쁘다네.
　　밭 갈고 씨 뿌리며 때로 쉬면
　　길 가는 사람 나루터 묻는 이 없네.
　　해는 져서 서로 함께 돌아가서
　　술 항아리 들고 이웃을 위로하네.
　　길게 읊으며 사립문 닫고서
　　애오라지 밭가는 백성 되리라.
　　先師有遺訓, 憂道不憂貧.
　　瞻望邈難逮, 轉欲患長勤.
　　秉耒歡時務, 解顔勸農人.
　　平疇交遠風, 良苗亦懷新.
　　雖未量歲功, 卽事多所欣.
　　耕種有時息, 行者無問津.
　　日入相與歸, 壺漿勞近隣.
　　長吟掩柴門, 聊爲隴畝民.(≪陶淵明集≫ 권2)

　그리고 두보 시에 대해서는 매 시구마다 깊이 심취하여 시의 함
축과 淸麗, 奔迅과 雄深, 雅健을 겸비한 두보 시를 흠모하였다. 그
리하여 그 감상을 다음과 같이 장문으로 각각 풍격에 맞는 시구들
을 인용하면서 극찬하고 있다.

내가 두보 시를 읽는데, 「강한에서 고향 그리는 나그네이며, 천지간에 하찮은 선비라네.」「공든 일 위해 자주 거울을 보며, 들고 나며 홀로 누대에 기대네.」구에서 그 함축미에 감탄하고, 「호랑이 기세가 반드시 하늘로 오르고, 용의 몸은 어찌 오래 감추어져 있으랴.」「교룡이 비구름 얻고, 독수리와 징경새는 가을 하늘에 있네.」구에서 그 재빠름에 놀란다. 「풀이 깊어 마을 우물이 아련하고, 땅이 외져서 옷 입기 게으르네.」「마음에 돌 거울의 달이 지나가고, 얼굴에는 설산의 바람 스치네.」구에서는 그 맑고 확 트임을 사랑하고, 「조정에서 물러나니 꽃이 아래 흩어지고, 뜰로 돌아오니 버들 가 아련하네.」「그대 승상 따라간 후, 나는 해 뜨는 동녘에 머무네.」구에서는 그 화려함이 괴이하다. 「오랜 나그네 눈물마저 말랐고, 아내는 새벽까지 견디기 어려워라.」「빈 주머니에 창피스러워서, 돈 한 푼 남겨두네.」구에서 그 가난하고 수심 어림에 탄식하고, 「향기로운 안개에 구름 같은 머리 젖고, 맑은 빛에 옥 같은 팔 차네.」「웃을 때 꽃이 보조개에 다가오고, 춤추고서 비단으로 머리 두르네.」구에서는 그 화사하고 아름다움에 의아해한다. 「뉘우쳐서 용과 봉황의 바탕으로 돌아가고, 위세는 호랑의 도읍을 평정하네.」「전쟁 속에 석 자 칼, 나라 지킨 한 벌의 군복.」구를 읽으면, 그 떨치고 일어나 험난한 길 밟는 것을 본다. 「다섯 성인은 용 곤룡포 하고, 수많은 관리는 기러기처럼 줄지어 섰네.」「성상의 도모함은 하늘처럼 넓고 크며, 종묘 제사는 햇빛처럼 빛나네.」구에서는 그 웅대하고 깊으며 고아하고 강건함을 느낀다. 「몸을 나라에 바침이 얼마나 어리석은가, 절로 순임금 신하 직과 설에 비겨보네.」「간언할 자세 부족하나, 님이 버리실까 두려워라.」구에서는 나라에 헌신하면서 임금을 사랑함을 알 수 있다. 「밥을 놓고 먹지 못하니, 내 마음 전혀 알 수 없네.」「인생살이 집 떠나지 않고서, 어찌 백성이라 하리오.」구에서는 시대를 슬퍼하고 백성을 걱정함을 알게 된다. 「하나라 상나라 쇠퇴한 중에도, 포사와 달기를 베었단 말 못 들었네.」「당당한 태종의 위업은, 그 세우신 일 참으로 넓고 크도다.」구에서는 악을 숨기고 선을 선양하여 ≪춘추≫의 뜻이 담겨 있다.

予讀杜詩云:「江漢思歸客, 乾坤一腐儒.」,「功業頻看鏡, 行藏獨倚樓.」,
嘆其含蓄如此, 及云:「虎氣必騰上, 龍身寧久藏.」,「蛟龍得雲雨, 雕鶚
在秋天.」, 則又駭其奮迅也.「草深迷市井, 地僻懶衣裳.」,「經心石鏡月,
到面雪山風.」, 愛其清曠如此, 及云:「退朝花底散, 歸院柳邊迷.」,「君
隨丞相後, 我住日華東.」, 則又怪其華艷也.「久客得無淚, 故妻難及晨.」,
「囊空恐羞澀, 留得一錢看.」, 嗟其窮愁如此, 及云:「香霧雲鬟濕, 清輝
玉臂寒.」,「笑時花近醥, 舞罷錦纏頭.」, 則又疑其侈麗也. 至讀「識歸龍
鳳質, 威定虎狼都.」,「風塵三尺劍, 社稷一戎衣.」, 則又見其發揚而蹈
厲矣.「五聖聯龍袞, 千官列雁行.」,「聖圖天廣大, 宗祀日光輝.」, 則又
得其雄深而雅健矣.「許身一何愚, 自比稷與契.」,「雖乏諫諍姿, 恐君有
遺失.」, 則又知其許國而愛君也.「對食不能餐, 我心殊未諧.」,「人生無
家別, 何以爲烝黎.」, 則知其傷時而憂民也.「未聞夏商衰, 中自誅褒妲.」,
「堂堂太宗業, 樹立甚宏達.」, 斯則隱惡揚善而春秋之義耳.

위에서 장표신은 두보 시구를 인용하면서 시의 意趣를 1)含蓄, 2)
高致, 3)淸曠, 4)華艷, 5)窮愁, 6)侈麗, 7)發揚, 8)雄深雅健, 9)許
國愛君, 10)傷時憂民, 11)隱惡揚善으로 분류하여 杜詩를 평가하고
있다. 이런 품평은 후대 여러 문인들의 母本이 되었으니, 명대 李東陽
이 ≪懷麓堂詩話≫(제133조)에서 두보를 詩家의 집대성자로 추숭하
여 두보 시의 의취를 20가지 특성으로 구분하고 있다. 다음에 그 평
문을 본다.

두보 시는 매우 맑으니(淸絶),「오랑캐 기마는 한밤에 북으로 달리
니, 무릉 한 곡은 남쪽 원정을 생각케 하네.」구 같은 것이다. 부귀
하니(富貴),「날 따뜻한데 깃발이 용뱀처럼 펄럭이고, 궁전에 산들
바람 이니 제비 참새가 높이 나네.」구 같은 것이다. 고고하니(高古),
「이윤과 여상과 맞먹을 만하고, 지휘력은 소하와 조참보다 낫도다.」
구와 같은 것이다. 화려하니(華麗),「꽃 지고 아지랑이 자욱한데 밝
은 해는 고요하고, 비둘기와 어린 제비 우는데 푸른 봄이 깊구나.」
구와 같은 것이다. 벤 듯 산뜻하니(斬絶),「되비치어 강에 들어 돌벽
에 날리고, 돌아가는 구름이 나무를 안고 산마을에 드네.」구와 같은

것이다. 기괴하니(奇怪), 「돌이 솟은 곳에 단풍잎이 지는 소리 들리고, 배 노가 등을 흔드는데 국화가 피누나.」 구와 같은 것이다. 맑고 밝으니(瀏亮), 「초 땅 하늘에 끊임없이 사계절 비 내리고, 무협에는 길게 만리 바람이 부네.」 구와 같은 것이다. 섬세하니(委曲), 「다시 뒤에 만남에 어디인지 알지니, 문득 만남이 이별 자리로다.」 구와 같은 것이다. 준일하니(俊逸), 「짧은 복사꽃이 강 언덕에 서 있고, 가벼운 버들솜은 옷을 건드리네.」 구와 같은 것이다. 온화하고 윤택하니(溫潤), 「봄물에 배는 하늘 위에 앉은 것 같고, 노년에 꽃을 안개 속에 보는 것 같네.」 구와 같은 것이다. 감개하니(感慨), 「왕후의 집에는 모두 새 주인이요, 문무의 의관은 옛날과 다르네.」 구와 같은 것이다. 격렬하니(激烈), 「오경의 북과 피리 소리 비장한데, 삼협의 은하수 그림자는 흔들거리네.」 구와 같은 것이다. 쓸쓸하니(蕭散), 「멋대로 자는 어부는 둥둥 떠 있고, 맑은 가을의 제비는 빙빙 나네.」 구와 같은 것이다. 침착하니(沈著), 「어렵게 고생하여 짙게 서리 낀 귀밑털을 원망하니, 늙어 느리게 막걸리 잔을 드네.」 구와 같은 것이다. 잘 다듬었으니(精鍊), 「나그네 문에 드니 달이 밝은데, 누구 집 비단 다듬이 소리에 바람이 쓸쓸하네.」 구와 같은 것이다. 비참하니(慘戚), 「3년 피리 속에 관산에 달이 뜨고, 온 나라 병사 앞 초목에 바람 부네.」 구와 같은 것이다. 충실하고 중후하니(忠厚), 「주의 선왕과 한의 무왕은 지금의 왕의 지침이며, 효자와 충신은 후대에 본보기라네.」 구와 같은 것이다. 신묘하니(神妙), 「직녀의 베틀 실은 달밤에 텅 비고, 돌고래의 비늘은 추풍에 움직이네.」 구와 같은 것이다. 웅장하니(雄壯), 「몸을 부추기니 절로 신명이 나니, 마침 조화옹의 공 때문이네.」 구와 같은 것이다. 노련하니(老辣), 「어찌해야 신선의 구절 지팡이를 얻어서, 부추겨 옥녀의 머리 감는 동이에 이를 건가?」 구와 같은 것이다. 이런 것들로 논하자면, 두보는 진정 시가의 집대성이라고 말할 수 있다.

杜詩清絶如「胡騎中宵堪北走, 武陵一曲想南征.」[1] 富貴如「旌旗日煖龍蛇動, 宮殿風微燕雀高.」[2] 高古如「伯仲之間見伊呂[3], 指揮若定失蕭曹[4].」[5]

---

1) 胡騎句 : 〈吹笛〉

華麗如「落花遊絲白日靜, 鳴鳩乳燕靑春深.」⁶⁾ 斬絶如「返照入江翻石壁,
歸雲擁樹失山村.」⁷⁾ 奇怪如「石出倒聽楓葉下, 櫓搖背指菊花開.」⁸⁾ 瀏
亮如「楚天不斷四時雨, 巫峽長吹萬里風.」⁹⁾ 委曲如「更爲後會知何地,
忽漫相逢是別筵.」¹⁰⁾ 俊逸如「短短桃花臨水岸, 輕輕柳絮點人衣.」¹¹⁾
溫潤如「春水船如天上坐, 老年花似霧中看.」¹²⁾ 感慨如「王侯第宅皆新
主, 文武衣冠異昔時.」¹³⁾ 激烈如「五更鼓角聲悲壯, 三峽星河影動搖.」¹⁴⁾
蕭散如「信宿漁人還汎汎, 淸秋燕子故飛飛.」¹⁵⁾ 沈著如「艱難苦恨繁霜
鬢, 潦倒眞停濁酒杯.」¹⁶⁾ 精鍊如「客子入門月皎皎, 誰家搗練風淒淒.」¹⁷⁾
慘戚如「三年笛裏關山月, 萬國兵前草木風.」¹⁸⁾ 忠厚如「周宣漢武今王
是, 孝子忠臣後代看.」¹⁹⁾ 神妙如「織女機絲虛夜月, 石鯨鱗甲動秋風.」²⁰⁾
雄壯如「扶持自是神明力, 正直元因造化功.」²¹⁾ 老辣如「安得仙人九節
杖, 拄到玉女洗頭盆.」²²⁾ 執此以論, 杜眞可謂集詩家之大成者矣.

---

2) 旌旗句:〈奉和賈舍人早朝大明宮〉

3) 伊呂(이려):殷나라의 名相 伊尹과 周나라의 名相 呂商. 곧 太公望.

4) 蕭曹(소조):漢高祖의 功臣인 蕭何와 曹參.

5) 伯仲句:〈詠懷古跡〉五首의 제5수

6) 洛花句:〈題省中壁〉

7) 返照句:〈返照〉

8) 石出句:〈送李八秘書赴杜相公幕〉

9) 楚天句:〈暮春〉

10) 更爲句:〈送路六侍御入朝〉

11) 短短句:〈十二月一日〉三首의 제3수

12) 春水句:〈小寒食舟中作〉

13) 王侯句:〈秋興八首〉의 제4수

14) 五更句:〈閣夜〉

15) 信宿句:〈秋興八首〉의 제3수

16) 艱難句:〈登高〉

17) 客子句:〈暮歸〉

18) 三年句:〈洗兵馬〉

19) 周宣句:〈承聞河北諸道節度入朝歡喜口號絶句〉十二首의 제2수

20) 織女句:〈秋興八首〉의 제7수

21) 扶持句:〈古柏行〉

두보를 詩家의 집대성이라고 평가하는 근거는 다양한 격식과 풍격을 포괄하는 詩聖다운 시격을 지니고 있기 때문이다. 中唐代의 元稹은 두보를 존숭하여 〈唐故工部員外郎杜君墓係銘並序〉(≪元稹集≫ 권56)에서 논하기를,

두보에 이르러서, 대개 소위 위로는 〈국풍〉과 〈이소〉를 가까이하고 아래로는 심전기와 송지문을 두루 갖추어졌으며, 예로 소무와 이릉을 옆에 두고, 기풍은 조식과 유정을 머금고, 안연지와 사령운의 고고함을 덮었으며, 서릉과 유신의 유려함을 섞어서 고금의 체세를 다 얻고 지금 사람의 독창적인 것을 겸비하였다.
至於子美, 蓋所謂上薄風騷, 下該沈宋, 古傍蘇李, 氣吞曹劉, 掩顔謝之孤高, 雜徐庾之流麗, 盡得古今之體勢, 而兼今人之所獨專矣.

라고 하여 두보 시를 시대를 아우르는 詩史的 위상에 놓았고, 嚴羽는 두보 시를 직접 시의 집대성자라고 평가하여 ≪滄浪詩話≫〈詩評〉에서 논하기를,

두보의 시는 한위대를 본받고 육조에서 제재를 얻어 그 자신만이 터득한 오묘한 경지에 이르러서, 전대의 사람들의 것을 소위 집대성한 사람이다.
少陵詩, 憲章漢魏, 而取材於六朝, 至其自得之妙, 則前輩所謂集大成者也.

라고 하였다. 그리고 명대의 張宇初도 「집대성한 사람은 반드시 소릉 두씨라고 말할 것이다.(集大成者, 必曰少陵杜氏..)」(≪峴泉集≫ 권2 〈雲溪詩集序〉)라고 다시 강조하고 있다. 이같이 두보 시는 집대성자로서의 위대한 풍격을 지녔기에 중국문학의 시성으로 평가받고 고금동서의 시가 중 시가로 추앙된다. 그래서 명대 胡應麟은 ≪詩藪≫(內編 권4)에서 집약된 결론을 내리고 있으니,

---

22) 安得句 : 〈望嶽〉

성당시의 맛은 수려하고 웅혼하다. 두보 시는 정련한가 하면 거칠기도 하며, 큰가 하면 세밀하기도 하며, 기교한가 하면 졸렬하기도 하며, 신선한가 하면 진부하기도 하며, 기험한가 하면 평이하기도 하며, 옅은가 하면 깊기도 하며, 짙은가 하면 담백하기도 하며, 살진가 하면 메마르기도 하여, 다 갖추지 않은 것이 없으니, 그 격조에 다 맞아서 진실로 성당의 다른 시인들과 크게 구별된다. 그 능히 전의 사람들의 시 풍격을 여기에 다 모을 수 있고, 처음으로 후세의 시인들의 풍격도 여기에 다 들어 있을 것이다. 또한 언사의 이치가 경서에 가깝고, 사실을 서술하는 것이 역사에 맞으니, 더욱 시인이 우러러 바라보는 것이다.

盛唐一味秀麗雄渾. 杜則精粗, 鉅細, 巧拙, 新陳, 險易, 淺深, 濃淡, 肥瘦, 靡不畢具, 參其格調, 實與盛唐大別. 其能會萃前人在此, 濫觴後世亦在此. 且言理近經, 敍事兼史, 尤詩家絶覩.

라고 하여 두보만이 시를 통하여 인간과 자연의 진면목을 입체적으로 투사하고 있다는 점을 지적하고 있다. 그리고 元稹과 白居易의 시풍을 논한 문장을 보면,

시는 뜻 즉 내용을 위주로 하고, 시에서 구절을 다듬고, 구절에서 글자를 다듬어야 시의 공교로움을 얻을 수 있다. 시의 기세와 운율이 맑고 높으며 심오한 것이 빼어난 것이며, 격조와 기력이 우아하고 호건한 것이 뛰어난 것이다. 원진은 경박하고 백거이는 세속적이며, 맹교는 한산하고 가도는 메마른 것이 모두 단점이다.

詩以意爲主, 又須篇中鍊句, 句中鍊字, 乃得工耳. 以氣韻清高深眇者絶, 以格力雅健雄豪者勝. 元輕白俗, 郊寒島瘦, 皆其病也.

라고 하여 송대 문인의 일반적인 견해와 상통하지만 氣韻과 格力을 예술의 극점으로 기준 삼아서 중당 시인들의 단점을 지적한 것은 개성적이라 본다. 특히 중당시인 李賀에 대해서 논한 문장을 보기로 한다.

시 작품이 평이하고 담백한 것을 상등으로 하고, 기괴하고 절름거리며 달리는 것을 하등으로 여긴다. 예컨대 이하(이장길)의 〈금낭〉시는 기묘하지 않은 것은 아니지만 소귀신과 뱀신처럼 허황된 면이 너무 심하니, 이른바 조정과 묘당에 펼치면 놀란다는 것이다.

篇章以平夷恬淡爲上, 怪險蹶趨爲下. 如李長吉錦囊句, 非不奇也, 而牛鬼蛇神太甚, 所謂施諸廊廟則駭矣.

李賀(790-816)는 字가 長吉로 福昌(지금의 河南 宜陽)人이다. 복창의 昌谷에 거주하여 李昌谷이라 부른다. 26세에 요절한 시인으로 관직은 太常寺奉禮郞을 지냈다. 그의 시는 프랑스의 상징시인 랭보나 오스트리아의 천재시인 트라클과 비교할 만큼 상징시를 통해 색채감각과 환상적인 의식세계를 표현하고 있다. 李東陽의 ≪懷麓堂詩話≫(제58조)에서 그의 시를 논평하기를,

> 이하 시는 많은 시의 자구가 세상에 전해지는데, 다만 지나치게 수식하고 있어서 천진스럽고 자연스러운 의취가 없다. 전체 시를 읽어보면, 천자의 종묘 기둥에 산과 마름 풀을 그려놓은 것처럼 조탁이 많고 순수한 기둥 같은 자연스러움이 없으니 큰 도리가 아님을 알겠다.
>
> 李長吉詩, 字字句句欲傳世, 顧過於劌銚, 無天眞自然之趣. 通篇讀之, 有山節藻梲23)而無梁棟, 知其非大道也.

라 하여 이하 시가 상징적이며 색채를 다용하며 다분히 수사적인 기법을 강구하였음을 말하여 다소 비판적인 논조를 펴고 있다.

다음의 이하 시에 관한 역대 시평을 보면서 비교하기로 한다.

이하의 시는 곧 이백 악부 중에서 나와서 뛰어나고 기이하며 괴이한

---

23) 山節藻梲 : ≪論語≫ 〈公冶長〉에 나온다. 두공(枓栱)에 산을 새기고 동자기둥(들보 위의 짧은 기둥)에 마름 풀(수조)을 그리는 그림. 천자의 종묘 장식이다. 節은 두공, 梲은 동자기둥. 여기서는 시에 수식이 많아서 자연스런 흥취가 부족함을 비유함.

것이 비슷하나, 빼어나고 준일하여 천연함은 따르지 못한다.
賀詩乃李白樂府中出, 瑰奇詭怪則似之, 秀逸天拔則不及也.(張戒 ≪歲
寒堂詩話≫)

말하기를 이백은 선재이며 이하는 귀재라고 하는데 그렇지 않다. 이
백은 천선의 말이며, 이하는 귀선의 말일 따름이다.
人言太白仙才, 長吉鬼才, 不然. 太白天仙之詞, 長吉鬼仙之詞耳.(嚴羽
≪滄浪詩話≫)

이하의 시는 기궤함을 높여서, 시를 지음에 먼저 제목을 세우지 않
으니 지은 것이 모두 경탄스럽고, 필묵의 지름길과는 거리가 멀어서
그 당시에 본받을 자가 없었다.
賀詞尙奇詭, 爲詩未始先立題, 所得皆驚邁, 遠去筆墨畦徑, 當時無能
效者.(晁公武 ≪郡齋讀書志≫)

이하 시는 … 오직 어사가 공교로움을 강구하여 물결치는 집(문자의
변화)이 또한 좁으니, 그래서 종묘 기둥에 산과 마름 풀을 그려놓은
것처럼 조탁이 많다는 비평이 있다.
李長吉詩 … 特語語求工, 而波瀾堂廡又窄, 所以有山節藻梲之誚.(沈德
潛 ≪說詩晬語≫)

이들 李賀에 대한 역대 평가가 모두 당대의 기인으로 보고, 그 시
도 평범하지 않은 특출한 풍격을 지니고 있음을 강조하고 있다. 다
음에 이하의 〈秋來〉(≪全唐詩≫ 권391) 시를 본다.

오동나무 바람에 고심 많은 사나이 마음 놀라고
가물대는 등불 아래 귀뚜라미 소리가 찬 가을밤에 울리네.
누가 푸른 대쪽의 시 한 편을 보면서
좀벌레로 좀먹지 않게 할 수 있을가나.
근심에 매여 오늘 밤 창자가 빳빳해지는데
찬비에 고운 혼이 서생을 위로하네.
가을 무덤의 귀신이 포조의 시를 노래하니

한 맺힌 피가 천년 두고 흙속에 푸르리라.
桐風驚心壯士苦, 衰燈絡緯啼寒素.
誰看靑簡一編書, 不遣花蟲粉空蠹.
思牽今夜腸應直, 雨冷香魂弔書客.
秋墳鬼唱鮑家詩, 恨血千年土中碧.

　　이 시에서 '壯士'는 포부가 큰 사람이며, '寒素'는 '素秋'의 의미로
풀이하되, '素'를 '흰 비단'으로 해석하여, 「귀뚜라미가 차가운 흰 비
단을 짜느라 울다」라고 이해하여 가난한 시인의 심정을 상징하기도
한다. 그리고 좀벌레인 '花蟲'에 '蠹'자를 사용하여 의미를 중복하여
강조하고 '香魂'은 시인의 혼을 상징한다. '恨血'은 ≪莊子≫〈外物篇〉
의, 周나라 萇弘이 무고하게 사형당하여 그 恨이 맺혀서 그의 피가 3
년 후에 碧玉이 되었다는 고사에서 인용한 것이다. 이와 같이 난해하
고 추상적인 시어와 전고를 바탕으로 시인의 처량하고 침울한 심정
을 奇詭하게 묘사하고 있다. ≪昌谷集注≫에는 이 시에 대해서 평하
기를, 「시들은 오동나무에 싸늘한 바람 불고, 귀뚜라미는 공허히 운
다. 장사는 시세를 느끼니, 격렬한 마음이 없을 수 있겠는가.(衰梧颯
颯, 促織鳴空. 壯士感時, 能無激烈.)」라고 하였다. 이동양의 본문도 이
하 시를 평가한 역대 중요한 문장의 하나이다.
　　본 시화는 ≪百川學海≫본은 두 권이며, ≪歷代詩話≫본과 ≪螢
雪軒≫본은 모두 세 권이다.

≪藏海詩話≫ - 吳可

吳可(오가, 생졸년 불명). 자는 四道로 建康(지금의 江蘇 南京市)人이다. 송 徽宗 宣和 연간(1119~1125)에 汴京 開封에서 관리가 되어 團練使를 지냈다. 전란을 피하여 사직하고 洪州에 거하면서 楚, 粤 지방을 전전하였고 송대 孝宗 乾道와 淳熙 연간(1174년 전후)에 在世한 것으로 본다. 그의 生平에 대해서 ≪四庫總目提要提要≫의 〈藏海居士集〉 기록을 본다.

오가의 사적은 고찰이 없고 어떤 사람인지도 모른다. 문집의 연월을 고찰하면 선화 말년에 해당한다. 그의 시에 「서울에 있는 한 늙은 관리」 구가 있고, 또 「의관을 걸치고 졸렬함을 기른다」란 말이 있는 것으로 일찍이 변경에서 관리를 지내다가 떠났음을 알 수 있다. 또 「예전에 집이 분녕인데, 해마다 임여의 객이 되네」 구와 「적을 피하여 상강으로 가서, 유여수 옆에 지내네」 구가 있어서 그가 일찍이 홍주에 살았음을 알 수 있다. 건염 이후에 초예 지방으로 옮겨갔다. 또 오가는 따로 ≪장해시화≫ 한 권이 있어 ≪영락대전≫에 실려 있고 한구와 시를 논한 글이 많다. 그중에 〈동덕민목필〉 시 한 조가 있고 ≪용재삼필≫에는 〈임천동덕민호주제안노공사당〉 시 한 편이 실려 있는 것을 고찰하면, 그와 홍매가 같은 시대로서, 오가는 곧 북송의 생존한 노인으로 건도 순희 연간까지 생존하였다.

可事蹟無考, 亦不知何許人. 考集中年月當在宣和之末. 其詩有「一官老京師」句, 又有「挂冠養拙」之語, 知其嘗官於汴京, 復乞間以去. 又有「往時家分寧, 比年客臨汝」及「避寇湘江外, 依劉汝水旁」句, 知其嘗居洪州. 建炎以後, 轉徙楚豫之間. 又可別有藏海詩話一卷, 亦載永樂大典中, 多與韓駒論詩之語. 中有童德敏木筆詩一條, 考容齋三筆載臨川童德敏湖

州題顔魯公祠堂詩一篇, 其人與洪邁同時, 則可乃北宋遺老, 至乾道淳
熙間尙在也.

그 후에 ≪重纂福建通志≫ 〈經籍志〉에 오가의 ≪藏海居士集≫을 저
록하고 그 〈提要〉에 다음과 같이 부연하고 있다.

내 의견 : ≪팔민통지≫ 이하 여러 통지 선거류에 두루 대관 3년(1109)
에 진사 구녕 오가를 기재하고 그 관직 계급은 빠져 있다. 여기서 「문
집의 연월을 고찰하면 선화 말년에 해당한다.」라고 말하는데 대관 3
년은 선화 말과 무릇 18년 차이가 나니 바로 그 시기일 것이다. 또
이르기를, 「북송의 생존한 노인으로 건도 순희 연간까지 생존했다」고
하는데, 대관 3년은 순희 초년과 무릇 67년 차이 나니 오가는 대개
조년에 등제하여 장수를 누린 사람이며, 비록 다른 고증할 만한 것이
없다 해도 시대가 같으니 바로 이 사람일 것이다.
案八閩通志以下諸志選擧類均有大觀三年進士甌寧吳可而軼其官階. 此
云考集中年月當在宣和之末, 大觀三年距宣和末凡十八年, 正其時也. 又
謂北宋遺老至乾道淳熙間尙在, 大觀三年距淳熙初凡六十七年, 可蓋早
年登第而享高壽者, 雖他無可證, 而時代尙同, 當卽此人矣.

위의 두 자료에서 오가의 생평 부분은 확실치 않으나 어느 정도
이해할 수 있다. 오가는 시문에 능하여 시명이 높았고, 오가의 시론
주장은 대체로 蘇軾과 黃庭堅의 영향을 깊이 받아서 역시 江西詩派
의 장단점을 잘 보여준다. 그래서 「시를 배움에 두보를 바탕으로 삼
으며, 소식과 황정견은 그것의 쓰임이 되게 해야 할 것이다.(學詩當
以杜爲體, 以蘇黃爲用)」라고 하였다. 시의 내용과 형식의 관계에 대
해서는 「의취를 위주로 하며, 화려한 문체는 그것을 보완하는 것이
되어야 한다.(以意爲主, 補之以華麗)」라고 하였고, 만당의 시풍을 비
판하여서 「너무 공교한 데에 빠져서 다만 밖으로만 화려하였으니,
기격이 약하고 비속하다.(失之太巧, 只務外華, 而氣弱格卑)」고 하였다.
오가는 「시를 짓는 것은 참선과 같아서 반드시 깨닫는 문이 있어야

한다.(作詩如參禪, 須有悟門.)」라고 하여 禪으로써 시를 비유하기도
하여, 이후 嚴羽의 ≪滄浪詩話≫ 창작의 계기가 되었다고 할 수 있
다. 그의 다음 〈學詩詩〉 3수는 창작태도를 '詩禪一致' 정신에 두고
있음을 단적으로 보여준다.

> 시 배움 온전히 참선 배움 같으니
> 대죽 책상과 부들자리에서 해를 세지 않네.
> 곧장 스스로 다 터득하길 기다리다가
> 한가로이 (시구를) 집어내면 곧 초연해지네.
> 學詩渾似學參禪, 竹榻蒲團不計年.
> 直待自家都了得, 等閒拈出便超然.

> 시 배움 온전히 참선 배움 같으니
> 쓸데없는 일들 전해질 수 없네.
> 작은 언덕 구멍 밖으로 뛰어 나오니
> 장부의 기개 본래 하늘을 찌르네.
> 學詩渾似學參禪, 頭上安頭不足傳.
> 跳出少陵窠臼外, 丈夫志氣本衝天.

> 시 배움 온전히 참선 배움 같으니
> 예부터 원만하게 지어지는 건 몇 줄이네.
> 연못에 봄풀 돋네 한 구절은
> 천지에 진동하여 지금까지 전해지네.
> 學詩渾似學參禪, 自古圓成有幾聯.
> 春草池塘1)一句子, 驚天動地至今傳.(이상 ≪詩人玉屑≫ 권1)

이들 시는 일종의 시를 통한 '詩禪' 사상에 관한 '論詩詩'라 할 수
있다. 송대는 '道學'의 왕국이었고, 당대 이래로 禪宗 중에서 '南宗頓
門'이 유행하여 송대까지 그 여파가 남아있었다. 그 두 사상이 문학
이론 영역에까지 영향을 주어서, 도학은 古文家의 '文以貫道' 즉 문

---

1) 春草池塘 : 「池塘生春草」로 謝靈運의 〈登池上樓〉 시구.

장으로 도리를 포괄한다는 설로 발전하고, 선종은 송대 시인으로 하여금 '以禪喩詩' 즉 參禪으로 시를 비유하는 풍기를 불러일으켰다. 禪學 풍기는 송대 眞宗代에 吳僧 道原이 ≪景德傳燈錄≫을 編寫하고 이어서 ≪天聖廣燈錄≫, ≪建中靖國續燈錄≫, ≪聯燈錄≫, ≪嘉泰普燈錄≫ 등이 출현하였고, 普濟도 ≪五燈會元≫을 편성하였다. 이들 禪宗典籍이 일시를 풍미하여 당인의 ≪禪門師資承襲圖≫ 등 舊典籍을 대체하면서 송대 禪風이 성행하게 되었다.

소식과 황정견은 禪學에 정통하여, 그들의 시가에는 禪趣가 깃들고, 禪語를 활용하였고 시가이론에도 '以禪喩詩'가 도입되었다. 소식의 〈夜直玉堂携李之儀端宿詩百餘首讀至夜半書其後〉 시에서 「잠시 좋은 시를 빌려서 긴 밤을 보내니, 늘 좋은 곳을 만나면 문득 참선에 드네.(暫借好詩消永夜, 每逢佳處輒參禪.)」구라든가, 황정견의 〈奉答謝公定與榮子邕論狄元規孫少述詩長韻〉에서 「구법을 알 이 없으니, 가을 달에 절로 맑은 강이로다.(無人知句法, 秋月自澄江.)」구는 그 예이다. 소식은 禪悟(참선하여 깨달음)에 편중되고, 황정견은 율법에 편중되어 그 노선이 다른데, 오가의 〈學詩詩〉는 소식을 계승하면서 황정견의 논지를 참작한 장점이 있다.

〈學詩詩〉 3수에서 오가는 두 가지 논점을 제시하고 있으니, 하나는 參禪하는 정신수양을 통하여 작시하면, 韓駒의 〈贈趙伯魚〉에서 「시를 배움은 마땅히 처음 선을 배움 같으니, 깨닫지 못하면 두루 여러 방책에 참여하다가, 하루아침에 정법안을 깨우쳐서, 손 가는 대로 집어내면 다 좋은 글이 만들어진다.(學詩當如初學禪, 未悟且遍參諸方, 一朝悟罷正法眼, 信手拈出皆成章.)」(≪陵陽先生詩≫ 권1)라 한 설법처럼, 시는 頓悟(돈오: 별안간 깨달음)를 귀히 여기게 되고 直證(바로 증험함)을 찾으며, 자연스레 착상이 떠올라서 超詣(초예: 기상이 높음)한 경지의 시를 만들어 낸다는 것이다.

이 시는 그 당시 시인들의 주목을 받아서 龔相, 趙蕃 등이 和作을 지었고 江西詩派의 曾幾는 「시를 배움은 참선하는 것과 같다(學詩

如參禪)」라 하고, 楊萬里도 禪으로 시를 비유하는 시들을 지었다. 또 葛天民은 〈寄楊誠齋〉 시에서「참선과 시 배움에는 다른 법이 없다(參禪學詩無兩法)」라 하고, 戴復古는 〈論詩七絶〉에서「시율을 찾는 것은 참선하는 것과 같으니, 오묘한 이치가 문자로 전해지지 않는다.(欲參詩律似參禪, 妙理不由文字傳.)」라 하여 '詩禪說'은 거의 남송 시론의 口頭禪이 되었다. 이런 중에 嚴羽의 ≪滄浪詩話≫에서 '以禪喩詩'가 시론의 신단계로 발전하였으니, 오가는 蘇軾에서 嚴羽까지의 과정에서 계도적인 詩禪論者가 되었다. 이후에 오가의 詩禪 사상에서 영향을 받아서 화창한 〈學詩詩〉로 송대 龔相, 趙蕃, 그리고 명대 都穆의 시를 예로 든다.

> 시 배움 온전히 참선 배움 같으니
> 깨달아서야 세월이 어느 해인지 아네.
> 점철성금처럼 힘써 좋아지는 것 망령되니
> 높은 산 흐르는 물처럼 절로 의연하리라.
> 學詩渾似學參禪, 悟了方知歲是年.
> 點鐵成金猶是妄, 高山流水自依然.(龔相)

> 시 배움 온전히 참선 배움 같으니
> 소년과 노년 시기를 알아가네.
> 뛰어난 명장이 어찌 썩은 나무 다듬을 수 있고
> 불타는 언덕(악)을 어찌 다시 꺼서 재 되게 할까나.
> 學詩渾似學參禪, 識取初年與暮年.
> 巧匠曷能雕朽木, 燎原寧復死灰然.(趙蕃)

> 시 배움 온전히 참선 배움 같으니
> 참된 불법을 깨닫지 못하면 백년이 어긋나네.
> 절대로 피 토하고 폐 베어내지 말지니(근심 걱정)
> 모름지기 오묘한 말 깨달으면 자연 그대로 나타나리.
> 學詩渾似學參禪, 不悟眞乘枉百年.
> 切莫嘔心幷剔肺, 須知妙語出天然.(都穆)(이상 ≪詩人玉屑≫ 권1)

본 시화는 86조로 구성되어 있으며, 핵심주제는 역시 시인의 창작의식을 參禪의 정신으로 비교한 데 있으니, 丁福保의 ≪歷代詩話續編目錄提要≫에서 본 시화에 대한 간략한 소개를 본다.

> ≪장해시화≫ 한 권(송대 오가). 원본은 오래전에 일실되고 지금은 ≪영락대전≫에서 나온 것이다. 그 시를 논함이 즐겨 지어낼 수 없는 말들로서 마치 선가의 예민한 칼날 같아서, 자못 그 심적 상태를 지니고 있는가 하지만, 원우 연간의 옛사람(오가)의 학문을 주고받은 것을 볼 수 있고 지론이 또한 다분히 깊은 견해를 지니고 있다.
> 藏海詩話一卷(宋吳可). 原本久佚, 今從永樂大典承出. 其論詩喜作不了之語, 如禪家之機鋒, 頗嫌其有心作態, 然可及見元祐舊人學問有所授受, 持論亦多有深解.

본 시화의 내용 중에서 주요 평문을 예로 들어서 그 시론을 살펴본다.

먼저 杜甫 시를 보건대, 두보의 字는 子美로 湖北人이다. 조부 杜審言(645-708)은 초당대 李嶠, 崔融, 蘇味道와 함께 '文章四友'의 한 사람으로 文名을 날렸고, 두보 자신도 어려서부터 글재주가 있어서 유랑하며 낭만적인 생활을 하였다. 10년 가까이 유랑하면서 李白과 高適을 만나고 두 번에 걸쳐 과거 시험에 낙방하여 44세까지 이렇다 할 벼슬을 하지 못하였다. 44세에 얻은 말단관직 兵曹參軍으로는 빈곤을 면치 못하고 46세(757)에 左拾遺가 되지만 그의 고난은 계속되었다. 50세부터 成都에서 嚴武, 高適 등과 교류하며 생활의 안정을 얻고 54세에 工部員外郞 관직을 얻는다. 이듬해 엄무가 죽자 성도를 떠나서 四川에 가서 머물다가 57세에 岳州(지금의 湖南 岳陽)로 옮겨가 지낸다. 59세에 배를 타고 湘江을 올라가다가 음식 중독으로 죽었다. 1,400여 수의 시를 남겼고 詩聖으로서 엄격한 詩律을 따르고 그 시대의 사회현실을 반영하는 시사적인 시를 썼다. 저서로 ≪杜工部集≫이 있다.

다음에 두보 시에 관한 논평을 예거하고 그에 대한 필자의 분석을 보기로 한다.

두보 시에 이르기를,「걷다가 기운 곳에 기대니 정말 봄이 두렵네」에서 봄이 두렵다는 말은 곧 조화롭지 않은 중에 조화로움이니, '春'자 위에 '怕'자를 쓰지 않아야 한다고 말하면서 지금 오히려 그것을 쓰고 있으니 기이할 뿐이다.

老杜詩云:「行步敧危實怕春」, 怕春之語, 乃是無合中有合, 謂春字上 不應用怕字, 今却用之, 故爲奇耳.(제2조)

두보의 <u>시어 구사법</u>을 논평하는 부분으로서 소위 부조화의 조화미 가 시어에 나타나 있다. 두보는 시어 구사에서 다양한 기법을 강구 하고 있으니, 첫째는 <u>시어의 彈性</u>이다. 이 구사는 시적 의상을 '雅' 와 '俗'의 경지로 거침없이 왕래하는 능력을 보여준다. 그리고 소재 에 따라 詩趣가 다르게 표현된다. 〈百憂集行〉(《杜詩詳注》 권10)의 일단을 보자.

열다섯 나이라면 아직도 아이 마음
튼튼하여 누런 송아지처럼 왔다 갔다 하네.
뜰 앞에 8월의 배와 대추 익어가니
하루에도 나무 타기 천 번은 족히 되리.
憶年十五心尙孩, 健如黃犢走復來.
庭前八月梨棗熟, 一日上樹能千回.

이 시는 소년기를 회상하였고, 진지한 우정을 표달할 수 있는 예 로는 〈送孔巢父謝病歸遊江東兼呈李白〉(상동 권1) 구를 보면,

남쪽으로 우혈을 찾았다가 이백을 만나니
문안드리오니 지금 어떠하신지.
南尋禹穴見李白, 道甫問信今何如.

라고 하여 이백(이태백)에 대한 두보의 존경과 깊은 우의를 표달하

고 있다. 그의 이러한 능력은 시의 체재와 격률에 따라 크게 體會하는 시를 쓰고 있으니, 〈短歌行贈王郎司直〉(상동 권21)을 본다.

　왕랑이 술에 취해 칼 뽑아 땅을 가르니 노래를 길게 불지 말지니
　내 능히 그대 눌린 뛰어난 재주 쑥 빼내리라.
　예장나무 바람에 뒤지니 밝은 해 뜨고
　고래 파도 밟으니 넓은 바다 열리니
　칼자루 떨고 느긋이 떠돌아나 볼까나.
　王郎酒酣拔劍斫地歌莫長, 我能拔爾抑塞磊落之奇才.
　豫樟翻風白日動, 鯨魚跋浪滄溟開, 且脫劍佩休徘徊.

　이 시는 호방미를 느끼게 하는 내용인데, 이를 위해 「拔劍斫地」 구라든가, 「鯨魚跋浪滄溟開」 구 등의 표현이 그 예구라고 볼 수 있다. 두보 시를 단편적으로 단언할 수 없지만 시어와 표현하고자 하는 의상은 항상 상통해야 함을 계시한다. 두보의 詩藝를 말하자면, 그의 練字에 대해 살펴야 한다. 시인의 연자는 문자 사용을 고도화하는 데 그 목적이 있다. 문자와 意境은 일치해야 한다. 문자의 洗鍊이 안 되고서는 만족한 시의를 나타내기가 쉽지 않기 때문이다.

　① 달빛 가느다란 초승달 어이 위에 올라왔나
　그림자 비스듬히 진 달무리가 편안치 않네.
　光細弦豈上, 影斜輪未安.(〈初月〉 상동 권7)

　② 밥 짓지 않는 우물가의 아침 꽁꽁 얼었는데
　옷 없이 누운 침상이 밤에 춥도다.
　不爨井晨凍, 無衣牀夜寒.(〈空囊〉 상동 권8)

　③ 물빛이 출렁이는 물결 다 머금었는데
　아침빛이 허공에 저며 온다.
　水色含群動, 朝光切太虛.(〈瀼西寒望〉 상동 권18)

　이들 예구에서 시인과 일상생활의 경험을 읽을 수 있다. 시인은

다듬어진 시어들 즉 가늘음(細), 비스듬함(斜), 우물가의 아침(井晨), 머금음(含), 밤의 침상(牀夜), 절실함(切) 등의 쓰임에서 가장 조화된 구성들, 즉 ①의 1구, ②의 1구, ③의 1구 등을 통해서 만상의 관계를 드러내고 있으니, 이 모든 것이 단순한 즉흥적인 표현이 아니라 오랜 연단의 소산이라 할 수 있다. 따라서 두보의 練字는 자각에 의한 神遇의 경지를 추구하기 위한 엄숙한 작업이다. 시에서 具體를 귀히 여기고 抽想을 기피하고, 따라서 虛字보다도 實字를 많이 사용하니 형용사나 부사를 기피하는 것은 어쩔 수 없는 현상이다. 두보 시의 강점은 바로 이 원칙을 철저히 준수하고 있다는 것이다. 그러면서도 형용사, 부사류를 유효히 활용하기를 주저하지 않으면서 시의 묘취를 발휘한다.

> 맑은 가을 그지없이 바라보니
> 아득히 층층이 그늘 이누나.
> 먼 강물 하늘에 어려 맑기만 하고
> 외론 성에는 드리운 안개 깊기만 하다.
> 잎 드문데 바람에 더욱 지고
> 산 멀리 해 마침 가라앉는다.
> 외론 학 돌아감이 참 늦기도 한데
> 검은 까마귀 벌써 숲에 가득하네.
> 淸秋望不極, 迢遞超層陰.
> 遠水兼天淨, 孤城隱霧深.
> 葉稀風更落, 山迥日初沈.
> 獨鶴歸何晩, 昏鴉已滿林.(〈野望〉상동 권8)

> 강한에서 고향 그리는 나그네
> 세상의 한 썩은 선비.
> 조각구름 하늘에 멀리 떠가고
> 긴 밤은 달과 고독을 같이하네.
> 지는 해에 마음은 되려 힘차니

가을바람은 세차게 멀어져 가네.
예부터 늙은 말로는
먼 길 가지 말아야 하리.
江漢思歸客, 乾坤一腐儒.
片雲天共遠, 永夜月同孤.
落日心猶壯, 秋風疾欲疏.
古來存老馬, 不必取長途.(〈江漢〉상동 권23)

이상의 두 시에서 보면 '맑다(清), 멀다(遠), 깨끗하다(淨), 외롭
다(孤), 깊다(深), 드물다(稀), 아득하다(迥), 가라앉다(沈), 외롭다
(獨), 길다(永), 힘차다(壯), 멀다(疏)' 등의 형용사는 평범한 단어이
지만 일단 두보에게서는 유기적인 조합을 거쳐 경물에서 오는 시인
의 神韻을 烘托해낸다.

처마 그림자는 희미하게 지고
나루터의 물은 연이어 흐른다.
簷影微微落, 津流脈脈斜.(〈遣意〉其二, 상동 권9)

물가의 안개 가벼이 떠돌고
대나무의 햇살은 맑고 빛난다.
汀烟輕冉冉, 竹日淨暉暉.(〈寒食〉상동 권9)

비가 씻어내니 곱고 고요하며
바람이 부니 섬세하며 향기롭다.
雨洗娟娟静, 風吹細細香.(〈嚴鄭公宅同詠竹〉상동 권14)

여기에서 보면, '희미하게(微微), 연이어(脈脈), 부드럽게(冉冉), 빛
나게(暉暉), 곱게(娟娟), 가늘게(細細)' 등의 부사를 써서 對仗의 방
법에 사용하면서 사물의 상태를 묘사하는 효과를 내고 있다. 두보 시
의 연자는 단순한 의미 이상의 신선한 흥취를 풍겨주는 데에서 시
적 절경을 인식하게 된다.

둘째는 <u>시어의 對杖法</u>이다. 모든 시는 자체의 세계를 형성하고 있어야 한다. 독립된 의식세계를 지녀야 한 편의 完整한 시로서의 구비요소를 인정할 수 있다. 시의 세계는 한 인간의 표현된 총화적 의식을 말해 준다. 따라서 시의 用字나 구성은 작시에 있어서 어느 물체의 골격과 같이 그 의미가 크다 할 것이다. 두보의 경우에는 그 가치가 한결 중시되니, 두보의 다음 시구들을 보자.

들 아득히 하늘 드리운데 전쟁의 소리 없다.
野曠天低無戰聲.(〈悲陳陶〉)

황혼에 오랑캐 말의 먼지 성내에 가득하다.
黃昏胡騎塵滿城.(〈哀江頭〉)

청산의 만 리 고요하고 흩어져 있는 곳이라.
靑山萬里靜散地.(〈寄柏學士林居〉)

여기서 구마다 하나의 경관을 이루고 있음을 알 수 있다. 첫 구는 찌푸린 하늘에 펼쳐진 전장의 모습을, 다음 구는 北邊에 달리는 戰馬의 대열을, 다음은 平靜한 세태를 각각 묘사하고 있다. 그런가 하면 두보 시에서 用聯의 관계를 경시할 수 없어서, 특히 대장법은 어세를 전향적인 데로 밀고 나가서 〈聞官軍收河西河北〉의 제2연 「오히려 처자를 보니 수심 어디에 있는가, 느긋이 시서를 들추며 기뻐 노래하노라.(却看妻子愁何在, 漫卷詩書喜歌狂.)」 구는 이에 속한다.

슬피 천년의 일을 돌아보며 눈물을 흘리니
쓸쓸히 시대를 달리하고 때가 같지 않지만 마음은 하나로다.
悵望千秋一灑淚, 蕭條異代不同時.(〈詠懷古跡〉其二, 상동 권17)

마침 지난날 엄복야와
함께 중사를 맞아 망향대를 보던 일 생각난다.
正憶往時嚴僕射, 共迎中使望鄕臺.(〈諸將〉其五. 상동 권16)

이들 시구는 對偶가 비록 엄정하지 않지만, 그리고 다소 무리한 면도 보이지만, 王力이 말한 바, 「매우 넓으면서 매우 억지적인 대우(極寬極勉强的對偶)」(≪漢語詩律學≫)란 평과 상통한다. 여기서 오히려 강렬한 어세의 감각을 불식할 수 없다. 그리고 두보는 對仗에 있어서 時空의 활용을 가지고 句間의 張力을 보태는 묘사법을 쓰고 있는데 그 예를 든다.

남쪽의 국화에서 다시 만나니 그는 병들어 누워 있고
북녘의 편지 오지 않으니 기러기 무정하도다.
南菊再逢人臥病, 北書不至雁無情.(〈夜〉상동 권17)

국화 두 곳에 피련만 눈물만 나고
외론 쪽배는 오직 고향 그리는 마음을 매고 있다.
叢菊兩開他日淚, 孤舟一繫故園心.(〈秋興〉其一, 상동 권17)

여기서 앞 연은 공간을, 뒤 연은 시간에서 각각 張力을 끌어내고 있으니 이러한 기법은 두보의 七律에서 지니는 특징으로서 이런 형식은 前人에게서는 찾아볼 수 없다고 한 서양학인의 말을 긍정적으로 주시할 수도 있다.[2] 아울러 두보 시 전체에 있어서의 結句 문제는 시의 진의를 강약 있게 유로하는 데 절대적인 관계에 있다는 점을 지적하지 않을 수 없다. 두보의 많은 작품에서 그러한 예를 찾을 수 있겠으나 시의 결구상 가장 복잡하면서도 정밀한 〈秋興八首〉(≪杜詩詳注≫ 권17)를 가지고 살펴보고자 한다.

제1수는 暮夕을 묘사한 것인데, 外物을 통해 개인의 애수와 국가의 쇠퇴를 반영하였다. 여기서 작가는 공간, 즉 巫山, 巫峽, 江間, 塞上 등에서부터 시간 즉 他日, 그리고 상상, 즉 故園心 등으로 전입하여서 현실세계(白帝城)로 다시 되돌아오는 작법을 강구하였다. 제2수는 夜景을 묘사하였는데, 작자의 상상이 夔州에서 長安으로까지

---

2) David Hawkes, ≪A little Primer of Tufu≫ Oxford, 1967, p.119

폭을 넓혀 놓았으며, 제4수의 신화와 전고를 빌려서 嚴武가 還京하는 희망을 가지고 자신에 비의하면서 부질없는 현실에의 회귀 의식을 또 다시 '功名薄'니 '心事違'라는 어구로써 합리화하였다. 그러므로 그 현실을 「바라노니 돌 위의 등나무와 겨우살이 사이의 달을 보게나, 이미 섬 가의 갈대꽃에 비치도다.(請看石上藤蘿月, 已映洲前蘆荻花.)」라고 토로하였다. 제3수의 새벽 아침을 노래한 부분은 시간적으로는 제2수와 이어진다. 제4수에 이르러서 작자는 개인에서 국가로 夔州에서 京華로 回想의 폭을 넓히면서 직접 보고 확인하지 않은 상태에서 쓴 安史亂 이후의 사변과 인물의 代謝를 비애롭게 묘사하고 다시 구체적인 의상으로 변방의 우환을 「북궐산에 임하니 쇠북이 떨치고, 서군으로 나가니 거마의 격문이 내달린다.(直北關山金鼓震, 征西軍車馬羽書馳.)」라고 급박하게 그렸다. 이 시의 말구에서 頓挫의 자세로 돌아가서 「어룡이 적막하고 가을 강이 추우니, 고향에서 평안히 지내며 그리운 이 있도다.(魚龍寂寞秋江冷, 故國平居有所思.)」라고 묘사하였다.

이하 4수는 두보가 장안에서 겪었던 경물을 노래한 것으로 제5수는 蓬萊宮(大明宮)을 묘사함에 있어 문자의 彩色이 뛰어나니, 「구름이 치미선을 펼친 듯 궁궐 부채 열리고, 햇빛이 곤룡포에 비추어 황제 얼굴 알겠네.(雲移雉尾開宮扇, 日繞龍鱗識聖顔.)」라 하여 풍만한 燦爛美가 넘치다가, 다시 시의 기세가 급강하하여 「창가에 눕자마자 저무는 세월에 놀라니, 몇 번이나 궁궐 청쇄문에서 조정 점호가 있었나.(一臥滄江驚歲晩, 幾回靑瑣點朝班.)」구는 바로 평담하고 청량한 기미를 유출하고 있다.

그리고 제6수는 曲江을 노래하여 몸은 瞿唐에 있으나, 생각은 곡강에 닿아서 지리와 시간을 초월하여 상상 속에서 두 지점이 만나게 된다. 역사의 현실과 자신과의 관계를 교묘히 조화시켰다. 객지의 자신을 가져다 반영하여 사회현실의 비애를 대비시켜서 「고개 돌리니 가무하던 곳 애련하니, 진중(長安)은 예부터 제왕의 도읍이네.(回首可

憐歌舞地, 秦中自古帝王州.)」라고 서술하였다. 제7수에서 昆明池의 화려함을 가지고 독자에게 시청각과 촉각적 묘미를 제시하면서 「물결치는 줄풀 열매는 구름 속에 잠기고, 이슬 찬 연밥에는 붉은 꽃이 지네.(波漂菰米沈雲黑, 露冷蓮房墮粉紅.)」라고 하였고, 이 시의 후반에서 南柯一夢 같은 공허를 고독 속에 그리면서 다시 기주의 현실로 돌아온다. 제8수는 渼陂(미피)에서의 유람을 가지고 산천의 아름다운 경물과 과거에의 思念을 독백하고 있다. 480자의 이 시는 시공의 역사를 자유분방하게 교차시키면서 울적한 憂國과 思鄕의 정감을 유도하는 데 있어서, 경물과 정감의 强弱과 昇降의 포물선이 하나의 무지개처럼 색채감까지 그려져 있는 시의 결구기법은 아마도 다른 시인의 추종을 불허할 것이다.

셋째는 <u>시어의 戲劇수법</u>이다. 두보 시에서 재미있는 다른 묘사법이라면 작시상의 희극수법을 거론해야 할 것이니, 두보의 〈無家別〉(상동 권7)에서의 전쟁에 대한 소박한 묘사는 한 폭의 그림 같다.

천보 난리 뒤에 깃든 적막
집 뜰에는 단지 다북쑥과 명아주뿐.
내 마을 백여 가호
난리에 동서로 뿔뿔이 헤어져
산 자 소식 없고
죽은 자 먼지 진흙 되었도다.
이 천한 몸 싸움에 져서
돌아와 옛 오솔길 찾았더니
오래 다녀도 보이는 건 빈 골목
햇빛이 시들하니 마음도 처참하도다.
단지 여우와 이리만 대할 뿐
털 세우고 나에게 노하며 짖어대네.
사방 남은 건 무엇인가
한두 늙은 과부뿐이로다.

… …
寂寞天寶後, 園廬但蒿藜.
我里百餘家, 世亂各東西.
存者無消息, 死者爲塵泥.
賤子因敗陳, 歸來尋舊蹊.
久行見空巷, 日瘦氣慘悽.
但對狐與狸, 竪毛怒我啼.
四隣何所有, 一二老寡妻.
… …

이 시는 시대와 사회상을 반영하면서 주관성이 전혀 개재되어 있지 않은 서사시이다. 두보는 〈新婚別〉, 〈垂老別〉, 〈潼關吏〉, 〈石豪吏〉 등에서도 유사한 희극수법을 가지고 당대의 사회현실을 암시하였다. 그리고 동물세계를 묘사하는 데에도 같은 기법을 구사하였으니, 〈義鶻行〉(상동 권6)은 戲劇性이 짙은 생동하는 좋은 예시라 하겠다.

그늘진 낭떠러지에 검푸른 보라매 깃들어
검은 측백나무 꼭대기에 새끼를 쳤네.
흰 뱀이 그 둥지에 올라와
씹어 삼켜서 아침식사 푸짐하다.
수컷은 멀리 날아 먹을 것 찾는데
암컷은 우는 것이 저리도 슬픈가.
힘써도 막을 수 없고
노란 입의 새끼들 절반도 남지 않았네.
그 아비 서쪽에서 돌아와서
몸을 돌이켜 긴 안개 속에 들어가네.
순식간에 튼튼한 독수리를 거느리고서
분통한 아픔을 털어 복수하네.
북두에서 외론 그림자 비틀어서
포효하며 온 하늘을 내젓노라.

비늘진 구렁이 먼 가지에서 벗어나
큰 이마가 노련한 발톱에 잘렸네.
높은 하늘에서 헛디디고
짧은 풀에서 꿈틀거리네.
꼬리 잘라 힘껏 내치고
창자 파먹어 모두 갈라졌네.
살아 뭇 새 새끼 죽였어도
죽어서는 천년을 남겼네.

陰崖有蒼鷹, 養子黑柏顚.
白蛇登其巢, 吞噬恣朝餐.
雄飛遠求食, 雌者鳴辛酸.
力強不可制, 黃口無半存.
其父從西歸, 翻身入長烟.
斯須領健鶻, 痛憤記所宣.
斗上捩孤影, 嗷哮來九天.
修鱗脫遠枝, 巨顙折老拳.
高空得蹭蹬, 短草辭蜿蜒.
折尾能一掉, 飽腸皆已穿.
生雖滅衆雛, 死亦垂千年.

이 얼마나 실감나는 시인가! 읽노라면 초조와 긴장, 애처로움과
분개, 그리고 통쾌와 다행, 마음의 평정 등이 간단없이 전개되어 독
자의 心琴을 감동케 한다. 적막에서 긴장으로, 다시 평정으로의 변
화하는 起伏은 작시상의 종합적인 구사력에 남다른 능력이 표현된
예증이라 하겠다.

다음에는 두보의 年譜上 연령에 따라 詩風의 변화가 있음을 지적
하고 있다.

두보 시에 연보를 서술한 데서, 그 어사의 힘을 살필 수 있으니 젊어
서는 날카롭다가, 장년에는 방대하고, 노년에는 엄격해지니, 문장의
오묘함이 아니면 이런 경지에 이를 수 없어, 화려하면서 평담하게 표

현한 것 같으니 이것이 시의 조어력이다. 곧 젊어서는 화려하다가 나이가 들어가면서 점차 평담에 들었다.

杜詩叙年譜, 得以考其辭力, 少而銳, 壯而肆, 老而嚴, 非妙於文章不足以致此, 如說華麗平淡, 此是造語也. 方少則華麗, 年加長漸入平淡也.(제3조)

이 짧은 문장 속에 두보 시의 시대별 풍격 차이를 간결하게 서술하고 있으니, 도식으로 정리해 본다.

소년기 — 銳利하고 華麗함
장년기 — 詩格 多樣하고 放肆함
노년기 — 嚴格하고 平淡함

본 시화의 평가가 객관적인 것은 아니지만, 문학이란 다분히 主觀性이 강하므로 그에 부응하여 관련된 시를 다음에 예시한다. 소년기 시로 〈望嶽〉(상동 권10)을 보자.

태산은 무릇 어떠한가
제나라 노나라 경계 푸른빛 그지없네.
조물주는 신령하고 빼어난 기운 모으고
산 남북은 밤과 새벽 갈랐네.
씻은 듯이 층층 구름이 일어나고
눈 크게 뜨니 돌아가는 새 들어가네.
의당 산 정상에 올라가서
작은 뭇 산을 한 번 내려다보려네.

岱宗夫如何, 齊魯靑未了.
造化鍾神秀, 陰陽割昏曉.
盪胸生曾雲, 決眥入歸鳥.
會當凌絶頂, 一覽衆山小.

玄宗 開元 24년(737), 두보 나이 25세에 泰山의 장엄한 경치를 본 감회를 지은 시이다. 그리고 노년기 시로서 〈絶句漫興〉(상동 권

9) 중 제1수와 제5수를 본다.

 눈앞에 나그네 근심이 깨이지 않은데
 무료한 봄빛은 강가 정자에 왔구나.
 어느새 문득 꽃이 활짝 피니
 꾀꼬리도 번거롭게 울어대네.
 眼前客愁愁不醒, 無賴春色到江亭.
 卽遣花開深造次, 便敎鶯語太丁寧.(其一)

 애를 끊듯 강가의 봄이 다하려는데
 명아주 지팡이로 느릿 걸으며 고운 물섬에 서네.
 미친 듯 버들솜은 바람 따라 춤추고
 가벼이 복사꽃은 강물 좇아 흐르네.
 腸斷江春欲盡頭, 杖藜徐步立芳洲.
 顚狂柳絮隨風舞, 輕薄桃花逐水流.(其五)

 두보의 〈絶句漫興〉 시는 9수로 구성되어 있는 칠언절구이다. 청
대 仇兆鰲의 ≪杜詩詳注≫(권9) 주석에 의하면 두보가 草堂을 운영
한 시기는 肅宗 上元 연간(760-761)으로, 상원 2년 봄에 지은 시
로 본다. 주제는 객수의 심정을 토로한 것으로 순간적인 감흥을 담
았다. 이 시에 대해서 명대 李東陽은 평하였다.

 두보의 〈만흥〉 절구는 옛 〈죽지사〉의 뜻이 있어서, 호탕하면서 기이
 하며 고아하여 시인들의 풍격보다 월등하다.
 杜子美〈漫興〉諸絶句, 有古〈竹枝〉意, 跌宕奇古, 超出詩人蹊徑.

 이 시가 형식으로는 지금의 重慶 東部인 巴渝 일대의 民歌인 악부
竹枝詞의 變體이므로 '古竹枝意'라고 하였고, 풍격에 대해서는 '跌宕奇
古'(질탕기고 : 호탕하면서 기이하고 고아함)라고 간결한 어구로 단정
하고 있는데, 송대 張耒가 이 시를 「모두 성률에 얽매이지 않고 온전
히 시를 지으니 新奇하여 사랑스럽다.(皆不拘聲律, 渾然成章, 新奇可

愛.)」라고 설파하였고, 청대 王嗣奭(왕사석)은 ≪杜臆≫(권4)에서 「감흥이 와서 문득 지은 것이니, 그러므로 만흥시는 또한 죽지 악부의 변체라고 하겠다.(興之所到, 率然而成, 故云漫興亦竹枝樂府之變體.)」라고 이동양의 평가에 동의하고 있다.

제1수는 여행 중에 客苦의 번뇌를 토로하고 있는데, ≪杜臆≫에서 이 시를 평하기를, 「'객수' 두 자는 곧 9수의 요체이다. 여러 눈이 다 나그네 수심을 보는데, 봄빛이 문득 오니 매우 무료하다.(客愁二字, 乃九首之綱. 衆眼共見客愁, 春色突然而至, 無賴甚矣.)」라고 하였고, 제5수는 初老의 두보가 봄날의 경물을 의인화해서 봄과 인생을 비유하고 있다.

다음으로 盛唐代 常建의 〈題破山寺後禪院〉시에 대한 분석과 만당시에 대한 평가를 본다.

　　소주 상숙현 파두산에 당대 상건의 시가 새겨져 있으니, 곧 「한 가닥 오솔길이 그윽한 곳에 닿네」이다. 대개 당대 사람이 요구를 쓰는데 위 구에서 요구를 쓰고 아래 구에서도 요구를 쓰고 있으니, 「참선하는 방에 꽃나무가 깊다」 구에 대해서 遇와 花는 모두 요구이기 때문이다. 그 시가 근래에 새겨져서 사람들이 늘 본다.
　　蘇州常熟縣破頭山, 有唐常建詩刻, 乃是「一徑遇幽處.」蓋唐人作拗句, 上句既拗, 下句亦拗, 所以對「禪房花木深」, 遇與花皆拗故也. 其詩近刻, 時人常見之.(제5조)

常建의 〈題破山寺後禪院〉(≪全唐詩≫ 권144)의 平仄法에서 拗救에 대한 서술로서, 시를 보기로 한다.

　　맑은 새벽 옛 절에 드니
　　아침 햇살이 높은 숲에 비추네.
　　대숲 오솔길은 그윽한 곳에 통해 있고
　　참선하는 방에는 꽃나무 깊구나.
　　산 경치는 새들 마음 기쁘게 하고

연못 그림자는 내 마음 텅 비게 하네.
온갖 세상 소리 여기에는 다 고요한데
오직 종과 편경 소리만이 은은히 들려오네.
淸晨入古寺, 初日照高林.
竹徑通幽處, 禪房花木深.
山光悅鳥性, 潭影空人心.
萬籟此俱寂, 惟餘鐘磬音.

　常建은 開元 시기에 진사가 되어 겨우 縣尉에 머물렀다. 그의 시
는 전원적이며 王昌齡, 陸擢과 벗하였다. 시 50여 수가 전한다. ≪全
唐詩≫ 小傳에 상건의 시를 속탈하고 편벽하다고 평하고 있다. 파산
사 뒤에 있는 禪房을 시의 제목으로 삼았는데, 파산사는 江蘇省 常
熟縣의 興福寺를 가리킨다. 본 시화에서「一徑遇幽處」구는 原詩에
는「竹徑通幽處」구로 되어 있지만, 拗救 처리에는 차이가 없다. 이
시의 제2연까지는 시제의 설명 부분이며, 제3연은 감흥의 서술이고,
제4연은 정적이 깃든 경계를 묘사하고 있다. 禪境에 이르러 속세를
벗어난 승화된 심기를 단적으로 토로하고 있다.
　시의 拗救는 平仄의 부조화를 조화롭게 운영하기 위해서 강구하는
일종의 變則이다. 이 시의 押韻은 下平聲 侵韻으로 一韻到底하여 韻
脚이 林, 深, 心, 音이다. 시의 첫 연부터 대구를 쓰고 있으며「淸晨
入古寺」와「山光悅鳥性」두 구는 '平平仄仄仄'이 되어 '下三仄'을 이루
니 본래 拗救할 수 없으나, 「潭影空人心」구가 '平仄平平平'이 되어
'下三平'을 이루어 拗救하니, 古詩의 '三平調'와 같은 경우이다. 그리
고「萬籟此俱寂」구가 '仄仄仄平仄'이 되어 제4자가 '孤平'을 이루므
로 대구인「惟餘鐘磬音」을 '平平平仄平' 즉 제4자가 '孤仄'이 되게 하
여 拗救하고 있다. 본 시화에서의 '遇'와 '花'가 요구를 이룬다는 말
은 두 자가 모두 平聲이므로 위와 같이 다른 시구에서 拗救를 강구
한 것으로 풀이된다.
　晩唐詩(836-906)를 논하건대, 만당대는 정치와 사회가 부패하여

백성의 고통은 극에 달하였으며 시인들은 현실을 도피하고 은둔하려고 하였으며, 자포자기적이며 말세적인 도덕과 기강의 문란이 돌이킬 수 없는 지경에 달해 있었다. 시도 화사한 표현에 주력하여 내용보다는 겉모양의 미화를 따르게 되었으니, 이것을 유미주의적인 시대라고 말하고 있다. 만당의 시단을 지배하는 풍조는 이른바 화려한 修辭를 구사한 李賀派와 古淡한 풍격의 孟郊와 賈島를 따르는 孟賈派로 대별할 수 있으니, 전자는 李商隱, 杜牧, 溫庭筠 등을 흔히 들수 있고, 후자는 三羅(羅隱, 羅鄴, 羅虬), 顧雲, 鄭谷 등 芳林十哲들을 들 수 있다. 이 경우는 대개 만당대 大中 연간을 전후한 흐름이고 그 이후 즉 咸通 연간에는 元稹과 白居易, 그리고 王建을 추숭하는 만당 초기의 부수적인 조류를 타고 시인의 부침이 있었다.

大中 연간의 전자를 詞華派, 후자를 格律派라 하는 구분도 시풍에 의한 것으로 간주할 수 있다. 후자는 작시상 張籍, 賈島를 본받아 格律을 강구하는 데 주력하고 전자와는 다른 면을 보이기도 하지만, 정치적으로 불우한 계층에 속하기도 한다. 이런 만당시의 조류 속에 형성된 여러 풍격들에 대해서, 본 시화에서는 어떻게 평론하는지를 보기로 한다.

당대 말 사람의 시는 격조가 높지 않으면서 쇠퇴하고 비루한 기운이 있어도 시의 조어는 잘 되어 있는데, 지금 사람의 시는 너무 조어가 안 되어 있다. 산수를 그리는 데 사물 묘사의 단점이 없기도 하고 있기도 하다. 사물 묘사의 단점이 있는 것은 쉽게 고치지만 없으면 고칠 수 없다. 시인도 그러하니, 무릇 잘못을 가리켜서 바꿀 수 있는 것은 사물 묘사의 단점이 있는 것이다. 혼란스레 지적할 수 없고 바꾸지 않는 것은 단점이 없기에 고칠 수 없다.
唐末人詩, 雖格不高而有衰陋之氣, 然造語成就, 今人詩多造語不成. 畵山水者, 有無形病, 有有形病. 有有形病者易醫, 無形病則不能醫. 詩家亦然, 凡可以指瑕鐫改者, 有形病也. 混然不可指摘, 不受鐫改者, 無形病, 不可醫也.(제7조)

만당시의 격조가 낮고 쇠미하며 비루한 기운을 지니고 있으면서
도 조어력이 있다는 말은, 시의 수사가 은미하고 풍유적이며 전고의
많은 사용 등이 성행했음을 지적한 것이다. 이런 풍조는 당의 말세적
현상과 상관되니, 다음 본 시화의 문장에서 시가 사상과 정서는 사
라지고 기교를 중시하고, 시 묘사의 外華에만 주력한 폐단을 비평한
것과 상통하니 더 본다.

무릇 겉으로 꾸미길(묘사) 잘하는 것은 처음에 읽어서 좋은 것 같지
만, 두세 번 읽으면 맛이 없다. 마땅히 의취를 위주로 하고 화려함으
로 돕도록 하면 속과 겉이 다 달다. 꾸미는 것은 겉으로 살져 있지만
속으로는 메마르기 때문이다. 어떤 자는 이르기를, 빼어나면서 알차
지 않아서, 만당시는 너무 기교에 빠져 있으니, 단지 겉으로 화려함
만 힘써서 기세가 약하고 격조가 낮아 사체로 흘러갔을 뿐이라고 하
였다. 소순은 도연명 시를 논하기를 겉으로 메마르나 속이 기름지고,
질박하면서 실지로는 기려하며, 야위어도 실지로는 살지니, 곧 이것
이 의취가 속에 있음을 말한다.
凡裝點者好在外, 初讀之似好, 再三讀之則無味. 要當以意爲主, 輔之
以華麗, 則中邊皆甛也. 裝點者外腴而中枯故也. 或曰秀而不實, 晚唐
詩失之太巧, 只務外華而氣弱格卑, 流爲詞體耳. 又子由敍陶詩, 外枯
中膏, 質而實綺, 癯而實腴, 乃是叙意在內者也.(제19조)

위에서 「만당시는 너무 기교에 빠져 있으니, 단지 겉으로 화려함만
힘써서, 기세가 약하고 격조가 낮아 사체로 흘러갔을 뿐이다.(晚唐
詩失之太巧, 只務外華而氣弱格卑, 流爲詞體耳.)」라고 한 것처럼, 지나
친 工巧와 修飾 위주의 묘사로 인하여 시에 性情이 부족하고 내용이
부실하여 만당과 송대에 발달한 詞의 풍미를 느낀다는 것이 요점이
다. 이런 지적과 연관하여 다음 張祜와 皮日休의 시 일단을 보기로
한다.
張祜(?-853)의 생평에 대해서 원대 辛文房의 ≪唐才子傳≫(권6)
에 보면,

자가 승길, 남양 사람으로 고소에서 우거하였다. 고상한 것을 좋아
했고, 처사라 불렸다. 운치 있는 풍정에다 사고가 우아하였으며 무
릇 지기는 모두 당시의 영걸들이었다. 그러나 과거에 쓰이는 일정한
법식의 문장은 일삼지 않았다. 원화·장경 연간에 영호초로부터 재
능을 크게 인정받았고, 천평군 절도사로 갈 때 손수 추천장을 써서
시 3백 수를 조정에 올렸다.

字承吉, 南陽人, 來寓姑蘇. 樂高尙, 稱處士, 騷情雅思, 凡知己者悉當
時英傑, 然不業程文. 元和長慶間, 深爲令狐文公器許, 鎭天平日, 自
草表薦, 以詩三百首獻於朝.

라 하니 생년은 불명하여 元和 長慶 연간(806-824)에 令狐楚에게
애중을 받았고 이미 시 3백여 수를 바칠 나이라면 영호초가 憲宗 元
和 14년(819)에 승상이 되고, 이때 시를 왕에게 올려 추천하는 일이
있었던 만큼 그의 생년을 적어도 德宗 元貞 연간(785-804)으로 추
정하는 것이 가하리라 본다. 장호 문집의 판본은 ≪新唐書≫〈藝文
志〉에 기록된 바로는 '장호시 1권(張祜詩一卷)'이 있다고 하고, 注에「자
는 승길이며 처사로서 대중 시기에 졸하다.(字承吉, 爲處士, 大中中
卒.)」라고 하였고, ≪郡齋讀書志≫에도 같은 기록이 있다. 단지 陳振孫
의 ≪直齋書錄解題≫에는「≪張祜集十卷≫」이라고 기록되어 있다. 장
호 시에서 詠物의 優雅美를 살펴보면, 장호의 영물시는 그 소재가
음악에 치중되어 있음을 알 수 있다.[3] 이것은「영물은 형상을 취하
지 않고 정신을 취하며, 사물을 쓰지 않고 의취를 쓴다.(詠物不取形而
取神, 不用事而用意..)」(王阮亭 ≪花草蒙拾≫)라는 표현과 비교해 볼
때 장호의 詩趣를 형이상학적인 데 두고 있다고 하겠다. 시의 음악
성, 예술미를 담고 있는 것이다. 그리고 다루어진 소재로는 동식물·
예품·광물·자연현상 등을 들 수 있으니, 그 모든 것이 묘사가 진

---

3) 장호의 樂舞에 관한 영물시로는〈箏〉,〈歌〉,〈笙〉,〈五弦〉,〈笛〉,〈舞〉,〈箜
篌〉,〈簫〉,〈李謨笛〉,〈邠王小管〉,〈邠娘羯鼓〉,〈悖拏兒舞〉,〈王家琵琶〉,〈楚
州韋中丞箜篌〉,〈王家五弦〉,〈觱篥〉 등이 있다.

지하고 미화되어 있어서,

> 영물시는 모름지기 시 속에 사람이 있어야 하며, 특히 시 중에 자아
> 가 있어야 한다. 혹은 자아를 제목 곁으로 뛰쳐나오게도 하고, 혹은
> 자아를 제목 속에 병입시키기도 한다. 영물의 묘처는 이 두 가지일
> 뿐이다.
> 詠物詩須詩中有人, 尤須詩中有我. 或將我跳出題之旁, 或將倂入題之
> 內. 詠物之妙, 只此二種. (阮葵生 ≪茶餘客話≫)

라고 한 바와 같이 장호에게는 '自身'이 시 속에 잠재되어 청대 袁枚
의 「영물시는 단순한 기탁이 아니라 곧 아동의 수수께끼 맞추기이다.
(詠物詩無寄託, 便是兒童猜謎.)」(≪隨園詩話≫)라고 한 것처럼 사물
에 기탁하되 자신의 情意를 다양하게 묘출해 내려고 하였다. 그의
〈櫻桃〉(≪全唐詩≫ 권510)를 본다.

> 석류는 아직 터지지 않고 매실은 오히려 작아
> 이 산의 꽃 네다섯 그루 사랑하네.
> 석양에 뜰 앞으로 바람이 솔솔 불어오니
> 푸른 기름 묻은 나뭇잎에 빨간 구슬이 새어나네.
> 石榴未拆梅猶小, 愛此山花四五株.
> 斜日庭前風裏裏, 碧油千片漏紅珠.

여기서 말구의 묘사가 윤택하면서도 기교가 넘치니, 이것은 다음
에 서술한 바,

> 사물을 노래함에 단지 모양만을 비교하여 헤아린다면, 마치 오색 비
> 단을 잘라 꽃을 만드는 것과 같아서 모양은 아주 흡사할지 모르나,
> 생기가 없는 것이다.
> 詠物徒比擬形似, 如剪綵爲花, 毫髮逼肖, 而生氣無有.(≪茶餘客話≫)

라고 한 논리에 부합하는 시라 할 것이다. 생기가 결여된 반면에,
묘사된 시의 섬세함은 작자의 정신적인 精妙한 관조의 결실이며, 靑

紅의 조화에서 자연의 계절을 그리고, 한 영물에 대한 동화 의식을 느끼게 한다. 이것은 시의 點染法이 강구된 경지인 것이다.4) 그리고 영물시에 있어 생물일수록 찬미에 넘치는 미려한 의식이 색감과 함께 표현되곤 하는데, 다음의 〈鸚鵡〉(상동)를 보자.

> 허둥대는 남월의 새
> 고운 자태로 물놀이 그리워하네.
> 저녁에 구름 뜬 바다 건너로 날아갔고
> 봄이면 붉은 숲에 의지하였네.
> 아롱진 새장에서 슬피 날개 거두니
> 화각인들 어찌 관심이 있으랴.
> 무사하다 종알거려도
> 사람들은 네 소리에 원한만 깊어지네.
> 栖栖南越鳥, 色麗思沈浮.
> 暮隔碧雲海, 春衣紅樹林.
> 雕籠悲斂翅, 畵閣豈關心.
> 無事能言語, 人聞怨恨深.

이 시의 3연까지 색채가 빛나며 그 시어와 내용도 華靡하다. 그러나 단순한 화려가 아닌 갇힌 한 마리 새여서 작자의 인생관을 보게 한다. 말연에서 悽然한 悲感이 드러나고 내심의 이성이 훈계적이다. 「南越」, 「色麗」, 「沈浮」, 「碧雲」, 「紅樹」, 「雕籠」, 「畵閣」 등은 시어 구사상 豊艶한 미각을 주는데, 오로지 「悲」, 「怨恨」 등 두 시어의 고리로 연결 또 재연결되어서, 이 시 전체의 의취가 '華中悲' 즉 화려한 중에 비애가 있는 결구로 맺고 있다. 魏慶之의 ≪詩人玉屑≫에서,

세상 사람들은 기려함을 좋아하나 글을 아는 사람은 이를 매우 경시하고, 젊은이는 풍화를 좋아하나 나이가 지긋한 사람은 이를 싫어하

---

4) ≪師友詩傳錄≫ : 「詩家點染法, 有以物色襯地名者 … 有以地名襯物色者. …」

지만, 문장에서는 이치에 맞고 맞지 않는가를 따질 뿐이다. 만약 이치에 맞다면 기려함과 풍화가 함께 묘처에 들 것이나, 이치에 맞지 않다면 일체 모든 것은 장황한 말이 될 것이다.

俗喜綺麗, 知文者能輕之, 後生好風花, 老大卽厭之, 然文章論當理與不當理耳. 苟當於理, 則綺麗風花, 同入於妙, 苟不當理, 則一切皆爲長語.(권10)

라고 한 평어는 장호에 있어 '當理' 즉 이치에 맞는 묘오에 든 경지가 아니라고 부인할 수 없을 것이다.

한편 피일휴는 만당시인이지만 그의 詠史懷古의 단편은 자신의 정치견해를 표현하면서 현실주의 시가정신과 상통한다. 그의 〈汴河懷古〉(《全唐詩》 권610)를 본다.

수가 망하고도 이 운하 만들어
오늘도 천리에 물길이 통하도다.
수궁의 용주 같은 일 없었다면
우임금과 논공해도 별 차이 없었을 것을.

盡道隋亡爲此河, 至今千里賴通波.
若無水殿龍舟事, 共禹論功不較多.(其二)

汴河는 通濟渠로서 隋 煬帝 때 만든 대운하이다. 이 운하건설에 백성의 膏血이 맺힌 바, 이 시도 그러한 맥락에서 이해할 수 있다. 이 시의 제1구는 수의 멸망이 운하에 있다고 하며, 제2구에서는 운하의 개척이 남북교통을 개선하고 경제개발과 정치통일에 기여한 바 크다는 의미로 풀이한다. '至今' 2자는 造福이 후세에 길게 이어졌음을 표현한 것이며, '千里'는 그로 인한 이익을 보는 지역이 넓다는 의미이다. '賴'자는 國利民福을 위해 불가결하여 찬양할 만하다는 긍정적 의미를 지닌다. 제2구의 뉘앙스는 운하의 유익을 밝게 표현하고 있어서 飜案法을 구사하고 있다.[5] 제3구에서 시인은 浮華한 隋煬

5) 周嘯天 : 「這就是唐人詠史懷古詩常用的飜案法. 飜案法可以使議論新奇, 發人所

帝의 사치를 李商隱의 시구처럼 묘사하면서 수 양제에 대한 증오를
간설적으로 표현하였다.6) 제4구에 이르러서 대중의 치적과 역설적
으로 대조시키면서 半結句式으로 수 양제의 폭정을 토로한다. 당시
의 정치부패는 수나라 멸망의 길과 같아서 시인은 역사를 조감하여
교훈적인 우국의 정을 그린 시이다. 立意의 新鮮, 議論의 精密, 그
리고 飜案法의 妙用은 피일휴 회고시의 뛰어난 점이며, 登第 이후의
시에서 보이는 시의 美的 구성과 상통한다.

피일휴는 역사적인 사실에서 회고와 반성, 경계를 제시하면서, 자
신에 대해서도 인생의 영욕을 詩化하였는데, 〈秋夜有懷〉(상동 권611)
를 보자.

> 꿈에서 근심 어린 몸 눈물지니
> 깨어서도 저고리 아직 젖었어라.
> 혈육의 정이 내 마음 태우니
> 살기 급해서가 아니로세.
> 어찌하면 주인을 보좌할가나
> 공명을 세울 길 없구나.
> 처세에 매우 외롭고
> 가문에도 이을 만한 것 없도다.
> 내일 아침 나루에 나아가려도
> 걸음마다 나갈 문이 막혔어라.
> 어찌하여 한 치의 작은 가슴에
> 온갖 수심 스며드는지.
> 夢裏憂身泣, 覺來衣尙濕.
> 骨肉煎我心, 不得謀生急.
> 如何欲佐主, 功名未成立.
> 處世旣孤特, 傳家無承襲.

未發, 但要作到不悖情理, 却是不容易的.」(≪唐詩大觀≫ p.1288)
6) 李商隱의 〈隋宮〉 詩句:「春風擧國裁宮錦, 半作障泥半作帆.」(≪玉谿生詩集箋注≫)

明朝走梁楚, 步步出門澁.
如何一寸心, 千愁萬愁入.

　시에 자신의 불우와 충성, 그리고 공명을 이루지 못한 수심 등이
토로되어 있다. 이런 절실한 심회를 진솔하게 표현하고 있지만 만
당시의 기세 미약과 격조 비하라는 단점을 극복하기에는 역시 아쉽
다는 점에서 본 시화의 지적이 합리적이라 할 것이다.

　본 시화 원본은 없어졌고, 淸代 ≪永樂大典≫에서 1권을 편집하
여 ≪四庫全書≫ 集部 詩文評類에 실었다. 전하는 것으로는 ≪歷代
詩話續編≫, ≪螢雪軒≫, ≪七子詩話≫본 등이 있다.

시화별 인용시의 詩題 목록

본서 각 시화 해제에 例詩로 인용된 시와 시구의 詩題를 제시하면
다음과 같다.

〔第1편 唐·五代 詩話〕

≪評詩格≫ 李嶠
李嶠〈煙〉,〈菊〉,〈奉使築朔方六州城率爾而作〉,〈寶劍篇〉,〈安輯嶺表事
平罷歸〉,〈餞薛大夫護邊〉,〈侍宴長寧公主東莊應制〉

≪古今詩人秀句≫ 元兢
元兢〈蓬州野望〉, 謝朓〈觀朝雨〉,〈詠竹〉

≪詩格≫ 王昌齡
王昌齡〈芙蓉樓送辛漸〉,〈閨怨〉, 曹植〈贈丁儀王粲〉, 應瑒〈侍五官中郎
將建章臺集詩〉, 陶潛〈讀山海經十三首〉(其一), 謝靈運〈石壁精舍還湖
中作〉, 郭璞〈遊仙詩〉(其三,六)

≪樂府古題要解≫ 吳兢
吳兢〈永泰公主挽歌二首〉제1수, 李白〈子夜四時歌〉,〈公無渡河〉

≪詩式≫ 皎然
皎然〈尋陸鴻漸不遇〉,〈晚春尋桃源觀〉, 王梵志〈夫婦生五男〉,〈奉使親監
鑄〉,〈非相非非相〉,〈孔懷須敬重〉,〈父母生兒身〉,〈官職莫貪財〉,〈城外
土饅頭〉,〈好事須相讓〉,〈父母生男女〉,〈孝是前身緣〉,〈敬他還自敬〉,
〈知恩須報國〉,〈道士頭側方〉,〈道人頭兀雷〉,〈梵志死去來〉,〈觀影元非
有〉,〈工匠莫學巧〉,〈第一須敬行〉,〈代天理百姓〉,〈尊人相逐出〉,〈家中
漸漸貧〉,〈天下惡官職〉,〈差著卽須行〉,〈貧窮田舍漢〉

≪二南密旨≫ 賈島
賈島〈尋隱者不遇〉, 詩經〈野有死麕〉(제1,2,3장),〈柏舟〉, 謝靈運〈登池上樓〉,〈古詩十九首〉(其一), 陸機〈齊謳行〉

≪本事詩≫ 孟棨
李嶠〈汾陰行〉〉,〈送駱奉禮從軍〉,〈侍宴長寧公主東莊應制〉, 蘇味道〈觀燈詩〉, 鮑照〈代白紵舞歌辭〉(제1,2수),〈代白紵曲〉(제1,2수)

≪詩人主客圖≫ 張爲
張爲〈謝別毛仙翁〉,〈漁陽將軍〉, 孟雲卿〈苦雨〉, 韋應物〈秋夜寄邱二十二員外〉, 周朴〈絶〉, 鮑溶〈秋懷〉, 曹唐〈遊仙〉, 許渾〈贈高處士詩〉

≪二十四詩品≫ 司空圖
司空圖〈獨望〉,〈秋思〉, 劉邦〈大風歌〉, 陶潛〈歸園田居〉, 劉禹錫〈烏衣巷〉, 王維〈酬張少傅〉,〈古詩十九首〉(其一), 孟浩然〈宿建德江〉, 杜甫〈遣興〉(其五), 曹操〈步出夏門行〉, 張籍〈喜王起侍郎〉, 李白〈贈僧崖公〉,〈山中與幽人對酌〉,〈春日醉起言志〉,〈秋浦歌〉(제5,9,14,17수), 謝朓〈和王中丞聞琴〉, 李益〈遊子吟〉, 杜甫〈月夜春日憶李白〉, 王維〈山居秋暝〉,〈竹里館〉,〈臨湖亭〉

≪風騷旨格≫ 齊己
齊己〈送僧歸日本〉, 盧綸〈夜中得循州趙司馬侍郎書因寄回使〉,〈李端公〉,〈送韓都護還邊〉,〈送劉判官赴豊州〉,〈送元贊府重任龍門縣〉,〈送寧國夏侯丞〉,〈詠被中繡綱鞵〉,〈冬日登城樓有懷因贈程騰〉,〈晚次新豊北野老家韋事贈韓質明府〉,〈長安春望〉

≪流類手鑑≫ 盧中
盧中〈芳草〉,〈寄華山司空圖〉, 馬戴〈楚江懷古〉, 無可〈秋寄從兄賈島〉

≪雲溪友議≫ 范攄
李咸用〈悼范攄處士詩〉, 陸暢〈雲安公主下降奉詔作催妝詩〉,〈解內人廟〉, 平曾〈縶白馬詩上薛僕射〉, 韋丹〈思歸寄東林澈上人〉,〈答澈公〉, 張祜〈涓川寺路〉,〈峰頂寺〉,〈題徑山大覺禪師影堂〉,〈題丘山寺〉,〈詠春風〉, 雍圖

〈題情盡橋〉,〈詠雙白鷺〉,〈懷無可上人〉, 西施〈西施詩〉, 王軒〈附軒詩〉,
李褒〈宿雲門香閣院〉, 李回〈享太廟樂章〉, 韋皐〈憶玉簫〉

≪炙轂子詩格≫ 王叡
王叡〈松〉,〈秋〉, 李白〈送羽林陶將軍〉, 王維〈田園樂〉(제1,3,7수), 韋
應物〈寄全椒山中道士〉, 陸機〈演連珠五十首〉(其一)

≪雅道機要≫ 徐寅
徐寅〈白鴿〉,〈退居〉, 孟郊〈烈女操〉, 羅隱〈偶興〉

≪詩中旨格≫ 王玄
王玄〈登祝融峰〉,〈聽琴〉, 孟浩然〈望洞庭湖贈張丞相〉, 李洞〈過野叟居〉

≪詩要格律≫ 王夢簡
祖詠〈泊揚子津〉,〈終南望餘雪〉, 康道 詩句, 李洞〈送雲卿上人游安南〉

≪風騷要式≫ 徐衍
薛濤〈牡丹〉, 鄭谷〈舟次通泉精舍〉,〈送進士盧棨東歸〉, 周朴〈秋深〉, 賈
島〈謝令狐綯相公賜衣九事〉

≪文彧詩格≫ 文彧
文彧〈贈陳文亮〉, 周朴〈董嶺水〉, 齊己〈湘江漁夫〉, 鄭谷〈題雁〉, 歐陽
詹〈山中老僧〉

≪詩評≫ 景淳
王維〈送邢桂州〉

〔제2편 北宋 詩話〕

≪茅亭客話≫ 黃休復
張詠〈悼蜀詩〉, 唐求〈巫山下作〉,〈曉發〉

≪六一詩話≫ 歐陽修
歐陽修〈晚泊岳陽〉,〈秋懷〉, 孟郊〈古別離〉,〈尋隱者不遇〉, 嚴維〈酬劉員

外見寄〉

≪溫公續詩話≫ 司馬光
司馬光〈和邵堯夫安樂窩中職事吟〉, 杜甫〈春望〉, 韓琦〈北塘避暑〉

≪玉壺詩話≫ 文瑩
王禹偁〈村行〉

≪中山詩話≫ 劉攽
劉攽〈城南行〉, 韓愈〈詠雪贈張籍〉, 張籍〈謝裴司空馬〉, 嚴維〈酬劉員外見寄〉, 孟郊〈贈別崔純亮〉

≪東坡詩話≫ 蘇軾
蘇軾〈送春〉, 林逋〈山園小梅〉, 皮日休〈華陽潤卿博士十三首〉(其一), 〈奉酬崔璐進士見寄次韻〉, 〈寄毘陵魏處士朴〉, 〈奉送浙東德師侍御羅府西歸〉, 〈白太傅〉, 〈農夫謠〉, 〈三羞詩〉(제3수), 〈橡媼歎〉, 〈明月灣〉, 〈種魚〉, 〈茶籝〉, 張賁〈悼鶴和襲美〉, 崔璐〈覽皮先輩盛製因作十韻以寄用伸欽仰〉, 魏朴〈和皮日休悼鶴〉, 羊昭業〈皮襲美見留小燕次韻〉, 李毅〈浙東羅府西歸酬別〉

≪唐語林≫ 王讜
王維〈送元二使安西〉

≪詩病五事≫ 蘇轍
韓愈〈元聖德詩〉

≪臨漢隱居詩話≫ 魏泰
魏泰〈荊門別張天覺〉, 白居易〈久不見韓侍郎戲題因四韻以寄之〉, 蘇舜欽〈城南感懷呈永叔〉

≪黃山谷詩話≫ 黃庭堅
黃庭堅〈題竹石牧牛〉, 楊萬里〈讀唐人及半山詩〉, 王安石〈商鞅〉

≪侯鯖詩話≫ 趙令畤

白居易〈江樓夕望招客〉, 沈傳師〈潭州酬唐侍御姚員外遊道林岳麓寺題示〉

≪後山詩話≫ 陳師道
陳師道〈登快哉亭〉, 鮑照〈採桑〉,〈代白紵舞歌辭〉(제1수), 白居易〈宴散〉

≪春渚紀聞≫ 何薳
蘇軾〈雪浪石〉, 秦觀〈遊鑑湖〉

≪陳輔之詩話≫ 陳輔
王建〈宮詞〉(其1,66,75), 朴珪壽〈鳳韶餘響〉(其1,2)

≪潛溪詩眼≫ 范溫
杜甫〈古柏行〉, 李白〈古風〉

≪蔡寬夫詩話≫ 蔡居厚
李白〈永王東巡歌〉(제2,11수), 韓愈〈和裴晋公〉, 蘇渙〈變律〉, 陳子昂〈感遇詩〉(제11수)

≪潘子眞詩話≫ 潘淳
元稹〈連昌宮詞〉, 韓偓〈偶題〉

≪湘素雜記≫ 黃朝英
李商隱〈錦瑟〉, 蘇軾〈陳季常所畜朱陳東嫁娶圖二首〉(其1)

≪洪駒父詩話≫ 洪芻
洪芻〈擬峴臺〉, 柳宗元〈江雪〉, 鄭谷〈雪中偶題〉,〈淮上與友人別〉, 常建〈題破山寺後禪院〉

≪優古堂詩話≫ 吳幵
寶鞏〈南游感興〉, 杜牧〈冬至日寄小姪阿宜詩〉,〈感懷詩〉,〈早雁〉,〈河湟〉,〈皇風〉,〈華淸宮三十韻〉,〈過華淸〉(其1,2,3),〈赤壁〉, 許渾〈送同年崔先輩〉,〈天竺寺題葛洪井〉

≪王直方詩話≫ 王直方

張繼〈楓橋夜泊〉, 孟郊〈苦寒吟〉, 白居易〈王昭君〉, 秦觀〈晚出右掖門〉

≪西淸詩話≫ 蔡絛
孟浩然〈望洞庭湖贈張丞相〉, 王維〈孟城坳〉,〈渭川田家〉,〈使至塞上〉,〈送別〉,〈少年行〉,〈觀獵〉,〈輞川別業〉, 陶潛〈問來使〉, 杜甫〈登岳陽樓〉, 李白〈潯陽紫極宮感秋〉, 劉禹錫〈烏衣巷〉

≪冷齋夜話≫ 釋惠洪
惠洪〈崇勝寺後〉, 杜甫〈漫興〉,〈羌村〉, 柳宗元〈漁翁〉, 王安石〈南浦〉,〈鍾山官林與客夜坐〉, 蘇軾〈縱筆〉, 黃庭堅〈達觀臺〉

≪漫叟詩話≫ 作者 未詳
杜甫〈曲江對酒〉,〈絶句四首〉(其3),〈百憂集行〉

≪古今詩話≫ 李頎
杜甫〈戲作花卿歌〉,〈秋興八首〉(其8), 鄭谷〈海棠〉, 王之渙〈登鸛雀樓〉

≪許彦周詩話≫ 許顗
顔延之〈北使洛〉, 謝靈運〈遊南亭〉, 梁武帝〈白紵辭〉, 江淹〈秋思〉, 杜甫〈麗人行〉

≪石林詩話≫ 葉夢得
葉夢得〈赴建康過京口呈劉季高〉, 王徽〈記夢〉, 韓緻如〈別葉館伴〉, 朴寅亮 七言 4句, 李資諒〈睿謨殿賜宴恭和御製〉, 朴景綽 七言 2句, 魏繼延 七言 2句, 杜甫〈上兜率寺〉,〈病橘〉,〈北征〉, 王維〈積雨輞川莊作〉,〈竹里館〉, 張繼〈楓橋夜泊〉, 戴叔倫〈江上別張勸〉,〈過陳州〉,〈過神州〉,〈送謝夷甫宰鄮縣〉,〈湘中懷古〉,〈送道虔上人遊方〉,〈郊園卽事寄蕭侍郎〉,〈暮春遊長沙東湖贈辛克州巢父〉,〈送李審之桂州謁中丞叔〉

≪竹坡詩話≫ 周紫芝
周紫芝〈婆餅焦〉,〈布谷〉, 韓愈〈調張籍〉

≪紫微詩話≫ 呂本中
呂本中〈夢〉, 謝逸〈寄隱居士〉, 饒節〈晚起〉, 晁沖之〈夷門行贈秦夷仲〉,

晁補之〈漁家傲〉，張耒〈春日卽事〉，〈北隣賣餠兒，每五鼓未日，卽繞街呼賣，雖大寒烈風不廢，而時略不少差，因爲作詩，且有所警，示秸秬〉

≪藝苑雌黃≫ 嚴有翼
杜甫〈春日憶李白〉〈飮中八仙歌〉， 李白〈戲贈杜甫〉，〈魯郡東石門送杜二甫〉，〈沙丘城下寄杜甫〉

≪唐子西文錄≫ 唐庚 口述，强行父 記錄
唐庚〈春日郊外〉，〈白鷺〉，謝靈運〈遊南亭〉，謝朓〈玉階怨〉

≪珊瑚鉤詩話≫ 張表臣
陶潛〈癸卯歲始春懷古田舍〉，李賀〈秋來〉

≪藏海詩話≫ 吳可
吳可〈學詩詩〉3수，龔相〈學詩詩〉，趙蕃〈學詩詩〉，都穆〈學詩詩〉，杜甫〈百憂集行〉，〈短歌行贈王郞司直〉，〈送孔巢父謝病歸遊江東兼呈李白〉，〈初月〉，〈空囊〉，〈瀼西寒望〉，〈野望〉，〈江漢〉，〈遣意〉，〈寒食〉，〈嚴鄭公宅同詠竹〉，〈悲陳陶〉，〈哀江頭〉，〈寄柏學士林居〉，〈詠懷古跡〉，〈諸將〉(其5)，〈夜〉，〈無家別〉，〈義鶻行〉，〈望嶽〉，常建〈題破山寺後禪院〉，張祜〈櫻桃〉，〈鸚鵡〉，〈汴下懷古〉，〈秋夜有懷〉

〔제3편　南宋 詩話〕

≪唐詩紀事≫ 計有功
李嶠〈汾陰行〉，〈雪〉，〈菊〉，陳子昂〈感遇詩〉(其3,15)，蕭穎士〈江有楓〉(제1,2,3장)，〈菊榮〉(제1,2장)，〈江有歸舟〉(제1,2,3장)，戎昱〈贈岑郞中〉，〈苦哉行〉(제3,4수)，錢起〈省試湘靈鼓瑟〉，〈送李明府去官〉，〈長安客舍贈李行父明府〉，〈奉送劉相公江淮轉運〉，〈送馬使君赴鄭州〉，金地藏〈送童子下山詩〉，金眞德〈太平詩〉，高瑾〈三月三日宴王明府山亭〉，〈晦日宴高氏林亭〉，〈晦日重宴〉，〈上元夜效小庾體〉，高嶠〈晦日宴高氏林亭〉，〈晦日重宴〉，封敖〈春色滿皇州〉，〈題西隱寺〉，高璩〈和薛逢贈別〉，封彦卿〈和李尙書命妓餞崔侍御〉

≪觀林詩話≫　吳聿
李白〈古風〉(其3,4,33),〈經溪南藍山下有落星潭可以卜築余泊舟石上何判官昌浩〉,〈流夜郎永華寺寄潯陽群官〉,〈秋浦歌〉,〈橫江詞〉(其1,5),〈惜餘春風〉,〈行路難〉(其1),〈宣州謝朓樓餞別〉,〈扶風豪士歌〉,〈日出行〉,〈宣城見杜鵑花〉,〈古朗月行〉,〈詠槿〉,〈南軒松〉, 李賀〈秋來〉, 薛能〈游嘉州後溪〉,〈春日使府詠懷〉,〈柘枝詞〉(其1),〈雕堂〉,〈早春書事〉,〈籌筆驛〉, 鄭谷〈讀故許昌薛尙書詩集〉

≪碧溪詩話≫　黃徹
劉邦〈大風歌〉, 荊軻〈易水歌〉, 杜甫〈北征〉,〈戲贈友二詩〉,〈兵車行〉,〈題張氏隱居二首〉(제2수)

≪環溪詩話≫　吳沆
杜甫〈登高〉,〈九日藍田崔氏莊〉, 韓愈〈調張籍〉, 柳宗元〈漁翁〉

≪歲寒堂詩話≫　張戒
張戒〈羅湖野錄〉

≪艇齋詩話≫　曾季貍
朱熹〈寄曾艇齋詩〉, 曾季貍〈宿正覺寺〉, 嚴維〈酬王侍御西陵渡見寄〉, 杜甫〈登岳陽樓〉,〈獨酌〉, 孟浩然〈望洞庭湖贈張丞相〉, 李白〈遠別離〉, 盧綸〈送顏推官游銀夏謁韓大夫〉,〈逢病軍人〉,〈華淸宮〉(제1,2수),〈村南逢病叟〉,〈晚次鄂州〉

≪苕溪漁隱叢話≫　胡仔
胡仔〈題苕溪漁隱圖〉, 李白〈金陵酒肆留別〉, 王維〈贈裴十廸〉,〈黎拾遺昕裴廸見過秋夜對雨之作〉,〈登裴廸秀才小臺作〉,〈菩提寺禁裴廸來相看說逆賊等凝碧池上作音樂供奉人等擧聲時便一時淚下私成口號誦示裴廸〉,〈椒園〉, 裴廸〈輞川遇雨憶終南山因獻王維〉, 杜甫〈漫興絶句〉(제1,5수)

≪捫虱新話≫　陳善
韓愈〈調張籍〉, 盧仝〈有所思〉, 馬異〈貞元旱歲〉,〈送皇甫湜赴擧〉

≪高齋詩話≫ 曾慥
曾慥〈白帝城〉, 杜牧〈河湟〉, 杜甫〈絶句四首〉(제3수)

≪韻語陽秋≫ 葛立方
葛立方〈避地賞春〉, 陶潛〈歸園田居〉(其1), 〈形影神〉(神釋), 謝朓〈玉
階怨〉, 〈王孫遊〉, 陳子昂〈感遇詩〉(제2,3,7,15,29,37수), 王維〈送孟
六歸襄陽〉, 〈哭孟浩然〉, 李嘉祐〈題靈臺縣東山村主人〉, 〈送從弟歸河
朔〉, 〈留別毘陵諸公〉, 張祜〈何滿子〉, 〈和杜牧之齊山登高〉, 杜牧〈贈張
祜〉

≪庚溪詩話≫ 陳巖肖
陳巖肖〈洗竹〉, 王梵志〈奉使親監鑄〉, 〈你若是好我〉, 〈兄弟須和順〉, 〈觀
內有婦人〉, 〈第一須景行〉, 〈家中漸漸貧〉, 王維〈漢江臨泛〉, 〈竹里館〉,
〈自大散以往深林蹬道盤曲四十五里至黃牛嶺見黃花〉, 〈胡居士臥病遺米
因贈〉, 〈謁璿上人〉, 張繼〈楓橋夜泊〉

≪能改齋漫錄≫ 吳曾
吳曾〈羅山〉, 李白〈估客行〉, 〈答湖州迦葉司馬問白是何人〉, 韓愈〈聽穎
師彈琴〉, 李賀〈聽穎師彈琴〉, 〈秋來〉, 張籍〈沒番故人〉, 〈送金少卿副使
歸新羅〉, 〈送新羅使〉

≪容齋隨筆≫ 洪邁
洪邁〈秋日漫興〉, 溫庭筠〈商山早行〉, 張祜〈鸚鵡〉, 杜甫〈戲爲六絶句〉,
盧綸〈華淸宮〉(제2수), 〈酬李益端公夜宴見贈〉, 李益〈回軍行〉, 〈赴邠寧
留別〉, 〈贈內兄盧綸〉, 〈夜宴觀石將軍舞〉, 〈夜發軍中〉, 〈觀騎射〉, 〈從軍
北征〉, 元稹〈行宮〉

≪老學庵詩話≫ 陸游
陸游〈老馬行〉, 〈感慎〉, 〈落梅〉, 劉長卿〈餞別王十一南遊〉, 〈尋南溪常山
道人隱居〉, 王禹偁〈春居雜興〉, 杜甫〈梅雨詩〉, 岑參〈宿鐵關西館〉, 白
居易〈六月三日夜聞蟬〉, 李商隱〈無題詩〉

≪二老堂詩話≫ 周必大

周必大〈行舟憶永和兄弟〉, 劉禹錫〈淮陰行〉, 薛能〈贈出塞客〉,〈籌筆驛〉,〈題逃戶〉,〈自諷〉,〈銅雀臺〉,〈杏花〉,〈新柳〉,〈贈隱者〉, 白居易〈東坡種花〉

≪誠齋詩話≫ 楊萬里
楊萬里〈讀唐人及半山詩〉,〈感秋〉,〈檜林曉步〉,〈次日醉歸〉, 陶潛〈九日閑居〉, 杜甫〈九日五首〉(其1),〈九日藍田崔氏莊〉

≪全唐詩話≫ 尤袤
尤袤〈題米元暉瀟湘圖二首〉, 唐高宗〈謁大慈恩寺〉, 金眞德〈太平詩〉, 王維〈黎拾遺昕裵廸見過秋夜對雨之作〉,〈登裴廸秀才小臺作〉,〈菩提寺禁裴廸來相看說逆賊等凝碧池上作音樂供奉人等擧聲時便一時淚下私成口號誦示裴廸〉,〈椒園〉, 裵廸〈椒園〉,〈輞川遇兩憶終南山因獻王維〉,〈送孟六歸襄陽〉,〈哭孟浩然〉,〈哭殷遙〉,〈謁璿上人〉,〈登辨覺寺〉,〈與蘇盧二員外期遊方丈寺而蘇不至, 因有是作詩〉, 韓翃〈寒食〉,〈經月巖山〉(제1,2,3단),〈褚主簿宅會畢庶子錢員外郎使君〉, 錢起〈同王錥起居程浩郎中韓翃舍人題安國寺用上人院〉, 高騈〈遣興〉,〈寫懷〉(제1,2수),〈寄鄠杜李遂良處士〉,〈對花呈幕中〉,〈過天威徑〉,〈錦城寫望〉,〈塞上曲〉,〈邊方春興〉,〈對雪〉,〈風箏〉, 金地藏〈送童子下山〉, 貫休〈送人歸新羅〉,〈送新羅人及第歸〉,〈送新羅僧歸本國〉,〈送新羅衲僧〉, 齊已〈送僧歸日本〉, 無可〈送朴山人歸日本〉, 法照〈送無著歸新羅〉

≪清邃閣論詩≫ 朱熹
朱熹〈杜門〉,〈曾點〉, 李白〈詠荊軻〉,〈月下獨酌〉, 陳與義〈和張矩臣水墨梅〉(제1,3수),〈風雨〉,〈雨〉,〈感事〉,〈登岳陽樓〉,〈春寒〉,〈夜雨〉,〈雨〉(앞의 同題와 相異),〈牡丹〉,〈寄德升大光〉,〈淸明〉

≪白石道人詩說≫ 姜夔
姜夔〈除夜自石湖歸苕溪〉,〈過湘陰寄于巖〉,〈淡黃柳〉,〈揚州慢〉, 陶潛〈歸園田居〉,〈形影神〉

≪草堂詩話≫ 蔡夢弼

杜甫〈哭台州鄭司戶蘇少監〉, 韓愈〈調張籍〉

≪後村詩話≫ 劉克莊
劉克莊〈題忠勇廟〉,〈木蘭花〉,〈落梅〉, 曹操〈短歌行〉, 陶潛〈停雲〉,〈孔
雀東南飛〉,〈木蘭詞〉, 崔護〈黃鶴樓〉, 李白〈戲贈詩〉,〈拜禹歌〉, 韓愈〈陸
渾山火和皇甫湜用其韻〉,〈寄皇甫湜〉,〈讀皇甫湜公安園池詩書其後〉,
皇甫湜〈題浯溪石〉,〈石佛谷〉,〈出世篇〉, 溫庭筠〈商山早行〉, 陳與義〈風
雨〉,〈雨〉,〈感事〉,〈登岳陽樓〉

≪江西詩派小序≫ 劉克莊
韓駒〈題楊妃上馬圖〉, 徐俯〈春日游湖上〉, 潘大臨〈江間作〉, 洪朋〈獨步
懷元中〉, 洪炎〈山中聞杜鵑〉, 夏倪〈跋聚蟻圖〉, 謝逸〈寄隱居士〉, 謝薖
〈夏日游南湖〉, 林敏功〈子瞻畫扇〉, 晁沖之〈春日〉, 汪革〈和呂居仁春
日〉, 李彭〈春日懷秦髯〉, 如璧〈偶成〉, 祖可〈絶句〉, 善權〈送墨梅與王
性之〉, 王維〈謁璿上人〉, 高荷〈蠟梅〉, 江端友〈牛酥行〉, 李錞〈題宗室
公震〉(春景, 夏景)

≪娛書堂詩話≫ 趙與虤
羅隱〈繡〉,〈白角篦〉,〈詠香〉,〈蜂〉, 吳沆〈春遊吟〉,〈首夏〉

≪滄浪詩話≫ 嚴羽
嚴羽〈和上官偉長蕪城晚眺〉, 王維〈終南別業〉,〈過香積寺〉

≪對床夜語≫ 范晞文
詩經〈羔羊〉, 蔡琰〈悲憤詩〉,〈胡笳十八拍〉(제1, 12박), 王維〈齊上四賢
詠〉(鄭霍二山人),〈送邱爲往唐州〉,〈留別邱爲〉,〈送孟六歸襄陽〉,〈哭孟
浩然〉, 李商隱〈柳枝五首〉,〈樂遊原〉

≪深雪偶談≫ 方岳
方岳〈感舊〉, 陶潛〈飲酒詩〉(제11수), 范成大〈田園四時雜興六十首〉,〈春
日田園雜興〉(제2수),〈夏日田園雜興〉(제7수),〈秋日田園雜興〉(제9
수),〈冬日田園雜興〉(제11수), 王維〈孟城坳〉,〈渭川田家〉,〈使至塞上〉,
〈送別〉,〈少年行〉,〈觀獵〉, 申緯〈奉睿旨選全唐近體訖恭題後應命作〉,〈西

京次鄭知常韻〉,〈達雲古城〉,〈追私彛齋在兆藩時題黃山所寄疎松短檠圖韻〉,〈春望〉,〈春盡日對雨〉,〈極樂殿〉,〈仙人國〉,〈眞樂公重修文殊院碑〉,〈九松亭瀑布〉,〈影池〉,〈西川〉,〈千年古杉〉,〈山頂花〉,〈淸平洞口〉,〈瑞香院〉,〈降仙閣〉,〈松坡畫像〉,〈古骨〉,〈仙洞〉,〈懶翁鐵柱杖〉,〈抄秋水城江泛舟〉,〈潘家莊〉,〈霖雨新晴岱瑞相過園亭〉,〈病中猥蒙聖上連日下問因賜鹿茸紀恩有詩〉,〈送別趙碧雲得林赴任寧邊〉,〈屬秋史〉,〈題淸水芙蓉閣〉,〈客舍葉〉,〈芙蓉堂夜宴憶安陵舊遊吟成短律奉贈按使〉,〈宿金陵懷舊書事〉,〈十月十日始雪自題墨竹〉

주요 참고문헌 목록

본서에 選輯된 唐代 이전 4종 시화와 唐·五代와 北宋, 南宋 시화 80종의 판본 목록은 각각 해제 내용의 판본 부분에서 기술하였기에 본 목록에서 제외하고, 본서 작성 과정에서 비교적 중요하게 참고한 각 부문 도서를 골라서 다음과 같이 열거한다.

Ⅰ. 詩話類

曹丕《典論論文》蕭統《文選》內 中華書局 1977

張少康《文賦集釋》上海古籍出版社 1984

劉勰《文心雕龍》文淵閣四庫全書

蕭統《文選》中華書局 1977

曹旭 集注《詩品集注》上海古籍出版社 1994

何文煥 訂《歷代詩話》臺灣 藝文印書館 1971

김규선 역《歷代詩話》소명출판사 2013

丁福保 編訂《續歷代詩話》臺灣 藝文印書館 1974

《古今詩話叢編》臺灣 廣文書局 1980

《古今詩話續編》臺灣 廣文書局 1980

王仲鏞《唐詩紀事校箋》巴蜀書社 1989

陳伯海 主編《唐詩彙評》浙江教育出版社 1995

厲鶚 輯撰《宋詩紀事》上海古籍出版社 1983

郭紹虞《宋詩話輯佚》中華書局 1980

吳文治 主編《宋詩話全編》江蘇古籍出版社 1998

張伯偉《稀見本宋人詩話四種》江蘇古籍出版社 2002

丁福保 輯《淸詩話》上海古籍出版社 1978

郭紹虞 編選《淸詩話續編》上海古籍出版社 1983

蘇軾≪東坡志林≫ ≪文淵閣四庫全書≫本

何汶≪竹莊詩話≫ 中華書局 1984

蔡正孫≪詩林廣記≫ ≪古今詩話續編≫內

魏慶之≪詩人玉屑≫ 上海古籍出版社 1982

沈括≪夢溪筆談≫ 岳麓書社 2002

王應麟≪困學紀聞≫ 遼寧教育出版社 1998

費袞≪梁谿漫志≫ 上海書店 1990

羅大經≪鶴林玉露≫ 中華書局 1983

王應麟≪詩考≫ ≪叢書集成≫初編本

傅璇琮 主編≪唐才子傳校箋≫ 中華書局 1987

胡鑑≪滄浪詩話注≫ 臺灣 廣文書局 1978

郭紹虞 校釋≪滄浪詩話校釋≫ 臺灣 正生書局 1973

王若虛≪滹南詩話≫ ≪續歷代詩話≫內 臺灣 藝文印書館 1975

楊載≪詩法家數≫ ≪歷代詩話≫內 臺灣 藝文印書館 1971

吳師道≪吳禮部詩話≫ ≪續歷代詩話≫內 臺灣 藝文印書館 1975

唐汝詢≪唐詩解≫ 河北大學出版社 2001

李東陽≪懷麓堂詩話≫ ≪續歷代詩話≫內 臺灣 藝文印書館 1975

李東陽 著 李慶立 校釋≪懷麓堂詩話校釋≫ 人民文學出版社 2009

李東陽 撰, 柳晟俊 譯解≪懷麓堂詩話≫ 푸른사상 2012

都穆≪南濠詩話≫ ≪續歷代詩話≫內 臺灣 藝文印書館 1975

楊愼≪升庵詩話≫ ≪續歷代詩話≫內 臺灣 藝文印書館 1975

胡應麟≪詩藪≫ 上海古籍出版社 1979

朱朝瑛≪讀詩略記≫ ≪文淵閣四庫全書≫本

胡震亨≪唐音癸籤≫ 上同 1981

許學夷≪詩源辯體≫ 上同 1998

胡應麟≪少室山房筆叢≫ 上海書店 2001

王士禎≪古夫于亭雜錄≫ 中華書局 1988

王士禎≪池北偶談≫ 中華書局 1982

顧炎武≪日知錄≫ 甘肅民族出版社 1979

何焯≪義門讀書記≫ 中華書局 1987

紀昀《閱微草堂筆記》 上海古籍出版社 2005

王灼《碧溪漫志》 臺灣 廣文書局 1973

馮班《鈍吟雜錄》 《清詩話》內 上海古籍出版社 1978

徐增《而庵詩話》 上同

張泰來《江西詩社宗派圖錄》 上同

趙執信《談龍錄》 上同

李重華《貞一齋詩說》 上同

袁枚《續詩品》 上同

施補華《峴傭說詩》 上同

汪師韓《詩學纂聞》 上同

顧嗣立《寒廳詩話》 上同

賀裳《載酒園詩話》 《清詩話續編》內 上海古籍出版社 1983

吳喬《圍爐詩話》 上同

沈德潛《說詩晬語》 上同

袁枚《隨園詩話》 上同

趙翼《甌北詩話》 上同

翁方綱《石洲詩話》 上同

冒榮春《葚原詩說》 上同

喬億《劍溪說詩》 上同

朱庭珍《筱園詩話》 上同

劉熙載《詩概》 上同

郭紹虞 主編《中國歷代文論選》 中華書局 1963

張伯偉《全唐五代詩格校考》 陝西人民教育出版社 1996

洪萬宗《詩話叢林》 亞細亞文化社 1973

李晬光《芝峰類說》《韓國詩話叢編》第2冊 東西文化院 1989

南晚星 譯《芝峰類說》 乙酉文化社 1976

Ⅱ. 經子史書 및 詩文集類

朱熹《詩集傳》 中華書局 1992

朱熹《論語集注》 齊魯書社 1992

阮元 校勘≪十三經注疏≫ 臺灣 宏業書局 淸嘉慶二十年重刊宋本
≪十三經索引≫ 臺灣 開明書店 1974
王弼 注≪老子道德眞經注≫ 上海古籍出版社 1986
郭象 注≪莊子≫ 上海古籍出版社 1980
陳鼓應 注譯≪莊子今注今譯≫ 中華書局 1985
安東林 譯註≪莊子≫ 현암사 2010
高誘 注≪淮南子≫ 上海古籍出版社 1991
朱熹≪楚辭集注≫ 上海古籍出版社 1979
洪興祖≪楚辭補注≫ 中華書局 1983
班固≪漢書≫ 中華書局 1987
沈約≪宋書≫ 中華書局 1974
歐陽修, 宋祁≪新唐書≫ 中華書局 1975
脫脫≪宋史≫ 中華書局 1985
金富軾≪三國史記≫ 景仁文化社 1969
龔斌≪陶淵明集校箋≫ 上海古籍出版社 1996
蕭統≪文選≫ 臺灣 藝文印書館 宋淳熙本重雕鄱陽胡氏藏版
丁福保 編 全漢三國晋南北朝詩 臺灣 世界書局 1975
≪全唐詩≫ 中華書局 1992
陳尙君 編≪全唐詩補編≫ 中華書局 1992
楊家駱≪新校陳子昂集≫ 臺灣 世界書局 1980
張錫厚≪王梵志詩集校釋≫ 中華書局 1983
項楚≪王梵志詩集校注≫ 上海古籍出版社 1992
趙殿成≪王右丞集箋注≫ 臺灣 世界書局 1966
趙殿成≪王右丞集箋注≫ 上海古籍出版社 1982
王琦≪李太白集輯註≫ 北京 中國書店 1996
裵斐 等 編≪李白資料彙編≫ 中華書局 1991
黃鶴≪補注杜詩≫ ≪文淵閣四庫全書≫本
元竑≪杜詩攟≫ ≪文淵閣四庫全書≫本
王嗣奭≪杜臆≫ 上海古籍出版社 1983
仇兆鰲≪杜詩詳注≫ 中華書局 1992

浦起龍≪讀杜心解≫ 中華書局 1978

韓愈≪韓愈集≫ 岳麓書社 2000

柳宗元≪柳河東全集≫ 中國書店 1991

劉禹錫≪劉禹錫集≫ 中華書局, 1990

齊文榜≪賈島集注≫ 人文文學出版社 2001

王友勝 等校注≪李賀集≫ 岳麓書社 2002

盧綸≪唐盧戶部詩集≫ 明代 蔣孝 刻本≪中唐十二家詩集≫

盧綸≪盧綸集≫明銅活字印本≪唐人詩集≫ 上海古籍出版社 1981

白居易≪白氏長慶集≫ 文學古籍刊行社 1955

華忱之 校訂≪孟東野詩集≫ 人民出版社 1984

杜牧≪樊川文集≫ 上海古籍出版社 1965

段成式≪酉陽雜俎≫ 中華書局 1981

劉學諧 余恕誠 ≪李商隱詩歌集解≫ 中華書局 1988

齊己≪白蓮集≫ ≪四部叢刊初編≫本

傅璇琮 等 主編≪全宋詩≫ 北京大學出版社 1991

唐圭璋編≪全宋詞≫ 中華書局 1965

王禹偁≪小畜集≫ 臺灣 商務印書館 1968

蘇舜欽≪蘇舜欽集≫ 中華書局 1961

梅堯臣≪宛陵集≫ ≪四部叢刊初編≫本

歐陽修≪歐陽文忠公文集≫ 上同

王安石≪臨川先生文集≫ 上同

蘇軾≪蘇東坡全集≫ 燕山出版社 1998

蘇轍≪欒城集≫ 上海古籍出版社 1987

黃庭堅≪豫章黃先生文集≫ 四部叢刊初編本

陳師道 撰 任淵 注≪後山詩注≫ ≪叢書集成初編≫本

黎靖德 編≪朱子語類≫ ≪文淵閣四庫全書≫本

呂本中≪東萊先生詩集≫ ≪四部叢刊初編≫本

楊萬里≪誠齋集≫ 四部叢刊初編本

陸游≪劍南詩稿≫ 上海古籍出版社 1985

周汝昌≪范石湖集≫ 上海古籍出版社 1981

嚴羽≪滄浪集≫ ≪文淵閣四庫全書≫本
劉克莊≪後村先生大全集≫ ≪四部叢刊初編≫本
高步瀛≪唐宋詩擧要≫ 臺灣藝文印書館 1970
張耒≪張耒集≫ 中華書局 1990
霍松林 等編≪宋詩大觀≫ 商務印書館 香港分館 1988
邱少華 選注≪江西詩派選集≫ 北京師範學院出版社 1993
邱燮友 註譯≪新譯唐詩三百首≫ 臺灣 三民書局 1973
汪中 註譯≪新譯宋詞三百首≫ 臺灣 三民書局 1977
徐居正≪東文選≫ 學習院東洋文化研究所 昭和45年
朴珪壽≪瓛齋集≫ 成均館大 大東文化研究院 2016
李穡≪牧隱文藁≫ 韓國歷代文集叢書
申緯≪申緯全集≫ 太學社 1983
李德懋≪靑莊館全書≫ 成均館大 大東文化研究院 1973

Ⅲ. 詩文理論類

晁公武≪衢本郡齋讀書志≫ 江蘇古籍出版社 1988
陳振孫≪直齋書錄解題≫ 上海古籍出版社 1987
永瑢等≪四庫全書總目提要≫ 河北人民出版社 2000
張彦遠≪歷代名畫記≫ 上海人民美術出版社 1964
釋惠洪≪禪林僧寶傳≫ 文淵閣四庫全書本
錢鍾書≪談藝錄≫ 中華書局 1984
錢鍾書≪管錐編≫ 中華書局 1979
朱自淸≪詩言志辨≫ 華東師範大學出版社 1996
郭紹虞≪宋詩話考≫ 中華書局 1985
朱光潛≪詩論≫ 上海古籍出版社 2005
郭紹虞≪中國文學批評史≫ 上海古籍出版社 1979
羅根澤≪中國文學批評史≫ 上海古籍出版社 1984
成復旺等≪中國文學理論史≫ 北京出版社 1987
李曰剛≪中國詩歌流變史≫ 臺灣文津出版社 1987
松浦友久≪中國詩歌原論≫ 大修館書店 1986

傅璇琮 等編≪中國詩學大辭典≫ 浙江教育出版社 1999

張忠綱 主編≪全唐詩大辭典≫ 語文出版社 2000

周勛初 主編≪唐人軼事彙編≫ 上海古籍出版社 1995

李珍華 傅璇琮≪河嶽英靈集研究・河嶽英靈集校點≫ 中華書局 1992

王運熙≪魏晉南北朝文學批評史≫ 上海古籍出版社 1989

駱祥發≪初唐四傑研究≫ 東方出版社 1993

許總≪唐詩史≫ 江蘇教育出版社 1995

宋龍準 吳台錫 李治洙≪宋詩史≫ 亦樂出版社 2004

杜松柏≪禪學與唐宋詩學≫ 臺灣 黎明出版社 1978

船津富彦≪唐宋文學論≫ 汲古書院 昭和61

朱光潛≪詩論≫ 上海古籍出版社 2005

黃永武≪中國詩學≫ 臺灣 巨流圖書公司 1977

蔣祖怡≪中國詩話辭典≫ 北京出版社 1996

陳伯海≪唐詩彙評≫ 浙江教育出版社 1995

傅璇琮≪唐代詩人叢考≫ 中華書局 1979

劉德重≪詩話概說≫ 安徽教育出版社 2009

蔣寅≪大歷詩人研究≫ 中華書局 1995

朱光潛≪詩與畫的界限≫ 臺灣元山書局 1985

許清雲≪皎然詩式研究≫ 臺灣 文史哲出版社 1988

祖保泉≪司空圖詩文研究≫ 安徽教育出版社 1998

蔡鎮楚≪中國詩話史≫ 湖南文藝出版社 1988

蔡鎮楚≪比較詩話學≫ 北京圖書出版社 2006

劉德重 張寅彭≪詩話概說≫ 安徽教育出版社 2009

陶文鵬≪蘇軾詩詞藝術論≫ 上海古籍出版社 2001

周裕鍇≪宋代詩學通論≫ 巴蜀書社 1997

張宏生≪江湖詩派研究≫ 中華書局 1995

張海鷗≪北宋詩學≫ 河南大學出版社 2007

胡明≪南宋詩人論≫ 臺灣 學生書局 1990

盧家明≪歐陽修傳≫ 吉林文史出版社 1998

周勛初≪高適和岑參≫ 上海古籍出版社 1995

詹鍈≪李白詩論叢≫ 人民文學出版社 1984
廖立≪岑參評傳≫ 人民文學出版社 1990
劉學鍇≪李商隱詩歌研究≫ 安徽大學出版社 1998
周祖譔 主編≪中國文學家大辭典≫ 唐五代卷 中華書局 1992
蔣祖怡 主編≪中國詩話辭典≫ 北京出版社 1996
錢志熙≪黃庭堅詩學體系研究≫ 北京大學出版社 2003
David Hawkes≪A little Primer of Tufu≫ Oxford 1967
車柱環≪中國詩論≫ 서울대학교출판부 2003
이병한 외≪中國詩와 詩人—唐代篇≫(共) 사람과 책 1998
이종진 외≪中國詩와 詩人—宋代篇≫(共) 亦樂出版社 2004
李治洙≪陸游詩研究≫ 文史哲出版社 1991
柳晟俊≪中國唐詩研究≫(上·下) 國學資料院 1994
상동≪唐詩論考≫ 北京 中國文學出版社 1994
상동≪淸詩話研究≫ 國學資料院 1999
상동≪王維詩比較研究≫ 北京 京華出版社 1999
상동≪唐代 大歷才子詩 研究≫ 韓國外大出版部 2002
상동≪初唐詩와 盛唐詩 研究≫ 國學資料院 2001
상동≪中唐詩와 晩唐詩 研究≫ 푸른사상 2005
李家源≪韓國漢文學史≫ 民衆書館 1976
金台俊≪朝鮮漢文學史≫ 漢城圖書株式會社 昭和6년
閔炳秀≪韓國漢詩史≫ 太學社 1996
孫八洲≪申緯詩文學研究≫ 民族出版社 1996
鄺健行≪韓國詩話中論中國詩資料選粹≫ 中華書局 2002
柳晟俊≪韓國漢詩와 唐詩의 比較≫ 푸른사상 2002
상동≪中國詩歌和韓國漢詩的交融≫ 香港 東亞文化出版社 2005
상동≪淸詩話와 朝鮮詩話의 唐詩論≫ 푸른사상 2008
상동≪新羅와 渤海 漢詩의 唐詩論的 考察≫ 푸른사상 2009

색 인

中國 唐宋詩話 解題 [1]

초판 인쇄 — 2021년 4월 5일
초판 발행 — 2021년 4월 15일

저 자 — 柳 晟 俊
발행인 — 金 東 求
발행처 — 명 문 당(창립 1923년 10월 1일)
　　　　서울특별시 종로구 윤보선길 61(안국동)
　　　　우체국 010579-01-000682
　　　　전 화 (02) 733-3039, 734-4798
　　　　FAX (02) 734-9209
　　　　Homepage /
　　　　www.myungmundang.net
　　　　E-mail / mmdbook1@hanmail.net
　　　　등록 1977.11.19. 제1-148호

■

* 낙장 및 파본은 교환해 드립니다.
* 불허 복제
* 정가 30,000원

ISBN　979-11-90155-92-2　94820
ISBN　979-11-90155-91-5 (세트)